CORAÇÃO DE MÃE

JODI PICOULT

CORAÇÃO DE MÃE

Tradução
Cecília Camargo Bartalotti

2ª edição

Rio de Janeiro-RJ / Campinas-SP, 2015

VERUS
EDITORA

Editora: Raïssa Castro
Coordenadora editorial: Ana Paula Gomes
Copidesque: Katia Rossini
Revisão: Cleide Salme
Projeto gráfico: André S. Tavares da Silva
Capa: adaptação da edição americana
(foto © Caroline Woodham/Digital Vision/Getty Images)

Título original: *Harvesting the Heart*

ISBN: 978-85-7686-337-3

Verus Editora Ltda.
Rua Benedicto Aristides Ribeiro, 41, Jd. Santa Genebra II, Campinas/SP, 13084-753
Fone/Fax: (19) 3249-0001 | www.veruseditora.com.br

CIP-BRASIL. CATALOGAÇÃO NA FONTE
SINDICATO NACIONAL DOS EDITORES DE LIVROS, RJ

P666c

Picoult, Jodi, 1966-
Coração de mãe / Jodi Picoult ; tradução Cecília Camargo Bartalotti. - 2. ed. - Campinas, SP : Verus, 2015.
23 cm.

Tradução de: Harvesting the Heart
ISBN 978-85-7686-337-3

1. Romance americano. I. Bartalotti, Cecília Camargo. II. Título.

14-14511 CDD: 813
CDU: 821.111(73)-3

Revisado conforme o novo acordo ortográfico

Para Kyle Cameron van Leer,
porque através de seus olhos tenho a oportunidade
de redescobrir o mundo

PRÓLOGO

Paige

Nicholas não me deixa entrar em minha própria casa, mas tenho observado minha família de longe. Por isso, mesmo estando acampada no gramado do jardim, sei exatamente quando ele leva Max ao quarto para trocar a fralda. A luz se acende — é um pequeno abajur de dinossauro com desenhos de ossos pré-históricos na cúpula — e vejo a silhueta das mãos de meu marido tirando a fralda.

Quando fui embora, três meses atrás, poderia contar nos dedos de uma só mão o número de vezes que Nicholas tinha trocado uma fralda. Mas o que eu esperava agora, afinal? Ele não tinha escolha. Nicholas sempre foi mestre em situações de emergência.

Max está balbuciando, cordões de sílabas que se seguem umas às outras como contas brilhantes. Curiosa, eu me levanto e subo nos galhos baixos do carvalho mais perto da casa. Com um pouco de esforço, consigo me erguer até ficar com o queixo na altura do peitoril da janela. Estive no escuro por tanto tempo que, quando a luz amarela do quarto atinge meus olhos, tenho de piscar.

Nicholas está fechando o zíper do macacão de dormir de Max. Quando ele se inclina, Max agarra sua gravata e a enfia na boca. É quando Nicholas puxa a gravata das mãos de nosso filho que ele me vê na janela. Pega o bebê e vira-o deliberadamente para outro lado. Caminha então até a janela, a única suficientemente próxima para eu olhar dentro da casa, e me encara. Nicholas não sorri, não fala nada. Apenas fecha a cortina, de modo que, agora, tudo o que consigo ver é uma fileira de balões, pôneis e elefantes tocando trombone — figuras sorridentes que pintei e para as quais rezei enquanto estava grávida, esperando que contos de fadas pudessem acalmar meus medos e garantir a meu filho uma infância feliz.

* * *

A lua está tão branca e pesada esta noite que não consigo dormir sem medo de ser esmagada, e me lembro do sonho que me levou a minha mãe desaparecida. Claro que agora eu sei que não foi um sonho, que foi verdade, se é que isso importa. É uma lembrança que começou a vir depois que Max nasceu — na primeira noite após o parto, e então na semana em que o trouxemos para casa —, em algumas ocasiões várias vezes por noite. Era frequente eu estar visualizando essa lembrança quando Max acordava, precisando ser alimentado, ou trocado, ou cuidado, e fico constrangida de dizer que, por muitas semanas, não percebi a conexão.

As manchas de umidade no teto da cozinha de minha mãe eram pálidas e rosadas e tinham a forma de cavalos puro-sangue. "Ali", minha mãe dizia, apontando sobre nossa cabeça enquanto me segurava no colo, "está vendo o nariz, a cauda trançada?" Mostrávamos nossos cavalos uma para a outra todos os dias. No café da manhã, enquanto minha mãe esvaziava a lava-louça, eu ficava sentada no balcão de fórmica e fingia que o delicado tilintar das tigelas esbarrando em canecas eram pisadas mágicas de cascos. Depois do jantar, quando sentávamos no escuro ouvindo o centrifugar da roupa na máquina de lavar, minha mãe beijava o alto de minha cabeça e murmurava nomes de lugares para onde nossos cavalos nos levariam: Telluride, Scarborough, Jasper. Meu pai, que na época era inventor e fazia bicos como programador de computadores, chegava tarde em casa e nos encontrava adormecidas, ali mesmo, na cozinha. Eu lhe pedi várias vezes para olhar, mas ele nunca via os cavalos.

Quando contei isso para minha mãe, ela falou que precisaríamos ajudá-lo. Levantou-me bem alto sobre os ombros, um dia, enquanto se equilibrava em um banquinho baixo. Passou-me um pincel atômico preto, com cheiro forte de alcaçuz, e me disse para contornar os traços do que eu via. Depois colori os cavalos com os lápis de cera de minha caixa de sessenta e quatro cores — um marrom com uma estrela branca, um ruão cor de morango, dois com vibrantes manchas alaranjadas. Minha mãe acrescentou as patas da frente, musculosas, as curvas do dorso, as crinas negras esvoaçantes. Então, puxou a mesa de madeira compensada para o centro da cozinha e me colocou em cima. Lá fora o verão zumbia, como acontece em Chicago. Minha mãe e eu deitamos uma ao lado da outra, meu pequeno ombro pressionado contra o dela, e ficamos olhando para aqueles garanhões que corriam pelo teto.

— Ah, Paige — ela disse, suspirando tranquilamente —, olha só o que nós realizamos.

Com cinco anos, eu não sabia o que "realizamos" significava, nem entendi por que meu pai ficou furioso e por que minha mãe riu dele. Só sabia que, nas noites depois que ela nos deixou, eu deitava de costas na mesa da cozinha e tentava sentir o ombro dela junto ao meu. Tentava ouvir as colinas e vales de sua voz. E, quando três meses inteiros se passaram, meu pai pegou tinta branca e passou no teto, apagando aqueles puros-sangues, cada lindo centímetro deles, até que ficou parecendo que os cavalos, e mesmo minha mãe, nunca haviam estado ali.

* * *

A luz no quarto se acende às duas e meia da madrugada, e sinto um pequeno fluxo de esperança, mas ela se apaga tão rapidamente quanto havia acendido. Max está quieto, deixou de acordar três ou quatro vezes por noite. Eu me arrasto para fora do saco de dormir, abro o porta-malas do carro e remexo entre cabos elétricos e latas de Coca-Cola diet vazias, até encontrar meu bloco de desenho e o lápis crayon.

Tive de comprá-los na estrada; eu não saberia dizer onde enterrei os meus quando ficou claro para mim que não seria possível frequentar a faculdade de artes e cuidar de Max ao mesmo tempo. Mas passei a desenhar outra vez enquanto estava fugindo. Desenhei coisas idiotas: as embalagens de Big Mac do meu almoço, uma placa de trânsito, moedas. Depois, embora estivesse meio enferrujada, tentei pessoas: a moça no caixa do supermercado, duas crianças jogando beisebol. Desenhei imagens de heróis e deuses irlandeses sobre os quais ouço falar desde que me conheço por gente. E, pouco a pouco, a segunda visão que sempre tive nos dedos começou a voltar.

Nunca fui uma artista comum. Até onde consigo lembrar, eu encontrava o sentido das coisas no papel. Gosto de preencher os espaços e dar cor aos pontos escuros. Desenho imagens que ficam tão perto das bordas do papel que correm o risco de escorregar por elas. E, às vezes, meus desenhos revelam coisas que não entendo. Ocasionalmente, termino um retrato e encontro algo que nunca tive a intenção de desenhar, escondido na cavidade de um pescoço ou na curva escura de uma orelha. Sempre me surpreendo quando vejo os produtos acabados. Desenhei coisas que não deveria saber, segredos que não foram revelados, amores que não eram destinados a ser. Quando as pessoas veem meus desenhos, parecem ficar fascinadas. Elas me perguntam se eu sei o que essas coisas significam, mas nunca sei. Posso desenhar a imagem, mas as pessoas precisam encarar os próprios demônios.

Não sei por que tenho esse dom. Ele não surge em todos os desenhos que faço. A primeira vez foi na sétima série, quando desenhei uma silhueta simples de Chicago na aula de artes. Mas eu tinha preenchido as nuvens claras com visões de corredores vazios e profundos e portas escancaradas. E, no canto, quase invisível, havia um castelo com uma torre e uma mulher na janela, com as mãos sobre o coração. As freiras, perturbadas, chamaram meu pai, e, quando ele viu o desenho, ficou pálido. "Eu não sabia", disse ele, "que você se lembrava tão bem da sua mãe."

Quando voltei para casa e Nicholas não me deixou entrar, optei pela melhor alternativa: cerquei-me de desenhos de meu marido e meu filho. Desenhei a expressão no rosto de Nicholas quando ele abriu a porta e me viu; desenhei Max do jeito que ele estava nos braços de Nicholas. Prendi ambos os desenhos com fita adesiva no painel do carro. Eles não são tecnicamente bons, mas eu captei o sentimento, e isso é alguma coisa.

Hoje, enquanto esperava Nicholas chegar do hospital, desenhei de memória. Fiz um desenho atrás do outro, usando os dois lados do papel. Agora tenho mais de sessenta desenhos de Nicholas e Max.

Estou trabalhando em um desenho que comecei mais cedo, esta noite, e fico tão envolvida nisso que não percebo Nicholas até que ele saia na varanda. Ele está iluminado por um halo de suave luz branca.

— Paige? — ele chama. — Paige?

Movo-me para diante da varanda, até um lugar em que ele possa me ver.

— Ah — diz Nicholas. Ele passa os dedos pelas têmporas. — Só queria saber se você ainda estava aqui.

— Ainda estou aqui — respondo. — Não vou a lugar nenhum.

Nicholas cruza os braços.

— Bom, é um pouco tarde para isso. — Por um momento, penso que ele vai entrar de novo, mas ajeita o roupão em torno do corpo e senta no degrau da varanda. — O que está fazendo? — diz, apontando para meu bloco de desenho.

— Estava desenhando você. E o Max — respondo. Mostro-lhe um dos desenhos que fiz mais cedo.

— Está bom. Você sempre foi boa nisso.

Não me lembro da última vez em que ouvi Nicholas me dando crédito por alguma coisa, qualquer coisa, qualquer trabalho bem feito. Ele olha para mim por um segundo e quase baixa a guarda. Seus olhos estão cansados e opacos. São do mesmo tom de azul que os meus.

E, neste exato segundo, olhando para Nicholas, posso ver o jovem que sonhava em alcançar o topo, que costumava chegar em casa e vir se curar em meus braços quando um de seus pacientes morria. Posso ver, refletidos nos dele, os olhos de uma garota que costumava acreditar em romance.

— Eu queria segurá-lo um pouco — sussurro. E, ao ouvir isso, o olhar de Nicholas se escurece e se fecha.

— Você teve sua chance — diz ele, antes de se levantar e entrar em casa.

À luz da lua, trabalho em meu desenho. O tempo todo, fico imaginando se Nicholas também está tendo dificuldade para dormir e se estará irritado amanhã por não se sentir cem por cento em forma. Talvez o desenho tenha saído desse jeito por causa de minha atenção dividida. Está tudo errado. Captei a aparência de Max, seus punhos melados, seu cabelo sedoso e eriçado, mas alguma coisa está completamente errada. Levo alguns minutos para perceber. Dessa vez, em vez de desenhar Max com Nicholas, eu o desenhei comigo. Ele está sentado na curva de meu braço, esticando as mãos para tocar meus cabelos. Para alguém de fora, o desenho estaria bom. Mas, escondido no fundo arroxeado da palma estendida da mão de Max, há um sutil círculo entrelaçado de folhas e treliças. E, no centro, desenhei a imagem de minha mãe, correndo e carregando nos braços, como uma acusação, o filho que eu não tive.

PARTE I

CONCEPÇÃO

1985-1993

I

Paige

Quando eu menos esperava, encontrei a misericórdia. O Mercy era um pequeno restaurante em uma travessa obscura em Cambridge, e seus clientes eram, na maior parte, estudantes e professores desejosos de frequentar a zona decadente da cidade. Eu estava praticamente sem dinheiro. Na noite anterior, tinha me dado conta de que ninguém me contrataria como babá sem referências e de que eu não conseguiria entrar na faculdade de artes com um sorriso e meu exíguo portfólio. Então, às cinco e meia da manhã, aprumei os ombros e entrei no Mercy, rezando para que um Deus sobre o qual tivera dúvidas durante toda minha vida fizesse com que aquele lugar representasse de fato minha redenção.

O restaurante era decepcionantemente pequeno e cheirava a atum e detergente. Fui até o balcão e fingi examinar o cardápio. Um homem negro e grande saiu da cozinha.

— Não estamos abertos — disse ele, depois se virou e voltou para dentro.

Não levantei os olhos do cardápio. Cheeseburgers, bolinhos de frutos do mar, antepasto grego.

— Se não estão abertos — eu disse alto —, por que não deixaram a porta trancada?

O homem levou vários segundos para responder e, quando o fez, veio direto até onde eu estava sentada e pousou os dois braços musculosos sobre o balcão, um de cada lado meu.

— Você não devia estar indo para a escola? — perguntou.

— Tenho dezoito anos. — Levantei o queixo do jeito que vira Katharine Hepburn fazer em velhos filmes preto e branco. — Queria saber se vocês têm alguma vaga.

— Alguma vaga — o homem repetiu lentamente, como se nunca tivesse ouvido a palavra. — *Vaga.* — Seus olhos se apertaram e, pela primeira vez, notei uma cicatriz parecendo arame farpado, toda tortuosa e espetada, que lhe descia pelo rosto e se enfiava nas dobras do pescoço. — Você quer um emprego.

— É isso — concordei. Eu podia dizer, pelos olhos do homem, que ele não precisava de uma garçonete, muito menos de uma inexperiente como eu. Podia dizer que, no momento, ele também não precisava de uma recepcionista nem de uma lavadora de pratos.

O homem sacudiu a cabeça.

— É cedo demais para isso. — Olhou para mim, notando, percebi, como eu estava magra e desalinhada. — Abrimos às seis e meia.

Eu poderia ter ido embora. Poderia ter voltado para a estação fresquinha do metrô, onde tinha dormido nas últimas noites, ouvindo o violino suave dos músicos de rua e os gritos desvairados dos sem-teto. Mas, em vez disso, peguei o papel engordurado que estava preso com um clipe no cardápio, listando os pratos do dia. O verso do papel estava em branco. Tirei uma caneta preta de ponta grossa da mochila e comecei a fazer a única coisa que eu sabia, com certeza, que podia fazer bem: desenhei o homem que acabara de me dispensar. Desenhei-o por observação, espiando por uma pequena passagem que levava à cozinha. Vi seus bíceps se dobrarem e estenderem enquanto ele tirava enormes potes de maionese e sacos de farinha das prateleiras. Desenhei o movimento, a pressa e, então, quando cheguei ao rosto, tracei-o rapidamente.

Afastei o papel para examinar o desenho. Estendida sobre a testa ampla daquele homem, eu tinha desenhado uma idosa, com os ombros pendidos de trabalho e resignação. Sua pele era da cor de café forte e, cruzando as costas, havia as lembranças de cicatrizes de chicotadas, que se retorciam e fundiam na distintiva cicatriz tortuosa do rosto do homem. Eu não sabia quem era aquela mulher nem entendia por que ela tinha vindo parar no papel. Não era meu melhor desenho, eu sabia disso, mas era algo para deixar ali. Larguei o papel no balcão, saí e fiquei esperando do lado de fora, junto à porta.

Mesmo antes de eu ter o poder de desenhar os segredos das pessoas, sempre havia acreditado que desenhava bem. Sabia disso do mesmo jeito que algumas crianças sabem que são boas para apanhar uma bola aérea no beisebol, e outras, para usar feltro e purpurina e produzir as capas mais criativas para os trabalhos escolares. Sempre rabisquei. Meu pai me contou que, quando eu era bem pequena, peguei um lápis de cera vermelho e tracei uma linha contínua por todas as paredes da casa, na altura de meus olhos, pulando as portas, os móveis e o fogão. Ele disse que fiz isso só porque me deu vontade.

Aos cinco anos, vi um concurso no guia de programação da TV, em que se tinha de desenhar uma tartaruga e enviá-la, e o prêmio era uma bolsa de estudos para a faculdade de artes. Eu só tinha começado a rabiscar, mas minha mãe viu o desenho e disse que nenhum tempo era melhor que o presente para garantir uma educação superior. Foi ela quem pôs meu trabalho no correio. Quando a carta chegou, dando-me os parabéns pelo talento e me oferecendo matrícula na Escola Nacional de Arte, em um lugar chamado Vicksburg, minha mãe me levantou do chão e disse que aquele era o nosso dia de sorte. Disse que meu talento era hereditário, obviamente, e estava muito animada quando mostrou a carta a meu pai, no jantar. Ele sorriu gentilmente e disse que eles mandavam esse tipo de carta a qualquer pessoa que considerassem capaz de enfiar seu dinheiro em alguma escola fajuta, e minha mãe saiu da mesa e se trancou no banheiro. Mesmo assim, ela fixou a carta na geladeira, ao lado de minha pintura a dedo e minha colagem com macarrão. A carta desapareceu no dia em que ela foi embora, e sempre me perguntei se era algo que ela havia levado consigo porque sabia que não poderia me levar.

Eu vinha pensando muito em minha mãe, muito mais que nos anos anteriores. Em parte por causa do que eu fizera antes de sair de casa; e em parte porque eu *tinha* saído de casa. Eu me perguntava o que meu pai estaria pensando. Perguntava-me se o Deus em que ele tinha tanta fé poderia lhe explicar por que as mulheres de sua vida estavam sempre indo embora.

Quando, às seis e dez, o homem negro apareceu à porta, preenchendo toda a entrada, eu já sabia qual seria o resultado. Ele olhou para mim, boquiaberto e perturbado. Segurava meu desenho em uma das mãos e estendeu a outra para me ajudar a levantar da calçada.

— O pessoal começa a chegar em vinte minutos para o café da manhã — disse. — E imagino que você não tenha a menor ideia de como servir mesas.

Lionel — esse era o nome do homem — me levou para a cozinha e me ofereceu uma pilha de rabanadas, enquanto me apresentava à máquina de lavar pratos, à grelha e a seu irmão Leroy, o cozinheiro-chefe. Ele não me perguntou de onde eu era, não falou sobre salário, como se já tivéssemos chegado a um acordo anteriormente. Do nada, me contou que Mercy, misericórdia, era o nome de sua bisavó e que ela havia sido escrava na Geórgia antes da Guerra Civil. Era ela a mulher que eu tinha desenhado na testa dele.

— Você deve ser uma profetisa — ele comentou —, porque eu não falo para as pessoas sobre ela.

Ele disse que a maioria daquele pessoal de Harvard achava que o nome do restaurante era algum tipo de referência filosófica e que, fosse como fosse, isso os atraía para lá. Depois se afastou e me deixou pensando por que pessoas brancas davam a suas meninas nomes como Hope (esperança), Faith (fé) ou Patience (paciência), nomes a que elas nunca poderiam corresponder plenamente, enquanto mães negras chamavam suas filhas de Mercy (misericórdia), Deliverance (libertação), Salvation (salvação), cruzes que elas sempre teriam de carregar.

Quando Lionel voltou, entregou-me um uniforme cor-de-rosa limpo e passado. Deu uma olhada de cima a baixo em meu blusão azul-marinho, nas meias até os joelhos e na saia pregueada, cujas dobras industrializadas não haviam se perdido com o passar do tempo.

— Não vou discutir se você diz que tem dezoito anos, mas a verdade é que você parece uma colegial — disse ele. Deu-me as costas e deixou que eu me trocasse atrás do freezer de aço inoxidável, depois me mostrou como mexer na caixa registradora e me fez treinar como equilibrar pratos nos braços. — Não sei por que estou fazendo isso — Lionel murmurou, e então meu primeiro cliente entrou.

Quando me lembro daquilo agora, percebo que, claro, Nicholas tinha de ser meu primeiro cliente. É assim que o destino trabalha. Enfim, ele foi a primeira pessoa no restaurante naquela manhã, tendo chegado até mesmo antes das outras duas garçonetes. Curvou-se — era bem alto — para entrar no banco da mesa mais distante da porta e abriu seu jornal *Globe*. O papel fazia um barulho agradável, como de folhas farfalhando, e cheirava a tinta fresca. Ele não falou comigo durante todo o tempo em que eu lhe servia seu café de cortesia, nem mesmo quando derramei um pouco sobre a propaganda da loja de departamentos que cobria toda a página três. Quando fui anotar seu pedido, ele disse:

— O Lionel sabe.

Não olhou para mim enquanto falava. Quando eu lhe trouxe seu prato, ele fez um gesto de agradecimento com a cabeça. Quando quis mais café, apenas levantou a xícara, segurando-a suspensa como uma oferenda de paz, até que eu viesse enchê-la. Não se virou para a porta quando os sininhos de trenó na maçaneta anunciaram a chegada de Marvela e Doris, as duas garçonetes, ou qualquer uma das sete pessoas que chegaram para o café da manhã enquanto ele esteve lá.

Ao terminar, alinhou o garfo e a faca ordeiramente na borda do prato, o que era sinal de alguém com boas maneiras. Dobrou o jornal e o deixou ali para que outros o lessem. Foi então que olhou para mim pela primeira vez. Tinha os olhos azuis mais claros que eu já vira, talvez apenas por causa do contraste com os cabelos escuros, mas pareceu que eu estava olhando através daquele homem e vendo, atrás dele, o céu.

— Ei, Lionel — disse ele —, há leis que proíbem contratar crianças até que elas tenham largado as fraldas.

Sorriu para mim, o suficiente para eu saber que não deveria tomar aquilo como nada pessoal, e saiu.

Talvez tenha sido a tensão de minha primeira hora como garçonete; talvez fosse a falta de sono. Não havia nenhuma razão real. Mas senti lágrimas queimando por trás dos olhos e, decidida a não chorar na frente de Doris e Marvela, fui limpar a mesa dele. Como gorjeta, ele tinha deixado dez centavos. Dez míseros centavos. Não era um início promissor. Sentei no banco de estofamento de vinil rachado e esfreguei as têmporas. *Eu não vou começar a chorar*, disse a mim mesma. Então, levantei os olhos e vi que Lionel prendera na caixa registradora, com fita adesiva, o retrato que eu fizera dele. Levantei, o que exigiu toda minha força, e pus a gorjeta no bolso. Lembrei-me do sotaque irlandês da voz de meu pai me dizendo, repetidas vezes: "A vida pode mudar num piscar de olhos".

* * *

Uma semana depois do pior dia de minha vida, eu saí de casa. Acho que eu sabia o tempo todo que ia sair, só estava esperando terminar o ano escolar. Nem sei por que me importei com isso, já que estava mesmo indo mal — eu tinha passado os três últimos meses indisposta demais para conseguir me concentrar e, depois, todas as faltas acabaram afetando minhas notas. Acho que eu precisava saber que poderia me formar se quisesse. E fiz isso, mesmo com dois Ds, em física e em religião. Fiquei em pé com o resto de minha classe do Colégio Papa Pio quando o padre Draher mandou, agitei o pingente do chapéu de formatura da direita para a esquerda, beijei a irmã Mary Margareta e a irmã Althea e disse-lhes que, sim, eu estava planejando fazer faculdade de artes.

E isso não estava muito longe da verdade, porque a Escola de Design de Rhode Island tinha me aceitado com base em minhas notas, que, claro, foram registradas antes de minha vida começar a desmoronar. Eu tinha certeza de que meu pai já havia pagado parte do valor para o primeiro semestre e, mesmo enquanto lhe escrevia o bilhete para dizer que estava indo embora, fiquei imaginando se ele conseguiria o reembolso do dinheiro.

Meu pai é inventor. Criou muitas coisas ao longo dos anos, mas seu infortúnio foi estar quase sempre um passo atrás. Como na vez em que ele inventou um prendedor de gravata com uma tela plástica embutida que descia para proteger o tecido durante almoços de negócios. Ele o chamou de Salva-Gravata e tinha certeza de que seria sua passagem para o sucesso, mas então soube que algo muito parecido já tinha uma patente pendente. O mesmo aconteceu com o espelho de banheiro à prova de vapor, o chaveiro flutuante, a chupeta que se desatarraxava para colocar medicamento líquido. Quando penso em meu pai, penso em Alice e no Coelho Branco, e em estar sempre um pouco atrasado.

Ele nasceu na Irlanda e passou a maior parte da vida tentando escapar dos estigmas associados a isso. Não se constrangia por ser irlandês — na verdade, essa era a maior glória de sua vida. O que o constrangia era ser um *imigrante* irlandês. Quando tinha dezoito anos, ele se mudou de Bridgeport, bairro irlandês de Chicago, para uma pequena área perto da Taylor Street, habitada principalmente por italianos. Ele nunca bebeu. Por um tempo tentou, sem sucesso, cultivar um sotaque do Meio-Oeste. E religião, para meu pai, não era algo a respeito do qual se tivesse escolha. Ele acreditava com o fervor de um evangelista, como se a espiritualidade lhe corresse pelas veias, não pela mente. Eu me perguntava se, não fosse por minha mãe, ele teria escolhido ser padre.

Meu pai sempre acreditou que os Estados Unidos eram apenas uma parada temporária em seu caminho de volta à Irlanda, embora nunca tenha nos dito por quanto tempo planejava estender essa estada. Seus pais o haviam trazido para Chicago quando ele tinha apenas cinco anos, e, mesmo tendo sido de fato criado na cidade, ele nunca tirou da cabeça os campos agrícolas do condado de Donegal. Sempre questionei quanto de lembrança e quanto de imaginação havia nisso, mas ainda assim me encantava com as histórias dele. No ano em que minha mãe foi embora, ele me ensinou a ler, usando uma cartilha simples baseada na mitologia irlandesa. Enquanto outras crianças pequenas sabiam sobre *Vila Sésamo* e livros infantis americanos, eu aprendia sobre Cúchulainn, o famoso herói irlandês, e suas aventuras. Li sobre são Patrício, que livrou a ilha das cobras; Donn, o deus dos mortos, que indicava às almas o caminho para o mundo inferior; o Basilisco, de cuja respiração malcheirosa e mortal eu me escondia à noite sob as cobertas.

A história favorita de meu pai era sobre Oisín, o filho de Finn McCool. Era um lendário guerreiro e poeta que se apaixonou por Niamh, filha do deus do mar. Eles viveram felizes por muitos anos em uma bela ilha no oceano, onde a juventude era eterna, mas Oisín não conseguia tirar da cabeça as lembranças de sua terra natal. "A Irlanda", meu pai dizia, "corre pelo nosso sangue." Quando Oisín disse à esposa que queria voltar, ela lhe emprestou um cavalo mágico, avisando que ele não desmontasse, porque trezentos anos haviam se passado. Mas Oisín caiu do cavalo e se transformou em um homem muito velho. Ainda assim, são Patrício estava lá para recebê-lo, do mesmo modo, dizia meu pai, como um dia receberia nós três — depois nós dois.

Para manter o equilíbrio em minha existência, depois que minha mãe foi embora, meu pai tentou me criar da melhor maneira possível. Isso significava escola paroquial e confissão todos os sábados, e um quadro de Jesus na cruz dependurado sobre minha cama como um talismã. Ele não enxergava as contradições no catolicismo. O padre Draher nos dizia para amar o próximo, mas não confiar nos judeus. A irmã Evangeline pregava contra pensamentos impuros, mas todos nós sabíamos que ela tinha sido amante de um homem casado por quinze anos antes de entrar para o convento. E, claro, havia a confissão, que dizia que eu poderia fazer o que quisesse e sempre sair limpa depois de algumas ave-marias e pai-nossos. Acreditei nisso por algum tempo, mas acabei sabendo por experiência própria que havia algumas marcas em nossa alma que ninguém jamais poderia apagar.

Meu lugar favorito em toda Chicago era a oficina de meu pai. Era poeirenta e cheirava a serragem e cola de aeromodelos, e guardava tesouros como velhos moedores de café, dobradiças enferrujadas e bambolês roxos. No fim do dia, ou em tardes chuvosas de sábado, meu pai sumia no porão e trabalhava até escurecer. Às vezes eu sentia como se fosse a mãe, arrastando-o para cima e dizendo-lhe que ele realmente precisava comer alguma coisa. Ele trabalhava em suas invenções mais recentes enquanto eu ficava sentada ao lado, em um sofá verde mofado, e fazia minha lição de casa.

Meu pai virava uma pessoa diferente na oficina. Movia-se com a graça de um gato; juntava peças, rodas e engrenagens, como um mágico, para produzir engenhocas e bugigangas onde, minutos antes, não havia nada. Quando ele falava de minha mãe, o que não era frequente, era sempre na oficina. Às vezes eu o pegava olhando pela janela mais próxima, um pequeno retângulo trincado. A luz batia em seu rosto de uma maneira que o fazia parecer muito mais velho do que era, e eu precisava parar e contar o tempo para me certificar de quantos anos haviam de fato se passado.

Não que meu pai tenha me dito alguma vez: “Eu sei o que você fez”. Ele só parou de falar comigo. E foi então que eu soube. Ele parecia ansioso e querendo que o tempo passasse depressa para que eu fosse para a faculdade. Pensei em algo que uma menina da minha classe havia dito certa vez sobre fazer sexo: quando a gente faz, fica na cara, para todo mundo ver. Será que isso também era verdade para abortos? Será que meu pai conseguia ver no meu rosto?

Esperei uma semana depois do fato, na esperança de que a formatura trouxesse algum tipo de entendimento. Mas meu pai estava nitidamente incomodado durante a cerimônia e nenhuma vez me disse: "Parabéns!" Naquele dia, ele entrava e saía das sombras de nossa casa como alguém que não está confortável consigo mesmo. Às onze horas, assistimos ao noticiário na televisão. A reportagem principal era sobre uma mulher que havia espancado seu bebê de três meses com uma lata de salmão. A mulher tinha sido levada para um hospital psiquiátrico. Seu marido dizia aos repórteres que deveria ter notado algum sinal.

Quando o noticiário terminou, meu pai foi até sua velha mesa de cerejeira e tirou uma caixa de veludo azul da primeira gaveta. Eu sorri.

— Pensei que você tivesse esquecido — falei.

Ele sacudiu a cabeça e observou com um olhar reservado enquanto eu passava os dedos sobre a caixa macia, esperando encontrar pérolas ou esmeraldas. Dentro dela havia um terço, belamente entalhado em jacarandá.

— Achei que você talvez estivesse precisando — ele disse baixinho.

Naquela noite, enquanto arrumava minhas coisas para partir, eu dizia a mim mesma que estava fazendo aquilo porque o amava e não queria que ele suportasse o peso de meus pecados pelo resto da vida. Peguei apenas as roupas mais práticas e vesti o uniforme de escola, porque achei que isso me ajudaria a passar despercebida. Tecnicamente, eu não estava fugindo. Tinha dezoito anos. Podia ir e vir como quisesse.

Passei minhas últimas três horas em casa no porão, na oficina de meu pai, experimentando diferentes redações para o bilhete que ia deixar. Deslizei os dedos por seu projeto mais recente. Era um cartão de aniversário que cantava uma pequena cantiga quando aberto e, quando se pressionava sua extremidade, inflava-se automaticamente e se transformava em um balão. Ele dizia que havia realmente um mercado para aquilo. Meu pai estava tendo dificuldade com a música. Não sabia o que aconteceria com o microchip depois que a coisa se tornasse um balão.

— Eu acho que — ele havia dito apenas um dia antes —, quando se tem uma coisa, não se deve ficar mudando para outra.

No fim, escrevi somente: "Eu te amo. Desculpe. Vou ficar bem". Quando li de novo, me perguntei se fazia sentido. Eu pedia desculpas por amá-lo? Ou porque ia ficar bem? Enfim, larguei a caneta. Eu acreditava que estava sendo responsável e sabia que acabaria lhe contando meu paradeiro. Na manhã seguinte, levei o terço de contas a uma loja de penhores na cidade. Com metade do dinheiro, comprei uma passagem de ônibus que me levaria para tão longe de Chicago quanto possível. Fiz um grande esforço para me convencer de que não havia nada que me segurasse ali.

No ônibus, inventei nomes falsos para mim e os disse para todos que perguntaram. Decidi, em uma parada em Ohio, que sairia do ônibus em Cambridge, Massachusetts. Era suficientemente perto de Rhode Island e parecia mais anônimo que Boston; além disso, o nome da cidade me fazia *sentir* bem: lembrava blusões escuros ingleses, formandos de graduação e outras coisas legais. Eu ficaria lá tempo suficiente para ganhar dinheiro e pagar meu curso em Rhode Island. Só porque o destino tinha jogado mais um obstáculo em meu caminho, não significava que eu tivesse de desistir de meus sonhos. Adormeci e sonhei com a Virgem Maria e me perguntei como ela soube que poderia confiar no Espírito Santo quando ele apareceu para ela e, ao acordar, ouvi o som de um único violino, que me pareceu a voz de um anjo.

* * *

Liguei para meu pai do telefone público na estação rodoviária de Brattle Square. Fiz a chamada a cobrar. Olhei para uma senhora calva que fazia tricô em um banquinho baixo e para uma violoncelista com fitinhas brilhantes enroladas nas tranças. Estava tentando ler o grafite de letras encadeadas na parede do outro lado quando a ligação foi completada.

— Escuta — eu disse, antes de meu pai ter tempo sequer de respirar. — Eu não vou voltar para casa nunca mais.

Esperei que ele discutisse comigo, ou mesmo que desabasse e admitisse que estivera me procurando freneticamente pelas ruas de Chicago havia dois dias. Mas ele só deu um assobio baixo.

— Nunca diga nunca, menina — disse. — Isso volta para te assombrar.

Apertei o fone até os nós de meus dedos ficarem brancos. Meu pai, a única — *única* — pessoa em minha vida que se importava com o que ia acontecer comigo, não parecia muito preocupado. É verdade que eu o tinha decepcionado, mas isso não poderia apagar dezoito anos, poderia? Uma das razões de eu ter tido a coragem de ir embora foi que, bem no fundo, eu sabia que ele sempre estaria ali esperando; sabia que não estaria realmente sozinha.

Estremeci, pensando em como havia me enganado com *ele* também. Não sabia mais o que dizer.

— Talvez você possa me contar para onde foi — meu pai disse calmamente. — Sei que esteve na estação rodoviária, mas a partir daí os detalhes ficam um tanto nebulosos.

— Como descobriu isso? — eu me sobressaltei.

Ele riu, um som que me envolveu inteiramente. Sua risada, acho, era minha primeira lembrança de todas.

— Eu te amo — disse ele. — O que esperava?

— Estou em Massachusetts — contei-lhe, me sentindo melhor a cada minuto. — Mas isso é tudo o que vou dizer. — A violoncelista pegou o arco e o fez deslizar pela barriga do instrumento. — Ainda não sei sobre a faculdade.

Meu pai suspirou.

— Isso não é motivo para ir embora — murmurou. — Você podia ter falado comigo. Sempre tem...

Nesse momento, um ônibus passou e abafou o resto das palavras. Não consegui ouvir, e achei bom. Era mais fácil do que admitir que eu não queria saber o que meu pai estava dizendo.

— Paige? — ele chamou, esperando a resposta para alguma pergunta que eu não tinha ouvido.

— Pai, você chamou a polícia? Alguém sabe?

— Não contei para ninguém. Pensei em fazer isso, mas achei que você ia entrar por aquela porta a qualquer momento. Eu *esperei* isso. — A voz dele ficou baixa, chateada. — A verdade é que eu não acreditava que você iria embora.

— Não é nada com você — eu disse. — Você precisa saber que não é com você.

— É sim, Paige. Ou você nunca teria pensado em ir.

Não, eu queria dizer a ele. *Isso não pode ser verdade. Isso não pode ser verdade, porque, todos esses anos, você sempre disse que não era minha culpa* ela *ter ido embora. Isso não pode ser verdade, porque você é a única coisa que eu detestei ter deixado.* As palavras ficaram presas em minha garganta, espremidas em algum lugar atrás das lágrimas que começaram a cair por meu rosto. Enxuguei o nariz na manga da blusa.

— Talvez eu volte para casa um dia — eu disse.

Meu pai bateu o dedo no fone, do jeito que costumava fazer quando eu era muito pequena e ele saía em viagens, de um dia para o outro, para tentar vender suas invenções. Ele enviava uma batida suave pela linha telefônica. "Ouviu isso?", murmurava. "É o som de um beijo indo para o seu coração."

Um ônibus, sei lá de onde, estava vindo pelo túnel escuro da estação.

— Eu estava louco de preocupação — meu pai admitiu.

Olhei as rodas do ônibus cruzarem o piso em padrão espinha de peixe do terminal. Pensei nos dispositivos engenhosos que meu pai tinha inventado só para me divertir: uma torneira que jorrava água em uma calha, que fazia girar uma ventoinha, que soprava uma haste de madeira, que se conectava a uma polia que abria a caixa de cereais e despejava uma porção deles em minha tigela. Meu pai conseguia fazer o melhor com tudo que lhe caía nas mãos.

— Não se preocupe comigo — eu disse, confiante. — Afinal, sou *sua* filha.

— É — meu pai respondeu. — Mas parece que tem um pouco da sua mãe também.

* * *

Depois de eu ter trabalhado por duas semanas no Mercy, Lionel já confiava em mim o suficiente para me deixar fechar o restaurante. Nos horários de pouco movimento, como três da tarde, ele se sentava comigo no balcão e me pedia para desenhar retratos das pessoas. Claro que eu desenhei os funcionários do meu turno — Marvela, Doris e Leroy —

e depois o presidente, o prefeito e Marilyn Monroe. Em alguns desses retratos, havia coisas que eu não entendia. Por exemplo, os olhos de Marvela mostravam um homem intensamente apaixonado sendo engolido por um mar vivo. Na reentrância do pescoço de Doris, eu desenhara centenas de gatos, cada um parecendo mais e mais humano, até que o último tinha o rosto dela. Na curva carnuda do braço róseo de Marilyn Monroe, não havia amantes, como seria de esperar, mas campos agrícolas de contornos suaves, trigo ondulando ao vento e os olhos brilhantes e tristes de um beagle. Às vezes as pessoas no restaurante notavam essas coisas, às vezes não; as imagens eram sempre pequenas e sutis. Mas eu continuava desenhando, e, cada vez que terminava, Lionel pregava o retrato sobre a caixa registradora. Chegou um momento em os desenhos se estendiam até metade do restaurante, e, a cada um que se somava, eu me sentia um pouco mais pertencente de fato àquele lugar.

Eu estava dormindo no sofá de Doris, porque ela ficou com pena de mim. A história que contei foi que meu padrasto estava dando em cima de mim e, por isso, no minuto em que fiz dezoito anos, peguei o dinheiro que tinha ganhado trabalhando como babá e fugi de casa. Gostei dessa história porque era quase metade real: as partes de ter dezoito anos e de fugir de casa. E não era nada mal despertar um pouco de pena; àquela altura, eu aceitava tudo que pudesse conseguir.

Foi ideia de Doris que fizéssemos uma oferta especial: pague mais dois dólares no preço de um sanduíche de peru e ganhe um retrato feito por mim.

— Ela é boa — Doris disse enquanto me observava rabiscar as linhas onduladas dos cabelos de Barbra Streisand. — Esses zés-ninguém seriam celebridades por um dia.

Eu me sentia um pouco estranha com isso, mais ou menos como se fosse uma atração de circo, mas houve uma aceitação enorme quando pusemos a oferta no cardápio — e eu recebia gorjetas maiores desenhando do que servindo mesas. Desenhei quase todos os clientes no primeiro dia, e foi ideia de Lionel fazer esses primeiros desenhos de graça e pregá-los com os outros, como publicidade. A verdade é que eu poderia ter desenhado a maioria dos clientes do restaurante sem que eles posassem para mim. Já vinha observando-os com atenção, reparando nos contornos da vida deles, que depois eu preenchia com a imaginação, em meu tempo livre.

Por exemplo, havia Rose, a mulher loira que vinha almoçar às sextas-feiras, depois de sair do cabeleireiro. Ela usava roupas caras de linho, sapatos clássicos e uma aliança de brilhantes. Tinha uma carteira Gucci e mantinha o dinheiro em ordem: notas de um, cinco, dez, vinte. Uma vez, veio com ela um homem semicalvo, que ficou segurando firmemente sua mão durante toda a refeição e falava italiano. Criei a imagem em minha cabeça de que fosse seu amante, porque tudo o mais na vida dela parecia muito perfeito.

Marco era um estudante cego da Escola de Governo Kennedy, que vestia um casaco preto longo mesmo nos dias mais quentes de julho. Havia raspado a cabeça, usava uma bandana e fazia brincadeiras conosco. "De que cor é?", ele perguntava. "Dê uma dica." E eu dizia algo como "McCarthy", e ele ria e respondia: "Vermelho". Chegava tarde da noite e fumava um cigarro atrás do outro, até uma nuvem cinza pairar sob o teto como um céu artificial.

Mas o cliente que eu mais observava era Nicholas. Eu só sabia o nome dele por causa de Lionel. Era estudante de medicina, o que explicava, segundo Lionel, as horas irregulares em que aparecia e o estado absorto em que sempre estava. Eu o encarava sem disfarçar, porque ele nunca parecia notar, mesmo quando não estava lendo, e tentava entender o que me parecia tão confuso nele. Estava no Mercy há duas semanas quando percebi: ele não se encaixava ali. Parecia brilhar contra o fundo do assento de vinil vermelho rachado. Monopolizava a atenção de todas as garçonetes, levantando o copo quando queria repetir a bebida, balançando a conta quando queria pagar; no entanto, nenhuma de nós o considerava arrogante. Eu o estudava com o fascínio de um cientista e, quando imaginava coisas sobre ele, era à noite, no sofá da sala de Doris. Via suas mãos firmes, seus olhos claros, e me perguntava o que me atraía nele.

Eu já tinha me apaixonado em Chicago e conhecia as consequências. Depois de tudo o que acontecera com Jake, não planejava me apaixonar de novo, talvez nunca mais. Eu não considerava estranho que, aos dezoito anos, uma parte sensível de mim parecesse quebrada para sempre.

Talvez fosse por isso que, quando observava Nicholas, nunca pensava em desenhá-lo. A artista em mim não registrou imediatamente suas linhas naturais como as de homem: a simetria de seu queixo quadrado, ou o sol batendo em seus cabelos e criando diferentes e sutis tons de preto.

Eu o observei na noite do primeiro Especial de Sopa de Macarrão com Frango, como Lionel insistiu em chamar o prato. Doris, que estivera trabalhando a meu lado desde o corre-corre do almoço, tinha saído mais cedo, então eu estava sozinha, enchendo os saleiros, quando Nicholas entrou. Eram onze horas da noite, um pouco antes de fechar, e ele se sentou em uma de minhas mesas. E de repente eu soube o que havia de diferente naquele homem. Lembrei-me da irmã Agnes, no colégio, batendo a régua na lousa empoeirada enquanto esperava que eu pensasse em uma frase com a palavra que errara no ditado. A palavra era "imponência", que eu escrevera com *s*. Fiquei ali de pé, trocando o peso de uma perna para a outra e ouvindo em silêncio os risinhos das meninas populares. Não consegui pensar em uma frase, e a irmã Agnes me acusou de rabiscar nas margens do caderno outra vez, embora não fosse nada disso. Mas, olhando para Nicholas, para o jeito como ele segurava a colher e para a inclinação de sua cabeça, entendi que imponência não era majestade ou nobreza, como me ensinaram. Era a capacidade de estar confortável no mundo, de fazer parecer que tudo vinha com tanta facilidade. *Imponência* era o que Nicholas tinha, o que eu não tinha, o que eu sabia então que nunca mais esqueceria.

Inspirada, corri para o balcão e comecei a desenhar Nicholas. Desenhei não só a proporção perfeita de seus traços, mas também o jeito tranquilo e o movimento fluido. Bem no momento em que Nicholas procurava a gorjeta no bolso, terminei o desenho e me afastei um pouco para apreciar o resultado. O que vi foi alguém belo, talvez mais belo do que qualquer outra pessoa que eu já tivesse visto na vida, alguém que os outros apontavam e comentavam. De modo claro como o dia, nas sobrancelhas retas, na testa alta, no queixo forte, eu podia ver que esse alguém havia nascido para liderar.

Lionel e Leroy entraram na área principal do restaurante carregando as sobras de comida que levavam para os filhos.

— Você sabe o que fazer — Lionel me disse, acenando enquanto abria a porta para sair. — Até mais, Nick!

Muito baixinho, sussurrando, ele disse:

— Nicholas.

Aproximei-me dele, ainda segurando o retrato.

— Você disse algo?

— Nicholas — ele repetiu, pigarreando. — Não gosto de "Nick".

— Ah. Quer mais alguma coisa?

Nicholas olhou em volta, como se tivesse acabado de notar que era o único cliente no restaurante e que o sol já tinha se posto havia horas.

— Acho que você está querendo fechar. — Estendeu uma perna sobre o banco e levantou os cantos da boca em um sorriso. — Ei, quantos anos você tem, afinal?

— O suficiente — rebati e me aproximei para retirar seu prato. Inclinei-me para frente, ainda segurando o cardápio com o desenho, e foi então que ele segurou meu pulso.

— Sou eu — disse, surpreso. — Ei, me deixe ver.

Tentei me soltar. Não me importava que ele visse o retrato, mas a sensação de sua mão segurando meu pulso era paralisante. Eu podia sentir a pulsação de seu polegar e os contornos da ponta dos dedos.

Eu sabia, pela maneira como ele me tocava, que havia reconhecido algo em meu desenho. Dei uma espiada no papel para identificar o que fizera daquela vez. No canto do desenho, eu esboçara séculos de reis, com altas coroas enfeitadas de joias e intermináveis mantos de arminho. Na outra borda, havia uma árvore retorcida em flor. Nos galhos superiores, eu desenhara um menino magro que segurava o sol na mão.

— Você é boa — ele comentou. Nicholas fez um sinal com a cabeça, indicando o banco à sua frente. — Se isso não for fazer você deixar os outros clientes esperando — disse, sorrindo —, por que não se senta comigo?

Descobri que ele estava no terceiro ano da faculdade de medicina, entre os melhores da classe, e na metade do período de estágio. Pretendia ser cirurgião cardíaco. Dormia só quatro horas por noite; no restante do tempo, estava no hospital ou estudando. Achava que eu não parecia ter mais do que quinze anos.

Em troca, eu lhe contei a verdade. Disse que era de Chicago, que havia frequentado um colégio religioso e que teria ido para a Escola de

Design de Rhode Island se não tivesse fugido de casa. Foi tudo que falei sobre isso, e ele não insistiu. Contei-lhe sobre as noites em que eu havia dormido na estação do metrô, acordando de manhã com o rugido dos trens. Disse que conseguia equilibrar quatro xícaras de café com os pires em um braço e que sabia dizer "eu te amo" em dez línguas. *Mimi notenka kudenko*, pronunciei em suaíli, só para provar. Disse-lhe que não conhecia de fato minha mãe, algo que nunca admitira nem para os amigos mais próximos. Mas não lhe contei sobre meu aborto.

Já passava de uma hora da manhã quando Nicholas se levantou para ir embora. Pegou o retrato que eu tinha desenhado e o jogou suavemente sobre o balcão de fórmica.

— Você vai pendurá-lo? — perguntou, apontando para os outros.

— Se você quiser. — Peguei minha caneta preta e olhei para a imagem dele. Por um momento, um pensamento me veio à cabeça: *Era isso que você estava esperando.* — Nicholas — eu disse baixinho, enquanto escrevia o nome dele no alto do papel.

— Nicholas — ele ecoou e riu. Passou o braço em volta de meus ombros e ficamos assim, tocando a lateral do corpo um do outro por um momento. Depois ele se afastou e passou a mão pelo lado de meu pescoço. — Sabia — disse, pressionando um ponto com o polegar — que, se a gente apertar com força suficiente aqui, pode fazer a pessoa desmaiar? — E então ele se inclinou e tocou com os lábios o ponto em que seu polegar havia estado, beijando o local com tanta suavidade que poderia até ter sido imaginação. Saiu antes que eu sequer tivesse notado que ele havia se movido, mas ouvi os sininhos soando contra o vidro embaçado. Fiquei ali, balançando o corpo e me perguntando como podia estar deixando aquilo acontecer outra vez.

2
Nicholas

Nicholas Prescott nasceu como um milagre. Depois de dez anos tentando conceber uma criança, seus pais finalmente conseguiram ter um filho. E, se eles eram um pouco mais velhos que os pais da maioria dos meninos com quem ele estudara na escola... bem, ele nunca reparou. Como se quisessem compensar todos os outros filhos que nunca tiveram, Robert e Astrid Prescott atendiam a todos os caprichos de Nicholas. Depois de algum tempo, ele não precisava nem verbalizar seus desejos; os pais começaram a adivinhar o que um menino de seis anos, ou doze, ou vinte deveria ter e não demoravam a providenciar. Assim, ele havia crescido com ingressos para a temporada inteira dos Celtics, um labrador marrom puro chamado Scout e entrada quase garantida em Exeter e Harvard. Na verdade, foi só como calouro em Harvard que Nicholas começou a perceber que o modo como havia sido criado não era a norma. Outro rapaz talvez tivesse aproveitado a oportunidade para, então, conhecer o Terceiro Mundo ou se voluntariar no Corpo da Paz, mas não Nicholas. Não que ele fosse desinteressado ou indiferente, apenas estava acostumado a ser um determinado tipo de pessoa. Nicholas Prescott sempre recebera o mundo em uma bandeja de prata de seus pais e, em troca, lhes deu o que era esperado: um filho modelo.

Nicholas sempre fora o primeiro da classe. Namorara uma sucessão de belas meninas de sangue azul de Wellesley desde os dezesseis anos, e percebera que elas o achavam atraente. Sabia como ser charmoso e como ser influente. Vinha dizendo às pessoas que seria médico como seu pai desde os sete anos, assim a faculdade de medicina fora uma espécie de profecia autorrealizada. Graduou-se em Harvard em 1979 e adiou um pouco o começo da especialização. Primeiro viajou pela Europa, onde desfrutou de relações com parisienses esguias que fumavam cigarros de menta. Depois voltou para casa e, cedendo à insistência de seu antigo treinador da equipe universitária, começou a treinar para as seletivas olímpicas de remo com outros jovens promissores, no lago Carnegie, em Princeton. Remou no sétimo banco do barco de oito homens que representou os Estados Unidos. Seus pais organizaram um brunch para os amigos, num domingo de manhã, onde beberam bloody mary enquanto viam, pela televisão, o filho remar até uma medalha de prata.

Era uma combinação de coisas, portanto, que fazia Nicholas Prescott, aos vinte e oito anos, acordar repetidamente no meio da noite, suando e trêmulo. Ele se desembaraçava de Rachel, sua namorada — também estudante de medicina e possivelmente a mulher mais inteligente que ele já conhecera —, e caminhava nu até a janela que dava para o pátio abaixo de seu apartamento. Sob a sombra azulada da lua cheia, ouvia o som distante dos carros em Harvard Square e mantinha as mãos erguidas a sua frente até que o tremor parasse. E sabia, ainda que não admitisse, o que estava por trás de seus pesadelos: Nicholas passara quase três décadas se esquivando do fracasso e percebia que sua cota estava acabando.

Nicholas não acreditava em Deus — era demasiado cientista para isso —, mas achava que havia alguém ou algo registrando seus sucessos e sabia que a boa sorte não poderia durar para sempre. Pegava-se pensando cada vez mais em seu colega de quarto no primeiro ano da faculdade, um garoto magro chamado Raj, que tirou C+ em um trabalho de literatura e pulou do telhado de Widener, quebrando o pescoço. O que era que o pai de Nicholas costumava dizer? "A vida muda em um piscar de olhos."

Várias vezes por semana, ele cruzava o rio até o Mercy, o pequeno restaurante em uma travessa da JFK Street, porque gostava do anonimato. Sempre havia outros estudantes por lá, mas tendiam a ser de disciplinas menos exatas: filosofia, história da arte, inglês. Até aquela noite, ele não se dera conta de que alguém sabia seu nome. Mas o homem negro, o proprietário, sabia, assim como aquela garçonete com jeito de menininha que estava entalada em um canto de sua mente nas últimas duas semanas.

Ela pensava que ele não a havia notado, mas não se podia sobreviver na Escola de Medicina de Harvard por três anos sem aperfeiçoar o poder de observação. Ela achava que estava sendo discreta, mas Nicholas sentia o calor do seu olhar no colarinho da camisa; o modo como ela se demorava com o jarro de água quando tornava a encher seu copo. E estava acostumado com mulheres olhando para ele, então isso não deveria tê-lo impressionado. Mas essa era apenas uma criança. Dizia que tinha dezoito anos, mas era difícil acreditar. Mesmo que parecesse mais nova do que sua idade real, não poderia ter mais de quinze anos.

Não fazia seu tipo. Era pequena, tinha joelhos ossudos e, caramba, cabelos ruivos. Mas não usava maquiagem e, mesmo sem isso, seus olhos eram enormes e azuis. Olhos de alcova, era o que as mulheres falavam dele, e percebia que isso se aplicava a essa garçonete também.

Nicholas sabia que tinha muito trabalho a fazer e não deveria ter ido ao Mercy naquela noite, mas perdera o jantar no hospital e viera pensando em sua torta de maçã favorita durante todo o trajeto de metrô, desde Boston. Também estivera pensando na garçonete. E também pensava em Rosita Gonzalez e se ela havia chegado bem em casa. Esse era seu mês no pronto-socorro e, um pouco depois das quatro horas da tarde, uma menina hispânica, Rosita, tinha sido trazida sangrando muito, após um aborto espontâneo. Quando ele leu seu histórico, ficou chocado: treze anos. Ele fizera uma curetagem e depois ficara segurando a mão dela por tanto tempo quanto pôde, ouvindo-a murmurar repetidamente: "*Mi hija, mi hija...*"

E então essa outra menina, a garçonete, tinha desenhado um retrato absolutamente inacreditável dele. Qualquer um poderia ter sido capaz de copiar seus traços fisionômicos, mas ela fizera algo diferente. Sua postura aristocrática, as linhas cansadas de sua boca. Mais importante ainda, ali, brilhando em seus olhos, estava o medo. E, no canto, aquele menino, e isso lhe dera um calafrio na espinha. Afinal, ela não tinha como saber que Nicholas, quando criança, subia nas árvores do quintal de casa, na esperança de puxar o sol e sempre acreditando que estava em seu poder fazer isso.

Ele olhara para o retrato e reparara na maneira natural com que ela aceitara seu elogio, e de repente se dera conta de que, mesmo que não fosse Nicholas Prescott, mesmo que trabalhasse no turno da tarde na padaria ou recolhesse lixo para sobreviver, era bem possível que essa garota tivesse feito seu retrato assim mesmo e, ainda, que soubesse mais sobre ele do que ele próprio gostaria de admitir. Era a primeira vez que Nicholas conhecia alguém que se surpreendia pelo que via nele; que não conhecia sua reputação; que teria ficado contente com uma nota de um dólar, ou um sorriso, ou o que quer que ele pudesse lhe dar.

Imaginou, por um rápido instante, como sua vida poderia ter sido se tivesse nascido outra pessoa. Seu pai sabia, mas nunca haviam conversado sobre isso, então Nicholas só podia especular. E se ele morasse bem no sul, digamos, e trabalhasse na linha de montagem de uma fábrica e visse o sol se pôr todos os dias sobre o lodo de um pântano, sentado em uma cadeira de balanço que rangia na varanda? Sem a intenção de parecer vaidoso, ele se perguntou como seria caminhar por uma rua sem atrair atenção. Teria trocado tudo — o fundo de investimentos, os privilégios e as conexões — por cinco minutos fora dos holofotes. Nem com seus pais, nem mesmo com Rachel, ele jamais se dera ao luxo de se esquecer de si mesmo. Quando ria, nunca era alto demais. Quando sorria, podia medir o efeito disso nas pessoas à sua volta. Mesmo quando relaxava, tirando os sapatos e esticando-se no sofá, sempre se sentia um pouco na defensiva, como se talvez tivesse de justificar seu tempo de lazer. Racionalizava que as pessoas sempre queriam o que não tinham, mas ainda assim ele teria gostado de experimentar: uma casa geminada, uma poltrona estofada, uma garota que pudesse conter o mundo nos olhos e que lhe comprasse camisas brancas baratas e o amasse não porque ele era Nicholas Prescott, mas porque era ele.

Não sabia o que o tinha feito beijar a garçonete antes de sair. Sentira o perfume do pescoço dela, ainda cheirando a leite e talco, como o de uma criança. Horas mais tarde, quando entrou no quarto e viu Rachel enrolada como uma múmia nos lençóis, despiu-se e aninhou-se a seu lado. Enquanto pegava o seio da namorada e sentia os dedos dela se apertarem em volta de seu pulso, ainda estava pensando naquele outro beijo e se questionando por que não havia perguntado o nome dela.

* * *

— Oi — disse Nicholas.

Ela abriu a porta do Mercy e a escorou com uma pedra. Virou a plaquinha de "Fechado" com uma graça natural.

— Não sei se você vai querer ficar aqui — disse. — O ar-condicionado está quebrado. — Levantou o cabelo da nuca e se abanou, como que para enfatizar a informação.

— Não quero entrar — respondeu Nicholas. — Tenho que ir para o hospital. Mas eu não sabia o seu nome. — Ele deu um passo à frente. — Eu queria saber o seu nome.

— Paige — ela disse baixinho. Torceu os dedos como se não soubesse o que fazer com as mãos. — Paige O'Toole.

— Paige — repetiu Nicholas. — Certo. — Sorriu e se afastou pela rua. Tentou ler o *Globe* na estação do metrô, mas ficava se perdendo na leitura, porque parecia que o vento no túnel do trem cantava o nome dela.

* * *

Enquanto fechava o restaurante naquela noite, Paige contou a Nicholas sobre seu nome. Tinha sido originalmente ideia do pai, um bom nome irlandês, de sua terra natal. A mãe era totalmente contra. Uma filha chamada Paige, ela achava, ficaria amaldiçoada pelo nome e sempre teria de obedecer às ordens dos outros, por causa de sua origem na designação de um pajem medieval. Mas seu marido lhe disse para ir dormir e deixar a ideia assentar, e, quando ela fez isso, sonhou com o homônimo *page*, ou página. Talvez, afinal, chamar a filha de Paige lhe desse uma bela página em branco: um ponto de partida em que ela pudesse escrever a própria trajetória. E assim ela acabou batizada com esse nome.

Depois, Paige lhe contou que a conversa sobre a história de seu nome era uma das únicas sete conversas com a mãe de que se lembrava por completo. E Nicholas, sem pensar, puxou-a para o colo e a abraçou. Escutou as batidas do coração dela em meio às dele.

No início do ano anterior, Nicholas decidira se especializar em cirurgia cardíaca. Assistira a um transplante de coração de uma sala de observação acima, como Deus, enquanto cirurgiões experientes tiravam o músculo espesso e nodoso de uma caixa refrigerada e o encaixavam na cavidade limpa e crua das costelas do receptor. Conectaram artérias e veias e fizeram minúsculas suturas, e, durante todo o tempo, esse coração já estava se curando. Quando ele começou a bater, bombeando sangue e oxigênio e uma segunda chance naquele que fora a sombra de um homem, Nicholas percebeu que estava com lágrimas nos olhos. Isso talvez já fosse suficiente para encaminhá-lo para a cirurgia cardíaca, mas ele ainda visitou o paciente uma semana depois, quando o órgão já tinha se mostrado totalmente compatível. Sentara-se ao pé da cama enquanto o sr. Lomazzi, um viúvo de sessenta anos que agora tinha o coração de uma menina de dezesseis, falava de beisebol e agradecia a Deus. Antes de Nicholas sair do quarto, o sr. Lomazzi se inclinou para frente e lhe disse:

— Eu não sou mais o mesmo. Eu penso como ela. Fico olhando para as flores por mais tempo e sei de cabeça poemas que nunca li, e às vezes fico pensando se ainda vou me apaixonar. — Ele havia segurado a mão de Nicholas, que ficou impressionado pela força gentil e o fluxo quente de sangue na ponta daqueles dedos. — Não estou reclamando — disse Lomazzi. — Só não sei mais quem está no controle. — E Nicholas havia murmurado um "até logo" e decidido, naquele instante, que se especializaria em cirurgia cardíaca. Talvez sempre tivesse sabido que a verdade de uma pessoa está no coração.

O que o fez questionar, enquanto segurava Paige no colo, o que o havia levado a fazer isso e que parte dele, exatamente, estaria no controle.

* * *

Em seu primeiro dia livre no mês de julho, Nicholas convidou Paige para sair. Disse a si mesmo que não se tratava, na verdade, de um encontro; seria como um irmão mais velho levando a irmãzinha para ver a cidade. Eles já haviam passado um tempo juntos na semana anterior, indo primeiro ver Hutch arremessar suas bolas em um jogo do Red Sox, depois caminhando pelo Common e passeando em um pedalinho em formato de cisne. Era a primeira vez nos vinte e oito anos de vida de Nicholas em Boston que ele entrava em um pedalinho de cisne, mas não contou isso a Paige. Ficou olhando o sol brilhar como fogo entre os cabelos dela e pintar suas faces de cor-de-rosa, e riu quando ela comeu o cachorro-quente sem o pão, e tentou se convencer de que não estava se apaixonando.

Nicholas não se surpreendeu por Paige querer sair com ele. Mesmo com o risco de parecer arrogante, estava acostumado com isso; qualquer médico era um ímã de mulheres solteiras. A surpresa foi *ele* querer sair com ela. Isso chegou a se tornar uma obsessão. Ele adorava que ela andasse descalça pelas ruas de Cambridge ao entardecer, quando a calçada esfriava.

Adorava que ela corresse atrás dos carrinhos de sorvete pelo quarteirão, cantando em voz alta seus jingles. Adorava que agisse tanto como criança, talvez porque ele tivesse esquecido como era isso.

Sua folga caiu, por acaso, no feriado de Quatro de Julho, e Nicholas planejou a saída cuidadosamente: jantar em uma famosa churrascaria ao norte de Boston, depois ver os fogos de artifício às margens do rio Charles.

Saíram do restaurante às sete horas, com tempo de sobra, disse Nicholas, para chegar ao Esplanade. Mas um carro pegou fogo na avenida e bloqueou o trânsito por cerca de uma hora. Ele detestava quando as coisas não saíam de acordo com o planejado, especialmente quando ficavam fora de seu controle. Nicholas se recostou e suspirou. Ligou o rádio e desligou em seguida. Apertou a buzina, ainda que ninguém estivesse se movendo.

— Não acredito — disse. — Nunca vamos chegar a tempo.

Paige estava com as pernas cruzadas no banco.

— Não faz mal — respondeu ela. — Fogos de artifício são sempre iguais.

— Não esses. Você nunca viu iguais. — Ele lhe contou sobre os barcos na bacia do rio Charles e o modo como as explosões dos fogos eram orquestradas ao som da *Abertura 1812*.

— Abertura 1812? O que é isso? — Paige indagou. E Nicholas apenas olhou para ela, depois buzinou outra vez para o carro imóvel a sua frente.

Após seis rodadas de perguntas de geografia e três rodadas de adivinhar um objeto em vinte perguntas, os carros começaram a se mover. Nicholas dirigiu como louco até Boston, mas só conseguiu chegar até o prédio de uma faculdade a quilômetros de distância. Parou no estacionamento dos professores e disse a Paige que a caminhada valeria a pena.

Quando chegaram ao Esplanade, aquilo era um mar de gente. Sobre as cabeças inquietas, a distância, Nicholas conseguia divisar a concha acústica e a orquestra abaixo. Uma mulher chutou sua canela.

— Ei, cara — disse ela —, estou acampada aqui desde as cinco horas da manhã. Você não vai passar na frente.

Paige se segurou na cintura de Nicholas quando um homem a puxou pela blusa e lhe mandou sentar.

— Acho melhor a gente ir embora — disse ela.

Eles não tinham escolha. Foram empurrados mais para trás pela multidão ondulante, até estarem dentro de um túnel. Era longo e escuro, e não conseguiam ver nada.

— Não acredito nisso — disse Nicholas, e, enquanto imaginava se as coisas poderiam ficar piores, um comboio de ciclistas de capacete cortou sua frente e uma das bicicletas passou por cima de seu pé esquerdo.

— Você está bem? — Paige perguntou, tocando-lhe o ombro enquanto ele pulava em um pé só, fazendo caretas de dor.

Ao fundo, Nicholas ouviu o começo das explosões dos fogos.

— Que droga...

A seu lado, Paige se recostou na parede úmida de concreto do túnel e cruzou os braços.

— Seu problema, Nicholas, é que você sempre vê o copo meio vazio, em vez de meio cheio. — Ela se virou e parou diante dele; mesmo no escuro, Nicholas podia ver o brilho de seus olhos. De algum lugar, veio o som de um fogo de artifício. — Esse é um vermelho — disse Paige. — E está subindo, subindo, e agora... veja... está brilhando pelo céu e caindo como uma chuva de faíscas quentes de um ferro de solda.

— Ah, por favor — Nicholas murmurou. — Você não está vendo nada. Não seja ridícula, Paige.

Ele havia sido indelicado, mas ela apenas sorriu.

— *Quem* está sendo ridículo? — disse ela, postando-se a sua frente e colocando as mãos nos ombros dele. — E quem disse que não estou vendo nada?

Dois estrondos fortes soaram. Paige se virou, com as costas pressionadas contra ele, ambos olhando para a mesma parede vazia do túnel.

— Dois círculos explodindo — disse ela —, um dentro do outro. Primeiro faixas azuis, depois faixas brancas, e agora, enquanto os círculos começam a desaparecer, pequenas espirais prateadas surgem nas bordas como vaga-lumes dançantes. E há uma fonte de ouro jorrando como um vulcão, e este outro é um guarda-chuva, chovendo bolinhas azuis minúsculas como confetes.

Nicholas sentia a seda dos cabelos de Paige sob seu rosto; o movimento dos ombros enquanto ela falava. Ficou pensando como a imaginação de uma pessoa podia conter tanta cor.

— Ah, Nicholas, agora é o final! — exclamou Paige. — Uau! Enormes explosões de azul, vermelho e amarelo se espalhando por todo o céu, e, quando elas começam a desaparecer, uma maior ainda está explodindo. Ela cobre *tudo*! É um enorme leque prateado, e seus dedos estão se estendendo, estendendo, e assobiam e chiam e enchem o céu de um milhão de novas estrelas cor-de-rosa faiscantes!

Nicholas pensou que poderia ficar escutando a voz de Paige para sempre. Ele a puxou com força contra si, fechou os olhos e então viu os fogos de artifício.

* * *

— Não vou deixar você constrangido — Paige disse. — Sei qual é o garfo de salada.

Nicholas riu. Estavam no carro, indo jantar na casa dos pais dele, e os conhecimentos de Paige sobre etiqueta à mesa eram a última de suas preocupações.

— Sabia que você é a única pessoa no mundo que pode me fazer esquecer de fibrilações atriais? — disse ele.

— Sou uma garota de muitos talentos — Paige respondeu e olhou para ele. — Conheço a faca de manteiga também.

Nicholas sorriu.

— E quem lhe ensinou todas essas coisas grandiosas?

— Meu pai. Ele me ensinou tudo.

Em um sinal vermelho, Paige se inclinou pela janela aberta para se ver melhor no espelho retrovisor. Pôs a língua para fora. Nicholas olhou com admiração para a curva branca de seu pescoço e para a ponta dos pés descalços, dobrados sob o corpo.

— E que outras coisas seu pai lhe ensinou?

Nicholas sorriu quando o rosto de Paige se iluminou. Ela contou nos dedos.

— Nunca sair de casa sem tomar o café da manhã, sempre andar com as costas viradas para a tempestade, tentar acompanhar o sentido em uma derrapagem. — Esticou as pernas e tornou a calçar os sapatos. — Ah, e levar algum lanchinho para a missa, mas não coisas que façam barulho para mastigar. — Ela começou a contar sobre as invenções de seu pai: as que tinham dado certo, como o descascador giratório automático de cenouras, e as que não tinham, como a pasta de dentes canina. No meio de suas divagações, inclinou a cabeça e olhou para Nicholas. — Ele ia gostar de você.

Sim. — Meneou a cabeça, convencendo a si mesma. — Ele ia gostar muito de você.

— Por que acha isso?

— Por causa do que vocês têm em comum — Paige respondeu. — Eu.

Nicholas deslizou a mão pelas laterais do volante.

— E sua mãe? O que você aprendeu com ela?

Depois de dizer isso, ele lembrou o que Paige lhe havia contado sobre a mãe, no restaurante. Lembrou quando era tarde demais, quando as palavras, pesadas e estúpidas, já estavam suspensas, quase que palpáveis, no espaço entre eles. Por um momento, Paige não respondeu nem se moveu. Ele poderia ter imaginado que ela não tinha ouvido, mas então ela se inclinou para frente e ligou o rádio, fazendo a música tocar tão alto que só poderia estar tentando abafar a pergunta.

Dez minutos depois, Nicholas estacionou à sombra de um carvalho. Saiu do carro e deu a volta até o lado de Paige, para ajudá-la a sair, mas ela já estava em pé e esticando o corpo.

— Qual delas? — ela perguntou, olhando para uma série de bonitas casas vitorianas, com cercas brancas de madeira, do outro lado da rua. Nicholas a segurou pelos ombros e a fez virar para a casa atrás dela, uma enorme residência colonial com trepadeiras crescendo em um dos lados. — É brincadeira — disse ela, se encolhendo um pouco. — Você é um Kennedy? — murmurou.

— De jeito nenhum — respondeu Nicholas. — Eles são todos democratas. — Ele a conduziu pela trilha de lajotas até a porta da frente, que, para seu alívio, não foi aberta pela empregada, mas pela própria Astrid Prescott, vestindo uma jaqueta de safári amarfanhada e com três câmeras dependuradas no pescoço.

— *Nich*-olas — ela exclamou, lançando os braços em volta do pescoço dele. — *Acabei* de chegar. Nepal. Uma cultura *incrível*. Mal posso esperar para ver o que consegui — deu uma batidinha nas câmeras, acariciando a de cima como se fosse viva. Puxou Nicholas para dentro com a força de um furacão e, depois, pegou as mãos pequenas e frias de Paige entre as suas. — E você deve ser a Paige. — Puxou-a para um estupendo salão de paredes revestidas de mogno e piso de mármore, que a fez lembrar as mansões de Newport que vira quando visitara a faculdade em Rhode Island, antes de concluir o ensino médio. — Faz menos de uma hora que cheguei e tudo de que o Robert me falou foi da misteriosa e mágica Paige.

Paige deu um passo para trás. Robert Prescott era um médico conhecido, mas Astrid Prescott era uma lenda. Nicholas não gostava de contar para os conhecidos que era relacionado "*à* Astrid Prescott", a quem as pessoas se referiam com o mesmo tom reverente que haviam usado, cem anos antes, para murmurar "*a* sra. Astor". Todos conheciam sua história: a garota rica da sociedade que havia largado impetuosamente os bailes e festas no jardim para brincar com fotografia e acabara se tornando uma das melhores na área. E todos conheciam as fotografias de Astrid Prescott, especialmente seus retratos vívidos em branco e preto de espécies ameaçadas, alguns dos quais — Paige reparou — estavam pendurados sem uma ordem específica por todo o salão. Eram fotos assombrosas, feitas de luz e sombra, de tartarugas marinhas gigantes, borboletas asa-de-pássaro, gorilas da montanha. Em pleno voo, uma coruja-pintada; a fenda na cauda de uma baleia-azul. Paige se lembrou de um artigo da *Newsweek* que lera alguns anos antes sobre Astrid Prescott, a qual, segundo a revista, teria dito que gostaria de ter vivido na época em que os dinossauros morreram, porque isso daria uma história e tanto.

Paige olhou de uma foto para outra. Todo mundo tinha um calendário de Astrid Prescott, ou uma pequena agenda de Astrid Prescott, porque suas fotografias eram notáveis. Ela captava o terror e o orgulho. Ao lado dessa mulher mítica, encolhida pela casa monstruosa, Paige se sentia desmanchar.

Mas Nicholas era mais afetado pelo pai. Quando Robert Prescott entrou na sala, a atmosfera mudou, como se o ar tivesse sido ionizado. Nicholas endireitou a postura, pôs no rosto seu sorriso mais vitorioso e observou Paige pelo canto do olho, perguntando-se, pela primeira vez, por que precisava construir uma imagem na frente dos próprios pais. Ele e seu pai nunca se tocavam, a menos que se contassem os apertos de mão. Tinha algo a ver com demonstrar afeto, coisa proibida entre os Prescott, o que deixava os familiares pensando, durante os funerais, por que havia tantas coisas que não tinham sido ditas para o morto, mas que deveriam ter sido.

Durante a sopa fria de frutas e o faisão com batatinhas, Nicholas contou aos pais sobre o estágio, especialmente no pronto-socorro, matizando os horrores para ajustá-los à mesa de jantar. Sua mãe sempre dava um jeito de fazer a conversa retornar para a viagem.

— O Everest — disse ela. — Não é possível captá-lo, nem com uma grande angular. — Ela havia tirado a jaqueta para o jantar, revelando uma camiseta regata gasta e calças cáqui largas. — Mas é impressionante como aqueles xerpas conhecem a montanha feito a palma da mão.

— Mãe — falou Nicholas —, nem todo mundo está interessado no Nepal.

— Bem, e nem todo mundo está interessado em cirurgia ortopédica, querido, mas todos escutamos com muita educação. — Astrid se virou para Paige, que estava olhando para a cabeça de um enorme antílope, colocada sobre a porta que levava à cozinha. — É horrível, não é?

Paige engoliu em seco.

— É que eu não consigo imaginar você...

— É do meu pai — interrompeu Nicholas, piscando para ela. — Papai é caçador. Não os faça começar — ele advertiu. — Não é em tudo que eles concordam.

Astrid lançou um beijo para o outro lado da mesa, onde estava Robert Prescott.

— Essa coisa horrível me valeu minha própria câmara escura na casa — disse ela.

— Troca justa — comentou Robert, saudando a esposa com uma batata espetada no garfo.

Paige olhou da mãe de Nicholas para o pai, e para a mãe outra vez. Sentia-se perdida diante das respostas rápidas entre eles. Imaginava como Nicholas teria feito para ser notado quando criança.

— Paige, querida — disse Astrid —, onde conheceu o Nicholas?

Paige mexeu nos talheres de prata, pegando o garfo de salada, algo que só Nicholas notou.

— A gente se conheceu no trabalho — respondeu.

— Então você é... — Astrid deixou a frase suspensa, esperando Paige completá-la com "estudante de medicina", ou "enfermeira", ou mesmo "técnica de laboratório".

— Garçonete — ela disse simplesmente.

— Entendo — comentou Robert.

Paige percebeu como a cordialidade de Astrid Prescott se desenrolava em torno dela, recuando como tentáculos; viu o olhar disfarçado que ela dirigiu ao marido: *Ela não é o que esperávamos.*

— Na verdade — Paige disse —, acho que não entende.

Nicholas, que estava sentindo nós no estômago desde que se sentaram para jantar, fez algo que também era proibido para os Prescott: riu alto. Seus pais o encararam com estranheza, mas ele apenas se voltou para a jovem e sorriu.

— A Paige é uma artista fabulosa — disse.

— Ah, é mesmo? — falou Astrid, inclinando-se para frente, para oferecer a ela uma segunda chance. — Que hobby admirável para uma jovem. Foi assim que tudo começou para mim. — Estalou os dedos e uma empregada apareceu para retirar seu prato vazio. Astrid apoiou os cotovelos bronzeados na fina toalha de linho e sorriu docemente, mas a luz não chegou a seus olhos. — Que faculdade você fez, querida?

— Não fiz — Paige respondeu, sem se alterar. — Eu ia para a RISD, mas tive um contratempo. — Ela usou o acrônimo da Escola de Design de Rhode Island, como a faculdade era conhecida.

— *Riz-di* — Robert repetiu com frieza, olhando para a esposa. — Acho que não conheço.

— Nicholas — Astrid interrompeu bruscamente —, como vai a Rachel?

Nicholas viu o rosto de Paige desmontar ao ouvir a menção a outra mulher, cujo nome ela nunca escutara antes. Ele amassou o guardanapo até que formasse uma bola e se levantou.

— Por que está interessada nisso, mãe? Você nunca se interessou antes. — Puxou a cadeira de Paige e a ergueu pelos ombros, até colocá-la em pé. — Sinto muito — disse —, mas precisamos ir.

No carro, eles ficaram rodando em círculos.

— O que foi aquilo? — Paige perguntou, quando finalmente chegaram a uma avenida. — Eu sou uma peça de algum jogo ou coisa parecida?

Nicholas não respondeu. Ela o encarou por alguns minutos, de braços cruzados, mas acabou se recostando outra vez.

Assim que Nicholas entrou em Cambridge, ela abriu a porta do carro. Ele freou de imediato.

— O que você está fazendo? — perguntou, incrédulo.

— Vou descer. Posso andar o resto do caminho. — Ela saiu do carro, com a lua se erguendo às suas costas, mergulhada na borda do rio Charles como uma mancha de sangue. — Sabe, Nicholas, você não é o que eu pensava que fosse.

E, enquanto ela se afastava, um músculo pulsou na mandíbula de Nicholas. *Ela é como as outras*, pensou e, só para provar que Paige estava errada, acelerou e passou por ela na Route 2, gritando como um louco, berrando até sentir os pulmões a ponto de explodir.

* * *

No dia seguinte, Nicholas ainda estava furioso. Encontrou Rachel depois da aula de anatomia dela e sugeriu que fossem tomar um café. Disse-lhe que conhecia um lugar onde desenhavam seu retrato enquanto você comia. Era um pouco longe, do outro lado do rio, mas relativamente perto do apartamento dele, e poderiam ir até lá depois. E então caminhou ao lado dela até o carro, contando os olhares de outros homens ao avistar os cabelos cor de mel de Rachel, suas curvas macias. À porta do restaurante, ele a envolveu entre os braços e a beijou com força.

— Bom... Bem-vindo de volta — Rachel disse, sorrindo.

Ele a conduziu até sua mesa de sempre, e ela quase imediatamente saiu para ir ao banheiro. Ele não estava vendo Paige, o que o deixou incomodado. Afinal, por que outro motivo tinha vindo? Ainda se questionava sobre isso quando ela surgiu atrás dele. Veio silenciosa como uma brisa, e ele não a teria notado se não fosse o perfume fresco de peras e salgueiro que aprendera a associar a ela. Quando Paige parou na frente dele, tinha os olhos muito abertos e cansados.

— Desculpe — disse ela. — Eu não queria te irritar.

— Quem está irritado? — Nicholas respondeu, sorrindo, mas sentia distintamente um aperto no coração, e começou a imaginar se era aquilo que os pacientes cardíacos sempre tentavam descrever.

Nesse momento, Rachel retornou e sentou diante de Nicholas.

— Desculpe — disse Paige —, mas esta mesa está ocupada.

— Sim, eu sei — respondeu Rachel, friamente. Olhou para Nicholas, depois encarou Paige com firmeza. Estendeu a mão sobre a mesa e enlaçou os dedos nos de Nicholas, com o silencioso poder da posse.

Nicholas não poderia ter planejado melhor, mas não esperava que fosse doer tanto. Não por Paige ter ficado imóvel diante dele, boquiaberta, como se não tivesse ouvido bem. Foi porque, quando ela o fitou, Nicholas não viu decepção ou traição. Em vez disso, ela o olhava, ainda, como se ele fosse mítico.

— Por que você veio até aqui? — ela perguntou.

Nicholas pigarreou, e Rachel o chutou sob a mesa.

— A Rachel soube dos retratos e queria um.

Paige assentiu num gesto de cabeça e foi buscar um bloco de desenho. Sentou-se diante da mesa em um banquinho baixo, segurando o bloco inclinado para cima, como sempre fazia, para que o retrato fosse uma surpresa quando ficasse pronto. Foi fazendo traços limpos e rápidos e matizando-os com o polegar; enquanto desenhava, outros clientes olhavam sobre seu ombro e riam entre cochichos. Quando terminou, largou o bloco na frente de Nicholas e saiu em direção à cozinha. Rachel o pegou. Lá estava seu cabelo, os olhos brilhantes e até mesmo a essência dos belos traços, mas, muito claramente, o desenho era de um lagarto.

* * *

Embora estivesse escalado para o plantão daquela noite no hospital, Nicholas fez algo que nunca tinha feito antes: ligou para dizer que estava doente. Então comeu alguma coisa rápida no McDonald's e caminhou pela Harvard Square depois que o sol se pôs. Sentou-se sobre uma mureta de tijolos, na esquina da Brattle Street, e ficou vendo um malabarista fazer truques com tochas acesas, perguntando-se se o rapaz não se preocupava com o que poderia acontecer. Nicholas pôs uma nota gasta de um dólar na caixa do instrumento de um violonista de jazz e parou à janela de uma loja de brinquedos, onde jacarés de pelúcia com capas de chuva tropeçavam em poças de papel-alumínio. Às cinco para as onze, caminhou para o Mercy, pensando no que faria se Doris, ou Marvela, ou qualquer outra pessoa que não Paige, estivesse encarregada de fechar o restaurante naquela noite. Sabia que, nesse caso, apenas continuaria andando, até encontrá-la.

Paige estava esvaziando os frascos de ketchup quando ele entrou. Sobre a cabeça dela, preso à parede, estava o retrato de Rachel como um lagarto.

— Gostei — disse ele, fazendo-a dar um pulo.

Mesmo sem querer, Paige sorriu um pouco.

— Tenho certeza que fiz o restaurante perder uma cliente.

— E daí? — Nicholas respondeu. — Você *me* fez voltar.

— E o que eu ganho com isso?

Ele sorriu.

— O que você quiser.

Muitos anos mais tarde, quando Nicholas pensava nessa conversa, dava-se conta de que não devia ter feito promessas que não poderia cumprir. Mas de fato acreditava que, o que quer que Paige quisesse, ele poderia ser. Tinha uma sensação a respeito disso, uma sensação de que tudo de que Paige precisava era ele, não seu dinheiro ou seu sucesso, e isso era tão novo para Nicholas que ele sentia como se o peso do mundo tivesse sido tirado de seus ombros. Puxou Paige para si e a viu enrijecer o corpo, depois relaxar. Beijou sua orelha, seu rosto, o canto de sua boca. Nos cabelos dela, sentiu o cheiro de bacon e waffles, mas também de sol e setembro, e se perguntou como podia pensar aquilo tudo que lhe vinha à cabeça.

Quando ela o abraçou também, como se estivesse testando o terreno, ele a segurou pela cintura e sentiu o contato de seus quadris abaixo dos dele.

— O Lionel ainda está aqui? — murmurou e, quando ela sacudiu a cabeça, ele tirou as chaves do bolso de Paige, trancou a porta e apagou a luz. Sentou-se em um dos bancos do balcão, puxou Paige entre suas pernas e a beijou, deixando as mãos deslizarem do pescoço para os seios, para a barriga. Beijava-a suavemente, aquela menina-mulher, e, quando lhe acariciou as coxas e ela ficou tensa, teve de sorrir.

Ela deve ser virgem, pensou, e uma ideia lhe encheu o peito: *Quero ser o primeiro dela. Quero ser o único.*

— Case comigo — ele disse, tão surpreso com as palavras quanto ela. Imaginou se essa seria a maneira de sua boa sorte se esgotar; se sua carreira começaria a se desintegrar, se esse seria o deslizamento que daria início à avalanche. Mas continuou abraçado a Paige e decidiu que aquele oco em seu coração era apenas o alvoroço do amor. Nicholas se maravilhava com a sorte de encontrar alguém que precisava tanto de sua segurança, sem jamais pensar que, embora os perigos pudessem ser diferentes, talvez ele precisasse ser protegido também.

3
Nicholas

Quando Nicholas tinha quatro anos, sua mãe o ensinou a não confiar em estranhos. Sentou-se com ele e lhe disse vinte vezes seguidas para não falar com ninguém na rua, a menos que fosse um amigo da família; para não aceitar a mão de ninguém para atravessar a rua; para nunca, em nenhuma circunstância, entrar no carro de ninguém. Nicholas lembrava-se de estar agitado na cadeira, desejando sair dali; ele queria ir olhar a lata de cerveja que deixara na varanda durante a noite, para pegar lesmas. Mas sua mãe não lhe permitia levantar, não lhe permitia nem fazer uma pausa para ir ao banheiro até que Nicholas conseguisse repetir, palavra por palavra, sua lição. E, àquela altura, Nicholas já havia conjurado imagens de fantasmas escuros e malcheirosos usando capas pretas surradas, escondidos dentro de carros e nas fendas da calçada e nas ruelas entre as lojas, esperando para saltar sobre ele. Quando a mãe finalmente lhe disse que ele podia sair para brincar, preferiu ficar dentro de casa. Durante semanas depois disso, quando o carteiro tocava a campainha, ele se escondia atrás do sofá.

Embora tenha superado seu medo de estranhos, ele nunca se esquecera das consequências, o que fazia de Nicholas a única pessoa em um grupo a preferir ficar isolado. Ele sabia ser charmoso quando a situação pedia, porém tendia mais a fingir interesse por um friso no teto do que a ser atraído para uma conversa com pessoas que não conhecia. Em alguns indivíduos, isso era visto como timidez; mas, em alguém com a condição, a estatura e os traços clássicos de Nicholas, parecia mais presunção. Nicholas descobriu que não se importava com o rótulo. Isso lhe dava tempo para avaliar uma situação e responder a ela com mais inteligência do que aqueles que se precipitavam em falar.

Nada disso explicava por que ele pediu impulsivamente a Paige O'Toole que se casasse com ele, ou por que deu a ela a chave reserva de seu apartamento, mesmo antes de saber a resposta.

Caminharam do Mercy para seu apartamento em total silêncio, e Nicholas estava começando a se odiar. Paige não estava agindo como Paige. Ele tinha arruinado o que quer que fosse que o agradava nela. Estava tão nervoso que não conseguia encaixar a chave na fechadura da porta, e não sabia por que se sentia desse jeito. Quando ela entrou no apartamento, ele prendeu a respiração até ouvi-la dizer baixinho:

— Meu quarto nunca é tão arrumado assim.

Então ele relaxou, recostou-se à parede e respondeu:

— Eu posso aprender a viver na bagunça.

Conversas como essa, nas primeiras horas depois de ele ter pedido Paige em casamento, faziam Nicholas perceber que ainda havia muito que não sabia sobre ela. Ele sabia as coisas grandes, o tipo de coisa que aparece nas conversas em festas: o nome da escola em que ela havia estudado, como começara a se interessar por desenho, a rua em que ela morava em Chicago. Mas não sabia os detalhes, aqueles que só um amante saberia: Que nome ela dera ao cachorro vira-lata que seu pai a fizera devolver para o abrigo de animais? Quem a ensinou a lançar uma bola curva de beisebol? Que constelações ela sabia identificar no céu noturno? Nicholas queria saber tudo isso. Estava tomado por uma avidez que o fazia querer apagar os últimos, ah, seis anos de sua vida e revivê-los com Paige, para não sentir que estava começando do meio.

— Isso é tudo que eu tenho aqui — Nicholas disse para Paige, pegando uma caixa de biscoitos velhos. Ele a fizera sentar no sofá de couro preto e acendera as lâmpadas de halogêneo. Ela não respondera se queria se casar com ele ou não, um detalhe que não passara despercebido a Nicholas. Para todos os efeitos, ele deveria querer que ela levasse o pedido na brincadeira, já que não estava muito certo do que o levara a fazer tal proposta precipitada. Mas sabia que Paige não encarara a questão de maneira indiferente e, para falar a verdade, queria saber a resposta dela. Sentia-se todo tenso por dentro, diante da expectativa de que ela risse na cara dele, o que lhe dizia muito mais do que ele gostaria de admitir.

De repente, só queria fazê-la falar. Achou que, se ao menos ela parasse de olhá-lo como se nunca o tivesse visto na vida, se começasse a lhe contar sobre Chicago, ou a citar um dos pequenos epigramas de Lionel, ou a introduzir qualquer outro assunto favorito, talvez viesse a mencionar por acaso que, sim, gostaria de ser sua esposa.

— Não estou com muita fome — disse Paige. Seu olhar percorreu as paredes do apartamento, as sombras do corredor, e Nicholas começou a se repreender por tê-la assustado assim. A menina tinha apenas dezoito anos. Não era de admirar que tivesse se retraído. É verdade que queria estar perto dela, talvez pudesse até admitir que estava se apaixonando, mas falar em casamento? Ele não sabia *de onde* havia tirado aquela ideia. Era como usar uma marreta para matar uma mosca.

Mesmo assim, não queria retirar o pedido.

Paige estava olhando para os pés.

— Isso é estranho — disse ela. — Sinto que é tão estranho... — Apertou as mãos no colo. — Quer dizer, eu não tinha que me preocupar com isso antes. Essa sensação. Não tinha planejado isso. Sabe, quando eu só estava meio que saindo com você, não era... não era... — Levantou os olhos, procurando as palavras certas.

— Tão intenso? — Nicholas completou.

— É. — O rosto de Paige se abriu em um sorriso, e ela soltou o ar longamente. — Você sempre sabe o que dizer — murmurou com timidez. — É uma das razões de eu gostar de você.

Nicholas sentou ao lado dela no sofá e passou o braço em torno de seus ombros.

— Você gosta de mim. Já é um começo.

Paige olhou para ele como se fosse dizer alguma coisa, depois sacudiu a cabeça.

— Ei. — Nicholas levantou-lhe o queixo. — Nada mudou. Esqueça que eu disse alguma coisa. Sou o mesmo cara que você largou no meio da Route 2 um dia atrás. Ainda sou aquele que você deixa no chinelo no pôquer.

— Mas você acabou de falar em casamento.

— Pois é... — Nicholas sorriu para ela e tentou soar despreocupado e irreverente. — É assim que eu gosto de finalizar os terceiros encontros.

Paige apoiou a cabeça no braço dele.

— Nós nem sequer *tivemos* três encontros de verdade — ela comentou. — Eu não paro de pensar em você...

— Eu sei.

— ... mas nem sei seu nome do meio.

— Jamison. — Nicholas riu. — O nome de solteira da minha mãe. Pronto, o que mais está faltando?

Paige levantou a cabeça para fitá-lo.

— E qual é o meu nome do meio? — desafiou, tentando deixar claro o que tentava dizer.

— Marie — Nicholas deu um chute no escuro, tentando ganhar tempo para encontrar o próximo contra-argumento. Mas, então, percebeu que tinha acertado.

Paige o estava encarando de queixo caído.

— Meu pai costumava dizer que eu saberia quando alguém fosse meu par perfeito — ela murmurou. — Ele disse que Deus arrumava as coisas para que a gente sempre estivesse no lugar certo, na hora certa. — Nicholas esperou que ela continuasse, mas ela franziu a testa e olhou fixamente para o tapete. Depois virou novamente para ele. — Por que você me pediu em casamento?

Havia um milhão de perguntas implícitas nessa, e Nicholas não sabia como responder a todas elas. Ainda estava abismado com o fato de que, do nada, o nome do meio de Paige tivesse simplesmente se materializado em seus pensamentos. Então disse a única coisa que lhe surgiu à mente:

— Porque você não me pediu.

Paige continuou a olhá-lo.

— Eu gosto *mesmo* de você — disse.

Ele recostou a cabeça no sofá, determinado a ter uma conversa comum, do tipo que pessoas que estão juntas desde sempre têm o tempo todo. Falou do tempo e dos times esportivos locais, depois Paige começou a contar sobre as garçonetes do Mercy. Nicholas se sentia calmo com o som da voz dela. Continuava lhe fazendo perguntas apenas para que ela não parasse de falar. Ela lhe descreveu em detalhes os ângulos do rosto do pai; contou que tentara, uma vez, ler um dicionário do começo ao fim, porque uma colega lhe tinha dito que isso a deixaria mais inteligente, mas só chegara até o N. Descreveu como era entrar nas águas do lago Michigan no fim de maio, com tanta nitidez que Nicholas de fato estremeceu e ficou com os pelos do braço arrepiados.

Estavam deitados lado a lado no sofá estreito quando Nicholas perguntou a Paige sobre sua mãe. Ela a havia mencionado no restaurante, e isso o levara a perceber que a misteriosa sra. O'Toole volta e meia flutuava na consciência de Paige como uma sombra, mas Paige não queria compartilhar os detalhes. Ele sabia que a mulher tinha ido embora; sabia que Paige tinha cinco anos na época e que não se lembrava muito bem dela. Mas com certeza Paige tinha sentimentos em relação a isso. Devia, pelo menos, ter alguma impressão.

— Como era sua mãe? — Nicholas perguntou gentilmente, tão próximo dela que seus lábios lhe roçavam o rosto.

Sentiu-a ficar tensa quase de imediato.

— Acho que era como eu — Paige respondeu. — Meu pai disse que ela se parecia comigo.

— Quer dizer, *você* se parece com ela — Nicholas corrigiu.

— Não. — Paige levantou o corpo e se sentou no canto do sofá. — Quero dizer que ela se parecia *comigo*. Sou eu que ainda estou aqui, certo? Então é comigo que ela deve ser comparada.

Nicholas não discutiu essa lógica, mas sentou e se recostou no lado oposto do sofá. Passou os dedos pelo macio couro preto.

— Seu pai alguma vez lhe contou por que ela foi embora?

Nicholas viu a cor sumir do rosto de Paige. E, quase com a mesma rapidez, um fluxo vermelho subiu pelo pescoço dela até as faces. Paige se levantou.

— Você quer se casar comigo ou com a minha família? — perguntou. Encarou Nicholas, que ficou sem fala, por vários segundos, então sorriu tão abertamente que suas covinhas apareceram e a sinceridade do gesto lhe alcançou o olhar. — Só estou cansada. Eu não queria gritar com você. Mas tenho mesmo que ir para casa.

Nicholas a ajudou a vestir o casaco e a levou de carro até o apartamento de Doris. Estacionou junto à calçada e apertou as mãos no volante, enquanto Paige procurava a chave na bolsa. Estava tão concentrado em rememorar os comentários dela sobre a mãe que quase não a ouviu falar. Ele a havia assustado pedindo-a em casamento e depois, quando ela começava a se aproximar dele outra vez, estragara tudo perguntando sobre sua mãe. Ela ficara tão perturbada por causa de uma pergunta boba. Haveria algo que ela não estava lhe contando? Algum caso policial ao estilo Lizzie Borden? Será que sua mãe era louca e ela não queria mencionar o fato com receio de que ele achasse que isso poderia ser hereditário? Ou será que Nicholas estava louco para tentar convencer a própria consciência de que esse vácuo no passado de Paige não importaria no longo prazo?

— Bem — disse Paige, virando-se para ele. — Foi uma noite e tanto, não é? — Quando viu que Nicholas não a olhava, ela baixou os olhos para o colo. — Não vou cobrar nada — disse baixinho. — Sei que você não falou a sério.

Nisso, Nicholas a encarou e colocou a chave reserva de seu apartamento na mão dela.

— Eu quero que você cobre.

Puxou Paige para entre os braços.

— A que horas você vai chegar em casa amanhã? — ela sussurrou junto ao pescoço dele.

Nicholas podia sentir a confiança dela se abrindo como uma flor e sendo transmitida, pelos dedos, para os locais onde ela o tocava. Ela levantou a cabeça, esperando um beijo, mas ele só pressionou suavemente os lábios sobre sua testa.

Surpresa, Paige se afastou e olhou para Nicholas como se o estivesse estudando para um retrato, depois sorriu.

— Vou pensar na sua proposta — disse.

* * *

Paige estava esperando por Nicholas no dia seguinte, quando ele chegou em casa do hospital, e as coisas entre eles voltaram ao normal. Ele soube disso antes mesmo de abrir a porta, porque o cheiro de cookies de baunilha chegava ao hall de entrada. Sabia também que, quando saíra naquela manhã, não havia na geladeira muito mais do que um bolo de banana embolorado e meio pote de conservas. Paige, obviamente, viera com mantimentos, e ele ficou surpreso ao perceber como todo o seu âmago parecia amolecer com esse pensamento.

Ela estava sentada no chão, com as mãos abertas sobre as páginas da *Anatomia de Gray*, como se estivesse tentando cobrir pudicamente a imagem musculoesquelética nua de um homem. A princípio, ela não o viu.

— *Cócix* — murmurou, lendo. Ela pronunciou errado o nome do osso na base da coluna, como se rimasse com *ônix*, e Nicholas sorriu. Então, ouvindo os passos, ela se levantou de um pulo, como se tivesse sido pega fazendo algo que não devia. — Desculpa — disse depressa.

As bochechas de Paige ficaram enrubescidas; seus ombros estavam trêmulos.

— Desculpa por quê? — Nicholas disse, jogando a maleta sobre o sofá.

Paige olhou em volta e, seguindo seu olhar, Nicholas começou a perceber que ela havia feito mais do que cookies. Tinha limpado todo o apartamento e, pela aparência, até mesmo esfregado o piso de madeira. Tirara a colcha extra do armário e a arrumara sobre o sofá, de modo que cores vibrantes como verde-limão, violeta e magenta invadiam a sala espartana. Havia tirado os exemplares do *Smithsonian* e do *New England Journal of Medicine* da mesinha de centro e substituído por uma revista *Mademoiselle*, aberta em um artigo sobre como moldar o bumbum. Sobre o balcão da cozinha, havia um maço de margaridas dentro de um pote limpo de pasta de amendoim.

Essas mudanças sutis tiravam o foco das antiguidades e das linhas retas que deixavam o lugar tão formal. Em uma única tarde, Paige fizera com que o apartamento se parecesse com qualquer outro apartamento habitado.

— Quando você me trouxe aqui ontem à noite, eu fiquei pensando que estava faltando alguma coisa. Parecia... sei lá... meio rígido, como se você morasse nas páginas de uma revista de arquitetura. Colhi as flores na rua — ela explicou, nervosa. — E, como não encontrei um vaso, meio que terminei com a pasta de amendoim

Nicholas concordou com a cabeça.

— Eu nem sabia que tinha pasta de amendoim — disse, ainda olhando em volta. Em toda sua vida, nunca vira uma revista *Mademoiselle* em casa. Sua mãe preferiria morrer a ter sobre a mesa flores silvestres colhidas na rua, em lugar de suas rosas-chá da estufa. Ele fora criado para acreditar que colchas no sofá eram aceitáveis em casas de campo, mas não em salas de estar formais.

Quando começara a faculdade de medicina, Nicholas deixara a decoração do apartamento aos cuidados da mãe, porque não tinha tempo nem inclinação para isso, e, sem surpresa, o lugar acabou se parecendo muito com a casa em que ele crescera. Astrid tinha lhe legado um relógio de bronze folheado a ouro e uma mesa de cerejeira antiga para a sala de jantar. Encarregara seu decorador de cuidar das cortinas e tapeçarias, especificando os tecidos nas cores verde-floresta, azul-marinho e carmim, que achava adequadas para Nicholas. Ele não queria uma sala de estar formal, mas não tinha dito isso para a mãe. Depois que a decoração ficou pronta, não sabia como mudar para uma sala de estar simples. Ou talvez nem soubesse como estar ali.

— O que acha? — Paige sussurrou, tão baixo que Nicholas pensou que tivesse imaginado sua voz.

Ele se aproximou dela e a abraçou.

— Acho que vamos ter que comprar um vaso — disse.

Pôde sentir os ombros de Paige relaxando sob seus braços. De repente, ela começou a falar, as palavras saindo atabalhoadamente de sua boca.

— Eu não sabia o que fazer, mas sabia que o apartamento precisava de *alguma coisa.* E então pensei... Ah, estou assando cookies, sabia?... Bom, eu não sabia se o que *eu* gostava ia ser o que *você* gostava, e comecei a imaginar como *eu* reagiria se chegasse em casa e alguém que eu mal conhecia tivesse rearranjado o lugar inteiro. A gente não se conhece bem, Nicholas, e estive pensando nisso a noite inteira também: quando começo a me convencer de que essa é a coisa mais certa do mundo, meu bom senso entra no meio. Qual é o seu cookie preferido, baunilha ou chocolate?

— Não sei — Nicholas respondeu. Ele estava sorrindo. Gostava de tentar acompanhar a conversa dela. Fazia-o lembrar um coelho de estimação que tivera e tentara levar para passear na coleira.

— Não me provoque — disse Paige, afastando-se. Ela foi para a cozinha e puxou uma assadeira do forno. — Você nunca usou essa forma de biscoitos. Ela ainda estava com a etiqueta.

Nicholas pegou uma espátula, levantou um cookie da forma e o jogou de uma mão para a outra para esfriar.

— Eu nem sabia que tinha uma assadeira. Não cozinho muito.

Paige o observou provar o cookie.

— Nem eu. Você precisa saber disso, não precisa? Provavelmente vamos morrer de fome em um mês.

Nicholas olhou para ela.

— Mas vamos morrer felizes. — Ele deu uma segunda mordida. — Está bom, Paige. Você está se subestimando.

Ela sacudiu a cabeça.

— Uma vez, incendiei o forno cozinhando uma refeição congelada. Eu não tirei da embalagem. Cookies são todo o meu repertório. Mas *esses* eu sei fazer. Você parece o tipo de cara que gosta dos de baunilha. Tentei lembrar se você já tinha pedido chocolate alguma vez no restaurante, e não pediu, acho que não, então deve ser uma pessoa baunilha. — Quando Nicholas ficou olhando para ela com cara de não ter entendido, Paige sorriu. — O mundo é dividido em pessoas baunilha e pessoas chocolate. Você não sabia, Nicholas?

— É simples assim?

— Pense nisso. Ninguém nunca gosta igualmente das duas metades do sorvete misto. Ou você deixa o chocolate para o fim, porque gosta mais dele, ou deixa a baunilha. Se tiver muita sorte, pode conseguir trocar com alguém e ficar com um copinho inteiro do sabor que você gosta mais. Meu pai fazia isso para mim.

Nicholas pensou no tipo de dia que acabara de ter. Ainda estava no plantão do pronto-socorro. Naquela manhã, tinha acontecido um acidente com seis carros na Route 93, e os feridos foram levados para o Mass General. Um morreu, um passou por uma neurocirurgia de oito horas, um teve parada cardíaca. No horário do almoço, chegou uma menina de seis anos que tinha levado um tiro na barriga em um parquinho, pega no fogo cruzado de duas gangues. E então, em seu apartamento, havia Paige. Chegar em casa e encontrar Paige todos os dias seria um alívio. Chegar em casa e encontrá-la seria uma bênção.

— Acho que você é uma pessoa chocolate — Nicholas disse.

— Claro.

Ele se aproximou e a apoiou de costas para a pia, com um braço de cada lado de seu corpo.

— Você sempre pode ficar com a metade do meu sorvete misto — disse. — Pode ficar com tudo o que quiser.

* * *

Nicholas tinha lido certa vez sobre uma mulher de um metro e sessenta de altura que levantara uma van escolar para soltar a filha de sete anos, que ficara presa embaixo do veículo. Tinha visto um quadro em um programa de TV sobre um soldado solteiro que se jogara sobre uma granada para proteger a vida de um colega que era pai de família. Em termos médicos, Nicholas podia atribuir essas atitudes ao súbito surto de adrenalina causado por situações de crise. Em termos práticos, sabia que o envolvimento emocional tinha forte participação. E constatou, para sua surpresa, que poderia ter feito essas coisas por Paige. Ele atravessaria um canal a nado, levaria um tiro, daria a própria vida. A ideia o abalou, gelou seu sangue. Talvez fosse apenas um forte sentimento de proteção, mas começava a acreditar que era amor.

Apesar disso, apesar de seu pedido apressado, Nicholas não acreditava em amor romântico. Não acreditava em ser arrebatado, ou em amor à primeira vista, que poderiam ter explicado sua obsessão quase imediata por Paige. Quando ficara sem sono na cama, na noite anterior, pensou se a atração que sentia poderia ser baseada em pena — o garoto que cresceu tendo tudo achando que poderia iluminar a vida da menina que não tivera nada —, mas havia conhecido outras mulheres de classe inferior à sua antes, e nenhuma delas o afetara tão fortemente a ponto de fazê-lo esquecer como usar a voz, como respirar involuntariamente. Essas mulheres, que Nicholas poderia ganhar com uma garrafa de Chianti e um sorriso encantador, geralmente adornavam sua cama por uma semana antes de ele sentir vontade de partir para outra. Ele *poderia* ter feito isso com Paige; sabia que poderia, se quisesse. Mas, sempre que olhava para ela, queria ficar a seu lado, protegê-la do mundo com o calor simples e forte de seu corpo. Ela era muito mais frágil do que queria parecer.

Paige estava esparramada no que agora, graças a ela, era a sala de *estar* dele, lendo a *Anatomia de Gray* como se fosse um livro de suspense.

— Não sei como você memoriza tudo isso, Nicholas — comentou ela. — Eu não consigo, nem os ossos. — Levantou os olhos. — Eu tentei. Achei que, se conseguisse lembrar todos eles sem olhar, ia impressionar você.

— Você já me impressiona — disse ele. — Não se preocupe com os ossos.

Paige deu de ombros.

— Não tenho nada que impressione.

Nicholas, que estava deitado no sofá, rolou para o lado e olhou para ela.

— Está brincando? Você saiu de casa, arrumou um emprego e sobreviveu em uma cidade que nem conhecia. Eu não conseguiria ter feito isso aos dezoito anos. — Ele fez uma pausa. — Nem sei se conseguiria agora.

— É porque você nunca precisou — Paige respondeu, em um tom de voz sóbrio.

Nicholas abriu a boca para falar, mas não disse nada. Ele nunca precisou. Mas *quis*.

Tanto o pai como a mãe de Nicholas haviam, de certa forma, mudado de situação de vida. Astrid, cuja linhagem remontava ao desembarque do *Mayflower* em Plymouth Rock, tentara minimizar seus vínculos naturais com a alta classe de Boston. "Não entendo todo esse alvoroço por causa do *Mayflower*", ela dizia. "Ora, os puritanos eram *degredados* antes de chegarem aqui." Ela crescera cercada de uma riqueza tão antiga como se sempre tivesse estado ali. Suas objeções não eram a uma vida de privilégios, na verdade, mas às restrições que a acompanhavam. Não tinha a menor intenção de se tornar o tipo de esposa que se fundia com as paredes de uma casa que a definia; por isso, no dia em que se formou em Vassar, voou para Roma sem dizer nada a ninguém. Ficou bêbada e dançou à meia-noite na Fontana di Trevi e dormiu com tantos homens de cabelos escuros quanto pôde, até esgotar seu cartão de crédito. Meses depois, quando foi apresentada a Robert Prescott em uma festa de garagem, quase o dispensou como mais um desses garotos ricos que têm tudo que os pais estavam sempre tentando empurrar para ela. Mas, quando seus olhares se encontraram sobre um copo de sidra, ela percebeu que Robert não era o que aparentava ser. Sob a superfície, ele fervia com aquela mesma promessa de escapar a qualquer custo, que também corria pelo sangue de Astrid. Ali estava sua imagem no espelho: alguém tentando *entrar* tão desesperadamente quanto ela tentava *sair*.

Robert Prescott nascera sem um tostão e, aparentemente, sem pai. Vendera revistas de porta em porta para pagar sua entrada em Harvard. Agora, trinta anos depois, aprimorara sua imagem a tal ponto, no que se referia a posses financeiras, que ninguém ousava lembrar se sua fortuna era antiga recém-consquistada. Ele adorava seu status adquirido; gostava da combinação dos próprios gostos lustrosos e cristalinos com as desordenadas antiguidades de sete gerações de Astrid. Robert entendia seu papel muito bem: parecer convencional e entediado em jantares, cultivar o gosto por vinho do Porto, obliterar os fatos de sua vida que pudessem incriminá-lo. Nicholas sabia que, embora o pai não pudesse convencer a si próprio que tinha berço, acreditava que pertencia por direito àquela posição, e isso era igualmente bom.

Houve uma discussão feia certa vez, quando o pai insistiu que Nicholas fizesse algo que ele não se sentia inclinado a fazer — os detalhes ele não lembrava mais: provavelmente acompanhar a irmã de alguém a um baile de debutantes, ou desistir do jogo de beisebol no bairro, aos sábados, para ter aulas de dança de salão. Nicholas não cedera, mesmo certo de que seu pai lhe viraria um tapa, mas no fim Robert se afundara em uma poltrona, derrotado, massageando a ponte do nariz.

— Você entraria no jogo, Nicholas — ele dissera, suspirando —, se soubesse que há algo a perder.

Agora que estava mais velho, Nicholas entendia. Verdade seja dita: por mais que fantasiasse viver a vida simples de um pescador de lagostas no Maine, ele gostava demais das vantagens de sua posição para simplesmente virar as costas e ir embora. Gostava de chamar o governador pelo primeiro nome, de ter debutantes deixando o sutiã rendado no banco de trás de seu carro, de ter sido aceito na universidade e no curso de medicina sem precisar se preocupar, nem por meio segundo, com suas chances. Paige podia não ter crescido da mesma maneira, mas *deixara* algo para trás. Ela era um estudo de contrastes: por mais frágil que parecesse por fora, tinha o tipo de autoconfiança necessário para romper com sua vida anterior. Nicholas percebia que tinha menos coragem no corpo todo do que Paige no dedo mindinho.

Ela levantou os olhos do livro de anatomia.

— Se eu lhe fizesse perguntas sobre isso, você saberia tudinho?

Nicholas riu.

— Não. Sim. Bom, depende do que você perguntar. — Ele se inclinou para frente. — Mas não conte a ninguém, ou eu vou ficar sem o diploma.

Paige se sentou de pernas cruzadas.

— Faça minha anamnese — ela pediu. — É um bom treino, não é? Isso não te ajudaria?

Nicholas gemeu.

— Eu faço isso umas cem vezes por dia. Poderia fazer até dormindo. — Ele se deitou de costas. — Nome? Idade? Data de nascimento? Local de nascimento? Você fuma? Faz atividades físicas? Você ou alguém da sua família tem histórico de doença cardíaca... diabetes... câncer de mama? Você ou alguém da sua família... — Ele deixou a frase no meio e deslizou do sofá para se sentar ao lado de Paige. Ela estava fitando o próprio colo.

— Acho que eu teria um probleminha com a anamnese — disse ela. — Se é a *minha* ficha médica, por que você tem que perguntar de todo mundo da minha família?

Nicholas segurou a mão dela

— Me conte sobre a sua mãe — pediu.

Paige se levantou na mesma hora e pegou a bolsa.

— Preciso ir — disse, mas Nicholas a segurou pelo pulso antes que ela se afastasse

— Por que, toda vez que menciono sua mãe, você foge?

— Por que, toda vez que estamos juntos, você toca nesse assunto? — Ela o fitou com firmeza e puxou o braço. Seus dedos deslizaram sobre os de Nicholas até estarem ponta com ponta. — Não é nenhum grande mistério, Nicholas. Nunca lhe ocorreu que eu posso não ter nada para contar?

A luz suave da luminária de mesa verde de Nicholas lançava as sombras dele e de Paige na parede oposta, imagens que não eram nada mais que reproduções em branco e preto e ampliadas, com três metros de altura. Na sombra, onde não se viam os rostos, quase parecia que Paige havia estendido a mão para ajudar Nicholas a se levantar. Quase parecia que era ela quem o estava amparando.

Ele a puxou para se sentar a seu lado, e ela não resistiu muito. Então ele juntou as mãos e produziu uma sombra de jacaré, que começou a percorrer a parede abrindo e fechando a boca

— Nicholas! — Paige murmurou, com um sorriso iluminando-lhe o rosto. — Me mostre como você faz isso! — Ele dobrou as mãos sobre as dela e foi mexendo gentilmente seus dedos e palmas até criar a silhueta de um coelho na parede da sala. — Eu já tinha visto isso antes, mas ninguém nunca me mostrou como fazer — disse ela.

Nicholas fez uma cobra, uma pomba, um índio, um labrador. A cada nova imagem, Paige batia palmas e pedia para ele lhe mostrar a posição das mãos. Nicholas não se lembrava da última vez em que alguém tinha ficado tão entusiasmado com sombras na parede. Na verdade, nem se lembrava da última vez em que as havia feito.

Ela não conseguia acertar o bico da águia. A cabeça estava lá, e o buraquinho para o olho, mas Nicholas não conseguia arrumar as mãos dela para formar o bico.

— Acho que suas mãos são muito pequenas — disse ele.

Paige pegou as mãos dele e traçou as linhas da vida na palma.

— Eu acho que as suas são do tamanho certo — falou.

Nicholas baixou a cabeça até as mãos dela e as beijou, e Paige olhou suas silhuetas na parede, fascinada pelo movimento da cabeça dele, pelo contorno esguio de sua nuca e pelo modo como a sombra dele se fundia com a sua. Nicholas a fitou com um olhar intenso.

— Não terminamos seu histórico médico — disse ele, subindo as mãos pelo corpo dela.

Paige recostou a cabeça no ombro dele e fechou os olhos.

— É porque eu não tenho uma história.

— Vamos pular essa parte — Nicholas murmurou. Então pressionou os lábios contra o pescoço de Paige. — Bom... tonsilectomia? — Ele beijou seu pescoço, seus ombros, seu abdômen. — Apendicectomia?

— Não — Paige sussurrou. — Nada. — Ela ergueu a cabeça enquanto Nicholas passava os nós dos dedos sobre seus seios.

Ele engoliu, sentindo como se tivesse dezessete anos outra vez. Não ia fazer algo de que se arrependeria depois. Afinal, não era como se ela já tivesse feito isso antes.

— Intacta — ele murmurou. — Perfeita. — Ainda trêmulo, baixou as mãos para os quadris de Paige e a empurrou um pouco para trás. Afastou uma mecha de cabelo dos olhos dela.

Ela deixou escapar um som da garganta.

— Não — disse —, você não entende.

Nicholas sentou no sofá, puxando Paige para seu lado.

— Sim, eu entendo. — Ele se deitou e a levou consigo, de tal modo que os corpos ficaram pressionados um contra o outro, do ombro até o tornozelo. Podia sentir a respiração dela, um círculo quente na frente da camisa.

Paige olhou, por sobre o ombro de Nicholas, para a parede branca, iluminada pela luz pálida, vazia de sombras. Tentou imaginar suas mãos entrelaçadas, os dedos indistinguíveis no reflexo distante. Nada que criava em sua mente ficava do jeito certo; sabia que havia calculado mal o tamanho dos dedos, a curva do pulso. Queria acertar aquela águia. Queria tentar de novo, e de novo, e de novo, até poder sabê-la sem erros, de memória.

— Nicholas — ela disse. — Sim, eu quero me casar com você.

4
Paige

Eu devia ter pensado que não seria bom começar meu casamento com uma mentira. Mas pareceu tão fácil na hora. Que alguém como Nicholas pudesse me querer era ainda inacreditável. Ele me segurava como uma criança segura um floco de neve, de leve, como se soubesse, no fundo de sua mente, que eu poderia desaparecer em um piscar de olhos. Sua autoconfiança o vestia como um casaco macio. Eu não estava apenas apaixonada por ele; eu o venerava. Nunca havia conhecido ninguém como ele e, encantada por ter sido *eu* a escolhida, tomei a decisão: eu seria o que ele quisesse; o seguiria até os confins da Terra.

Ele achava que eu era virgem, que estava me guardando para alguém como ele. De certa maneira, estava certo. Aos dezoito anos, eu nunca havia conhecido uma pessoa como Nicholas. Mas o que eu *não* lhe contei ficou me atormentando todos os dias até o nosso casamento. Era um ruído perturbador dentro de minha cabeça, e fora também, no zumbido quente do trânsito. Não parava de me lembrar do padre Draher falando das mentiras de omissão. Assim, a cada manhã, eu acordava decidida que aquele seria o dia em que contaria a Nicholas a verdade, mas no fim havia uma coisa mais aterrorizante do que lhe contar que eu era uma mentirosa: enfrentar o risco de perdê-lo.

* * *

Nicholas saiu do banheiro do pequeno apartamento com uma toalha enrolada na cintura. Ela era azul e tinha desenhos de balões de ar quente nas cores primárias. Ele caminhou até a janela, sem nenhum pudor, e fechou as cortinas.

— Vamos fingir que não estamos no meio do dia — disse.

Ele se sentou na beirada do colchão. Eu estava enrolada sob as cobertas. Embora fizesse mais de trinta graus lá fora, eu estivera tremendo o dia todo. Também queria que fosse noite, mas não por vergonha. Tinha sido um dia tão tenso e terrível que eu preferia que já fosse amanhã. Queria acordar e encontrar Nicholas e continuar o resto da minha vida. Da nossa vida.

Nicholas se inclinou sobre mim, trazendo o perfume conhecido de sabonete, xampu de bebê e grama recém-cortada. Eu adorava o cheiro dele, porque não era o que tinha esperado. Ele beijou minha testa, como se faria com uma criança doente.

— Está assustada? — perguntou.

Eu queria dizer a ele: Não; na verdade você ficaria surpreso em saber que, em matéria de sexo, eu me saio muito bem. *Em vez disso, me vi concordando, meu queixo se movendo para cima e para baixo. Esperei que ele me tranquilizasse, que me dissesse que não ia me machucar, pelo menos não mais que o necessário para essa primeira vez. Mas Nicholas se deitou a meu lado, cruzou os braços sob a cabeça e admitiu:*

— Eu também.

* * *

Não respondi imediatamente a Nicholas que queria casar com ele. Dei-lhe tempo para voltar atrás. Ele me fez o pedido naquela noite, no restaurante, depois de ter trazido a namorada bruxa para tomar um café. A princípio fiquei aterrorizada, porque pensei que teria de encarar todos os segredos de que vinha fugindo. Por um ou dois dias, lutei contra a ideia, mas como poderia impedir algo que estava fadado a ser?

Eu soube desde o começo que ele era a pessoa certa. Conseguia caminhar ao lado dele no mesmo ritmo, mesmo com suas pernas sendo muito maiores. Podia sentir quando ele entrava no restaurante pelo jeito que os sininhos na porta tocavam. Pensava nele e sorria no mesmo instante. Eu amaria Nicholas mesmo que ele nunca tivesse me pedido em casamento, mas me surpreendi pensando em ruas residenciais com árvores nas calçadas, revezamento para levar as crianças ao futebol e receitas guardadas dentro de caixas de madeira lixada, feitas à mão. Sonhei com uma vida normal, do tipo que nunca tive, e, mesmo que agora fosse para vivê-la como esposa, imaginei que antes tarde do que nunca.

A reitoria de Harvard concedeu a Nicholas licença de uma semana nas aulas e plantões no hospital, para que pudéssemos nos mudar para o alojamento de estudantes casados e marcar uma data com o juiz de paz. Não haveria lua de mel, porque não havia mais dinheiro.

* * *

Nicholas tirou o lençol de cima de mim.

— Onde arrumou isso? — perguntou, descendo as mãos sobre o cetim branco. Ele deslizou os dedos sob as alças finas. Sua respiração roçava meu pescoço, e eu sentia como nos tocávamos em tantos pontos... nossos ombros, nossa barriga, nossas coxas. Ele baixou a cabeça e circulou meu mamilo com a língua. Passei as mãos nos cabelos dele, vendo um raio de sol realçar a base azulada sob o negro espesso.

* * *

Marvela e Doris, as duas únicas amigas que eu tinha em Cambridge, me levaram para fazer compras em uma pequena loja de preços baixos em Brighton, chamada O Preço dos Sonhos. Parecia vender tudo o que era necessário para um guarda-roupa feminino: lingerie, acessórios, conjuntos, calças, blusas, casacos. Eu tinha cem dólares. Vinte e cinco vieram de Lionel, como um bônus de casamento, e o restante do próprio Nicholas. Nós havíamos nos mudado para o alojamento de estudantes casados na véspera e, quando ele percebeu que eu levava mais material de artes do que roupas na mochila, e que só tinha quatro calcinhas, as quais lavava constantemente, disse-me que eu precisava comprar algumas coisas. Mesmo sem ter disponibilidade financeira para isso, ele me deu o dinheiro.

— Você não pode se casar com o uniforme cor-de-rosa do Mercy — ele me disse, e eu ri e respondi:

— Quem disse que não?

Doris e Marvela se deslocavam pela loja como compradoras experientes.

— Menina — Marvela me chamou —, você está procurando algo mais formal ou vai para o lado do sexy?

Doris pegou várias meias-calças de um cabide.

— Que história é essa de sexy? — murmurou. — Não se vai sexy para um casamento.

Nem Doris nem Marvela eram casadas. Marvela tinha sido, mas seu marido morrera num frigorífico, em um acidente do qual ela não gostava de falar. Doris, que estava em algum ponto entre os quarenta e os sessenta anos e escondia a idade como se fosse a coroa dos Windsor, disse que não gostava de homens, mas eu me perguntava se não seriam os homens que não gostavam dela.

Elas me fizeram experimentar vestidos com arremates de couro e conjuntos de duas peças com lapelas de bolinhas, e até um macacão de lantejoulas colante que me fez ficar parecendo uma banana. No fim, comprei uma camisola simples de cetim branco para a noite de núpcias e um conjunto cor-de-rosa claro para o casamento. Ele tinha a saia reta e um babadinho na borda do blazer, e parecia ter sido feito especialmente para mim. Quando experimentei, Doris se encantou. E Marvela meneou a cabeça, afirmando:

— E ainda dizem que ruivas não devem usar rosa.

Fiquei diante do espelho triplo com as mãos posicionadas à frente, como se estivesse segurando um buquê em cascata. Imaginei como seria ter um vestido pesado, bordado de contas, sobre os ombros, sentir a cauda deslizar atrás de mim pelo corredor de uma catedral, conhecer o estremecimento de minha respiração sob o véu quando ouvisse a marcha nupcial. Mas isso não ia acontecer e, de qualquer forma, não importava. Quem ligava para a pompa de um único dia idiota quando se tinha o resto da vida para fazer tudo perfeito? E, caso eu precisasse de alguma confirmação, quando virei novamente para minhas amigas, pude ver meu futuro brilhando nos olhos delas.

* * *

A boca de Nicholas desceu por meu corpo, deixando uma trilha quente que me fez pensar na cicatriz de Lionel. Eu me movi embaixo dele. Nicholas nunca tinha me tocado assim. Na verdade, depois de tomada a decisão do casamento, ele não fizera mais do que me beijar e acariciar meus seios. Tentei me concentrar no que ele devia estar pensando: se passava pela cabeça dele que meu corpo — que tinha vontade própria — não estava se comportando da maneira tímida e assustada que se espera de uma virgem. Mas Nicholas não disse nada, e talvez estivesse acostumado com esse tipo de reação.

Ele estava me tocando por tanto tempo e tão bem que, quando parou, levei um momento para notar, e foi por causa da aterrorizante lufada de ar frio que senti no lugar de sua ausência. Eu o puxei para mim, um quente cobertor humano. Faria qualquer coisa para parar de tremer. Agarrei-me a ele como se estivesse me afogando, o que imagino que estava mesmo.

Quando suas mãos deslizaram entre minhas coxas, enrijeci. Não pretendia que isso acontecesse, e, claro, Nicholas interpretou da maneira errada, mas na última vez em que eu tinha sido tocada ali havia um médico, e uma clínica, e um terrível aperto em meu peito, que eu sabia agora que era um vazio. Nicholas murmurou algo que não ouvi, mas que senti de encontro às minhas pernas, e então ele começou a beijar os espaços entre seus dedos e, por fim, sua boca me cobriu como um sussurro.

* * *

— Eles mandaram parabéns — Nicholas me disse ao desligar o telefone, depois de contar a seus pais sobre nós. — Querem que a gente vá lá amanhã à noite.

Estava claro que, depois de nossa primeira visita, Astrid Prescott gostava tanto de mim quanto gostaria de um exército de mercenários que invadisse sua câmara escura.

— Eles não disseram isso — respondi. — Diga a verdade.

— Essa *é* a verdade — Nicholas falou. — E é isso que me intriga.

Seguimos para Brookline quase em silêncio e, quando tocamos a campainha, Astrid e Robert atenderam juntos. Estavam vestidos elegantemente em tons de cinza e haviam diminuído a intensidade das luzes da casa. Se eu não os conhecesse, teria imaginado que estava chegando a um velório.

Durante o jantar, fiquei esperando que algo acontecesse. Quando Nicholas derrubou o garfo, dei um pulo na cadeira. Mas não houve nenhum grito, nenhum anúncio surpreendente. Uma empregada serviu pato assado e brotos de samambaia; Nicholas e seu pai conversaram sobre pesca de anchovas. Astrid brindou a nosso futuro, e todos erguemos as taças de modo que o sol, que ainda entrava pelas janelas, se refletiu nas hastes torcidas e cobriu as paredes de arco-íris. Passei a refeição sufocada pelo medo do desconhecido, que espreitava nos cantos da sala de jantar com o hálito pestilento e os olhos apertados de um lobo. Passei a sobremesa olhando para o enorme lustre de cristal equilibrado acima do arranjo de lírios no centro da mesa. Estava suspenso por uma fina corrente dourada, leve como os cabelos de uma princesa de conto de fadas, e me perguntei quanto seria preciso para aqueles elos se romperem.

Robert nos conduziu à sala de estar para o café e o conhaque. Astrid providenciou para que todos tivéssemos um copo. Nicholas se sentou a meu lado, em um pequeno sofá, e pousou o braço sobre meus ombros. Ele se inclinou e sussurrou que o jantar havia corrido tão bem que não se surpreenderia se seus pais, agora, oferecessem um casamento enorme e extravagante. Apertei as mãos no colo, notando as fotografias emolduradas em cada espacinho livre na sala: nas prateleiras, sobre o piano. Todas eram de Nicholas, em diferentes idades: Nicholas em um triciclo, Nicholas com o rosto voltado para o céu, Nicholas sentado nos degraus na frente da casa com um cachorrinho preto desgrenhado. Eu estava tão concentrada em ver esses pedaços de sua vida, as coisas que eu havia perdido, que quase não ouvi a pergunta de Robert Prescott:

— Quantos anos você *realmente* tem?

Fui pega de surpresa. Estivera examinando o papel acetinado gelo-azulado nas paredes, as poltronas de braço estofadas, brancas, e as mesinhas de canto ao estilo Queen Anne, realçadas com bom gosto por vasos antigos e caixas de cobre pintadas. Nicholas havia me dito que o retrato sobre a lareira, um quadro de Sargent que me chamara a atenção, não era de ninguém que ele conhecesse. Não fora o tema que levara seu pai a comprá-lo, ele explicou, mas o investimento. Eu me perguntava como Astrid Prescott havia encontrado tempo para criar um nome para si e uma casa que podia pôr muitos museus no chinelo. Imaginava como um menino poderia crescer em uma casa em que escorregar pelo corrimão ou manobrar um ioiô poderia destruir sem querer centenas de anos de história.

— Tenho dezoito — respondi com naturalidade, enquanto pensava que, em minha casa, em *nossa* casa, a mobília seria macia, com cantos curvos, cores vibrantes para lembrar que estávamos vivos, e tudo, *tudo* seria substituível.

— Sabe, Paige — disse Astrid —, dezoito anos é uma idade e tanto. Vou lhe dizer que eu não sabia de fato o que queria fazer com a minha vida até pelo menos os trinta e dois.

Robert se levantou e começou a andar diante da lareira. Parou exatamente no meio, bloqueando o rosto retratado por Sargent e fazendo parecer, de onde eu estava sentada, que ele era o centro do quadro, assustadoramente épico.

— O que minha esposa está tentando dizer é que, claro, vocês dois têm o direito de decidir o que querem...

— Nós já decidimos — Nicholas interrompeu.

— Por favor — pediu Robert —, apenas me escutem. Vocês certamente têm o direito de decidir o que querem da vida. Mas eu me pergunto se, talvez, seus desejos não foram turvados por um julgamento equivocado. Paige, você mal viveu. E, Nicholas, você ainda está na faculdade. Não pode sustentar nem a si mesmo, muito menos uma família, e isso para não falar nas horas que passará fazendo a residência médica. — Ele veio parar na minha frente e colocou a mão fria em meu ombro. — Certamente a Paige preferiria ter algo mais do que uma sombra de marido.

— A Paige precisa de tempo para se descobrir — Astrid interveio, como se eu não estivesse na sala. — Eu sei, acreditem, que é praticamente impossível manter um casamento quando...

— Mãe — Nicholas interrompeu. Seus lábios se apertaram em um fino traço pálido. — Vá direto ao assunto.

— Sua mãe e eu achamos que vocês deviam esperar — Robert Prescott disse. — Se ainda se sentirem da mesma maneira daqui a alguns anos, bom, claro que terão nossa bênção.

Nicholas se levantou. Ele era cinco centímetros mais alto que o pai, e, quando o vi assim, minha respiração ficou presa na garganta.

— Nós vamos nos casar agora — disse ele.

Astrid pigarreou e fez tilintar a aliança de brilhantes na borda do copo.

— É tão difícil falar nisso — murmurou. Ela desviou os olhos de nós, essa mulher que tinha viajado para o bush australiano, que, armada apenas com uma câmera, enfrentara tigres-de-bengala, que havia dormido no deserto sob cactos em busca do nascer do sol perfeito. Ela desviou os olhos e, de repente, a fotógrafa lendária se transformou na sombra de uma debutante de meia-idade. Ela desviou os olhos, e foi quando eu soube o que iria dizer.

Nicholas olhou fixamente para além de sua mãe.

— A Paige não está grávida — disse e, quando Astrid soltou um suspiro e se recostou novamente na cadeira, ele recuou como se tivesse recebido um golpe.

Robert virou as costas para o filho e pousou a taça de conhaque sobre a lareira.

— Se você se casar com a Paige — disse em voz baixa —, eu vou cortar o apoio financeiro para sua educação.

Nicholas deu um passo para trás, e eu fiz a única coisa que podia: fiquei em pé ao lado dele, oferecendo-lhe meu peso para se apoiar. Do outro lado da sala, Astrid olhava cegamente para a noite através da janela, como se estivesse disposta a fazer qualquer coisa em seu poder para não assistir àquela cena. Robert Prescott se virou. Seus olhos estavam cansados e, nos cantos, havia o princípio de lágrimas.

— Estou tentando impedi-lo de arruinar sua vida — disse ele.

— Não precisa me fazer nenhum favor — Nicholas falou e me puxou da sala. Levou-me para fora da casa, deixando a porta escancarada atrás de nós.

Quando chegamos ao lado de fora, Nicholas começou a correr. Correu pela lateral da casa até o pátio, passou pelo bebedouro de passarinhos de mármore branco, pelo caramanchão de videiras em treliça, e entrou no bosque fresco que fazia limite com a propriedade de seus pais. Encontrei-o sentado em um leito de agulhas de pinheiro secas. Estava com os joelhos puxados de encontro ao peito e a cabeça baixa, como se o ar a sua volta fosse pesado demais para que ele a segurasse erguida.

— Escuta — eu disse. — Talvez você precise pensar melhor sobre isso.

Foi horrível, para mim, dizer essas palavras, pensar que Nicholas Prescott poderia desaparecer na casa de um milhão de dólares de seus pais com um aceno de adeus e deixar minha vida do jeito que costumava ser. Eu chegara a ponto de realmente achar que não poderia existir sem ele. Quando Nicholas não estava por perto, eu passava o tempo imaginando-o comigo. Dependia dele para me dizer as datas dos próximos feriados, para conferir se eu tinha chegado em casa em segurança após o trabalho, para preencher meu tempo livre até eu sentir que ia explodir. Parecia tão fácil me fundir com a vida dele que às vezes eu me perguntava se havia sido alguém antes de conhecê-lo.

— Não preciso pensar melhor sobre isso — respondeu Nicholas. — Vamos nos casar.

— E imagino que Harvard vai mantê-lo lá porque você é um presente de Deus para a medicina?

Depois de falar, percebi que não havia formulado a frase como deveria. Nicholas levantou os olhos como se eu tivesse lhe dado um tapa na cara.

— Eu posso largar — disse, virando as palavras na boca como se estivesse falando uma língua estrangeira.

Mas eu não passaria o resto da vida casada com um homem que, ainda que pouco, me odiasse por nunca poder ter sido o que queria. Eu não amava Nicholas porque ele ia ser médico, mas porque ele era, inquestionavelmente, o melhor. E Nicholas não teria sido Nicholas se tivesse de fazer esse tipo de concessão.

— Talvez haja algum diretor com quem você possa conversar — eu disse com suavidade. — Nem todo mundo em Harvard é feito de dinheiro. Eles devem ter alguma bolsa e auxílio estudantil. E, no ano que vem, com seu salário como residente e o meu no Mercy, a gente consegue se virar. Eu posso arrumar um segundo emprego. Podemos conseguir um empréstimo com base na sua renda futura.

Nicholas me puxou para sentar a seu lado nas agulhas de pinheiro e me abraçou. À distância, ouvi o pio de um gaio-azul. Nicholas havia me ensinado, a mim, uma garota da cidade, estas coisas: a diferença entre os cantos do gaio-azul e do estorninho, como fazer fogo com casca de bétula, o som esvoaçante de um bando distante de gansos. Eu sentia o peito dele tremer a cada respiração. Fiz uma lista mental das pessoas com quem teríamos de falar no dia seguinte para acertar nossas finanças, mas me sentia confiante. Eu podia deixar de lado meu futuro por algum tempo, afinal a faculdade de artes sempre estaria ali, e era bem possível ser uma artista mesmo sem jamais ter frequentado uma faculdade. Além disso, alguma parte de mim acreditava que eu estava ganhando algo igualmente bom. Nicholas me amava; Nicholas havia escolhido ficar comigo.

— Eu vou trabalhar por você — sussurrei para ele, e, enquanto dizia isso, passou-me um pensamento sombrio sobre o Antigo Testamento, sobre Jacó, que trabalhou sete anos por Raquel e mesmo assim não conseguiu o que queria.

* * *

Eu ia perder o controle. As mãos, o calor e a voz de Nicholas estavam em todos os lugares. Meus dedos subiam por seus braços, pelas costas, desejando que ele viesse para mim. Ele afastou minhas pernas e se colocou no meio delas, e eu me lembrei de como deveria agir. Nicholas me beijou, e então estava se movendo dentro de mim, e meus olhos se abriram. Ele era tudo o que eu podia ver; Nicholas se espalhando por aquele espaço e preenchendo completamente o meu céu.

* * *

— Quero fazer uma ligação a cobrar — eu disse à telefonista. Estava sussurrando, embora Nicholas não estivesse em nenhum lugar por perto. Íamos nos encontrar na sala do juiz de paz em vinte minutos, mas eu lhe disse que tinha algo que precisava fazer para Lionel. Estava tentando não tocar o vidro sujo da cabine telefônica com meu bonito conjunto cor-de-rosa. Bati na borda do telefone público com o dedo. — Diga que é a Paige.

Foram dez toques, e a telefonista estava acabando de sugerir que eu tentasse de novo mais tarde quando meu pai atendeu.

— Alô — disse ele, e sua voz me fez lembrar seus cigarros, que vinham numa elegante embalagem cinza.

— Ligação a cobrar de Paige. O senhor recebe?

— Sim — meu pai respondeu. — Claro que sim. — Ele esperou um segundo, imagino que para ter certeza de que a telefonista tinha saído da linha, e então chamou meu nome.

— Pai — eu lhe disse —, ainda estou em Massachusetts.

— Eu sabia que você ia me ligar, garota — meu pai respondeu. — Pensei em você o dia inteiro.

Minha esperança deu um pulo ao ouvir isso. Se eu não prestasse muita atenção, quase poderia não perceber o tom um pouco emocionado que envolvia suas palavras. Talvez Nicholas e eu o visitássemos. Talvez, um dia, ele viesse me visitar.

— Encontrei uma foto sua hoje de manhã, enfiada atrás do meu roteador. Lembra quando eu te levei àquela fazendinha? — Eu lembrava, mas queria ouvi-lo falar. Não tinha percebido até então como sentia falta da voz de meu pai. — Você estava tão ansiosa para ver as ovelhas — disse ele —, e os carneirinhos, porque eu tinha lhe contado sobre a fazenda no condado de Donegal. Acho que você não tinha mais que seis anos.

— Ah, eu sei que foto é essa — exclamei, lembrando de repente de minha imagem agarrada à lã de um carneiro castanho.

— Eu me surpreenderia se você não soubesse — disse ele. — O nocaute que você levou naquele dia! Entrou naquele cercado tão corajosa quanto o próprio Cúchulainn, com a mão cheia de comida, e todas as lhamas e cabras e carneiros do lugar vieram correndo até você. Eles te derrubaram de costas no chão.

Franzi a testa, lembrando como se tivesse sido ontem. Eles tinham vindo de todo lado, como pesadelos, com seus olhos mortos e ocos e seus dentes curvos e amarelos. Não havia saída; o mundo se fechara em volta de mim. Agora, dentro de meu vestido de noiva, comecei a suar frio; pensei em como me sentia daquele mesmo jeito outra vez, hoje.

Meu pai estava sorrindo, eu podia perceber.

— E o que você fez? — perguntei.

— O que sempre fiz — respondeu ele, e ouvi seu sorriso desaparecer. — Levantei você. Eu entrei e te peguei.

Todas as coisas que eu queria e precisava dizer a ele passaram correndo por minha mente. No silêncio, podia senti-lo pensando por que não tinha vindo me pegar em Massachusetts; por que não tinha me levantado, tirado a poeira e feito tudo parecer melhor. Eu podia senti-lo repassando na mente tudo o que havíamos dito um ao outro e tudo que não havíamos dito, tentando encontrar o fio que fazia com que dessa vez fosse diferente.

Eu sabia, mesmo que ele não soubesse. O Deus de meu pai pregava o perdão, mas será que ele próprio conseguiria?

De repente, tudo que eu queria fazer era remover a dor. Era o *meu* pecado; era *eu* quem devia sentir culpa, não meu pai. Queria lhe dizer que ele não era responsável, nem pelo que eu havia feito, nem por mim. E, como ele não acreditaria que eu pudesse cuidar de mim mesma — *nunca* acreditou, não acreditaria agora —, contei-lhe que havia outra pessoa para tomar conta de mim.

— Pai — eu disse —, vou me casar.

Ouvi um som estranho, como se eu o tivesse deixado sem ar.

— Pai — repeti.

— Certo. — Ele respirou fundo. — Você o ama?

— Sim — admiti. — Amo sim.

— Isso torna tudo mais difícil — disse ele.

Fiquei pensando nisso por um momento e então, quando achei que ia chorar, cobri o bocal do telefone com a mão, fechei os olhos e contei até dez.

— Eu não queria deixar você — eu disse, as mesmas palavras que falava toda vez que lhe telefonava. — As coisas não foram do jeito que eu pensei que iam ser.

A quilômetros de distância, meu pai suspirou.

— Nunca são — disse ele.

Eu pensei nos tempos bons, quando ele me dava banho e me envolvia em meu pijama de inverno e desembaraçava meus cabelos. Lembrei-me de sentar em seu colo e ficar olhando as chamas azuis na lareira, pensando que não havia coisa melhor no mundo.

— Paige? — ele chamou no silêncio. — Paige?

Eu não respondi a todas as perguntas que ele estava tentando fazer.

— Vou me casar e queria que você soubesse — falei, mas tinha certeza de que ele podia ouvir o medo em minha voz, tão alto quanto eu o ouvia na dele.

* * *

Foi crescendo em meu estômago e em meu peito, a sensação, como se eu estivesse caindo numa espiral em mim mesma. Sentia Nicholas esperando, tenso como um puma, até que eu estivesse pronta. Envolvi Nicholas com os braços e as pernas e, juntos, chegamos ao clímax. Adorei o modo como ele levantou o pescoço, soltou o ar e então abriu os olhos, como se não tivesse muita certeza de onde estava e como tinha chegado ali. Adorei saber que eu havia feito isso com ele.

Nicholas segurou meu rosto entre as mãos e disse que me amava. Ele me beijou, mas, em vez de paixão, senti proteção. Deitou-se a meu lado e eu me aninhei na depressão de seu peito e provei sua pele e seu suor. Tentei me encolher ainda mais junto dele. Não fechei os olhos para dormir, porque estava esperando, como na última vez em que tinha estado com um homem, que Deus me fulminasse.

* * *

Nicholas me trouxe violetas, dois ramalhetes enormes, ainda úmidas e frescas da água borrifada por uma florista.

— Violetas — eu disse, sorrindo. — Representam fidelidade.

— Como você sabe? — perguntou Nicholas.

— Pelo menos é o que Ofélia diz em *Hamlet* — respondi, pegando os ramalhetes e segurando-os com a mão esquerda. Tive uma visão rápida do quadro famoso de Ofélia, em que ela flutua com o rosto para cima em um riacho, morta, os cabelos espalhados em volta e misturados às flores. Margaridas, na verdade. E violetas.

O juiz de paz e uma mulher que ele apresentou apenas como uma testemunha estavam parados no centro de uma sala simples quando entramos. Acho que Nicholas havia me dito que o homem era um juiz aposentado. Ele nos pediu que disséssemos nosso nome e falou: "Caríssimos". A cerimônia inteira levou menos de dez minutos.

Eu não tinha uma aliança para Nicholas e comecei a entrar em pânico, mas ele tirou do bolso do terno dois reluzentes anéis de ouro e me entregou o maior. Quando nos encaramos, pude ler claramente em seus olhos: *Eu não esqueci. Não vou me esquecer de nada.*

* * *

Em poucos minutos, comecei a chorar. Não é que ele tivesse me machucado, que foi o que Nicholas pensou, ou que eu estivesse feliz ou decepcionada. Foi porque eu tinha passado as últimas oito semanas com um buraco no coração. Tinha começado a me odiar um pouco. Mas, ao fazer amor com Nicholas, descobri que o que estava faltando tinha sido preenchido. Um pouco como um remendo, mas, ainda assim, estava melhor. Nicholas tinha a capacidade de me preencher.

Ele beijou as lágrimas em meu rosto e afagou meus cabelos. Estava tão perto que respirávamos o mesmo espaço de ar. E, quando ele se moveu a meu lado outra vez, comecei a apagar meu passado, até que quase tudo que podia lembrar era o que eu havia contado a Nicholas, qualquer coisa em que ele quisesse acreditar.

— Paige — ele disse —, a segunda vez é ainda melhor.

E, entendendo a sugestão, eu fui para cima dele, deixei que ele entrasse em mim e comecei a me curar.

5
Paige

A melhor das várias lembranças que tenho de minha mãe envolve uma traição a meu pai. Era um domingo, o que significava, desde sempre, que iríamos à missa. Todos os domingos, minha mãe, meu pai e eu vestíamos nossa melhor roupa e descíamos a rua até a Igreja de São Cristóvão, onde eu ouvia o sussurro ritmado das orações e via meus pais receberem a comunhão. Depois, ficávamos de pé ao sol, nos gastos degraus de pedra da igreja, e a mão de meu pai pousava, morna, sobre minha cabeça, enquanto ele conversava com os Moreno e os Salvucci sobre o tempo bom de Chicago. Mas, naquele domingo, meu pai tinha partido para o Aeroporto O'Hare antes do nascer do sol. Ele ia para Westchester, Nova York, para se encontrar com um velho milionário excêntrico na esperança de conseguir promover sua invenção mais recente, uma espécie de boia de polipropileno que ficava suspensa por fios no meio das garagens para dois carros, as quais eram comuns nas novas casas dos condomínios da cidade. Ele a chamou de Salva-Sedã, e sua função era evitar que as portas dos carros riscassem a pintura um do outro quando fossem abertas.

Eu deveria estar dormindo, mas tinha acordado por causa dos sonhos. Aos quatro, quase cinco anos, não tinha muitas amizades. Parte do problema era minha timidez; parte era que os pais das outras crianças as mantinham longe da casa dos O'Toole. No bairro, as mães italianas de seios fartos diziam que minha mãe era espevitada demais para o gosto delas; os homens sérios e suados se preocupavam com que a má sorte de meu pai com os inventos pudesse vazar, indesejada, para a casa deles. Em consequência, eu começara a sonhar com amiguinhos. Eu não era o tipo de criança que via alguém ao meu lado quando pegava meus brinquedos e jogos; sabia muito bem, quando estava sozinha, que estava realmente sozinha. Mas, à noite, eu tinha um sonho recorrente: outra menina me chamava e, juntas, fazíamos hambúrgueres de lama com as mãos e dávamos impulso em balanços até roçar o sol com os dedos dos pés. O sonho sempre terminava da mesma maneira: eu criava coragem para perguntar o nome da menina, para poder encontrá-la e brincar juntas outra vez, e, antes de ela responder, eu acordava.

E assim foi que, naquele domingo, abri os olhos já decepcionada e ouvi meu pai arrastando a mala pelo corredor e minha mãe sussurrando uma despedida e lembrando-o de telefonar mais tarde, depois que voltássemos da Igreja de São Cristóvão, para contar como tinha sido.

A manhã começou como sempre. Minha mãe preparou o café da manhã, o meu favorito naquele dia: panquecas de maçã com a forma das minhas iniciais. Ela estendeu o vestido cor-de-rosa rendado da última Páscoa nos pés de minha cama. Mas, quando chegou a hora de sair para a missa, minha mãe e eu pisamos a rua em um daqueles dias perfeitos de abril. O sol era tão gostoso quanto um beijo e o ar tinha o cheiro de grama recém-cortada. Minha mãe sorriu, pegou minha mão e subiu a rua, para o lado oposto ao da Igreja de São Cristóvão.

— Em um dia como este — disse ela —, Deus não quer que a gente fique apodrecendo em um lugar fechado.

Foi a primeira vez que soube que minha mãe tinha uma segunda vida, que não tinha nada a ver com meu pai. O que eu sempre imaginara que fosse espiritualidade era, na verdade, apenas um efeito colateral da energia que pairava em torno dela como um campo magnético. Descobri que, quando não estava se curvando aos caprichos de alguém, ela podia ser uma pessoa totalmente diferente.

Caminhamos por quarteirões e quarteirões, aproximando-nos do lago, eu sabia, pelo jeito do vento no ar. Foi ficando muito quente para a estação enquanto caminhávamos, passando dos vinte e cinco graus, talvez chegando a vinte e sete. Ela largou minha mão quando chegamos às paredes brancas do Lincoln Park Zoo, que se orgulhava de seus habitats naturais. Em vez de trancar os animais em jaulas, eles mantinham, inteligentemente, as pessoas fora. Havia poucas cercas ou barreiras de concreto. O que prendia as girafas era uma grade no chão com hastes espaçadas, de modo que as pernas delas entrariam nos buracos se tentassem escapar; o que mantinha as zebras cercadas eram fossos largos demais para elas pularem. Minha mãe sorriu para mim.

— Você vai adorar — disse, o que me fez pensar se ela ia ali com frequência e, se fosse, quem trazia em vez de mim.

Fomos atraídas para o espaço dos ursos polares simplesmente por causa da água. As rochas e saliências de formas naturais eram pintadas no tom azul suave do Ártico, e os ursos se estendiam ao sol, com muito calor no pelo de inverno. Eles batiam as patas na água, que, minha mãe disse, tinha temperatura pouco acima de zero grau. Havia duas fêmeas e um filhote. Eu me perguntei qual seria a relação entre eles.

Minha mãe esperou até que o filhote não conseguisse mais suportar o calor e então me puxou para uma escada e descemos alguns degraus na sombra, até a sala de visualização subterrânea, onde se podia ver o tanque de água dos ursos por uma janela grossa de plexiglas. O filhote nadou diretamente em nossa direção e pressionou o nariz na superfície da janela.

— Olha, Paige! — exclamou minha mãe. — Ele está te beijando! — Ela me levantou até a altura da janela para que eu pudesse ter uma visão mais próxima daqueles olhos marrons e tristes e dos bigodes molhados. — Você não queria poder estar lá dentro? — disse minha mãe, pondo-me no chão e roçando minha testa com a barra do vestido. Quando não respondi, ela começou a voltar para o calor, ainda falando baixinho consigo mesma. Eu a segui; o que mais poderia fazer? — Há muitos lugares — ouvi-a murmurar — em que eu gostaria de estar.

Então, ela teve uma inspiração. Procurou o poste com plaquinhas de direção mais próximo e me levou até os elefantes. Africanos e indianos, eles eram de dois tipos diferentes, mas semelhantes o bastante para viver no mesmo espaço no zoológico. Tinham a testa larga e lisa e orelhas finas como papel; sua pele era dobrada, frouxa e marcada de rugas, como o pescoço flácido e cheio de linhas da velha senhora negra que vinha limpar a Igreja de São Cristóvão. Os elefantes sacudiam a cabeça e batiam nos mosquitos com a tromba. Seguiam uns aos outros de um extremo do habitat ao outro, parando nas árvores e examinando-as como se nunca as tivessem visto antes. Eu olhava para eles e me perguntava como seria ter um olho de cada lado do corpo. Não sabia se ia gostar de não poder ver as coisas de frente.

Um fosso nos separava dos elefantes. Minha mãe sentou no concreto quente e tirou os sapatos de salto. Ela não estava usando meias. Ergueu o vestido e entrou até os joelhos na água do fosso.

— É uma delícia — disse, suspirando. — Mas não entre aqui, Paige. É sério, eu nem devia estar fazendo isso. De verdade, isso pode me trazer problemas.

Ela espirrou água em mim, e pedacinhos de grama e mosquitos mortos grudaram na gola de renda branca de meu vestido. Ela caminhou fazendo pose, marchou e, por um instante, quase perdeu o equilíbrio no fundo liso. Cantou músicas de shows da Broadway, mas inventando as próprias letras, coisas bobas sobre paquidermes pesados e as maravilhas de Dumbo. Quando o guarda do zoológico veio se aproximando devagar, incerto sobre como repreender uma mulher adulta no fosso dos elefantes, minha mãe riu e fez sinal para que ele fosse embora. Ela saiu da água com a graça de um anjo e sentou no concreto outra vez. Tornou a calçar os sapatos e, quando se levantou, havia uma marca oval escura no chão, no lugar onde ela havia sentado com o traseiro molhado. Ela me contou, com a expressão séria que costumava usar para me falar da Regra de Ouro, que às vezes era preciso correr riscos.

Naquele dia, eu me vi olhando várias vezes para minha mãe com uma mistura estranha de sentimentos. Eu não tinha dúvida de que, quando meu pai ligasse, ela ia lhe dizer que havíamos estado na igreja e que fora tudo como sempre. Eu adorava ser parte de uma conspiração. Em certo momento, até imaginei se a amiga que eu via todas as noites em meus sonhos poderia ser simplesmente minha mãe. Pensei em como isso seria conveniente e maravilhoso.

Sentamo-nos em um banco baixo, ao lado de uma senhora que vendia uma nuvem de balões em forma de bananas. Minha mãe estivera lendo meus pensamentos.

— Hoje — disse ela —, hoje vamos dizer que não sou sua mãe. Hoje eu vou ser apenas May. Apenas sua amiga May.

E, claro, eu não discuti, porque era o que eu estava *desejando* mesmo, e, além disso, ela não estava *agindo* como minha mãe, pelo menos não a que eu conhecia. Contamos nossa mentirinha para o homem que limpava a jaula dos macacos, e, embora ele não tenha levantado os olhos de seu trabalho, um gorila grande e avermelhado avançou e ficou olhando para nós, com uma exaustão muito humana nos olhos, que parecia dizer: *Sim, eu acredito em vocês.*

O último lugar que visitamos no Lincoln Park Zoo foi a casa dos pinguins e aves marinhas. Estava escuro, cheirava a peixe e era totalmente fechado. Ficava um pouco abaixo da superfície, para manter a temperatura fresca. A área de observação era um corredor em curvas, com janelas que expunham os pinguins atrás de vidros grossos. Eles eram fantásticos em suas cores de traje formal e dançavam batendo os pés como homens da sociedade em campos de gelo branco.

— Seu pai não parecia muito diferente deles no nosso casamento — disse May. Ela se inclinou em direção ao vidro. — Na verdade, eu ia achar difícil diferenciar um noivo do outro. Eles são todos iguais, não é?

Concordei, embora não entendesse bem do que ela estava falando.

Deixei-a olhando para um pinguim que tinha deslizado para a água de barriga para cima, para fazer lentos exercícios de rolamento. Desapareci depois de uma curva e segui para a outra metade do recinto, onde estavam os papagaios-do-mar. Eu não sabia o que era um papagaio-do-mar, mas gostei da sonoridade do nome. Era um corredor longo e estreito, e meus olhos não tinham se ajustado à falta de luz. Eu dava passos muito pequenos, porque não sabia para onde estava indo, com as mãos estendidas à frente como um cego. Caminhei pelo que me pareceram horas, mas não consegui encontrar aqueles papagaios-do-mar, nem a faixa de luz prateada do dia perto da saída, ou mesmo os lugares em que já havia estado. Meu coração subiu até a garganta. Eu sabia, do jeito que se sabem essas coisas, que ia gritar, ou chorar, ou cair de joelhos e me tornar invisível para sempre. Por alguma razão, não me surpreendi quando, na total escuridão, meus dedos encontraram a forma recontortante de May, que voltou a ser minha mãe, e ela me abraçou. Nunca entendi como ela acabou aparecendo ali na minha frente, porque eu a havia deixado com os pinguins e não a vira passar. Seus cabelos pareciam uma cortina escura sobre meus olhos e me faziam cócegas no nariz. Sua respiração ecoava contra meu rosto. Sombras negras nos envolviam como uma noite artificial, mas a voz de minha mãe parecia sólida, como algo a que eu pudesse me agarrar como apoio.

— Achei que eu nunca ia encontrar você — minha mãe disse, palavras a que me segurei e respirei, tão repetitivamente como uma ladainha, pelo resto da vida.

6
Nicholas

Nicholas estava tendo um inferno de semana. Um de seus pacientes tinha morrido na mesa de cirurgia durante uma remoção de vesícula biliar. Ele tivera de contar a uma mulher de trinta e seis anos que o tumor em sua mama era maligno. Agora, seu rodízio cirúrgico mudara e ele estava de volta à cardiotorácica, o que significava toda uma nova lista de pacientes e tratamentos. Chegara ao hospital às cinco da manhã e perdera o almoço por causa das reuniões da tarde; ainda não havia feito as anotações sobre suas visitas; e, como se não bastasse, ele era o residente de plantão e ficaria no hospital por trinta e seis horas.

Ele fora chamado ao pronto-socorro com um de seus estagiários, um estudante do terceiro ano de Harvard chamado Gary, que passava mal com enjoo e não o fazia se lembrar nem um pouco de como ele mesmo tinha sido. Gary havia limpado e preparado rapidamente a paciente, uma mulher de quarenta anos com ferimentos superficiais na cabeça e no rosto, os quais sangravam profusamente. Ela tinha sido agredida, muito provavelmente pelo marido. Nicholas deixou Gary continuar, supervisionando suas ações, seus toques. Enquanto o estagiário suturava as lacerações do rosto, a paciente começou a gritar.

— Vai se foder! — ela berrou. — Não encosta no meu rosto!

As mãos de Gary começaram a tremer. Nicholas xingou baixinho e o mandou sair de lá. Ele próprio terminou o trabalho enquanto a mulher o insultava sob os panos esterilizados.

— Maldito filho da puta — ela gritava. — Tira a porra dessas mãos de mim!

Nicholas encontrou Gary sentado em um sofá de almofadas manchadas, em uma das salas de espera do pronto-socorro do Mass General. Ele havia puxado os joelhos de encontro ao peito e estava encolhido como um feto. Quando viu Nicholas vindo em sua direção, levantou-se de um pulo, e Nicholas suspirou. Gary estava apavorado com ele, com a possibilidade de fazer algo errado; na verdade, estava apavorado com a ideia de ser o cirurgião que esperava ser.

— Desculpa — murmurou Gary. — Eu não devia ter deixado que ela me perturbasse.

— Não — respondeu Nicholas, sem alterar a voz. — Não devia. — Pensou em contar a Gary tudo o que já havia dado errado para ele naquele dia. Veja, ele diria, *tudo isso* e eu ainda estou em pé, fazendo o meu trabalho. Às vezes é preciso simplesmente continuar em frente, ele diria. Mas, no fim, não disse nada para o estagiário. Gary acabaria descobrindo isso sozinho, e Nicholas não queria de fato contar os próprios problemas para um subordinado. Ele se afastou de Gary, dando o assunto por encerrado e sentindo-se totalmente o imbecil arrogante que tinha fama de ser.

Havia anos que Nicholas não contava o tempo pelas medidas usuais. Meses e dias significavam pouco; horas eram aquilo que ele registrava no prontuário dos pacientes. Ele via sua vida transcorrer em blocos, nos lugares onde passava seus dias e nas especialidades médicas em que enchia sua mente de detalhes. A princípio, em Harvard, ele contava os semestres de acordo com seus cursos: histologia, neurofisiologia, anatomia, patologia. Seus dois últimos anos de estágio no hospital haviam passado como uma coisa só, experiências cujas bordas se fundiam. Às vezes, ele se lembrava de um paciente ortopédico do Brigham, mas imaginava a instalação do andar de ortopedia do Massachusetts General. Começara seus plantões hospitalares com medicina interna, depois viera um mês de psiquiatria, oito semanas de cirurgia-geral, um mês de radiologia, doze semanas de obstetrícia/ginecologia e pediatria e por aí vai. Ele havia se esquecido das estações do ano por um tempo, pulando de disciplina para disciplina e de hospital para hospital, como uma criança em lares de adoção temporária.

Decidira-se por cirurgia cardíaca, o que representava um longo caminho. A atribuição dos residentes por especialidade acabou colocando-o em sua primeira escolha de hospital, o Mass General. Era um lugar grande, impessoal, desorganizado e pouco amistoso. Em cirurgia cardiotorácica, os profissionais formavam um grupo brilhante de homens e mulheres. Eram decididos e impulsivos; usavam aventais brancos imaculados sobre a postura segura e eficiente. Nicholas adorava isso. Mesmo durante o primeiro ano de residência, ele observava os movimentos fáceis da cirurgia-geral, esperando, ansioso, para voltar à unidade cardíaca, onde se maravilhava com Alistair Fogerty realizando cirurgias de coração aberto. Nicholas ficava em pé por seis horas seguidas, ouvindo o som estridente dos instrumentos de metal em bandejas e o sopro da própria respiração atrás da máscara azul, vendo a vida ser colocada em espera e depois chamada de volta.

— Nicholas. — Ao ouvir seu nome, ele se virou e viu Kim Westin, uma mulher bonita que estivera em sua classe na faculdade e agora fazia o terceiro ano de residência em medicina interna. — Como vai? — Ela se aproximou e segurou-lhe o braço, conduzindo-o pelo corredor na direção em que ele estava indo.

— Ei, você por acaso não tem nada aí para comer, tem? — Nicholas perguntou.

Kim sacudiu a cabeça.

— Não, e tenho que correr até as cinco horas. Mas queria encontrar você. Serena está de volta.

Serena era uma paciente que eles haviam atendido juntos no último ano de estágio em Harvard. Estava com trinta e nove anos, era negra e tinha aids — o que, quatro anos antes, ainda era raro. Passara esse tempo entrando e saindo do hospital, mas Kim, em medicina interna, tivera mais contato com ela do que Nicholas. Ele não lhe perguntou qual era a condição de Serena.

— Eu passo por lá — disse ele. — Qual é o quarto?

Depois que Kim se afastou, Nicholas subiu as escadas para visitar seus novos pacientes cardíacos. Essa era a parte mais difícil de ser residente em cirurgia-geral: as mudanças constantes de um departamento para outro. Nicholas já passara por urologia, neurocirurgia, emergência, anestesia. Fizera uma passagem por transplantes, outra por ortopedia, outra por cirurgia plástica e queimados. Mas voltar à cirurgia cardíaca era o melhor; era como estar em casa. E, de fato, Nicholas havia passado pela cardiotorácica mais vezes do que era normal para um residente no terceiro ano, porque havia deixado claro para Alistair Fogerty que, um dia, faria o mesmo trabalho que ele.

Fogerty era exatamente como Nicholas havia imaginado que um cirurgião cardíaco fosse: alto, em boa forma física, perto dos sessenta anos, com olhos azuis penetrantes e um aperto de mão que poderia aleijar. Era um "intocável" no hospital; sua reputação havia evoluído para o padrão ouro na cirurgia. Houve, certa vez, um escândalo sobre ele, algo envolvendo uma voluntária do hospital, mas os boatos foram abafados, não houve divórcio e caso encerrado.

Fogerty tinha sido o médico orientador de Nicholas durante seu estágio e, um dia, no ano anterior, Nicholas fora à sala dele para falar sobre seus planos.

— Olha — ele começara, mesmo com a garganta seca e as mãos trêmulas —, eu quero pular toda essa besteira, Alistair. Nós dois sabemos que eu sou o melhor residente em cirurgia que você tem aqui, e quero me especializar em cardiotorácica. Eu sei o que posso fazer por você e pelo hospital. Quero saber o que você pode fazer por *mim*.

Por um longo momento, Alistair Fogerty ficara sentado na beirada de sua mesa de mogno, folheando o arquivo de um paciente. Quando por fim levantou a cabeça, seus olhos estavam apertados e um pouco irritados, mas de forma alguma surpresos.

— *Doutor* Prescott — disse ele —, você tem mais colhão até mesmo do que eu.

Alistair Fogerty chegara a diretor de cirurgia cardíaca correndo riscos e cortejando o destino, que pareceu ficar a seu lado. Quando ele começou a fazer transplantes, os jornais o apelidaram de "O Milagreiro". Era calculista, teimoso e geralmente estava certo. Gostava muito de Nicholas Prescott.

E assim, mesmo enquanto fazia visitas a seus pacientes de cirurgia-geral e trabalhava sob a orientação de médicos de outras especialidades, Nicholas ainda encontrava tempo para procurar Fogerty. Quando tinha oportunidade, visitava os pacientes do cirurgião, fazia os exames pré e pós-operatórios cotidianos, encaminhava pacientes para a UTI cirúrgica; em suma, agia como um profissional da cardiotorácica, um residente de sétimo ano. Em troca, Fogerty o mantinha na cirurgia cardíaca com mais frequência do que o usual e o treinava para ser o melhor... depois dele próprio.

Nicholas entrou em silêncio na sala de recuperação, onde o paciente mais recente de Fogerty estava descansando. Leu as informações na ficha: era um homem de sessenta e dois anos que havia tido estenose aórtica — a válvula que liga o ventrículo à raiz da aorta havia sofrido um estreitamento. Nicholas poderia ter diagnosticado facilmente esse caso com base nos sintomas: insuficiência cardíaca congestiva, síncope, angina. Ele observou a gaze branca e limpa sobre o peito do paciente, o antisséptico gelatinoso cor de laranja que ainda revestia a pele. O trabalho de Fogerty, como sempre, era perfeito: uma válvula original removida e uma válvula artificial suturada em seu lugar. Nicholas checou o pulso do paciente, arrumou o lençol para cobri-lo melhor e sentou a seu lado por um momento.

Estava frio na sala de recuperação. Nicholas cruzou os braços e esfregou as mãos, imaginando como o paciente, nu, estaria enfrentando a temperatura. Mas os círculos rosados na ponta dos dedos das mãos e dos pés provavam que o coração, esse músculo maravilhoso, ainda estava funcionando.

Foi por mero acaso que ele viu, então, o coração falhar. Estivera observando as subidas e descidas regulares, o padrão clássico dos batimentos no monitor, quando, de repente, tudo saiu errado. O *blip-blip-blip* constante nas máquinas se acelerou e Nicholas percebeu um padrão sinusoidal, o coração se apressando a quase cem batimentos por minuto. Por um segundo, Nicholas ergueu as mãos sobre o paciente como se fosse um curandeiro. Era uma arritmia, uma fibrilação ventricular. Ele já vira esse tipo de caso, quando o coração estava exposto no peito: batendo descontrolado como um aglomerado de vermes se inchando e retorcendo, sem bombear sangue.

— Emergência! — gritou por sobre o ombro, e viu as enfermeiras do posto mais próximo virem correndo. O coração do paciente havia sofrido um trauma, uma cirurgia, mas Nicholas não tinha muita escolha. Em questão de minutos, o homem estaria morto. Onde estava Fogerty?

Quase imediatamente, a sala se encheu de pelo menos vinte pessoas: anestesiologistas, cirurgiões, estagiários e enfermeiras. Nicholas aplicou eletrodos de gel úmidos no peito nu do paciente e encostou as pás do desfibrilador na pele. O corpo deu um pulo com o choque, mas o coração não reagiu. Nicholas fez um sinal para a enfermeira, que ajustou a carga. Ele passou a mão pela testa, afastando os cabelos. Sua mente estava repleta dos sons horríveis do monitor, irregulares e chiantes, e do ruído do uniforme engomado das enfermeiras que se moviam em torno dele. Não tinha certeza, mas parecia sentir cheiro de morte.

Nicholas carregou o desfibrilador e recolocou as pás no peito do paciente. Dessa vez, o choque foi tão violento que ele deu um passo para trás, enquanto a vida artificial voltava como um coice de espingarda. *Você vai viver*, desejou em silêncio. Levantou os olhos para a tela do monitor e viu a fina linha verde subir e descer, subir e descer, com o padrão escarpado de um batimento normal. Alistair Fogerty entrou na sala de recuperação no momento em que Nicholas passava por ele, ensurdecido pelos toques e congratulações silenciosos, subitamente um herói.

* * *

Tarde da noite, nos andares do hospital, Nicholas aprendeu a escutar. Podia dizer, pelas batidas monótonas das solas nas lajotas, que as enfermeiras estavam fazendo a visita da meia-noite. Via os idosos que se recuperavam de cirurgias reunirem-se na cozinha dos pacientes às três horas da madrugada para roubar gelatina vermelha. Esperava o som molhado e sibilante dos pesados esfregões industriais, empurrados para cima e para baixo pelos corredores por velhos faxineiros hispânicos meio cegos. Notava o chamado de cada paciente soando no balcão das enfermeiras, o barulho de papel esterilizado sendo rasgado para revelar rolos de gaze virgem, a respiração sugada de uma seringa. Quando estava de plantão e tudo era tranquilo, Nicholas gostava de circular pelos andares, com as mãos enfiadas nos bolsos do avental branco. Não parava no quarto dos pacientes, nem mesmo quando estava no rodízio de cirurgia-geral e os pacientes eram mais do que apenas nomes e tabelas pregadas na porta. Em vez disso, movia-se como um insone, perambulando, interrompendo a noite com os próprios passos sepulcrais.

Nicholas não acordou Serena LeBeauf quando entrou em seu quarto, na enfermaria dos doentes de aids. Passava das duas da manhã quando conseguiu um minuto de folga. Sentou-se na cadeira de plástico preta ao lado da cama, impressionado com a deterioração da mulher. Sua ficha indicava que estava pesando uns trinta quilos agora; tinha pancreatite e insuficiência respiratória. Uma máscara de oxigênio lhe cobria o rosto, e a morfina gotejava continuamente.

Nicholas fizera algo muito errado na primeira vez em que se encontrara com Serena: deixara que ela o impressionasse. Ele se endurecera para essas situações, já que via a morte todos os dias. Mas Serena tinha um sorriso largo, de dentes escandalosamente brancos, e olhos luminosos como os de um tigre. Ela viera com os três filhos, três meninos, todos de pais diferentes. O mais novo, Joshua, tinha seis anos na época e era uma criança muito magra; Nicholas podia ver as protuberâncias da coluna sob a camiseta verde fina do menino. Serena não lhes contara que estava com aids; queria poupá-los do estigma. Nicholas lembrou-se de estar sentado no consultório, com o médico, quando ela ficara sabendo da doença. Ela endireitara as costas e apertara a cadeira com tanta força que seus dedos ficaram brancos.

— Bom — dissera ela, com a voz suave como a de uma criança. — Isso não era o que eu esperava.

Ela não chorou; pediu ao médico todas as informações que pudesse obter; depois, quase com timidez, pediu-lhe que não mencionasse aquilo para seus filhos. Disse a eles, e aos vizinhos e parentes distantes, que estava com leucemia.

Serena se mexeu e Nicholas aproximou a cadeira. Tomou seu punho, dizendo a si mesmo que era para verificar a pulsação, mas sabia que era apenas para lhe segurar a mão. A pele dela estava seca e quente. Esperou que ela abrisse os olhos ou dissesse alguma coisa, mas, no fim, apenas apoiou levemente a palma no rosto dela, desejando poder eliminar a névoa cinzenta de sua dor.

* * *

Nicholas começou a acreditar em milagres no quarto ano da faculdade de medicina. Estava casado havia poucos meses quando decidira fazer uma parte do estágio em Winslow, Arizona, no Serviço de Saúde Indígena. Eram apenas quatro semanas, dissera a Paige. Estava cansado de fazer o trabalho entediante dos estagiários nos hospitais de Boston: anamneses e exames físicos dos pacientes, servindo de auxiliar para os residentes, médicos e qualquer um que estivesse em uma posição acima da sua. Tinha ouvido sobre essa possibilidade de estágio na reserva indígena. A falta de pessoal era tanta que os estagiários faziam de tudo. *Tudo.*

A aldeia ficava a três horas de viagem de Phoenix. Não havia uma cidade de Winslow. Casas escuras, lojas e apartamentos abandonados postavam-se, impassíveis, em torno de Nicholas, com janelas vazias piscando para ele como os olhos de um cego. Enquanto esperava por sua carona, bolas de plantas secas rolavam pela estrada, como nos filmes, passando sobre seus pés.

Uma poeira fina cobria tudo. A clínica era apenas um prédio de concreto no meio de uma nuvem de terra. Ele fizera um voo noturno, e o médico que o encontraria em Winslow chegou às seis horas da manhã. A clínica ainda não estava aberta, não oficialmente, mas havia várias caminhonetes estacionadas, esperando no frio, com a fumaça do escapamento flutuando no ar como o sopro de um dragão.

Os navajos eram pessoas quietas, estoicas e reservadas. Mesmo em dezembro, as crianças brincavam ao ar livre. Nicholas se lembrava disso: criancinhas de pele marrom usando mangas curtas, brincando de se deitar na areia gelada e agitar os braços para formar baixos-relevos de anjos no chão, sem que ninguém se preocupasse em vesti-las com roupas mais quentes. Lembrava-se das pesadas peças de prata das mulheres: adornos de cabeça e fivelas de cintos, broches que cintilavam em vestidos de algodão roxos e azul-turquesa. Nicholas também se lembrava das coisas que o haviam chocado ao chegar lá: o alcoolismo interminável; a garotinha que mordeu o lábio, decidida a não chorar, enquanto Nicholas examinava uma dolorosa infecção de pele; as meninas de treze anos na clínica de pré-natal, com a barriga grotescamente protuberante, como o pescoço de uma cobra que tivesse engolido um ovo.

Em sua primeira manhã na clínica, ele fora chamado ao pronto-socorro. Um homem idoso, gravemente diabético, havia consultado um xamã, um curandeiro tribal, que despejara piche quente em suas pernas como parte do tratamento. Surgiram bolhas horríveis, e dois médicos estavam tentando segurar as pernas dele enquanto um terceiro examinava a extensão do estrago. Nicholas ficara para trás, sem saber direito o que era esperado dele, quando uma segunda paciente foi trazida para dentro. Outra diabética, uma mulher de sessenta anos com insuficiência cardíaca, que havia sofrido parada cardiorrespiratória. Um dos médicos estava inserindo um tubo na garganta da mulher para abrir as vias respiratórias e permitir a respiração. Ele gritou para Nicholas, sem levantar a cabeça:

— O que está esperando aí?

Nicholas então se aproximou da paciente, iniciando um procedimento de reanimação. Juntos, eles tentaram fazer o coração voltar a bater; quarenta minutos de reanimação, desfibrilação e medicamentos, mas no fim a mulher morreu.

Durante o mês que Nicholas passou em Winslow, teve mais autonomia do que jamais tivera como estudante em Harvard. Ele agora tinha os próprios pacientes. Fazia anotações e planos de tratamento e passava-os para os oito médicos da equipe. Saía com enfermeiras de saúde pública, em veículos com tração nas quatro rodas, para ir ao encontro de navajos que não tinham endereço certo, que viviam pelas beiras de caminhos, em cabanas com a porta voltada para o leste. "Moro treze quilômetros a oeste de Black Rock", eles escreviam na ficha, "descendo a colina, depois da árvore vermelha que tem um tronco partido em dois."

À noite, Nicholas escrevia para Paige. Contava das mãos e pés sujos das crianças, das cabanas apertadas da aldeia, dos olhos brilhantes de um idoso que ele sabia que ia morrer. Com muita frequência, as cartas saíam parecendo uma lista de seus feitos médicos heroicos, e então, quando isso acontecia, Nicholas as queimava. Estava sempre vendo a linha não escrita que lhe passava continuamente pelo fundo da mente: *Graças a Deus esse não é o tipo de médico que eu vou ser* — palavras nunca registradas no papel, mas que ainda assim eram, ele sabia, indeléveis.

Em seu último dia no Serviço de Saúde Indígena, uma jovem foi trazida, contorcendo-se com as dores do parto. O bebê estava em posição pélvica. Nicholas havia tentado palpar o útero, mas era evidente a necessidade de uma cesariana. Ele mencionou isso para a enfermeira navajo que estava atuando como tradutora, e a mulher em trabalho de parto sacudiu a cabeça em negativa, com os cabelos se espraiando pela mesa como um mar. Uma navajo que fazia imposição das mãos foi chamada, e Nicholas se afastou respeitosamente. A curandeira colocou as mãos sobre a barriga inchada, entoando encantamentos na linguagem de seu povo, massageando e circulando o útero endurecido. Nicholas contou a história quando chegou de volta a Boston no dia seguinte, ainda pensando nas mãos escuras e nodosas da curandeira, suspensas sobre a paciente, na terra vermelha rodopiando lá fora e embaçando a janela.

— Vocês podem rir — disse para os colegas estagiários —, mas aquele bebê nasceu com a cabeça primeiro.

* * *

— Nicholas — disse Paige, com a voz grossa de sono. — Oi.

Nicholas enrolou o fio do telefone público no pulso. Não devia ter acordado Paige, mas não falara com ela o dia todo. Às vezes fazia isso, ligava às três ou quatro horas da manhã. Sabia que ela estaria dormindo e podia imaginá-la ali, com o cabelo espetado de um jeito engraçado do lado sobre o qual estivera deitada e a camisola embolada em volta da cintura. Gostava de imaginar o edredom macio afundado em lugares onde o corpo dela havia estado antes de se mover para atender o telefone. Gostava de se imaginar dormindo ao lado dela, com os braços cruzados sobre seus seios e o rosto pressionado contra sua nuca, mas isso era irrealista. Eles dormiam virados para lados opostos da cama, ambos agitados durante o sono e nenhum deles querendo ficar preso aos movimentos do outro ou sufocado por sua pele quente.

— Desculpe por eu não ter ligado à tarde — Nicholas disse. — Estava ocupado na UTI. — Ele não contou a Paige sobre o paciente que tivera de salvar de uma parada cardíaca. Ela sempre queria detalhes, transformando-o em um super-herói, e ele não estava com disposição para reviver tudo aquilo.

— Não tem problema — disse Paige, e então disse mais alguma coisa, abafada pelo travesseiro.

Nicholas não pediu que ela repetisse.

— Hum. Bom, acho que não tenho mais nada para dizer. — Quando Paige não respondeu, ele apertou o botão de jogo da velha do telefone.

— Ah — ela disse. — Está bem.

Nicholas deu uma olhada para o corredor para ver se havia algum sinal de atividade. Uma enfermeira estava no outro extremo, colocando comprimidos vermelhos em copinhos alinhados sobre uma mesa.

— Vejo você amanhã — disse ele.

Paige rolou de costas; Nicholas sabia disso pelo ranger do travesseiro e pelo som do cabelo dela se assentando.

— Te amo — ela falou.

Nicholas observou a enfermeira contando os comprimidos. Dezoito, dezenove, vinte. A enfermeira parou e pressionou ambas as mãos contra a parte inferior das costas, como se estivesse subitamente cansada.

— Ok — disse Nicholas.

* * *

Na manhã seguinte, Nicholas fez as visitas preliminares às cinco e meia, depois começou as visitas normais, com Fogerty e um estagiário. O paciente com parada cardíaca que Nicholas havia atendido na véspera estava indo bem, confortavelmente instalado na UTI cirúrgica. Às sete e meia, estavam prontos para a primeira cirurgia do dia, uma simples revascularização do miocárdio, ou ponte de safena. Enquanto se lavavam, Fogerty virou-se para Nicholas.

— Você se saiu bem com McLean — disse —, considerando que tinha acabado de entrar neste rodízio.

Nicholas deu de ombros.

— Fiz o que qualquer um teria feito — respondeu, esfregando-se para remover germes invisíveis sob as unhas e em torno dos pulsos.

Fogerty cumprimentou uma enfermeira da sala cirúrgica e ergueu os ombros sob o avental esterilizado.

— Você toma boas decisões, dr. Prescott. Gostaria que fosse o cirurgião principal hoje.

Nicholas ergueu os olhos, mas não deixou que a surpresa transparecesse no olhar. Fogerty sabia que ele havia estado de plantão a noite inteira, sabia que ele precisaria buscar dentro de si uma energia extra para estar à altura da missão. Fogerty também sabia que era totalmente incomum um residente do terceiro ano comandar uma cirurgia de revascularização do miocárdio. Nicholas concordou com a cabeça.

— Está bem — disse.

Ele conversou em tom calmo com o paciente enquanto o anestesiologista fazia seu trabalho. Ficou ao lado de Fogerty enquanto o segundo assistente, um residente mais antigo que Nicholas, evidentemente zangado, depilava as pernas, a virilha, a barriga e cobria o corpo do homem com solução de iodo. O paciente estava imóvel, totalmente nu, tingido de laranja, como um sacrifício a um deus pagão.

Nicholas supervisionou a dissecção da veia da perna, observando enquanto os vasos sanguíneos eram pinçados e suturados, ou cauterizados, enchendo o centro cirúrgico do odor de tecido humano queimado. Esperou até que a veia fosse colocada em solução para uso posterior. Então se aproximou do paciente e respirou fundo.

— Bisturi — disse, e a enfermeira lhe passou o instrumento, retirado de uma bandeja. Fez uma incisão perfeita no peito do paciente e, em seguida, pegou a serra para cortar o esterno. Manteve as costelas separadas com um retrator e soltou o ar lentamente quando viu o coração batendo dentro do peito do homem.

Nicholas nunca deixava de se impressionar com o poder que havia no coração humano. Era fenomenal observar aquele músculo vermelho-escuro, bombeando rapidamente, se enrijecendo e encolhendo a cada contração. Nicholas cortou o pericárdio e separou a aorta e a veia cava, conectando-as à máquina de circulação extracorpórea que oxigenaria o sangue do paciente depois que o coração fosse parado.

O primeiro assistente despejou o líquido de cardioplegia sobre o coração, o que fez parar os batimentos, e Nicholas, como todos os outros na sala, olhou para a máquina de circulação extracorpórea, para se assegurar de que ela estava fazendo seu trabalho. Inclinou-se sobre o coração e seccionou as duas artérias coronárias que estavam bloqueadas. Nicholas pegou a veia da perna, delicadamente, e posicionou-a de modo que as válvulas deixassem o sangue passar, em vez de fazê-lo voltar. Com suturas cuidadosas, uniu a veia à primeira artéria coronária antes do ponto de bloqueio e, em seguida, prendeu a outra ponta depois do ponto de bloqueio. Suas mãos se moviam com vontade própria, precisas e firmes, dedos decididos e fortes sob as luvas translúcidas. Os passos seguintes lhe passaram pela mente, mas o procedimento e sua atuação nele haviam se tornado tão naturais, como respirar ou rebater com a mão direita, que Nicholas começou a sorrir. *Eu consigo fazer isso*, pensou. *Realmente consigo fazer sozinho.*

Nicholas terminou a revascularização cinco horas e dez minutos depois de ter começado. Deixou o primeiro assistente fechar a incisão, e foi só depois de ter saído da sala cirúrgica para se lavar que se lembrou de Fogerty e do fato de que não dormia havia vinte e quatro horas.

— O que achou? — Nicholas perguntou a Fogerty, que se aproximava dele.

Fogerty tirou as luvas e colocou as mãos sob a água quente.

— Acho que você devia ir para casa e dormir um pouco agora.

Nicholas estava tirando a máscara e, chocado, deixou-a cair no chão. *Pelo amor de Deus*, acabara de fazer sua primeira revascularização coronária.

Até mesmo um cretino como Fogerty devia ter alguma crítica construtiva, talvez uma palavra de elogio. Ele fizera um trabalho perfeito, sem nenhuma falha, e, embora tivesse demorado uma hora a mais do que Fogerty costumava levar, bem, isso era esperado, por ser sua primeira vez.

— Nicholas — disse Fogerty —, espero você para as visitas da noite.

* * *

Havia muitas coisas sobre Paige que Nicholas não sabia quando se casaram. Ele comemorou o aniversário dela com duas semanas de atraso, porque ela nunca tinha lhe dito quando era. Não poderia ter adivinhado sua cor favorita até o primeiro aniversário de casamento, quando ela preferiu pequenos brincos de esmeralda a outros de safira, por causa do brilho verde-mar. Certamente não poderia ter previsto suas desastrosas experiências na cozinha, como o ensopado de maionese e os kebabs de peru e marshmallow. Não sabia que ela cantava jingles de comerciais de automóveis enquanto tirava o pó da casa, ou que era capaz de esticar o salário para cobrir os juros do empréstimo educacional, o supermercado, os preservativos e dois ingressos para o cinema do bairro.

Em defesa de Nicholas, ele não tinha muito tempo para descobrir sua nova esposa. Seus rodízios no hospital o mantinham mais no trabalho que em casa e, depois que se formou em Harvard, sua vida ficou ainda mais corrida. Quando ele entrava no apartamento, faminto e cego de exaustão, Paige o alimentava, despia e o amava até ele dormir, com tanta naturalidade que Nicholas passou a esperar por esse tratamento e, às vezes, até esquecia que Paige estava associada ao processo.

Quando chegou em casa depois de fazer sozinho sua primeira revascularização coronária, ele não acendeu as luzes do apartamento. Paige estava no trabalho. Ela continuava servindo mesas no Mercy, mas apenas no período da manhã. À tarde, trabalhava em um consultório de ginecologia como recepcionista. Havia assumido esse segundo emprego depois que alguns cursos noturnos de arquitetura e literatura no programa de extensão de Harvard não deram certo. Ela não conseguira coordenar as leituras com o trabalho doméstico e dissera a Nicholas que dois salários significavam mais dinheiro, e mais dinheiro significava que eles sairiam das dívidas mais rapidamente e, assim, ela poderia ir para a faculdade em período integral. Naquela ocasião, Nicholas se perguntou se essa seria apenas uma desculpa para que ela abandonasse os cursos. Afinal, vira suas tentativas de escrever trabalhos acadêmicos, e o nível deles não passava do colegial; quase comentara com Paige, mas então lembrara que isso era o esperado.

Nicholas nunca expressara suas dúvidas para Paige. Para começar, não queria que ela entendesse mal. Além disso, detestara vê-la cercada de livros usados e amarelados, com os cabelos se soltando da trança quando, imersa em concentração, ela passava os dedos entre os fios. Na verdade, Nicholas gostava de ter Paige só para si.

Ela estava no consultório da ginecologista, já que passava bastante das duas horas da tarde, mas deixara uma refeição no fogão para ele esquentar. Ele não comeu, embora estivesse com muita fome. Queria que Paige estivesse lá, mesmo sabendo que era impossível. Queria fechar os olhos e, por um momento, tornar-se o paciente, aliviado pelo toque fresco das mãos pequenas e bonitas dela.

Nicholas caiu na cama, caprichosamente arrumada, surpreso com a escuridão e o frio do fim de tarde. Adormeceu ouvindo as batidas do próprio coração e pensando nos endereços que os pacientes davam na reserva indígena. Minha casa fica a oeste do Mass General, ele diria, anos-luz abaixo do frágil sol de inverno.

* * *

Serena LeBeauf estava morrendo. Seus filhos empilhavam-se como grandes cachorrinhos nas laterais da cama do hospital, segurando a mão dela, seu braço, seu tornozelo, qualquer parte que pudessem pegar. Haviam trazido coisas que achavam que pudessem confortá-la. Sobre o frágil peito, estava a fotografia, recortada de um folheto de turismo, de San Francisco, onde ela tinha morado quando era mais jovem. Sob o braço, os restos atarracados de um velho macaco de pelúcia. Enrolado sobre sua barriga estava o diploma do curso que ela se esforçara tanto para concluir na faculdade, recebido apenas uma semana antes do diagnóstico de aids. Nicholas parou à porta, sem querer se intrometer. Observou os olhos castanhos e límpidos dos filhos de Serena, que fitavam a mãe, e se perguntou para onde iriam, especialmente o pequeno, quando ela morresse.

Ele recebeu um chamado pelo pager e desceu correndo três lances de escada até a UTI cirúrgica, onde estava o paciente da ponte de safena. O quarto estava fervilhando de atividade, com médicos e enfermeiras se posicionando enquanto o coração entrava em colapso. Como se estivesse assistindo a uma repetição do dia anterior, Nicholas tirou o avental do paciente e aplicou um choque. E outro. O suor escorria por suas costas e para dentro dos olhos, cortante.

— Droga — murmurou.

Fogerty estava lá. Em minutos, havia transferido o paciente para uma sala de cirurgia. Fogerty abriu o peito novamente e deslizou as mãos para dentro da cavidade ensanguentada, a fim de massagear o coração.

— Vamos, vamos — dizia baixinho. Seus dedos enluvados percorriam o tecido, as suturas ainda recentes, esfregando e aquecendo o músculo, tentando estimular a vida. O coração não pulsou, não bateu. O sangue escorria em volta dos dedos de Fogerty. — Assuma — disse para Nicholas.

Nicholas deslizou a própria mão em torno do músculo, esquecendo por um segundo que havia um paciente, que havia um passado associado àquele coração. Tudo o que importava era fazer aquilo funcionar outra vez. Ele acariciou o tecido, desejando que começasse a se mover. Bombeou oxigênio manualmente no sistema do paciente, por quarenta e cinco minutos, até que Fogerty o mandou parar e assinou o atestado de óbito.

* * *

Minutos antes de Nicholas sair do hospital naquela noite, Fogerty o chamou até sua sala. Estava sentado atrás da mesa de mogno, com o rosto sombreado pelas persianas verticais. Não fez sinal para Nicholas entrar, nem sequer levantou os olhos do papel em que estava escrevendo.

— Você não poderia ter feito nada — disse.

Nicholas vestiu o casaco e seguiu em direção a seu carro, na garagem, perguntando-se se alguém o deixaria fazer uma revascularização do miocárdio outra vez. Repassava na mente as lembranças, tentando encontrar algo que tivesse deixado passar, um capilar rompido ou um bloqueio adicional, algo que Fogerty, prepotentemente, não mencionara depois da cirurgia aquele dia, algo que poderia ter salvado o homem. Pensou nos olhos cor de âmbar e calmos do filho mais novo de Serena LeBeauf, espelhos do que os dela costumavam ser. Pensou na curandeira navajo e imaginou quais poções e bênçãos e decretos mágicos poderiam existir entre as brechas do conhecimento comum.

* * *

Quando ele destrancou a porta do apartamento, Paige estava sentada no chão da sala de estar, enfiando frutinhas vermelhas em um cordão preto. A televisão tinha sido movida para abrir espaço para um enorme abeto-azul, mais largo no meio, que ocupava metade do pequeno aposento.

— Não tínhamos nenhum enfeite — disse ela, e então levantou a cabeça e o fitou.

Nicholas não tinha ido direto para casa. Fora para Cambridge, onde entrou em um boteco qualquer e tomou seis doses de Jack Daniel's e duas Heinekens. Comprou uma garrafa de J&B no balcão e dirigiu para casa com ela ao lado, tomando grandes goles quando parava nos semáforos e quase desejando que o pegassem.

— Ah, Nicholas — Paige disse. Ela se levantou e o abraçou. Suas mãos estavam pegajosas de alcatrão, e ele se perguntou como ela conseguira encaixar sozinha aquela coisa enorme no oscilante suporte da árvore. Nicholas olhou para as bochechas brancas de Paige, para as finas argolas de metal que balançavam em suas orelhas. Nem tinha se dado conta de que estavam perto do Natal.

Ele pareceu perder o equilíbrio bem quando os braços de Paige o envolveram. Cambaleando sob o peso de Nicholas, ela o ajudou a sentar no chão, derrubando a vasilha de frutinhas. Com o movimento, Nicholas esmagou algumas, amassando-as no tapete amarelo barato e formando uma mancha que se parecia suspeitamente com sangue. Paige se ajoelhou ao lado dele e moveu os dedos por seus cabelos, dizendo-lhe suavemente que tudo ficaria bem.

— Você não pode salvar todos eles — murmurou.

Nicholas a encarou. Viu, flutuando, os planos do rosto de um anjo, o espírito de um leão. Queria fazer tudo desaparecer, tudo o mais, e ficar apenas com Paige até que os dias deles se acabassem. Largou a garrafa de uísque e a viu rolar com um tremor sob a saia perfumada da árvore de Natal nua de Paige. Puxou a esposa para junto de si.

— Não — disse. Ele respirou na pureza tranquila dela como se fosse oxigênio. — Eu não posso.

7
Paige

Quando via Nicholas vestido em um smoking, eu faria qualquer coisa que ele me pedisse. Não era apenas a linha perfeita de seus ombros ou o marcante contraste dos cabelos com a camisa cor de neve; era sua presença. Nicholas deveria ter *nascido* de smoking. Tinha atitude para isso: o status, a nobreza. Chamava atenção. Se esse fosse seu uniforme do dia a dia, em vez do simples avental branco ou a roupa de cirurgião sênior, provavelmente ele já seria o chefe do Mass General.

Nicholas se inclinou sobre mim e beijou meu ombro.

— Oi — disse. — Acho que conheci você em outra vida.

— Conheceu — respondi, sorrindo para ele através do espelho. Prendi o fecho de um de meus brincos. — Antes de você ser médico. — Eu não via Nicholas, ou não o via *de verdade*, havia muito tempo. Horas de cirurgia e visitas a pacientes, além de reuniões das comissões do hospital e jantares politicamente necessários com superiores, mantinham-no longe. Na noite anterior, ele dormira no hospital, de plantão, e tivera uma safena tripla e uma cirurgia de emergência durante o dia, então não pudera telefonar. Não tinha certeza se ele se lembraria do jantar beneficente. Tinha me vestido, descido as escadas, visto o relógio se aproximar das seis horas e, como sempre, esperei em silêncio, impaciente para que Nicholas chegasse em casa.

Eu detestava nossa casa. Era um lugar pequeno com um belo jardim em um bolsão muito prestigioso de Cambridge, cheio de advogados e médicos. Quando vimos o bairro pela primeira vez, eu ri e disse que as ruas deviam ser pavimentadas com dinheiro de muitas gerações, o que Nicholas não achou muito engraçado. Apesar de tudo, eu sabia que, no fundo, ele ainda se *sentia* rico. Fora rico por tempo demais para mudar agora. E, de acordo com Nicholas, quando se era rico — ou quando se *queria* ser —, vivia-se em um determinado padrão.

Isso fez com que assumíssemos uma grande dívida de hipoteca, apesar de ainda termos vultosos empréstimos da faculdade de medicina para pagar. Os pais de Nicholas nunca voltaram, arrependidos, como eu sabia que ele esperava. Uma vez, enviaram um cartão de Natal educado, mas Nicholas nunca me contou os detalhes, e eu não sabia se ele estava querendo proteger meus sentimentos ou os dele. Mas, apesar dos Prescott, estávamos trabalhando e pagando as dívidas. Com o salário de Nicholas, finalmente respeitáveis trinta e oito mil dólares por ano, tínhamos começado a quitar os juros. Eu queria poupar um pouco, por precaução, mas Nicholas insistia que em breve teríamos mais do que precisávamos. Tudo o que eu queria era um apartamento pequeno, mas ele só falava em construir patrimônio. E assim compramos uma casa que estava além de nossos recursos, a qual Nicholas acreditava ser seu ingresso na chefia da cirurgia cardiotorácica.

Nicholas nunca estava em casa e provavelmente sabia, quando a compramos, que não estaria, mas insistiu que ela fosse decorada de determinada maneira. Quase não havia mobília, porque não tínhamos dinheiro para comprar, mas ele disse que isso fazia o lugar parecer escandinavo. A casa inteira tinha cor de pele. Não bege ou rosa, mas o estranho tom pálido intermediário. Os carpetes combinavam com o papel de parede, que combinava com as estantes e com a trilha de luzes embutidas. A única exceção era a cozinha, pintada em uma cor chamada Quase Branco. Não sei quem o decorador achou que estava enganando; aquilo sem dúvida *era* branco: azulejos brancos, balcões brancos, piso de mármore branco, madeira clareada branca. "Branco está na moda", Nicholas me dissera. Ele vira sofás de couro branco e tapetes brancos como espuma derramada em todas as mansões de médicos com quem trabalhava. Eu cedi. Afinal, Nicholas conhecia esse tipo de vida; eu não. Não mencionei como me sentia suja sentada em minha própria sala de estar, ou como parecia deslocada ali. Não lhe disse que eu achava que a cozinha às vezes estava clamando por um pouco de cor, e como, às vezes, enquanto cortava cenouras e aipos naquele espaço perfeito, eu ficava desejando algum acidente, um jorro de sangue ou uma faixa de sujeira que me deixasse saber que eu havia deixado a minha marca.

Eu ia de vermelho à festa beneficente do hospital, e tanto Nicholas como eu nos destacávamos, em forte contraste com as desbotadas linhas beges do quarto.

— Você devia usar vermelho com mais frequência — disse ele, alisando a curva nua de meu ombro.

— As freiras nos diziam para nunca usar vermelho — respondi, com ar distraído. — Vermelho atrai os garotos.

Nicholas riu.

— Vamos — disse, puxando minha mão. — O Fogerty vai contar cada minuto que eu me atrasar.

Eu pouco me importava com Alistair Fogerty, o médico que supervisionava Nicholas e, no dizer dele, o próprio filho de Deus. Pouco me importava de perder a suntuosa cascata de camarões na hora do coquetel. Se a escolha fosse minha, eu não teria ido. Não gostava de ter que socializar com os cirurgiões e suas esposas. Eu não tinha nada a contribuir, então não entendia por que tinha de estar lá.

— Paige — disse Nicholas. — *Vamos.* Você está *ótima.*

Quando me casei com Nicholas, acreditava verdadeiramente, como uma tola, que eu o tinha e ele me tinha e isso era o bastante. Talvez tivesse sido, se Nicholas não houvesse se voltado para os círculos que frequentava agora. Quanto mais ele progredia no trabalho, mais eu me via diante de pessoas e situações que não entendia: jantares com traje a rigor na casa de alguém; divorciadas bêbadas deixando chaves de hotel nos bolsos do smoking de Nicholas; perguntas bisbilhoteiras sobre um passado que eu me esforçava tanto para esquecer. Eu não era nem de longe tão inteligente quanto aquelas pessoas, nem tão experiente; nunca entendia suas piadas. Eu ia, me socializava, por causa de Nicholas, mas ele sabia tão bem quanto eu que estávamos nos enganando, que eu nunca ia me encaixar.

Quando estávamos casados havia uns dois anos, tentei fazer algo em relação a isso. Inscrevi-me em dois cursos noturnos na escola de extensão de Harvard. Escolhi arquitetura por mim e introdução à literatura por Nicholas. Achei que, se soubesse distinguir Hemingway de Chaucer e de Byron, poderia acompanhar as referências artísticas sutis que seus amigos lançavam de um lado para outro, sobre as mesas de jantar, como se fossem bolas de pingue-pongue. Mas não consegui. Não dava para ficar em pé o dia inteiro no Mercy, preparar o jantar para Nicholas e ainda ter tempo para ler sobre tetos em estilo rococó e J. Alfred Prufrock. Fiquei apavorada com meus professores, que falavam tão depressa que às vezes era como se estivessem dando aulas em sueco.

A maioria de meus colegas de classe estava ali sem muita preocupação: quase todos já haviam se formado em alguma coisa. Não tinham um futuro em jogo, como eu. Percebi que, no ritmo em que conseguia acompanhar os cursos, levaria nove anos para obter um diploma universitário. Nunca disse a Nicholas, mas tirei F no único trabalho que escrevi para um desses cursos. Nem lembro se foi arquitetura ou literatura, mas nunca vou me esquecer dos comentários do professor: "Enterradas no meio desse lixo", ele escrevera, "você tem algumas ideias competentes. Encontre sua própria voz, sra. Prescott". *Encontre sua própria voz.*

Dei uma desculpa qualquer para Nicholas e abandonei os cursos. Para me punir por ser um fracasso, arrumei um segundo emprego, como se trabalhar o dobro pudesse me fazer esquecer como minha vida havia se tornado diferente do que eu imaginara quando criança.

Mas eu tinha Nicholas. E isso significava mais que diplomas universitários, que todos os cursos da Escola de Design de Rhode Island no mundo. Eu não havia mudado muito em sete anos — e não podia culpar ninguém por isso, exceto a mim mesma —, mas Nicholas estava muito diferente. Por um minuto, olhei para meu marido e tentei imaginar como ele era naquela época. Seus cabelos eram mais volumosos e não havia os fios cinzentos que começavam a aparecer agora, e as linhas em volta da boca não eram tão profundas. Mas as maiores mudanças estavam nos olhos. Havia sombras neles. Uma vez Nicholas me disse que, quando via um paciente morrer, um pequeno pedaço dele ia junto, e que ele precisaria trabalhar isso, sob pena de, um dia, quando estivesse perto de se aposentar, não ter sobrado nada.

* * *

O Mass General organizava bailes de Halloween no Copley Plaza havia séculos, embora, mais ou menos dez anos antes, as fantasias tivessem sido trocadas por trajes formais. Eu sentia muito por isso. Daria qualquer coisa por um disfarce. Uma vez, quando Nicholas era residente em cirurgia-geral, fomos a uma festa à fantasia na faculdade. Eu queria que nos fantasiássemos de Marco Antônio e Cleópatra, ou de Cinderela e Príncipe Encantado. "Nada de calça justa", Nicholas dissera. "Nem morto." No fim, fomos de varal. Cada um de nós usou uma camisa e uma calça marrons e, estendido entre meu pescoço e o dele, havia um longo cordão branco, onde estavam dependuradas bermudas, meias, sutiãs. Adorei aquela fantasia. Estávamos literalmente amarrados juntos. Para onde Nicholas fosse, eu o seguia.

No caminho para Boston, naquele Halloween, Nicholas foi me testando.

— A esposa de David Goldman — ele disse, e eu respondi:

— Arlene.

— Fritz van der Hoff?

— Bridget.

— Alan Masterson — disse Nicholas, e eu o lembrei que aquilo era uma pegadinha, já que Alan havia se divorciado no ano anterior.

Saímos da Mass Pike e paramos na esquina da Dartmouth. A Copley Square dançava à nossa volta, iluminada pelas luzes e pela agitação do Halloween. Ao lado do carro, estavam Charlie Chaplin, um cigano e um boneco de pano vestido de marinheiro. Eles estenderam as mãos quando chegamos, mas Nicholas sacudiu a cabeça. Fiquei imaginando o que teriam esperado ganhar e o que outros poderiam ter lhes dado. Uma batidinha seca na minha janela me surpreendeu. A centímetros de distância, estava um homem alto vestido com calças até os joelhos e colete, cujo pescoço terminava em um toco ensanguentado. Ele segurava um rosto oval e corado sob o braço direito.

— Com licença — disse ele, e acho que o rosto sorriu. — Parece que perdi a cabeça.

Eu ainda estava olhando para ele, para sua capa verde emplumada, quando Nicholas saiu com o carro.

Embora houvesse mais de trezentas pessoas no salão de baile principal do Copley Plaza Hotel, Nicholas se destacava. Estava entre os mais jovens e atraía atenção por ter chegado tão longe tão rápido. As pessoas sabiam que ele estava sendo preparado; era o único residente que Fogerty considerava suficientemente bom para fazer transplantes. Quando entramos pelas portas duplas, pelo menos sete pessoas vieram falar com ele. Eu me agarrei a seu braço até meus dedos ficarem brancos.

— Não me deixe sozinha — pedi, sabendo bem que Nicholas não faria promessas que não pudesse cumprir.

Ouvi palavras em uma língua estrangeira familiar: endocardite infecciosa, infarto do miocárdio, angioplastia. Observei Nicholas à vontade, e meus dedos coçavam para desenhá-lo: alto, semioculto pela sombra, imerso na própria autoconfiança. Mas eu havia embalado o material de desenho quando nos mudamos e ainda não sabia onde estava. Fazia um ano que eu não desenhava; estivera ocupada demais, trabalhando no Mercy de manhã e no consultório da dra. Thayer à tarde. Tinha tentado arrumar outros empregos, em vendas e administração, mas em Cambridge eu era facilmente superada por pessoas com formação universitária. Eu não tinha nada em meu nome, a não ser Nicholas. Estava navegando no sucesso dele, o qual, ironicamente, eu havia pagado.

— Paige! — Voltei-me ao ouvir a voz muito aguda de Arlene Goldman, esposa de um cardiologista do hospital. Depois de minha última experiência com Arlene, eu dissera a Nicholas que não poderia, fisicamente, enfrentar um jantar na casa deles, por isso recusávamos seus convites. Mas de repente fiquei contente em vê-la. Ela era alguém em quem me segurar, alguém que me conhecia e poderia justificar minha presença ali. — Que bom vê-la — Arlene mentiu, beijando o ar em ambos os lados de meu rosto. — E aí está Nicholas — disse, movendo a cabeça na direção dele.

Arlene Goldman era tão magra que parecia transparente, com grandes olhos cinzentos e cabelos dourados saídos de um frasco de tintura. Era proprietária de um serviço de compras personalizadas, e sua maior reivindicação à fama era ter sido chamada pelo senador Edward Kennedy para escolher a aliança de sua noiva em uma famosa joalheria. Usava um vestido longo e justo, cor de pêssego, que a fazia parecer nua.

— Como está, Arlene? — perguntei discretamente, mudando o equilíbrio de um pé para o outro.

— Ótima — respondeu ela e gesticulou, chamando algumas outras esposas que eu conhecia. Abri um sorriso para elas e recuei um passo, ouvindo as conversas sobre reuniões em Wellesley e livros com contratos milionários e as vantagens do vidro de baixa emissividade para casas na praia.

As esposas dos cirurgiões faziam de tudo. Eram mães e corretoras imobiliárias em Nantucket e banqueteiras e escritoras, tudo ao mesmo tempo. Claro que tinham babás e cozinheiras e empregadas que dormiam no emprego, mas nem falavam dessas pessoas. Passavam as festas despejando nomes de celebridades com quem tinham trabalhado, lugares onde haviam estado, espetáculos a que haviam assistido. Envolviam-se em diamantes e usavam uma maquiagem que reluzia sob a luz suave dos candelabros. Não tinham nada em comum comigo.

O rosto de Nicholas apareceu entre o círculo de faces e me perguntou se estava tudo bem; ele ia conversar com Fogerty sobre um paciente. As outras mulheres se aglomeraram a minha volta.

— Ah, Nick — disseram —, quanto tempo! — Puseram os braços frios a minha volta. — Nós cuidaremos dela, Nick — disseram, e eu fiquei me perguntando quando meu marido teria decidido que podia ser chamado de algum outro nome que não Nicholas.

Dançamos ao som de uma orquestra de suingue, e então as portas se abriram para o banquete. Como sempre, o jantar foi uma experiência de aprendizado. Havia tantas coisas que eu ainda não sabia. Não tinha ideia de que existiam talheres para peixe. Não sabia que podíamos comer caramujos. Soprei minha sopa de alho-poró antes de perceber que era servida fria. Observei Nicholas se mover com a tranquilidade experiente de um profissional e me perguntei como eu tinha caído naquele tipo de vida.

Um dos outros médicos à mesa se virou para mim durante o jantar.

— Eu me esqueci — disse ele. — O que você faz mesmo?

Baixei os olhos para o prato e esperei que Nicholas viesse em meu socorro, mas ele estava conversando com outra pessoa. Havíamos falado sobre isso, e ficou combinado que eu não deveria contar às pessoas onde trabalhava. Não que ele ficasse constrangido, Nicholas me garantiu, mas, no esquema político das coisas, era preciso transmitir uma certa imagem. As esposas de cirurgiões costumavam apresentar medalhas do Rotary, não o menu do dia. Coloquei no rosto o sorriso mais brilhante que consegui e imitei a voz insolente das outras mulheres.

— Ah, eu ando pela cidade partindo corações, para que meu marido tenha mais trabalho.

Anos pareceram se passar até que alguém dissesse alguma palavra, e eu podia sentir minhas mãos tremendo sob a fina toalha de linho e o suor escorrendo pelas costas. Então ouvi as risadas, como cristal estilhaçando.

— Onde você a encontrou, Prescott?

Nicholas se virou, interrompendo a conversa que estava tendo. Um sorriso lento curvou seus lábios para esconder a direção do olhar.

— Servindo mesas — disse ele.

Estanquei. Todos na mesa riram e acharam que Nicholas estivesse fazendo piada. Mas ele tinha feito exatamente o que não deveríamos fazer. Olhei para ele, mas Nicholas estava rindo também. Imaginei as esposas dos outros médicos, voltando para casa de carro com o marido e dizendo: *Bem, isso explica muito.*

— Com licença — falei, afastando a cadeira. Meus joelhos tremiam, mas caminhei lentamente para o banheiro.

Havia várias pessoas lá dentro, mas ninguém que eu reconhecesse. Entrei em uma das cabines e me sentei na borda do vaso sanitário. Juntei um pouco de papel higiênico na mão, esperando as lágrimas, mas elas não vieram. Fiquei pensando no que teria me convencido a viver na rabeira da vida de outra pessoa em vez de viver minha própria vida e então percebi que ia vomitar.

Quando terminei, estava vazia por dentro. Podia ouvir o eco do sangue correndo por minhas veias. As mulheres olharam para mim quando saí da cabine, mas ninguém me perguntou se eu estava bem. Lavei a boca e saí para o corredor, onde Nicholas estava me esperando. A seu favor, ele parecia preocupado.

— Quero ir para casa — eu disse. — Agora.

Não falamos durante o caminho, e, ao chegarmos em casa, entrei na frente dele e corri para o banheiro, onde vomitei outra vez. Quando levantei os olhos, Nicholas estava parado na porta.

— O que você comeu? — perguntou.

Enxuguei o rosto em uma toalha. Minha garganta estava ardendo.

— Foi a segunda vez esta noite — falei, e essas eram as últimas palavras que eu pretendia dizer.

Nicholas me deixou sozinha enquanto eu me trocava para dormir. Ele havia pendurado a gravata-borboleta e a faixa do smoking no pé da cama, e, sob o jogo de luz do luar, elas pareciam se mover como serpentes. Ele se sentou na borda da cama.

— Você não está brava, está, Paige?

Deslizei debaixo das cobertas e virei de costas para ele.

— Você sabe que não tive intenção nenhuma com aquilo — prosseguiu, chegando para o meu lado e abraçando meus ombros. — Você sabe, não é?

Endireitei as costas e cruzei os braços. *Não vou falar*, disse a mim mesma. Quando ouvi a respiração de Nicholas assumir um ritmo uniforme, deixei as lágrimas caírem, correndo pelo meu rosto como mercúrio quente e ardendo em seu caminho até o travesseiro.

* * *

Levantei às quatro e meia, como sempre, preparei o café para Nicholas tomar no caminho e embalei um almoço leve, porque sabia que ele precisaria disso entre as cirurgias. Não era porque meu marido estava sendo um imbecil que os pacientes dele precisavam sofrer, disse a mim mesma. Ele desceu com duas gravatas.

— Qual delas? — perguntou, segurando-as perto do pescoço. Eu passei por ele e subi as escadas. — Ah, por favor, Paige — ele murmurou, depois ouvi a porta bater quando ele saiu.

Corri para o banheiro e vomitei. Dessa vez, fiquei tão tonta que tive de me deitar, e fiz isso, bem ali em cima do tapetinho branco felpudo do banheiro. Adormeci e, quando acordei, liguei para o Mercy avisando que estava doente. Não teria ido à dra. Thayer naquela tarde também, mas tive um pressentimento. Esperei até ela ter um intervalo entre as pacientes, então saí da recepção e parei a seu lado, junto ao balcão onde ela mantinha os recipientes de amostras de urina, as lâminas de Papanicolau e os folhetos de informações sobre autoexame de mamas. Ela me olhou como se já soubesse.

— Preciso que me faça um favor — eu disse.

* * *

Não era assim que deveria acontecer. Nicholas e eu havíamos conversado sobre isso um milhão de vezes: eu nos sustentaria até que o salário dele começasse a pagar os empréstimos, então seria a minha vez. Eu ia estudar em período integral na faculdade de artes e, depois de conseguir meu diploma, pensaríamos em iniciar uma família.

Não deveria ter acontecido, porque éramos cuidadosos, mas a dra. Thayer ergueu os ombros e disse que nenhum método era totalmente seguro.

— Fique feliz — disse ela. — Pelo menos você é casada.

Foi isso que trouxe tudo de volta. Enquanto eu dirigia lentamente pelo trânsito de Cambridge, perguntei-me como pude não perceber os sinais: os seios inchados e os mamilos maiores, o jeito como eu andava cansada. Afinal, já tinha passado por isso antes. Não estava pronta na época e, apesar do que a dra. Thayer disse, sabia que não estava pronta agora.

A constatação me fez sentir um arrepio pelo corpo: eu jamais iria para a faculdade de artes. Não seria a minha vez por muitos anos ainda. Talvez nunca fosse.

Eu tinha tomado minha decisão de fazer a faculdade de artes depois de um único curso de que participei, associado ao Instituto de Artes de Chicago. Estava no nono ano da escola e tinha ganhado a bolsa para o curso no concurso estudantil de artes da cidade. Desenho de figuras humanas era o único oferecido depois do horário da escola, então me inscrevi nele. Na primeira noite, o professor, um homem esguio e vigoroso, com óculos de armação roxa, nos fez dizer, um por um, quem éramos e por que estávamos ali. Ouvi os outros dizerem que estavam fazendo o curso para contar créditos para a faculdade ou para atualizar o portfólio. Quando chegou minha vez, eu disse:

— Sou a Paige. Não sei o que estou fazendo aqui.

O modelo naquela noite era um homem, e ele entrou vestido em um roupão de cetim com estampa de canhotos de ingressos de cinema. Trazia uma barra de metal, que usava como acessório. Quando o professor fez um sinal, ele subiu em uma plataforma e tirou o roupão como se isso não o incomodasse nem um pouco. Inclinou-se, torceu-se e parou com os braços levantados, segurando a barra como a Cruz. Foi o primeiro homem que vi completamente nu.

Quando todos começaram a desenhar, permaneci parada. Estava certa de que tinha sido um erro escolher aquele curso. Senti os olhos do modelo em mim, e foi então que toquei o lápis crayon no bloco de desenho. Não o olhei mais; desenhei de memória: os ombros ossudos, o peito estendido, o pênis flácido. O professor veio ver pouco antes do final da aula.

— Você tem algo aí — disse ele, e eu queria acreditar.

Para a noite da última aula, comprei um pedaço de papel marmorizado cinza, de qualidade, em uma loja de materiais de artes, na esperança de desenhar algo que eu quisesse guardar. O modelo era uma menina não mais velha que eu, mas com olhos cansados e sem brilho. Ela estava grávida e, quando deitou de lado, a barriga se alargou, formando uma curva semelhante a uma testa franzida. Desenhei-a furiosamente, usando crayon branco para o brilho das luzes do estúdio nos cabelos e antebraços. Não parei durante os dez minutos de intervalo, embora a modelo tenha se levantado para esticar o corpo e eu tivesse de desenhar de memória. Quando terminei, o professor pegou meu desenho para mostrá-lo aos outros alunos. Apontou para os planos calmos dos quadris, a leve curvatura dos seios pesados, a faixa de sombra entre as pernas. Ele me trouxe o desenho de volta e disse que eu devia pensar em estudar artes na faculdade. Enrolei o desenho em um cilindro, sorri timidamente e saí.

Nunca exibi o desenho, porque meu pai teria me matado se soubesse que eu havia pecado voluntariamente ao fazer um curso que expunha corpos de homens e mulheres. Mantive-o escondido no fundo do armário e olhava-o de tempos em tempos. Não notei o óbvio no desenho até várias semanas depois. As imagens que surgiam em meus retratos não eram sequer escondidas no fundo naquela época. Eu tinha desenhado a modelo, é verdade, mas o rosto — e o medo nele — era meu.

* * *

— Oi — Marvela disse quando entrei no Mercy. Ela trazia um bule de café em uma das mãos e um bolinho na outra. — Achei que você estivesse doente. — Passou por mim meneando a cabeça. — Menina, você não vê que isso vai ficar mal para mim? Quando a gente mata o trabalho, é para ficar longe, não para começar com sentimentos de culpa católicos e aparecer no meio do turno.

Eu me apoiei na caixa registradora.

— Estou doente — respondi. — Nunca me senti pior na vida.

Marvela franziu a testa para mim.

— Acho que, se o meu marido fosse médico, ele teria me mandado ficar na cama.

— Não é doente desse tipo — eu disse, e os olhos de Marvela se arregalaram. Eu sabia o que ela estava pensando; Marvela tinha uma queda por revistas de fofoca e histórias escabrosas. — Não — falei, antes que ela pudesse perguntar —, o Nicholas não está tendo um caso. E a minha alma não foi abduzida por alienígenas.

Ela me serviu uma xícara de café e apoiou os cotovelos no balcão.

— Parece que vou ter que fazer o jogo das vinte perguntas — comentou.

Eu a ouvi, mas não respondi. Naquele momento, uma mulher entrou pela porta equilibrando um bebê, uma sacola de compras e uma enorme bolsa de tecido. Assim que cruzou a soleira, deixou cair a bolsa e ajeitou o bebê mais para cima, sobre o quadril. Marvela resmungou baixinho e levantou para ajudar, mas eu toquei seu braço.

— Quanto tempo você acha que tem essa criança? — perguntei. — Uns seis meses?

Marvela fez um som de deboche.

— Tem pelo menos um ano — respondeu. — Você nunca foi babá?

Impulsivamente, levantei e peguei um avental atrás do balcão.

— Deixe que eu atendo — eu disse. Marvela ficou hesitante. — A gorjeta é sua.

A mulher tinha deixado a grande bolsa no chão, no meio do restaurante. Eu a recolhi e levei até a mesa onde ela sentara, a que um dia fora de Nicholas. A mulher tinha posto o bebê em cima da mesa e estava tirando sua fralda. Sem se preocupar em me agradecer, ela abriu a bolsa, pegou uma fralda limpa e um brinquedo de argolas de plástico, que entregou ao bebê.

— Dah — balbuciou ele, apontando para a luz.

— Sim — a mulher disse, sem nem levantar os olhos. — Isso mesmo. Luz. — Dobrou a fralda suja, colocou e fechou a nova e segurou as argolas antes que o bebê as jogasse no chão. Eu estava fascinada; ela parecia ter cem mãos. — Dá para me trazer um pouco de pão? — ela ordenou, como se eu não estivesse fazendo meu trabalho, e corri em direção à cozinha.

Não fiquei tempo suficiente para Lionel me perguntar o que eu estava fazendo ali. Peguei uma cesta de pãezinhos e voltei para a mesa da mulher. Ela balançava o bebê sobre o joelho e tentava impedi-lo de alcançar a toalhinha americana de papel.

— Você tem um cadeirão? — perguntou.

Assenti com a cabeça e trouxe a cadeirinha de elevar a altura.

— Não — a mulher suspirou, como se já tivesse passado por isso antes. — Isso é um assento de elevação. Não é um cadeirão.

Fiquei olhando sem entender muito bem.

— Este não serve?

A mulher riu.

— Se o presidente dos Estados Unidos fosse mulher — disse ela —, todos os restaurantes teriam cadeirão e as mães com bebês poderiam estacionar nas vagas para deficientes. — Ela estava partindo um pãozinho em pedaços pequenos, que o bebê enfiava na boca, mas então suspirou, levantou-se e começou a recolher suas coisas. — Não consigo comer se não tiver um cadeirão para ele — explicou. — Desculpe por fazê-la perder seu tempo.

— Eu posso segurá-lo — ofereci impulsivamente.

— Como?

— Eu disse que posso segurá-lo — repeti. — Enquanto a senhora come.

A mulher ficou olhando para mim. Notei como parecia exausta, quase trêmula, como se não dormisse havia tempos. Seus olhos, de um tom indefinido de castanho, estavam fixos nos meus.

— Você faria isso? — murmurou.

Eu trouxe para ela uma quiche de espinafre e acomodei desajeitadamente o bebê nos braços. Podia sentir Marvela me observando da cozinha. O bebê estava rígido e não se encaixava sobre meu quadril. Ficava se virando para agarrar meus cabelos.

— Ei — eu disse —, não. — Mas ele só riu.

Ele era pesado e meio úmido, e se contorceu até que eu o coloquei sobre o balcão para que engatinhasse. Depois, derrubou um pote de mostarda e esfregou a concha de servir na cabeça. Eu não podia desviar os olhos por um instante e me perguntei como eu, como *qualquer pessoa*, poderia fazer isso vinte e quatro horas por dia. Mas ele tinha cheiro de talco e gostou quando brinquei de envesgar os olhos para ele. E, quando a mãe veio pegá-lo, agarrou-se com força a meu pescoço. Eu os vi sair, admirada com tudo o que a mulher conseguia fazer e, embora nada tivesse dado errado, consciente de quanto me sentira aliviada ao entregar o bebê de volta a ela. Observei-a descer a rua, inclinada para a esquerda, o lado em que carregava o bebê, como se ele estivesse atrapalhando seu equilíbrio.

Marvela parou a meu lado.

— Vai me contar o que aconteceu, ou vou ter que arrancar de você?

Virei-me para ela.

— Estou grávida.

Os olhos de Marvela se arregalaram tanto que era possível ver a parte branca por toda a volta das íris escuras.

— Olha só! — disse, e então gritou e me abraçou. Quando não correspondi ao abraço, ela me soltou. — Me deixe adivinhar. Você não está dando pulos de alegria.

Sacudi a cabeça.

— Não era para ser assim — expliquei. Contei a ela sobre os planos, sobre nossos empréstimos e a residência de Nicholas, depois sobre minha faculdade. Falei até as frases em minha língua nativa começarem a parecer estrangeiras e esquisitas, até as palavras simplesmente caírem de minha boca como pedras.

Marvela sorriu gentilmente.

— Ah, menina, *o que* na vida acontece do jeito que era para ser? A gente não *planeja* a vida, a gente apenas *vive*. — Pousou o braço sobre meus ombros. — Se os últimos dez anos tivessem saído de acordo com os planos para mim, eu estaria comendo bombons, plantando rosas premiadas e morando em uma casa tão grande quanto um pecado, com uma merda de marido lindo sentado ao meu lado. — Ela parou, olhando para a janela e, imaginei, para seu passado. Depois me deu um tapinha no braço e riu. — Paige, querida, se eu tivesse seguido meu grande plano, estaria vivendo a *sua* vida.

* * *

Por um longo tempo, fiquei sentada na varanda diante da casa, ignorando os vizinhos que olhavam para mim rapidamente da calçada ou das janelas de carros. Eu não sabia como ser uma boa mãe. Não tivera uma. Praticamente só as via na TV. Minha mente trouxe imagens de Marion Cunningham e Laura Petrie, donas de casa perfeitas da televisão. O que essas mulheres *faziam* o dia inteiro?

O carro de Nicholas chegou horas mais tarde, quando eu estava pensando em todas as coisas a que não teria acesso e que seriam necessárias para ter um filho. Eu não podia falar à dra. Thayer sobre o histórico familiar de minha mãe. Não sabia os detalhes do parto dela. Não queria contar a Nicholas que houvera um bebê no passado e que eu tinha sido de outra pessoa antes dele.

Nicholas saiu do carro quando me viu, retesando e endireitando o corpo, à espera de um ataque. Mas, quando chegou mais perto, percebeu que eu não estava mais com o espírito de brigar. Fiquei recostada no pilar da varanda e aguardei até ele estar na minha frente. Parecia impossivelmente alto.

— Estou grávida — eu disse e me desfiz em lágrimas.

Ele sorriu, depois se inclinou, me pegou no colo e me carregou para dentro de casa, dançando comigo ao passar pela porta.

— Paige, isso é ótimo — disse ele. — Totalmente ótimo. — Nicholas me pôs no sofá cor de pele e afastou os cabelos de meus olhos. — Ei, não precisa se preocupar com dinheiro.

Eu não sabia como dizer a ele que não estava preocupada, só apavorada. Tinha medo de não saber como segurar um bebê. Tinha medo de talvez não amar meu próprio filho. Mais que tudo, tinha medo de estar fadada antes mesmo de começar, medo de que o ciclo que minha mãe havia iniciado fosse hereditário e que, um dia, eu simplesmente fizesse as malas e desaparecesse da face da Terra.

Nicholas me abraçou.

— Paige — disse, segurando meus pensamentos na palma de sua mão —, você vai ser uma excelente mãe.

— Como você sabe? — gritei. Depois repeti, mais suavemente: — Como você sabe? — Olhei para Nicholas, que fizera tudo o que se havia proposto a fazer, perguntando-me quando eu perdera o controle de minha própria vida.

Nicholas se sentou a meu lado e deslizou a mão sob meu blusão. Abriu o zíper de minha calça e estendeu os dedos sobre meu abdômen, como se o que estivesse crescendo lá dentro precisasse de sua proteção.

— Meu filho — disse, com um tom emocionado na voz.

Foi como se uma janela se abrisse, me mostrando o resto de minha vida estendida ali, dissecada e esmiuçada. Pensei em meu futuro, atrofiado e espremido dentro dos limites definidos por dois homens. Imaginei estar em uma casa onde eu sempre seria a excluída.

— Não estou fazendo nenhuma promessa — afirmei.

8
Paige

A primeira pessoa por quem me apaixonei foi Priscilla Divine.

Ela tinha vindo do Texas para Chicago e se matriculado na Nossa Senhora da Cruz, minha escola primária, quando eu estava na sexta série. Era um ano mais velha que nós, embora nunca tivesse repetido de ano. Tinha longos cabelos loiros cor de mel e não andava: ela deslizava. Algumas das outras meninas diziam que tinha sido por causa dela que a família precisara mudar de cidade.

Havia tamanha aura de mistério cercando Priscilla Divine que ela provavelmente poderia ter escolhido qualquer uma que quisesse para ser sua amiga, mas, por acaso, foi a mim que escolheu. Uma manhã, durante a aula de religião, ela levantou a mão e disse à irmã Teresa que estava com ânsia de vômito e gostaria muito que Paige a acompanhasse até a enfermaria. Mas, assim que saímos para o corredor, ela não parecia mais nem um pouco doente. Puxou-me pela mão para o banheiro feminino e tirou um maço de cigarros, preso no cós da saia, e fósforos de dentro da meia esquerda. Acendeu, inalou e me ofereceu o cigarro como um cachimbo da paz. Com minha reputação pendendo na balança, inalei profundamente, controlando-me para não tossir. Priscilla ficou impressionada, e aquele foi o começo de meus anos de mau comportamento.

Priscilla e eu fazíamos tudo o que não devíamos fazer. Andávamos pelo Southside, o bairro das famílias negras, no caminho de volta da escola para casa. Púnhamos enchimento dentro do sutiã e colávamos nas provas de álgebra. Não confessávamos nada disso, porque, como Priscilla me ensinou, certas coisas não deviam ser contadas aos padres. Chegamos a ponto de cada uma de nós ser suspensa da escola três vezes, e as freiras sugeriram que renunciássemos à nossa amizade como penitência durante a Quaresma.

Descobrimos o sexo em um sábado chuvoso, na sétima série. Eu estava na casa de Priscilla, deitada de costas sobre a colcha com desenhos de pirulitos, na cama dela, e olhando os relâmpagos congelarem a rua lá fora, em lampejos como de fotografias de naturezas-mortas. Priscilla folheava uma *Playboy* que tínhamos roubado do quarto do irmão dela. Já estávamos com a revista havia meses e tínhamos memorizado as imagens e lido todas as cartas para o "Conselheiro", procurando no dicionário as palavras que não conhecíamos. Até Priscilla já estava enjoada de ver sempre a mesma coisa. Ela se levantou e foi até a janela. Por um momento, a luz enganosa de um raio escureceu seus olhos e criou sombras que a fizeram parecer cansada e desiludida, como se estivesse olhando para a rua havia séculos, e não apenas segundos. Quando ela se virou para mim, de braços cruzados, mal a reconheci.

— Paige — disse ela, como que por acaso —, você já beijou algum menino de verdade?

Eu não tinha beijado, mas não ia dizer isso a ela.

— Claro — respondi. — E você?

Priscilla jogou os cabelos para trás e aproximou-se de mim.

— Prove — disse.

Eu não podia; essa, na verdade, era uma de minhas maiores preocupações. Já havia passado noites inteiras acordada, praticando beijos no travesseiro, mas não conseguia resolver os detalhes, como onde meu nariz deveria ficar e quando eu deveria respirar.

— Como posso provar? — perguntei. — A não ser que haja algum menino por aqui que eu não estou enxergando.

Priscilla veio até mim, esguia e quase transparente na tarde arroxeada. Ela se inclinou, e seus cabelos formaram uma tenda silenciosa.

— Finja — disse ela. — *Eu* sou o menino.

Eu sabia que Priscilla sabia que eu estava mentindo; mas eu também sabia que não ia admitir isso. Então levantei o corpo, pus as mãos em seus ombros e pressionei meus lábios contra os dela.

— Pronto — falei, fazendo um sinal com a mão para ela afastar.

— Não — disse Priscilla —, é assim. — Ela inclinou a cabeça e me beijou de volta. Seus lábios se moveram tudo o que os meus não tinham se movido, moldando-me sob eles até minha boca estar fazendo a mesma coisa. Meus olhos se mantinham bem abertos, ainda fitando os relâmpagos. Nesse instante, eu soube que todos os boatos sobre Priscilla Divine que corriam pela escola, todos os alertas das freiras e todos os olhares de esguelha dos coroinhas eram justificados. A língua dela passou sobre meus lábios, e saltei para trás. Os cabelos de Priscilla grudaram em meus ombros e rosto como uma teia, com toda a eletricidade que havíamos gerado.

Depois disso, passávamos horas de nosso tempo tratando o beijo como uma ciência. Pegávamos emprestado o batom vermelho da mãe de Priscilla e beijávamos o espelho do banheiro, vendo nosso rosto se embaçar enquanto aprendíamos a amar a nós mesmas. Íamos para a biblioteca pública e nos escondíamos entre as estantes com romances adultos, virando as páginas em busca de cenas de sexo e então suspirando-as em voz alta. Ocasionalmente nós nos beijávamos, revezando no papel do menino. Quem fosse a menina tinha de amolecer o corpo e baixar os cílios, e murmurar ofegante, como as mulheres faziam naqueles livros proibidos. Quem fosse o menino tinha de ficar parada e séria e receber o beijo.

Um dia, depois da escola, Priscilla apareceu na frente da minha casa, totalmente sem fôlego.

— Paige — disse ela —, você tem que vir *agora*. — Ela sabia que eu deveria ficar em casa sozinha até meu pai voltar do escritório onde trabalhava como programador, para complementar a receita das invenções. Ela sabia que eu nunca quebrava as promessas que fazia a meu pai. — Paige — insistiu ela —, é importante.

Fui até a casa de Priscilla naquele dia e me escondi com ela dentro do armário quente e escuro, no quarto de seu irmão, que cheirava a shorts de ginástica, molho à bolonhesa e colônia masculina. Ficamos olhando o quarto em silêncio, partido entre as fendas da porta do armário.

— Não se mova — sussurrou Priscilla. — Nem respire.

O irmão de Priscilla, Steven, estava no penúltimo ano do ensino médio e era a fonte da maior parte das informações dela sobre sexo. Sabíamos que ele já tinha feito, porque havia preservativos escondidos em seu criado-mudo, às vezes doze de uma vez. Uma vez, roubamos um e abrimos a embalagem prateada. Desenrolei o tubinho esbranquiçado sobre o braço de Priscilla, admirando-me de ver como ele esticava e crescia como uma segunda pele. Fiquei olhando meus dedos passarem sobre ele como se estivessem acariciando veludo.

Minutos depois de termos nos instalado no armário, Steven entrou no quarto com uma menina. Ela não era do Papa Pio; provavelmente frequentava uma escola pública da cidade. Tinha cabelos castanhos curtos e usava esmalte cor-de-rosa e jeans baixo nos quadris. Steven a puxou para a cama com um gemido e começou a desabotoar-lhe a blusa. Ela tirou os sapatos e arrancou a calça e, antes que eu sequer me desse conta, os dois estavam nus. Eu não conseguia ver muito de Steven, o que era bom, porque como ia encará-lo depois? Mas havia o círculo liso de suas nádegas e o calcanhar rosado de seus pés e, enroladas em suas costas, estavam as pernas da garota. Steven apertou o seio da menina com uma das mãos, revelando o mamilo semelhante a um morango, enquanto remexia a gaveta do criado-mudo em busca de um preservativo. Então começou a se mover em cima dela, balançando-a para frente e para trás, como aqueles brinquedos de animais sobre suportes de mola de parques de diversões. As pernas dela subiram ainda mais, os dedos dos pés se apoiaram nos ombros de Steven, e ambos começaram a gemer. O som aumentou em torno deles como vapor amarelo, pontuado pelo rangido da cama sobre o chão de madeira. Eu não sabia bem o que estava vendo, fatiado como me aparecia entre as fendas do armário, mas era como uma máquina, ou um animal mítico que gritava enquanto se alimentava de si mesmo.

* * *

A tia maluca de Priscilla, que morava em Boise, enviou para ela um tabuleiro Ouija de presente em seu aniversário de quinze anos, e a primeira pergunta que fizemos foi quem seria a Rainha de Maio. Maio era o mês de Maria, segundo nos diziam na escola, e todos os anos havia um desfile na noite da primeira segunda-feira de maio. Os alunos marchavam em uma procissão da escola até a Igreja de São Cristóvão, precedidos pela dissonância e as batidas rítmicas dos metais da banda da escola. No fim do desfile, vinha a Rainha de Maio, escolhida pelo próprio padre Draher, e seu cortejo de acompanhantes. A menina mais bonita do oitavo ano era sempre a Rainha de Maio, e todos tinham certeza de que a daquele ano seria Priscilla. Então, quando perguntamos ao tabuleiro, dei uma empurradinha sutil na direção do P, sabendo que iria para essa letra de qualquer modo.

— P o quê? — perguntou Priscilla, batendo impacientemente os dedos no indicador do tabuleiro.

— Não bata — eu a alertei. — Assim não vai funcionar. Ele precisa sentir o calor.

Priscilla coçou o nariz com o ombro e disse que o tabuleiro não queria responder à pergunta, e eu desconfiei que ela talvez estivesse com medo de que a letra seguinte não fosse um R.

— Eu sei — disse ela. — Vamos perguntar com quem você vai sair.

Desde o dia em que espionamos Steven, Priscilla começara a sair com um fluxo contínuo de meninos. Ela os deixava beijá-la e tocar seus seios, e me disse que na próxima vez poderia até encarar um sexo oral. Eu a tinha ouvido descrever o modo como Joe Salvatore enfiava a língua em sua boca e me perguntava por que ela sempre voltava querendo mais. Quando Priscilla me contava como estava avançando passo a passo, fazia me lembrar das estações da Via-Sacra, os rituais especiais da Quaresma em que a gente fazia uma oração para cada um dos doze passos que levavam até a crucificação. Eu fazia isso havia anos, todas as sextas-feiras durante a Quaresma, e era a mesma tortura de uma hora, semana após semana. Primeira estação, segunda estação, terceira... Folheava o livro de orações até o final, para ver quanto ainda teria de sofrer. Parecia que, de uma maneira diferente, Priscilla estava fazendo a mesma coisa.

— *S-E-T-H* — Priscilla foi soletrando. — Você vai sair com Seth. — Ela tirou os dedos do indicador do tabuleiro e franziu a testa. — Mas quem é esse Seth?

Não havia nenhum Seth em nossa escola, nenhum Seth relacionado a Priscilla ou a mim, nenhum Seth em lugar nenhum do mundo que eu conhecesse.

— Tanto faz — eu disse, e falava sério.

No dia seguinte, na escola, o padre Draher anunciou que a Rainha de Maio daquele ano seria Paige O'Toole, e eu quase morri. Fiquei totalmente vermelha, imaginando o que os teria feito me escolher, quando Priscilla era claramente mais bonita. Na verdade, senti os olhos dela me queimando a nuca, da carteira atrás da minha, e a estocada cruel de seu lápis em meu ombro. Também me perguntei por que, para um ritual que homenageava a mãe de Deus, eles escolheriam alguém que não tinha mãe.

Priscilla seria uma das acompanhantes da Rainha de Maio, o que significava que ela até se dera bem. Eu tinha de ficar todos os dias na escola, depois da aula, experimentando o vestido branco rendado que usaria na procissão. Passei horas ouvindo a irmã Felicite e a irmã Anata Falla, enquanto elas marcavam a bainha com alfinetes e ajustavam a largura do busto do vestido da rainha do ano anterior. Enquanto via o sol poente descer pelas sarjetas das ruas molhadas, eu me perguntava se Priscilla teria encontrado outra amiga.

Mas ela não ficou com raiva de mim por causa da escolha da Rainha de Maio. Cabulou a aula de trigonometria dois dias depois e ficou parada do lado de fora de minha classe de inglês, até eu notá-la acenando e sorrindo. Pedi licença para ir ao banheiro e a encontrei no corredor.

— Paige — disse ela —, o que você acha de ficar terrivelmente doente?

Planejamos uma maneira de eu me livrar das obrigações da Rainha de Maio naquele dia: eu começaria a tremer durante o almoço e teria terríveis cólicas abdominais e, embora pudesse aguentar até o fim do dia, diria à irmã Felicite que se tratava daquele período do mês, algo que as freiras pareciam achar muito justificável. Então encontraria Priscilla atrás das arquibancadas, e nós pegaríamos o ônibus para a cidade. Priscilla disse que tinha algo para me mostrar e que era uma surpresa.

Eram quase quatro horas quando chegamos ao velho pátio de automóveis, uma área asfaltada, fechada com altas cercas de arame, que alguém havia equipado com dois aros de basquetebol sem a cesta. Um grupo de homens suados e multicoloridos corria de um lado para outro na quadra improvisada, passando uma bola suja entre si. Seus músculos se flexionavam, delineados e firmes. Eles grunhiam, ofegavam, assobiavam, acumulando ar como se fosse ouro. Claro que eu já tinha visto basquete antes, mas nunca assim. Era primal, agressivo e determinado, jogado como se a alma deles estivesse em jogo.

— Olhe para ele, Paige — Priscilla sussurrou. Seus dedos apertavam a grade com tanta força que as articulações ficaram brancas. — Ele é tão lindo.

Ela apontou para um dos homens. Era alto, esguio e pulava com a graça de um leão da montanha. Suas mãos pareciam envolver a bola inteira. Era negro.

— Priscilla — eu disse —, sua mãe vai te matar.

Priscilla nem olhou para mim.

— Só se alguma Rainha de Maio virgem e pura der com a língua nos dentes — respondeu ela.

O jogo terminou e Priscilla o chamou. O nome dele era Calvin. Do lado de dentro da cerca, ele pressionou as mãos contra as dela e encaixou os lábios na abertura em losango do arame para beijar os dela. Não era tão velho quanto eu tinha imaginado; provavelmente tinha uns dezoito anos, um garoto da escola pública. Ele sorriu para mim.

— E aí, vamos sair, fazer alguma coisa? — perguntou, falando tão rápido que eu tive de piscar.

Priscilla virou para mim.

— O Calvin quer fazer um encontro duplo — explicou. Eu fiquei olhando para Priscilla como se ela estivesse louca. Estávamos na oitava série. Não podíamos sair de carro com garotos; tínhamos restrições de horário aos fins de semana. — Só para jantar — ela disse, lendo minha mente. — Segunda-feira à noite.

— Segunda-feira à noite? — repeti, incrédula. — Segunda-feira à noite é o...

Priscilla chutou minha canela antes de eu falar sobre o desfile de maio.

— A Paige está ocupada até umas oito horas — disse ela. — Mas depois podemos sair. — Ela beijou Calvin outra vez, com força, através da cerca, e quando se afastou tinha cruzes marcadas no rosto, vermelhas como cicatrizes.

* * *

Na segunda-feira à noite, com meu pai e os vizinhos assistindo, fui a Rainha de Maio. Vesti um traje de noiva de renda branca e véu branco, e levava flores brancas de seda nas mãos. À minha frente, ia um cortejo de crianças católicas e, em seguida, minhas acompanhantes, em seus melhores vestidos. Eu era a última, seu ícone, a imagem da Santíssima Virgem Maria.

Meu pai estava tão orgulhoso de mim que gastou dois rolos inteiros de trinta e seis fotos. Não questionou quando eu disse que ia comemorar com a família de Priscilla, depois da procissão, e que passaria a noite na casa dela. Priscilla tinha dito à mãe que ficaria comigo. Eu me deslocava pelo pavimento frio como um anjo. Pensava: *Ave Maria, cheia de graça*, e repetia para mim mesma de novo e de novo, como se isso pudesse colocar algum juízo em minha cabeça.

Quando chegamos à igreja, o padre Draher estava em pé ao lado da alta estátua de mármore da Mãe Santíssima, esperando. Peguei a grinalda de flores das mãos de Priscilla e avancei para coroar Maria. Esperava um milagre e fiquei atenta ao rosto da estátua o tempo inteiro, na esperança de ver o rosto de minha mãe. Mas meus dedos deslizaram por Maria quando ofereci a coroa, e suas faces azuis pálidas continuaram tão frias e sinistras quanto o ódio.

Eu e Priscilla encontramos Calvin, em um conversível vermelho, na esquina da Clinton com a Madison. Havia outra pessoa na frente com ele, um rapaz de cabelos lisos e espessos da cor de castanhas e sorridentes olhos verde-mar. Ele saiu do carro e abriu a porta, fazendo uma reverência para Priscilla e para mim.

— Sua carruagem — disse, e pode ter sido então que eu me apaixonei.

O jantar acabou sendo no Burger King, e o que mais me surpreendeu não foi que os rapazes se ofereceram para pagar, mas a quantidade enorme de comida que pediram, muito mais do que eu jamais pensaria em consumir. Jake — esse era o nome do outro rapaz — tomou dois milk-shakes de chocolate e comeu três hambúrgueres, um sanduíche de frango e batatas fritas grandes. Calvin comeu ainda mais. Lanchamos no carro, em um cinema drive-in, sob uma lua que parecia repousar no alto da tela.

Priscilla e eu fomos ao banheiro juntas.

— O que acha? — perguntou ela.

— Não sei — respondi, o que era verdade. Jake parecia legal, mas nossa conversa não havia passado muito de um "oi".

— Isso é para mostrar a você que aquele tabuleiro Ouija sabia algumas coisas — disse Priscilla.

— Ele disse que eu ia sair com um Seth — lembrei a ela.

— Jake, Seth... Os dois têm quatro letras.

Quando voltamos ao carro, já estava escuro. Calvin esperou até Priscilla e eu nos acomodarmos e apertou o botão que subia o teto do conversível, que travou com um leve ruído de sucção, cobrindo-nos como uma boca. Calvin virou para Jake e para mim no banco de trás, e tudo o que pude ver foi o brilho branco de seus dentes.

— Não façam nada aí que eu não faria — disse ele, e fechou os braços em volta de Priscilla como um torno.

Eu nem sei dizer qual era o filme naquela noite. Cruzei as mãos em volta dos joelhos e fiquei vendo minhas pernas tremerem. Ouvia os sons de Calvin e Priscilla, pele deslizando contra pele no banco da frente. Dei uma olhadinha rápida uma vez, e lá estava ela, desfalecendo, movendo de leve os cílios e sussurrando, ofegante, como havíamos treinado.

Jake mantinha dez centímetros entre nós.

— E então, Paige — disse ele, baixinho —, o que você costuma fazer?

— Não isso — eu disse abruptamente, o que o fez rir. Eu me afastei e encostei o rosto no vidro embaçado do carro. — Eu não devia estar aqui — murmurei.

A mão de Jake se moveu pelo assento, devagar, de modo que eu pudesse observá-la. Eu a segurei, e foi quando percebi quanto estava precisando de apoio.

Começamos a conversar, nossa voz bloqueando os gemidos e ecos que vinham do banco da frente. Eu disse a ele que só tinha catorze anos. Que estávamos na escola paroquial e que eu tinha sido a Rainha de Maio apenas algumas horas antes.

— Ah, vamos lá, gata — disse Calvin, e ouvi o barulho de um zíper.

— Como você foi se aproximar de alguém como Priscilla? — Jake perguntou, e eu lhe disse que não sabia. Calvin e Priscilla mudaram de posição, bloqueando minha visão da tela. Jake chegou mais perto da janela. — Venha mais para cá — disse ele, e me ofereceu o abrigo de seu braço. Manteve os olhos em mim enquanto eu resistia, como uma presa prestes a cair em uma armadilha bem montada. — Está tudo bem — disse, para me tranquilizar.

Recostei a cabeça na almofada macia de seu ombro e respirei o cheiro pesado de gasolina, óleo e xampu. Priscilla e Calvin eram ruidosos; seus braços e pernas suados produziam ruídos semelhantes a peidos no vinil do carro.

— Minha nossa — Jake murmurou por fim, inclinando-se sobre mim para alcançar o trinco da porta da frente. Eu me ajustei em volta dele enquanto ele puxava o trinco. No momento em que a porta se abriu, eu os vi sob o brilho da lua. Branco misturado com preto, Priscilla e Calvin estavam presos um ao outro pela cintura. Calvin sustentava-se sobre ela, apoiado nos braços, e os músculos de seus ombros estavam tensos. Os seios de Priscilla apontavam para a noite, rosados e com manchas vermelhas onde haviam sido roçados pela barba por fazer. Ela olhava diretamente para mim, mas parecia não me ver.

Jake me puxou para fora do carro e pôs o braço em volta de minha cintura. Levou-me para a frente do cinema, antes da linha de carros. Sentamo-nos na grama úmida e eu comecei a chorar.

— Desculpa — Jake disse, mesmo não sendo sua culpa. — Gostaria que você não tivesse visto aquilo.

— Está tudo bem — respondi, embora não estivesse.

— Você não devia estar saindo com uma menina como a Priscilla — disse ele, enxugando meu rosto com o polegar. Suas unhas eram marcadas por pequenas linhas pretas, onde óleo de motor havia penetrado.

— Você não sabe nada sobre mim — falei, afastando-me.

Jake segurou meus pulsos.

— Mas gostaria de saber.

Ele beijou minhas bochechas primeiro, depois as pálpebras, as têmporas. Quando chegou à boca, eu estava tremendo. Seus lábios eram macios como uma flor e só se moviam para frente e para trás, suaves e lentos. Depois de tudo que eu e Priscilla tínhamos praticado, depois de tudo que tínhamos feito, eu jamais considerara essa possibilidade.

Isso não era nem um beijo, mas fazia meu peito e minhas coxas arderem. Percebi que tinha muito a aprender. Enquanto os lábios de Jake roçavam os meus, eu disse o que estava se passando por minha cabeça:

— Sem pressão?

Era uma pergunta, e era dirigida a ele, mas Jake não a entendeu da maneira como eu pretendia. Ele levantou a cabeça e me puxou para seu lado, mantendo-me aquecida, mas sem me beijar, sem voltar para mim. Acima de nós, os atores se moviam como dinossauros, planos e silenciosos e com nove metros de altura.

— Sem pressão — Jake disse com leveza, deixando-me perturbada e com o coração batendo rápido, envergonhada, querendo mais.

9
Nicholas

Nicholas estava indo fazer a captação do coração. O órgão havia pertencido a uma mulher de trinta e dois anos de Cos Cob, Connecticut, que morrera horas antes em um acidente rodoviário envolvendo vinte carros, na Route 95. Naquela noite, ele passaria a pertencer a Paul Cruz Alamonto, paciente de Fogerty, um garoto de dezoito anos que tivera o infortúnio de nascer com um coração deficiente. Nicholas olhou pela janela do helicóptero e imaginou o rosto de Paul Alamonto: os olhos pesados e acinzentados e os cabelos espessos muito pretos, a pulsação visível na lateral do pescoço. Ali estava um garoto que nunca participara de uma corrida, nunca jogara futebol americano, nunca se divertira em uma montanha-russa radical. Ali estava um garoto que, graças a Nicholas e Fogerty e a um caminhão atravessado na pista na Route 95, ia receber uma nova chance de vida.

Seria o segundo transplante cardíaco de Nicholas, embora ele ainda fosse apenas assistente de Fogerty. A cirurgia era complicada, e Fogerty o estava deixando fazer mais do que permitia a qualquer outra pessoa, mesmo reconhecendo que Nicholas ainda era muito inexperiente para atuar como cirurgião-chefe durante o transplante. Mas ele já vinha chamando atenção no Mass General havia anos, passando rapidamente, sob a tutela de Fogerty, de colega para alguém quase no mesmo nível. Era o único residente cardiotorácico que atuava como cirurgião sênior em procedimentos de rotina. Fogerty já nem ficava mais por perto durante suas cirurgias de revascularização coronária.

Outros residentes passavam por Nicholas, nas imaculadas salas assépticas do hospital, e olhavam para o outro lado, para não se lembrarem do que ainda não haviam conseguido alcançar. Ele não tinha muitos amigos de sua idade. Convivia com os diretores de outros departamentos do Mass General, homens vinte anos mais velhos, cujas esposas dirigiam associações beneficentes. Aos trinta e seis anos, ele era, para todos os efeitos práticos, o diretor assistente de cirurgia cardiotorácica em um dos hospitais mais prestigiosos do país. Não ter amigos, raciocinava Nicholas, era um sacrifício pequeno.

Quando o helicóptero começou a descer sobre o heliponto no teto do Saint Cecilia, Nicholas pegou a caixa térmica.

— Vamos — disse bruscamente, virando-se para os dois residentes que trouxera consigo. Saiu do helicóptero, checando o relógio por puro tique nervoso. Encolhendo os ombros sob a jaqueta amarela, protegeu o rosto da chuva e correu para dentro do hospital, onde uma enfermeira o aguardava. — Oi — ele cumprimentou, sorrindo. — Soube que você tem um coração para mim.

Nicholas e os residentes assistentes levaram menos de uma hora para retirar o órgão. Nicholas prendeu a caixa térmica entre os tornozelos quando o helicóptero se elevou no céu turvo. Apoiou a cabeça no encosto úmido, escutando os residentes que estavam sentados atrás. Eram bons cirurgiões, mas o rodízio em cardiotorácica não era o favorito deles. Se Nicholas lembrava bem, um dos médicos tinha preferência por cirurgia ortopédica, e o outro, por cirurgia geral.

— Você pede o naipe — disse um deles, embaralhando cartas.

— Tanto faz — o outro residente respondeu. — Desde que não seja o de coração.

Nicholas cerrou os punhos instintivamente. Virou a cabeça para a janela, mas percebeu que o helicóptero estava envolto em uma espessa nuvem cinza.

— Droga — resmungou, sem nenhuma razão específica. Fechou os olhos, na esperança de sonhar com Paige.

* * *

Ele tinha sete anos e seus pais estavam pensando em divórcio. Foi assim que lhe disseram quando chamaram Nicholas para ir se sentar com eles na biblioteca. "Não há nada para se alarmar", garantiram. Mas Nicholas sabia de pelo menos um menino na escola cujos pais eram divorciados. Seu nome era Eric e ele morava com a mãe, e, no Natal, quando todos na classe fizeram enfeites de girafa de papel machê, Eric teve de fazer dois, para duas árvores diferentes. Nicholas se lembrava bem disso, especialmente de como Eric tinha ficado até mais tarde na mesa de artes, quando todos já tinham ido jogar bola no ginásio. Nicholas havia sido o último a sair, mas, quando vira os olhos de Eric se voltarem para a porta, pediu permissão para ficar. Eric e Nicholas pintaram as duas girafas no mesmo tom de azul e conversaram sobre tudo, menos sobre o Natal.

— Então — perguntou Nicholas —, onde o papai vai passar o Natal?

Os Prescott se entreolharam. Estavam em julho. Por fim, o pai de Nicholas falou.

— Ainda não pensamos nisso. E ninguém disse que sou eu que vou sair. Na verdade — disse Robert Prescott —, pode ser que ninguém saia.

A mãe de Nicholas fez um som estranho entre os lábios fortemente fechados e saiu da sala. Seu pai se agachou diante dele.

— Se a gente quiser pegar o lançamento inicial — disse ele —, é melhor irmos logo.

O pai de Nicholas tinha ingressos para toda a temporada do Red Sox, três lugares, mas o menino raramente era convidado. Geralmente, o pai levava colegas e, de vez em quando, até um paciente antigo. Por anos, Nicholas assistira aos jogos pelo canal 38, esperando que a câmera virasse para o público atrás da terceira base, na esperança de ver o pai. Mas, até aquele momento, isso nunca havia acontecido.

Nicholas podia ir a um ou dois jogos por temporada, e esse era sempre o ponto alto de seu verão. Ele marcava as datas em um calendário no quarto e ia riscando cada dia que passava, até o jogo. Na noite anterior, pegava o gorro de lã do Red Sox, que ganhara dois aniversários antes, e o guardava com cuidado dentro da luva de beisebol. Acordava de madrugada e, embora não fossem sair de casa antes do meio-dia, já ficava pronto.

Nicholas e seu pai estacionaram o carro em uma travessa e pegaram o metrô. Quando o trem balançava para a esquerda, o ombro de Nicholas roçava o braço do pai. Seu pai cheirava levemente a sabão e amônia, odores que Nicholas aprendera a associar ao hospital, assim como conectava os cheiros picantes dos produtos químicos de revelação de filmes e as luzes vermelhas obscurecidas da câmara escura à mãe. Olhou para a testa do pai, os finos cabelos acinzentados das têmporas, a linha do queixo e a protuberância do pomo de adão. Deixou o olhar escorregar para a camiseta polo verde, o nó de veias azuis na concavidade do cotovelo, as mãos que haviam curado tantos. Seu pai não estava usando a aliança de casamento.

— Papai — disse Nicholas —, está faltando a aliança.

Robert Prescott desviou o olhar.

— É, está.

Ao ouvir essas palavras, Nicholas sentiu a onda de náusea que lhe subira à garganta se aliviar. Seu pai sabia que estava faltando a aliança. Não tinha sido de propósito. Sem dúvida tinha esquecido.

Acomodaram-se nos largos assentos de madeira minutos antes do início do jogo.

— Posso sentar do outro lado? — Nicholas pediu, já que estava com a visão bloqueada por um homem grande de cabelo afro. — Também é nosso, não é?

— Está ocupado — Robert Prescott respondeu e, como se as palavras a tivessem conjurado, uma mulher apareceu.

Ela era alta e tinha longos cabelos loiros, presos por uma fita vermelha. Usava um vestido de verão um pouco largo dos lados, então, quando ela se sentou, Nicholas viu a curvatura de um seio. Ela se inclinou e beijou seu pai no rosto; ele pousou o braço no encosto da cadeira dela.

Nicholas tentou assistir ao jogo, tentou se concentrar enquanto o Sox vinha de trás para esmagar o Oakland A's. Yaz, seu jogador favorito, conseguiu um home run rebatendo por cima do muro, e ele abriu a boca para gritar com a multidão, mas nada saiu. Depois, uma bola perdida desviada por um dos rebatedores do A's voou diretamente em direção à seção onde Nicholas estava sentado. Ele sentiu os dedos coçarem dentro da luva e se levantou, equilibrando-se sobre o assento de madeira, para pegá-la quando passasse. Virou, esticou o braço para cima e viu o pai inclinado perto da mulher, com os lábios roçando a orelha dela.

Chocado, Nicholas continuou em pé sobre a cadeira mesmo depois de todo mundo ter se sentado. Estava vendo o pai acariciar alguém que não era sua mãe. Por fim, Robert Prescott levantou os olhos e deu de cara com o olhar de Nicholas.

— Ah, meu Deus — murmurou ele, endireitando o corpo. Não estendeu a mão para ajudar Nicholas a descer; nem sequer o apresentou à mulher. Virou-se para ela e, sem dizer uma palavra, pareceu comunicar um milhão de coisas ao mesmo tempo, o que, para Nicholas, foi muito pior do que se ele tivesse falado.

Até aquele momento, Nicholas havia acreditado que seu pai era o homem mais incrível do mundo. Ele era famoso, já havia sido citado no *Globe* várias vezes. Impunha respeito; afinal, seus pacientes às vezes não lhe mandavam coisas depois das operações, como doces, ou cartões, ou até mesmo aqueles três gansos? Seu pai sabia as respostas para todas as perguntas que Nicholas lhe fizesse: por que o céu era azul, o que fazia a Coca-Cola borbulhar, por que os corvos pousados em fios elétricos não eram eletrocutados, como as pessoas no polo Sul não caíam. Todos os dias de sua vida, ele sempre quisera ser exatamente como o pai, mas agora se via rezando por um milagre. Queria que alguém fosse acertado na cabeça por uma bola perdida e ficasse inconsciente, para que a administração do estádio chamasse pelos alto-falantes: "Há algum médico entre o público?", e então seu pai saísse para o resgate. Queria ver o pai inclinado sobre o corpo imóvel, afrouxando o colarinho e passando a mão pelos pontos nos quais poderia sentir a pulsação. Queria ver o pai sendo um herói.

Foram embora na sétima entrada do jogo, e Nicholas se sentou atrás dele no metrô. Quando estacionaram o carro diante da grande casa de tijolos, o menino saiu depressa e correu para o bosque que margeava o pátio, subindo no carvalho mais próximo, mais depressa do que jamais fizera na vida. Ouviu a mãe dizer:

— Onde está o Nicholas? — a voz dela sendo transportada como o som de sinos ao vento. Ele a escutou dizer: — Seu imbecil.

O pai não desceu para jantar naquela noite e, apesar das mãos mornas e dos sorrisos de porcelana da mãe, Nicholas não quis comer.

— Nicholas — disse ela —, você não ia querer sair daqui, não é? Você ia querer ficar aqui comigo.

Ela disse isso como uma afirmação, não uma pergunta, o que deixou Nicholas irritado, até que olhou para o rosto dela. Sua mãe, aquela que lhe havia ensinado que os Prescott não choram, mantinha o queixo erguido, lutando para conter as lágrimas que faziam com que os olhos brilhassem como se pertencessem a uma boneca de louça.

— Não sei — disse Nicholas e foi para a cama ainda com fome. Enrolou-se sob os lençóis frios, tremendo. Horas mais tarde, ao longe, ouviu os desentendimentos e grunhidos abafados que sabia serem os ingredientes de uma discussão. Dessa vez, era sobre ele. Nicholas sabia, sobretudo, que não queria crescer para ser como o pai, mas tinha medo de crescer sem ele. Jurou que nunca mais deixaria ninguém fazê-lo se sentir como se sentia naquele momento: como se estivesse sendo forçado a escolher, como se seu coração estivesse sendo puxado para os dois lados. Olhou pela janela e viu a lua branca, mas o rosto dela era como o da moça do beisebol, a face lisa e branca, a orelha marcada pelo roçar dos lábios do pai dele.

* * *

— Acorde, Bela Adormecida — um dos residentes sussurrou no ouvido de Nicholas. — Você tem um coração para conectar.

Nicholas deu um pulo, bateu a cabeça no teto baixo do helicóptero e estendeu a mão para a caixa térmica. Sacudiu a cabeça para tirar a imagem do pai da mente e esperou até que a reserva de energia de cirurgião subisse de suas entranhas, pulsasse nos braços e nas pernas e lhe impulsionasse os calcanhares.

Fogerty estava esperando na sala cirúrgica. Enquanto Nicholas entrava pelas portas duplas, cumpria os procedimentos de higiene e vestia a roupa de cirurgia, Fogerty começou a abrir o peito de Alamonto. Nicholas ouviu o chiado da serra cortando o osso enquanto preparava o coração para sua nova posição. Virou-se para o paciente e foi então que parou.

Nicholas já havia feito cirurgias suficientes durante os sete anos como residente para conhecer o procedimento de trás para frente. Incisões, abrir o peito, dissecar e suturar artérias, tudo isso se tornara uma segunda natureza. Mas estava acostumado a ver pacientes com a pele enrugada, com manchas da idade. Sob o antisséptico cor de laranja, o peito de Paul Alamonto era liso, firme e resistente.

— Não é natural — Nicholas murmurou.

Os olhos de Fogerty deslizaram até ele por sobre a máscara azul.

— Disse alguma coisa, dr. Prescott?

Nicholas engoliu em seco e sacudiu a cabeça.

— Não — respondeu. — Nada. — Pinçou uma artéria e seguiu as instruções de Fogerty.

Depois que o coração foi dissecado, Fogerty o levantou e fez sinal para Nicholas, que colocou o coração da mulher de trinta e dois anos no peito de Paul Alamonto. Havia boa compatibilidade, quase perfeita, de acordo com as análises de tecidos feitas por computador. Restava ver o que o corpo de Paul Alamonto ia fazer com ele. Nicholas sentiu o músculo, ainda frio, deslizando de seus dedos. Secou o sangue enquanto Fogerty inseria o novo coração no lugar do velho.

Nicholas prendeu a respiração quando Fogerty segurou o novo coração nas mãos, aquecendo-o e esperando que batesse. E quando bateu, num ritmo de quatro câmaras, Nicholas se pegou piscando em sintonia com o sangue. Entra, sobe, passa e sai. Entra, sobe, passa e sai. Olhou por sobre o paciente para Fogerty, cujo sorriso sob a máscara ele adivinhava.

— Feche, por favor, doutor — disse Fogerty e saiu da sala de cirurgia.

Nicholas suturou as costelas com fios de aço e costurou a pele com pequeníssimos pontos. Seu pensamento se deteve, rápido, em Paige, que o fizera costurar os botões soltos da camisa dizendo que ele era melhor nisso devido à profissão. Soltou a respiração lentamente e agradeceu aos residentes e às enfermeiras do centro cirúrgico.

Quando entrou na sala de assepsia e tirou as luvas, Fogerty estava de costas para ele, no outro lado do aposento. Não se virou quando Nicholas arrancou a touca cirúrgica e abriu a torneira.

— Você tem razão sobre esses casos, Nicholas — Fogerty disse, num tom de voz tranquilo. — Nós *estamos* brincando de Deus. — Jogou uma toalha de papel na lixeira, ainda de costas. — Ou pelo menos, quando eles são assim tão jovens, estamos corrigindo o que Deus fez errado.

Nicholas queria perguntar a Alistair Fogerty muitas coisas: como ele sabia no que Nicholas estava pensando, por que havia suturado uma determinada artéria quando teria sido mais fácil cauterizá-la, por que, depois de tantos anos, ele ainda acreditava em Deus. Mas Fogerty virou-se para ele, os olhos penetrantes e azuis, tão aguçados quanto cristal.

— Então, sete horas na sua casa?

Nicholas ficou olhando para ele por um momento, confuso, antes de lembrar que ia oferecer o primeiro jantar para os "colegas": Alistair Fogerty e os chefes da pediatria, da cardiologia e da urologia.

— Sete — respondeu. Perguntou-se que horas seriam e quanto tempo levaria para trocar de roupa. — Claro.

* * *

Nicholas vinha tendo pesadelos outra vez. Não eram os mesmos dos tempos da faculdade, mas continuavam igualmente perturbadores, e ele acreditava que derivavam da mesma fonte: aquele velho medo do fracasso.

Estava sendo perseguido por uma floresta tropical úmida e densa, cujas trepadeiras pingavam sangue. Podia sentir os pulmões quase explodindo; levantava muito as pernas do chão esponjoso. Não tinha tempo de olhar para trás, só conseguia afastar os galhos do rosto quando eles lhe laceravam a testa e as faces. Ao fundo, ouvia o uivo fantasmagórico de um chacal.

O sonho sempre começava com Nicholas correndo; ele nunca sabia do que estava correndo. Mas, em algum momento durante a pura concentração física de correr, de se equilibrar e desviar de árvores grossas, ele percebia que não estava mais sendo perseguido. De repente, estava correndo *para* alguma coisa, tão desconhecida e ameaçadora quanto seu perseguidor tinha sido. Ofegava, apertava um ponto de dor aguda ao lado do corpo, mas não conseguia se mover suficientemente rápido. Borboletas quentes batiam em seu pescoço e folhas lhe golpeavam os ombros como chicotes quando ele tentava correr mais depressa. Por fim, ele se lançava contra um altar de arenito, cujos entalhes eram figuras de deuses pagãos nus, com olhares lascivos. Arquejante, Nicholas se punha de joelhos diante do altar e, sob seus dedos, este se transformava em um homem, uma pessoa feita de pele quente e ossos retorcidos. Ele erguia os olhos e via o próprio rosto, mais velho, cansado e cego.

Sempre acordava gritando; sempre acordava nos braços de Paige. Na última noite, quando tomara plena consciência de onde se encontrava, percebeu que ela estivera inclinava sobre ele com uma toalha úmida, enxugando seu pescoço e o peito suados.

— Shhh — disse ela. — Sou eu.

Nicholas deixou um som sufocado escapar da garganta e puxou Paige para si.

— Foi o mesmo? — perguntou ela, as palavras abafadas contra o ombro dele.

Nicholas concordou com a cabeça.

— Eu não consegui ver. Não sei do que estava fugindo.

Paige deslizou os dedos frescos para cima e para baixo em seu braço. Era nesses momentos, quando suas defesas estavam baixas, que Nicholas se agarrava a ela e pensava que era a única coisa constante em sua vida, entregando-se completamente. Às vezes, quando procurava por Paige depois dos pesadelos, agarrava-lhe os braços com tanta força que deixava marcas vermelhas. Mas nunca lhe contava o fim do sonho. Não conseguia. Sempre que tentava, começava a tremer tanto que não podia terminar.

Paige o envolveu nos braços e Nicholas se recostou nela, ainda quente e relaxada de sono.

— Me diga o que posso fazer por você — sussurrou ela.

— Me abrace — disse Nicholas, sabendo que ela o faria; sabendo, com a fé inabalável de uma criança no Natal, que ela nunca o soltaria.

* * *

Paige não queria contar a ninguém que estava grávida. Na verdade, se Nicholas não soubesse das coisas, teria pensado que ela estava querendo evitar o inevitável. Ela não saíra correndo para comprar roupas de grávida; não tinham dinheiro sobrando para isso, justificara. Apesar da insistência de Nicholas, quando telefonou para o pai ela não lhe contou a novidade.

— Nicholas — ela lhe dissera —, uma em cada três gestações termina em aborto espontâneo. Vamos esperar para ver.

— Isso só é verdade no primeiro trimestre — Nicholas respondera. — Você já está de quase cinco meses.

E Paige se irritara com ele.

— Eu sei disso. Não sou *burra*.

— Eu não disse que você é burra. Disse que você está *grávida* — Nicholas respondera gentilmente.

Ele dirigiu depressa para casa, esperando que Paige tivesse se lembrado desse jantar de que ele se esquecera. Ela tinha que lembrar, depois do modo como haviam brigado por causa disso. Paige insistia que a casa era muito pequena, que ela não sabia cozinhar nada digno de um jantar para convidados, que eles não tinham louças e cristais finos.

— E daí? — Nicholas dissera. — Quem sabe eles se sintam mal com isso e me deem um aumento.

Ele abriu a porta dos fundos e encontrou a esposa sentada no chão da cozinha. Ela usava uma camisa velha dele e calças também dele, enroladas até os joelhos. Segurava uma embalagem de desentupidor líquido em uma das mãos e um copo com marcas marrons na outra.

— Não faça isso — disse Nicholas, sorrindo. — Ou, se for fazer, soníferos não seriam mais agradáveis?

Paige suspirou e pôs o copo no chão.

— Engraçadinho — disse. — Sabe o que isso significa?

Nicholas afrouxou a gravata.

— Que você não quer dar um jantar?

Paige esticou a mão e deixou o marido ajudá-la a se levantar.

— Que é um menino.

Nicholas deu de ombros. O ultrassom dissera a mesma coisa; as garçonetes do Mercy disseram que a barriga estava apontando para frente, como acontece quando é um menino. Até as superstições haviam confirmado: a aliança pendente em um fio tinha balançado para frente e para trás.

— Desentupidor de pia provavelmente não é o teste definitivo — disse ele.

Paige foi até a geladeira e começou a tirar bandejas de comida cobertas com papel-alumínio.

— A gente faz xixi em um copo e depois acrescenta duas colheres de sopa de desentupidor — explicou ela. — É quase noventa por cento garantido. O fabricante até escreveu para ginecologistas, pedindo que eles dissessem às pacientes que esse não é um uso recomendado para o produto. — Ela fechou a porta e se apoiou na geladeira, com as mãos pressionadas na testa. — Vou ter um menino.

Nicholas sabia que Paige não queria um menino. Bom, ela não admitiria isso, pelo menos não para ele, mas era como se simplesmente estivesse convencida de que, sendo o tipo de pessoa que era, seria impossível ter dentro de si qualquer coisa diferente de uma minúscula réplica de si mesma.

Nicholas pousou as mãos nos ombros dela.

— Sério, seria tão ruim assim ter um menino?

— Posso dar a ele o nome da minha mãe?

— Seria complicado — respondeu Nicholas — ser o único menino na primeira série chamado May.

Paige lhe lançou um olhar complacente e pegou duas travessas. Pôs uma delas no forno e levou a outra para a sala de estar, que havia sido transformada em uma sala de jantar para aquela noite. A pequena mesa da cozinha tinha sido esticada de ambos os lados por meio de mesinhas sobressalentes, e todas as cadeiras da casa estavam prontas para ser usadas. Em vez dos pratos e copos comuns, havia dez lugares à mesa, arrumados com vistosos pratos de jantar, cada um diferente do outro e com um copo combinando. Pintados na superfície, havia desenhos simples em linhas fluidas, de golfinhos mergulhando, montanhas glaciais, elefantes de turbante, mulheres esquimós. Os guardanapos enrolados dentro dos copos se abriam nas diferentes tonalidades do arco-íris. A mesa vibrava de cores: vermelho e manga, amarelo intenso e violeta. Paige olhou, apreensiva, para Nicholas.

— Não é muito como porcelana francesa, né? Pensei que, como só tínhamos pratos para oito, isso seria melhor do que apenas dois lugares parecendo totalmente errados. Fui às lojas de segunda mão em Allston, escolhi os pratos e copos, e eu mesma pintei. — Paige estendeu a mão para um guardanapo e ajeitou a borda. — Talvez, em vez de dizer que somos pobres, eles digam que somos excêntricos.

Nicholas pensou nas mesas de jantar diante das quais crescera: a porcelana branca impecável da família de sua mãe, orlada em dourado e azul, as taças de cristal bacará com hastes retorcidas. Pensou nos colegas.

— Talvez — disse.

Os Fogerty foram os primeiros a chegar.

— Joan — cumprimentou Nicholas, segurando as duas mãos da esposa de Alistair —, você está linda. — Na verdade, Joan parecia ter saído de uma barraca de feira: seu conjunto de seda tinha vistosas cerejas, bananas e kiwis; os sapatos e brincos exibiam cachos de uvas roxas de argila. — Alistair — disse Nicholas, inclinando a cabeça. Ele olhou por sobre o ombro, esperando que Paige chegasse e assumisse o papel de anfitriã.

Ela entrou na sala então, sua esposa: um pouco pálida, até oscilante, mas ainda bonita. Seus cabelos tinham ficado mais espessos durante a gravidez e lhe cobriam os ombros como um xale escuro e brilhante. A blusa de seda azul se ajustava sobre as costas e os seios, depois se abria em ondas, para que apenas Nicholas soubesse que, sob ela, a calça preta estava presa por um alfinete de segurança. Joan Fogerty voou para o lado de Paige e pressionou a mão sobre sua barriga.

— Ora, ainda nem está aparecendo! — exclamou, e Paige olhou furiosa para Nicholas.

Nicholas sorriu de volta para ela e deu de ombros: *O que eu podia fazer?* Esperou até que Paige baixasse o olhar e então conduziu Alistair para a sala de estar, desculpando-se pela falta de espaço.

Paige serviu o jantar para os Fogerty, os Russo, os Van Linden e os Walker. Havia preparado receitas secretas de Lionel: sopa de ervilhas, rosbife, batatinhas e cenouras douradas. Nicholas a observou se mover de um convidado para outro, conversando delicadamente enquanto reenchia os pratos com salada de espinafre. Nicholas conhecia bem a esposa. Ela esperava que, mantendo os pratos cheios, ninguém lembrasse que eles não formavam um conjunto.

Paige estava na cozinha, preparando-se para servir o prato principal, quando Renee Russo e Gloria Walker se inclinaram uma para a outra e começaram a sussurrar. Nicholas estava no meio de uma conversa com Alistair, sobre drogas imunossupressoras e seu efeito em tecidos transplantados, mas escutava as mulheres com parte da atenção. Afinal, aquela era sua casa. O que quer que transpirasse em seu primeiro jantar poderia elevá-lo ou derrubá-lo nas fileiras políticas do hospital, tanto quanto uma pesquisa brilhante.

— Aposto que ela pagou uma fortuna por essa louça — disse Renee.

Gloria assentiu com a cabeça.

— Eu vi quase a mesma coisa na feira de artes.

Nicholas não viu Paige entrar na sala atrás dele, congelada pela conversa em voz baixa.

— É o que está mais na moda — acrescentou Gloria —, desenhos a crayon que parecem ter sido feitos por macacos, e depois alguém tem a cara de pau de vender como arte original. — Gloria viu Paige parada à porta e deu um sorriso forçado. — Paige, querida — disse ela —, estávamos admirando seus pratos.

E, sem mais, Paige deixou cair o rosbife, que rolou sobre o tapete bege-claro, embebido em uma poça do próprio sangue.

* * *

Quando Nicholas tinha sete anos, seus pais *não* se separaram. Na verdade, apenas uma semana depois do jogo do Red Sox, a vida dele — e a de seus pais — voltou miraculosamente aos trilhos. Por três dias, Nicholas comeu sozinho na mesa da cozinha, enquanto o pai bebia uísque na biblioteca e a mãe se escondia na câmara escura. Ele caminhava pelos corredores e ouvia apenas o eco dos próprios passos. No quarto dia, ouviu barulhos de martelo e serra no porão e soube que sua mãe estava fazendo uma moldura.

Ela já tinha feito isso antes, para montar suas fotos originais, como na famosa exposição Ameaçados, que surgia vez por outra no saguão e na parede da escada. Ela dizia que não confiaria suas fotografias a alguma loja de molduras vagabunda e, por isso, preferia comprar a própria madeira, pregos e material de acabamento. Nicholas ficou sentado no degrau inferior da escada principal por horas, rolando uma bola de basquete com os dedos dos pés descalços, sabendo que não tinha autorização para brincar com ela dentro de casa e desejando que houvesse alguém por perto para lhe dizer isso.

Quando a mãe subiu do porão, trazia a foto emoldurada embaixo do braço direito. Passou por Nicholas como se ele não estivesse ali e pendurou o quadro no alto das escadas, na altura dos olhos, em um lugar em que não seria possível deixar de notá-la. Depois virou-se, foi para seu quarto e fechou a porta.

Era uma foto das mãos de seu pai, grandes e ásperas pelo trabalho, com as unhas curtas de cirurgião e os nós dos dedos pronunciados. Superpostas, estavam as mãos dela própria: finas, lisas, curvadas. Ambos os pares de mãos eram muito escuros, silhuetas contornadas por uma linha de luz branca. Os únicos detalhes em destaque na imagem eram as alianças de casamento, brilhando e reluzindo, mergulhadas na escuridão. O estranho na foto era o ângulo das mãos de sua mãe. Se olhadas sob determinado ângulo, as mãos dela estavam simplesmente acariciando as do pai. Mas, quando se piscava, era evidente que estavam cuidadosamente postas em oração.

Quando o pai de Nicholas chegou em casa, subiu os degraus da escada apoiado no corrimão, ignorando a pequena forma do próprio filho nas sombras. Deteve-se na fotografia no alto da escada e caiu de joelhos.

Ao lado da assinatura de Astrid Prescott, ela imprimira o título: "Não faça isso".

Nicholas viu o pai ir para o quarto, onde sabia que a mãe o esperava. Foi naquela noite que ele parou de querer crescer com a glória de seu pai e começou a desejar, em vez disso, ter a força de sua mãe.

* * *

Todos riram. Paige subiu as escadas correndo, entrou no quarto e bateu a porta. Rose van Linden lavou o rosbife na pia e preparou um molho novo;

e Alistair Fogerty cortou a carne, fazendo piadas de escalpelo. Nicholas limpou a sujeira no tapete e jogou um pano de prato branco por cima, quando viu que a mancha não saía. Quando se levantou, os hóspedes pareciam ter esquecido que ele estava ali.

— Por favor, desculpem minha esposa — disse Nicholas. — Ela é muito jovem e, se isso já não fosse suficiente, também está grávida. — Ao ouvir isso, as mulheres se encheram de sorrisos e começaram a contar histórias dos próprios partos; os homens deram tapinhas nas costas de Nicholas.

Nicholas se afastou, observando aquelas pessoas sentadas em suas cadeiras, comendo à sua mesa, e se perguntou em que momento teria perdido o controle da situação. Alistair estava agora sentado no lugar *dele*, na cabeceira. Gloria servia o vinho. O Bordeaux descrevia espirais em um copo que deveria ser de Paige, uma onda carmim por trás da imagem pintada de uma concha.

Nicholas subiu até o quarto, sem saber o que fazer. Não podia gritar, com todo mundo ali na sala, mas ia deixar claro para Paige que ela não escaparia de sua responsabilidade. Ora, ele tinha uma imagem para apresentar. Precisava que Paige desse atenção a isso; era o esperado. Sabia que ela não fora criada dessa maneira, mas isso não era razão para desmoronar toda vez que se via diante de seus colegas e esposas. Paige não era uma delas, mas, caramba, em muitos aspectos ele também não era. Como ele, ela podia pelo menos fingir.

Por um rápido instante, lembrou como Paige havia suavizado as arestas de seu apartamento — na verdade, as arestas de toda a sua *vida* — apenas horas antes de ele a pedir em casamento. Lembrou-se do dia do casamento, quando, em pé ao lado de Paige, se deu conta, atordoado, de que ela o salvaria. Nunca mais teria de se sentar diante de outra refeição entediante de seis pratos, ladeado de fofocas maldosas e falsas sobre pessoas que não haviam sido convidadas. Prometera amá-la e respeitá-la, na riqueza e na pobreza, e, naquele momento, de fato acreditara que, desde que tivesse Paige, qualquer resultado seria bom. O que havia acontecido nos últimos sete anos para mudar suas ideias? Ele se apaixonara por Paige porque ela era o tipo de pessoa que ele sempre quisera ser: simples e sincera, deliciosamente ignorante de costumes e obrigações bobos e de rituais de puxa-saquismo. No entanto, ali estava ele, parado à porta, pronto para arrastá-la de volta para seus colegas e suas piadas politicamente corretas e seu interesse fingido pelas origens da tapeçaria.

Nicholas suspirou. Não era culpa de Paige; era dele. Em algum momento no caminho, ele fora iludido a pensar novamente que a única vida que valia a pena era a que o esperava lá na sala. Imaginou o que Alistair Fogerty diria se ele pegasse Paige, escapasse pela janela, descesse pela calha e corresse para a pizzaria grega em Brighton. Perguntava-se como acabara voltando ao começo.

Quando abriu a porta do quarto, não viu a esposa. Então a avistou, mimetizada com a colcha azul, encolhida no canto da cama. Estava deitada de lado, com os joelhos puxados de encontro ao queixo.

— Elas zombaram de mim — disse ela.

— Elas não sabiam que era você — Nicholas corrigiu. — Sabe, Paige, nem tudo gira ao seu redor. — Ele a segurou pelo ombro, puxou-a para que se virasse para ele e viu as linhas claras e tortuosas que as lágrimas tinham traçado em seu rosto. — Sobre esses jantares...

— Que que tem? — ela murmurou. Nicholas engoliu em seco. Imaginou Paige mais cedo naquele dia, pintando laboriosamente os pratos e copos. Viu-se aos dez anos, aprendendo etiqueta à mesa e passos marcados de valsa aos sábados de manhã, nas aulas de boas maneiras da srta. Lillian. *Quer se goste disso ou não*, pensou, *tudo é um jogo. E, caso se tenha alguma intenção de ganhar, é preciso pelo menos jogar.*

— Você vai ter que ir a esses jantares imbecis, gostando deles ou não, por muito tempo. Você vai descer, pedir desculpas e pôr a culpa nos hormônios. E, quando se despedir daquelas duas jararacas, vai sorrir e dizer que está ansiosa para vê-las de novo. — Ele viu os olhos de Paige se encherem de lágrimas. — Minha vida, e a sua vida, não depende apenas do que eu faço em uma sala de cirurgia. Para chegar a algum lugar, eu tenho que engolir esses sapos, e com certeza não vai ajudar em nada se eu tiver que passar metade do tempo pedindo desculpas por você.

— Eu não consigo — disse Paige. — Não consigo continuar indo às suas festinhas e eventos beneficentes idiotas e ver todo mundo apontar para mim como se eu fosse a aberração do circo de horrores.

— Você consegue — disse Nicholas — e vai fazer isso.

Paige o fitou nos olhos e, por um longo minuto, os dois se encararam. Nicholas viu novas lágrimas surgirem e se derramarem, molhando-lhe os cílios. Por fim, ele a puxou para seus braços, enterrando o rosto nos cabelos dela.

— Paige, vamos lá — murmurou —, eu só estou fazendo isso por você.

Nicholas não precisou levantar a cabeça para saber que Paige estava com os olhos fixos no vazio, ainda soluçando.

— Está mesmo? — ela disse baixinho.

Eles se sentaram na beirada da cama, Nicholas com o corpo enrolado no de Paige, e ficaram ouvindo as risadas dos convidados e o tilintar dos copos sendo levantados em brindes. Nicholas enxugou uma lágrima do rosto da esposa.

— Puxa, Paige — disse ele, suavemente —, você acha que eu gosto de te aborrecer? É que isso é importante. — Suspirou. — Meu pai costumava dizer que, se a gente quer ganhar, tem que jogar de acordo com as regras.

Paige sorriu.

— Seu pai provavelmente *escreveu* as regras.

Contra sua vontade, Nicholas sentiu os ombros enrijecerem.

— Na verdade, a família do meu pai não tinha nada. Ele trabalhou para ter o que tem hoje, mas nasceu totalmente sem dinheiro.

Paige se afastou para olhar para ele. Sua boca se abriu como se ela fosse dizer alguma coisa, mas apenas meneou a cabeça.

Nicholas segurou o queixo dela entre os dedos. Talvez tivesse se enganado com Paige. Talvez dinheiro e berço fossem tão importantes para ela quanto para suas antigas namoradas. Ele estremeceu, imaginando o que aquela confissão poderia lhe custar.

— O quê? — perguntou ele. — Diga.

— Eu não acredito.

— Não acredita no quê? Que o meu pai não tinha dinheiro?

— Não — ela disse lentamente. — Que ele tenha *escolhido* viver do jeito que vive agora.

Nicholas sorriu, aliviado.

— Tem suas vantagens — comentou. — Você sabe de onde vai sair o próximo pagamento da casa. Sabe quem são seus amigos. Não tem que se preocupar muito com o que os outros pensam de você.

— E é isso que você acha importante? — Paige se afastou dele. — Por que não me disse antes?

Nicholas deu de ombros.

— O assunto nunca surgiu.

Ao longe, alguém gritou uma frase de efeito.

— Desculpe — Paige disse, rígida, apertando os punhos fechados. — Eu não sabia que você tinha feito um sacrifício tão grande para se casar comigo.

Nicholas a puxou para si e acariciou-lhe as costas até senti-la relaxar.

— Eu *quis* casar com você — respondeu ele. — Além disso — acrescentou, sorrindo —, eu não renunciei a tudo. Só deixei em espera. Mais alguns jantares, menos alguns rosbifes no chão, e nossas dívidas se acabam. — Ele a ajudou a se levantar. — Seria mesmo tão horrível assim? Quero que o nosso filho tenha as coisas que eu tive quando criança, Paige. Quero que você viva como uma rainha.

Nicholas começou a conduzi-la para o corredor.

— E quanto ao que eu quero? — Paige sussurrou, tão baixinho que nem ela própria conseguiu se ouvir direito.

* * *

Enquanto caminhavam de volta para a sala de estar, Paige segurou a mão de Nicholas com tanta força que deixou as marcas das unhas impressas na palma dele. Ele a viu erguer o queixo.

— Desculpem — disse ela. — Não estou me sentindo muito bem estes dias. — Ela se manteve em pé com a graça de uma madona enquanto as mulheres se revezavam para lhe tocar a barriga, cutucando e apertando e tentando adivinhar o sexo do bebê. Acompanhou cada casal de convidados até a porta na hora de irem embora e, enquanto Nicholas estava na varanda conversando com Alistair sobre o cronograma do dia seguinte, entrou para recolher os pratos.

Nicholas a encontrou na sala, jogando os pratos e copos na lareira. Ficou imóvel enquanto ela lançava as peças de cerâmica e a viu sorrir quando os cacos, cobertos de fragmentos de nuvens e flamingos, caíam a seus pés. Nunca a tinha visto destruir o próprio trabalho; mesmo os pequenos rabiscos no bloco de anotações eram guardados em alguma pasta para ideias futuras. Mas Paige despedaçou prato após prato, copo após copo, acendendo então o fogo sob os pedaços. Continuou parada diante da lareira, com as chamas dançando em seu rosto, enquanto as cores e os frisos se transformavam em cinza preta. Depois, virou-se e olhou para Nicholas, como se soubesse o tempo todo que ele estava ali.

Se ele já estava assustado com a atitude dela, sua sensação foi de choque diante do que viu nos olhos de Paige. Já tinha visto isso antes, aos quinze anos, na única vez em que saíra para caçar com o pai. Caminhavam pela neblina em uma manhã de Vermont, perseguindo veados, e Nicholas avistara um macho. Cutucara o ombro do pai, como tinha sido instruído a fazer, e observara Robert levantar o cano da espingarda. O veado estava a alguma distância, mas Nicholas pôde ver claramente o tremor dos chifres, a rigidez da postura, o modo como a vida se esvaíra de seu olhar.

Nicholas recuou para a segurança do meio da sala. Sua esposa estava emoldurada pelo fogo; seus olhos eram os de um animal acuado.

10

Paige

Por toda a minha cozinha havia folhetos de propaganda de viagens. Eu deveria estar planejando minha família, pintando o quarto do bebê e tricotando casaquinhos de cores claras, mas, em vez disso, tinha ficado obcecada por lugares onde nunca havia estado. Folhetos de agências especializadas em destinos exóticos derramavam-se como um arco-íris sobre o balcão e cobriam todo o banco sob a janela, em uma explosão de turquesa, magenta e dourado.

Nicholas estava começando a se irritar.

— O que é tudo isso, cacete? — ele havia perguntado, empurrando-os de cima do tampo preto do fogão.

— Ah — eu dera de ombros —, propaganda que vem pelo correio.

Mas não era. Eu os tinha pedido, um dólar aqui e cinquenta centavos ali, sabendo que receberia pelo correio um novo destino a cada dia. Lia-os de ponta a ponta, pronunciando ludicamente o nome das cidades: Dordogne, Pouilly-sur-Loire. Verona e Helmsley, Sedona e Banff. Butão, Manaslu, Ghorapani Pass. Eram viagens impossíveis para uma grávida; a maioria envolvia caminhadas intensas, ou trajetos de bicicleta, ou vacinas preventivas. Acho que eu os lia exatamente por oferecerem o que eu não podia fazer. Deitava de costas no chão da cozinha imaculada e imaginava vales impregnados do perfume de azáleas, parques e cânions luxuriantes onde alpacas, cabras selvagens e pandas faziam suas casas. Imaginava dormir na savana do Kalahari, escutando o ruído distante de antílopes, búfalos, elefantes, chitas. Pensava naquele bebê, pesando mais em mim a cada dia, e fingia estar em qualquer lugar que não ali.

Meu bebê estava com vinte centímetros. Ele podia sorrir. Tinha sobrancelhas e cílios, sugava o polegar. Tinha impressões digitais. Seus olhos ainda estavam fechados, com as pálpebras pesadas, esperando para ver.

Aprendi tudo o que podia sobre esse bebê. Li tantos livros sobre gravidez e parto que tinha memorizado algumas partes. Sabia quais eram os sinais falsos de trabalho de parto. Aprendi os termos "saída do tampão mucoso" e "obliteração e dilatação". Às vezes, realmente acreditava que estudar todos os fatos possíveis sobre a gravidez poderia compensar as deficiências que eu teria como mãe.

Meu terceiro mês tinha sido o mais difícil. Depois daqueles primeiros episódios, não tive mais enjoo, mas as coisas que eu ficava sabendo me revolviam as entranhas e tiravam meu ar. Com doze semanas, meu bebê tinha quatro centímetros. Pesava vinte e dois gramas. Tinha cinco dedos com membranas, folículos capilares. Podia chutar e se mover. Tinha um minúsculo cérebro, capaz de enviar e receber mensagens. Passei boa parte daquele mês com as mãos estendidas sobre o abdômen, como se pudesse segurá-lo lá dentro. Porque uma vez, muito tempo antes, eu tivera outro bebê de doze semanas. Tentava não comparar, mas era inevitável. Dizia a mim mesma para ficar feliz por não saber, naquela época, fatos que sabia agora.

A razão de eu ter feito um aborto fora não estar pronta para ser mãe; não podia nem dar a uma criança o tipo de vida que ela mereceria ter. Adoção também não era uma alternativa, pois isso significava que eu teria de levar a gravidez até o fim, e eu não podia causar essa vergonha a meu pai. Sete anos depois, tinha quase me convencido de que aquelas eram boas desculpas. Mas, às vezes, eu me sentava em minha cozinha Quase Branca, passava os dedos sobre as fotos de viagem lisas e atraentes e me perguntava se as coisas eram tão diferentes agora. Sim, agora eu tinha recursos para sustentar um bebê. Podia comprar os belos móveis escandinavos de madeira clara para o quarto do bebê, o colorido móbile de peixes de olhos arregalados. Mas havia dois pontos contra mim: eu ainda não tinha uma mãe para servir de modelo. E tinha matado meu primeiro filho.

Fui levantar e bati a barriga na borda da mesa da cozinha, contraindo o rosto de dor. Ela estava redonda, mas muito dura, e parecia ter um milhão de terminações nervosas. Meu corpo, curvo em partes onde nunca fora, era um trambolho. Eu entalava em lugares apertados: de encontro a paredes, entre cadeiras muito próximas em restaurantes, em corredores de ônibus. Não sabia mais calcular o espaço de que precisava e me forçava a acreditar que isso mudaria com o tempo.

Impaciente, calcei as botas e fui para a varanda. Estava chovendo, mas não me incomodei muito com isso. Era meu único dia de folga na semana; Nicholas estava no hospital, e eu tinha de ir para algum lugar, qualquer lugar, mesmo que não fosse para Bornéu ou Java. Naqueles dias, eu parecia querer estar sempre em movimento. Agitava-me a noite inteira na cama e nunca dormia oito horas seguidas. Ficava andando de um lado para o outro, atrás da mesa de recepcionista, no trabalho. Quando me sentava para ler, os dedos tamborilavam nas laterais do corpo.

Vesti o casaco sem me preocupar em abotoá-lo e fui para a rua. Continuei andando até chegar ao centro de Cambridge. Parei sob a cobertura de acrílico da estação do metrô, ao lado de uma mulher negra com três filhos. Ela pôs a mão em minha barriga, como todo mundo fazia naqueles dias. Uma mulher grávida, eu havia descoberto, era propriedade pública.

— Você enjoou muito? — a mulher perguntou, e eu sacudi a cabeça em negativa. — Então é um menino.

Ela puxou as crianças para a chuva, e eles caminharam em direção à Massachusetts Avenue, saltando sobre as poças.

Enrolei o cachecol em volta da cabeça e saí na chuva outra vez. Desci pela Brattle Street, parando junto a um pequeno parquinho cercado, anexo a uma igreja. Estava molhado e vazio, o escorregador ainda coberto pela neve da semana anterior. Virei e continuei andando pela rua até que as lojas e prédios de tijolos deram lugar a mansões residenciais revestidas de madeira e cercadas de árvores nuas esparsas. Caminhei até perceber que estava indo para o cemitério.

Era um cemitério famoso, cheio de soldados revolucionários e túmulos impressionantes. Meu favorito era um com placa fina, dentada e quebrada, que anunciava o corpo de Sarah Edwards, morta devido a um ferimento a bala causado por um homem que não era seu marido. Os túmulos, dispostos irregularmente e muito próximos, pareciam dentes tortos. Algumas das placas tinham caído de lado e estavam cobertas por trepadeiras e arbustos. Aqui e ali, havia uma pegada impressa no chão congelado, fazendo-me imaginar quem, além de mim, iria a um lugar daqueles.

Quando criança, eu tinha ido a cemitérios com minha mãe. "É o único lugar onde consigo pensar", ela me disse uma vez. Às vezes, ela ia lá só para se sentar. Às vezes, prestava homenagens a quase estranhos. Com frequência, íamos juntas e nos sentávamos sobre as pedras quentes e lisas, gastas por mãos postas em oração, e fazíamos um piquenique.

Minha mãe escrevia obituários para o *Chicago Tribune.* Na maior parte do tempo, ela se sentava ao telefone e anotava as informações para os mais baratos, aqueles publicados em letras pretas pequenas, como anúncios classificados: "PALERMO, de Arlington, 13 de julho de 1970. Antonietta (Rizzo), amada esposa do falecido Sebastian Palermo, mãe dedicada de Rita Fritzki e Anthony Palermo. Cortejo fúnebre partindo da Casa Funerária Della Rosso, 356 South Main St., Chicago, segunda-feira, às nove horas, seguido de missa celebrada na Igreja de Nossa Senhora da Imaculada Conceição. Amigos e parentes são respeitosamente convidados a comparecer. Sepultamento no Cemitério Highland Memorial, Riverdale".

Ela recebia dezenas desses telefonemas todos os dias e sempre me dizia que jamais deixava de se surpreender com o número de mortes em Chicago. Chegava em casa e desfiava o nome dos mortos para mim; tinha um talento para lembrar deles da mesma forma como algumas pessoas lembram números de telefone. Nunca ia ao cemitério para ver essas pessoas — os "classificados" —, pelo menos não intencionalmente. Mas, de tempos em tempos, seu editor a deixava escrever um dos verdadeiros obituários, os de pessoas semifamosas, publicados em colunas estreitas, como as notícias. "HERBERT R. QUASHNER", dizia o título, "ERA CHEFE DE LABORATÓRIO DO EXÉRCITO." Minha mãe gostava mais de fazer esses.

— A gente conta uma história — dizia ela. — Esse homem era membro da Associação de Marinheiros de Escolta de Destróieres. Esteve na Segunda Guerra Mundial, em uma perseguição de submarino. Fazia parte da ordem fraternal dos Elks.

Minha mãe escrevia esses obituários em casa, sentada à mesa da cozinha. Costumava reclamar dos prazos, que considerava bem engraçados, dado o tipo de trabalho. Quando os artigos eram impressos, ela os recortava com cuidado e guardava em um álbum de fotos. Eu me perguntava o que aconteceria com esse álbum se todos nós morrêssemos em um incêndio; se a polícia pensaria que minha mãe era uma serial killer doentia. Mas ela insistia em manter um registro de seu trabalho, que deixou atrás de si, de qualquer modo, no dia em que desapareceu.

Ela fazia uma lista semanal dos nomes importantes sobre os quais escrevia. Então, no sábado, seu dia de folga, íamos até os cemitérios mais próximos e procurávamos lotes com terra recém-revolvida, o que indicava os sepultamentos mais recentes. Minha mãe se ajoelhava na frente dos túmulos dessas pessoas que ela mal conhecia e ainda nem tinham lápide. Pegava um punhado da terra fina e a deixava escorrer entre os dedos, como por uma peneira.

— Paige — dizia ela —, respire fundo. Que cheiro você sente?

Eu olhava em volta e via as moitas de lilases e forsítias, mas não respirava fundo. Havia algo na ideia de estar no cemitério que me fazia monitorar minha respiração, como se, de repente, eu pudesse ficar sem ar.

Uma vez, minha mãe e eu nos sentamos sob a sombra vermelha de um bordo japonês, depois de ter visitado a falecida Mary T. French, uma bibliotecária pública. Tínhamos comido frango assado e salada de batatas e limpado os dedos na blusa, sem nos preocupar com isso. Depois, minha mãe se deitou sobre um antigo túmulo gramado, apoiando a cabeça em uma lápide caída. Deu uma batidinha na coxa, chamando-me para deitar também.

— Você vai esmagar ele — eu disse, muito séria, e minha mãe respeitosamente se moveu para o lado. Sentei-me ao lado dela e pousei a cabeça em seu colo, e deixei o sol bater em meus olhos fechados e em meu sorriso. A saia de minha mãe esvoaçou, batendo na lateral de meu pescoço. — Mamãe — perguntei —, para onde a gente vai quando morre?

Minha mãe respirou fundo, e seu corpo se inflou como uma almofada.

— Não sei, Paige — respondeu. — Para onde você acha que vamos?

Passei os dedos na grama fria.

— Talvez eles estejam todos embaixo da terra, olhando para cima, para nós.

— Talvez estejam no céu, olhando para baixo — minha mãe disse.

Abri os olhos e fitei o sol até ver pequenas explosões de tons alaranjados, amarelos e vermelhos, como fogos de artifício.

— Como é o céu? — perguntei.

Minha mãe tinha virado de lado, fazendo-me deslizar para fora de seu colo.

— Depois de ter suportado a vida — ela disse —, espero que seja do jeito que a gente quiser que seja.

Agora, enquanto caminhava pelo cemitério de Cambridge, ocorreu-me que minha própria mãe poderia estar no céu neste momento. Se houvesse um céu; se ela tivesse morrido. Perguntei-me se ela estaria enterrada em um estado onde nunca nevava, se estaria em outro país. Imaginei quem iria colocar lilases em seu túmulo e quem teria encomendado a inscrição na lápide. Imaginei se seu obituário mencionaria que ela era a mãe dedicada de Paige O'Toole.

Eu costumava perguntar a meu pai por que minha mãe tinha ido embora, e ele sempre me dizia a mesma coisa: "Porque ela quis". Conforme os anos se passavam, ele dizia isso com menos amargura, o que não fazia com que ficasse mais fácil acreditar em suas palavras. A mãe que eu imaginara ao longo dos anos, aquela com o sorriso tímido e as saias rodadas, que tinha o poder de curar contusões e arranhões com um beijo e sabia contar histórias na hora de dormir, como uma Sherazade, não teria ido embora. Eu gostava de pensar que minha mãe tinha sido arrastada por forças maiores que ela. Talvez fosse alguma intriga internacional em que ela estivesse envolvida e a última parte da missão envolvesse trocar de identidade para proteger sua família. Por algum tempo, eu me perguntei se ela estaria vivendo um amor impossível, e quase a perdoei por fugir de meu pai se isso significava estar com o homem que era dono de seu coração. Talvez ela apenas estivesse impaciente. Talvez estivesse procurando alguém que havia perdido.

Deslizei as mãos sobre os túmulos lisos, tentando imaginar o rosto de minha mãe. Por fim, encontrei uma lápide caída e deitei com a cabeça sobre ela, cruzando as mãos sobre a vida que pulsava em minha barriga, olhando para o gelo no céu. Estendi-me no chão congelado até ele se infiltrar por meus ossos: a chuva, o frio, aqueles fantasmas.

* * *

Mais do que qualquer coisa no mundo, minha mãe odiava abrir a geladeira e encontrar a jarra de suco vazia. Era sempre culpa do meu pai; eu era pequena demais para me servir sozinha. Não que meu pai fizesse de propósito. A cabeça dele geralmente estava em outros lugares e, como essa não era uma prioridade, ele nunca checava quanto ainda havia de suco ao colocar a jarra de volta na geladeira. Três vezes por semana, pelo menos, eu via minha mãe parada no ar frio diante da geladeira aberta, balançando a jarra azul de suco.

— Será que é tão difícil misturar uma latinha de suco instantâneo? — ela gritava e olhava com ar furioso para mim. — De que me adianta um dedo de suco?

Era um erro simples, que ela transformava em uma crise, e, se eu fosse mais velha, poderia ter suspeitado de uma doença maior atrás daquele sintoma, mas tinha só cinco anos e não entendia isso. Eu a seguia quando ela descia as escadas batendo os pés para brigar com meu pai na oficina, sacudindo a jarra, gritando e perguntando a ninguém em particular o que ela havia feito para merecer uma vida como aquela.

Quando completei cinco anos, comecei a ter de fato consciência do Dia das Mães. Fizera cartões antes, claro, e imagino que até havia tido meu nome colado em presentes comprados por meu pai. Mas, naquele ano, eu queria fazer algo que saísse direto do coração. Meu pai sugeriu que eu fizesse um desenho, ou comprasse uma caixa de chocolate caseiro, mas esse não era o tipo de presente que eu queria dar. Essas coisas poderiam tê-la feito sorrir, mas, já aos cinco anos, eu sabia que ela precisava mesmo era de algo que arrancasse as farpas da dor que sentia.

Eu também sabia que tinha um ás na manga: um pai que poderia produzir qualquer coisa que minha mente imaginasse. Sentei-me no velho sofá, na oficina dele, numa noite de fim de abril, com os joelhos dobrados e o queixo apoiado neles.

— Papai — eu disse —, preciso da sua ajuda.

Meu pai estava colando pás de borracha em uma roda dentada, para um invento que media ração de galinhas. Parou imediatamente e olhou para mim, com total atenção. Assentia com a cabeça lentamente enquanto eu explicava minha ideia: uma invenção que registrasse quando o suco na jarra precisava ser completado.

Meu pai se inclinou para frente e segurou minhas mãos.

— Tem certeza de que esse é o tipo de coisa que a sua mãe quer? — perguntou. — Não prefere uma blusa bonita ou um perfume?

Sacudi a cabeça.

— Acho que ela quer algo... — Minha voz falhou enquanto eu procurava as palavras certas. — Ela quer algo para não sofrer mais.

Meu pai me olhou tão fixamente que achei que estava esperando que eu continuasse a falar. Mas ele apertou minhas mãos e inclinou mais a cabeça, fazendo com que nossa testa se tocasse. Quando falou, senti o cheiro doce de sua respiração, misturado ao aroma de chiclete.

— Quer dizer — disse ele — que você também percebeu.

Então ele se sentou no sofá a meu lado e me puxou para seu colo. Sorriu, e foi tão contagiante que eu já sentia minhas pernas balançando para cima e para baixo.

— Estou pensando em um sensor, com algum tipo de alarme — ele falou.

— Isso, papai! — concordei. — Um que fique tocando sem parar e não deixe você ir embora só colocando a jarra de volta na geladeira.

Meu pai riu.

— Nunca inventei nada antes que fosse para me dar *mais* trabalho. — Segurou meu rosto entre as mãos. — Mas vai valer a pena. Ah, vai valer muito a pena.

Meu pai e eu trabalhamos por duas semanas seguidas, desde o fim do jantar até a hora de dormir. Corríamos para a oficina e experimentávamos apitos e alarmes, sensores elétricos e microchips que reagiam a graus de umidade. Minha mãe batia de vez em quando na porta que levava ao porão.

— O que vocês dois estão fazendo? — ela perguntava. — Está solitário aqui.

— Estamos fazendo um monstro Frankenstein! — eu gritava, pronunciando a palavra longa e estranha do jeito que meu pai tinha me ensinado. Ele começava a bater martelos e chaves de fenda na bancada, fazendo um barulhão.

— Está uma confusão horrível aqui, May — ele dizia, com a risada presa à voz como um filamento de ouro. — Cérebros e sangue por todo lado. Você não vai querer ver isso.

Ela devia saber. Afinal, nunca *desceu* de fato, apesar de suas ameaças delicadas. Minha mãe era como uma criança nessas coisas. Nunca espiava seus presentes de Natal antes da hora ou tentava escutar conversas que lhe dessem alguma dica. Ela adorava uma surpresa. Jamais estragaria uma delas.

Terminamos o sensor de suco na noite anterior ao Dia das Mães. Meu pai encheu um copo de água, mergulhou o bastãozinho prateado nele e então sugou lentamente o líquido. Quando restavam apenas uns dois centímetros no fundo do copo, o bastão começou a apitar. Era uma nota alta e aguda, totalmente irritante, pois achamos que seria preciso esse tipo de estímulo para forçar a pessoa a repor o suco. O som não parava até que a água fosse completada. E, como um reforço, a ponta do bastão brilhava em vermelho-vivo durante todo o tempo em que estava apitando, lançando sombras sobre meus dedos e os de meu pai enquanto segurávamos a borda do copo.

— Perfeito — murmurei. — Isso vai consertar tudo. — Tentei me lembrar de um tempo em que minha mãe não tivesse entrado no quarto, todos os dias às quatro horas, assustada com a própria sombra. Tentei me lembrar de semanas em que não a tivesse visto olhando para a porta da frente fechada, como se estivesse esperando ser levada por são Pedro.

A voz de meu pai me sobressaltou.

— Pelo menos — disse ele — será um começo.

Minha mãe saiu depois da missa, naquele domingo, mas quase nem notamos. No minuto em que ela passou pela porta, estávamos tirando a toalha mais fina e os belos pratos de louça dos armários e arrumando uma mesa que transbordava comemoração. Às seis horas, o rosbife que meu pai tinha preparado estava mergulhado no molho, as vagens fumegavam, a jarra de suco estava cheia.

Às seis e meia, eu me agitava na cadeira.

— Estou com fome, papai — disse.

Às sete, meu pai deixou que eu me deitasse na sala para ver TV. Quando saí, eu o vi apoiar os cotovelos na mesa e enterrar o rosto nas mãos. Às oito, ele tinha removido todos os resquícios da refeição, até mesmo o pacote com laços de fita que havíamos colocado na cadeira de minha mãe.

Ele me levou um prato de carne, mas eu não tinha mais fome. A televisão estava ligada, mas eu havia rolado no sofá e enfiado a cabeça nas almofadas.

— Tínhamos um presente e tudo — falei quando meu pai me tocou o ombro.

— Ela está na casa de uma amiga — disse ele, e eu virei para encará-lo. Minha mãe, até onde eu sabia, não tinha amigas. — Ela acabou de ligar para se desculpar por não ter podido vir e me pediu para dar um beijo de boa-noite na menina mais linda de Chicago.

Fiquei olhando para meu pai, que nunca na vida mentira para mim. Ambos sabíamos que o telefone não tocara o dia inteiro.

Ele me deu banho e penteou meus cabelos embaraçados, depois enfiou uma camisola sobre minha cabeça. Aconchegou-me na cama e sentou-se comigo até achar que eu tinha dormido.

Mas fiquei acordada. Soube o exato momento em que minha mãe entrou pela porta. Ouvi a voz de meu pai perguntando por onde ela tinha andado.

— Eu não desapareci — minha mãe rebateu, com a voz mais brava e mais alta que a de meu pai. — Só precisava de um tempo sozinha.

Pensei que haveria gritos, mas, em vez disso, ouvi o barulho de papel quando ele lhe entregou o presente. Escutei o papel ser rasgado, depois a arfada curta de minha mãe quando leu o cartão de Dia das Mães que eu ditara a meu pai. "Isso é para a gente não esquecer mais", estava escrito. "Com amor, Patrick. Com amor, Paige."

Eu soube antes mesmo de ouvir seus passos que ela vinha me ver. Ela abriu a porta de meu quarto e, na silhueta que a luz do corredor delineava, pude perceber que estava tremendo.

— Está tudo bem — eu disse, embora isso não fosse o que eu queria ou tinha planejado dizer. Ela se agachou ao pé da cama, como se estivesse esperando uma sentença. Incerta do que fazer, fiquei apenas olhando-a por um momento. A cabeça dela estava abaixada, como se estivesse rezando. Fiquei perfeitamente imóvel até não aguentar mais, depois fiz o que gostaria que *ela* tivesse feito: pus os braços em volta de minha mãe e a abracei como se não pudesse largá-la nunca mais.

Meu pai apareceu à porta. Os olhos dele encontraram os meus quando os afastei da cabeça inclinada e escura de minha mãe. Ele tentou sorrir para mim, mas não conseguiu. Em vez disso, aproximou-se de onde eu estava, abraçada a ela. Pousou a mão fria em minha nuca, como Jesus naqueles quadros em que curava os aleijados e os cegos. E continuou assim, como se realmente achasse que aquilo talvez fizesse doer menos.

* * *

Quando eu era pequena, meu pai queria que eu o chamasse de "pa", como todas as meninas na Irlanda. Mas eu tinha crescido americana, chamando-o de papai, depois de pai, quando fiquei mais velha. Pus-me a pensar em como meu filho chamaria Nicholas e a mim. Era nisso que estava pensando quando telefonei para meu pai — ironicamente, do mesmo telefone público que usara assim que cheguei a Cambridge. A estação rodoviária estava fria, deserta.

— *Pa* — eu disse de propósito —, estou com saudade de você.

A voz de meu pai mudou, como sempre acontecia quando ele percebia que era eu ao telefone.

— Paige, garota — disse ele. — Duas vezes em uma semana! Deve ser alguma ocasião importante.

Eu me perguntava por que era tão difícil dizer. Por que não tinha contado antes.

— Vou ter um bebê — falei.

— Um bebê? — O sorriso de meu pai encheu o espaço entre as palavras. — Um neto. Bom, essa é *mesmo* uma ocasião importante.

— Deve nascer em maio — eu disse. — Perto do Dia das Mães.

Meu pai não perdeu tempo.

— Isso é bem apropriado — respondeu ele, e riu profundamente. — Imagino que você já saiba há algum tempo, ou eu não fui muito bom em lhe ensinar sobre as sementinhas e a cegonha.

— É, eu sei há alguns meses — admiti. — Eu só achei... não sei, que eu teria mais tempo. — Tive um impulso louco de contar a ele tudo o que havia escondido tão cuidadosamente por anos; as circunstâncias que, de algum modo, sentia que ele já conhecia. As palavras estavam bem ali no fundo de minha garganta, tão decepcionantemente corriqueiras: *Lembra aquela noite em que saí de casa?* Engoli em seco e forcei a mente a voltar para o presente. — Acho que eu mesma ainda estou me acostumando com a ideia. O Nicholas e eu não esperávamos e, bom, ele está entusiasmado, mas eu... preciso de um pouco mais de tempo.

A quilômetros de distância, meu pai soltou o ar lentamente, como se estivesse lembrando, do nada, tudo o que eu não tivera coragem de dizer.

— Nós sempre precisamos — suspirou.

* * *

Quando cheguei de volta ao bairro onde eu e Nicholas morávamos, o sol já havia se posto. Eu caminhava pelas ruas, silenciosa como um gato. Espiava pelas janelas iluminadas das casas alinhadas e tentava captar o aconchego e o cheiro de hora do jantar que vinha delas. Calculei mal meu tamanho e escorreguei de encontro a uma cerquinha de jardim, agarrando uma caixa de correio que estava com a boca aberta como uma língua escurecida. No alto de uma pilha de cartas, havia um envelope cor-de-rosa sem remetente. Estava endereçado a Alexander LaRue, 20 Appleton Lane, Cambridge. A letra era inclinada e delicada, com jeito europeu. Sem pensar duas vezes, olhei de um lado e de outro na rua e enfiei a carta dentro do casaco.

Eu havia cometido um crime. Não conhecia Alexander LaRue e não planejava devolver-lhe a carta. Meu coração batia forte enquanto eu descia o quarteirão o mais rápido possível; meu rosto ardia. O que eu estava fazendo?

Subi correndo os degraus da varanda e bati a porta atrás de mim, trancando as duas fechaduras. Tirei o casaco e descalcei as botas. Sentia o coração na boca. Com dedos trêmulos, abri o envelope. Lá estava a mesma caligrafia inclinada, as mesmas letras pontudas. O papel era um pedaço rasgado de um saco de supermercado. "Querido Alexander", dizia, "tenho sonhado com você. Trish." E isso era tudo. Li o bilhete repetidas vezes, checando as bordas e a parte de trás para ter certeza de que não havia mais nada. Quem era Alexander? E Trish? Corri para o quarto e enfiei a carta em uma caixa de absorventes higiênicos, no fundo do guarda-roupa. Pensei no tipo de sonhos que Trish estaria tendo. Talvez ela fechasse os olhos e visse as mãos de Alexander descendo por seus quadris, suas coxas. Talvez se lembrasse deles sentados à margem de um rio, sem os sapatos e as meias, com os pés desfocados dentro da água que corria rápida e gelada. Talvez Alexander também estivesse sonhando com ela.

— Ah, aí está você.

Dei um pulo quando Nicholas entrou. Ergui a mão, e ele enrolou a gravata em volta de meu pulso, ajoelhando-se na borda da cama para me beijar.

— Descalça e grávida — disse ele —, do jeitinho que eu gosto.

Esforcei-me para me sentar.

— Como foi seu dia? — perguntei.

A voz de Nicholas veio até mim do banheiro, interrompida pelo barulho da água da torneira.

— Venha falar comigo aqui — disse ele, e ouvi o chuveiro sendo ligado.

Fui me sentar na tampa do vaso sanitário, sentindo o vapor enrolar os cabelos da nuca, onde eles tinham escapado do rabo de cavalo. Minha blusa, apertada demais sobre os seios, umedeceu e grudou na barriga. Pensei em contar a Nicholas o que eu havia feito naquele dia, sobre o cemitério, sobre Trish e Alexander. Mas, antes que eu pudesse sequer organizar os pensamentos, ele desligou a torneira e puxou a toalha para dentro do boxe. Prendeu-a em volta dos quadris e saiu do chuveiro, deixando o banheiro imerso em uma nuvem de vapor fresco.

Segui Nicholas e fiquei olhando enquanto ele repartia os cabelos diante da penteadeira, usando minha escova e abaixando a cabeça para enxergar o rosto no espelho.

— Venha aqui — disse ele, e esticou o braço para trás, tomando minha mão, ainda segurando meu olhar no reflexo.

Ele me fez sentar na cama e soltou a presilha de meus cabelos. Com a escova, começou a fazer movimentos lentos e tranquilos do alto de minha cabeça até os ombros, afastando os cabelos da nuca para espalhá-los como seda. Inclinei a cabeça para trás e fechei os olhos, deixando a escova desembaraçar os cachos umedecidos e sentindo a mão suave de Nicholas alisar a eletricidade estática que se seguia.

— É bom — eu disse, com uma voz rouca e diferente.

Estava vagamente consciente de minhas roupas sendo tiradas, de ser baixada para o edredom frio. Nicholas continuava a passar as mãos por meus cabelos. Eu me sentia leve, flexível. Sem aquelas mãos me segurando, certamente poderia flutuar.

Nicholas se moveu sobre mim e me penetrou em um único movimento rápido, e meus olhos se abriram com uma súbita dor.

— Não! — gritei, e Nicholas ficou tenso e se afastou.

— O que foi? — perguntou ele, com os olhos ainda turvos de desejo. — É o bebê?

— Não sei — murmurei, e não sabia mesmo. Só sabia que havia uma barreira onde alguns dias antes ela não existia. Quando Nicholas me penetrou, eu senti resistência, como se algo quisesse que ele saísse, com tanta força quanto ele queria entrar. Olhei para ele timidamente. — Não acho mais que seja certo... desse jeito.

Nicholas assentiu, apertando a boca. Uma veia lhe pulsava na base do pescoço, e fiquei observando-a por um momento até ele recuperar o controle. Puxei o edredom sobre minha barriga redonda, sentindo-me culpada. Eu não tivera intenção de gritar.

— Claro — disse Nicholas, com o pensamento a milhões de quilômetros de distância. Ele se virou e saiu do quarto.

Fiquei sentada no escuro, pensando no que eu fizera de errado. Tateando sobre a cama, encontrei a camisa de Nicholas, reluzindo quase em tom prateado. Vesti puxando-a sobre a cabeça, enrolei as mangas e entrei sob as cobertas. Peguei um folheto de viagem sobre o criado-mudo e acendi a lâmpada de leitura.

No andar de baixo, ouvi a geladeira abrir e fechar, passos pesados e um resmungo baixo. Li alto, com o tom de voz subindo para preencher os espaços frios do quarto sem cor.

— "A terra dos massais" — eu disse. — "Os massais da Tanzânia têm uma das últimas culturas da Terra não afetadas pela civilização moderna. Imagine a vida de uma mulher massai, vivendo essencialmente como seus ancestrais milhares de anos atrás, morando na mesma casa de barro e esterco, bebendo leite coalhado misturado com sangue de vaca. Os ritos de iniciação, como a circuncisão de meninos e meninas adolescentes, continuam até hoje."

Fechei os olhos. Sabia o resto de cor.

— "Os massais vivem em harmonia com seu ambiente pacífico, com os ciclos diários e sazonais da natureza, com sua reverência a Deus."

A lua subiu no céu e esparramou amarelo pela janela do quarto, e eu pude vê-la claramente: a mulher massai, ajoelhada aos pés de minha cama, sua pele escura e reluzente, os olhos como ônix polido, aros dourados pendendo das orelhas e do pescoço. Ela me encarou e roubou todos os meus segredos; abriu a boca e cantou o mundo.

Sua voz era baixa e ritmada, uma melodia que eu nunca tinha ouvido. Em cada agudo de sua música, meu estômago parecia revirar. Seu chamado dizia repetidamente, em uma língua melíflua e estalada: *Venha comigo, venha comigo.* Levei as mãos à barriga, sentindo a vibração rápida de um anseio profundo, como um vaga-lume em um pote de vidro tampado. Percebi, então, que aqueles eram os primeiros movimentos do meu bebê que eu sentia, fazendo-me lembrar da razão precisa pela qual não poderia ir.

II

Paige

Para minha decepção, Jake Flanagan se tornou o irmão que eu nunca tive. Ele não me beijou de novo depois daquele momento perdido no drive-in. Em vez disso, me tomou sob sua proteção. Por três anos, deixou que eu estivesse sempre por perto, mas, para mim, até isso era longe demais. Eu queria estar mais próxima de seu coração.

Tentei fazer Jake se apaixonar por mim. Rezava por isso pelo menos três vezes por dia e, de vez em quando, era recompensada. Às vezes, depois que o sinal de fim das aulas tocava, eu descia os degraus da Escola Papa Pio e o encontrava recostado na parede de pedra, mordiscando um palito de dentes. Eu sabia que, para chegar a minha escola, ele tinha de matar a última aula e pegar um ônibus para o centro.

— Oi, Pulguinha — ele dizia, porque esse era o apelido que me dera. — O que as boas freiras ensinaram hoje?

Como se isso fosse habitual, ele tomava os livros de meus braços e me acompanhava pela rua, e juntos caminhávamos até a oficina de seu pai. Terence Flanagan tinha um posto de gasolina e oficina na North Franklin, e Jake trabalhava para ele à tarde e aos fins de semana. Eu me agachava no chão de cimento, com a saia pregueada aberta como uma flor, enquanto Jake me mostrava como remover um pneu ou trocar o óleo. O tempo todo ele falava com aquela voz macia e doce que me lembrava o oceano que eu nunca tinha visto.

— Primeiro você solta a calota — dizia, enquanto deslizava as mãos pelo metal. — Depois afrouxa os parafusos. — Eu assentia com a cabeça e o observava atentamente, imaginando o que teria de fazer para ele me notar.

Passei meses me equilibrando sobre uma linha fina, dando um jeito para que meu caminho cruzasse com o de Jake algumas vezes por semana sem que eu me tornasse um incômodo. Houve uma vez em que ultrapassei o limite.

— Não consigo me livrar de você — Jake gritara. — Parece urticária.

Eu fui para casa e chorei, e dei a Jake uma semana para perceber como sua vida ficaria vazia sem mim. Quando ele não telefonou, não o culpei; não podia. Apareci no posto de gasolina como se nada tivesse acontecido e o segui obstinadamente de carro em carro, aprendendo sobre velas de ignição, alternadores e alinhamento de direção.

Àquela altura, eu sabia que estava vivendo minha primeira prova de fé. Crescera aprendendo sobre os sacrifícios e provações que outros haviam enfrentado para provar sua devoção: Abraão, Jó, o próprio Jesus. Entendia que estava sendo testada, mas não tinha dúvidas sobre o resultado final. Eu pagaria minhas dívidas, e um dia Jake não conseguiria viver sem mim. Eu tinha fé nisso e, como não havia dado alternativa a Deus, o desejo foi gradualmente se tornando realidade.

Mas ser a companhia inseparável de Jake estava muito longe de ser o amor da vida dele. Na verdade, ele saía com uma garota diferente a cada mês. Eu o ajudava a se aprontar para os encontros. Ficava deitada de bruços na cama estreita enquanto Jake selecionava três camisas, duas gravatas, jeans gastos.

— Use a vermelha — eu lhe dizia — mas *não* com essa gravata.

Cobria o rosto com um travesseiro quando ele deixava a toalha cair dos quadris para vestir a cueca, e ouvia o tecido de algodão deslizar sobre suas pernas, imaginando como seria. Ele me deixava repartir seus cabelos com o pente e passar a loção pós-barba em seu rosto avermelhado, de modo que, quando ele saía, eu continuava cercada pelo cheiro forte de menta e de homem que vinha de sua pele.

Jake estava sempre atrasado para seus encontros. Em casa, ele despencava escada abaixo e pegava a chave do Ford de seu pai, pendurada no final do corrimão.

— Tchau, Pulguinha! — gritava por sobre o ombro.

Sua mãe vinha da cozinha com três ou quatro dos filhos mais novos pendurados nas pernas como macacos, mas só conseguia ver um resto da sombra dele. Molly Flanagan virava para mim com o coração aparecendo nos olhos, porque ela sabia a verdade.

— Ah, Paige — dizia, suspirando. — Quer ficar para o jantar?

Quando Jake chegava de seus encontros, às duas ou três horas da manhã, eu sempre sabia. Acordava, a quilômetros de distância de onde ele estava, e via, como em um pesadelo, Jake tirando a camisa de dentro da calça e massageando a nuca. Nós tínhamos essa conexão um com o outro. Às vezes, se eu queria falar com ele, só tinha de imaginar seu rosto, e em meia hora ele aparecia em minha casa.

— Que foi? — dizia ele. — Estava precisando de mim?

Às vezes, quando eu sentia que ele estava me chamando, telefonava para a casa dele tarde da noite. Aconchegava-me na cozinha, com os pés descalços enrolados na barra da camisola, e discava sob o estreito facho de luz da lâmpada da rua. Jake atendia ao primeiro toque.

— Espere só até ouvir esta — ele dizia, com a voz borbulhante do resquício do calor do sexo. — A gente estava no Burger King e ela enfiou a mão por baixo da mesa e abriu o zíper da minha calça. Dá pra acreditar nisso?

E eu engolia em seco.

— Não — respondia. — Não dá.

Eu não tinha nenhuma dúvida de que Jake me amava. Ele me disse, quando perguntei, que eu era sua melhor amiga; sentou-se ao lado de minha cama um verão inteiro, quando eu tive mononucleose, e me lia perguntas de conhecimentos gerais daqueles livrinhos que vinham com canetas mágicas. Uma noite, ao lado de uma fogueira à margem do lago, ele até me deixara furar seu polegar e pressioná-lo contra o meu, trocando nosso sangue, para que sempre tivéssemos um ao outro.

Mas Jake evitava meu toque. Mesmo se eu só roçasse a lateral de seu corpo, ele se encolhia como se eu o tivesse socado. Nunca pousava o braço sobre meus ombros, nunca segurava minha mão. Aos dezesseis anos, eu era magricela e pequena, como o filhote mirrado de uma ninhada. *Alguém como Jake*, eu me dizia, *nunca vai querer alguém como eu.*

Quando fiz dezessete anos, tudo começou a mudar. Eu estava no penúltimo ano do colégio. Jake, que acabara havia dois anos, trabalhava em tempo integral na oficina do pai. Eu passava as tardes e os fins de semana com ele, mas, toda vez que o via, minha cabeça queimava e meu estômago revirava, como se eu tivesse engolido o sol. Às vezes, Jake virava para mim, começava a falar, mas apenas pronunciava "Pulguinha" e seus olhos se nublavam, e o resto das palavras não saía.

Ia acontecer o baile da escola. As freiras haviam decorado o ginásio com estrelas prateadas e pendurado fitas em espiral vermelhas. Eu não estava planejando ir. Se pedisse a Jake, ele me levaria, mas eu detestava a ideia de passar uma noite com a qual sonhara durante anos com ele cuidando de mim. Em vez disso, fiquei vendo as meninas da vizinhança tirarem fotos no gramado na frente das casas, como fantasmas rodopiantes em tule branco e cor-de-rosa. Quando elas foram embora, caminhei os cinco quilômetros até a casa de Jake.

Molly Flanagan me viu pela porta de tela.

— Entre, Paige — ela gritou de dentro. — O Jake disse que você viria.

Ela estava na sala de estar, jogando Twister com Moira e Petey, as duas filhas menores. Seu traseiro estava levantado no ar e os braços, cruzados sob o corpo. Os seios grandes roçavam os círculos coloridos no tapete do jogo e, entre as pernas, Moira tentava precariamente alcançar um círculo verde no canto. Desde que eu a conhecera, três anos antes, desejei que Molly fosse minha mãe. Eu disse a Jake e sua família que minha mãe tinha morrido e que meu pai ainda sofria tanto com isso que não suportava ouvir o nome dela. Molly Flanagan dera palmadinhas afetuosas em meu braço, e Terence levantara sua cerveja para brindar a minha mãe, como era o costume irlandês. Só Jake percebeu que eu não falava a verdade. Eu nunca contei nada, mas ele conhecia tão bem os recantos de minha mente que, de tempos em tempos, eu o pegava me encarando, como se sentisse que eu estava escondendo algo.

— *Pulguinha!* — a voz de Jake soou no meio da música animada da televisão, assustando Moira, que caiu e bateu no tornozelo da mãe, jogando-a no chão também.

— O Jake acha que é o rei da Inglaterra — Molly disse, erguendo a filha mais nova.

Eu sorri e subi as escadas correndo. Jake estava inclinado dentro do armário, procurando algo na bagunça de meias e tênis e roupas de baixo sujas.

— Oi — eu disse.

Ele não se virou.

— Onde está o meu cinto bom? — perguntou, o tipo de pergunta simples que se faria a uma esposa ou namorada de muito tempo.

Enfiei-me sob o braço dele e puxei o cinto do pino onde ele o havia pendurado dias antes. Jake começou a enfiar a tira de couro pelos passadores da calça de algodão.

— Quando você for para a faculdade, vou ficar perdido — comentou ele.

Eu soube no momento em que ele disse isso que jamais iria para a faculdade, nem faria outro desenho sequer, se Jake me pedisse para ficar. Quando ele se virou para mim, minha garganta doeu e minha visão ficou turva. Sacudi a cabeça e vi que ele estava vestido para um encontro; que seu jeans manchado de graxa e a camisa azul de trabalho estavam jogados em um canto sob a janela. Desviei o rosto depressa, para que ele não pudesse ver meus olhos.

— Não sabia que você ia sair — eu disse.

Jake sorriu.

— Desde quando eu tenho algum problema para arrumar um encontro de sexta-feira à noite?

Ele passou por mim, e o ar ficou impregnado do perfume conhecido de seu sabonete e de suas roupas. Minha cabeça começou a latejar, pulsando como uma onda, e acreditei de todo coração que, se não saísse daquele quarto, ia morrer.

Virei e desci as escadas correndo. Bati a porta da frente atrás de mim, e o vento ajudou a impulsionar meus pés. Ouvi a voz preocupada de Molly me chamando e, durante todo o caminho de volta para casa, senti os olhos de Jake e suas perguntas queimando em minhas costas.

Em casa, vesti a camisola e me deitei, puxando as cobertas sobre a cabeça para mudar o fato de que ainda era apenas hora do jantar. Dormi um sono entrecortado, até que acordei com um susto, pouco depois das duas e meia da manhã. Passei na ponta dos pés pelo quarto de meu pai, fechei a porta e desci para a cozinha. Tateando no escuro, destranquei a porta dos fundos e abri a tela para Jake.

Ele tinha um dente-de-leão nas mãos.

— Trouxe para você — disse, e eu me afastei para que ele entrasse, frustrada porque não conseguia ver seus olhos.

— Isso é mato — eu lhe disse.

Ele se aproximou e pressionou o talo murcho em minha mão. Quando nossas palmas se tocaram, o fogo em meu estômago crepitou mais alto e me subiu à garganta e ao fundo seco de meus olhos. Era como estar em uma montanha-russa, como cair da borda de um rochedo. Levei um instante para definir a sensação: era medo, um medo avassalador, como o momento em que você percebe que escapou de um acidente de carro por preciosos centímetros. Jake segurou minha mão e, quando tentei soltá-la, ele não deixou.

— Hoje era o baile da escola — disse ele.

— Não diga.

Jake me olhou, sério.

— Vi todo mundo voltando para casa. Eu teria ido com você. Você sabe que eu teria ido.

Levantei o queixo.

— Não seria a mesma coisa.

Por fim, ele me soltou. Foi um choque perceber como isso me fez sentir frio, de repente.

— Vim para uma dança — disse ele.

Olhei em volta da minúscula cozinha, para os pratos ainda na pia e o brilho apagado dos eletrodomésticos brancos. Jake me puxou para si, até que que nossas mãos, nossos ombros, quadris e peito se tocassem. Eu sentia a respiração dele no rosto e me perguntava como ainda conseguia me manter em pé.

— Não tem música — murmurei.

— É você que não está ouvindo. — Jake começou a se mover comigo, balançando para frente e para trás. Fechei os olhos e pressionei os pés descalços contra o linóleo, ansiando pelo frio que vinha do chão quando o resto de mim estava sendo consumido por chamas que eu não conseguia ver. Balancei a cabeça para clarear os pensamentos. *Aquilo era o que eu queria, não era?*

Jake soltou minhas mãos e segurou meu rosto entre as suas. Fitou-me nos olhos e roçou os lábios nos meus, do mesmo modo como havia feito três anos antes, no drive-in — o beijo que eu guardava comigo como uma relíquia sagrada. Apoiei-me em seu corpo, e ele enfiou os dedos em meus cabelos, fazendo doer. Sua língua se movia sobre meus lábios e dentro de minha boca. Eu sentia fome. Algo dentro de mim estava se partindo e, em meu âmago, eu sentia como que um nó, quente, duro e brilhante. Apertei os braços em volta do pescoço de Jake, sem saber se estava agindo certo, só entendendo que, se eu não tivesse mais daquilo, nunca me perdoaria.

Foi Jake quem se afastou. Ficamos a centímetros de distância, ofegantes. Depois, ele pegou o casaco, que tinha caído no chão, e saiu correndo de minha casa. Eu fique ali, trêmula, com os braços apertados em volta do corpo, aterrorizada com o poder que emanava de mim mesma.

* * *

— Meu Deus — disse Jake, quando ficamos sozinhos no dia seguinte. — Eu devia saber que seria assim.

Estávamos sentados em engradados de leite virados de lado, atrás da oficina do pai dele, ouvindo o zumbido de moscas que pousavam nas poças deixadas pela chuva. Não estávamos nem nos beijando. Apenas de mãos dadas. Mas mesmo isso era um teste de fé. A palma da mão de Jake envolvia a minha, e a pulsação em seu punho se ajustava ao meu próprio ritmo. Eu tinha medo de me mover. Até mesmo se respirasse fundo demais acabaria do mesmo jeito de quando corri para seus braços e o cumprimentei com um beijo: perto demais para ser confortável, meus lábios queimando uma trilha pelo pescoço dele, com aquela estranha sensação que começava entre as pernas e subia para a barriga. Pela primeira vez em três anos, eu não confiava em Jake. Pior ainda, não confiava em mim.

Eu havia sido criada com valores religiosos mais rígidos do que Jake, mas ambos éramos católicos e ambos entendíamos as consequências do pecado. Ensinaram-me que o prazer terreno era pecado. Sexo era para fazer bebês, e era um sacrilégio fora dos laços do casamento. Eu sentia a palpitação no peito e nas coxas, pesadas com o fluxo quente de sangue, e sabia que esses eram os pensamentos impuros sobre os quais eu tinha sido alertada. Não entendia como algo que dava uma sensação tão boa podia ser tão mau. Não sabia a quem perguntar. Mas não conseguia deixar de querer estar perto de Jake, tão perto que seria possível passar através dele e sair do outro lado.

Jake esfregou o polegar sobre o meu e apontou para um arco-íris que havia surgido ao leste. Meus dedos coçavam de vontade de desenhar aquela sensação: Jake, eu, protegidos pelas faixas pendentes de violeta, laranja e azul. Lembrei-me de minha primeira comunhão, quando o padre pusera a pequena rodela seca em minha língua. "O corpo de Cristo", ele dissera, e eu obedientemente respondera: "Amém". Depois, perguntara à irmã Elysia se a hóstia *era* de fato o corpo de Cristo, e ela me dissera que seria se eu acreditasse com muita força. Ela explicou como eu tinha sorte em receber o corpo Dele no meu e, durante aquele precioso domingo de sol, caminhei de braços estendidos, convencida de que Deus estava comigo.

Jake pousou o braço sobre meus ombros, criando uma nova enxurrada de sensações, e enfiou os dedos em meus cabelos.

— Eu não consigo trabalhar — disse ele. — Não consigo dormir nem comer. — Esfregou o lábio superior com o dedo. — Você está me deixando louco.

Assenti com a cabeça; não conseguia encontrar minha voz. Então me recostei em seu pescoço e o beijei abaixo da orelha. Jake gemeu e me empurrou para fora do engradado de leite, de modo que me vi deitada no capim molhado, com ele apertando brutalmente a boca contra a minha. Sua mão deslizou de meu pescoço para a blusa de algodão e pousou sobre meu seio. Eu sentia os nós de seus dedos na curva da minha carne, sua mão se abrindo e fechando, como se estivesse tentando se controlar.

— Vamos casar — disse ele.

Não foram as palavras que me chocaram, foi a constatação de que aquilo estava muito além de meu controle. Jake era tudo que eu sempre quisera, mas eu podia ver agora que essa febre dentro de mim só ia aumentar cada vez mais. A única maneira de aliviá-la seria me entregar completamente — revelando meus segredos e desnudando minha dor —, e eu não achava que podia fazer isso. Se continuasse vendo Jake, eu seria consumida por esse fogo; com certeza eu o tocaria, e continuaria tocando, até não ter mais volta.

— Não podemos nos casar — respondi, afastando-me dele. — Tenho só dezessete anos. — Eu o encarei, mas tudo que vi em seus olhos foi um reflexo distorcido de mim mesma. — Acho que não podemos mais nos ver — disse, com a voz falhando nas sílabas.

Fiquei em pé, mas Jake não largou minha mão. Senti o pânico crescendo em mim, borbulhando e ameaçando transbordar.

— Paige — disse ele —, vamos devagar. Eu te conheço melhor do que você mesma. Sei que você quer o que eu quero.

— É mesmo? — murmurei, irritada porque sentia o autocontrole se escoar, e ele provavelmente estava certo. — O que exatamente você quer, Jake?

Ele se levantou.

— Quero saber o que você vê quando olha para mim. — Seus dedos apertaram meus ombros. — Quero saber de qual dos Três Patetas você gosta mais, e a hora que você nasceu, e o que te assusta mais do que tudo no mundo. Quero saber — disse ele — como você fica quando dorme. — Ele traçou a linha de meu queixo com o dedo. — Quero estar lá quando você acordar.

Por um momento, vi a vida que eu poderia ter, envolta pelas risadas de sua grande família, escrevendo meu nome ao lado do dele na velha Bíblia familiar, vendo-o sair de manhã para trabalhar. Vi todas essas coisas que eu tinha desejado a vida inteira, mas as imagens me fizeram estremecer. Não era para ser assim; eu não sabia nada sobre como me encaixar em um cenário normal e sólido como aquele.

— Você não é mais seguro — murmurei.

Jake me olhou como se estivesse me vendo pela primeira vez.

— Nem você.

* * *

Naquela noite, aprendi a verdade sobre o casamento de meus pais. Meu pai estava trabalhando no porão quando cheguei, ainda agitada e pensando nas mãos de Jake. Ele estava inclinado sobre a mesa de trabalho, parafusando um acessório de plástico à parte de trás de sua Chupeta Medicinal, que, quando terminada, permitiria administrar quantidades controladas de analgésico ou xarope para o bebê.

Meu pai era tudo para mim havia tanto tempo que não parecia estranho lhe fazer perguntas sobre como era se apaixonar. Eu estava menos constrangida do que com medo, porque imaginei que ele poderia achar que eu estava falando aquilo por sentimento de culpa e me mandar para a confissão. Observei-o por alguns minutos, olhando seus cabelos castanho-claros e a cor de uísque de seus olhos, suas mãos bem formadas e capazes. Sempre imaginara que ia me apaixonar por alguém como meu pai, mas ele e Jake eram muito diferentes. A menos que se contassem coisas pequenas: como ambos me deixavam roubar em jogos de baralho para eu ganhar; como pesavam atentamente minhas palavras, como se eu fosse a secretária de Estado; o fato de, quando eu estava triste, eles serem as duas únicas pessoas no mundo que podiam me fazer esquecer. Em toda minha vida, só quando estava com meu pai ou com Jake consegui acreditar, como eles acreditavam, que eu era a menina mais bonita do mundo.

— Como você soube — perguntei a meu pai sem rodeios — que ia se casar com a minha mãe?

Meu pai não olhou para mim, mas suspirou.

— Eu estava noivo de outra na época. Ela se chamava Patty, Patty Connelly, e era filha dos melhores amigos dos meus pais. Todos tínhamos vindo do condado de Donegal para os Estados Unidos quando eu tinha cinco anos. Patty e eu crescemos juntos, sabe, como crianças americanas. Íamos nadar pelados nas lagoas no verão, tivemos catapora ao mesmo tempo, e eu a levava a todos os bailes do colégio. Era esperado, Patty e eu, entende?

Cheguei mais perto dele e lhe passei um rolo de fita isolante preta quando ele me pediu com um gesto.

— E a mamãe? — perguntei.

— Um mês antes do casamento, eu acordei e me perguntei o que, em nome dos céus, estava fazendo, jogando a vida fora daquele jeito. Eu não amava a Patty, então liguei para ela e cancelei o casamento. E, três horas depois, ela me ligou de volta para contar que tinha engolido uns trinta comprimidos para dormir.

Meu pai se sentou no sofá verde empoeirado.

— Uma virada e tanto, não é, garota? — ele continuou, deslizando para o conforto de seu sotaque irlandês. — Tive que levá-la ao hospital. Esperei até terminarem de fazer a lavagem estomacal e então a entreguei aos pais. — Meu pai apoiou a cabeça nas mãos. — Enfim, entrei em um pequeno restaurante do outro lado da rua, na frente do hospital, e lá estava sua mãe. Sentada em um dos bancos no balcão, com os dedos todos sujos de torta de cereja. Estava com uma blusinha regata xadrez vermelha e shorts branco. Não sei, Paige, não consigo explicar, mas ela se virou quando eu entrei e, no segundo em que nossos olhares se cruzaram, era como se o mundo tivesse desaparecido.

Fechei os olhos, tentando imaginar. Eu não acreditava que fosse cem por cento verdade. Afinal, não tinha ouvido o lado de minha mãe na história.

— E aí? — perguntei.

— Aí nos casamos em três meses. Não foi nada fácil para a sua mãe. Algumas das minhas tias velhas e surdas a chamaram de Patty no casamento. Ela ganhou louças, cristais e pratarias escolhidas por Patty, porque as pessoas já tinham comprado os presentes quando o primeiro casamento foi cancelado.

Meu pai se levantou e voltou para a chupeta. Olhei-o de costas e lembrei que, nas férias, quando minha mãe punha na mesa os pratos com desenhos de rosas e as taças com filetes dourados, ela parecia incomodada. Comecei a imaginar como teria sido viver sua vida em um lugar que outra pessoa havia preparado. Imaginei que, quem sabe, se nossa louça tivesse bordas azuis ou desenhos geométricos, talvez ela não tivesse ido embora.

— E o que aconteceu com Patty? — perguntei.

* * *

Mais tarde, naquela noite, senti a respiração de meu pai em meu rosto. Ele estava inclinado sobre mim, me vendo dormir.

— Isso é só o começo — ele me disse. — Eu sei que não é isso que você quer ouvir, mas ele não é a pessoa com quem você vai passar o resto da sua vida.

Ouvi essas palavras ainda dançando no ar muito depois de ele ter saído de meu quarto e me perguntei como ele sabia. Um vento abafado soprou pela janela aberta; tinha cheiro de chuva. Levantei-me depressa e me vesti com as roupas da véspera, desci as escadas e saí de casa sem fazer barulho. Não precisei olhar para trás para saber que meu pai estava me observando da janela do quarto, com as mãos pressionadas na vidraça, a cabeça baixa.

Os primeiros pingos caíram, pesados e frios, quando virei a esquina, afastando-me de casa. A meio caminho do posto de gasolina dos Flanagan, o vento guinchava entre meus cabelos e colava meu casaco no corpo. A chuva batia em meu rosto e nas pernas nuas, tão violenta que eu talvez tivesse perdido o rumo se não estivesse acostumada, havia anos, a ir até lá.

Jake me puxou para fora da tempestade e me beijou a testa, as pálpebras, os pulsos. Tirou o casaco molhado de meus ombros e enrolou meus cabelos em uma velha toalha de veludo. Ele não perguntou por que eu tinha ido; eu não perguntei por que ele estava lá. Caímos de encontro à lateral amassada de um sedã, deslizando a mão pelo rosto um do outro, para aprender as reentrâncias, as curvas, as linhas.

Jake me levou para um carro que esperava conserto, um jipe Cherokee 4 x 4, com um grande compartimento livre na traseira. Da janela de trás do jipe, víamos a tempestade. Ele tirou minha blusa por sobre a cabeça, abriu meu sutiã e moveu a língua de um mamilo para o outro. Desceu as mãos por minhas costelas, minha barriga, abriu o zíper da saia e deslizou-a por meus quadris. Eu sentia o tapete áspero do carro sob as pernas, a mão de Jake em meu seio, então senti a pressão de seus lábios sobre o tecido fino de minha calcinha. Estremeci, surpresa com o fato de sua respiração ser mais quente que o fogo que queimava entre minhas coxas.

Quando fiquei nua, ele se ajoelhou a meu lado e passou as mãos sobre mim, como se me medisse, como se eu fosse algo que ele possuísse.

— Você é linda — ele disse baixinho, como uma oração, e se inclinou para me beijar. E não parou, nem enquanto se despia, ou afagava meus cabelos, ou se movia entre minhas pernas. Eu sentia como se houvesse mil fios de vidro enlaçados em mim, um milhão de cores diferentes, e que eles estavam tão esticados que eu sabia que iam se romper. Quando Jake entrou em mim, meu mundo ficou branco, mas então me lembrei de respirar e me mover. No momento em que tudo se estilhaçou, abri muito os olhos. Não pensei em Jake ou na rápida pontada de dor; não pensei no cheiro forte de cigarro e brilhantina que impregnava o interior do jipe. Em vez disso, espreitei o céu frenético da noite e esperei que Deus me aniquilasse com um raio.

12
Nicholas

As mulheres estavam deitadas no tapete industrial azul como uma fileira de pequenas ilhas, com a barriga protuberante voltada para o teto e tremendo ligeiramente conforme inspiravam e expiravam. Nicholas estava atrasado para a aula de Lamaze. Na verdade, embora aquela fosse a sétima sessão de uma série de dez, era a primeira a que ele ia, por causa de seus horários. Mas Paige insistira. "Você pode saber como fazer nascer um bebê", ela dissera, "mas há uma diferença entre um médico e um assistente de parto."

E um pai, Nicholas pensara, mas não dissera nada. Paige estava suficientemente nervosa, mesmo que não quisesse admitir. Ela não precisava saber que, todas as noites durante aquele terceiro trimestre, Nicholas acordava com o lençol molhado de suor, preocupado com o bebê. Não era o parto; isso ele podia fazer até de olhos fechados. Era o que acontecia depois. Nunca tinha segurado um bebê, a não ser nos plantões de rotina na pediatria, como estagiário. Não sabia o que se fazia para que eles parassem de chorar. Não tinha a menor ideia de como fazê-los arrotar. E estava preocupado com o tipo de pai que seria, certamente mais ausente do que em casa. Claro que Paige estaria lá dia e noite, o que parecia muito melhor do que a ideia de um berçário — ou pelo menos ele imaginava que sim. Nicholas às vezes se perguntava sobre Paige, em dúvida quanto ao que ela poderia ser capaz de ensinar a um filho, quando ela mesma sabia tão pouco sobre o mundo. Pensara em comprar uma pilha de livros coloridos — *Como fazer o bebê falar, 101 coisas para estimular a mente de seu bebê, Guia para os pais sobre brinquedos educativos* —, mas sabia que Paige se ofenderia. E ela parecia tão perturbada quanto a ter um bebê que ele jurara a si mesmo que se ateria aos tópicos seguros até ela ter dado à luz. Nicholas apertou a beirada da porta, observando a aula de Lamaze e se perguntando se teria começado a sentir vergonha da esposa.

Ela estava deitada no canto mais distante da sala, com os cabelos espalhados em volta da cabeça, as mãos pousadas no enorme monte redondo de sua barriga. Era a única pessoa ali sem um acompanhante, e, enquanto Nicholas cruzava a sala a seu encontro, sentiu uma rápida pontada de remorso. Sentou-se atrás dela em silêncio, e a enfermeira que ministrava o curso veio apertar-lhe a mão e oferecer-lhe um crachá com o nome. NICHOLAS!, dizia, e no canto havia o desenho de um bebê gordinho e sorridente.

A enfermeira bateu palmas duas vezes, e ele viu que Paige abria os olhos. Sabia, pelo modo como ela lhe sorriu de sua posição invertida, que ela não estivera relaxando coisa nenhuma. Estava fingindo; percebera o minuto em que ele entrara na sala.

— Bem-vindo — ela murmurou — à aula de culpa para os maridos.

Nicholas recostou em travesseiros que reconheceu como sendo de seu próprio quarto e ouviu a enfermeira contar sobre os três estágios do trabalho de parto e o que esperar durante cada um deles. Suprimiu um bocejo. Ela mostrou fotos coloridas plastificadas do feto, de braços e pernas cruzados, a cabeça se espremendo de encontro ao canal do parto. Uma mulher loira e espevitada, do outro lado da sala, levantou a mão.

— É verdade que o nosso parto provavelmente será muito parecido com o da nossa mãe? — ela perguntou.

A enfermeira franziu a testa.

— Cada bebê é diferente — ponderou —, mas parece haver uma correlação.

Nicholas sentiu Paige ficar tensa a seu lado.

— Hummm... — ela murmurou.

De repente, lembrou-se de Paige como a vira na noite anterior, quando chegara do hospital. Ela estava sentada no sofá, usando uma camisola sem mangas apesar do frio lá fora. Estava chorando, sem se importar em enxugar as lágrimas do rosto. Ele correra para o seu lado e a tomara nos braços, perguntando repetidamente:

— O que foi? — e Paige, ainda soluçando, apontara para a televisão, algum comercial insípido da Kodak.

— Não posso evitar — ela dissera, o nariz escorrendo, os olhos inchados. — Às vezes acontece.

— Nicholas? — a enfermeira chamou pela segunda vez.

Os outros futuros papais estavam olhando para ele com cara de riso, e Paige deu um tapinha em sua mão.

— Vá em frente — disse ela. — Não vai ser tão ruim.

A enfermeira segurava uma espécie de armação branca acolchoada, presa a várias correias e laços.

— Em honra a sua primeira sessão conosco — disse ela, ajudando Nicholas a levantar —, a Barriga Solidária.

— Ah, essa não — ele resmungou.

— A Paige vem andando com isso por aí há sete meses — a enfermeira o repreendeu. — Com certeza você pode aguentar por trinta minutos.

Nicholas enfiou os braços nas aberturas, olhando com ar furioso para a enfermeira. Era uma geringonça de quinze quilos, uma barriga falsa e mole cujo conteúdo escorregava de um lado para outro imprevisivelmente. Quando Nicholas se mexeu, um grande rolamento de esferas lhe bateu na bexiga. A enfermeira prendeu as correias em volta de sua cintura e ombros.

— Por que não caminha um pouco? — disse ela.

Nicholas sabia que ela estava esperando que ele caísse. Foi erguendo e abaixando com cuidado os pés, impávido, apesar do peso que mudava de lugar e da dor nas costas. Virou-se para o grupo, para Paige, triunfante. A voz da enfermeira veio de trás dele.

— Corra — instruiu.

Nicholas abriu as pernas e tentou se mover mais depressa, meio correndo, meio pulando. Algumas das mulheres começaram a rir, mas o rosto de Paige permaneceu imóvel. A enfermeira jogou uma caneta no chão.

— Nicholas — disse ela —, poderia pegar para mim?

Ele tentou se abaixar dobrando os joelhos, mas o líquido dentro da Barriga Solidária fluiu para a esquerda, acabando com seu senso de equilíbrio. Ele caiu de quatro no chão e baixou a cabeça.

À sua volta, as risadas enchiam a sala, vibrando contra seus joelhos e ressoando em seus ouvidos. Ele levantou o queixo e revirou os olhos. Deu uma espiada geral nos outros maridos e esposas, que agora aplaudiam o seu desempenho, e então pousou os olhos na esposa.

Paige estava sentada muito quieta, sem sorrir nem aplaudir. Um fino fio prateado percorria toda a extensão de seu rosto, e, enquanto ele olhava, ela levantou a mão para enxugar a lágrima. Ela rolou e ficou de joelhos, depois se ergueu e caminhou em direção a ele.

— O Nicholas teve um dia muito cheio — disse ela. — Acho que precisamos ir.

Nicholas observou Paige soltar a Barriga Solidária e passá-la pelos ombros dele. A enfermeira a pegou antes que ela tivesse de suportar todo o peso. Nicholas sorriu para os outros enquanto seguia Paige até a porta. Acompanhou-a até o carro dela. Ela se ajeitou atrás do volante e fechou os olhos como se sentisse dor.

— Odeio ver você assim — ela sussurrou e, quando abriu os olhos, de um azul claro como o céu, estava olhando fixamente através do marido.

13

Paige

Dei à luz no meio de um furacão de categoria quatro. Estava no finalzinho do oitavo mês. Tinha passado o dia inteiro sentada no sofá, cansada do calor preguiçoso e ouvindo as notícias sobre a tempestade que se aproximava. Era um evento climático esquisito, uma série de estranhas chuvas de monção percorrendo o nordeste do país, três meses antes do esperado. O homem do tempo me orientou a vedar a janela com fita adesiva e armazenar água na banheira. Normalmente eu teria feito isso, mas não me sentia com energia naquele momento.

Nicholas só chegou em casa à meia-noite. O vento já estava forte, uivando nas ruas como uma criança com dor. Ele se despiu no banheiro e deitou na cama com cuidado para não me acordar, mas eu estava tendo um sono agitado. Sentia uma dor baixa e incômoda nas costas e já tinha levantado três vezes para ir ao banheiro.

— Desculpe — Nicholas disse quando me mexi.

— Não se preocupe — respondi, rolando e sentando na cama. — Preciso ir ao banheiro de novo.

Quando levantei, senti gotas de água em meus pés e, estupidamente, imaginei que fosse a chuva, de alguma maneira entrando dentro do quarto.

Duas horas mais tarde, soube que algo não estava certo. Minha bolsa não havia rompido, não do jeito como explicaram no curso, mas um fio fino de líquido descia por minhas pernas sempre que eu me sentava.

— Nicholas — chamei, com a voz trêmula. — Estou vazando.

Ele virou e puxou o travesseiro sobre a cabeça.

— Deve ser algum furinho na bolsa amniótica — murmurou. — Ainda falta um mês. Volte a dormir, Paige.

Peguei o travesseiro e o atirei para o outro lado do quarto, o medo me rasgando como a violência do inverno.

— Eu não sou uma paciente, droga — disse. — Sou sua esposa. — E me inclinei para frente, começando a chorar.

Enquanto me arrastava para o banheiro outra vez, uma queimação lenta subiu das costas para a barriga e se instalou profundamente sob minha pele. Não doía, não de fato, não ainda, mas eu sabia que era aquilo que a enfermeira do Lamaze não soubera como descrever: uma contração. Busquei apoio no balcão do banheiro e me olhei no espelho. Outra sensação de aperto me sacudiu, mãos em meu interior que pareciam estar me agarrando as entranhas, como se fossem me puxar para dentro de mim mesma. Isso me fez pensar em uma experiência de ciências que a irmã Bertrice havia feito quando eu tinha onze anos: ela soprara fumaça em uma lata vazia de refrigerante, até não restar nada de oxigênio; depois, fechara a abertura com uma rolha de borracha e, ao tocar ligeiramente a lateral da lata, esta se enrugara para dentro e ficara toda amassada.

— Nicholas — murmurei —, preciso de ajuda.

Enquanto ele falava ao telefone com o serviço de mensagens de minha médica, comecei a arrumar a mala. Eu ainda estava a um mês da data prevista para o parto. Mas, mesmo que já fosse maio, sabia que ainda não teria a mala pronta. Isso teria sido admitir o inevitável e, até o último instante, eu ainda não acreditava realmente que estava destinada a ser mãe.

O curso de Lamaze havia me ensinado que o primeiro estágio do trabalho de parto demorava de seis a doze horas; que as contrações começavam irregulares e aconteciam a intervalos de horas. Eu tinha aprendido que, se respirasse do jeito certo, *dentro*-dois-três-quatro, *fora*-dois-três-quatro, e imaginasse uma praia branca e límpida, poderia com certeza controlar a dor. Mas meu trabalho de parto começara do nada. As contrações aconteciam a intervalos de menos de cinco minutos. E nada, nem mesmo a contração anterior, conseguia me preparar para a dor da próxima.

Nicholas colocou meu roupão de banho, duas camisetas, meu xampu e sua escova de dentes em um saco de papel de supermercado. Ajoelhou-se a meu lado no chão do banheiro.

— Meu Deus, a cada três minutos — disse ele.

Ah, doía muito, e eu não conseguia ficar confortável no carro, e tinha começado a sangrar, e, a cada puxão do punho dentro de mim, apertava a mão de Nicholas. A chuva fustigava o carro, gritando tão alto quanto eu. Nicholas ligou o rádio e cantou para mim, inventando letras para as músicas que não conhecia. Inclinava-se para fora da janela em cruzamentos vazios, gritando: "Minha mulher vai ter um bebê!", e furava como um louco as luzes vermelhas piscantes.

No Brigham and Women's Hospital, ele estacionou na área para bombeiros e me ajudou a sair do carro. Estava resmungando sobre o tempo, a condição das ruas, o fato de o Mass General não ter maternidade. A chuva caía como uma cortina, ensopando minhas roupas e grudando-as em mim, de modo que eu podia ver claramente cada nó que se formava em minha barriga. Ele me puxou para a entrada do pronto-socorro, onde uma mulher negra gorda estava sentada, palitando os dentes.

— Ela já está pré-registrada — ele gritou. — Prescott. Paige.

Eu não estava vendo a mulher. Retorcia-me em uma cadeira de plástico, com os braços em volta do abdômen. De repente, um rosto apareceu — o dela —, redondo e escuro, com olhos amarelos de tigre.

— Querida — disse ela —, você sente vontade de fazer força para baixo?

Eu não conseguia falar, então assenti com a cabeça, e ela entrou rapidamente em ação, solicitando uma cadeira de rodas e um atendente. Nicholas pareceu relaxar. Fui levada para uma das salas de parto mais antigas.

— E aquelas salas modernas? — perguntou Nicholas. — Aquelas com as cortinas e colchas bonitas e tudo o mais?

Eu poderia dar à luz em uma caverna ou em uma cama de agulhas de pinheiro que não me importava.

— Desculpe, doutor — o atendente disse —, estamos lotados. Alguma coisa na pressão atmosférica de um furacão faz a bolsa das mulheres romper.

Em questão de minutos, Nicholas estava a meu lado direito, e uma enfermeira obstetra ao lado esquerdo. O nome dela era Noreen, e confiei nela mais que em meu marido, que já salvara a vida de centenas de pacientes. Ela mexeu no lençol entre minhas pernas.

— Você está com dez centímetros — avisou. — Já vai começar.

Saiu da sala, deixando-me sozinha com Nicholas. Meus olhos seguiram a porta.

— Está tudo bem, Paige. Ela vai buscar a dra. Thayer.

Nicholas pousou a mão em meu joelho e massageou gentilmente os músculos. Eu podia ouvir o som ofegante de minha respiração, a pulsação quente do sangue. Virei para Nicholas e, com a clareza e a clarividência que a dor traz, percebi que não conhecia de fato aquele homem e que o pior ainda estava por vir.

— Não me toque — sussurrei.

Nicholas deu um pulo para trás, e eu olhei em seus olhos. Eles estavam cinzentos, surpresos e magoados. Pela primeira vez na vida, eu me peguei pensando: *Dane-se.*

A dra. Thayer entrou apressada na sala, com o cinto da roupa cirúrgica desamarrado atrás de si.

— Quer dizer que você não conseguiu esperar mais um mês, hein, Paige?

Ela se abaixou diante de mim, e eu estava vagamente consciente de seus dedos sondando, alargando e estendendo. Eu queria lhe dizer que *conseguiria* esperar, que estava disposta a esperar pelo resto da vida, em vez de realmente encarar aquela criança, mas de repente não era verdade. De repente, eu só queria me ver livre do peso latejante, da dor dilacerante.

Nicholas segurou uma de minhas pernas e Noreen segurou a outra, enquanto eu fazia força para baixo. Sentia que, com certeza, ia me partir em duas. Noreen segurava um espelho entre minhas pernas.

— Ali está a cabeça, Paige — disse ela. — Você quer sentir?

Ela pegou minha mão e a estendeu para baixo, mas eu a puxei de volta.

— Eu quero que você tire esse bebê de mim — gritei.

Empurrei e empurrei, sabendo que todo o sangue do corpo estava inundando meu rosto, queimando atrás dos olhos e das faces. Por fim, me deixei cair no encosto erguido da cama.

— Eu não consigo — choraminguei. — Não consigo mesmo.

Nicholas se inclinou para mim, a fim de me sussurrar alguma coisa, mas o que ouvi foi a conversa abafada entre Noreen e a dra. Thayer. Algo sobre chamar uma equipe especial, sobre o bebê não estar vindo suficientemente depressa agora. Então me lembrei dos livros que tinha lido quando fiquei grávida. Os pulmões. No final do oitavo mês, os pulmões tinham apenas acabado de se desenvolver.

Mesmo que saísse dali, meu bebê talvez não conseguisse respirar.

— Mais uma vez — a dra. Thayer disse, e eu me esforcei, e usei toda a energia que pude juntar. Senti muito claramente o nariz, um pequeno nariz pontudo, pressionado contra o canal apertado de minha própria carne. *Saia*, pensei, e a dra. Thayer sorriu para mim. — Conseguimos a cabeça.

Depois disso, tudo saiu facilmente: os ombros e o cordão umbilical grosso e roxo, a longa criatura magricela que estava deitada, uivando, entre minhas pernas. Era um menino. Apesar do que eu já sabia, esperei até aquele último momento que fosse uma menina. Por alguma razão, a notícia ainda veio como um choque. Olhei para ele, desdobrado, me perguntando como coubera ali dentro. Os médicos o levaram de mim, e Nicholas, que era um deles, os seguiu.

Demorou pelo menos meia hora até que eu pudesse tocar meu filho. Seus pulmões foram considerados perfeitos. Ele era magro, mas saudável. Tinha as características comuns de um recém-nascido: o rosto achatado, cabelos escuros de rato, olhos de obsidiana. Os dedos dos pés se curvavam para baixo, gordinhos como ervilhas temporãs. Em sua barriga, havia uma marca vermelha de nascença que parecia um rabisco esquisito do número vinte e dois.

— Deve ser o carimbo do cara que o inspecionou — brincou Nicholas.

Nicholas beijou minha testa, olhando-me com seus grandes olhos cor do céu e fazendo com que eu me arrependesse do que tinha dito antes.

— Quatro horas — disse ele. — Que consideração sua terminar todo o trabalho duro a tempo de eu ir fazer as visitas da manhã.

— Servimos bem para servir sempre — respondi.

Nicholas tocou a palma da mão aberta do bebê, e os dedos se enrolaram como uma margarida ao pôr do sol.

— Quatro horas é bem rápido para o primeiro bebê — ele disse.

A pergunta morreu em meus lábios: *Este foi meu primeiro?* Olhando para o rosto desamparado desse filho, pensei que talvez, naquele momento, isso não importasse.

Nas proximidades, a dra. Thayer estava completando o registro médico.

— Sobrenome: Prescott — ela verificou. — Vocês escolheram o nome?

Pensei em minha mãe, May O'Toole, e imaginei se ela saberia, em seu canto do mundo, que tinha um neto. Imaginei se o bebê teria seus olhos, seu sorriso ou sua tristeza.

Virei para Nicholas.

— Max — eu disse. — O nome dele é Max.

* * *

Nicholas foi ao Mass General para visitar os pacientes, e eu fiquei sozinha com meu bebê. Segurava-o desajeitadamente nos braços enquanto ele gritava, se debatia e chutava. Eu me sentia espancada por dentro; não podia me mover muito bem e me perguntava se seria a melhor pessoa para Max naquele momento.

Quando liguei a TV acima da cama, Max se aquietou. Juntos, ouvimos o vento sacudir as paredes do hospital enquanto os repórteres descreviam um mundo que estava desmoronando.

Em certo momento, peguei Max olhando para mim como se já tivesse visto meu rosto antes, mas não conseguisse situá-lo. Eu o inspecionei, o pescoço enrugado e as bochechas avermelhadas, a cor contundida dos olhos. Não entendia como aquela criança podia ter saído de mim. Continuava esperando sentir aquela onda de amor maternal que deveria vir naturalmente, o vínculo que significava que nada poderia me separar de meu bebê. Mas estava olhando para um estranho. Minha garganta pareceu inchar, tomada de uma dor mais intensa que a do parto, e a reconheci de imediato: eu simplesmente não estava pronta. Poderia amá-lo, mas esperava ter ainda mais um mês para me preparar. Eu precisava de tempo. E essa era a única coisa que não teria.

— Você precisa saber — murmurei — que eu acho que não vou ser muito boa nisso. — Ele colocou o punho fechado sobre meu coração. — Você está em vantagem — eu lhe disse. — Tenho mais medo de você do que você de mim.

* * *

No Brigham and Women's, uma das opções para as novas mamães era o tempo parcial no quarto. O bebê podia ficar com a mãe o dia inteiro e, à noite, na hora de dormir, uma enfermeira levava o bercinho móvel de acrílico para o berçário. Se a mãe estivesse amamentando, uma enfermeira trazia o bebê de volta quando ele acordava. Noreen me disse que essa era a melhor opção.

— Você descansa — disse ela —, mas não perde esse tempo especial com seu garotinho.

Eu queria dizer a ela para levar Max o dia inteiro, porque não tinha a menor ideia do que fazer com um recém-nascido. Coloquei-o na borda da cama e abri seu cobertorzinho, maravilhando-me com o comprimento de suas pernas e seus pés meio azulados. Quando tentei enrolá-lo outra vez, fiz uma confusão terrível, e Max chutava o cobertor e se descobria. Apertei o botão para chamar a enfermeira, e Noreen veio me mostrar o jeito certo de enrolar e prender o cobertor. Depois fui pô-lo de volta no bercinho de acrílico — não de bruços, porque isso irritaria o umbigo, e não de costas, por causa do risco da síndrome de morte súbita —, mas as bordas do berço eram altas demais, e eu meio o coloquei, meio o derrubei sobre o revestimento macio. Max começou a chorar.

— Não faça isso — eu disse, mas os olhos de Max se apertaram em um traço e sua boca formou um O vermelho zangado. Eu o segurei com os braços estendidos, observando suas pernas, firmemente presas no cobertor, contorcerem-se como uma cauda de sereia enquanto ele se debatia. Pelo canto do olho, vi várias enfermeiras passando, mas nenhuma entrava para oferecer ajuda. — Por favor — falei, sentindo as lágrimas chegarem, e coloquei Max ereto, apoiado em meu ombro. Imediatamente, ele ficou quieto e agarrou mechas de meu cabelo.

Noreen entrou no quarto.

— Ele está com fome — disse ela. — Tente amamentá-lo.

Eu olhei para ela, atônita, e ela me ajudou a me acomodar na cama. Pôs um travesseiro em meu colo e colocou Max sobre ele, abriu um ombro de minha camisola de hospital e me mostrou como segurar o mamilo, marrom e esquisito, para que Max pudesse pegá-lo na boca.

— Ele não sabe como fazer isso — explicou —, então você vai ter que ensinar.

— Ah — eu disse —, o cego conduzindo o cego. — Mas as gengivas de Max fecharam-se com tanta força em meu mamilo que a dor percorreu o braço e trouxe lágrimas a meus olhos. — Isso não pode estar certo — falei, pensando nas mulheres nos comerciais de televisão que olhavam para seus bebês sugando-lhes o seio como se eles fossem o menino Jesus. — Dói demais para estar certo.

— Dói? — Noreen perguntou, e confirmei num gesto de cabeça. — Então ele pegou direito. — Ela acariciou a bochecha de Max como se já gostasse dele. — Deixe-o fazer isso por mais alguns minutos. Ele só está chupando colostro agora. Seu leite demorará alguns dias para descer.

Noreen me explicou que, conforme eu fosse me acostumando, ficaria mais resistente. Disse que me traria saquinhos de chá úmidos para colocar sobre os mamilos depois que Max tivesse acabado, porque alguma coisa no chá diminuía a sensibilidade e a dor. Noreen deixou-me olhando para a chuva, que batia na espessa janela de vidro e nublava os contornos do mundo exterior. Lutei para conter as lágrimas e esperei que meu filho me sugasse até me secar.

* * *

No meio da noite, uma enfermeira desconhecida entrou com o bercinho móvel em meu quarto.

— Adivinhe quem está com fome? — disse ela, alegremente. O sono ainda envolvia minha cabeça como uma nuvem fofa e espessa, mas eu estendi os braços para Max tal como deveria fazer. Eu estava sonhando. Estava imaginando minha mãe, mas, quando os lábios de Max puxaram meu seio, comecei a perder a imagem.

Não conseguia manter os olhos abertos, e todos os músculos de meu corpo estavam pesados como chumbo. Eu tinha certeza de que ia dormir e Max rolaria de meus braços, bateria a cabeça no chão e morreria. Fiquei piscando repetidamente, sem ver nada, até a boca de Max afrouxar e eu poder chamar a enfermeira.

As rodas do berço ainda estavam rangendo no caminho em direção à porta quando afundei de novo no travesseiro. Comecei a ver o rosto de minha mãe. Eu tinha dois anos, talvez três, era aniversário dela e meu pai lhe dera uma planta. Alta e verde em seu vaso de plástico, tinha bolas de laranja na junção das folhas. Quando ele o entregou, ela leu o cartão em voz alta, embora eu fosse a única outra pessoa na sala. "Feliz aniversário, May", dizia. "Eu te amo." Não estava assinado, acho, porque minha mãe não leu mais nada em voz alta, como o nome de meu pai. Ela o beijou, e ele sorriu e voltou para a oficina.

Quando ele saiu, ela bateu algumas vezes com o cartão no balcão da cozinha, depois o deu para mim para servir de brinquedo.

— O que vou fazer com uma planta? — disse ela, falando comigo do jeito que sempre fazia, como se eu fosse um adulto. — Ele sabe que tudo que sei fazer é matar essas coisas. — Alcançou a prateleira mais alta do armário, sobre a geladeira, dentro do nunca usado balde de gelo que guardava seus proibidos maços de cigarro. Meu pai não sabia que ela fumava. Eu percebia isso mesmo ainda sendo um bebê, porque ela fazia grandes malabarismos para esconder os cigarros e agia com um jeito culpado quando acendia um, vaporizando o ar com purificador de ambiente de canela depois que dava descarga nas cinzas e na ponta do cigarro no vaso sanitário. Eu não sabia por que ela escondia dele; talvez, como a maioria das outras coisas, aquilo fosse um jogo para ela.

Ela tirou um cigarro do maço amarfanhado e o acendeu, inalando profundamente. Quando exalou, olhou para mim, sentada no linóleo do chão da cozinha com meus blocos e minha boneca favorita. Era uma boneca de pano, com fechos, zíperes e botões educativos, estrategicamente colocados em dez peças de roupa de algodão coloridas. Eu conseguia fazer tudo, menos amarrar os cadarços dos sapatos. Cinzas de cigarro caíram sobre minha boneca. Levantei os olhos e vi o perfeito anel vermelho deixado pelo batom de minha mãe, logo acima do V de seus dedos.

— Duas semanas — disse ela, indicando a laranjeira com a cabeça. — Essa coisa vai estar morta em duas semanas. — Apagou o cigarro na pia e suspirou, depois me levantou pelas mãos. — Ouça só, Paige-boy — ela falou, usando o apelido carinhoso que me dera e me apoiando sobre o quadril. — Eu não sou boa para cuidar de coisas — confidenciou-me e começou a cantarolar. — Supercalifragilisticoespialidoso — ela cantou, girando-me repetidamente em uma polca rápida e animada. Eu ri enquanto nos livrávamos das evidências no vaso sanitário. Fiquei pensando em quanto eu sabia sobre minha mãe que meu pai nem desconfiava.

As rodas do berço móvel pulsaram em minha cabeça, e eu soube que Max estava vindo para o quarto muito antes de a enfermeira entrar. Ele estava berrando.

— Difícil acreditar que eles se preocuparam com os pulmões — disse ela, entregando-o a mim.

Por um momento, não estendi os braços para pegá-lo. Fiquei olhando, furiosa, para aquela coisinha voraz que me tirara, por duas vezes em uma mesma noite, tudo o que me restava de minha mãe.

14
Paige

Quando Deus quis me punir, atendeu minhas preces. Passei um ano no círculo dos braços de Jake, tempo suficiente para acreditar que aquele era de fato meu lugar. Passei muitas noites na casa dos Flanagan, batendo palmas enquanto o pai de Jake cantava velhas canções gaélicas e seus filhos menores pulavam e dançavam. Fui aceita na Escola de Design de Rhode Island e Jake me levou para jantar fora em comemoração. Mais tarde, naquela noite, quando nos envolvemos no calor de nosso corpo como se fosse um cobertor, Jake me disse que esperaria por mim durante a faculdade, ou a pós-graduação, ou por toda a vida.

Em maio, fiquei gripada. Era estranho, porque o vírus havia passado por toda a escola no começo de janeiro, mas eu tinha os mesmos sintomas. Estava fraca, sentia frio e não conseguia segurar nada no estômago. Jake me trouxe urzes que tinha colhido na beira da estrada e esculturas que fizera no trabalho, com arame e velhas latas de refrigerante.

— Você está com uma aparência péssima — disse, inclinando-se para me beijar.

— Não faça isso — adverti. — Você vai pegar.

Jake sorriu.

— Eu? Eu sou invencível.

Na quinta manhã com gripe, corri para o banheiro para vomitar e ouvi meu pai passando pela porta. Ele parou um pouco, depois desceu as escadas. Olhei no espelho, pela primeira vez em dias, e vi o rosto magro e chupado de um fantasma: faces pálidas, olhos vermelhos, rachaduras nos cantos da boca. E foi quando soube que estava grávida.

Como não me sentia enjoada, forcei-me a vestir o uniforme escolar e desci para a cozinha. Meu pai estava comendo flocos de milho e olhando para a parede vazia, como se houvesse algo lá que ele pudesse ver.

— Estou melhor, pai — anunciei.

Meu pai levantou os olhos e eu vi um lampejo de alguma coisa — *alívio?* — quando ele me indicou a outra cadeira.

— Coma alguma coisa ou vai ser levada pelo vento.

Sorri e me sentei, tentando bloquear o cheiro do cereal. Concentrei-me na voz de meu pai, rendilhada com os sons de sua terra natal. "Um dia, Paige", ele costumava dizer, "vamos levar você à Irlanda. É o único lugar na grande terra de Deus em que o ar é puro como cristal fino e as colinas são um tapete mágico verde, riscado por riachos azuis como joias." Peguei a caixa de cereal e comi vários diretamente da embalagem, sabendo que eu havia aprendido a lição que ele não aprendera: que não há volta.

Os flocos de milho tinham gosto de papelão, e eu continuava olhando firme para meu pai, tentando adivinhar quanto ele sabia. Meus olhos começaram a se encher de lágrimas. Eu tinha sido sua maior esperança. Ele ficaria tão envergonhado.

Cumpri as rotinas da escola naquele dia como rituais, indo entorpecidamente para as aulas e tomando notas das falas de professores que eu não estava escutando. Depois, caminhei lentamente para a oficina de Jake. Ele estava inclinado sobre um jipe, trocando velas de ignição. Quando me viu, sorriu e limpou as mãos no jeans. Em seus olhos, eu podia ver o resto de minha vida.

— Você está melhor — disse ele.

— Isso não é bem verdade — respondi.

* * *

Eu não precisava de autorização dos pais para o aborto, mas não queria que meu pai soubesse o que eu fizera, então cometi o maior pecado de minha vida a mais de cem quilômetros de casa. Jake encontrara o nome de uma clínica em Racine, Wisconsin, longe o suficiente de Chicago para que ninguém nos reconhecesse ou a história corresse de boca em boca. Iríamos de carro para lá de manhã cedo, no dia 3 de junho, uma quinta-feira, o primeiro horário disponível. Quando soube por Jake desse tempo de espera, eu o fitara com ar de descrédito.

— Quantas pessoas pode haver? — murmurei.

A parte mais difícil foi sobreviver às semanas, do momento em que eu soube até partirmos para Racine. Jake e eu não fizemos amor, como se essa fosse nossa punição. Saíamos todas as noites, e eu me sentava no vale de suas pernas, e Jake cruzava as mãos sobre minha barriga como se houvesse algo que ele pudesse realmente sentir.

Na primeira noite, Jake e eu caminhamos quilômetros.

— Vamos nos casar — ele me disse, pela segunda vez em minha vida.

Mas eu não queria entrar em um casamento por causa de um filho. Embora Jake e eu quiséssemos nos casar um dia, um bebê teria mudado toda a motivação por trás disso. Depois de cada discussão e de cada discordância boba nos anos futuros, ambos culparíamos a criança que nos colocara naquela situação. Além disso, eu ia para a faculdade. Seria uma artista. Essa foi a razão que dei a Jake.

— Só tenho dezoito anos — eu disse. — Não posso ser mãe agora. — Não acrescentei a outra razão que passava por minha mente: *E nem sei se um dia vou poder ser.*

Jake havia engolido em seco e desviado o olhar.

— Teremos outros — falou, resignando-se. Ergueu os olhos para o céu, e eu soube que, desenhado entre as estrelas, ele via, como eu, o rosto de nosso filho não nascido.

Na manhã de 3 de junho, levantei antes das seis horas e saí escondida de casa. Caminhei pela rua até a Igreja de São Cristóvão, rezando para não encontrar o padre Draher, ou algum coroinha que frequentasse o Papa Pio. Ajoelhei no último banco e sussurrei para meu bebê de doze semanas. "Querido", murmurei, "Amor. Meu docinho." Disse todas as coisas que nunca poderia dizer.

Não entrei em um confessionário, lembrando minha velha amiga Priscilla Divine e seu sábio conselho: "Há certas coisas que não se contam para um padre". Em vez disso, rezei em silêncio uma sequência de ave-marias, até as palavras se encavalarem umas nas outras e eu não poder distinguir as sílabas que me passavam pela mente do som de minha dor.

Jake e eu não nos tocamos no caminho para Racine. Passamos por plantações ondulantes e carregadas e por gordas vacas malhadas. Jake seguia as orientações que a mulher lhe tinha passado pelo telefone, às vezes pronunciando em voz alta o nome das estradas e ruas. Abri a janela e fechei os olhos ao vento, ainda vendo os tons verdes, brancos e pretos passando, apressados, a terra plana e nivelada com seus ornamentos, as borlas de milho novo.

O pequeno prédio cinza tinha pouco para identificá-lo pelo que era. A entrada ficava nos fundos, então Jake me ajudou a sair do carro e me acompanhou contornando a parede. Junto à porta, havia um cordão furioso e serpenteante de manifestantes. Eles usavam capas de chuva pretas salpicadas de vermelho e carregavam cartazes em que estava escrito ASSASSINOS. Quando nos viram, eles nos cercaram, gritando palavras que eu não conseguia entender. Jake me protegeu, colocando os braços a minha volta, e me empurrou porta adentro.

— Meu Deus — disse ele.

A loira cansada que trabalhava como recepcionista pediu que eu preenchesse uma ficha branca com minhas informações pessoais.

— O pagamento é à vista — disse ela, e Jake pegou a carteira e tirou trezentos dólares que havia pegado na caixa registradora da oficina de seu pai na noite anterior. Um adiantamento, ele definira, dizendo para eu não me preocupar.

A mulher desapareceu por um momento. Olhei em volta, para as paredes brancas da sala. Não havia nada pregado nelas; vi apenas um punhado de revistas velhas para serem lidas. Na área de espera, estavam pelo menos vinte pessoas, a maioria mulheres, todas com cara de ter entrado ali por engano. Num canto, tinham colocado uma pequena caixa de papelão cheia de blocos de plástico e bonecos da Vila Sésamo, por via das dúvidas, mas não havia nenhuma criança para brincar com eles.

— Estamos um pouco atrasados hoje — a loira avisou, voltando com uma folha cor-de-rosa de informações para mim. — Se quiserem dar uma volta ou algo assim... Vai demorar pelo menos duas horas.

Jake assentiu e, porque ela havia sugerido isso, saímos do prédio de novo. Dessa vez, os manifestantes abriram caminho para nós e começaram a dar vivas, julgando que houvéssemos mudado de ideia. Apressamo-nos para fora do estacionamento e caminhamos por três quarteirões antes de Jake se virar para mim.

— Não conheço nada de Racine — disse ele. — Você conhece?

Sacudi a cabeça.

— Podemos andar em círculos — sugeri. — Ou apenas ir em frente e tomar cuidado com o horário.

Mas a clínica ficava em uma área estranha, e, embora Racine não fosse uma cidade tão grande, caminhamos pelo que pareceram quilômetros e tudo o que vimos foram fazendas fragmentadas, uma estação de tratamento de água e campos sem vacas. Por fim, apontei para uma pequena área cercada.

O playground estava estranhamente mal situado no meio da cidade; não tínhamos visto nenhuma casa. Havia balanços de tecido, do tipo que se ajusta ao traseiro quando a gente senta. Havia um trepa-trepa e uma barra horizontal, e um hexágono de madeira pintada que se podia girar como um carrossel. Jake olhou para mim e sorriu pela primeira vez no dia.

— Vou chegar primeiro — disse ele, e começou a correr em direção aos balanços.

Mas eu não consegui. Estava tão cansada. Haviam me instruído a não comer nada naquela manhã e, de qualquer forma, só estar ali já fazia com que eu me sentisse pesada como chumbo. Caminhei devagar, com cuidado, como se tivesse algo a proteger, e sentei em um balanço ao lado de Jake. Ele estava dando impulso para ir o mais alto possível; toda a estrutura de metal parecia sacudir e oscilar, ameaçando se soltar do chão. Os pés de Jake roçavam as nuvens planas e baixas, e ele as chutava. Depois, quando tinha chegado mais alto do que eu achava possível, ele pulou do balanço em pleno ar, arqueando as costas, e aterrissou, derrapando, na areia. Olhou para mim.

— Sua vez.

Sacudi a cabeça. Queria ter aquela energia; Deus, queria deixar tudo aquilo para trás e fazer o que ele tinha acabado de fazer.

— Me empurre — pedi, e Jake veio ficar atrás de mim, pressionando as mãos contra a parte inferior de minhas costas a cada vez que eu voltava para ele. Empurrou-me com tanta força que, por um momento, fiquei suspensa horizontalmente, agarrada às correntes do balanço, fitando o sol. E, antes que me desse conta, estava no caminho de volta para baixo.

Jake trepou na barra horizontal, pendurou-se pelos joelhos e coçou as axilas, imitando um macaco. Depois me colocou no carrossel.

— Segure firme — disse ele.

Pressionei o rosto contra a superfície verde e lisa da madeira, sentindo o lustre da tinta quente na bochecha. Jake girou o carrossel, mais e mais rapidamente. Levantei a cabeça, mas senti o pescoço ser empurrado pela força do impulso, e ri, tonta, tentando encontrar o rosto de Jake. Mas não conseguia focar nada, então baixei de novo a cabeça de encontro à madeira. Meu interior estava girando, e eu não sabia que lado era o de cima. Ouvi a respiração ofegante de Jake e ri tanto que ultrapassei a linha tênue e comecei a chorar.

* * *

Não senti nada, exceto as luzes quentes da sala asséptica branca e as mãos frias de uma enfermeira e o sugar e puxar distante dos instrumentos. Na recuperação, deram-me comprimidos, e eu fiquei entrando e saindo do sono. Quando voltei a mim, uma enfermeira jovem e bonita estava em pé a meu lado.

— Tem alguém aqui com você? — ela perguntou, e eu pensei: *Não tem mais.*

Muito mais tarde, Jake veio até mim. Ele não disse uma palavra. Inclinou-se e beijou minha testa, do jeito que costumava fazer de tempos em tempos, antes de começarmos a namorar.

— Você está bem? — perguntou.

Foi quando ele falou que eu vi: a imagem de uma criança, pairando bem em cima de seu ombro. Eu a vi tão claramente quanto via o rosto de Jake. E sabia, pela turbulência em seus olhos, que ele via a mesma coisa perto de mim.

— Estou bem — eu disse, e percebi, então, que teria de ir embora.

Quando chegamos em casa, meu pai ainda não tinha voltado do trabalho; planejáramos para que fosse assim. Jake me ajudou a deitar na cama e sentou na ponta do edredom, segurando minha mão.

— Vejo você amanhã — disse ele, mas não fez nenhum movimento para sair.

Jake e eu sempre conseguimos dizer muito sem palavras. Eu sabia que ele também ouvia isso no silêncio: não íamos nos ver no dia seguinte. Não íamos mais nos ver, nem nos casar ou ter outros filhos, porque, toda vez que olhássemos um para o outro, a lembrança daquilo estaria nos devolvendo o olhar.

— Amanhã — ecoei, forçando a palavra a passar pela garganta.

Eu sabia que, em algum lugar, Deus estava rindo. Ele tinha pegado a outra metade de meu coração, a única pessoa que me conhecia melhor do que eu mesma, e fizera o que nada mais poderia fazer. Ao nos unir, Ele pusera em movimento a única coisa que poderia nos separar. Foi nesse dia que perdi minha religião. Eu sabia que não poderia mais morrer em estado de graça, não poderia mais ir para o céu. Se houvesse uma segunda vinda, Jesus não morreria mais por meus pecados. Mas, de repente, em comparação com tudo que eu havia passado, isso não importava muito.

Mesmo enquanto Jake afagava a pele de meu braço, fazendo promessas que sabia que não ia cumprir, eu estava bolando um plano. Não podia ficar em Chicago sabendo que Jake estava a minutos de distância. Não podia esconder minha vergonha de meu pai por muito tempo. Depois da formatura, eu ia desaparecer.

— Não vou para a faculdade, afinal. — Pronunciei essas palavras em voz alta. A frase ficou suspensa no ar, visível, em letras pretas estendidas pelo espaço diante de mim. — Não vou.

— O que está dizendo? — Jake perguntou. Ele olhou para mim e, em seus olhos, eu vi a dor de cem beijos e o poder curador de seus braços em volta de mim.

— Nada — respondi. — Nada mesmo.

Uma semana mais tarde, depois da formatura, arrumei minha mochila e deixei para meu pai um bilhete dizendo que o amava. Embarquei em um ônibus e desci em Cambridge, Massachusetts — um lugar que escolhi porque dava a sensação de estar, como a cidade que lhe dera nome, a um oceano de distância —, e deixei minha infância para trás.

Em Ohio, enfiei a mão dentro da mochila procurando uma laranja, mas encontrei, em vez disso, um envelope amarelo e gasto, desconhecido. Meu nome estava escrito na frente e, quando o abri, li uma antiga bênção irlandesa que já tinha visto um milhão de vezes, bordada em ponto de cruz em um tecido violeta desbotado que ficava pendurado na parede sobre a cama de Jake:

Que a estrada se eleve para te encontrar.
Que o vento esteja sempre a teu favor.
Que o sol brilhe morno em teu rosto.
Que a chuva caia suave em teus campos.
E, até nos encontrarmos novamente,
Que Deus te segure na palma de Sua mão.

Enquanto eu lia a letra cuidadosa e redonda de Jake, comecei a chorar. Não tinha ideia de que ele havia deixado isso para mim. Estivera acordada todo o tempo em que ele permanecera no quarto, naquela última noite, e não o vira mais desde então. Ele devia ter percebido que eu ia deixar Chicago, que ia deixá-lo.

Olhei pela janela embaçada do ônibus, tentando imaginar o rosto de Jake, mas tudo o que pude ver foi a faixa de granito margeando a estrada desconhecida. Ele já estava desaparecendo de mim. Manuseei o bilhete com carinho, passei as mãos sobre as letras e pressionei as bordas encurvadas do papel. Com essas palavras, Jake se despedira, o que provava que sabia melhor do que eu mesma por que eu estava partindo. Eu achava que estava fugindo do que havia acontecido. Não sabia — até conhecer Nicholas, dias depois — que, o tempo todo, eu na verdade estava fugindo em direção ao que ainda ia acontecer.

15
Nicholas

Nicholas observava a esposa se transformar em um espectro. Ela nunca dormia de fato, porque Max queria mamar a cada duas horas. Tinha medo de deixá-lo sozinho, mesmo que por um minuto, então só tomava banho a cada dois dias. Seus cabelos desciam pelas costas como um emaranhado de fios, os olhos estavam imersos em sombras. A pele parecia frágil e transparente, e às vezes Nicholas a tocava só para ver se ela desapareceria ao roçar de sua mão.

Max chorava todo o tempo. Nicholas se perguntava como Paige conseguia suportar aquilo, os gritos constantes bem em seu ouvido. Ela nem parecia notar, mas, naqueles dias, não parecia estar notando muita coisa. Na noite anterior, Nicholas a encontrara em pé no escuro, no quarto do bebê, olhando para Max em seu bercinho de vime. Ele a observou da porta, sentindo um nó na garganta à visão da esposa e do filho. Quando entrou, em passadas ruidosas no tapete, ele tocou o ombro de Paige. Ela se virou, e Nicholas ficou chocado com seu olhar. Não havia ternura, nem amor, nem um ar sonhador. Seu olhar estava cheio de perguntas, como se ela simplesmente não entendesse o que Max estava fazendo ali.

Nicholas ficara no hospital por vinte horas consecutivas e estava exausto. Ao dirigir para casa, três coisas lhe passavam repetidamente pela cabeça: sua hidromassagem no chuveiro, um prato de fettuccine quentinho, sua cama. Ele estacionou e saiu do carro, já ouvindo, através das portas e janelas fechadas, os gritos agudos de seu filho. Esse som fez toda energia se esvair de seu corpo. Moveu-se arrastadamente até a varanda, relutante em entrar na própria casa.

Paige estava em pé no meio da cozinha, equilibrando Max sobre o ombro, com uma chupeta na mão e o telefone enfiado entre o ouvido e o outro ombro.

— Não — dizia ela —, você não está entendendo. Não quero a entrega diária do *Globe*. Não. Não podemos pagar. — Nicholas passou por trás dela e tirou o bebê de seu ombro. Ela não viu o marido, mas não resistiu instintivamente quando ele levou seu filho. Max soluçou e vomitou nas costas da camisa do pai.

Paige desligou o telefone. Olhou para Nicholas como se ele fosse feito de ouro. Ainda estava de camisola.

— Obrigada — murmurou.

Nicholas entendia as explicações clínicas da depressão pós-parto e tentava lembrar o melhor curso de tratamento. Era tudo hormonal, ele sabia disso, mas certamente alguns elogios ajudariam a acelerar o processo e a trazer de volta a Paige que ele conhecia.

— Não sei como você faz isso — disse ele, sorrindo para a esposa.

Paige baixou os olhos para os pés.

— Bom, evidentemente não estou fazendo certo. Ele não para de chorar. Parece que está sempre com fome, e eu estou tão cansada que não sei mais o que tentar. — Como se ouvisse a deixa, Max começou a choramingar. Paige endireitou as costas, e uma oscilação rápida em seus olhos mostrou a Nicholas como ela estava se esforçando só para ficar em pé. Ela sorriu sem vontade e disse, em um tom acima dos gritos de Max: — E como foi seu dia?

Nicholas olhou em volta. Em cima da mesa, havia presentes de bebê dados por seus colegas, alguns desembrulhados; papel e fitas estavam espalhados pelo chão. Uma bombinha de amamentação suja de leite estava sobre o balcão, ao lado de um pote aberto de iogurte. Havia três livros sobre criação de filhos apoiados em copos sujos, abertos nas seções "Choro" e "As primeiras semanas". Enfiadas no cercadinho ainda sem uso estavam as camisas que ele precisava que fossem lavadas. Nicholas olhou para Paige. Não haveria fettuccine.

— Escute — disse ele. — Que tal você deitar por uma ou duas horas enquanto eu cuido do bebê?

Paige se apoiou na parede.

— É mesmo? Você faria isso?

Ele assentiu com a cabeça, empurrando-a para o quarto com a mão livre.

— O que eu tenho que fazer com ele? — perguntou.

Paige se virou, parada à porta. Arqueou as sobrancelhas, depois inclinou a cabeça para trás e riu.

* * *

Fogerty tinha chamado Nicholas a sua sala dois dias depois de Paige ter dado à luz. Ele lhe ofereceu um presente que Joan tinha escolhido, uma babá eletrônica, que Nicholas agradeceu, apesar de achar o presente ridículo. Mas como Fogerty poderia saber que, em uma casa pequena como a dele, os gritos ensurdecedores de Max eram ouvidos em toda parte?

— Sente-se — disse Fogerty, com uma cortesia atípica. — Se eu não estiver enganado, esse vai ser o maior descanso que você teve nos últimos dias.

Nicholas desabara, agradecido, na cadeira de couro, passando as mãos sobre os braços acolchoados lisos e gastos. Fogerty caminhou de um lado para outro e, por fim, sentou-se na beirada da mesa.

— Eu não era muito mais velho que você quando tivemos o Alexander — disse. — Mas não tinha tanta responsabilidade sobre meus ombros. Não posso voltar no tempo, mas você tem a chance de fazer o certo.

— Fazer o quê? — Nicholas perguntou, cansado de Fogerty e seus rodeios idiotas.

— Se descolar — respondeu Fogerty. — Não perca de vista que pessoas fora da sua casa também estão dependendo de você, da sua energia, da sua capacidade. Não deixe que isso fique prejudicado.

Nicholas saiu da sala e foi direto para o Brigham and Women's, visitar Paige e Max. Segurou o filho no colo, sentiu o sobe e desce tranquilo do peito do bebê a cada respiração e maravilhou-se com o fato de ter ajudado a criar um ser vivo e pensante. Considerara Fogerty um velho hipócrita e babaca, até a noite em que Paige e Max vieram para casa. Desde então, dormia com um travesseiro enrolado sobre a cabeça, tentando bloquear os gritos de Max, suas sugadas barulhentas ao mamar, até mesmo o ruído de Paige deitando e levantando para cuidar dele.

— Paige, por favor — ele resmungara, depois de ser acordado pela terceira vez. — Tenho uma ponte de safena tripla às sete horas da manhã!

Mas, apesar das advertências de Fogerty, Nicholas sabia que a esposa estava desmoronando. Sempre a vira como um modelo de força: trabalhando em dois empregos para pagar os estudos dele em Harvard, economizando para fazer os intermináveis pagamentos dos juros e, antes disso, deixando sua vida para trás para recomeçar em Cambridge. Era difícil acreditar que algo tão pequeno como uma criança recém-nascida pudesse nocautear Paige.

* * *

— Muito bem, parceiro — disse Nicholas, levando um Max uivante para o sofá. — Quer brincar? — Pegou um chocalho que se projetava entre duas almofadas e o sacudiu na frente do filho. Max pareceu não ver. Dava chutes e agitava as pequenas mãos avermelhadas. Nicholas balançou o filho para cima e para baixo sobre o joelho. — Vamos tentar outra coisa. — Pegou o controle remoto da televisão e foi mudando os canais. A agitação de cores rápidas pareceu acalmar Max, e ele se acomodou como um cachorrinho adormecido no peito de Nicholas.

Nicholas sorriu. Não era tão difícil, afinal.

Ele deslizou a mão sob as pernas de Max, levantou o bebê e o carregou para o quarto, no andar de cima. Silenciosamente, passou pela porta fechada do quarto principal. Se pusesse Max para dormir agora, provavelmente poderia tomar um banho antes que o bebê acordasse de novo.

No minuto em que a cabeça de Max tocou o colchão macio do berço, porém, ele começou a chorar.

— Droga — resmungou Nicholas, pegando o bebê rudemente. Ninou-o de encontro ao peito, mantendo a orelha de Max encostada em seu coração. — Pronto, está tudo bem.

Nicholas o levou para o trocador e examinou a arrumação de fraldas, pomada antiassaduras e talco. Abriu o macacão atoalhado e puxou ruidosamente as fitas adesivas nas laterais da fralda. Max começou a chorar outra vez, o rosto redondo e vermelho como um tomate, e Nicholas se apressou. Levantou a fralda, mas, quando viu um fluxo de urina sair em arco do pênis incipiente e recém-circuncidado, voltou a colocá-la no lugar. Respirou fundo algumas vezes, tapando um ouvido com uma mão e segurando o corpo esperneante de Max com a outra. Então jogou fora a fralda usada e colocou a nova, sabendo que estava muito baixa nas costas, mas não se preocupando em arrumá-la.

Teve de fechar e abrir o macacão atoalhado três vezes até acertar. Suas mãos eram grandes demais para prender os pequenos fechos prateados nos aros, e ele sempre deixava passar um. Por fim, levantou Max e o pendurou de cabeça para baixo no ombro, segurando-o pelos pés. *Se Paige me visse*, pensou, *ela ia me matar.* Mas Max ficou quieto. Nicholas caminhou em círculo pelo quarto, segurando o filho de cabeça para baixo. E ficou com pena da criança. De repente, sem aviso prévio, Max tinha sido lançado em um mundo em que nada era conhecido. Mais ou menos como seus pais.

Levou o bebê para a sala e o acomodou no sofá, sobre um ninho de almofadas. Ele tinha os olhos de Nicholas. Depois do primeiro dia, o preto-escuro tinha dado lugar a um pálido azul-céu, que se destacava contra o oval vermelho do rosto. Tirando isso, era difícil dizer. Ainda era cedo demais para ver com quem Max se pareceria.

Os olhos vidrados do bebê vaguearam cegamente pelo rosto de Nicholas, parecendo, por um momento, entrar em foco. Então recomeçou a chorar.

— Mas que saco — Nicholas murmurou, pegando o bebê no colo e começando a andar. Balançou Max sobre o ombro enquanto se movia. Cantou músicas da Motown. Girou rapidamente em torno de si mesmo e tentou segurar de novo o bebê de cabeça para baixo. Mas Max não parava de chorar.

Nicholas não conseguia se livrar daquele som. Ele retumbava por trás de seus olhos, em seus ouvidos. Tinha vontade de largar o bebê e sair correndo. Estava pensando exatamente nisso quando Paige desceu as escadas, sonolenta, mas resignada, como uma prisioneira no corredor da morte.

— Acho que ele está com fome — disse Nicholas. — Não consegui fazê-lo parar.

— Eu sei — respondeu Paige. — Eu ouvi. — Ela pegou o bebê do colo do pai e o embalou para frente e para trás. Os ombros de Nicholas pulsaram de alívio, como se um peso enorme tivesse sido removido. Max se aquietou um pouco; seu choro agora era um choramingo baixo e irritante. — Ele acabou de mamar — disse Paige. Sentou-se no sofá e ligou a televisão. — Nickelodeon — ela falou para ninguém. — O Max parece gostar desse canal.

Nicholas foi para o quarto e ligou o botão do pager. Os gorjeios suaves vibraram contra seu quadril. Ele abriu a porta e encontrou Paige esperando.

— Tenho que voltar para o hospital — mentiu. — Complicações em um transplante de coração e pulmão.

Paige assentiu com a cabeça. Ele passou por ela, lutando contra a vontade de pegá-la nos braços e dizer: *Vamos embora. Só você e eu, vamos, e tudo será diferente*. Em vez disso, entrou no banheiro, tomou uma chuveirada rápida e trocou de camisa, calças, meias.

Quando saiu, Paige estava sentada na cadeira de balanço do quarto do bebê. Tinha a camisola aberta até a barriga, ainda flácida e redonda. A boca de Max estava fechada sobre seu seio direito. A cada sugada, ele parecia estar sorvendo mais e mais dela. O olhar de Nicholas deslizou até o rosto de Paige, que estava virado para a janela. Seus olhos tinham o gume áspero da dor.

— Dói? — Nicholas perguntou.

— Sim. — Paige não olhou para ele. — Isso é o que eles não contam.

Nicholas pegou o carro e dirigiu em alta velocidade para o Mass General, costurando pelo meio do trânsito. Abriu todas as janelas e ligou o rádio, em uma estação que tocava rap, o mais alto possível. Tentava abafar o som dos gritos de Max em seus ouvidos, a imagem de Paige quando ele saíra pela porta. Pelo menos *ele* pudera sair.

Quando passou pelo posto das enfermeiras no pronto-socorro, Phoebe, que o conhecia havia anos, levantou as sobrancelhas.

— Não está de plantão esta noite, dr. Prescott — disse ela. — Sentiu saudades de mim outra vez?

Nicholas sorriu para ela.

— Não posso viver sem você, Phoebe. Fuja comigo para o México.

Ela riu e abriu a ficha de um paciente.

— Disse o homem com um bebê recém-nascido...

Nicholas se moveu pelos corredores com a segurança que as pessoas esperavam dele. Passou os dedos pelos azulejos azul-claros lisos que revestiam as paredes, dirigindo-se para a pequena sala reservada aos residentes de plantão. Não era mais que um armário, mas Nicholas recebeu com alívio o cheiro conhecido de formaldeído e antisséptico, o tecido de algodão azul, como se tivesse entrado em uma propriedade palaciana. Seus olhos pousaram sobre a pequena cama arrumada que ocupava todo o quarto. Ele puxou as cobertas. Desligou o pager e o colocou no chão, ao lado da cabeça.

Puxou de volta à lembrança a única aula de Lamaze a que tinha ido, a voz baixa da enfermeira penetrando os ouvidos das mulheres grávidas: "Imaginem uma praia longa, fresca e branca". Nicholas podia se ver estendido na areia, sob o sol abrasador. Adormeceu com a música de um oceano imaginário, batendo como um coração.

16
Paige

Acordei em uma poça de meu próprio leite. Fazia trinta minutos que eu tinha posto Max na cama e, no outro quarto, ele já estava falando, dando aqueles pequenos guinchos agudos de quando acordava feliz. Ouvi o chacoalhar e girar da roda de sua caixa de atividades, um brinquedo que ele ainda não reconhecia, mas chutava às vezes com os pés. Os gorgolejos de Max começaram a ficar mais altos e insistentes.

— Estou indo! — gritei através da parede. — Só um minuto.

Tirei a camisa polo de Nicholas — minhas blusas estavam muito apertadas no peito — e troquei o sutiã. Encaixei lenços macios dentro dos bojos, um truque que descobri depois de perceber que aqueles pads de amamentação descartáveis ficavam enrolando ou grudando na pele. Nem me preocupei em vestir outra blusa. Max mamava com tanta frequência que às vezes eu andava pela casa sem blusa por horas seguidas, sentindo os seios cada vez mais pesados conforme repunham o que Max havia sugado.

A boquinha dele já estava trabalhando no ar quando cheguei ao berço. Eu o levantei e abri o fecho na frente do sutiã, sem lembrar se ele tinha mamado do lado direito ou esquerdo na última vez, porque o dia inteiro parecia ser um contínuo. Assim que me acomodei na cadeira de balanço, Max começou a beber, goles longos e vigorosos de leite que enviavam vibrações de meus seios para meu estômago para minha virilha. Contei dez minutos no relógio, depois mudei para o outro lado.

Estava com pressa aquela manhã, por causa de minha aventura. Era a primeira vez que ia sair com Max, só nós dois. Bom, eu tinha feito isso uma vez antes, mas levara uma hora para arrumar sua sacola de fraldas e descobrir como prender o bebê conforto no carro; quando chegamos ao fim do quarteirão, ele já estava chorando tanto de fome que decidi dar meia-volta e pedir para Nicholas ir ao banco quando chegasse. Assim, por seis semanas, eu fora uma prisioneira em minha própria casa, uma escrava de um tirano de cinquenta e três centímetros que não podia viver sem mim.

Por seis semanas, dormira nas horas que Max determinava, o mantivera trocado e seco conforme ele exigia, o deixara beber meu leite. Dei a Max tanto de meu tempo que me via rezando para ele dar um cochilo, para que eu tivesse aqueles dez ou quinze minutos para mim e pudesse simplesmente sentar no sofá, respirar fundo e me lembrar do que eu costumava fazer para preencher meus dias. Perguntava-me como aquilo pudera acontecer tão depressa: antes, Max estava dentro de *mim*, existindo por *minha* causa, sobrevivendo do *meu* sangue e do *meu* corpo; e agora, por meio de uma inversão rápida, eu havia simplesmente me tornado parte dele.

Pus Max de costas dentro do cercadinho e o observei sugar o canto de um cartão branco e preto com estampas geométricas. No dia anterior, uma mulher do grupo de incentivo à amamentação viera me visitar, enviada pelo hospital, para ver como eu estava indo. Deixei-a entrar relutantemente, chutando brinquedos e babadores e revistas velhas para baixo dos móveis enquanto a conduzia para a sala. Imaginei que ela ia dizer alguma coisa sobre o pó acumulado sobre a lareira, as latas de lixo cheias até a boca ou o fato de eu ainda não ter providenciado os protetores de tomadas.

Ela não fez nenhum comentário sobre a casa. Foi direto até o cercadinho de Max.

— Ele está lindo — disse, arrulhando para Max, mas eu me perguntei se ela não dizia o mesmo de todos os bebês que via. Eu própria já tinha acreditado que todos os bebês eram lindos, mas sabia que não era verdade. No berçário do hospital, Max era o mais bonito de todos, de longe. Para começar, ele parecia um menininho, não havia dúvida disso. Tinha cabelos pretos, cheios e finos, e seus olhos eram calmos e exigentes. Era tão parecido com Nicholas que às vezes eu me pegava olhando para ele, admirada.

— Só vim ver como está indo a amamentação — ela explicou. — Com certeza você está amamentando.

Como se essa fosse a única opção, pensei.

— Estou — respondi. — Está indo bem. — Hesitei um pouco antes de lhe dizer que estava pensando em dar uma mamadeira por dia, só uma, para que, se eu tivesse algum compromisso ou precisasse sair com Max, não fosse necessário me preocupar quanto a amamentar em público.

A mulher ficou horrorizada.

— Não faça isso. Ainda não, pelo menos. Ele tem só seis semanas, não é? Ainda está se acostumando com o peito e, se você lhe der a mamadeira, bem, quem sabe o que pode acontecer.

Eu não respondi, pensando: *É, o que pode acontecer?* Talvez Max largasse o peito. Talvez meu leite secasse e eu pudesse caber de novo em minhas roupas e perder os cinco quilos que ainda estavam instalados em volta da minha cintura e dos quadris. Não entendia qual era o grande drama da mamadeira. Afinal, eu tinha sido criada com mamadeira. Todos tinham, na década de 60. Todos crescemos bem.

Ofereci chá à mulher, esperando que ela não aceitasse, porque eu não tinha.

— Preciso fazer outras visitas — ela me disse, dando um tapinha em minha mão. — Tem mais alguma dúvida?

— Sim — falei, sem pensar. — Quando minha vida volta ao normal?

E ela riu e abriu a porta da frente.

— O que te faz pensar que ela voltará um dia? — disse e desapareceu pela varanda, com seu farfalhante terninho de xantungue.

Naquele dia, eu me convenci do contrário. Começaria a agir como uma pessoa normal. Max era apenas um bebê, e não havia nenhuma razão para que *eu* não pudesse controlar os horários. Ele não *precisava* mamar a cada duas horas. Íamos esticar para quatro. Ele não *tinha* de dormir no berço ou no cercadinho; podia muito bem cochilar no bebê conforto, dentro do carro, enquanto eu ia ao supermercado ou comprava selos no correio. E, se eu me levantasse e saísse de casa, respirasse algum ar fresco e desse a mim mesma um propósito, não me sentiria exausta o tempo todo. *Hoje*, disse a mim mesma, *é o dia em que começo tudo outra vez.*

Tinha medo de deixar Max sozinho por um minuto sequer, porque havia lido tudo sobre mortes no berço. Assustava-me com visões fugazes de Max se enforcando com a minhoca de pelúcia ou sufocando com a ponta da colcha de balões vermelhos. Então, eu o peguei embaixo do braço e o carreguei para o quarto dele. Coloquei-o no tapete enquanto arrumava a sacola com várias fraldas, um babador, um chocalho e, só para garantir, embalagens pequenas de xampu e sabonete líquido.

— Pronto — eu disse, virando para Max. — Agora, o que você quer vestir?

Ele olhou para mim e apertou os lábios como se estivesse pensando. Fazia uns quinze graus lá fora, portanto eu achava que ele não precisava de um casaco de neve, mas o que eu sabia, afinal? Ele já estava vestindo uma camiseta e um macacão de algodão bordado com elefantes, presente de Leroy e Lionel. Max começou a se contorcer no chão, o que significava que ia chorar. Levantei-o em meus braços e puxei, de uma das gavetas quase vazias da cômoda, um moletom leve de capuz e um blusão volumoso azul. Camadas, era o que o dr. Spock dizia, e certamente, vestindo esses dois, Max não pegaria um resfriado. Coloquei-o no trocador e já tinha vestido metade do moletom quando lembrei que precisava trocar a fralda. Puxei de novo o moletom, fazendo-o chorar, e comecei a cantar. Às vezes, isso o fazia se aquietar de imediato, qualquer que fosse a música. Eu preferia acreditar que ele apenas precisava ouvir minha voz.

As mangas do blusão eram longas demais, e isso realmente incomodava Max, porque, toda vez que ele levava o punho à boca, fiapos de lã lhe grudavam nos lábios. Tentei enrolar as mangas, mas elas ficavam grossas e empelotadas. Por fim, suspirei e desisti.

— Vamos embora — eu disse ao bebê. — Daqui a pouco você não vai nem notar mais.

Era o dia de meu retorno de seis semanas à dra. Thayer. Eu estava ansiosa para ir; veria as pessoas com quem tinha trabalhado durante anos, adultos de verdade, e considerava essa visita a última relacionada a minha gravidez. Depois disso, seria uma mulher totalmente nova.

Max dormiu no caminho para o consultório e, quando paramos no estacionamento, eu me vi segurando a respiração e soltando devagar o cinto de segurança, rezando para que ele não acordasse. Até deixei a porta aberta, com medo que a batida o assustasse e ele começasse a gritar. Mas Max parecia estar capotado. Prendi a alça de seu bebê conforto no braço, como se fosse um cesto de uvas recém-colhidas, e subi os tão conhecidos degraus de pedra do consultório de ginecologia.

— Paige! — Mary, a recepcionista que tinha me substituído, levantou-se no momento em que passei pela porta. — Deixe-me ajudá-la. — Ela se aproximou de mim e pegou o bebê conforto de Max de meu braço, cutucando com o dedo seu rosto vermelho e gordinho. — Ele é um amor — disse e sorriu.

Três das enfermeiras, ao ouvirem meu nome, correram para a sala de espera. Abraçaram-me e me envolveram no aroma forte de seus perfumes e no brilho dos aventais brancos imaculados.

— Você está ótima — uma delas disse, e me perguntei se ela não estava percebendo meus cabelos soltos e embaraçados, minhas meias desemparceiradas e a cor de cera de minha pele.

Foi Mary quem as expulsou de volta para trás da porta de vaivém de madeira.

— Meninas, temos um consultório para cuidar aqui. — Ela colocou Max em uma cadeira vazia, cercada por várias mulheres *muito* grávidas. — A dra. Thayer está atrasada — avisou. — E as novidades?

Mary correu de volta para a mesa laqueada preta, a fim de atender o telefone, e eu a observei. Queria empurrá-la do caminho, abrir a gaveta de cima e mexer entre os clipes de papel e recibos de pagamento, ouvir minha própria voz firme dizendo: "Cambridge Obstetrícia e Ginecologia". Antes mesmo de Max nascer, Nicholas e eu havíamos decidido que eu ficaria em casa com ele. A faculdade de artes estava fora de questão, já que não poderíamos pagar um berçário e meu curso. Quanto a trabalhar fora, bem, o custo de um berçário decente era quase equivalente a meus salários no Mercy e no consultório somados, portanto não valia a pena. "Você não quer um estranho cuidando dele, quer?", Nicholas perguntara. E suponho que eu tinha de concordar. "Um ano", ele me disse, sorrindo. "Vamos esperar um ano e então veremos o que fazer." E correspondi a seu sorriso, alisando a barriga ainda inchada. Um ano. Como um único ano poderia ser tão ruim?

Eu me inclinei e abri o zíper do blusão de Max, desabotoando os primeiros botões do moletom embaixo. Ele estava suando. Eu devia ter tirado ambos, mas com certeza ele teria acordado, e eu não estava pronta para isso. Uma das mulheres grávidas olhou para mim e sorriu. Tinha cabelos castanhos espessos e saudáveis, que caíam em pequenas cascatas sobre os ombros. Usava um vestido para gravidez de linho, sem mangas, e alpargatas nos pés. Olhou para Max e, inconscientemente, passou a mão pela barriga.

Quando eu me virei, percebi que a maioria das outras mulheres no consultório estava olhando meu bebê dormir. Todas tinham a mesma expressão no rosto, meio sonhadora, com uma ternura nos olhos que eu não me lembrava de jamais ter visto nos meus.

— Quanto tempo ele tem? — a primeira mulher perguntou.

— Seis semanas — respondi, engolindo um nó na garganta. Todas as outras se viraram ao som de minha voz. Estavam esperando que eu lhes contasse algo, qualquer coisa, uma história que lhes mostrasse que a espera valia a pena, que o parto não seria tão horrível, que eu nunca havia sido tão feliz na vida. — Não é como vocês pensam — ouvi-me dizendo, as palavras jorrando espessas e lentas. — Não durmo desde que ele nasceu. Estou sempre cansada. Não sei o que fazer com ele.

— Mas ele é um docinho — outra mulher disse.

Olhei para ela, para sua barriga, o bebê dentro dela.

— Considere-se sortuda — eu disse.

Mary chamou meu nome minutos depois. Fui levada a uma pequena sala de exames branca, com a imagem de um útero afixada na parede. Despi-me, vesti o roupão de papel e abri a gaveta da pequena mesa de carvalho. Dentro, havia uma fita métrica e um estetoscópio. Toquei-os e dei uma espiada em Max, ainda dormindo. Lembrei-me de estar deitada na mesa de exame, durante o pré-natal, ouvindo o coração amplificado do bebê e imaginando como ele seria.

A dra. Thayer entrou na sala em uma agitação de papéis farfalhantes.

— Paige! — exclamou, como se estivesse surpresa por me ver ali. — Como está se sentindo?

Ela fez sinal para que eu me sentasse em um banco, onde poderíamos conversar antes de eu ir para a mesa e assumir a posição humilhante do exame interno.

— Estou bem — respondi.

A dra. Thayer abriu minha ficha e fez algumas anotações.

— Nenhuma dor? Nenhum problema com a amamentação?

— Não — respondi. — Nenhum problema.

Ela se virou para Max, que dormia em seu bebê conforto no chão como se fosse sempre um anjo.

— Ele é maravilhoso — comentou, sorrindo para mim.

Olhei para meu filho.

— Sim — concordei, sentindo novamente aquele nó no fundo da garganta. — Ele é. — Nesse momento, apoiei o rosto nas mãos e comecei a chorar.

Solucei até conseguir recobrar a respiração e achei que, com certeza, Max acordaria, mas, quando levantei a cabeça, ele continuava dormindo placidamente.

— Você deve achar que sou louca — murmurei.

A dra. Thayer tocou meu braço.

— Acho que você é como todas as mães de primeira viagem. O que está sentindo é perfeitamente normal. Seu corpo acabou de passar por uma experiência muito traumática e precisa de tempo para se curar, e sua mente precisa se ajustar ao fato de que sua vida vai mudar.

Peguei um lenço de papel sobre a mesa.

— Sou péssima com ele. Não sei ser mãe.

A dra. Thayer olhou para o bebê.

— Para mim, parece que você está indo bem — disse ela —, embora talvez não precisasse ter vestido *dois* casacos nele.

Fiz uma careta, ciente de que havia feito algo errado de novo e me odiando por isso.

— Quanto tempo demora? — perguntei, incluindo mil perguntas em uma só. Quanto tempo até eu saber o que estou fazendo? Quanto tempo até eu me sentir eu mesma de novo? Quanto tempo até eu poder olhar para ele com amor, em vez de medo?

A dra. Thayer me ajudou a subir na mesa de exame.

— Demora o resto da sua vida — ela respondeu.

Eu ainda tinha riscos de lágrimas no rosto quando a dra. Thayer saiu, lembranças que eu não poderia apagar de ter agido como uma tonta na frente dela. Saí do consultório sem me despedir das grávidas, ou de Mary, que me chamou quando a porta já estava fechando. Carreguei Max para o estacionamento, no bebê conforto que ficava mais pesado a cada passo. A sacola de fraldas machucava meu ombro, e eu sentia dor nas costas por ter de me inclinar pesadamente para um lado só. Max ainda dormia, o que era um milagre, e eu me vi rezando para a Santíssima Virgem Maria, imaginando que ela, entre todos os santos, ia entender. *Só mais meia hora*, pedi em silêncio, *e estaremos em casa e poderei alimentá-lo e voltar a nossa rotina.*

O funcionário do estacionamento era um adolescente com a pele escura como breu e dentes que reluziam ao sol. Trazia um aparelho de som sobre o ombro. Dei-lhe meu tíquete validado e ele me entregou as chaves. Com muito cuidado, abri a porta do lado do passageiro e prendi o cinto no bebê conforto de Max. Fechei a porta mais silenciosamente do que teria julgado possível. Então, fui assumir meu lugar.

No momento em que abri a porta, o funcionário ligou o rádio. A batida vigorosa do rap rasgou o ar, tão potente quanto uma tempestade de verão, balançando o carro, as nuvens e o chão. O garoto balançava a cabeça e movia os pés, dançando hip-hop entre as linhas cor de laranja das vagas. Max abriu os olhos e gritou mais alto do que eu já o tinha ouvido gritar.

— Shhh — murmurei, dando uma palmadinha em sua cabeça, que estava vermelha e suada da gola do casaco de capuz. — Você foi tão bonzinho.

Liguei o carro e comecei a sair da vaga, mas isso só fez Max gritar mais alto. Ele tinha dormido por tanto tempo que, sem dúvida, estava com fome, mas eu não queria amamentá-lo ali. Se conseguisse chegar em casa, tudo ficaria bem. Fiz uma curva contornando os carros estacionados e segui em direção à rua. Max, roxo pelo esforço, começou a engasgar com os próprios soluços.

— Meu Deus — murmurei, pisando no freio de modo abrupto e abrindo o cinto do bebê conforto.

Tirei a camisa para fora da calça e a prendi em volta do pescoço, lutando com o fecho do sutiã para liberar um seio. Max se enrijeceu quando o levantei e segurei seu corpinho quente contra o meu. A lã áspera de seu blusão irritava minha pele, seus dedos arranhavam minhas costelas. Comecei a chorar, e as lágrimas caíam sobre o rosto de meu filho, misturando-se às suas próprias e escorrendo para algum espaço entre o blusão e o moletom. O funcionário gritou um palavrão e veio em direção ao carro. Baixei rapidamente a camisa sobre o rosto de Max, esperando não sufocá-lo. Não abri a janela.

— Você está bloqueando a passagem — o garoto disse, bravo, com os lábios retorcidos contra o vidro quente.

O rap pulsava em minha cabeça. Desviei os olhos dele e apertei Max com mais força de encontro a mim.

— Por favor — eu disse, fechando os olhos. — Por favor, me deixe em paz.

* * *

A dra. Thayer tinha me dito para fazer alguma coisa por mim mesma. Então, quando Max dormiu, às oito horas, decidi tomar um longo banho quente de banheira. Encontrei a babá eletrônica que os Fogerty nos tinham dado e coloquei-a no banheiro. Nicholas não devia chegar antes das dez, e Max provavelmente dormiria até a meia-noite. Eu estaria pronta quando meu marido chegasse em casa.

Nicholas e eu não fazíamos amor desde que eu estava com apenas cinco meses de gravidez, naquela noite em que eu sentira dor e pedira que ele parasse. Nunca falamos sobre isso — Nicholas não gostava de conversar sobre esse tipo de coisa — e, conforme eu ia ficando maior e mais desconfortável, também passei a me importar menos. Mas precisava dele agora. Precisava saber que meu corpo era mais do que uma máquina de fazer filhos e uma fonte de comida. Precisava ouvir que eu era bonita. Precisava sentir as mãos de Nicholas em mim.

Abri a água quente, fechando-a três vezes por achar que tinha ouvido Max emitir sons. No canto do armário de remédios, encontrei um cubo de sais de banho com perfume de lilás e o observei desintegrar-se na água. Tirei a camiseta por sobre a cabeça, despi-me do shorts e parei diante do espelho.

Meu corpo havia se tornado um estranho. Era curioso como eu ainda esperava ver a grande curva da barriga, as linhas pesadas das coxas. Mas esse corpo, mais magro, também não era o de antes. Havia nele linhas arroxeadas. Minha pele tinha a cor de pergaminho velho e parecia estar esticada. Os seios estavam baixos e cheios; a barriga, amolecida e protuberante. Eu me tornara outra pessoa.

Disse a mim mesma que Nicholas ainda ia gostar do que via. Afinal, as mudanças eram porque eu havia carregado seu filho. Com certeza havia algo bonito nisso.

Entrei na água fumegante e esfreguei relaxadamente os braços, os pés e entre os dedos. Cochilei por um instante e despertei quando meu queixo entrou na água. Então me levantei, enxuguei-me com uma toalha e fui para a cozinha totalmente nua, deixando pegadas úmidas no tapete impecável.

Tinha colocado uma garrafa de vinho para esfriar. Tirei-a da geladeira e a levei para o quarto, com dois copos azuis de vidro grosso. Depois, busquei nas gavetas a camisola branca de seda que havia usado em nossa noite de núpcias, a única peça de lingerie sensual que eu tinha. Deslizei-a sobre a cabeça, mas ela não passou pelo peito; não havia me ocorrido que poderia não servir. Puxando e me contorcendo, consegui fazê-la passar, mas ela se esticava sobre os seios e os quadris como se eu tivesse sido derramada dentro dela. Minha barriga se destacava, uma protuberância branca meio mole.

Ouvi o carro de Nicholas parar na entrada da casa. Atordoada, corri pelo quarto, apagando as luzes. Sorri para mim mesma; seria novamente como a primeira vez. Nicholas abriu a porta da frente sem fazer barulho e subiu as escadas, parando por um momento na frente da porta de nosso quarto. Ele a abriu e ficou olhando para mim quando me viu sentada no meio da cama. Meus joelhos estavam dobrados sob o corpo, os cabelos me caíam nos olhos. Eu queria lhe dizer algo, mas estava sem fôlego. Mesmo com a gravata afrouxada, a barba começando a crescer e os ombros pendidos, Nicholas era o homem mais lindo que eu já tinha visto.

Ele me olhou e expirou lentamente.

— Tive um dia muito difícil, Paige — disse baixinho.

Meus dedos se agarraram ao edredom.

— Ah — murmurei.

Sentado na beirada da cama, ele passou um dedo sob a alça fina de minha camisola.

— Onde arrumou isso? — perguntou.

Olhei para ele.

— Você disse a mesma coisa na primeira vez em que a usei — respondi.

Nicholas engoliu em seco e desviou o olhar.

— Desculpe. Mas está muito tarde, e eu preciso estar no hospital às...

— São só dez horas — eu lhe disse. Soltei a gravata dele e a fiz deslizar por seu pescoço. — Faz muito tempo — completei baixinho.

Por um instante, vi algo em Nicholas, um rápido lampejo, algo que iluminou seus olhos por dentro. Ele acariciou meu rosto e tocou meus lábios com os dele. Depois se levantou.

— Preciso de um banho.

Ele me deixou sentada na cama e foi para o banheiro. Contei até dez e, então, ergui a cabeça e me levantei. Entrei no banheiro, onde o chuveiro já estava ligado. Nicholas, recostado à parede, ajustava a temperatura da água.

— Por favor — sussurrei, e ele se virou de um pulo, como se tivesse ouvido um fantasma. O vapor subiu entre nós. — Você não sabe como é para mim.

Os espelhos embaçaram e o banheiro ficou enevoado, de modo que, quando Nicholas falou, a palavra pareceu flutuar, pesada, no ar.

— Paige — ele disse.

Dei um passo em direção a ele e inclinei a cabeça para um beijo. Ao fundo, na babá eletrônica, ouvi Max suspirando em seu sono.

Nicholas puxou a camisola sobre minha cabeça. Pôs as mãos em minha cintura e deslizou os dedos sobre as costelas. A seu toque, eu gemi e me estiquei em sua direção. Um fino arco de leite se projetou de meu mamilo, atingindo os pelos escuros de seu peito.

Olhei para mim mesma, irritada com meu corpo por essa traição. Quando me voltei outra vez para Nicholas, esperava que ele ignorasse o que havia acontecido, talvez fizesse uma piada. Não estava preparada para o que vi nos olhos dele. Ele deu um passo para trás, e seu olhar percorreu meu corpo de alto a baixo com horror.

— Eu não posso — ele disse, quase sufocado. — Ainda não.

Tocou meu rosto e beijou rapidamente minha testa, como se tivesse que acabar logo com aquilo antes que mudasse de ideia. Nicholas entrou no chuveiro, e eu fiquei escutando por um momento a sinfonia suave da água caindo e do sabonete deslizando por seus ombros e coxas. Depois, puxei a seda amontoada a meus pés, segurei-a diante do corpo para me cobrir e caminhei para o quarto.

Vesti a camisola mais velha e macia que tinha, uma que abotoava na frente, com estampa de pequenos pandas. Quando saí para o corredor, ouvi Nicholas desligar a água do chuveiro. Virei cuidadosamente a maçaneta do quarto do bebê, que estava totalmente escuro. Nicholas não viria me procurar. Não aquela noite. Tateei na escuridão, segurando-me ao ar como se fosse algo tangível. Desviei do grande avestruz vermelho de pelúcia que Marvela tinha mandado e passei as mãos sobre o topo atoalhado do trocador. Tropecei e bati a canela na ponta saliente da cadeira de balanço, sentindo em seguida meu pé escorregar em algo pegajoso, que sabia ser meu próprio sangue. Acomodei-me para contar as respirações regulares de Max e esperei que meu filho me chamasse.

17
Nicholas

— Você vai trabalhar até tarde outra vez? Não entendo por que não pode dar um jeito de estar em casa só um pouquinho mais.

— Paige, não seja ridícula. Eu não decido meus horários.

— Mas você não sabe como é aqui, todos os dias e todas as noites com ele. Você pelo menos pode sair para o trabalho.

— Você tem ideia de quanto eu daria para chegar em casa uma única noite e não ouvir você reclamando do dia que teve?

— Desculpa, Nicholas, mas eu não recebo muitas visitas para poder reclamar com elas.

— Ninguém manda você ficar sentada dentro de casa.

— Ninguém me ajuda quando eu saio.

— Paige, vou dormir. Tenho que levantar cedo amanhã.

— Você sempre tem que levantar cedo. E é você que conta, claro, porque é você que tem o emprego.

— Mas você também está fazendo algo importante. Considere este o *seu* emprego.

— Eu faço isso, Nicholas. Mas não era para ser assim.

* * *

A primeira coisa que impressionou Nicholas foi a quantidade de árvores que já estavam floridas. Ele morara naquele quarteirão por dezoito anos de sua vida, mas fazia tanto tempo que não o via que imaginara que os bordos-japoneses e as macieiras-bravas formavam seus amplos toldos cor de malva no *fim* de junho. Ficou sentado por alguns minutos no carro, pensando no que ia dizer e como. Passou os dedos sobre a madeira lisa e polida da alavanca de câmbio e sentiu, em vez disso, o couro frio de um bastão de beisebol, o macio revestimento interno de sua luva de criança. O Jaguar de sua mãe estava estacionado na entrada.

Nicholas não ia à casa dos pais havia oito anos, desde a noite em que os Prescott haviam deixado claro o que pensavam de ele ter escolhido Paige como esposa. Ele ficara indignado o bastante para cortar relações com os pais por um ano e meio. Então, num Natal, chegara um cartão de Astrid. Paige o deixara com as contas, para que Nicholas visse. Quando o pegara, ele o virara de um lado para outro nas mãos como uma relíquia antiga. Passara a ponta dos dedos sobre as letras bem desenhadas da caligrafia de sua mãe, então levantara os olhos e vira Paige do outro lado da sala, tentando fazer parecer que não se importava. Por ela, ele havia jogado fora o cartão de Astrid, mas, no dia seguinte, telefonara para a mãe do hospital.

Dizia a si mesmo que não estava fazendo isso porque os perdoava ou porque achava que estavam certos sobre Paige. Na verdade, quando falava com a mãe — duas vezes por ano agora, no Natal e no aniversário dela —, não mencionava a esposa. Eles também não mencionavam Robert Prescott, porque Nicholas tinha jurado que, apesar da curiosidade que o puxava para a mãe, nunca esqueceria a imagem do pai, oito anos antes, parado na frente de Paige, assustada e engolfada por uma poltrona de braço.

Ele não contou a Paige sobre esses telefonemas. Estava inclinado a acreditar que, como a mãe, naqueles oito anos, jamais perguntara sobre sua esposa, os pais não haviam mudado a impressão original sobre Paige. Os Prescott pareciam estar esperando que Nicholas e ela tivessem uma briga para então apontar o dedo e dizer: "Eu avisei". Estranhamente, Nicholas nunca tomou isso como algo pessoal. Falava com sua mãe simplesmente porque queria manter um laço filial, mas dividia sua vida em antes e depois de Paige. As conversas deles se concentravam na vida de Nicholas até a briga fatídica, como se dias, e não anos, tivessem se passado. Falavam do tempo, das viagens de Astrid, do programa de coleta seletiva para reciclagem em Brookline. Não mencionavam sua especialização em cirurgia cardíaca, a compra de sua casa, a gravidez de Paige. Nicholas não dava nenhuma informação que pudesse ampliar a fenda que ainda existia entre eles.

Não ajudava, no entanto, estar sentado na frente de sua casa de infância pensando que, tantos anos atrás, seus pais talvez tivessem alguma razão. Nicholas sentia que estivera defendendo Paige desde sempre, mas começava a se esquecer do motivo. Estava faminto, porque ela não fazia mais seu almoço. Com frequência, ela já estava acordada às quatro horas da manhã, mas geralmente com Max grudado nela. Às vezes, não muitas, ele culpava o bebê. Max era o alvo mais fácil, a coisinha exigente que havia arrebatado sua esposa como um ladrão de corpos e deixara em seu lugar a mulher taciturna e mal-humorada com quem ele agora partilhava uma casa. Era difícil culpar a própria Paige. Nicholas olhava em seus olhos, ávido por uma discussão, mas tudo que recebia em resposta era aquela expressão azul-celeste vazia, e ele engolia a raiva e sentia apenas dó.

Não entendia o problema de Paige. Era *ele* quem passava todo santo dia em pé; era *ele* quem tinha a reputação na corda bamba; eram os erros *dele* que poderiam custar vidas. Se alguém tinha o direito de estar exausto, ou de mau humor, era Nicholas. Tudo o que Paige fazia era ficar sentada em casa com um bebê.

E, a julgar pelo tempo que ele passava com o filho, não parecia tão difícil. Nicholas se sentava no chão e puxava os dedos dos pés de Max, rindo quando ele abria muito os olhos e procurava em volta, tentando entender quem tinha feito aquilo. Mais ou menos um mês antes, ele estava brincando de girar Max sobre a cabeça e depois pendurá-lo pelos pés, como ele adorava, enquanto Paige observava de um canto, de cara feia.

— Ele vai vomitar em você — ela disse. — Acabou de mamar.

Mas Max mantinha os olhos bem abertos, vendo seu mundo girar. Quando Nicholas endireitou o bebê e o aninhou nos braços, Max ergueu a cabeça e olhou direto para o pai. Então, um lento sorriso se espalhou por seu rosto, corando-lhe as faces e esticando os pequenos ombros.

— Olha, Paige! — Nicholas disse. — Esse não é o primeiro sorriso verdadeiro dele?

E Paige concordara e olhara espantada para Nicholas. Depois, saíra da sala para pegar o livro de bebê de Max e registrar a data.

Nicholas deu uma batidinha no bolso da camisa. Elas estavam lá, as fotografias de Max que ele acabara de mandar revelar. Deixaria uma com sua mãe, se estivesse se sentindo caridoso na hora de ir embora. Ele nem queria vir. Fora Paige quem sugerira que ele ligasse para os pais e contasse que eles tinham um neto.

— De jeito nenhum — Nicholas respondera. Claro que Paige ainda acreditava que ele não conversava com os pais havia oito anos, mas talvez isso fosse verdade. Falar com alguém não era o mesmo que realmente conversar. Nicholas não sabia se estava disposto a ser quem daria o primeiro passo.

— Bem — dissera Paige —, talvez seja hora de todos vocês esquecerem o que passou. — Ele achara isso um pouco hipócrita, mas depois ela sorrira e afagara o cabelo dele. — Além disso, com sua mãe por perto, imagine a fortuna que vamos economizar em fotos do bebê.

Nicholas recostou a cabeça no banco do carro. No alto, nuvens se moviam preguiçosamente pelo céu quente de primavera. Uma vez, quando a vida deles ainda era desimpedida, Paige e Nicholas tinham deitado à margem do rio Charles e olhado para as nuvens, tentando encontrar imagens em suas formas. Nicholas só conseguia ver figuras geométricas: triângulos, arcos finos e polígonos. Paige tinha de segurar a mão dele contra o fundo azul e traçar as bordas brancas e macias de algodão com o dedo. "Ali", ela dizia, "tem um cacique. E mais à esquerda uma bicicleta. E um percevejo, e um canguru." A princípio, Nicholas rira, apaixonando-se novamente por ela por causa de sua imaginação. Mas, pouco a pouco, começara a ver o que ela dizia. Com certeza, não era um cúmulo-nimbo ali, mas o volumoso enfeite de cabeça de um chefe sioux caindo como uma cascata. No canto do céu, havia um bebê canguru. Quando olhava pelos olhos dela, havia tantas coisas que, de repente, conseguia ver.

* * *

— Qual é o problema dele?

— Não sei. O médico disse que deve ser cólica.

— Cólica? Mas ele está com quase três meses. As cólicas deviam terminar aos três meses.

— Eu sei. *Deviam* terminar. O médico também me disse que, segundo pesquisas, bebês que sofrem de cólicas crescem mais inteligentes.

— E por isso devia ser mais fácil aguentar os gritos dele?

— Não desconte em mim, Nicholas. Só estou respondendo a *sua* pergunta.

— Não vai lá ver o que é?

— Vou, né?

— Meu Deus, Paige. Se é um problema tão grande, eu vou.

— Não, pode ficar. Sou eu que tenho que amamentá-lo. Não adianta você levantar.

— Então tudo bem.

— Tudo bem.

* * *

Nicholas contou o número de passos para atravessar a rua e chegar à entrada da casa dos pais. Margeando o irretocável caminho de lajotas de pedra, havia fileiras de tulipas: vermelhas, amarelas, brancas, vermelhas, amarelas, brancas, em sucessão organizada. Seu coração batia ao ritmo dos passos; sua boca estava incomumente seca. Oito anos era muito tempo.

Pensou em tocar a campainha, mas não queria encarar um dos empregados. Tirou o chaveiro do bolso e procurou, entre as muitas chaves do hospital, aquela velha e enferrujada que ele mantinha no anel de metal desde a escola primária. Nunca se desfizera dela; não sabia bem por quê. E não esperaria que seus pais a pedissem de volta. Muita coisa podia ter acontecido entre Nicholas Prescott e seus pais, mas, em sua família, mesmo as brigas mais ácidas tinham de seguir certas regras de civilidade.

Nicholas não estava preparado para a onda de calor que lhe subiu pelas costas e pescoço no momento em que pôs a chave na fechadura. Lembrou na mesma hora do dia em que tinha caído da casinha na árvore e quebrado a perna e visto o osso cortando a pele; da vez em que chegara em casa bêbado e cambaleara da cozinha até o quarto da governanta por engano; da manhã em que pareceu carregar o mundo nas costas: sua formatura na faculdade. Nicholas sacudiu a cabeça para afastar as emoções e entrou no enorme saguão.

O mármore preto no chão refletia uma imagem perfeita de seu rosto sério, e o medo em seus olhos estava espelhado nas molduras muito polidas da exposição Ameaçados, de sua mãe. Nicholas deu dois passos, que soaram como um trovão primal, e teve certeza de que agora todo mundo sabia que ele estava ali. Mas ninguém veio. Deixou o casaco sobre uma cadeira dourada e seguiu pelo corredor até a câmara escura da mãe.

Astrid Prescott estava revelando fotos dos moabitas, nômades que viviam entre dunas de areia, mas não conseguia acertar os vermelhos. A cor da areia rubi ainda enevoava sua mente, mas, por mais impressões que fizesse, não era o tom certo. Não se fixava no papel com uma tonalidade suficientemente raivosa para girar em torno das pessoas, emoldurando-as em seus pesadelos. Ela deixou na mesa o último conjunto de fotos e massageou o nariz. Talvez devesse tentar de novo amanhã. Recolheu várias folhas de amostra do varal e, então, virou-se e viu a imagem do filho.

— Nicholas — murmurou.

Ele não moveu um músculo. Sua mãe parecia mais velha, mais frágil. Seu cabelo estava preso em um nó apertado atrás do pescoço, e as veias dos punhos fechados se destacavam, marcando-lhe as mãos como um mapa muito viajado.

— Você tem um neto — disse ele. Suas palavras eram tensas e presas e pareciam estrangeiras em sua língua. — Achei que gostaria de saber.

Ele se virou para ir embora, mas Astrid Prescott avançou depressa, espalhando as imprecisas imagens do deserto pelo chão. Nicholas parou ao sentir o toque da mão de sua mãe. Os dedos dela, cobertos de fixador, deixaram traços ardidos por seu braço.

— Por favor, fique — pediu ela. — Quero saber as notícias. Quero olhar para você. E você deve estar precisando de tantas coisas para o bebê. Eu adoraria vê-lo, ou é ela? E Paige também.

Nicholas olhou para sua mãe com toda a reserva fria que ela havia orgulhosamente lhe ensinado. Pegou uma foto de Max no bolso e a jogou sobre a mesa, sobre a imagem de um homem de turbante com um rosto tão velho quanto o mundo.

— Sei que não é tão boa quanto as suas — Nicholas disse, fitando os olhos azuis espantados do próprio filho. Quando tiraram aquela foto, Paige estava em pé atrás de Nicholas, com uma meia branca enfiada na mão. Havia desenhado olhos na parte de cima e uma longa língua bifurcada abaixo, e ficara sibilando e fazendo sons de cascavel, fingindo morder a orelha de Nicholas. Max acabara sorrindo.

Nicholas puxou o braço do toque da mãe. Sabia que não conseguiria ficar ali muito mais tempo sem ceder. Ia acabar abraçando-a e, ao remover o espaço entre eles, estaria apagando uma lousa com uma lista de ressentimentos que já estavam começando a desvanecer. Respirou fundo e endireitou o corpo.

— Houve um momento em que você não estava pronta para ser parte da minha família. — Ele recuou um passo, afundando o calcanhar no antigo pôr do sol fundido de uma fotografia do Moab. — Bom, *eu* não estou pronto agora.

Ele virou e desapareceu pela cortina preta ondulante da câmara escura, deixando um contorno luminescente na tênue luz carmim, como o rosto implacável de um fantasma.

* * *

— Eu fui lá hoje.

— Eu sei.

— Como soube?

— Você não me disse três palavras desde que chegou em casa. Está a milhões de quilômetros daqui.

— Bem, só uns quinze quilômetros. Brookline não é tão longe. Mas você é só uma garota de Chicago, como poderia saber?

— Muito engraçado, Nicholas. E o que eles disseram?

— *Ela.* Eu não iria se meu pai estivesse em casa. Fui durante o intervalo do almoço, hoje.

— Não sabia que você tinha intervalos de almoço...

— Paige, não comece com isso outra vez.

— Então... o que ela disse?

— Não lembro. Queria saber mais. Eu lhe deixei uma fotografia.

— Você não conversou com ela? Não sentou e tomou chá com bolo e todas essas coisas?

— Não somos britânicos.

— Você sabe o que eu quero dizer.

— Não, não sentamos e tomamos chá. Nem sentamos. Fiquei lá por uns dez minutos, no máximo.

— Foi muito difícil?... Por que está olhando para mim assim? O que foi?

— Como você consegue fazer isso? Quer dizer, ir assim direto ao ponto?

— E então, *foi*?

— Foi mais difícil do que um transplante de coração e pulmão. Foi mais difícil do que dizer aos pais de uma criança de três anos que o filho acabou de morrer na mesa de cirurgia. Paige, foi a coisa mais difícil que já fiz na vida.

— Ah, Nicholas.

— Você vai apagar essa luz?

— Claro.

— Paige? Você tem uma cópia daquela foto que deixei na casa dos meus pais?

— A do Max, que tiramos com a meia de cobra?

— Sim. É uma boa foto.

— Posso fazer uma cópia. Tenho o negativo em algum lugar.

— Eu quero colocar na minha sala.

— Você não tem uma sala.

— Então vou pôr no meu armário... Paige?

— Humm?

— Ele é um menino bem bonito, não é? Quer dizer, na média, não acho que os bebês sejam tão bonitos. Isso é uma coisa muito pretensiosa para se dizer?

— Não se você é o pai.

— Mas ele é bonito, não é?

— Nicholas, meu amor, ele é exatamente como você.

18
Paige

Eu estava lendo um artigo sobre uma mulher que teve um caso grave de depressão pós-parto. Ela alternava entre depressão e euforia e tinha dificuldade para dormir. Ficou desleixada, com uma expressão de desatino, agitada. Começou a ter pensamentos de ferir o bebê. Chamava esses pensamentos de "O Plano" e os contava, em fragmentos, aos colegas de trabalho. Duas semanas depois que começou a ter essas ideias, ela chegou do trabalho e sufocou a filha de oito meses com uma das almofadas do sofá.

Ela não foi a única. Houve uma mulher antes dela que matou os dois primeiros bebês dias depois do nascimento, e tentou matar o terceiro antes de as autoridades intervirem. Outra mulher afogou o filho de dois meses e disse para todo mundo que ele tinha sido raptado. Uma terceira atirou no filho. Outra atropelou o bebê com o próprio carro.

Isso aparentemente era uma grande batalha jurídica nos Estados Unidos. Mulheres acusadas de infanticídio na Inglaterra, durante o primeiro ano depois do nascimento, podiam ser condenadas apenas por homicídio culposo, não homicídio doloso. As pessoas diziam que isso era uma doença mental: oitenta por cento de todas as novas mães sofriam de depressão pós-parto; uma em mil sofria de psicose pós-parto; três por cento das que sofriam de psicose matariam os próprios filhos.

Eu me vi apertando a revista com tanta força que o papel rasgou. E se eu fosse uma dessas?

Virei a página e dei uma olhada para Max, no cercadinho. Ele estava mordendo um cubo de plástico que era parte de um brinquedo avançado demais para sua idade. Ninguém nunca nos dava brinquedos apropriados para a idade. O artigo seguinte era um texto de autoajuda. "Faça uma lista", o artigo sugeria, "de todas as coisas que você sabe fazer." Supostamente, depois de produzir essa lista, você se sentiria melhor quanto a si mesma e suas capacidades do que quando começou. Virei o papel da lista de compras e peguei um lápis quase sem ponta. Olhei para Max. "Sei trocar fralda." Anotei isso, depois outras coisas óbvias: "Sei medir o leite da mamadeira. Sei fechar as roupas do Max sem me atrapalhar. Sei cantar para ele dormir". Comecei a me perguntar que talentos eu teria não relacionados ao bebê. Bem, eu sabia desenhar e, às vezes, ver a vida das pessoas com um simples esboço. Sabia fazer pãezinhos de canela. Sabia a letra inteira de "A Whiter Shade of Pale". Conseguia nadar oitocentos metros sem ficar cansada; pelo menos *antigamente* eu fazia isso. Sabia dizer o nome da maioria dos cemitérios de Chicago; sabia emendar fios elétricos; entendia a diferença entre os pagamentos do principal e dos juros de nossa hipoteca. Sabia chegar ao Aeroporto Logan de metrô. Sabia fritar um ovo e virá-lo na frigideira sem espátula. Sabia fazer meu marido rir.

A campainha tocou. Enfiei a lista no bolso e peguei Max, colocando-o sob o braço. Não queria deixá-lo sozinho, ainda mais depois de ler o artigo sobre as mães assassinas. O uniforme e o boné marrons, já conhecidos, do homem dos correios eram visíveis através da vidraça de vitral da porta.

— Oi — eu disse. — Prazer em te ver outra vez.

O homem vinha a cada dois dias, depois que Nicholas contou à mãe sobre o neto. Grandes caixas cheias de livros do Dr. Seuss, roupas Baby Dior, até mesmo um cavalinho de pau foram enviados, em um esforço para comprar o amor de Max — e de Nicholas. Eu gostava do homem dos correios. Ele era jovem e me chamava de senhora e tinha doces olhos castanhos e um sorriso sonhador. Às vezes, quando Nicholas estava de plantão, era o único adulto que eu via durante dias.

— Quer tomar um café? — convidei. — Ainda é bem cedo.

O homem sorriu para mim.

— Obrigada, senhora, mas eu não posso, não no horário de trabalho.

— Ah — eu disse, recuando da soleira da porta. — Entendo.

— Deve ser difícil — disse ele.

Pisquei, surpresa.

— Difícil?

— Com um bebê e tudo. Minha irmã acabou de ter um. Ela era professora, agora diz que um único monstrinho é pior do que cento e vinte alunos de sétima série.

— É — respondi —, imagino que sim.

O rapaz carregou a caixa até a sala.

— Precisa de ajuda para abrir?

— Não, eu me viro. — Dei de ombros, com um pequeno sorriso. — Obrigada mesmo assim.

Ele fez uma saudação, tocando a ponta do boné marrom gasto, e desapareceu pela porta aberta. Ouvi o pequeno caminhão roncando quarteirão abaixo, então coloquei Max no chão, ao lado da caixa.

— Não saia daí — disse. Fui de costas até a cozinha e corri para pegar uma faca. Quando voltei à sala, Max tinha se levantado sobre as mãos, como uma esfinge. — Ei, muito bem! — Senti uma súbita emoção, feliz por ter finalmente visto um marco de desenvolvimento antes de Nicholas.

Max observou enquanto eu cortava os cordões em volta da caixa e soltava os grampos. Pegou um pedaço de barbante com o punho fechado e tentou levar à boca. Deixei a faca ao lado do sofá e tirei da caixa um banquinho com letras amarelas recortadas, que formavam a palavra MAX e podiam ser removidas como em um quebra-cabeça. "Com amor, vovó e vovô", dizia o cartão. Em algum lugar, Max tinha outro avô e, talvez, outra avó. Eu me perguntei se algum dia ele conheceria um dos dois.

Levantei para me desfazer da caixa, mas então notei outra, menor, fina e cor-de-rosa. Ela tinha sido embalada no fundo da maior. Rasguei os lacres dourados nas laterais e a abri, encontrando um belo lenço de seda estampado com desenhos interligados de freios de cavalo, rédeas trançadas e ferraduras em forma de U, prateadas. "Para Paige", dizia o cartão, "porque não é só o bebê que merece presentes. Mamãe." Refleti sobre isso. Astrid Prescott não era minha mãe, nunca seria. Por um momento, fiquei sem fôlego e me perguntei se seria possível que minha mãe real, onde quer que estivesse, tivesse me mandado esse lindo lenço por intermédio dos Prescott. Amarfanhei a fina seda e a segurei junto ao nariz, respirando a fragrância de uma butique cara. Era de Astrid, eu sabia disso, e por dentro estava vibrando por ela ter se lembrado de mim. Mas, só por hoje, eu ia fingir que aquilo tinha vindo da mãe que nunca cheguei a conhecer.

Max, que ainda não sabia engatinhar, havia se contorcido até a faca.

— Ah, nada disso — falei, levantando-o pelas axilas. Os pés dele se debatiam a um quilômetro por minuto e pequenas bolhas de saliva se formavam nos cantos de sua boca. Eu me levantei, segurei-o junto ao peito e estendi um de seus braços, como se fosse um parceiro de dança. Girei para a cozinha, cantarolando uma canção dos Five Satins e vendo sua cabeça instável balançar para a esquerda e para a direita.

Ficamos olhando a mamadeira esquentar na panela — a única feita com leite em pó que Max tomava por dia, porque, de certa maneira, eu ainda estava com medo de que a mulher da amamentação voltasse e descobrisse e apontasse o dedo acusador para mim. Testei o líquido na mão. Dançamos de volta para o sofá da sala e ligamos a TV na Oprah, depois o coloquei delicadamente sobre uma almofada atravessada no sofá.

Gostava de alimentar Max assim, porque, quando eu o segurava nos braços, ele sentia o cheiro do leite do peito e às vezes se recusava a pegar a mamadeira. Ele não era nada bobo, conhecia a coisa real. Apoiei-o na almofada e prendi um babador sob seu queixo para reter o líquido que escorresse; dessa maneira, eu até teria uma mão livre para mudar os canais da televisão com o controle remoto, ou folhear as páginas de uma revista.

Oprah tinha como convidadas mulheres que ficaram grávidas e deram à luz sem nem sequer perceber que estavam carregando uma criança na barriga. Sacudi a cabeça para a tela.

— Max, meu garoto — eu disse —, como ela conseguiu *encontrar* seis pessoas assim? — Uma mulher estava dizendo que já havia tido um filho e então, uma noite, sentiu a barriga dolorida como se estivesse com gases e foi se deitar e, dez minutos depois, viu que havia um bebê chorando entre suas pernas. Outra mulher ouviu a história assentindo com a cabeça; ela estava no banco traseiro do carro de uma amiga e, de repente, deu à luz através da calcinha e do shorts, e o bebê estava ali, chorando no tapete do carro. — Como elas não o sentiram chutando? — falei em voz alta. — Como não notaram uma contração?

Max levantou o queixo e o babador caiu, enroscando em minha perna e aterrissando atrás de mim. Suspirei e me virei por meio segundo para pegá-lo, e foi então que ouvi o baque forte da cabeça de Max batendo na lateral da mesinha de centro quando ele rolou do sofá para o chão.

Ele estava deitado no tapete bege-claro, a poucos centímetros da faca que eu tinha usado para cortar o barbante da caixa. Os braços e pernas se debatiam, e o rosto estava virado para baixo. Fiquei sem ar. Levantei-o em meus braços, absorvendo seus gritos no contorno de meus ossos.

— Ah, meu Deus — disse, balançando-o para frente e para trás e abraçando-o com força enquanto ele uivava de dor. — Meu Deus.

Ergui a cabeça para ver se Max estava se acalmando e então notei o sangue, manchando minha blusa e uma ponta do belo lenço novo. Meu bebê estava sangrando.

Coloquei-o no sofá clarinho, sem me importar com isso, e passei os dedos por seu rosto, seu pescoço e seus braços. O sangue vinha do nariz. Nunca tinha visto tanto sangue. Ele não tinha nenhum outro corte; devia ter caído de cara sobre o duro carvalho da mesa. Suas faces estavam inchadas e vermelhas; os punhos socavam o ar com a fúria de um guerreiro. Ele não parava de sangrar. Eu não sabia o que fazer.

Liguei para a pediatra, o número gravado em meu coração.

— Alô — eu disse sem fôlego, acima dos gritos de Max. — Alô? Não, não posso ficar na espera... — Mas a ligação foi interrompida. Levei o telefone até a cozinha, ainda tentando embalar meu filho, e peguei o livro do dr. Spock. Procurei “sangramento nasal” no índice. *Atenda o telefone*, eu pensava. *É uma emergência. Eu machuquei meu filho.* Ali estava... Li o parágrafo inteiro e, no fim, dizia para incliná-lo para frente para que ele não sufocasse com o sangue. Posicionei Max e vi seu rosto ficar ainda mais vermelho, seus gritos mais altos. Apoiei-o em meu ombro outra vez, perguntando-me o que teria feito de errado.

— Alô? — uma voz voltou à linha da pediatra.

— Ah, meu Deus, por favor, me ajude. Meu bebê caiu. O nariz dele está sangrando e não consigo fazer parar...

— Vou chamar uma enfermeira — a mulher disse.

— Depressa! — gritei ao telefone e no ouvido de Max.

A enfermeira me disse para inclinar Max para frente, como o dr. Spock tinha dito, e segurar uma toalha junto a seu nariz. Perguntei se ela poderia esperar no telefone e tentei fazer como ela orientou. Dessa vez, o sangramento pareceu diminuir.

— Está funcionando — gritei para o telefone, que estava pousado de lado, no chão da cozinha. Eu o peguei. — Está funcionando — repeti.

— Ótimo — disse a enfermeira. — Agora, preste muita atenção nele nas próximas duas horas. Se ele parecer ativo e estiver comendo bem, não há necessidade de trazê-lo.

Ao ouvir isso, uma onda de alívio percorreu meu corpo. Não sei como faria para levá-lo ao médico sozinha. Ainda mal conseguia sair do bairro com ele.

— E verifique as pupilas — a enfermeira continuou. — Certifique-se de que não estejam dilatadas ou instáveis. Isso é sinal de concussão.

— Concussão — murmurei, abafada pelos gritos de Max. — Eu não queria fazer isso — disse à enfermeira.

— É claro — a enfermeira me tranquilizou. — Ninguém quer.

Quando desliguei o telefone, Max ainda estava chorando com tanta força que começara a engasgar com os próprios soluços. Eu tremia enquanto massageava suas costas. Tentei remover com uma esponja o sangue coagulado nas narinas, para que ele pudesse respirar. Mesmo depois de limpo, manchas vermelhas tênues permaneciam, como se ele estivesse marcado para sempre.

— Desculpe, Max — sussurrei, as palavras rasgando minha garganta. — Foi só um segundo, foi só por esse tempo que desviei os olhos. Não sabia que você ia se mover tão rápido. — Os gritos de Max diminuíram um pouco, depois recomeçaram, mais fortes. — Desculpe — eu disse, repetindo a palavra como uma cantiga de ninar. — Desculpe.

Levei-o para o banheiro, abri a torneira e o deixei olhar no espelho — era algo que costumava acalmá-lo. Quando Max não respondeu, sentei na tampa do vaso sanitário e o embalei, segurando-o bem perto de mim. Eu também estava chorando, notas agudas e sentidas que me rasgavam o corpo e cortavam o ar, estridentes, entre os gritos de Max. Levei um momento para perceber que, de repente, os sons saíam apenas de mim.

Max estava quieto e imóvel sobre meu ombro. Levantei-me e me movi em direção ao espelho, com medo de olhar. Seus olhos estavam fechados, os cabelos grudados de suor. O nariz estava tampado por sangue seco, e dois hematomas escureciam sua pele logo abaixo dos olhos. Estremeci, tomada por um súbito pensamento: Eu era como aquelas mulheres. Eu tinha matado meu filho.

Ainda sacudida pelos soluços, carreguei Max para o quarto e o coloquei sobre a fresca colcha azul. Suspirei de alívio: suas costas subiam e desciam; ele estava respirando, dormindo. Seu rosto, embora brutalmente marcado, tinha a paz de um anjo.

Segurei o rosto entre as mãos, trêmula. Eu sempre soube que não seria uma mãe muito boa, mas imaginei que meus pecados seriam esquecimento ou ignorância. Não sabia que machucaria meu próprio filho. Com certeza, qualquer outra pessoa seguraria o bebê para recolher o babador. Eu era burra demais para pensar nisso. E, se havia feito uma vez, poderia acontecer de novo.

Tive uma súbita lembrança de minha mãe, na noite anterior a seu desaparecimento de minha vida. Ela usava um roupão de banho laranja-claro e chinelos de coelhinho felpudos. Sentou-se na borda de minha cama.

— Você sabe que eu te amo, Paige-boy — disse ela, porque pensava que eu estava dormindo. — Não deixe ninguém tentar convencê-la do contrário.

Pousei a mão nas costas de meu filho, alisando sua respiração entrecortada.

— Eu te amo — disse, traçando as letras do nome dele no macacão de algodão. — Não deixe ninguém tentar convencê-lo do contrário.

* * *

Max acordou sorrindo. Eu estava reclinada sobre o berço, como tinha estado durante a hora inteira que ele dormira, rezando, pela primeira vez desde que ele nascera, para que acordasse logo.

— Ah, meu docinho — eu disse, segurando seus dedos gorduchos.

Troquei sua fralda e peguei a banheirinha. Sentei-o dentro dela totalmente vestido, mas a enchi de sabonete líquido de bebê e água quente. Depois, limpei seu rosto e braços, onde ainda havia manchas do sangramento do nariz. Troquei sua roupa e lavei a anterior o melhor que pude, pendurando-a para secar sobre a haste da cortina do chuveiro.

Dei-lhe o seio em vez da mamadeira que ele não tinha terminado, achando que ele merecia ser um pouco mimado. Aninhei-o junto ao corpo, e ele sorriu e esfregou o rosto em mim.

— Você não se lembra de nada, não é? — eu disse. Fechei os olhos e apoiei a cabeça no sofá. — Graças a Deus.

Max ficou tão bonzinho o resto da tarde que eu soube que Deus estava me punindo. Revolvi-me em minha culpa, fazendo cócegas na barriga dele e dando beijos molhados nas coxas gorduchas. Quando Nicholas chegou em casa, um nó se apertou em meu estômago, mas não levantei do chão com o bebê.

— Paige, Paige, Paige! — Nicholas cantou, vindo pelo corredor. Ele dançou para dentro da sala com os olhos semicerrados. Estivera de plantão por trinta e seis horas, direto. — Não mencione o nome Mass General perto de mim. Não diga sequer a palavra "coração". Pelas próximas gloriosas vinte e quatro horas, vou dormir, comer coisas gordurosas e ser um bicho-preguiça, bem aqui, na minha própria casa. — Ele foi para a escada, sua voz soando atrás de si. — Você foi à lavanderia?

— Não — murmurei. Eu tinha uma desculpa, daquela vez, para não ter saído de casa, mas ele não ia querer ouvir.

Nicholas reapareceu na sala, segurando a camisa pelo colarinho. Seu bom humor tinha desaparecido. Ele havia me pedido para ir à lavanderia dois dias antes, mas eu não me sentira com coragem para levar Max comigo, e Nicholas não estivera em casa para olhá-lo, e eu não tinha a mínima ideia de como encontrar uma babá.

— Ainda bem que amanhã tenho um dia de folga, então, porque essa era a última droga de camisa limpa que eu tinha. Paige, caramba

— disse ele, enquanto os olhos se enchiam de irritação. — Não é possível que você esteja ocupada todos os minutos do dia.

— Eu estava pensando — respondi, sem levantar os olhos — que talvez você possa olhar o bebê enquanto vou à lavanderia e ao supermercado. — Engoli em seco. — Eu meio que estava esperando você chegar em casa.

Nicholas me olhou, furioso.

— Essa é a primeira folga que tenho em trinta e seis horas, e você quer que eu cuide do Max? — Não respondi. — Pelo amor de Deus, Paige, é meu único dia livre nas últimas duas semanas. *Você* está aqui todo santo dia.

— Posso esperar até que você durma um pouco — sugeri, mas Nicholas já estava saindo da sala.

Segurei as mãozinhas de Max entre as minhas e me preparei para o que eu sabia que estava por vir. Nicholas veio correndo escada abaixo, com a roupa suja de sangue de Max, molhada, enrolada nos dedos.

— O que significa isso? — disse, num tom de voz baixo e severo.

— O Max teve um acidente — respondi, tão calmamente quanto possível. — Um sangramento no nariz. Não foi minha intenção. O babador caiu... — Levantei a cabeça, vi o olhar violento de Nicholas e comecei a chorar outra vez. — Eu virei por um segundo, ou nem isso, foi meio segundo para pegá-lo, e o Max rolou para o lado errado e bateu o nariz na mesa...

— E quando você pretendia me contar?

Nicholas atravessou a sala em três passos largos e levantou Max rudemente.

— Cuidado — falei, e Nicholas emitiu um som estranho, vindo do fundo da garganta.

O olhar dele examinou os hematomas em forma de rins sob os olhos de Max, os resquícios de sangue nas narinas. Ele me encarou por um momento, como se estivesse me penetrando até a alma, e eu soube que estava condenada ao inferno. Nicholas apertou o bebê nos braços.

— Vá — disse apenas. — Eu cuido do Max.

Suas palavras, a acusação por trás delas, atingiram-me tão violentamente quanto um tapa na cara. Levantei-me e fui para o quarto, pegar a pilha de camisas de Nicholas. Segurei-as nos braços, sentindo as mangas enrolando em meus pulsos e prendendo-os. Peguei a bolsa e os óculos escuros sobre a mesa da cozinha e parei à porta da sala. Nicholas e Max me olharam ao mesmo tempo. Estavam sentados juntos no sofá claro, parecendo ter sido esculpidos do mesmo bloco de mármore.

— Não foi minha intenção — murmurei e saí.

No caixa eletrônico, eu estava chorando tanto que nem percebi que havia apertado os botões errados, até ver saírem mil dólares em vez dos cem que precisava para o supermercado e o adiantamento na lavanderia, para as camisas de Nicholas. Não me preocupei em depositar novamente o dinheiro. Em vez disso, saí depressa da vaga proibida em que tinha estacionado, abri todas as janelas e dirigi para a avenida mais próxima. Era bom ouvir o vento gritando nos ouvidos e aliviando o peso de meus cabelos. O aperto em meu peito começou a se amenizar, e a dor de cabeça estava desaparecendo. *Talvez*, pensei, *tudo que eu preciso é de algum tempo sozinha*. Talvez eu só precisasse me afastar um pouco.

As luzes do supermercado apareceram no horizonte. E me veio à cabeça, então, que Nicholas estava certo em duvidar de mim, em manter Max tão longe de mim quanto possível. Aqui estava eu, sorrindo ao sopro do vento, pensando em minha liberdade, quando, poucas horas antes, tinha visto meu filho sangrar por causa de minha própria falta de cuidado.

Devia haver algo errado comigo, bem no fundo, que me fazia ser culpada pela queda de Max. Devia haver algo que fazia de mim uma mãe tão incompetente. Talvez fosse a mesma razão pela qual minha própria mãe fora embora: ela tinha medo das tantas outras coisas que ainda poderia fazer errado. Era possível que Max estivesse melhor como estava, nos braços sólidos e fortes do pai. Era possível que, se tivesse a opção, Max ficasse melhor sem mãe.

Isto, no mínimo, era verdade: eu não era de muita valia para Max, ou para Nicholas, do jeito que estava agora.

Enquanto eu passava direto pelo supermercado, o plano começou a se formar em minha cabeça. Eu não ia ficar longe por muito tempo, só um pouco. Só até conseguir ter uma noite inteira de sono e me sentir bem em relação a mim mesma e em relação a ser mãe de Max, e poder fazer uma lista das coisas que sei fazer sem esgotar minhas ideias. Voltaria com todas as respostas, seria uma pessoa totalmente nova. Telefonaria para Nicholas dali a algumas horas e lhe contaria minha ideia, e ele concordaria e diria, com sua voz calma e estável como um riacho: "Paige, acho que era disso mesmo que você estava precisando".

Comecei a rir, sentindo meu espírito borbulhar de onde havia sido enterrado, bem no fundo de mim. Era tão fácil, na verdade. Eu poderia continuar dirigindo e dirigindo e fingir que não tinha marido nem bebê. Poderia continuar seguindo sempre em frente e nunca olhar para trás. Claro que eu *ia* voltar, assim que tivesse minha vida em ordem outra vez. Mas, naquele momento, eu merecia aquilo. Era como recuperar o tempo que me fora roubado.

Dirigi na velocidade mais alta que jamais dirigira na vida. Passei os dedos pelos cabelos e ri até o vento rachar meus lábios. Minhas bochechas ficaram coradas, e os olhos ardiam sob o impacto do ar. Uma por uma, joguei as camisas de Nicholas pela janela, deixando atrás de mim, na estrada, uma trilha de branco, amarelo, rosa e azul-claro, estendida como um fino cordão de pérolas pálidas.

PARTE II

CRESCIMENTO

VERÃO DE 1993

19
Paige

As grossas cortinas acetinadas da Casa do Destino de Ruby bloqueavam o sol ardente quando dava meio-dia. A própria Ruby, uma montanha de carne acobreada, estava sentada diante de mim. Segurava minhas mãos nas suas. Suas bochechas estavam vermelhas, o queixo duplo tremia. De repente, as pálpebras pesadas se abriram e revelaram surpreendentes olhos verdes que, apenas minutos antes, tinham sido castanhos.

— Menina — disse Ruby —, seu futuro é seu passado.

Eu tinha chegado à Casa do Destino de Ruby conduzida pela fome. Dirigir o dia inteiro desde Cambridge havia me levado à Pensilvânia, a uma área amish. Eu parara um pouco o carro e observara as bonitas charretes pretas e as meninas na idade em que começavam a usar a cabeça coberta. Algo me dissera para continuar dirigindo, apesar de sentir o estômago queimando. Eu não comia desde o café da manhã, e já eram quase oito horas da noite. Então continuei para oeste e, nos arredores de Lancaster, descobri Ruby. Sua casinha geminada era identificada por uma grande placa no formato da palma de uma mão crivada de luas brilhantes e estrelas douradas. Dizia: CASA DO DESTINO DE RUBY. O LUGAR PARA ENCONTRAR RESPOSTAS.

Eu não tinha certeza de quais eram minhas perguntas, mas isso não pareceu importante. E não acreditava em astrologia, mas isso também pareceu irrelevante. Ruby atendeu a porta como se estivesse me esperando.

Fiquei confusa. O que fazia uma mulher negra lendo a sorte em um território amish?

— Você se surpreenderia — disse ela, como se eu tivesse falado em voz alta — se visse quanta gente passa por aqui.

Ela não desgrudava os olhos verdes dos meus. Eu tinha dirigido sem destino o dia todo, mas, ao ouvir as palavras de Ruby, de repente entendi para onde estava indo.

— Estou indo para Chicago? — perguntei delicadamente, para confirmar, e Ruby sorriu.

Tentei me soltar de suas mãos, mas ela me segurava com firmeza. Passou o polegar macio pela palma de minha mão e falou baixinho em uma língua que não entendi.

— Você vai encontrá-la — disse em seguida —, mas ela não é o que você pensa.

— Quem? — perguntei, embora soubesse que ela se referia a minha mãe.

— Às vezes — afirmou ela —, o sangue ruim pula uma geração.

Esperei que ela explicasse, mas Ruby largou minha mão e pigarreou.

— São vinte e cinco dólares — disse, e remexi minha bolsa procurando o dinheiro. Ruby me acompanhou até a rua, e abri a porta pesada do carro. — Você precisa telefonar para ele também — ela falou e, quando levantei os olhos, já havia desaparecido.

* * *

— Nicholas? — Ajeitei a gola da camiseta e passei os dedos no lenço de seda macio de Astrid, tentando escapar do calor da cabine telefônica.

— Meu Deus, Paige! Você está bem? Eu liguei para o supermercado. Liguei para seis deles, porque não sabia a qual você tinha ido, e tentei os postos de gasolina mais próximos. Foi algum acidente?

— Não — eu disse, e o ouvi dar um suspiro de alívio. — Como está o bebê? — perguntei, sentindo as lágrimas ferroarem minha garganta. Era estranho; por quase três meses, eu só pensara em me afastar de Max, e agora não conseguia parar de pensar nele. Ele estava sempre em um canto de minha mente, obscurecendo minha visão, os punhos melados se estendendo para mim. A verdade era que eu sentia falta dele.

— O bebê está bem. Onde você está? Quando vai chegar?

Respirei fundo.

— Estou em Lancaster, Pensilvânia.

— *Onde?* — Ao fundo, ouvi Max começar a chorar. Os sons ficaram mais altos, e percebi que Nicholas o pegara nos braços.

— Eu estava indo para o supermercado e acabei seguindo em frente. Eu só preciso de um tempo...

— Bom, Paige, você e o resto do mundo, mas a gente não sai simplesmente de casa e foge! — Nicholas estava gritando; afastei o fone do ouvido. — Deixe eu ver se estou entendendo bem — disse ele. — Você nos deixou *de propósito*?

— Eu não fugi — insisti. — Vou voltar.

— Quando? Eu tenho uma vida, sabia? Tenho um trabalho e preciso voltar para ele.

Fechei os olhos e recostei a cabeça no vidro da cabine telefônica.

— Eu também tenho uma vida.

Nicholas não respondeu e, por um momento, pensei que tivesse desligado, mas então ouvi Max balbuciando ao fundo.

— Sua vida — disse Nicholas — é aqui. *Não* em Lancaster, Pensilvânia.

O que eu queria lhe dizer era: Não estou pronta para ser mãe. Não consigo nem ser sua esposa enquanto não juntar os pedaços da minha vida e preencher os buracos. Eu *vou* voltar, e recomeçaremos de onde paramos. Não vou esquecer você, eu te amo. Mas o que eu disse para Nicholas foi:

— Vou voltar logo.

Sua voz soou rouca e baixa:

— Não precisa — disse ele e bateu o telefone.

* * *

Dirigi a noite e o dia todos; às quatro horas da tarde, estava no trevo de Chicago. Sabendo que meu pai ainda demoraria algumas horas para chegar em casa, fui até a velha loja de materiais de artes que costumava frequentar. Era estranho dirigir pela cidade. Quando eu morava ali, não tinha carro; sempre havia alguém que me levava aos lugares. Parada em um semáforo, pensei em Jake, nos ângulos de seu rosto e no ritmo de sua respiração. Antigamente, bastava isso para fazê-lo aparecer. Avancei com cuidado quando a luz ficou verde, esperando encontrá-lo na próxima esquina, mas me enganei. A telepatia havia sido cortada anos atrás por Jake, que sabia que não era possível voltar.

O dono da loja era indiano, com a pele lisa e castanha como a de uma cebola. Ele me reconheceu de imediato.

— Srta. O'Toole — disse, a voz fluindo sobre meu nome como um rio. — Posso ajudar?

Ele cruzou as mãos na frente do corpo, como se eu tivesse estado em sua loja um ou dois dias antes. Não respondi logo. Caminhei até as estátuas cinzeladas de Vishnu e Ganesh e passei os dedos sobre a fria cabeça de pedra do elefante.

— Preciso de lápis crayon — murmurei. — E um bloco de desenho e lápis carvão. — As palavras saíram tão facilmente; eu poderia ter dezessete anos outra vez.

Ele me trouxe o que pedi e mostrou os lápis para que eu escolhesse. Peguei-os na palma da mão com tanta reverência quanto teria segurado a hóstia sagrada. E se eu não conseguisse mais? Fazia anos que não desenhava algo substancial.

— Será que eu poderia desenhar o senhor? — pedi ao homem.

Satisfeito com a ideia, ele se posicionou entre as esculturas hindus do Preservador da Vida e do Deus da Boa Sorte.

— Que lugar poderia ser melhor do que este? — disse ele. — Se concordar, senhorita, aqui estaria muito bom, muito bom mesmo.

Engoli em seco e peguei o bloco de desenho. Com linhas hesitantes, desenhei a forma oval do rosto do homem, o brilho forte de seus olhos. Usei um lápis branco para sombrear, criando uma fina teia de rugas em suas têmporas e no queixo. Tracei a idade de seu sorriso e a dilatação ligeira de seu orgulho. Quando terminei, afastei-me um pouco do bloco e observei com olhar crítico. Faltava um pouco de verossimilhança, mas era bom o suficiente para uma primeira tentativa. Perscrutei o fundo e as sombras do rosto, esperando ver uma das minhas imagens ocultas, mas não havia nada além dos traços calmos do carvão. Talvez eu tivesse perdido meu outro talento, e achei que isso poderia não ser tão ruim.

— Senhorita, terminou? Não vai querer guardar o trabalho só para si. — O homem logo se aproximou e sorriu para o desenho. — Vai deixar comigo, não vai?

Assenti num gesto de cabeça.

— Pode ficar. Obrigada.

Eu lhe entreguei o desenho e vinte dólares para pagar o material, mas ele não quis o dinheiro.

— Você me deu um presente, eu lhe dou outro.

Fui até o lago e estacionei em um local proibido. Levando o bloco de desenho e a caixa de lápis carvão sob o braço, sentei-me à margem. Era um dia fresco e havia poucas pessoas na água, apenas algumas crianças com boias em volta da cintura e as mães vigiando com olhos de leoas para que elas não se afastassem. Sentada à beira da água, trouxe Max à mente, tentando formar uma imagem suficientemente clara dele para desenhá-lo. Quando não consegui, fiquei chocada. Por mais que tentasse, não pude captar em seus olhos o modo como ele olhava para o mundo, o modo como tudo era uma série de primeiras vezes. E, sem isso, um retrato de Max simplesmente não era um retrato de Max. Tentei imaginar Nicholas, mas foi a mesma coisa. Seu bonito nariz aquilino, o brilho espesso de seus cabelos... tudo ia e vinha em vagas, como se eu estivesse olhando para ele deitado no fundo de uma lagoa de águas ondulantes. Quando toquei o carvão no papel, nada aconteceu. Dei-me conta de quanto poderia ter sido forte a batida do telefone. Como Jake já havia feito uma vez, era possível que Nicholas também tivesse rompido todas as nossas conexões.

Determinada a não chorar, olhei para a superfície matizada do lago e comecei a mover o carvão sobre a folha em branco. Surgiram diamantes de luz solar e a inconstância das correntes. Embora o desenho fosse branco e preto, podia-se ver claramente como a água era azul. Mas, conforme eu prosseguia, percebi que não estava desenhando o lago Michigan. Estava desenhando o oceano, as águas do Caribe em torno da ilha Grande Caimã.

Quando eu tinha doze anos, fui com meu pai a Grande Caimã, para uma convenção de inventores. Ele gastou a maior parte de nossas economias com as passagens de avião e o aluguel de um apartamento. Estava montando um estande de pedras, as falsas que ele havia criado e que continham um compartimento secreto para uma chave e podiam ser colocadas no chão, bem ao lado da porta da frente, como uma reserva para o caso de esquecimento. A convenção durou dois dias, e, durante esse tempo, eu ficava no condomínio e caminhava pela praia. Brincava na areia branca, mergulhava com snorkel junto aos recifes e afundava para tocar os corais cor de fogo e os peixes-anjos com listras neon. No terceiro dia, nosso último ali, meu pai sentou na espreguiçadeira, na praia. Não quis entrar na água comigo porque, segundo ele, mal tinha conseguido ver o sol. Então fui sozinha e, para minha surpresa, uma tartaruga marinha veio nadar a meu lado. Tinha sessenta centímetros de comprimento e uma plaquinha sob a nadadeira, olhos pretos redondos e um sorriso enrugado; seu casco era curvado e formava como que um horizonte de topázio. Ela pareceu sorrir para mim e então foi embora.

Eu a segui. Estava sempre algumas braçadas atrás. Por fim, quando a tartaruga desapareceu atrás de uma parede de coral, eu parei. Flutuei de costas e massageei a lateral do corpo. Quando abri os olhos, estava a mais de um quilômetro do lugar onde havia começado.

Voltei em nado de peito; a essa altura, meu pai estava desesperado. Ele perguntou para onde eu tinha ido e, quando contei, ele disse que tinha sido uma ideia muito estúpida. Mas entrei de novo no mar mesmo assim, na esperança de encontrar aquela tartaruga. Claro que era um grande oceano, e a tartaruga já estava longe, mas eu sabia, mesmo aos doze anos, que precisava arriscar.

Baixei o bloco de papel. Uma conhecida sensação ofegante tomou conta de mim quando terminei o desenho, como se eu tivesse servido de canal para algum espírito e retornasse naquele momento. No meio do lago Michigan, eu desenhara aquela tartaruga indo embora. Suas costas eram feitas de uma centena de hexágonos. E, muito sutilmente, em cada polígono, eu desenhara minha mãe.

* * *

Eu sabia, antes mesmo de virar a esquina de meu antigo quarteirão, que não ia ficar tempo suficiente para lembrar todas as coisas de minha infância que havia trancado em algum canto escuro da mente. Não conseguiria lembrar o caminho de ônibus para a escola de artes. Não teria tempo de lembrar o nome da padaria judaica com os pãezinhos de cebola recém-saídos do forno. Ficaria apenas até ter juntado as informações de que precisava para encontrar minha mãe.

Percebi que, de certa maneira, sempre estivera tentando encontrá-la. Só que não era eu quem andava atrás dela; era ela quem andava atrás de mim. Ela estava sempre ali quando eu olhava para trás, lembrando-me de quem eu era e de como me tornara assim. Até aquele dia, eu acreditara que ela era a razão de eu ter perdido Jake, a razão de ter fugido de Nicholas, a razão de ter deixado Max. Via-a na raiz de cada erro que eu já havia cometido. Mas, agora, perguntava-me se ela seria de fato o inimigo. Afinal, eu parecia estar seguindo seus passos. Ela também havia fugido, e talvez, se eu soubesse suas razões, poderia entender as minhas. Pelo que eu sabia, minha mãe talvez fosse exatamente como eu.

Subi os degraus de minha casa da infância, os pés se encaixando nos contornos gastos dos tijolos. Atrás de mim estava Chicago, piscando ao anoitecer e espraiada como um destino. Bati na porta da frente, pela primeira vez em oito anos.

Meu pai abriu. Ele era mais baixo do que eu lembrava, e os cabelos, raiados de fios cinzentos, caíam-lhe sobre os olhos.

— May — ele sussurrou, paralisado. — *Á mhuírnán.*

Meu amor. Ele havia falado em galês, o que quase nunca fazia — palavras de carinho que eu o ouvira dizer para minha mãe. E ele tinha me chamado pelo nome dela.

Não me movi. Perguntei-me se aquele seria um augúrio. Meu pai piscou várias vezes, depois olhou fixamente para mim outra vez.

— *Paige* — disse, sacudindo a cabeça, como se ainda não pudesse acreditar que era eu. Estendeu os braços e, com eles, tudo o que podia oferecer. — Menina, você é a imagem da sua mãe.

20
Nicholas

Quem, afinal, ela achava que era? Sai e desaparece por horas, depois telefona de Lancaster, Pensilvânia! Durante todo o tempo em que ele estivera andando de um lado para outro e ligando para o pronto-socorro dos hospitais, ela estava fugindo. De um momento para outro, Paige virara toda a sua vida de cabeça para baixo. Não era assim que Nicholas gostava das coisas. Gostava de suturas bem feitas, muito pouco sangramento, cronogramas cirúrgicos que não se alteravam. Gostava de organização e precisão. Não lhe agradavam surpresas, e *odiava* que alguém o deixasse chocado.

Nem sabia bem com quem estava mais irritado: com Paige, por ter fugido, ou consigo mesmo, por não ter percebido o que ia acontecer. Mas que tipo de mulher era ela, para abandonar um bebê de três meses? Um tremor percorreu os ombros de Nicholas. Certamente aquela não era a mulher por quem havia se apaixonado oito anos antes. Algo tinha acontecido, e Paige não era mais a mesma.

Aquilo era indesculpável.

Nicholas olhou para Max, ainda mastigando o pedaço do fio do telefone que havia ficado pendurado dentro do cercadinho. Pegou o telefone e ligou para o número de emergência do banco. Em questão de minutos, havia bloqueado seus bens, a conta bancária e os cartões de Paige. Isso o fez sorrir, com uma sensação de satisfação que lhe desceu serpenteando até a barriga. Ela não ia chegar muito longe.

Depois ligou para a sala de Fogerty no hospital, esperando lhe deixar um recado para que lhe retornasse mais tarde. Mas, para surpresa de Nicholas, foi a voz brusca e gelada de Fogerty que atendeu o telefone.

— Ora, olá — disse ele, ao ouvir Nicholas. — Você não devia estar dormindo?

— Aconteceu uma coisa — Nicholas respondeu, engolindo fundo o gosto amargo que tinha na boca. — Parece que a Paige se foi.

Alistair não respondeu, e Nicholas de repente se deu conta de que talvez ele tivesse entendido que Paige estava morta.

— Ela foi embora. Pegou o carro e desapareceu. Insanidade temporária, imagino.

Silêncio.

— Por que está me contando isso, Nicholas?

Nicholas teve de pensar um pouco. Por que, afinal, telefonara para Fogerty? Ele olhou para Max, deitado de costas, mordendo os próprios pés.

— Preciso fazer alguma coisa com o Max — disse ele. — Se tiver cirurgia amanhã, preciso de alguém para ficar com ele.

— Talvez os últimos sete anos não tenham deixado clara para você a minha posição no hospital — falou Fogerty. — Sou o chefe da cardiotorácica, não da agência de babás.

— Alistair...

— Nicholas, isso é problema *seu*. Boa noite. — E desligou o telefone.

Nicholas ficou olhando para o fone, sem acreditar. Tinha menos de doze horas para encontrar uma babá.

— Merda — murmurou, remexendo as gavetas da cozinha. Tentou encontrar alguma agenda de Paige, mas parecia não haver nada ali. Por fim, encostado no micro-ondas, achou um pequeno fichário preto. Abriu-o e virou as páginas, com abas em ordem alfabética. Procurava nomes femininos desconhecidos, amigas de Paige que ele talvez pudesse procurar. Mas havia apenas três números: dra. Thayer, a obstetra; dra. Rourke, a pediatra; e o número do pager de Nicholas. Era como se Paige não conhecesse mais ninguém.

Max começou a chorar, e Nicholas lembrou que não trocava a fralda do bebê desde que Paige desaparecera. Levou-o para o quarto, segurando-o longe do peito, como se tivesse receio de se sujar. Puxou a entreperna do macacão de Max, até soltar todos os botões de pressão, e abriu a fralda descartável. Virou-se para pegar uma fralda limpa e a estava segurando no ar, tentando definir se as carinhas de Mickey e Donald iam na frente ou atrás, quando sentiu algo quente atingi-lo. Um fino arco de urina se projetou do meio das pernas agitadas de Max e ensopou o pescoço e o colarinho de Nicholas.

— Maldição — disse ele, fitando o filho, mas falando para Paige. Prendeu frouxamente a nova fralda e deixou o macacão aberto, sem paciência para lidar com os botões. — Vamos lhe dar comida agora — Nicholas disse — e depois você vai dormir.

Até chegar à cozinha, Nicholas não tinha se dado conta de que a fonte primária de alimento de Max estava a centenas de quilômetros de distância. Lembrava-se vagamente de Paige ter mencionado leite em pó. Pôs Max no cadeirão, em um canto da cozinha, e tirou caixas de cereal, macarrão e potinhos de fruta dos armários, em uma tentativa de encontrar o leite.

Achou a lata. Sabia que algo teria de ser esterilizado, mas não havia tempo para isso agora. Max estava começando a chorar e, sem nem olhar para ele, Nicholas pôs a água para ferver e encontrou três mamadeiras vazias, que pressupôs estarem limpas. Leu o rótulo da lata de leite. Uma medida de leite para cada sessenta mililitros de água. Certamente, naquela cozinha, devia haver algum copo medidor.

Olhou embaixo da pia e sobre a geladeira. Por fim, sob uma coleção de espátulas e escumadeiras, encontrou um. Bateu o pé, impaciente, esperando a água ferver. Quando ela por fim ferveu, despejou duzentos e quarenta mililitros de água em cada mamadeira e acrescentou quatro medidas de pó. Nem imaginava que um bebê da idade de Max não consegue tomar uma mamadeira daquelas de uma só vez. Tudo que lhe importava era que o filho se alimentasse e fosse dormir, para que ele pudesse ir para a cama também.

No dia seguinte, encontraria um jeito de manter Max no hospital. Se aparecesse no centro cirúrgico com um bebê no ombro, *alguém* lhe daria uma ajuda. Não podia pensar nisso agora. Sua cabeça estava estourando, e sentia-se tão tonto que mal podia ficar em pé.

Guardou duas mamadeiras na geladeira e levou a terceira para Max. O problema foi que não conseguiu encontrá-lo. Deixara-o no cadeirão e, de repente, ele não estava mais lá.

— Max! — chamou. — Onde você se enfiou, garotão? — Ele saiu da cozinha e subiu as escadas, tão atordoado que quase esperava que o filho estivesse na frente da pia do banheiro fazendo a barba ou no quarto se arrumando para um encontro. Então ouviu os gritos.

Nunca lhe ocorrera que Max ainda não conseguia sentar suficientemente bem para ficar no cadeirão. Mas o que aquela coisa estava fazendo na cozinha, então? Max tinha escorregado do assento e sua cabeça ficara presa sob a bandeja de plástico. Nicholas puxou a bandeja, sem saber direito como levantá-la, até que acabou forçando tanto que desmontou toda a parte da frente. Atirou a peça para o outro lado da cozinha. Assim que pegou o filho, o bebê se aquietou, mas Nicholas não pôde deixar de notar a mancha vermelha no rosto de Max, produzida pelos parafusos e reentrâncias do cadeirão.

— Só o deixei por meio segundo — Nicholas murmurou e, no fundo da mente, ouviu as palavras suaves e claras de Paige: *Não precisa mais do que isso.* Ele acomodou o bebê no ombro e ouviu o suspiro abafado de Max. Pensou no sangramento do nariz e no jeito como a voz de Paige tremia quando contara a ele sobre isso. Meio segundo.

Levou o bebê para o quarto e lhe deu a mamadeira no escuro. Max dormiu quase imediatamente. Quando Nicholas percebeu que os lábios do filho tinham parado de se mover, retirou a mamadeira e o aninhou nos braços. Sabia que, se levantasse para levar Max para o berço, ele acordaria. Teve uma visão de Paige amamentando o filho na cama e adormecendo. "Você não vai querer que ele se acostume a dormir aqui", ele lhe dissera. "É melhor não criar maus hábitos." E ela saiu para o quarto do bebê, prendendo a respiração para que ele não acordasse.

Nicholas desabotoou a camisa com uma das mãos e ajeitou um travesseiro sob o braço que segurava Max. Fechou os olhos. Estava exausto; sentia-se pior depois de cuidar de Max do que costumava se sentir após uma cirurgia de coração aberto. Havia semelhanças; ambos requeriam pensamento rápido, concentração intensa. Mas ele era bom em uma dessas coisas; quanto à outra, a verdade é que não sabia nem por onde começar.

Era tudo culpa de Paige. Se essa era sua ideia idiota de lhe dar uma lição, não ia funcionar como ela queria. Nicholas não se importava se nunca mais visse a esposa. Não depois da peça que ela lhe pregara.

Do nada, lembrou-se de ter onze anos e de um valentão ter arrebentado seu lábio em uma briga no parquinho. Ficara deitado no chão até as outras crianças irem embora, mas não as deixaria vê-lo chorar. Mais tarde, quando contou aos pais, a mãe lhe acariciara o rosto e sorrira.

Não deixaria Paige vê-lo chorar, ou reclamar, ou se mostrar perturbado de algum modo. Dois poderiam jogar o mesmo jogo. E ele faria o que fez com aquele valentão: ignorara-o tão completamente nos dias seguintes à briga que as outras crianças começaram a seguir o exemplo de Nicholas; no fim, o menino viera até ele e pedira desculpas, esperando recuperar os amigos.

Claro que aquela tinha sido uma competição entre crianças. Aqui, agora, era a vida. O que Paige fizera estava além da possibilidade de perdão.

Nicholas achava que teria uma noite difícil, incomodado por pensamentos sombrios sobre a esposa. Mas adormeceu antes de pegar o travesseiro. Não se lembrava, na manhã seguinte, da rapidez com que o sono viera. Não se lembrava do sonho que tivera, com o primeiro Natal que passara com Paige, quando ela lhe dera o jogo infantil Operação e eles jogaram durante horas. Não se lembrava da parte mais fria da noite, quando, por puro instinto, puxara o filho para mais perto e lhe transmitira seu calor.

21
Paige

As roupas de minha mãe não serviam. Ficavam muito baixas na cintura e apertadas no peito. Eram feitas para alguém mais alto e mais magro. Quando meu pai trouxe o velho baú cheio de coisas dela, segurei cada pedaço de seda e algodão como se estivesse tocando sua própria mão. Vesti uma blusa regata amarela e uma bermuda de tecido anarruga e me olhei no espelho. Refletido de volta para mim, estava o mesmo rosto que sempre vi. Isso me surpreendeu. Em minha cabeça, naquele momento, minha mãe e eu havíamos ficado tão semelhantes que, de certa forma, eu chegava a acreditar que havia me *tornado* ela.

Quando desci para a cozinha, meu pai estava sentado à mesa.

— Isso é tudo que tenho, Paige — disse ele, segurando a fotografia de casamento que eu conhecia tão bem. Ela havia estado na mesinha de cabeceira ao lado da cama de meu pai a vida toda. Nela, ele olhava para minha mãe e segurava sua mão com firmeza. Minha mãe sorria, mas seus olhos a traíam. Eu passara anos olhando para aquela foto, tentando entender o que o olhar de minha mãe me lembrava. Aos quinze anos, a imagem me veio. Um guaxinim paralisado pela luz dos faróis, um minuto antes de ser atingido pelo carro.

— Pai — eu disse, passando o dedo sobre sua imagem mais jovem —, e as outras coisas dela? A certidão de nascimento, a aliança de casamento, as fotos antigas...

— Ela levou. Não foi como se tivesse morrido, entende? Ela planejou ir embora, até o último detalhe.

Servi-me uma xícara de café e lhe ofereci a garrafa. Meu pai recusou, sacudindo a cabeça. Agitava-se desconfortavelmente na cadeira; não gostava de tocar nesse assunto. Ele não queria que eu procurasse por ela, isso era muito claro, mas, quando viu como eu estava determinada, disse que faria o que pudesse para me ajudar. Mesmo assim, quando eu lhe fazia perguntas, ele não me olhava. Era como se, depois de tantos anos, ele culpasse a si mesmo.

— Vocês eram felizes? — perguntei baixinho. Vinte anos era um longo tempo, e eu tinha só cinco na época. Talvez houvesse brigas que eu não tivesse ouvido, atrás de portas fechadas, ou algum golpe físico carregado de arrependimento no momento mesmo em que atingia o alvo.

— Eu era muito feliz — disse meu pai. — Nunca teria imaginado que a May ia nos deixar.

O café me pareceu, de repente, amargo demais para ser tomado. Despejei-o na pia.

— Pai, por que você nunca tentou encontrá-la?

Ele se levantou e caminhou até a janela.

— Quando eu era muito pequeno e morávamos na Irlanda, meu pai costumava ceifar os campos três vezes a cada verão, para recolher o feno. Ele tinha um velho trator e começava na beirada de um campo, fazendo círculos em espiral, cada vez menores, até quase chegar ao centro. Então, minhas irmãs e eu corríamos pela grama que ainda restava e perseguíamos os coelhos que tinham sido empurrados para o meio pelo trator. Eles saíam em um turbilhão, muitos deles, pulando mais rápido do que podíamos correr. Uma vez, acho que foi no verão antes de virmos para cá, eu peguei um pelo rabo. Disse para meu pai que ia ficar com ele como bichinho de estimação. Ele ficou muito sério e me disse que isso não seria justo com o coelho, porque Deus não o havia criado para esse propósito. Mas construí uma gaiola e lhe dei feno, água e cenouras. No dia seguinte, ele estava morto, deitado de lado. Meu pai se aproximou e me disse que certas coisas simplesmente haviam nascido para ser livres. — Ele então se voltou para mim, os olhos brilhantes e escuros. — Por isso eu nunca fui procurar sua mãe.

Engoli em seco. Imaginei como seria segurar uma borboleta nas mãos, algo precioso e amado, e saber que, apesar de toda sua devoção, ela está morrendo aos poucos.

— Vinte anos — murmurei. — Você deve odiá-la tanto.

— É. — Ele se aproximou e segurou minhas mãos. — Pelo menos tanto quanto a amo.

* * *

Meu pai me contou que o nome de solteira de minha mãe era Maisie Marie Renault e que ela havia nascido em Biloxi, Mississippi. O pai dela tentara ser fazendeiro, mas a maior parte de suas terras era pantanosa, então ele jamais ganhou muito dinheiro. Morreu em um acidente com uma colheitadeira, que foi muito questionado pela companhia de seguros, e, ao ficar viúva, a mãe de Maisie vendeu a fazenda e pôs o dinheiro no banco. Foi para Wisconsin e começou a trabalhar em um laticínio. Maisie passou a chamar a si própria de May aos quinze anos. Terminou o colégio e arrumou emprego em uma loja de departamentos chamada Hersey's, que ficava na Main Street, em Sheboygan. Ela havia roubado o dinheiro que a mãe guardara dentro de um pote de barro para emergências; comprara um vestido de linho e sapatos imitando couro de crocodilo e dissera ao diretor do departamento pessoal da Hersey's que tinha vinte e um anos e acabara de se formar na Universidade de Wisconsin. Impressionado por seu jeito decidido e as roupas elegantes, ele a encarregou do departamento de maquiagem. Ela aprendeu como aplicar base e blush, como fazer sobrancelhas onde não havia nenhuma, como cobrir imperfeições na pele. Tornou-se especialista na arte de iludir.

May queria que a mãe se mudasse para a Califórnia. Anos conduzindo vacas para as máquinas de ordenha haviam rachado as mãos de sua mãe e deixado suas costas permanentemente curvadas. May trouxe para casa fotos de Los Angeles, onde era possível ter limões crescendo no quintal e não havia neve. Sua mãe se recusou a ir. E assim, pelo menos três vezes por ano, May começou a tentar fugir.

Retirava todo o dinheiro do banco, fazia a mala apenas com as coisas mais importantes e vestia o que chamava de traje de viagem: blusa regata e shorts branco justo. Comprava passagens de ônibus e de trem e ia para Madison, Springfield, e até Chicago. No fim do dia, sempre recuava e voltava para casa. Depositava novamente o dinheiro no banco, desfazia a mala e esperava a mãe chegar do trabalho. Como se tivesse sido apenas uma brincadeira, ela lhe contava para onde tinha ido. E sua mãe dizia: "Chicago! Isso é mais longe do que você foi da última vez".

Foi em uma dessas excursões para Chicago que ela conheceu meu pai, em um restaurante. Talvez nunca tivesse levado sua viagem até o fim porque precisava de um empurrãozinho extra. Bem, foi isso que ele lhe deu. Ela costumava dizer aos vizinhos que, no dia em que pôs os olhos em Patrick O'Toole, soube que estava olhando para seu destino. Claro que nunca mencionou se isso foi bom ou ruim.

Ela se casou com meu pai três meses depois de conhecê-lo no restaurante, e eles se mudaram para a pequena casa geminada em que cresci. Isso foi em 1966. Ela começou a fumar e ficou viciada na TV em cores que haviam comprado com o dinheiro que ganharam no casamento. Assistia a *A família Buscapé* e *Que garota!*, e dizia a meu pai, repetidamente, que sua vocação era ser roteirista. Praticava escrevendo roteiros cômicos nos sacos pardos do supermercado, depois que desembalava a comida da semana. Dizia a meu pai que um dia chegaria lá.

Como achava que tinha de começar de algum modo, ela arrumou um emprego no *Tribune*, escrevendo obituários. Quando descobriu, naquele ano, que estava grávida, insistiu em manter o emprego, dizendo que voltaria depois da licença-maternidade, porque precisava do dinheiro.

Ela me levava ao escritório três vezes por semana e, nos outros dois dias, eu ficava com a vizinha do lado, uma senhora que cheirava a cânfora. Meu pai disse que May era uma boa mãe, mas nunca falou comigo como se eu fosse um bebê ou fez coisas infantis, como brincar de bater as mãos ou de esconde-esconde. Quando eu tinha apenas nove meses, meu pai chegara em casa e me encontrara sentada junto à porta da frente, usando uma fralda e um colar de pérolas, os olhos e os lábios coloridos com sombra violeta e blush. Minha mãe viera correndo da sala de estar, rindo. "Ela não está perfeita, Patrick?", dissera, e, quando meu pai sacudiu a cabeça, toda a luz se esvaíra de seus olhos. Coisas como essa aconteciam com frequência quando eu era bebê. Meu pai disse que ela estava tentando me fazer crescer mais depressa, para que pudesse ter uma melhor amiga.

May nos deixou, sem dizer adeus, em 24 de maio de 1972. Meu pai disse que o que mais o incomodava no desaparecimento dela era não ter percebido o que estava prestes a acontecer. Eles estavam casados havia seis anos, e ele sabia tantos detalhes: a ordem em que ela removia a maquiagem à noite, os molhos de salada que detestava, o modo como a cor de seus olhos mudava quando ela sentia necessidade de ser abraçada. Mas ela o surpreendera totalmente. Por um tempo, ele comprou os jornais de Los Angeles em uma banca internacional, achando que, certamente, ela apareceria em Hollywood escrevendo roteiros para séries de TV e ele ficaria sabendo. Mas, conforme os anos foram passando, ele começou a desconfiar do seguinte: com certeza, alguém que conseguia desaparecer sem deixar rastros poderia ter mentido durante todo o tempo. Meu pai acreditava que, enquanto estiveram casados, ela se dedicara a montar um plano. Decidiu que, se um dia ela voltasse, não a deixaria entrar, porque ela o havia magoado sem esperança de cura. Infelizmente, ainda se pegava, de vez em quando, pensando se ela estaria viva, se estaria bem. Não que ainda esperasse receber notícias dela; perdera a fé no amor. Afinal, tinham se passado vinte anos. Se ela aparecesse a sua porta, não passaria de uma estranha.

* * *

Meu pai entrou no meu quarto naquela noite, quando as estrelas começavam a se perder no bocejo da manhã.

— Está acordada, não está? — disse ele, com o sotaque nítido devido à falta de sono.

— Você sabia que eu estaria — respondi.

Ele se sentou, e eu tomei suas mãos entre as minhas e o fitei. Às vezes, não conseguia acreditar em tudo que ele fizera por mim. Ele se esforçara tanto.

— O que você vai fazer quando a encontrar? — perguntou.

Eu me sentei, puxando as cobertas comigo.

— Posso nem chegar tão longe — respondi. — Faz vinte anos.

— Ah, você vai encontrá-la, eu sei — disse ele. — É assim que é para ser. — Meu pai acreditava fortemente no "Destino", que ele interpretava como se fosse a Sabedoria Divina. Para ele, se fosse a intenção de Deus que eu encontrasse May Renault, eu a encontraria. — Mas, quando encontrar, você não deve ficar lhe contando coisas que ela não precisa saber. — Fiquei olhando para ele, sem entender bem. — É tarde demais, Paige.

Então me dei conta de que talvez, nos últimos dias, eu tivesse acalentado uma imagem cor-de-rosa de meu pai, minha mãe e eu vivendo todos juntos outra vez, sob aquele teto em Chicago. Meu pai estava me alertando de que isso não ia acontecer, não de sua parte. E eu sabia que não poderia acontecer da minha também. Mesmo que minha mãe fizesse as malas e me seguisse até em casa, meu lar não era mais Chicago. Minha casa estava a quilômetros de distância, com um homem muito diferente.

— Pai — eu disse, afastando o pensamento —, me conte uma história de novo.

Eu não escutava as histórias de meu pai havia tempos, desde que fizera catorze anos e decidira que era velha demais para me entusiasmar com as façanhas de musculosos heróis folclóricos irlandeses, dotados de perspicácia e engenhosidade.

Meu pai sorriu ao ouvir meu pedido.

— Acho que você está querendo uma história de amor — disse ele, e eu ri.

— Não há nenhuma — respondi. — Há apenas histórias de amores que deram errado.

Os irlandeses tinham uma história para cada infidelidade. Cúchulainn, o equivalente irlandês de Hércules, era casado, mas seduzia todas as virgens da Irlanda. Angus, o belo deus do amor, era filho de Dagda, rei dos deuses, com uma amante, Boann, que lhe dera à luz enquanto o marido estava longe. Deirdre, forçada a se casar com o velho rei Conchobar para evitar uma profecia que antecipava sofrimentos para a nação inteira, fugiu, em vez disso, para a Escócia com um belo e jovem caçador chamado Naoise. Quando os mensageiros rastrearam e encontraram os amantes, Conchobar mandou matar Naoise e ordenou que

Deirdre se casasse com ele. Ela nunca mais sorriu, e acabou por arrebentar a cabeça em uma rocha.

Eu conhecia todas essas histórias e seus desdobramentos, suficientemente bem para contá-las eu mesma, mas de repente queria ser aconchegada sob as cobertas, em meu quarto de infância, e escutar o sotaque misturado da voz de meu pai enquanto ele me narrava as histórias de sua terra natal. Acomodei-me debaixo dos cobertores e fechei os olhos.

— Conte a história de Deichtire — murmurei.

Meu pai pousou a mão fresca em minha testa.

— Sempre foi sua favorita — disse. Levantou a cabeça e olhou para o sol que começava a surgir sobre os prédios, do outro lado da rua. — Bem, Cúchulainn não era um irlandês como outro qualquer e não teve um nascimento comum. Sua mãe era uma bela mulher chamada Deichtire, com cabelos tão brilhantes quanto o ouro do rei e olhos mais verdes que o rico centeio irlandês. Casada com um chefe do Ulster, era bonita demais para não ser notada pelos deuses. E assim, um dia, foi transformada em um pássaro, uma criatura ainda mais bela do que ela havia sido. Tinha penas brancas como a neve e uma grinalda trançada das nuvens rosadas do amanhecer; apenas seus olhos eram do mesmo verde-esmeralda. Ela voou com cinquenta de suas aias para um palácio encantado, em uma ilha luxuriante no céu, e lá pousou, cercada por suas mulheres, erguendo e baixando as asas. Tão nervosa estava, a princípio, que nem reparou que havia sido transformada de volta na bela mulher que era; também não notou o deus sol, Lugh, parado diante dela e preenchendo o céu. Quando levantou a cabeça e olhou para ele, para os raios de luz que irradiavam dele, se apaixonou imediatamente. Ficou ali, vivendo com Lugh por muitos anos, e lhe deu um filho, o próprio Cúchulainn, mas um dia pegou o menino e voltou para casa.

Abri os olhos, porque essa era a parte de que eu mais gostava, e, mesmo antes de meu pai contá-la, percebi pela primeira vez depois de adulta por que a história sempre tivera tanto poder sobre mim.

— O chefe, marido de Deichtire, que havia passado anos olhando para o céu e esperando, a acolheu de volta, porque, afinal, nunca se deixa de fato de amar alguém, e ele criou Cúchulainn como seu filho.

Em todos aqueles anos, eu havia imaginado minha mãe como Deichtire e eu como Cúchulainn, vítimas do destino, vivendo juntas em uma faiscante ilha mágica. No entanto, também vira a sabedoria do chefe do Ulster à espera. Nunca deixara de pensar que um dia, talvez, minha mãe também voltasse para nós.

Meu pai terminou e me deu uma palmadinha na mão, dizendo:

— Senti falta de você, Paige.

Levantou-se e saiu. Eu pisquei, olhando para o teto pálido. Perguntei-me como seria ter o melhor de dois mundos. Perguntei-me como seria sentir os ladrilhos lisos do palácio do deus sol sob os pés enquanto corria, como seria crescer sob o brilho de sua luz crepuscular.

* * *

Armada com a foto do casamento e toda a história de minha mãe, despedi-me de meu pai e entrei no carro. Esperei até que ele desaparecesse atrás da cortina alaranjada da porta e apoiei a cabeça no volante. O que eu ia fazer agora?

Queria encontrar um detetive, alguém que não risse de mim por empreender uma busca por uma pessoa desaparecida vinte anos depois do fato. Queria encontrar alguém que não me cobrasse muito. Mas não tinha a menor ideia de onde procurar.

Enquanto dirigia rua abaixo, a Igreja de São Cristóvão surgiu à esquerda. Fazia oito anos que eu não entrava em uma igreja; Max nem tinha sido batizado. Isso surpreendera Nicholas na ocasião.

— Pensei que você fosse apenas uma católica não praticante — dissera ele, e eu falei que não acreditava mais em Deus. — Bem — ele respondera, arqueando as sobrancelhas —, pelo menos nisso a gente concorda.

Estacionei e subi os lisos degraus de pedra da igreja. Várias mulheres mais velhas estavam no corredor da esquerda, esperando na fila dos confessionários. Conforme os minutos se passavam, as cortinas se abriam uma a uma, liberando pecadores que ainda precisavam limpar a alma.

Caminhei pelo corredor central da igreja, aquele que sempre acreditei que percorreria vestida de noiva. Sentei-me no primeiro banco. O vitral lançava uma poça ondulada a meus pés, a imagem imprecisa de são João Batista. Franzi a testa, perguntando-me como pudera ver apenas o esplendor de azuis e verdes quando frequentava aquele lugar, como nunca notara que a janela, na verdade, bloqueava o sol.

Eu havia abandonado minha religião, como dissera a Nicholas, mas isso não significava que ela tivesse me abandonado também. Era uma via de mão dupla: só porque eu decidira não rezar maïs para Jesus e para a Virgem Maria, não significava que eles desistiriam de mim sem luta. Assim, embora eu não fosse mais à missa, embora não me confessasse havia quase uma década, Deus ainda estava me seguindo. Eu O sentia como um sussurro sobre o ombro, dizendo-me que renunciar à minha fé não era tão fácil quanto eu imaginara. Eu O ouvia sorrindo com suavidade quando, em momentos de crise, como aquele do sangramento do nariz de Max, eu O chamava automaticamente. Só me deixava mais furiosa perceber que, por mais forte que fosse o empenho em expulsá-Lo de minha cabeça, eu tinha pouca escolha quanto a isso. Ele ainda estava dirigindo minha trajetória, ainda estava manejando as rédeas.

Ajoelhei-me, achando que deveria agir como os outros, mas não deixei orações se formarem nos lábios. Quase diretamente a minha frente estava a estátua da Virgem, que eu havia coroado quando fora Rainha de Maio.

A mãe de Cristo. Não há tantas mulheres santificadas no catolicismo, então, quando criança, ela era meu ídolo. Sempre rezava para ela. E, como todas as outras meninas católicas, eu achava que, se fosse perfeitamente boa nos cerca de doze anos de minha infância, cresceria como ela. Uma vez, no Halloween, até me vesti com roupas iguais, usando um manto azul e uma cruz pesada, mas ninguém entendeu do que eu estava fantasiada. Imaginava Maria muito tranquila e muito bela; afinal, Deus a havia escolhido para gerar Seu filho. Mas o que mais amava nela era que seu lugar no céu estava garantido, simplesmente porque ela fora a mãe de alguém muito especial, e às vezes eu a tomava emprestada de Jesus, fingindo que ela estava sentada ao pé de minha cama me perguntando como tinha sido meu dia na escola.

Eu parecia saber tanto sobre mães no plano abstrato. Lembrava-me de ter aprendido em estudos sociais, na quinta série, que bebês macacos, quando tinham de escolher, preferiam bonecos felpudos aos de arame, para se agarrar. Uma vez, na sala de espera de um médico, li que coiotes uivam se os filhotes se perdem, sabendo que eles encontrarão o caminho para casa ao ouvirem o sinal. Perguntei-me se Max conseguiria encontrar segurança em minha voz. Perguntei-me se, depois de tantos anos, eu conseguiria identificar a de minha mãe.

Pelo canto do olho, vi um padre conhecido indo para o altar. Não queria ser reconhecida e condenada à penitência. Baixei a cabeça e passei por ele no corredor, estremecendo quando meu ombro captou a força de sua fé.

Voltei ao carro e me afastei da igreja, indo para o lugar onde sabia que teria de ir antes de partir para encontrar minha mãe. Quando me aproximei do posto de gasolina, já pude vê-lo a distância. Jake estava entregando um cartão de crédito para um homem de camisa abotoada e jeito de advogado, com cuidado para não roçar a mão suja de graxa na do cliente. O homem partiu em seu automóvel, abrindo um espaço para mim.

Jake não se moveu quando estacionei ao lado da bomba de gasolina sem chumbo e saí do carro.

— Oi — eu disse. Ele fechou e abriu os dedos. Estava usando uma aliança, e isso me deu um frio no estômago, embora eu estivesse usando uma também. Era normal que *eu* tivesse seguido em frente, mas, de alguma maneira, esperava que Jake continuasse exatamente do jeito como o deixara. Engoli em seco e exibi meu sorriso mais brilhante. — Parece que você ficou sem palavras por me ver.

Jake disse então, com a voz fluida e grave que eu lembrava:

— Não sabia que você estava de volta.

— Eu não sabia que vinha. — Afastei-me um pouco dele e protegi os olhos do sol. A fachada da oficina tinha sido reformada, com uma pintura nova e uma placa que dizia: JAKE FLANAGAN, PROPRIETÁRIO.

— Ele morreu — Jake explicou em voz baixa. — Faz três anos.

O ar entre nós estava elétrico, mas mantive distância.

— Sinto muito — falei. — Ninguém me avisou.

Jake olhou para o carro, sujo da longa viagem.

— Quanto quer que eu ponha? — perguntou, pegando a mangueira da bomba de gasolina.

Olhei para ele sem entender. Ele abriu a tampa do tanque.

— Ah, o carro — eu disse. — Pode completar.

Jake assentiu com a cabeça e começou a abastecer. Recostou-se na porta quente de metal e olhou para as próprias mãos, contidas em sua força. Havia graxa nas linhas das palmas, como sempre.

— O que anda fazendo? — ele perguntou. — Ainda desenhando?

Sorri, baixando os olhos.

— Sou mágica escapista — respondi.

— Como Houdini?

— É, mas meus nós e algemas são mais fortes.

Jake não olhou para mim quando a bomba parou. Estendeu a mão, e eu lhe dei meu cartão de crédito.

Eu esperava a descarga física tão conhecida, quando nossos dedos se tocassem. Mas nada aconteceu. Nada mesmo. Eu não procurava paixão, e sabia que não estava apaixonada por Jake. Eu era casada com Nicholas. Estava como deveria estar. Mas, de algum modo, esperava que ainda restasse algo do que havia sido antes. Olhei para o rosto de Jake, e seus olhos cor de água estavam frios e distantes. *Sim*, ele parecia estar dizendo, *está acabado entre nós.*

Quando ele voltou, pouco depois, perguntou se eu podia acompanhá-lo até o escritório por um momento. Meu coração deu um pulo; talvez ele fosse me dizer algo ou baixar a defesa. Mas ele me levou até a máquina de cartões de crédito. Meu cartão American Express tinha sido recusado.

— Não pode ser — murmurei e entreguei-lhe um Visa. — Tente este.

A mesma coisa aconteceu. Sem pedir permissão a Jake, peguei o telefone e liguei para o número de emergência impresso no verso do cartão. O atendente me informou que Nicholas Prescott havia cancelado seu cartão Visa antigo e que um cartão novo, com um novo número, seria enviado a seu endereço. Desliguei o telefone e sacudi a cabeça.

— Meu marido — eu disse. — Ele me bloqueou.

Avaliei mentalmente quanto dinheiro me restava e as chances de meus cheques serem aceitos fora do estado. E se eu não tivesse o suficiente para encontrar minha mãe? E se eu *conseguisse* descobri-la, mas não tivesse dinheiro para chegar até ela? De repente, o braço de Jake estava sobre meus ombros. Ele me conduziu até um banco gasto, de forro plástico cor de laranja, junto à janela.

— Vou tirar seu carro de lá — ele me disse. — Já volto.

Fechei os olhos, reconfortada em uma sensação conhecida. *Dessa vez,* eu disse a mim mesma, *o Jake vai conseguir me salvar.*

Ele voltou e sentou a meu lado. Havia fios brancos em seus cabelos agora, apenas nas têmporas, e as mechas ainda caíam sobre os olhos e se curvavam em em torno das orelhas. Ele ergueu meu queixo e, em seu toque, senti aquela camaradagem tranquila que existia quando eu era sua irmãzinha favorita.

— Então, Paige O'Toole, o que te traz de volta a Chicago?

Foi só ele dar a deixa que eu entrei com as imagens e histórias dos últimos oito anos de minha vida. Acabara de contar sobre Max caindo do sofá e tendo um sangramento nasal quando ouvi o barulho da porta de vidro, e uma mulher jovem entrou. Tinha a pele escura e exótica e olhos com os cantos puxados para cima. Vestia um blusão tingido em padrões coloridos e trazia um pacote grande de salgadinhos na mão esquerda.

— Jantar! — cantarolou, e então viu Jake sentado comigo. — Ah. — Ela sorriu. — Posso esperar lá fora.

Jake levantou e limpou as mãos no jeans. Pousou o braço sobre os ombros da mulher.

— Paige, esta é minha esposa, Ellen.

Os olhos escuros de Ellen se abriram mais ao ouvir meu nome. Por um segundo, esperei que uma fagulha de ciúme turvasse seu sorriso, mas ela apenas deu um passo à frente e estendeu a mão.

— Depois de tantos anos ouvindo falar de você, é bom finalmente conhecê-la — disse, e pude ver em seus olhos que estava sendo sincera. Ela abraçou Jake pela cintura e o apertou de leve, prendendo o polegar no passante do jeans. — Vou deixar os salgadinhos aqui. Encontro você em casa. — E, com tanto desembaraço como quando havia nos interrompido, ela desapareceu.

No momento em que ela saiu do pequeno escritório de vidro, levando consigo a aura de energia que pairava a sua volta, o ar pareceu ter sido sugado também.

— A Ellen e eu estamos casados há cinco anos — Jake disse, olhando para a porta por onde ela havia saído. — Ela sabe de tudo. Não podemos... — Sua voz falhou, e ele recomeçou: — Não pudemos ter filhos ainda. — Desviei os olhos; não confiava em mim para encará-lo naquele momento. — Eu a amo — ele disse suavemente, observando-a ir embora de carro.

— Eu sei.

Jake agachou à minha frente. Pegou minha mão esquerda e passou o dedo sobre minha aliança, deixando um risco de graxa que não se preocupou em limpar.

— Me conte por que ele bloqueou seus cartões.

Inclinei a cabeça para trás e pensei nos dias em que Jake estava se arrumando para um encontro com outra garota; nas noites em que eu tinha jantado com sua família e fingido que realmente pertencia àquele lugar e inventado histórias complicadas sobre a morte de minha mãe, que eu às vezes anotava para, depois, não perder o fio da meada. Lembrei o sorriso maroto de Terence Flanagan quando beliscava o traseiro da esposa enquanto ela servia batatas. Lembrei-me de Jake vindo me procurar depois da meia-noite, para dançarmos na cozinha iluminada pelo luar. Pensei nos braços de Jake a minha volta enquanto ele me carregou para o quarto, ainda sangrando da perda de uma vida. Pensei em seu rosto entrando e saindo de minha dor, nos vínculos impossíveis que ele cortara para dizer adeus.

— Eu fugi — murmurei para Jake. — De novo.

22
Nicholas

— O trato é este — disse Nicholas, equilibrando Max sobre o quadril e a sacola de fraldas no ombro. — Eu pago o que você pedir. Vou fazer o que estiver ao meu alcance para tirá-la dos dois próximos plantões noturnos. Mas você precisa olhar o meu filho.

LaMyrna Ratchet, a enfermeira de plantão na ortopedia, enrolou uma mecha dos cabelos avermelhados entre os dedos.

— Não sei, dr. Prescott — disse ela. — Isso pode me arrumar um bocado de problemas.

Nicholas lhe lançou seu sorriso mais sedutor. Estava de olho no grande relógio acima da cabeça dela, que avisava que, mesmo se saísse imediatamente, estaria quinze minutos atrasado para a cirurgia.

— Estou confiando meu filho a você, LaMyrna. Preciso ir. Tenho um paciente esperando. Aposto que você vai dar um jeito.

LaMyrna mordiscou uma unha e, por fim, estendeu os braços para Max, que agarrou no mesmo instante seus óculos grossos e seus cabelos cacheados.

— Ele não chora, não é? — ela perguntou a Nicholas, que já se apressava pelo corredor.

— Ah, não — ele gritou sobre o ombro. — Nem um pouquinho.

Nicholas chegara ao hospital às cinco horas da manhã, meia hora mais cedo que de hábito. Tivera de fato o prazer de acordar seu filho, que o havia acordado três vezes durante a noite para tomar mamadeira e trocar a fralda. Max, ainda meio sonolento, resmungara o tempo todo enquanto Nicholas tentava enfiá-lo em um macacão amarelo felpudo.

— Agora está vendo como é bom, não é? — dissera.

Nicholas pensara em deixar Max em qualquer creche diurna para funcionários que houvesse no hospital, só que não havia nenhuma ali. Se ele quisesse usar a creche do Mass General, teria de ir até *Charlestown*! E, como se isso já não fosse inconveniente o bastante, a creche só abria às seis e meia da manhã, quando ele já deveria estar se higienizando para a cirurgia. Pediu às enfermeiras do centro cirúrgico para olhar Max, mas elas o fitaram como se estivessem vendo um monstro de duas cabeças. Disseram que era impossível, porque, pelo menos seis vezes por dia, o posto já ficava sem ninguém, por falta de pessoal. Sugeriram os andares de pacientes gerais, mas as únicas enfermeiras que estavam ali naquela hora pareciam sonolentas por terem permanecido acordadas a noite inteira, e Nicholas não se sentiu confiante em deixar Max com elas. Então, foi até o andar da ortopedia e encontrou LaMyrna, uma garota simples e de bom coração que ele conhecia de seu tempo de estagiário.

— Dr. Prescott — ele ouviu e se virou.

Tinha passado a porta do centro cirúrgico, tal era o nível de exaustão em que se encontrava. A enfermeira segurou a porta vaivém para ele. Nicholas ligou a água fumegante das pias industriais e esfregou sob as unhas até que a ponta dos dedos ficasse rosada e sensível. Quando entrou na sala de cirurgia, empurrando a porta com as costas, viu que todos estavam a sua espera.

Fogerty se inclinou para perto do paciente inconsciente.

— Sr. Brennan — disse ele —, parece que o dr. Prescott resolveu nos dar a honra da sua presença, afinal. — Olhou para Nicholas, depois para a porta. — E aí, sem carrinho de bebê? Sem bercinho portátil?

Nicholas o tirou do caminho.

— Quando foi que arranjou esse senso de humor, Alistair? — disse. Então se virou para a enfermeira-chefe: — Prepare-o.

* * *

Ele estava cansado, suado e precisando loucamente de um banho, mas a única coisa que lhe passava pela mente quando terminou a cirurgia era Max.

Sabia que precisava visitar seus pacientes; não tinha a menor ideia de seu cronograma para o dia seguinte. Subiu cinco andares no elevador verde frio. Talvez, ao chegar em casa, Paige estivesse lá, e tudo não teria passado de um terrível pesadelo.

LaMyrna Ratchet não estava em nenhum lugar à vista. Nicholas olhou na sala dos fundos do posto de enfermagem, mas ninguém sabia se ela ainda estava em horário de trabalho. Nicholas começou a espiar em diversos quartos de pacientes. Deu uma olhada por trás de um arranjo de balões, porque achava que tinha visto uma saia branca curta, mas LaMyrna não estava no quarto. A paciente, uma mulher de uns cinquenta anos, agarrou o braço de Nicholas.

— Chega de tirar sangue — gritou ela. — Não deixe que eles tirem mais sangue.

LaMyrna não estava em nenhum dos quartos de pacientes. Nicholas verificou até o banheiro feminino das funcionárias, assustando algumas enfermeiras e uma residente, mas ela não se encontrava na área das pias. Abaixou-se para espiar os sapatos dentro dos cubículos. Chamou-a pelo nome.

Por fim, voltou ao posto de enfermagem, no centro do andar da ortopedia.

— Escute, a enfermeira desapareceu e levou meu bebê — disse ele.

Uma enfermeira desconhecida lhe entregou uma nota de recado telefônico cor-de-rosa que tinha sido dobrada em triângulo.

— Por que não me falou antes? — disse a mulher.

"Dr. Prescott", o bilhete dizia, "tive que ir embora porque terminou meu turno e disseram que o senhor ainda estava em cirurgia, então deixei o Mike com o pessoal na sala dos voluntários. LaMyrna."

Mike?

Nicholas nem lembrava onde ficava a sala dos voluntários. Tinha sido montada na época em que fizera residência; era uma área geral de reunião, com armários e uma folha de presença para os voluntários novos e antigos. Pediu informações na recepção do hospital.

— Posso te levar — uma garota disse. — Estou indo para lá.

Ela não tinha mais que dezesseis anos e usava uma jaqueta jeans com estampa do Nirvana nas costas. Carregava uma pequena bolsa térmica, e seu uniforme vermelho e branco podia ser visto dentro de uma sacola branca simples. Ela percebeu que Nicholas olhava para a sacola.

— Nem morta que eu ia sair da escola vestida com isso — disse e soprou uma bola de chiclete que estourou ruidosamente.

Não havia ninguém na sala dos voluntários. Nicholas correu o dedo pela lista de presença assinada pelos voluntários, mas não encontrou nada que indicasse que um deles estava cuidando de um bebê. Então, apoiada em um canto, viu sua sacola de fraldas.

Nicholas se recostou na parede, inundado por uma onda de alívio.

— Como eu descubro quais voluntárias estão em quais rodízios? — A menina olhou para ele sem entender. — Onde vocês todas trabalham?

A garota deu de ombros.

— Dê uma olhada na frente do livro — respondeu, indicando a folha de presença.

Ele viu uma lista de voluntárias, organizada pelo dia em que trabalhavam e com as tarefas designadas. Havia pelo menos trinta delas no hospital naquele momento. Nicholas coçou o nariz. Aquilo não estava dando certo. Simplesmente não estava.

Saiu da sala dos voluntários com a sacola de fraldas no ombro e, pela primeira vez, notou uma secretária sentada em um balcão improvisado do lado de fora.

— Pois não, dr. Prescott — disse ela, sorrindo.

Ele não perguntou como ela sabia seu nome; muitas pessoas no hospital tinham ouvido falar do garoto-prodígio da cirurgia cardíaca.

— Você viu um bebê? — perguntou ele.

A mulher apontou para o fim do corredor.

— A Dawn estava com ele na última vez em que o vi. Ela o levou para o refeitório. Não precisavam muito dela no ambulatório hoje.

Nicholas ouviu a risada de Max antes de vê-lo. Além da fila cerrada de residentes, enfermeiras e visitantes taciturnos do hospital que esperavam para ser servidos, avistou os cabelos pretos eriçados do filho através de turvos cubos vermelhos de gelatina. Quando chegou à mesa onde uma voluntária balançava Max sobre o joelho, deixou cair a sacola de fraldas no chão. A garota estava alimentando seu filho de três meses com um sorvete de palito.

— O que você pensa que está fazendo? — ele gritou, agarrando o bebê. Max estendeu a mão para o sorvete, mas então percebeu que seu pai tinha voltado e enterrou o rosto melado no colarinho de Nicholas.

— O senhor deve ser o dr. Prescott — a menina disse, sem se perturbar. — Sou a Dawn. Estou com o Max desde o meio-dia. — Abriu a sacola de fraldas e tirou dela a única mamadeira que Nicholas tinha trazido para o hospital, agora completamente vazia. — Ele acabou com esta às dez horas da manhã — repreendeu. — Tive que levá-lo ao banco de leite.

Nicholas teve uma súbita visão de vacas leiteiras, usando pérolas e óculos gatinho, trabalhando como caixas de banco e contando dinheiro.

— O banco de leite — repetiu e então se lembrou. Na ala pediátrica de prematuros, mães recentes doavam seu próprio leite tirado com bombinhas para bebês de desconhecidas que haviam nascido cedo demais.

Avaliou a menina outra vez. Tinha sido esperta o bastante para encontrar comida para Max; percebera até que ele estava com fome, coisa que *ele* mesmo não sabia identificar com certeza. Sentou-se diante dela à mesa, enquanto a garota enrolava o resto do sorvete em um guardanapo.

— Ele gostou — comentou ela, defendendo-se. — Um pedacinho não vai fazer mal, agora que ele já tem três meses.

Nicholas a olhou com curiosidade.

— Como você sabe essas coisas? — perguntou, e Dawn o encarou como se ele fosse louco. Nicholas se inclinou para frente, com ar conspiratório. — Quanto você ganha como voluntária?

— Quanto eu ganho? A gente não ganha dinheiro. Por isso nos chamamos voluntárias.

Nicholas segurou a mão dela.

— Se você voltar amanhã, eu pago. Quatro dólares a hora, se cuidar do Max.

— Eu não faço trabalho voluntário de quinta-feira. Só segunda e quarta. Tenho ensaio da banda nas quintas.

— Claro — disse Nicholas —, você tem amigos.

Dawn se levantou e se esquivou de ambos. Nicholas avançou a mão no ar, como se pudesse detê-la. Imaginou como pareceria aos olhos dela: um cirurgião cansado, descabelado, suado e de olhos arregalados, que provavelmente nem estava segurando o bebê do jeito certo. Nem sabia qual *era* o jeito certo.

Por um segundo, Nicholas achou que fosse perder o controle. Viu a si mesmo desabando, com o rosto nas mãos, soluçando. Viu Max rolando para o chão e batendo a cabeça na borda chanfrada da cadeira. Viu sua carreira destruída, todos os seus colegas se afastando dele, constrangidos. Sua única salvação era a garota a sua frente, um anjo com metade de sua idade.

— Por favor — murmurou para Dawn. — Você não entende como é.

Dawn estendeu os braços para Max e pendurou a sacola de fraldas no ombro magro. Pousou a mão na nuca de Nicholas. A mão era gloriosamente fresca, como uma cachoeira, e gentil como um sopro de ar.

— Cinco dólares — disse ela —, e eu vejo o que posso fazer.

23

Paige

Se Jake não estivesse comigo, eu teria fugido do escritório de Eddie Savoy sem nem sequer entrar. Ficava a cinquenta quilômetros de Chicago, no meio do campo. O prédio era pouco mais que um barraco marrom e desgastado, anexo a uma fazenda de criação de galinhas. O cheiro de excrementos era penetrante, e havia penas grudadas no pneu de meu carro quando saí.

— Tem certeza? — perguntei a Jake. — Você conhece esse cara?

Eddie Savoy irrompeu pela porta naquele momento, quase arrancando as dobradiças.

— Flanagan! — gritou, envolvendo Jake em um abraço apertado. Eles se separaram e deram uns apertos de mão engraçados que pareciam dois passarinhos se acasalando.

Jake me apresentou a Eddie Savoy.

— Paige — disse ele —, eu e o Eddie servimos juntos na guerra.

— Na guerra?

— A Guerra do Golfo — disse Eddie, com orgulho. A voz dele era áspera como pedra de mó.

Olhei para Jake. Guerra do Golfo? Ele tinha estado no exército? O sol incidia em diagonal em suas faces e lhe iluminava os olhos de tal forma que pareciam transparentes. Quanto mais eu teria perdido de Jake Flanagan?

Quando contei a Jake sobre ter deixado Nicholas e Max e, depois, sobre querer encontrar minha mãe, pensei que ele ficaria surpreso, talvez até zangado, já que por todos aqueles anos eu lhe dissera que ela tinha morrido. Mas Jake apenas sorriu.

— Bom, já estava na hora — disse ele.

Eu podia dizer, pelo toque de suas mãos, que ele sabia o tempo todo. Disse-me que tinha um amigo que talvez pudesse ajudar e pediu a um de seus mecânicos para cuidar da oficina.

Eddie Savoy era investigador particular. Estava começando no ramo, trabalhando como assistente para outro detetive, quando se alistara no exército para participar da guerra no golfo Pérsico. Ao voltar, sentiu que já chegava de receber ordens e iniciou a própria agência.

Ele nos levou para uma salinha que parecia ter sido uma câmara fria para armazenamento de carne em uma vida anterior. Sentamo-nos no chão, sobre almofadas indianas enfeitadas com borlas, e Eddie se sentou a nossa frente, atrás de um banco baixo.

— Detesto cadeiras — explicou. — Fazem mal para minhas costas.

Ele não era muito mais velho que Jake, mas tinha cabelos completamente brancos. Cortados bem curtos, eram eriçados, como se cada fio estivesse com muito medo. Não usava bigode, mas tinha um começo de barba, cujos fios também pareciam se projetar diretamente do queixo. Ele me fazia lembrar uma bola de tênis.

— Então você não vê sua mãe há vinte anos — disse ele, puxando a velha foto de casamento que eu segurava.

— Exato — respondi —, e nunca tentei encontrá-la antes. — Inclinei-me para frente. — Acha que tenho alguma chance?

Eddie se recostou e tirou um cigarro da manga da camisa. Acendeu um fósforo riscando-o na mesa baixa e tragou profundamente. Quando falou, suas palavras saíram envoltas em fumaça.

— Sua mãe — disse-me ele — não desapareceu da face da Terra.

Eddie me disse que tudo estava nos números. Não era possível escapar de seus números, não por tanto tempo. Seguro Social, registro de veículos motorizados, registros escolares e trabalhistas. Mesmo que as pessoas alterassem intencionalmente sua identidade, em algum momento sacariam um benefício de previdência social, ou pagariam impostos, e os números levariam até elas. Eddie contou que, na semana anterior, havia encontrado, em metade de um dia, um menino que a mãe tinha entregado para adoção.

— E se ela tiver mudado o número de Seguro Social? — perguntei. — E se o nome dela não for mais May?

Eddie sorriu.

— Se você muda o número do Seguro Social, existe um registro de que ele foi alterado. E o endereço e a idade da pessoa que fez a alteração do número são registrados também. E não dá para simplesmente pegar o número de outra pessoa. Se sua mãe estiver usando o número de outra pessoa, digamos, o da mãe dela, mesmo assim ainda conseguiremos encontrá-la.

Eddie anotou o histórico familiar que eu conhecia. Interessou-se particularmente por doenças genéticas, porque acabara de encerrar um caso de pessoa desaparecida que envolvia diabetes.

— A família inteira da mulher tem diabetes — disse ele —, então fico atrás dela por três anos e sei que está no Maine, mas não consigo encontrar a localização exata. E aí me dou conta de que ela tem mais ou menos a idade em que todos os seus parentes começavam a morrer. Então ligo para todos os hospitais no Maine e descubro quais pacientes têm diabetes. E, dito e feito, lá está ela, recebendo a extrema-unção.

Engoli em seco, e Eddie estendeu o braço sobre a mesa e segurou minha mão. Sua pele parecia a de uma cobra.

— É muito difícil desaparecer — disse ele. — É tudo uma questão de registros públicos. As pessoas mais difíceis de encontrar são as que moram em pensões e casas de cômodos, porque se mudam muito. Mas a gente acaba chegando até elas por meio do serviço de assistência social.

Tive uma visão de minha mãe vivendo do auxílio da assistência social, nas ruas, e estremeci.

— E se minha mãe não for mais minha mãe? — perguntei. — Já faz vinte anos. E se ela encontrou uma nova identidade?

Eddie soprou anéis de fumaça que se expandiram e desceram em torno de meu pescoço.

— Sabe, Paige — respondeu ele, pronunciando meu nome de um jeito esquisito —, as pessoas não são muito criativas. Se elas assumem uma nova identidade, fazem alguma coisa simples, como inverter o primeiro nome e o nome do meio. Usam o nome de solteira ou o sobrenome do tio favorito. Ou mudam a grafia do próprio nome, ou alteram um dígito no número do Seguro Social. Elas não estão dispostas a abandonar completamente aquilo que deixaram para trás. — Ele se inclinou para frente, quase sussurrando. — Claro que as realmente espertas conseguem criar uma imagem totalmente nova. Encontrei um sujeito, uma vez, que tinha assumido uma nova identidade puxando conversa em um bar com um cara muito parecido com ele. Convenceu o outro cara a comparar a identidade com a dele, só por curiosidade, e memorizou o número da carteira de motorista do outro; depois, solicitou uma segunda via para si próprio dizendo que o documento tinha sido roubado. Não é tão difícil se tornar outra pessoa. Você olha nos jornais locais e encontra o nome de alguém que morreu na semana anterior e tinha mais ou menos a sua idade. Isso lhe dá um nome e um endereço. Depois, vai ao local onde a morte ocorreu, e ela está nos registros públicos, e pronto, você tem uma data de nascimento. Em seguida, vai ao Seguro Social e inventa uma história sobre a sua carteira ter sido roubada e recebe um cartão novo com seu novo nome. Os documentos de óbito geralmente demoram a chegar ao Seguro Social, então nada vai parecer estranho. E aí você faz a mesma jogada no departamento de trânsito e consegue uma nova carteira de motorista... — Ele deu de ombros e apagou o cigarro no chão. — Eu conheço todos esses truques, Paige. E tenho contatos. Estou um passo à frente da sua mãe.

Pensei nos obituários de minha mãe, em como teria sido fácil para ela encontrar alguém mais ou menos da mesma idade que tivesse morrido. Pensei em como ela se ligava a essas pessoas e visitava os túmulos, como se fossem velhas amigas.

— O que você vai fazer primeiro? — perguntei.

— Vou começar pelos pedaços da verdade que temos. Vou pegar todas as informações que você me deu e a foto e vou andar pelos arredores de Chicago, vendo se alguém se lembra dela. Depois, vou pesquisar a carteira de motorista e o Seguro Social. Se isso não funcionar, vou examinar os obituários de vinte anos atrás, no *Tribune*. E, se *isso* não funcionar, vou pôr a cabeça para trabalhar e me perguntar: "Para onde posso me virar agora?" Vou rastreá-la e trazer um endereço para você. E então, se você quiser, vou até a casa dela, pego seu lixo antes que a coleta o leve embora e poderei lhe dizer tudo que você desejar saber sobre ela: o que ela come no café da manhã, o que recebe pelo correio, se está casada ou morando com alguém, se tem filhos.

Pensei em minha mãe segurando outro bebê, uma filha diferente.

— Acho que não será necessário — murmurei.

Eddie se levantou, mostrando-nos que a reunião estava encerrada.

— Meus honorários são cinquenta dólares por hora — disse ele, e empalideci. Não poderia pagá-lo por mais que três dias.

Jake se aproximou por trás de mim.

— Tudo bem — declarou. Apertou meu ombro, e suas palavras soaram suavemente em meu ouvido: — Não se preocupe com isso.

* * *

Deixei Jake esperando no carro e liguei para Nicholas de um telefone público, no caminho de volta para Chicago. Tocou quatro vezes, e eu já estava pensando no tipo de mensagem que poderia deixar quando Nicholas atendeu, apressado e ofegante.

— Alô?

— Oi, Nicholas — eu disse. — Como está?

Houve um momento de silêncio.

— Está ligando para pedir desculpas?

Apertei as mãos fechadas.

— Estou em Chicago agora — falei, tentando manter a voz estável. — Vou procurar minha mãe. — Hesitei, depois lhe perguntei o que estava em minha mente, o que eu não conseguia tirar da cabeça. — Como está o Max?

— Aparentemente — Nicholas disse —, você pouco se importa.

— Claro que me importo. Não entendo você, Nicholas. Por que não pode pensar nisso como apenas umas férias ou uma visita ao meu pai? Fazia oito anos que eu não vinha aqui. Eu já lhe *disse* que vou voltar para casa. — Comecei a bater o pé na calçada. — Só vou levar um pouco mais de tempo do que imaginava.

— Pois eu vou lhe contar o que fiz hoje, *querida* — disse Nicholas, com uma voz fria e contida. — Depois de acordar com o Max três vezes durante a noite, levei-o para o hospital de manhã. Tinha uma ponte de safena quádrupla agendada, que quase não completei porque mal conseguia me manter em pé. Alguém podia ter morrido por causa da sua necessidade de... como foi que você chamou mesmo?... *férias*. E deixei o Max com uma estranha, porque não tinha a menor ideia de quem mais poderia cuidar dele. E sabe o que mais? Vou fazer tudo isso de novo amanhã. Você não está com inveja, Paige? Não queria estar no meu lugar? — A estática na linha aumentou quando Nicholas ficou em silêncio. Eu não havia pensado em nada disso; simplesmente fui embora. A voz de Nicholas era tão amarga que tive de afastar o fone do ouvido. — Paige — disse ele —, eu não quero ver sua cara nunca mais. — E desligou.

Apoiei a testa no vidro da cabine telefônica e respirei fundo. Do nada, aquela lista de talentos que eu havia escrito apenas alguns dias antes me voltou à cabeça. "Sei trocar fralda. Sei medir o leite da mamadeira. Sei cantar para o Max dormir." Fechei os olhos. *Posso encontrar minha mãe.*

Saí da cabine, protegendo os olhos contra o julgamento do sol. Jake sorriu do banco de passageiro.

— Como está o Nicholas? — perguntou.

— Ele sente a minha falta — respondi, forçando um sorriso. — Quer que eu volte para casa.

* * *

Em homenagem a minha volta a Chicago, Jake tirou o que classificou como merecidas férias e insistiu que eu passasse algum tempo com ele, enquanto Eddie Savoy procurava minha mãe. Então, na manhã seguinte, fui até o apartamento de Jake e Ellen, que ficava em frente à casa em que a mãe de Jake ainda morava. Era um prédio simples de tijolos, com uma cerca de ferro fundido em torno de um pequeno pátio de piso manchado. Toquei a campainha do interfone, e a porta se abriu.

Mesmo antes de chegar ao apartamento de Jake, no primeiro andar, eu soube que era o dele. Seu cheiro inconfundível — folhas verdes de primavera e suor honesto — infiltrava-se pelas frestas da velha porta de madeira. Ellen abriu e eu me assustei. Ela segurava uma espátula e usava um avental que dizia, na altura do peito: SAI DO MEU PÉ.

— O Jake me contou que o Eddie vai encontrar a sua mãe — disse, sem nem se preocupar em dizer "oi". Ela me fez entrar e me envolveu em seu entusiasmo. — Aposto que você mal pode esperar. Nem posso imaginar não ver minha mãe por vinte anos. Não sei quanto tempo...

— Nossa, El — interrompeu Jake, vindo pelo corredor. — Ainda não são nem nove horas. — Ele tinha acabado de tomar banho. Seus cabelos ainda pingavam nas pontas, deixando pequenas marcas no tapete. Ellen se aproximou e acertou a risca do cabelo dele com a espátula.

O apartamento era quase vazio, com sofás e poltronas que não combinavam e uma imprevista mesa quadrada de plástico. Não havia muitos objetos decorativos, exceto algumas vasilhas de cerâmica feitas em aulas de arte na escola, provavelmente anos antes, pelos irmãos de Jake, e uma estatueta de Jesus pregado na cruz. Mas a sala era aconchegante, acolhedora e cheirava a pipoca e morangos maduros. Parecia envolta em felicidade e habitada com conforto. Pensei em minha cozinha Quase Branca, meu sofá de couro cor de pele, e tive vergonha.

Ellen tinha feito rabanadas para o café da manhã, e suco de laranja recém-espremido e refogado de carne moída. Parei junto à mesa de fórmica mosqueada, olhando para toda aquela comida. Eu não preparava o café da manhã havia anos. Nicholas saía de casa às quatro e meia da madrugada; não havia tempo para arrumar uma mesa como aquela.

— A que horas você tem que acordar para fazer tudo isso? — perguntei.

Jake abraçou Ellen pela cintura.

— Diga a verdade — ele falou e olhou para mim. — Café da manhã é *tudo* o que a Ellen sabe fazer. Minha mãe teve que ensiná-la até a acender o forno, quando nos casamos.

— Jake! — Ellen afastou a mão dele, mas estava sorrindo. Ela colocou uma fatia de rabanada em um prato para mim. — Eu já disse que ele pode voltar para casa se quiser, mas aí vai ter que cuidar da própria roupa outra vez.

Eu estava fascinada com eles. Faziam tudo parecer tão fácil. Eu não me lembrava da última vez em que houvera um toque gentil ou uma conversa tranquila entre mim e Nicholas. Não lembrava se Nicholas e eu *um dia* havíamos sido assim. As coisas aconteceram tão depressa para nós, era como se toda a nossa relação tivesse ocorrido em ritmo acelerado. Perguntei-me por um momento o que teria acontecido se eu tivesse me casado com Jake. Afastei logo o pensamento. Eu havia dado minha vida a Nicholas, e poderíamos ter sido assim, sei que poderíamos, se ele se mantivesse um pouco mais por perto. Ou se eu tivesse lhe dado algo para ele querer estar mais tempo por perto.

Observei Jake puxar Ellen para o colo e beijá-la apaixonadamente, como se eu nem estivesse ali. Ele percebeu meu olhar.

— Pulguinha — disse ele sorrindo —, você *não vai* ficar olhando, né?

— Caramba, o que uma garota tem que fazer para tomar café da manhã nesta casa? — respondi, sorrindo de volta para ele.

Levantei-me e abri a geladeira, procurando o xarope de bordo. Observei Jake e Ellen de trás da porta. Vi suas línguas se encontrarem. *Eu lhe prometo isso, Nicholas*, pensei. *Quando organizar minha vida, vou compensar tudo isso para você. Vou me apaixonar por você outra vez. Vou fazer você se apaixonar por mim.*

Ellen saiu minutos depois para o trabalho, sem comer nada do que havia preparado. Ela trabalhava em uma agência de publicidade no centro, no departamento de remanejamentos.

— Quando as pessoas se mudam para as filiais no interior — explicou ela —, eu as ajudo a recomeçar. — Jogou um longo lenço multicolorido sobre os ombros, beijou Jake no pescoço e acenou para mim.

Nos dois dias seguintes, Jake e eu fomos comprar comida juntos, almoçamos juntos, assistimos juntos ao noticiário de fim de tarde. Eu passava o dia todo com ele, esperando notícias de Eddie Savoy. Às sete horas, quando Ellen chegava em casa, eu me levantava de seu sofá e devolvia Jake para ela. Voltava para a casa de meu pai, às vezes parando em alguma ruela escura e farfalhante, para imaginar o que eles estariam fazendo.

No terceiro dia em que eu estava em Chicago, a temperatura subiu para trinta e oito graus.

— Vão para o lago — disse o DJ da rádio pela manhã, enquanto eu estava a caminho do apartamento de Jake. Quando abri a porta, encontrei-o em pé, no meio da sala, de bermuda, arrumando uma cesta de vime.

— É dia de piquenique — anunciou, mostrando um recipiente plástico cor de laranja. — A Ellen fez salada de feijão e deixou um maiô para você usar.

Experimentei o maiô de Ellen, sentindo-me muito constrangida no quarto onde Jake dormia com a esposa. Não havia nada nas paredes brancas, exceto o velho quadrinho de tecido que sempre estivera sobre a cama de infância de Jake, com a prece irlandesa que ele deixara em minha mochila quando eu fugira de minha vida. A maior parte do quarto era ocupada por uma enorme cama de carvalho com dossel. Cada poste tinha um entalhe representando uma cena diferente do Jardim do Éden: Adão e Eva em um doce abraço; Eva mordendo o fruto proibido; a Queda. A serpente se enrolava em volta do quarto poste, que eu estava usando para me equilibrar enquanto entrava no maiô de Ellen. Olhei-me no espelho e passei as mãos sobre os lugares em que meu busto não preenchia o espaço e onde o tecido se esticava na cintura, mais grossa por causa de Max. Eu não era nem um pouco como Ellen.

No canto do espelho, vi Jake chegar e parar à porta. Seu olhar se deteve em minhas mãos, com as quais eu alisava o corpo, sentindo-me perdida e incômoda na roupa de sua esposa. Depois, ele olhou fixamente para o reflexo de meu rosto, como se estivesse tentando dizer algo, mas não encontrasse as palavras. Virei-me para quebrar o encanto e pus a mão no pescoço entalhado da serpente.

— É uma cama e tanto — comentei.

Ele riu.

— A mãe da Ellen nos deu de presente de casamento. Ela me odeia. Acho que foi sua maneira de dizer para eu ir para o inferno. — Ele caminhou até um armário velho, no canto do quarto, pegou uma camiseta e jogou-a em minha direção. Ela chegava até o meio das coxas. — Tudo pronto? — perguntou, mas já estava saindo do quarto.

Jake e eu paramos no estacionamento de um clube de golfe e seguimos pela trilha sob a estrada, até a margem do lago Michigan. Ele havia tirado a cesta de piquenique e uma caixa térmica com cervejas do porta-malas, e, no momento em que eu ia fechá-lo, num impulso, peguei meu bloco de desenho e os lápis-carvão.

No início de julho, o lago ainda estava frio, mas a umidade e o calor da superfície amenizavam o choque de entrar na água. Meus tornozelos arderam com pontadas de frio e, então, pouco a pouco, foram se acostumando com a temperatura. Jake passou por mim, levantando água ao mergulhar de cabeça. Ressurgiu a cerca de dois metros de distância e sacudiu os cabelos, salpicando-me com gotas geladas que me fizeram prender a respiração.

— Você não é de nada, Pulguinha — disse ele. — Foi para o leste e veja o que aconteceu.

Pensei no Memorial Day do ano anterior, quando estava razoavelmente quente e eu pedira a Nicholas que me levasse à praia em Newburyport. Fui até a água, pronta para nadar. A temperatura do mar não devia passar de dez graus. Nicholas riu e disse que nunca ficava bom para nadar até o fim de agosto. Ele praticamente me carregou de volta para a praia e depois manteve as mãos quentes em volta de meus tornozelos, até que meus dentes parassem de bater.

Jake e eu éramos as únicas pessoas na água, porque ainda nem eram nove horas da manhã. Tínhamos todo o lago para nós. Jake nadou borboleta, depois de peito e, de propósito, chegou mais perto para me molhar.

— Acho que você devia voltar para cá de vez — disse. — Quer saber? Talvez eu nem volte para o trabalho.

Ele mergulhou e ficou sob a água tanto tempo que comecei a me preocupar.

— Jake — murmurei. Comecei a mexer a água com as mãos, a fim de enxergar o fundo. — Jake!

Ele agarrou meu pé e puxou com força, e eu nem tive chance de respirar antes de afundar.

Voltei para a superfície cuspindo e tremendo, e Jake sorriu para mim, a alguma distância.

— Vou te matar — eu disse.

Jake mergulhou os lábios na água e depois fez jorrar uma fonte da boca.

— Você até poderia, mas vai ter que se molhar de novo. — Virou e começou a nadar para mais longe da margem. Respirei fundo e fui atrás dele. Ele sempre fora melhor nadador; eu estava sem fôlego quando o alcancei. Ofegante, agarrei-me a seu calção, depois à pele escorregadia de suas costas. Jake ficou chapinhando na água com uma das mãos enquanto me segurava sob o outro braço. Estava cansado também. — Tudo bem com você? — perguntou, observando meu rosto e os cordões em meu pescoço.

Fiz que sim com a cabeça; não conseguia falar. Jake nos manteve na superfície até que minha respiração ficasse mais lenta e regular. Olhei para a mão dele. O polegar estava pressionado com tanta força em minha pele que certamente deixaria uma marca. As alças do maiô de Ellen, grandes demais para mim, tinham escorregado dos ombros, e o tecido se afrouxara, deixando uma clara linha de visão de meu peito. Jake me puxou para mais perto, movendo as pernas na água entre as minhas, e me beijou.

Não passou de um toque de nossos lábios, mas eu o empurrei e comecei a nadar o mais rápido possível em direção à margem, aterrorizada. Não foi o que ele fez que me assustou tanto — foi o que ficou faltando. Não havia fogo nem paixão brutal, nada semelhante ao que eu lembrava. Houve apenas a batida tranquila de nossa pulsação e o movimento constante do lago.

Não me perturbava o fato de Jake não estar mais apaixonado por mim; eu sabia disso desde o dia em que peguei o ônibus para o leste e comecei minha segunda vida. Mas eu sempre me perguntara: *E se?*, mesmo depois de casada. Não que eu não amasse Nicholas; apenas achava que uma pequena parte de mim sempre amaria Jake. E talvez tenha sido isso que me abalou: eu sabia, agora, que não havia como me agarrar ao passado. Eu estava presa, e sempre estaria, a Nicholas.

Deitei-me na toalha que Jake tinha trazido e fingi estar dormindo quando ele saiu da água e a respingou sobre mim. Não me movi, embora tivesse vontade de sair correndo pela praia, rasgando a areia quente por quilômetros, até não conseguir respirar. Passavam voando por minha mente as palavras de Eddie Savoy: *Vou começar pelos pedaços da verdade.* Eu começava a ver que o passado podia *colorir* o futuro, mas não o *determinava.* E, se eu conseguisse acreditar nisso, seria muito mais fácil me libertar de meus erros.

Quando a respiração regular de Jake me avisou que ele havia adormecido, sentei-me e abri o bloco de desenho em uma página nova. Peguei o lápis carvão e desenhei suas faces, a cor do verão em sua testa, os pequenos pelos dourados sobre o lábio superior. Havia tantas diferenças entre Jake e Nicholas. Os traços de Jake tinham uma energia tranquila; os de Nicholas tinham poder. Eu esperara eternamente por Jake; tivera Nicholas em questão de dias. Quando imaginava Jake, via-o em pé a meu lado, no mesmo nível, embora ele fosse meia cabeça mais alto que eu. Mas Nicholas... bem, Nicholas sempre me parecera ter seis metros de altura.

Nicholas entrara em minha vida em um cavalo branco, entregara-me seu coração e me oferecera o palácio, o vestido de baile e a aliança de ouro. Dera-me o que toda garotinha deseja, o que havia muito eu perdera a esperança de ter. Não era culpa dele ninguém jamais ter mencionado que, depois de fechar o livro de contos de fadas, Cinderela ainda tinha de lavar a roupa, limpar o banheiro e cuidar do príncipe herdeiro.

Uma imagem de Max encheu o espaço à minha frente. Seus olhos estavam muito abertos enquanto ele rolava da posição de bruços e deitava de costas. E um sorriso inundou seu rosto ao perceber que estava vendo o mundo de um ângulo totalmente diferente. Eu começava a entender a maravilha disso, e antes tarde do que nunca. Olhei para Jake e percebi qual era a maior diferença entre eles: com Jake, eu havia tirado uma vida; com Nicholas, criara uma.

Jake abriu os olhos, um de cada vez, bem quando eu terminava o desenho. Ele virou de lado.

— Paige — disse, baixando os olhos. — Desculpa. Eu não devia ter feito aquilo.

Olhei-o diretamente nos olhos.

— Devia sim. Está tudo bem. — Agora que seus olhos estavam abertos, desenhei as pupilas claras e brilhantes e o aro tigrado, cor de ouro, em volta delas.

— Eu precisava ter certeza — ele disse. — Só precisava ter certeza. — Jake baixou a ponta do bloco de desenho para poder ver. — Você ficou tão melhor nisso. — Passou os dedos pela imagem, de maneira leve o bastante para não borrar.

— Só fiquei mais velha — respondi. — Acho que vi mais coisas. — Juntos, ficamos olhando para os traços de surpresa desenhados nos olhos dele, o calor forte do sol refletindo na página branca. Ele pegou minha mão e tocou meus dedos em um ponto do papel em que cachos molhados encontravam a pele de sua nuca. Ali, eu havia desenhado, em silhueta, um casal se abraçando. A distância, estendendo os braços para a mulher, havia um homem que parecia Nicholas; estendendo os braços para o homem, estava uma garota com o rosto de Ellen.

— As coisas saíram como deviam — disse Jake.

Pousou a mão em meu ombro, e tudo o que senti foi conforto.

— Sim — murmurei. — É verdade.

* * *

Sentamo-nos nas almofadas espalhadas de Eddie Savoy, examinando um envelope de papel pardo manchado que reunia os últimos vinte anos da vida de minha mãe.

— Foi moleza — disse Eddie, limpando os dentes com um abridor de cartas. — Assim que descobri quem ela era, foi muito fácil encontrá-la.

Minha mãe tinha saído de Chicago com o nome de Lily Rubens. Lily tinha morrido três dias antes; minha mãe escrevera o obituário para o *Tribune*. Tinha vinte e cinco anos e morrera, de acordo com as palavras dela, de uma longa e dolorosa doença. Minha mãe tinha cópias de seu cartão do Seguro Social, carteira de motorista e até uma certidão de nascimento da prefeitura de Glenwood. Ela não fora para Hollywood. Chegara de alguma maneira a Wyoming, onde trabalhara no Billy DeLite's Wild West Show. Foi uma das dançarinas do saloon até que o próprio Billy DeLite a viu dançar o cancã e a convenceu a fazer o papel de Calamity Jane. De acordo com o fax de Billy, ela podia cavalgar e atirar no alvo como se fizesse isso desde criancinha. Cinco anos depois, em 1977, ela desapareceu no meio da noite com o mais talentoso caubói de rodeio do show e com a maior parte dos lucros do dia anterior.

Os registros de Eddie tinham uma breve lacuna depois disso, mas retomavam em Washington, D.C., onde minha mãe trabalhara por algum tempo fazendo pesquisas de telemarketing para revistas de consumo. Ela poupou dinheiro suficiente das comissões para comprar um cavalo de um homem chamado Charles Crackers e, como estava morando em um condomínio em Chevy Chase na época, deixou o cavalo no estábulo dele e ia montá-lo três vezes por semana.

As páginas prosseguiam registrando a mudança de minha mãe de Chevy Chase para Rockville, Maryland; depois, uma troca de emprego, incluindo um breve período no escritório de campanha de um senador democrata. Quando ele não conseguiu ser reeleito, ela vendeu o cavalo e comprou uma passagem de avião para Chicago, que não usou na época.

Na verdade, ela não fez nenhuma viagem de lazer nos últimos vinte anos, exceto uma vez. Em 10 de junho de 1985, ela *de fato* esteve em Chicago. Ficou no Sheraton e se registrou como Lily Rubens. Eddie observou por sobre meu ombro enquanto eu lia essa parte.

— O que aconteceu em 10 de junho? — perguntou ele.

Virei-me para Jake.

— Foi minha formatura no colégio. — Tentei me lembrar de cada detalhe: a roupa e o chapéu branco que todas as meninas do Papa Pio tinham usado, o calor ardente do sol esquentando as bordas de metal das cadeiras dobráveis, o discurso de abertura do padre Draher sobre servir a Deus em um mundo de pecados. Tentei rememorar os rostos indistintos das pessoas sentadas nas arquibancadas da quadra, mas fazia tempo demais. No dia seguinte à formatura, eu fora embora de casa. Minha mãe tinha voltado para me ver crescer e quase não me encontrara.

Eddie Savoy esperou até eu chegar à última página do relatório.

— Ela está neste lugar faz oito anos — disse ele, apontando para o círculo no mapa da Carolina do Norte. — Farleyville. Não consegui o endereço, não no nome dela, e não há uma lista telefônica. Mas este é o último lugar de emprego registrado dela. Foi cinco anos atrás, mas algo me diz que, em uma cidade do tamanho de um banheiro público, não deve ser difícil localizá-la. — Olhei para os rabiscos ondulados da caligrafia de Eddie. Ele sorriu e se sentou atrás da mesa baixa. Pegou um pedaço de papel rasgado onde havia escrito "Casamento S.A." e um número de telefone. — Imagino que seja uma butique, sei lá — falou. — Eles a conheciam muito bem.

Pensei em minha mãe, aparentemente solteira, exceto pelo caubói de rodeio, e imaginei o que a teria levado a se mudar para as colinas da Carolina do Norte para trabalhar em uma loja de noivas. Visualizei-a caminhando entre os tufos de renda dos vestidos, finas ligas azuis e sapatos de cetim bordado, tocando-os como se tivesse algum direito de usá-los. Quando levantei os olhos, Jake estava apertando a mão de Eddie Savoy. Busquei na carteira seus honorários de quatrocentos dólares, mas Eddie sacudiu a cabeça.

— Já está tudo acertado — disse ele.

Jake me conduziu para fora e não disse uma palavra enquanto nos acomodávamos no carro. Dirigi lentamente pela estrada esburacada que saía do escritório de Eddie, lançando cascalhos para a esquerda e para a direita e espantando as galinhas que tinham se juntado na frente do carro. Parei antes de ter rodado sequer cem metros de distância e apoiei a cabeça no volante para chorar.

Jake me abraçou, torcendo meio desajeitadamente meu corpo sobre o câmbio.

— O que eu faço agora? — perguntei.

Ele deslizou a mão pelo meu rabo de cavalo e deu uma puxadinha de leve.

— Vai para Farleyville, Carolina do Norte.

Encontrá-la tinha sido a parte fácil. Eu estava aterrorizada com a ideia de ficar diante de minha mãe, uma mulher que eu havia recriado segundo a minha imagem. Não sabia o que era pior: despertar lembranças que poderiam fazer-me odiá-la à primeira vista, ou descobrir que eu era exatamente como ela, destinada a continuar fugindo, insegura demais comigo mesma para poder ser mãe de outra pessoa. Esse era o risco que eu estava correndo. Apesar do que eu havia prometido a mim mesma e garantido a Nicholas, se eu de fato tivesse saído como May O'Toole, talvez nunca me sentisse inteira o bastante para voltar para casa.

Olhei para Jake, com a mensagem clara em meus olhos. Ele sorriu docemente.

— Agora é só você.

Lembrei-me da última vez em que ele me dissera isso, em silêncio, com palavras ligeiramente diferentes. Ergui o queixo, decidida.

— Não por muito tempo — eu disse.

24
Nicholas

Quando a voz dela soou no telefone, meio chiada pela estática na linha, Nicholas sentiu a base de seu mundo afundar.

— Oi, Nicholas — disse Paige. — Como está?

Nicholas estava trocando Max e tinha ido correndo com ele no colo até a cozinha, a fim de atender o telefone, deixando o macacão do bebê com os fechos todos abertos. Pôs o filho sobre a mesa da cozinha, apoiando a cabeça dele em uma pilha de guardanapos. Ao ouvir a melodia da voz de sua esposa, ficara repentinamente imobilizado. Era como se o ar tivesse parado de circular, como se o único movimento fosse a agitação rápida das pernas de Max e o bater insistente da pulsação do sangue atrás de suas orelhas. Nicholas segurou o fone entre o ombro e o ouvido e colocou o bebê de bruços no chão. Estendeu o cordão do telefone o mais distante possível.

— Está ligando para pedir desculpas?

Quando ela não respondeu a princípio, Nicholas sentiu a boca seca. E se ela estivesse em dificuldades? Ele bloqueara seu dinheiro. E se ela tivesse tido algum problema com o carro e precisado pedir carona e agora estivesse fugindo de algum lunático com uma faca?

— Estou em Chicago — Paige disse. — Vou procurar minha mãe.

Nicholas passou os dedos pelos cabelos e quase riu. Aquilo era uma piada. Não acontecia com pessoas reais. Era algo que se poderia ver nas sessões de filmes de domingo na TV ou em uma revista feminina. Sempre soubera que Paige era assombrada pela história da mãe; ela era tão reservada ao falar dela que deixava claro quanto isso a perturbava. Mas por que agora?

Quando ela não disse nada, Nicholas olhou pela janelinha da cozinha e se perguntou o que Paige estaria vestindo. Imaginou os cabelos, soltos e emoldurando o rosto, rico das cores do outono. Viu as pontas rosadas e irregulares de suas unhas roídas e a pequeníssima reentrância na base do pescoço. Abriu a geladeira e deixou a rajada de ar frio afastar a imagem de sua mente. Ele não se importava. Simplesmente não ia se permitir isso.

Ao ouvi-la perguntar de Max, sua raiva explodiu de novo.

— Aparentemente, você pouco se importa — ele respondeu e caminhou de volta para Max, planejando bater o telefone na cara dela. Ela estava tagarelando sobre quanto tempo tinha ficado longe de Chicago, e de repente Nicholas se sentiu tão cansado que não pôde mais aguentar. Desabou na cadeira mais próxima e pensou que aquele talvez tivesse sido o pior dia de sua vida. — Pois eu vou lhe contar o que fiz hoje, *querida* — disse, mastigando cada palavra como se fosse um fragmento amargo. — Depois de acordar com o Max três vezes durante a noite, levei-o para o hospital de manhã. Tinha uma ponte de safena quádrupla agendada, que quase não completei porque mal conseguia me manter em pé. — Despejou o resto das palavras, mal ouvindo a si próprio. — Alguém podia ter morrido por causa da sua necessidade de... como foi que você chamou mesmo?... *férias*. — Ele distanciou o fone da boca. — Paige — disse baixinho —, eu não quero ver sua cara nunca mais. — E, fechando os olhos, desligou o telefone.

Quando o telefone tocou outra vez, minutos depois, Nicholas já atendeu gritando.

— Droga, eu não vou repetir!

Fez uma pausa por tempo suficiente para recuperar a respiração, tempo bastante para a autoridade de Alistair Fogerty soar secamente do outro lado da linha. A voz áspera fez Nicholas dar um passo para trás.

— Seis horas, Nicholas. Na minha sala. — E desligou.

Quando voltou ao hospital, Nicholas sentia a cabeça latejar. Tinha se esquecido de pegar a chupeta, e Max gritara o caminho inteiro. Arrastou-se pelas escadas até o quinto andar, a ala administrativa, porque o elevador da garagem estava quebrado. Fogerty estava em sua sala, cuspindo sistematicamente nas plantas da janela.

— Nicholas — disse — e, claro, Max. Como pude esquecer? Aonde o dr. Prescott vai, o pequeno Prescott vai atrás.

Nicholas estava olhando para a planta sobre a qual Alistair estivera inclinado.

— Ah — Fogerty disse, descartando a importância de suas ações com um abano da mão. — Não é nada. Por razões inexplicáveis, a flora da minha sala reage favoravelmente ao sadismo. — Encarou Nicholas com o olhar predador de um falcão. — No entanto, não estamos aqui para falar de mim, Nicholas, mas de você.

Nicholas não sabia o que ele ia dizer até aquele momento. Mas, antes que Alistair pudesse abrir a boca para falar que o hospital não era uma creche que atendesse aos caprichos dele, Nicholas se sentou em uma cadeira e ajeitou Max mais confortavelmente no colo. Não dava a mínima para o que Alistair tinha a lhe dizer. Aquele filho da puta não tinha coração.

— Fico feliz por você ter me chamado, Alistair — disse Nicholas —, porque vou tirar uma licença.

— Uma o *quê*? — Fogerty se levantou e se aproximou de Nicholas. Max riu e esticou o braço em direção à caneta no bolso do avental dele.

— Uma semana é suficiente. Posso pedir à Joyce que reagende minhas cirurgias; farei carga dobrada na próxima semana, se for preciso. E os residentes podem cuidar das emergências. Aquele baixinho desagradável de olhos pretos, como é mesmo o nome dele?... Wollachek, ele serve. Não espero pagamento, é claro. E — Nicholas sorriu — voltarei melhor do que nunca.

— Sem o bebê — acrescentou Fogerty.

Nicholas balançou Max sobre os joelhos.

— Sem o bebê.

Dizer aquilo em voz alta tirou um enorme peso do peito de Nicholas. Não tinha a menor ideia do que faria em apenas uma semana, mas certamente conseguiria encontrar uma babá ou uma auxiliar em período integral para ficar em sua casa. No mínimo, poderia entender Max: qual choro significava que ele estava com fome e qual significava que ele estava cansado; como evitar que a manga de sua camiseta se enrolasse sob a axila; como abrir o carrinho dobrável. Nicholas sabia que estava sorrindo como um idiota, mas pouco se importava. Pela primeira vez em três dias, sentia-se no controle do mundo.

A boca de Fogerty se contorceu em uma linha escura e tortuosa.

— Isso não refletirá bem em seu currículo — disse ele. — Eu esperava mais de você.

Eu esperava mais de você. As palavras trouxeram de volta a imagem de seu pai, em pé diante dele como um basilisco impenetrável, segurando uma prova de física com a única nota abaixo de A que Nicholas havia tirado em toda sua vida.

Nicholas apertou a perna de Max com tanta força que o bebê começou a chorar.

— Não sou uma máquina, Alistair! — gritou. — Não posso fazer tudo. — Pendurou a alça da sacola de fraldas no ombro e foi para a porta. ALISTAIR FOGERTY, dizia a plaqueta. DIRETOR, CIRURGIA CARDIOTORÁCICA. Talvez o nome de Nicholas nunca chegasse àquela porta, mas isso não o faria mudar de ideia. Não se pode pôr o carro na frente dos bois. — Vejo você daqui a uma semana — ele disse baixinho.

* * *

Nicholas se sentou no parque, cercado por mães. Era o terceiro dia que ia lá, e sentia-se triunfante. Não só havia descoberto como abrir o carrinho de bebê dobrável como encontrara um jeito de pendurar a sacola de fraldas de modo que o carrinho não virasse na hora em que ele tirava o filho de dentro. Max era pequeno demais para brincar na caixa de areia com as outras crianças, mas parecia gostar dos sólidos balanços para bebês. Nikki, uma loira bonita com pernas que não tinham fim, sorriu para ele.

— E como o pequeno Max está hoje? — perguntou ela.

Nicholas não entendia por que Paige não era como essas três mulheres. Elas se encontravam no parque no mesmo horário e conversavam animadamente sobre estrias, liquidações de fraldas e os novos vírus gastrointestinais que estavam aparecendo nas creches. Duas delas estavam em licença-maternidade, e a outra ficaria em casa com as crianças até elas terem idade para ir para a escola. Nicholas ficava fascinado com elas. Pareciam ter olhos na nuca e sabiam, por instinto, quando o filho tinha acertado um tapa no rosto de outra criança. Identificavam o choro do próprio filho entre dezenas de outros. Lidavam sem esforço com mamadeiras, casacos e babadores, e as chupetas das crianças nunca caíam no chão. Essas habilidades, Nicholas achava, ele não conseguiria aprender nem em um milhão de anos.

No primeiro dia em que levara Max ao parque, sentara-se sozinho em um banco verde de pintura lascada, observando as mulheres jogarem pazinhas de areia nas pernas nuas dos filhos. Judy fora a primeira a falar com ele.

— Não temos muitos pais aqui — ela dissera. — E nunca durante a semana.

— Estou de férias — Nicholas respondera, meio sem jeito. Max então soltara um arroto que sacudira seu corpo inteiro, e todas as mães riram.

Naquele primeiro dia, Judy, Nikki e Fay lhe deram todas as informações sobre creches e serviços de babá.

— É difícil conseguir boas ajudantes atualmente — Fay dissera. — Uma babá habilitada, que é o que todos querem, demora de seis meses a um ano para encontrar. E, mesmo assim, não viram na televisão? Até babás com as melhores referências podem derrubar seu filho de cabeça, ou abusar dele, ou sabe Deus o que mais.

Judy, que voltaria ao trabalho em um mês, tinha encontrado uma creche quando estava com seis meses de gravidez.

— E mesmo assim tive que entrar em uma lista de espera.

A semana de Nicholas estava quase no fim, e ele ainda não sabia o que fazer com o bebê quando a segunda-feira chegasse. Por outro lado, valera muito a pena. Aquelas mulheres tinham lhe ensinado mais sobre seu próprio filho em três dias do que ele jamais imaginara saber. Quando Nicholas voltava do parque para casa, quase se sentia no controle da situação.

Ele empurrou Max mais alto no balanço, mas o filho estava choramingando. Andava um pouco irritado nos últimos três dias.

— Liguei para a sua babá — ele disse a Nikki —, mas ela está trabalhando como monitora em um acampamento de verão e só pode ficar na minha casa a partir do fim de agosto.

— Bem, vou continuar pesquisando para você — Nikki falou. — Aposto que vai conseguir encontrar alguém. — Sua garotinha, um bebê de treze meses com uma franjinha loiro-avermelhada rala, caiu de cara na caixa de areia e veio chorando. — Ah, Jessica — ela suspirou. — Você ainda precisa se entender melhor com essa coisa de andar.

Era de Nikki que ele mais gostava. Ela era divertida e inteligente e fazia com que ser mãe parecesse tão fácil quanto mascar chiclete. Nicholas tirou Max do balanço e sentou na borda da caixa de areia, enquanto o filho afundava ali os dedos dos pés. Max olhou para Judy e começou a chorar. Ela estendeu os braços.

— Me deixe pegá-lo — disse.

Nicholas concordou, secretamente entusiasmado. Surpreendia-se quando as pessoas pediam para segurar o bebê. Ele o teria entregado a um completo estranho, pelo modo como Max vinha agindo naqueles últimos dias, tal era o alívio que sentia ao vê-lo nos braços de qualquer outra pessoa. Nicholas rabiscou as próprias iniciais na areia fria e macia e, pelo canto do olho, observou Max encarapitado no ombro de Judy.

— Eu dei cereal matinal para o Max pela primeira vez ontem — Nicholas comentou. — Fiz como vocês disseram, mais leite que cereal, mas ele ficava pondo a língua para fora como se não conseguisse entender o que é uma colher. E, apesar do que vocês me falaram, ele *não* dormiu a noite inteira.

Fay sorriu.

— Espere até ele estar tomando mais de uma colher por dia — disse ela. — Aí volte aqui para eu possa falar: "Eu não disse?"

Judy voltou até eles, ainda balançando Max no ombro.

— Sabe, Nicholas, você está indo muito bem. Se fosse meu marido, eu beijaria seus pés! Imagine ter alguém que consiga cuidar das crianças e não pergunte a cada três minutos por que elas estão chorando. — Ela se aproximou de Nicholas e piscou, sorrindo. — É só me dar um sinal que eu peço o divórcio.

Nicholas sorriu, e as mulheres ficaram em silêncio, observando os filhos virarem baldinhos de plásticos e construírem castelos disformes.

— Avise se isso te incomodar — Nikki disse, hesitante. — Quer dizer, nós não te conhecemos há muito tempo e não sabemos quase nada de você, mas tenho uma amiga que é divorciada, com um filho, e eu estava pensando se talvez você quisesse...

— Eu sou casado. — As palavras saíram tão depressa de sua boca que surpreenderam mais a ele que às mães. Fay, Judy e Nikki se entreolharam. — Minha esposa... não está conosco.

Fay alisou com a mão a borda da caixa de areia.

— Sinto muito — disse ela, imaginando o pior.

— Ela não morreu — Nicholas esclareceu. — Ela meio que foi embora.

Judy se pôs em pé, atrás de Fay.

— Foi embora?

Ele confirmou com a cabeça.

— Faz mais ou menos uma semana. Ela, bem... não era muito boa nisso, não como vocês, e estava se sentindo um pouco sobrecarregada, acho, e não aguentou a pressão. — Ele olhou para o rosto surpreso delas, imaginando por que sentia que precisava dar explicações por Paige quando ele próprio não conseguia perdoá-la. — Ela mesma não teve mãe.

— *Todo mundo* tem mãe — disse Fay. — É como as coisas acontecem.

— A dela foi embora quando ela estava com cinco anos. Até onde sei, parece que ela está tentando encontrá-la. Como se isso pudesse lhe trazer todas as respostas.

Fay puxou o filho e apertou as tiras do macacão que estavam se soltando.

— Ah, respostas. Não há respostas. Você devia ter me visto quando meu filho tinha três meses — ela disse com ar brincalhão. — Espantei todos os meus amigos e quase fui declarada legalmente morta pelo médico da família.

Nikki inspirou profundamente e olhou para Nicholas, com os olhos muito abertos e úmidos de pena.

— Seja como for — sussurrou —, deixar o próprio *filho*...

Nicholas sentiu o silêncio crescendo à sua volta. Não queria os olhares delas; não queria compaixão. Olhou para as crianças, desejando que uma delas começasse a chorar, só para dissipar o momento. Até Max estava quieto.

Judy se sentou ao lado dele, balançando Max no colo. Pegou o pulso de Nicholas e levantou a mão dele até a boca do bebê.

— Acho que descobri por que ele está um monstrinho — disse ela, gentilmente. — Aqui. — Pressionou o dedo de Nicholas contra a base da gengiva de Max, onde um triângulo branco afiado cutucou sua pele.

Fay e Nikki se aproximaram, ansiosas para mudar de assunto.

— Um dente! — exclamou Fay, tão animada quanto se Max tivesse sido aceito em Harvard.

E Nikki acrescentou:

— Ele acabou de fazer três meses, não é isso? É bem cedo. Ele está com pressa de crescer. Aposto que vai engatinhar logo.

Nicholas olhou para os cabelos pretos e finos no alto da cabeça do filho. Pressionou o dedo, deixando Max mordê-lo com as mandíbulas e com o dentinho novo. Olhou para o céu sem nuvens e deixou as mulheres passarem o dedo na gengiva de Max. *A Paige ia querer estar aqui*, pensou de repente, e então sentiu a raiva rasgá-lo como um incêndio. *A Paige* deveria *querer estar aqui.*

25

Paige

Eu nunca tinha estado lá, mas era como imaginava a Irlanda pelas histórias de meu pai. Colinas férteis e ondulantes, de um verde profundo de esmeraldas; grama mais espessa que um tapete felpudo; fazendas encaixadas nas encostas e margeadas por sólidas paredes de pedra. Várias vezes parei o carro para beber de riachos mais limpos e frescos do que jamais imaginara possível. Podia ouvir o sotaque de meu pai nas corredeiras e na corrente e não acreditava na ironia: minha mãe fugira para o campo da Carolina do Norte, um lugar que meu pai teria amado.

Se eu não soubesse das coisas, poderia imaginar que aquelas colinas fossem território virgem. Estradas pavimentadas eram o único sinal de que mais alguém tinha estado ali; nas três horas que vinha dirigindo pelo estado, não passara por um único carro. Tinha descido as janelas para que o ar pudesse entrar em meus pulmões. Era mais revigorante que o ar de Chicago, mais leve que o ar de Cambridge. Sentia-me bebendo aquele espaço aberto infinito e entendia como, ali, alguém poderia facilmente se perder.

Desde que saíra de Chicago, eu só pensava em minha mãe. Percorri todas as lembranças concretas que já tivera e congelei cada uma delas na mente, como a imagem de um projetor de slides, na esperança de enxergar algo que não houvesse notado antes. Não conseguia fixar uma imagem de seu rosto. Ele ia e vinha nas sombras.

Meu pai tinha dito que eu me parecia com ela, mas fazia vinte anos que ele não a via e oito que não me via, portanto poderia ter se enganado. Eu sabia, pelas roupas, que ela era mais alta e mais magra que eu. Sabia por Eddie Savoy como ela passara as duas últimas décadas. Mas ainda não achava que conseguiria identificá-la em uma multidão.

Quanto mais avançava, mais me lembrava de minha mãe. De como ela tentava se adiantar fazendo todos os meus almoços da semana no domingo à noite e guardando-os no freezer, de modo que meu macarrão e o peru e o atum das sextas-feiras nunca estavam totalmente descongelados quando eu os comia. Lembrei que, quando tinha quatro anos e fiquei com caxumba apenas do lado direito do rosto, minha mãe me alimentava com meia tigela de gelatina e me mantinha na cama metade do dia, dizendo-me que, afinal, eu estava metade saudável. Lembrei o dia sombrio de março em que ambas estávamos exaustas do granizo e do frio e ela assou um bolo e fez chapeuzinhos de festa cintilantes, e nós comemoramos, juntas, o aniversário de Ninguém. Lembrei-me do dia em que ela sofreu um acidente de carro e de como eu desci as escadas à meia-noite e encontrei a sala cheia de policiais e a vi deitada no sofá, com um olho inchado e fechado e um corte no lábio, os braços estendidos para me abraçar.

Então me lembrei do mês de março antes de ela ir embora, na Quarta-Feira de Cinzas. No jardim de infância, íamos ficar apenas meio período na escola, mas o *Tribune* ainda estaria aberto. Minha mãe poderia ter contratado a babá para cuidar de mim até ela chegar em casa, ou ter me dito para esperar nos Manzetti, nossos vizinhos. Em vez disso, ela tivera a ideia de almoçarmos fora e depois irmos à missa da tarde. Anunciara isso na hora do jantar e dissera a meu pai que eu era esperta o bastante para pegar o ônibus sozinha. Meu pai ficara olhando fixamente para ela, sem acreditar no que tinha ouvido, e por fim segurou a mão dela e a pressionou contra a mesa, com força, como se pudesse fazê-la enxergar a verdade por meio da dor.

— Não, May — disse ele. — Ela é muito pequena.

Mas, bem depois da meia-noite, a porta do meu quarto se abriu e, no facho de luz que iluminou minha cama, vi a sombra de minha mãe. Ela entrou, sentou no escuro e colocou vinte centavos em minha mão, a tarifa do ônibus. Segurava um mapa e uma lanterna e me fez repetir depois dela: "Rua Michigan com Van Buren, linha central. Uma, duas, três, quatro paradas, e a mamãe vai estar lá". Repeti de novo e de novo até estar tão automatizado quanto minhas preces da noite. Minha mãe saiu do quarto e me deixou dormir. Às quatro da manhã, acordei e encontrei o rosto dela a centímetros do meu, sua respiração quente em meus lábios.

— Diga de novo — ela mandou, e minha boca formou as palavras que meu cérebro não podia ouvir, cheio como estava de sono.

— Rua Michigan com Van Buren — murmurei. — Linha central. — Abri bem os olhos, surpresa ao perceber como tinha aprendido bem.

— Essa é minha garota — ela disse, segurando meu rosto entre as mãos. Pressionou meus lábios com um dos dedos, sussurrando: — Não diga nada ao seu pai.

Eu sabia o valor de um segredo. No café da manhã, evitei os olhos de meu pai. Quando minha mãe me deixou na escola, seus olhos brilhavam, febris. Por um momento, ela parecia tão diferente que pensei nas aulas da irmã Alberta sobre o demônio.

— Para que serve tudo isso — ela me disse — sem o risco?

Pressionei o rosto contra o dela e a beijei, como sempre fazia, mas, daquela vez, murmurei em sua face:

— Uma, duas, três, quatro paradas. E você vai estar lá.

Fiquei balançando as pernas sob a carteira naquela manhã, e tinha colorido as imagens de Jesus fora dos contornos, de tão empolgada que estava. Quando soou o sinal e a irmã nos deixou sair, abençoando-nos com um fluxo de palavras apressadas, virei à esquerda, direção para a qual nunca ia. Caminhei até a esquina da Michigan com a Van Buren e vi a farmácia que minha mãe dissera que havia ali. Fiquei de pé sob a placa do metrô e, quando o grande ônibus parou junto à guia, perguntei ao motorista:

— Linha central?

Ele fez que sim e pegou meus vinte centavos; eu me sentei no banco da frente como minha mãe tinha mandado, sem olhar para ninguém, porque poderia haver bêbados e homens maus e até o próprio demônio. Senti uma respiração quente no pescoço e fechei os olhos, escutando o rolar dos pneus, sentindo o solavanco das freadas e contando as paradas. Quando a porta se abriu pela quarta vez, levantei depressa do banco e dei uma olhada rápida para o assento a meu lado, só daquela vez, e não vi nada ali além do vinil azul e das grades do ar-condicionado. Saí do ônibus e esperei que o bando de pessoas se desfizesse, protegendo os olhos do sol. Minha mãe se ajoelhou, de braços abertos, com seu sorriso vermelho e largo.

— Paige-boy — disse ela, me envolvendo em sua capa de chuva roxa. — Eu sabia que você viria.

* * *

Perguntei a um homem com tufos esparsos de cabelos grisalhos, sentado sobre um latão de leite na beira da estrada, se ele conhecia Farleyville.

— Conheço — ele respondeu, apontando adiante. — É logo ali.

— Hum, e por acaso sabe de uma butique chamada Casamento S.A.?

O homem coçou o peito sobre a camisa gasta de cambraia e riu. Não tinha nenhum dente.

— Bu-ti-que — ele repetiu, com ar de troça. — Isso eu não sei não, moça.

Fiz uma expressão séria.

— Poderia só me dizer se conhece, por favor?

O homem continuou rindo para mim.

— Se for o lugar que estou pensando, e não deve ser, então você pega a primeira à direita no campo de tabaco e continua reto até ver uma loja de iscas de pesca. Fica cinco quilômetros depois disso, à esquerda. — Ele sacudiu a cabeça quando voltei para o carro. — Você disse Farleyville, não foi?

Segui as instruções, errando apenas uma vez, mas isso porque não sabia distinguir uma plantação de tabaco de uma plantação de milho. A loja de iscas não passava de um barraco com um peixe pintado em uma placa de madeira na frente, e eu me perguntei por que as pessoas se dariam ao trabalho de ir até aquele lugar para comprar vestidos de noiva. Certamente Raleigh seria um lugar melhor. Imaginei se a loja de minha mãe seria de usados, ou atacadista, e como poderia até mesmo se manter em funcionamento ali.

O único prédio cinco quilômetros à esquerda era um bloco quadrado de cimento pintado de cor-de-rosa, sem nenhuma placa afixada. Saí do carro e puxei a porta da frente, mas estava trancada. A grande janela de vidro estava parcialmente iluminada pelo sol poente, que estivera sempre a minhas costas enquanto eu dirigia, se derramando sobre as plantações de tabaco como lava quente. Dei uma espiada lá dentro, procurando um arranjo de cabeça enfeitado de pérolas, ou um vestido de princesa de conto de fadas. Não conseguia enxergar além da vitrine e levei um minuto para me dar conta de que a peça orgulhosamente exposta atrás do vidro era uma sela finamente costurada, com estribos faiscantes, um cabresto felpudo, uma manta de lã com a silhueta bordada de um garanhão. Apertei os olhos, depois voltei para a porta, para o aviso escrito à mão que eu não havia notado antes. CASA ARMENTO S.A., dizia. FECHADO.

Desabei no chão na frente do prédio e puxei os joelhos de encontro ao corpo, apoiando a cabeça neles. Todo aquele tempo, todos aqueles quilômetros, e não dera em nada. Meus pensamentos vinham em ondas: minha mãe não poderia estar trabalhando ali; devia estar em um tipo totalmente diferente de loja. Desejei acabar com a vida de Eddie Savoy. Nuvens rosadas se estendiam pelo céu como dedos e, naquele momento, o último raio de sol iluminou o interior da loja de arreios. Então, visualizei claramente a pintura no teto. Era exatamente como a de outro teto que eu lembrava, o que eu pintara com minha mãe e sob o qual ficávamos deitadas por horas, esperando que aqueles velozes puros--sangues voadores nos levassem para longe.

26
Nicholas

Astrid Prescott teve a certeza de estar vendo um fantasma. Sua mão ainda estava congelada na maçaneta de bronze da porta, que ela segurara para abrir, reclamando porque Imelda tinha desaparecido à procura do polidor de prata e por isso ela tivera de interromper seu trabalho no estúdio para atender. E, assim, dera de cara com o mesmo fantasma que a assombrava havia semanas, após ter deixado perfeitamente claro que o passado não seria perdoado. Astrid sacudiu levemente a cabeça. A menos que estivesse imaginando, parados ali à porta estavam Nicholas e um bebê de cabelos pretos, ambos de testa franzida, ambos parecendo a ponto de chorar.

— Entre — Astrid disse com a voz calma, como se tivesse visto Nicholas mais de uma vez durante os últimos oito anos. Estendeu os braços para o bebê, mas Nicholas deixou a sacola de fraldas escorregar do ombro, passando-a para a mãe.

Ele deu três passos ressonantes para dentro do saguão de mármore.

— Você deve saber — disse ele — que eu não estaria aqui se tivesse alternativa.

Nicholas ficara acordado a noite inteira, tentando encontrar outra saída. Estava em licença não remunerada havia uma semana e, apesar de todos os esforços, não encontrara uma creche de qualidade para o filho. No serviço de babás mais recomendado, deram risada quando ele disse que precisava de uma babá dali a seis dias. Quase contratara uma estudante suíça, e chegou a deixá-la com o bebê enquanto ia ao supermercado, mas voltara para casa e encontrara Max choramingando em seu cercadinho, enquanto a menina conversava com o namorado ciclista na sala de estar. As creches de boa reputação tinham listas de espera até 1995, e ele não confiava nas filhas adolescentes dos vizinhos, que estavam à procura de um emprego de verão. Nicholas sabia que, se quisesse voltar ao Mass General conforme programado, a única opção seria engolir o orgulho e recorrer à ajuda dos pais.

Sabia que sua mãe não se recusaria. Tinha visto a expressão dela quando lhe contara sobre Max. Poderia apostar que ela guardava na carteira a foto do bebê que ele lhe deixara. Passou pela mãe e entrou na sala de estar, a mesma sala de onde puxara Paige, indignado, oito anos antes. Seus olhos percorreram os estofamentos adamascados, as mesas de madeira lustrosas. Esperou pelas perguntas de sua mãe, depois as acusações. O que seus pais tinham conseguido ver que ele fora cego demais para enxergar?

Pôs Max no tapete e o observou rolar pelo chão até parar próximo ao sofá, onde estendeu a mão para a fina perna entalhada do móvel. Astrid hesitou à porta por um momento, depois pôs no rosto seu mais largo sorriso diplomático. Aquele sorriso conseguira convencer Idi Amin a lhe conceder livre acesso de imprensa em Uganda; certamente, aquilo não poderia ser mais difícil. Ela se sentou em um sofazinho Luís XIV que lhe permitia olhar bem para Max.

— É bom ver você, Nicholas — disse ela. — Vai ficar para o almoço?

Nicholas não tirava os olhos do filho. Astrid observou-o, grande demais para a cadeira onde se sentara, e percebeu que ele não se encaixava direito naquela sala. Perguntava-se o que teria acontecido. Nicholas desviou o olhar para fitar a mãe, como em um desafio.

— Está ocupada? — perguntou.

Astrid pensou nas fotografias espalhadas pelo estúdio, nas velhas mulheres Ladakhi com pesados colares de penas, nas crianças morenas descalças, brincando de pega-pega diante de antigos mosteiros budistas. Estivera escrevendo a introdução para seu livro de fotos mais recente, centrado no Himalaia e no planalto tibetano. Já estava três dias além do prazo, e o editor ligaria cedo, na manhã seguinte, para cobrar de novo.

— Na verdade — respondeu Astrid —, estou com o dia todo livre.

Nicholas suspirou tão baixinho que nem sua mãe notou. Recostou-se na moldura rígida da cadeira, pensando nos sofás de estofamento fofo com listras azuis e brancas que Paige encontrara em uma liquidação para a sala de seu antigo apartamento. Ela convencera um vendedor ambulante que encontrara na rua, na frente do restaurante em que trabalhava, a ajudá-la a levar os sofás para casa em sua caminhonete, depois passara três semanas perguntando a Nicholas se era sofá demais para uma sala tão pequena. "Olhe estas pernas imensas", ela dizia. "Não parecem erradas?"

— Preciso da sua ajuda — Nicholas disse, com a voz contida.

Qualquer hesitação que Astrid pudesse ainda sentir, qualquer advertência íntima lhe dizendo para ir com calma a que estivesse tentando obedecer, tudo isso desapareceu quando Nicholas falou. Ela se levantou e caminhou até o filho. Em silêncio, envolveu-o nos braços e o balançou para frente e para trás. Não abraçava Nicholas assim desde que ele tinha treze anos, em um jogo de futebol na escola, quando ele a chamara de lado e lhe dissera que já era grande demais para aquelas coisas.

Nicholas não tentou afastá-la. Seus braços pousaram nas costas dela; ele fechou os olhos e se perguntou onde a mãe, criada em chás da tarde e bailes beneficentes, obtivera tanta coragem.

Astrid trouxe café gelado e pão de canela e deixou Nicholas comer, enquanto impedia Max de mastigar as ferramentas da lareira e os fios elétricos.

— Não entendo — disse ela, sorrindo para o bebê. — Como ela pôde ir embora?

Nicholas tentou se lembrar de um tempo em que teria defendido Paige até o fim, protestado contra a mãe e o pai e sacrificado seu braço direito antes de deixar que eles criticassem a esposa. Abriu a boca para dar uma justificativa, mas não conseguiu pensar em nenhuma.

— Não sei — respondeu. — Eu realmente não sei. — Ele passou o dedo pela borda do copo. — Eu nem saberia dizer o que ela poderia estar *pensando*, para ser sincero. É como se ela tivesse planos totalmente diferentes, que nunca se preocupou em me contar. Ela poderia ter dito alguma coisa. Eu teria... — Nicholas se deteve. Ele teria o quê? Ajudado Paige? Ouvido o que ela tinha a dizer?

— Você não teria feito nada, Nicholas — Astrid disse, incisiva. — Você é como seu pai. Quando saio para uma viagem de fotos, ele leva três dias para notar que eu não estou em casa.

— Isso não é minha culpa — gritou Nicholas. — Não jogue essa culpa em mim.

Astrid deu de ombros.

— Não ponha palavras em minha boca. Eu só estava imaginando qual foi a justificativa da Paige, se ela está pensando em voltar, essas coisas.

— Pouco me importa — murmurou Nicholas.

— Claro que importa — disse Astrid. Ela pegou Max e o embalou no colo. — Você é exatamente como seu pai.

Nicholas pôs o copo sobre a mesa, tirando uma pequena satisfação do fato de que não havia porta-copos e ele deixaria uma marca redonda.

— Mas *você* não é como a Paige — ele disse. — *Você* nunca abandonaria o próprio filho.

Astrid apertou Max mais forte contra si, e ele começou a morder suas pérolas.

— O que não significa que eu nunca tenha pensado nisso.

Nicholas se levantou abruptamente e tirou o bebê do colo da mãe. Nada estava saindo como ele havia planejado. Sua mãe deveria ficar tão cheia de gratidão ao ver Max que não faria essas perguntas, imploraria para ficar com o neto durante o dia, a semana, o que fosse. Sua mãe *não* deveria fazê-lo pensar em Paige, *não* deveria ficar do lado dela.

— Esqueça — disse ele. — Vamos embora. Achei que você fosse capaz de entender aonde eu estava querendo chegar.

Astrid bloqueou a saída.

— Não seja bobo, Nicholas. Eu sei exatamente aonde você estava querendo chegar. Eu não disse que a Paige estava certa de ir embora, só disse que eu mesma cheguei a pensar nisso algumas vezes. Agora me dê essa criança linda e vá consertar corações.

Nicholas piscou. Sua mãe tirou o bebê de seus braços. Ele não tinha lhe contado seus planos; nem sequer mencionara que precisava que ela cuidasse do bebê enquanto ele trabalhava. Astrid, que estava levando Max de volta para a sala, virou-se e olhou para Nicholas.

— Eu sou sua *mãe* — disse ela, como explicação. — Eu sei como você pensa.

Nicholas fechou a tampa do piano de cauda e estendeu sobre ela o trocador impermeável que estava dentro da sacola, formando uma superfície improvisada para troca de fraldas.

— Eu uso esta pomada nele para evitar assaduras — disse ele para Astrid. — Talco resseca a pele dele. — Explicou quando e quanto Max comia e a melhor maneira de evitar que ele cuspisse papinha de vagem na cara dela. Trouxe o bebê conforto de Max e disse que serviria bem para um cochilo. Disse que, se o bebê por acaso decidisse dormir, seria entre duas e quatro horas da tarde.

Deixou o número de seu pager com Astrid, para alguma emergência. Ela e Max o acompanharam até a porta.

— Não se preocupe — disse ela, tocando a manga de Nicholas. — Já fiz isso antes. E fiz um trabalho muito bom. — Ergueu o pescoço e beijou Nicholas no rosto, lembrando a mudança de rumo que sua vida havia sofrido no dia em que seu até então pequeno filho começara a olhá-la na altura dos olhos.

Nicholas seguiu pelo caminho de ardósia, desimpedido. Não se virou para acenar para Max nem se preocupou em lhe dar um beijo de despedida. Moveu os músculos dos ombros, doloridos das alças cortantes da sacola de fraldas e do peso instável de um bebê de oito quilos. Surpreendera-se com quanto sabia de Max, quanto pudera contar à mãe sobre a rotina dele. Começou a assobiar, e estava tão orgulhoso de si mesmo que nem pensou em Robert Prescott até chegar ao carro.

Com a mão ainda tocando o metal quente da maçaneta, virou-se de novo para a mãe. Ela e Max estavam parados à porta, diminuídos pela enormidade da casa atrás deles. Reencontrar-se com Astrid tinha sido bem simples, depois de todas as conversas hesitantes pelo telefone. Mas, durante todo esse tempo, Robert Prescott nem sequer fora mencionado. Nicholas não tinha ideia se seu pai ficaria entusiasmado ao ver a criança que levaria adiante seu nome, ou se renegaria Max tão facilmente quanto havia renegado o próprio filho. Não tinha mais ideia de como era seu pai.

— O que o papai vai dizer? — murmurou.

Sua mãe não podia tê-lo ouvido daquela distância, mas pareceu entender a pergunta.

— Imagino — disse ela, pisando em um quadrado iluminado pela tarde brilhante — que ele vai dizer: "Oi, Max".

* * *

Nada poderia ter surpreendido Nicholas mais que a cena que o recebeu quando ele chegou à casa dos pais, perto da meia-noite, para pegar o bebê. Enchendo a sala de estar, havia um amontoado desordenado de brinquedos educativos, um berço portátil, um cercadinho, um balanço de bebê. Uma grande colcha verde com aplique de cabeça de dinossauro em um dos cantos estava aberta no chão. Um móbile de pandas substituía a trepadeira que costumava ficar sobre o piano. No tampo do piano, ao lado do trocador impermeável que Nicholas colocara ali mais cedo, havia o maior pote de pomada que Nicholas já vira e uma caixa de fraldas. E, em meio a tudo aquilo, estava o pai de Nicholas, mais alto do que ele lembrava e mais magro também, com uma cabeleira agora branca, dormindo no sofá de espaldar de barras de madeira, com Max aconchegado no peito.

Nicholas respirou fundo. Tinha esperado muitas coisas daquele primeiro encontro com o pai: silêncio incômodo, condescendência, até mesmo um fragmento de ódio. Mas não esperara ver seu pai tão velho.

Recuou com cuidado, a fim de fechar a porta, mas seu pé bateu em uma bola de tecido com chocalho. Os olhos do pai se abriram, brilhantes e alertas. Robert Prescott não se sentou, sabendo que isso acordaria Max. Mas manteve os olhos fixos em seu filho.

Nicholas esperou que ele dissesse algo, qualquer coisa. Lembrava-se da primeira vez em que tinha perdido uma competição de remo no colégio, depois de três anos de vitórias consecutivas. Havia sete outros remadores no barco, e Nicholas sabia que o sexto homem não estava pondo toda sua força quando o timoneiro pedia dez remadas com energia total. De forma nenhuma era culpa de Nicholas ter perdido a corrida. Mas ele tomara aquilo pessoalmente e, quando encontrara o pai depois da competição, abaixara a cabeça, esperando as acusações. Seu pai não dissera nada, absolutamente nada, e Nicholas sempre achou que aquilo tinha doído mais que qualquer palavra que ele pudesse ter dito.

— Pai — disse baixinho —, como ele ficou?

Não *Como você esteve* nem *O que eu perdi da sua vida*. Nicholas achou que, se mantivesse a conversa limitada a Max, a dor que o atingia na boca do estômago talvez fosse embora. Juntou os pulsos atrás de si e olhou nos olhos do pai. Havia sombras ali que Nicholas não conseguia ler, mas também havia promessas. *Muita coisa aconteceu; não vou falar disso*, Robert parecia estar dizendo. *Nem você.*

— Você se saiu bem — Robert respondeu, afagando os ombros encolhidos de Max. Nicholas ergueu as sobrancelhas. — Nunca deixamos de nos informar sobre você, Nicholas — ele acrescentou, suavemente. — Sempre o acompanhamos.

Nicholas se lembrou do sorriso reticente de Fogerty quando o vira entrar no hospital, ao meio-dia, sem Max.

— Ah! — ele gritara para Nicholas do corredor — *Si sic omnia!* — Então se aproximara dele e lhe apertara paternalmente os ombros, com força. — Vejo, dr. Prescott, que está novamente de mente sã em corpo são e que não teremos uma repetição daquele ridículo desastre. — Fogerty baixara a voz. — Você é meu protegido, Nicholas. Não estrague algo certo.

O pai de Nicholas era muito conhecido na comunidade médica de Boston; não teria sido difícil para ele acompanhar a subida rápida do filho na hierarquia cardiotorácica do Mass General. Ainda assim, isso incomodava Nicholas. Imaginava o que o pai teria andado perguntando. Imaginava quem ele havia abordado e quem teria se disposto a responder.

Nicholas pigarreou.

— Ele ficou bem? — repetiu, indicando Max.

— Pergunte para a sua mãe — Robert respondeu. — Ela está na câmara escura.

Nicholas foi pelo corredor até a Sala Azul, onde ficava a entrada circular com cortinas pretas do local de trabalho da mãe. Acabara de afastar a primeira cortina quando sentiu o roçar quente dos dedos de Astrid saindo na mesma hora. Ele deu um pulo para trás.

— Ah, Nicholas — disse Astrid, levando a mão à garganta. — Acho que o assustei tanto quanto você me assustou. — Ela estava segurando duas fotos recém-reveladas, ainda cheirando levemente a líquido fixador. Sacudia-as, uma em cada mão, para ajudá-las a secar.

— Eu vi o papai — Nicholas disse.

— E?

Ele sorriu.

— E nada.

Astrid colocou as fotos sobre uma mesa próxima.

— Sim — disse ela, examinando-as com olhar crítico —, é surpreendente como alguns anos podem amolecer até as cabeças mais duras. — Esticou o corpo e gemeu, levando as mãos à parte inferior das costas. — Bem, meu neto foi um doce. Reparou que fizemos compras? Uma loja para bebês maravilhosa em Newton, e depois eu *tive* que ir àquela loja de brinquedos educativos. O Max ficou o tempo todo sem chorar. Se comportou perfeitamente bem.

Nicholas tentou imaginar o filho sentado quietinho no bebê conforto, vendo as cores passarem apressadas pela janela do carro, depois estendendo os braços para o cenário repleto de brinquedos da ampla loja. Mas, com base na própria experiência, Max nunca tinha ficado mais de uma hora sem ter um acesso de choro.

— Vai ver que sou eu — murmurou.

— O quê? — perguntou Astrid.

Nicholas massageou o nariz. Não tinha sido um dia fácil; uma ponte de safena quádrupla, depois ficara sabendo que seu último paciente de transplante cardíaco tinha rejeitado o órgão. Teria uma substituição de válvula cardíaca às sete horas da manhã seguinte. Se tivesse sorte e Max cooperasse, poderia conseguir umas cinco horas de sono.

— Tirei umas fotos do Max — Nicholas ouviu a mãe dizer. — Ele é um ótimo modelo. Gosta do flash do fotômetro. Olhe. — Deu uma das fotografias para Nicholas.

Ele nunca entendera como sua mãe fazia aquilo. Nicholas era impaciente demais para fotografia. Usava uma câmera com foco automático e geralmente conseguia fotografar alguém sem lhe cortar o alto da cabeça. Mas a mãe não só registrava o momento como também captava seu espírito. Os finos cabelos preto-azulados de Max lhe coroavam a cabeça. Uma das mãos se estendia à frente, tentando alcançar a câmera, e a outra estava pousada na borda de plástico cinza do bebê conforto, distraidamente. Mas eram seus olhos que realmente faziam a fotografia. Estavam bem abertos e divertidos, como se alguém tivesse acabado de lhe dizer que ainda teria de ficar neste mundo por muito tempo.

Nicholas estava impressionado. Já vira sua mãe captar a dor de viúvas de militares de luto, o horror de órfãos romenos mutilados, até mesmo a piedade enlevada e calma do papa. Mas, daquela vez, ela fizera algo realmente surpreendente: pegara o próprio filho de Nicholas e o prendera no tempo, de modo que, pelo menos ali, ele nunca ia crescer.

— Você é muito boa — ele murmurou.

Astrid riu.

— É o que me dizem.

Alguma coisa cutucou o fundo da mente de Nicholas. Ele ficara igualmente impressionado com Paige, com seus desenhos assombrados e os segredos que se despejavam dela como profecias sobre as quais ela parecia não exercer controle. Paige, como sua mãe, não captava apenas a imagem. Ela desenhava diretamente do coração.

— O que foi? — Astrid perguntou. — Você está a milhões de quilômetros daqui.

— Não é nada — Nicholas respondeu. O que teria acontecido com a arte de Paige? Antes, ele não conseguia se mover um metro pelo apartamento sem tropeçar em spray fixador ou esmagar uma caixa de lápis de desenho. Mas Paige não desenhava de fato havia anos. Uma vez, ele reclamara porque ela tinha pendurado seus desenhos na haste da cortina do chuveiro enquanto o fixador secava. Lembrava-se de observá-la por trás, quando ela não sabia que ele estava ali, maravilhando-se com o modo como seus dedos voavam sobre o papel liso cor de creme para conjurar imagens ocultas.

Astrid mostrou a outra foto que havia trazido da câmara escura.

— Achei que você gostaria desta também — disse e lhe passou uma fotografia não posada.

Por um momento, a luz fraca da sala se refletiu apenas no brilho branco do papel fotográfico úmido. Depois, ele percebeu que estava olhando para Paige.

Ela estava sentada a uma mesa, olhando para alguma coisa à esquerda. Era em branco e preto, mas Nicholas conseguia distinguir claramente a cor de seus cabelos. Quando pensava em Cambridge, imaginava a cidade com o tom dos cabelos de Paige: intensos e vivos, com o vermelho de gerações.

— Como conseguiu isso? — murmurou. Os cabelos de Paige estavam mais curtos ali, na altura dos ombros, não tão longos como quando ela conhecera Astrid, anos antes. Era uma foto recente.

— Eu a vi uma vez em Boston e não resisti. Fiz a foto com uma lente teleobjetiva. Ela não me viu. — Astrid se aproximou mais de Nicholas e tocou o alto da foto com o dedo. — O Max tem os olhos dela.

Nicholas não sabia como não tinha notado antes; era tão evidente. Não se tratava do formato ou da cor, mas do jeito. Como Max, Paige estava olhando para algo que Nicholas não conseguia ver. Como Max, sua expressão era de surpresa inocente, como se tivessem acabado de lhe dizer que ela ainda teria que ficar por mais algum tempo.

— Sim — disse Astrid, pegando a foto de Max e colocando-a ao lado da foto de Paige. — Definitivamente, são os olhos da mãe.

Nicholas enfiou a foto de Paige sob a de Max.

— Vamos torcer — disse ele — para que seja só isso que ele herde dela.

27

Paige

A Fazenda Fly By Night não era de fato uma fazenda. Na verdade, era parte de um complexo maior chamado Estábulos Pégaso, e essa era a única placa visível da estrada. Mas, depois que estacionei o carro e passei pela margem do riacho manso e pelos cavalos trotando de um lado para o outro nos cercados, notei a pequena placa de bordo entalhada: FLY BY NIGHT. LILY RUBENS, PROPRIETÁRIA.

Naquela manhã, a dona da selaria com os cavalos de minha mãe correndo pelo teto me dera o endereço. Minha mãe havia pintado o teto oito anos antes, assim que se mudara para Farleyville. Ela trocara seu pagamento por uma sela usada e uma coisa chamada bridão. Lily era bem conhecida no circuito, de acordo com essa mulher. Quando aparecia alguém procurando referências para aulas de equitação, ela sempre indicava o Fly By Night.

Entrei no estábulo fresco e escuro, chutando um tufo de palha. Quando meus olhos se ajustaram à pouca luz, vi-me a centímetros de um cavalo, cuja respiração quente estava próxima de minha orelha. Pus a mão na tela de arame que separava a baia do corredor principal do estábulo. O cavalo relinchou, e seus dentes amarelados se curvaram em torno dos losangos vazados, tentando morder a palma de minha mão. Quando seus lábios me roçaram a pele, deixaram uma gosma esverdeada que cheirava levemente a feno.

— Eu não faria isso se fosse você — disse uma voz, e eu me virei. — Mas, enfim, eu sou você, e você é eu, e essa é a beleza das coisas. — Um garoto de não mais que dezoito anos estava apoiado em um ancinho fino e estranho, ao lado de um carrinho de mão cheio de esterco. Usava uma camiseta com uma estampa desbotada de Nietzsche, e seus cabelos loiro-escuros estavam penteados para trás. — O Andy morde — acrescentou, aproximando-se para afagar o nariz do cavalo.

Ele desapareceu tão depressa quanto surgira, atrás da porta de outra baia. O local estava quase cheio de cavalos, cada um diferente do outro. Havia um alazão, com pelos da cor dos meus cabelos; um baio com uma grossa crina preta. Havia um puro-sangue branco, saído diretamente de um conto de fadas; e um enorme e majestoso cavalo pairando nas sombras, da cor da noite escura.

Caminhei até o fim do corredor, passando pelo garoto, que usava o ancinho para carregar o carrinho de mão com feno molhado. Era evidente que minha mãe não estava naquele estábulo, e suspirei de alívio. Virei-me para uma pequena mesa no fim do corredor. Nela havia uma caixa de madeira e, entre todas as coisas imagináveis, uma agenda de mesa com fotos de Astrid Prescott, aberta na data atual. Passei os dedos pela imagem enevoada do monte Kilimanjaro, imaginando por que minha mãe não podia ter escapado do mesmo jeito que a mãe de Nicholas: por vários meses seguidos, mas sempre com a promessa de voltar. Suspirando, olhei para a página da agenda. Em letras caprichadas, ao lado dos horários impressos, estavam nomes femininos: Brittany, Jane, Anastasia, Merleen. A caligrafia era de minha mãe.

Eu lembrava da letra dela, embora ainda não soubesse ler quando ela foi embora. Lembrei-me do jeito como as letras se inclinavam para a esquerda, quando todas as outras palavras escritas que eu já tinha visto se inclinavam um pouco para a direita. Afinal, foi assim que as freiras me ensinaram mais tarde, nas aulas de caligrafia. Mesmo quando escrevia, minha mãe subvertia o sistema.

Eu não sabia o que pretendia fazer quando a encontrasse. Não tinha um discurso pronto. Por um lado, queria olhá-la com desprezo e gritar com ela, um minuto para cada ano desde que ela me deixara. Por outro lado, queria tocá-la, sentir que a substância de sua pele era tão quente quanto a minha. Queria acreditar que havia crescido como ela, apesar das circunstâncias. Queria tanto isso que até doía, mas sabia que era melhor ter cautela. Afinal, não tinha certeza se, quando chegasse o momento, eu me jogaria em seus braços ou cuspiria a seus pés.

Tomei consciência do sangue fluindo, descendo pelos braços, pelas laterais do corpo. Quando me livrei suficientemente da paralisia que me tomara, empurrei de lado o medo que pendia como uma rede e caminhei até o garoto na baia.

— Com licença — falei. — Não quero incomodar.

Ele não levantou os olhos para mim nem interrompeu seu trabalho rítmico.

— O que é você — disse ele — senão uma lombada na estrada da vida?

Eu não sabia se ele esperava uma resposta, então entrei na baia, sentindo o feno úmido e macio ceder sob meus pés.

— Estou procurando Lily Rubens — eu disse, experimentando o nome na língua. — Vim falar com Lily Rubens.

O garoto deu de ombros.

— Ela está por aí. Veja na arena.

A arena. A arena. Assenti com um gesto de cabeça em direção às costas do garoto e segui pelo corredor do estábulo outra vez, olhando para o telefone preso na parede e esperando um momento para que alguma mágica acontecesse. O que seria a arena?

Saí do estábulo escuro e dei com um sol tão brilhante que, por um instante, o mundo era apenas branco. Então vi também o riacho fluindo perto do estábulo e um grande galpão de metal, que me fez lembrar de um rinque de patinação em Skokie que fora transformado em um mercado de artigos usados. Bem ao lado do estábulo onde eu estava, havia um segundo e, descendo pela curva de uma pequena colina, ainda um terceiro, construído na encosta de um terreno escalonado. Havia dois caminhos de cascalho, cada um dando em um lado do galpão. Um deles parecia atravessar um campo em que um grande cavalo estava corcoveando, e o outro margeava o pequeno regato. Respirei fundo e fui por esse último.

O caminho bifurcava novamente em uma resistente cerca de madeira. Ou continuava subindo uma colina de urzes ou levava, através de um portão, até uma grande área oval cheia de pequenas cercas, barras e barricadas de madeira vermelha. Cavalgando pelo perímetro oval e vindo em minha direção, havia uma mulher em um cavalo. Eu não conseguia ver seu rosto, mas ela era alta e magra e parecia saber o que estava fazendo. O cavalo balançou a cabeça da esquerda para a direita.

— Ei, Eddy, calma aí — disse ela, quando passou por mim. — Tem que ter insetos para todos. Está achando que são todos seus?

Ouvi com atenção, tentando lembrar a voz de minha mãe, mas, sinceramente, não saberia diferenciá-la das outras. Ela poderia ser minha mãe — se ao menos eu pudesse ver seu rosto... Mas ela havia feito a curva e agora galopava para longe. A única outra pessoa ali era um homem meio baixo, usando jeans, uma camisa polo larga e boné de tweed. Eu não ouvia sua voz, mas ele estava falando com a mulher no cavalo.

A mulher esporeou o animal, que avançou velozmente pela borda da pista. Pulou um muro azul grosso, depois uma cerca alta e, de repente, vinha a cem quilômetros por hora em minha direção. Eu ouvia a respiração pesada da amazona e via as narinas dilatadas do cavalo enquanto eles se aproximavam. Ele não ia parar. Viria direto para o portão, e eu estava bem em seu caminho.

Agachei e cobri a cabeça com os braços no instante em que o cavalo parou abruptamente a centímetros de mim. Sua cabeça pesada estava acima do portão, o focinho roçava meus dedos. Ao fundo, o homem gritou alguma coisa.

— Sim — a mulher disse, olhando para mim. — Foi o melhor circuito até agora, mas acho que quase matamos alguém de susto. — Ela sorriu para mim e pude ver que seus cabelos eram loiros e os olhos castanhos, e os ombros eram muito mais largos do que eu já tinha visto em uma mulher. Aquela não era minha mãe.

Murmurei um pedido de desculpas e segui para a outra bifurcação do caminho. Ele se abria em um vasto campo salpicado de botões-de-ouro e margaridas silvestres, com o capim subindo à altura de minhas coxas. Antes de vê-los, ouvi o ritmo de seus cascos — *pocotó, pocotó*. Eram dois cavalos galopando pelo campo como se fossem perseguidos pelo diabo. Pularam um córrego e seguiram até a borda cercada do pasto. Então baixaram a cabeça para pastar, a cauda balançando de um lado para o outro no tempo de um metrônomo, como o longo cabelo ondulante de dançarinas exóticas.

Quando retornei, não havia mais ninguém cavalgando no pequeno campo oval. Tomei o caminho de volta para o estábulo em que havia encontrado o garoto, pensando em pedir informações mais precisas. Enquanto subia a colina, vi o homem que estivera gritando coisas que eu não conseguia ouvir, segurando com firmeza uma correia grossa de couro presa ao cabresto de Eddy. Tinha uma esponja gotejante na outra mão, mas, assim que tocou o flanco do cavalo, este se esquivou violentamente. Mantive-me a distância, meio escondida. O homem espremeu a esponja sobre o dorso do cavalo, que novamente recuou para a esquerda. Largou a esponja e deu duas batidinhas leves no pescoço do animal com a correia, depois a enfiou sobre o nariz e através da focinheira do cabresto. O cavalo se aquietou e baixou a cabeça, e o homem começou a falar suavemente com ele e afagar seu pescoço.

Decidi lhe perguntar sobre minha mãe, então avancei em sua direção. Ele levantou a cabeça, mas estava de costas para mim.

— Com licença — eu disse, hesitante, e ele se virou tão rápido que o boné escorregou, liberando uma volumosa cabeleira vermelha.

Não era um homem. Era minha mãe.

Ela era mais alta que eu, e mais magra, e sua pele era da cor do mel. Mas os cabelos eram iguais aos meus, e seus olhos eram iguais aos meus, e não havia como me enganar.

— Ah, meu Deus — ela murmurou.

O cavalo resfolegou sobre seu ombro, e água pingava da crina, formando uma poça na blusa de minha mãe. Ela nem pareceu notar.

— Eu sou a Paige — eu disse, rígida, e impulsivamente estendi a mão para ela. — Sou, humm, sua filha.

Minha mãe começou a sorrir, e isso a derreteu da cabeça aos pés, tornando-a capaz de se mover outra vez.

— Eu sei quem você é — ela respondeu. Não apertou minha mão. Sacudiu a cabeça e fechou os dedos com mais força em torno da correia de couro. Raspava inquietamente a frente das botas no chão de cascalho. — Deixe eu dar um jeito no Eddy — disse. Puxou a correia e então parou para olhar para mim. Seus olhos estavam enormes e descorados, os olhos de um pedinte. — Não vá embora.

Segui alguns passos atrás do cavalo que ela levava. Ela desapareceu dentro de uma baia, a que o garoto estivera limpando, e tirou o cabresto do cavalo. Saiu, fechou o portão e prendeu uma alça de couro em um prego na parede à direita da baia.

— Paige — ela falou, pronunciando meu nome baixinho, como se fosse proibido fazer isso em voz alta.

Estendeu o braço e tocou meu ombro. Não tive como evitar; estremeci e dei um passo para trás.

— Desculpe — eu disse, desviando o olhar.

Nesse momento, o garoto que estivera trabalhando no estábulo apareceu do nada.

— Terminei por hoje, Lily — disse, embora ainda fosse apenas meio-dia.

Minha mãe desviou os olhos de mim.

— Josh — disse ela —, esta é a Paige. Minha filha Paige.

Josh me cumprimentou com a cabeça.

— Legal. — Ele se virou para minha mãe. — A Aurora e o Andy precisam ser trazidos para dentro. Vejo você amanhã. Embora o amanhã seja apenas o outro lado do hoje.

Enquanto ele se afastava pelo longo corredor do estábulo, minha mãe se virou para mim.

— Ele é um pouco zen — disse —, mas é o que posso pagar no momento.

Sem dizer mais nada, minha mãe saiu do estábulo e tomou o caminho de cascalho na direção do campo à esquerda. Quando chegou ao campo, apoiou os braços no portão de madeira e observou o cavalo na outra extremidade. Mesmo àquela distância, era um dos maiores cavalos que eu já tinha visto. Era esguio e marrom-escuro, exceto pelas patas dianteiras. Estas eram de um branco puro da metade para baixo, como se ele tivesse acabado de pisar no paraíso.

— Como me encontrou? — minha mãe perguntou displicentemente.

— Você não facilitou muito — retorqui. Eu estava furiosa. Ela não parecia nem um pouquinho perturbada com minha presença. Eu estava mais nervosa que ela. Claro, houve aquele choque da surpresa, mas agora ela agia calma e tranquila, como se soubesse que eu estava vindo.

Não era assim que eu imaginara que seria. Dei-me conta de que esperava que, pelo menos, ela se mostrasse curiosa. Na melhor das hipóteses, esperava que ela se importasse.

Olhei para ela, esperando que uma faísca de reconhecimento real me alcançasse: algum gesto, ou sorriso, ou mesmo a cadência da voz. Mas essa era uma mulher totalmente diferente daquela que me deixara quando eu tinha cinco anos. Eu passara os últimos dias — os últimos vinte anos — conjurando comparações entre nós, fazendo suposições. Sabia que teríamos uma semelhança. Sabia que ambas havíamos sido levadas a sair de casa, embora eu não soubesse o que a fizera partir. Imaginei que ia encontrá-la e ela me estenderia os braços, e lá estaria eu, no lugar onde sempre soube que me encaixaria melhor. Imaginei que soaríamos igual, caminharíamos igual, pensaríamos igual. Mas aquele era o mundo dela, e eu não sabia nada dele. Aquela era sua vida, e havia transcorrido normalmente sem mim. A verdade era que eu mal a conhecia quando ela se foi e não a conhecia agora.

— Um amigo me apresentou a um detetive e ele rastreou você até a selaria — eu disse —, e então vi o teto.

— O teto — minha mãe murmurou, com os pensamentos distantes. — Ah... o *teto*. Como em Chicago.

— É — eu disse, seca e curta.

Minha mãe se virou abruptamente.

— Eu não quis abandonar você, Paige — disse ela. — Eu só quis ir embora.

Dei de ombros, como se não me importasse. Mas algo faiscou dentro de mim. Pensei no rostinho redondo e no queixo reto de Max, e em Nicholas, puxando-me para seu peito. Eu não quis deixá-los; só quis sair. Não estava fugindo deles; só estava fugindo. Espiei minha mãe pelo canto do olho. Talvez fosse mais profundo do que aparentava. Talvez, afinal, tivéssemos mais em comum do que parecia.

Como se soubesse que eu precisava de provas, minha mãe assobiou para o cavalo do outro lado do campo. Ele veio na mesma hora em nossa direção, galopando a toda velocidade, mas desacelerou ao se aproximar dela. Suavemente, caminhou em círculos até se acalmar. Baixou e balançou a cabeça e, então, inclinou-se e roçou com o focinho a mão de minha mãe.

Era, com certeza, o animal mais bonito que eu já tinha visto. Queria desenhá-lo, mas sabia que nunca seria capaz de captar sua energia no papel.

— Este é meu melhor cavalo de exibição — minha mãe falou. — Vale mais de setenta e cinco mil dólares. Tudo isso — sua mão gesticulou um movimento que envolvia todo o campo ao redor —, minhas aulas, meus treinamentos e tudo o mais que eu faço, é apenas para mantê-lo, para que eu possa me apresentar com ele nos fins de semana. Nós nos apresentamos nas exibições mais importantes e já chegamos a ficar em primeiro lugar na nossa divisão.

Eu estava impressionada, mas não entendia por que ela estava me contando aquilo naquele momento, quando havia tantas outras coisas que precisavam ser ditas.

— Eu não sou dona dessas terras — minha mãe continuou, fazendo deslizar o cabresto por sobre a cabeça do cavalo. — Eu alugo dos Estábulos Pégaso. Alugo minha casa, o trailer e o caminhão deles também. Este cavalo é praticamente a única coisa que posso dizer que é realmente minha. Você entende?

— Não muito — respondi, impaciente, afastando-me quando o cavalo levantou a cabeça para espantar uma mosca.

— O nome dele é Donegal — disse minha mãe, e a palavra trouxe de volta o que sempre significou: o nome da região na Irlanda onde meu pai nasceu, o lugar sobre o qual ele nunca parava de me contar quando eu era pequena. "Trevos ondulantes como esmeraldas; chaminés de pedra roçando as nuvens; rios tão azuis quanto os olhos de sua mãe."

Lembrei-me de Eddie Savoy dizendo que as pessoas nunca abandonam totalmente aquilo que deixam para trás.

— Donegal — repeti, e dessa vez, quando minha mãe estendeu os braços, eu entrei em seu círculo tranquilo, surpresa ao constatar como as vagas centelhas de antigas lembranças podiam se cristalizar em tal calor, tal carne e sangue.

* * *

— Passei anos esperando que você viesse — minha mãe disse. Ela subiu na minha frente os degraus da varanda rústica da casinha branca de tábuas de madeira. — Eu via garotinhas vindo ao estábulo para a aula e ficava pensando: *Esta vai tirar o capacete de equitação e vai ser a Paige*. — Chegando à porta de tela, ela se virou para mim. — Mas nunca era.

A casa de minha mãe era limpa e simples, quase espartana. A varanda era vazia, exceto por uma cadeira de balanço de vime branca, que se fundia com a pintura do fundo, e uma begônia de um rosa intenso pendurada. O hall de entrada tinha um tapete oriental desbotado e uma pequena mesa de bordo, sobre a qual havia uma pilha de caixinhas ovais de tamanhos diferentes. À direita, uma pequena sala de estar; à esquerda, uma escada.

— Vou acomodar você — minha mãe disse, embora eu não tivesse dito que ia ficar. — Mas tenho aulas hoje à tarde, então não vou estar muito por aqui.

Ela me levou para o andar de cima. Bem na frente da escada, estava o banheiro, e os quartos ficavam à direita e à esquerda. Ela virou para a direita, mas dei uma olhada rápida em seu quarto: claro e arejado, com cortinas finas balançando sobre a cama branca.

Quando cheguei à porta do outro quarto, soltei uma exclamação de surpresa. O papel de parede era um amontoado de enormes flores cor-de-rosa. A cama tinha um dossel de babados e, sobre um baú encostado na parede, havia duas bonecas de porcelana e um palhaço verde de pano. Era um quarto de menina.

— Você tem outra filha — eu disse. Não foi de fato uma pergunta, mas uma afirmação.

— Não. — Minha mãe entrou na frente e passou a mão nas faces frias de uma das bonecas. — Uma das razões de eu ter decidido alugar este estábulo foi este quarto. Fiquei pensando em como você teria gostado daqui.

Olhei em volta, para aquela decoração exagerada, o papel de parede sufocante. Eu *não* teria gostado quando criança. Pensei em meu quarto em casa, em Cambridge, de que eu também não gostava, com o tapete cor de leite, as paredes quase brancas.

— Eu tinha dezoito anos quando você alugou este lugar — comentei. — Um pouco velha para bonecas.

Minha mãe deu de ombros, sem se incomodar.

— Você estava meio que presa em minha mente aos cinco anos. Eu ficava pensando em voltar e te pegar, mas não podia fazer isso com seu pai. Além disso, se eu voltasse, sei que seria para ficar. Antes que eu me desse conta, você já estava crescida.

— Você foi à minha formatura — eu disse, sentando-me na cama. Era um colchão duro, que não cedia.

— Você me viu?

Sacudi a cabeça.

— Não, soube pelo detetive. Serviço completo.

Minha mãe sentou a meu lado.

— Passei dez horas em Raleigh-Durham, tentando decidir se pegava ou não aquele avião. Eu podia, depois não podia. Cheguei a entrar em um voo e sair correndo antes de eles fecharem a porta.

— Mas você foi, então por que não tentou falar comigo?

Ela se levantou e alisou as rugas da colcha, de modo que parecia que nunca havia se sentado.

— Não fui lá por você — respondeu. — Fui por *mim*. — Ela checou o relógio. — A Brittany vai chegar às duas e meia. A criança mais linda que você pode imaginar, mas nunca vai ser uma boa amazona. Você pode vir comigo e assistir, se quiser. — Olhou em volta, como se algo estivesse faltando. — Trouxe mala?

— Sim — eu disse, sabendo que, mesmo que quisesse, agora não poderia ficar em um hotel. — Está no carro.

Minha mãe assentiu com a cabeça e se virou para sair, deixando-me na cama.

— Tem comida na geladeira, se estiver com fome, e tenha cuidado com a alavanca do vaso sanitário, está prendendo um pouco. Se precisar de mim com urgência, tem um adesivo no telefone com o número do estábulo da Pégaso; de lá eles podem me localizar.

Era tão fácil falar com ela. Vinha sem esforço; era como se eu tivesse feito isso desde sempre. E acho que fiz mesmo, só que ela não estava respondendo. Ainda assim, me perguntava como ela podia ser tão natural, como se eu fosse um tipo de visita que ela recebesse todos os dias. Só pensar nela já me trazia uma dor de cabeça atrás dos olhos. Talvez ela fosse mais esperta e estivesse agindo assim para pular toda a história comprimida naquele intervalo. Quando não se fica olhando para trás, é bem mais fácil não tropeçar e cair.

Minha mãe parou à porta e apoiou a mão no batente de madeira.

— Paige — disse ela —, você se casou?

Uma dor aguda percorreu minha coluna, uma dor nauseada que vinha de ela ser capaz de falar de telefones e almoço, mas não saber de coisas que uma mãe deveria saber.

— Eu me casei em 1985 — contei-lhe. — Ele se chama Nicholas Prescott. É cirurgião cardíaco.

Minha mãe ergueu as sobrancelhas ao ouvir isso e sorriu. Virou-se, a fim de sair do quarto.

— E — prossegui — tenho um bebê. Um filho, Max. Ele tem três meses.

Minha mãe parou, mas não se virou. Talvez eu tenha imaginado o leve tremor em seus ombros.

— Um bebê — murmurou.

Eu sabia o que estava passando por sua cabeça: *Um bebê, e você o deixou para trás, e uma vez, no passado, eu deixei você.* Ergui o queixo, esperando que se virasse e reconhecesse o ciclo, mas ela não fez isso. Depois de uma breve hesitação, desceu os degraus, abatida e silenciosa, com as linhas paralelas de nosso passado se atropelando na mente.

* * *

Ela estava de pé, no centro do campo oval — a arena —, e uma menina sobre um pônei gingava em torno dela.

— Transições, Brittany — ela falou. — Primeiro, você vai colocá-lo em trote. Puxe para mantê-lo no ritmo; não se incline para frente. Endireite o corpo, endireite o corpo; estique esses calcanhares.

A menina era pequena e tinha pernas longas. Seus cabelos pendiam em um grosso rabo de cavalo loiro atrás do capacete de equitação preto. Eu me apoiei na cerca onde havia estado antes, vendo o cavalo baixo e marrom percorrer sua trajetória em círculo.

Minha mãe foi até a borda da arena e ajustou uma das barras de madeira vermelha, para deixá-la mais perto do chão.

— Sinta quando ele estiver indo muito rápido ou muito devagar — ela gritou. — Você precisa controlar cada passo. Agora, quero que você cruze na diagonal... Continue mantendo as pernas mais esticadas.

A menina virou o cavalo — pelo menos acho que fez isso —, saiu do canto e fez um X pelo meio da arena.

— Ótimo, trote sentado — minha mãe instruiu. A menina parou de pular para cima e para baixo e sentou pesadamente na sela, balançando um pouco de um lado para outro a cada passo do cavalo. — Trote levantado! — minha mãe gritou, e a menina subiu o corpo e parou na posição que a mantinha fora da sela, agarrando-se à crina do cavalo como se sua vida dependesse daquilo. Minha mãe me viu e acenou. — Vamos cruzar a diagonal outra vez, e você vai pular este cavalete. Conduza-o diretamente para cá. — Ela agachou, a voz tensa e o corpo dobrado, como se seu desejo pudesse ajudar o cavalo a fazer corretamente. — Olhos para cima, olhos para cima... perna, perna! — O cavalo deu um salto limpo sobre a barra baixa e diminuiu a velocidade para um passo lento. A menininha esticou as pernas à frente, com os pés ainda nos estribos. — Muito bem! — minha mãe gritou, e Brittany sorriu. — Vamos encerrar por hoje.

Uma mulher tinha chegado atrás de mim. Abriu a bolsa e tirou um talão de cheques.

— Também está tendo aulas com a Lily? — perguntou-me, sorrindo.

Eu não sabia como responder.

— Estou pensando em ter.

A mulher rabiscou uma assinatura e destacou o cheque.

— Ela é a melhor por estas bandas.

Brittany havia desmontado, deslizando suavemente da sela. Caminhou até a cerca, puxando o cavalo pelas rédeas. Minha mãe olhou para mim e me examinou da cabeça aos ombros, à bermuda e aos tênis.

— Não precisa levar o Tony — disse. — Acho que vou precisar dele para mais uma aula. — Estendeu a mão para pegar as rédeas e ficou observando Brittany e sua mãe desaparecerem colina acima, em direção ao estábulo. — Minha aluna das três e meia está gripada. Que tal ter uma aula grátis?

Pensei no cavalo daquela manhã, dando saltos com a potência de uma locomotiva, depois olhei para aquele cavalinho. Ele tinha cílios longos e escuros e uma mancha branca na testa, no formato de Mickey Mouse.

— Acho que não — respondi. — Não faz meu tipo.

— Também não fazia o meu — minha mãe disse. — Só experimente. Se não se sentir bem, pode descer. — Ela me conduziu na direção da pequena barra de madeira vermelha e parou, segurando as rédeas do cavalo. — Se realmente quiser saber sobre mim, precisa tentar cavalgar. E, se realmente quiser que eu saiba sobre você, posso aprender muito só de observá-la na sela.

Segurei as rédeas do cavalo enquanto minha mãe ajustava o comprimento dos estribos e indicava o nome das coisas: manta, assento, sela inglesa, freio, bridão, martingale, cilha, rédeas.

— Pise no cavalete — minha mãe disse, e eu olhei para ela sem entender. — Essa coisa *vermelha* — explicou, chutando a barra. Pisei nela com o pé direito e enfiei o esquerdo no estribo. — Segure firme na crina e levante o corpo. Estou segurando o Tony, ele não vai se mover.

Assim que me vi sentada, percebi que estava ridícula. Uma garotinha poderia parecer graciosa em cima de um pônei, mas eu era uma adulta. Tinha certeza de que minhas pernas quase tocavam o chão. Era como se estivesse montada em um burro.

— Não é para chutá-lo — minha mãe disse. — Só fazê-lo andar.

Toquei o pé gentilmente na lateral do cavalo, mas nada aconteceu. Então eu o toquei de novo, e o cavalo saiu em disparada, balançando-me da esquerda para a direita, até que me inclinei para frente e abracei seu pescoço.

— Endireite o corpo! — minha mãe gritou. — Endireite o corpo e puxe a rédea.

Juntei todas as minhas forças e fiz o que ela dizia, suspirando quando o cavalo desacelerou para um passo tão lento que quase nem me fazia balançar.

— *Nunca* se incline para frente — ela disse, sorrindo —, a não ser que esteja pretendendo galopar.

Ouvi as instruções calmas de minha mãe, assimilando todas as palavras e sentindo o ritmo simples dos movimentos do cavalo e o roçar de seu pelo contra minhas panturrilhas nuas. Estava surpresa com o poder que tinha. Se pressionasse a perna direita contra a lateral de Tony, ele se movia para a esquerda. Se pressionasse a perna esquerda, ele se movia para a direita. Estava completamente sob meu controle.

Quando minha mãe pôs o cavalo em trote, estalando a língua para ele, fiz como ela mandou. Mantive os ombros, os quadris e os calcanhares em uma linha reta. Balancei para cima e para baixo, deixando o ritmo do cavalo me levantar da sela e segurando até o próximo casco bater no chão. Mantive as costas retas e as mãos repousadas na cernelha de Tony. Estava totalmente sem fôlego quando ela me disse para relaxar e deixar o cavalo no passo, e me virei para ela imediatamente. Foi só nesse momento que percebi quanto queria sua aprovação.

— Já chega por hoje — ela falou. — Suas pernas vão matá-la à noite.

Ela segurou as rédeas, enquanto eu escorregava da sela, e acariciou Tony na lateral do pescoço.

— Então, o que você sabe sobre mim agora que não sabia antes? — perguntei.

Minha mãe me olhou com as mãos nos quadris.

— Sei que pelo menos duas vezes durante esta meia hora você se imaginou galopando pelo campo. E que, se tivesse caído na primeira vez em que o Tony saiu um pouco depressa demais, teria subido na sela de novo. Sei que você está se perguntando como seria saltar, e sei que tem mais jeito para isso do que imagina. — Ela puxou as rédeas, e o cavalo passou entre nós. — No geral, posso ver que você é muito parecida comigo.

* * *

Fiquei encarregada de fazer a salada. Minha mãe estava preparando o molho do espaguete, com as mãos nos quadris, diante do velho fogão. Dei uma olhada pela cozinha arrumada, imaginando onde encontraria uma vasilha para a salada, tomates, vinagre.

— A alface está na prateleira de baixo — ela disse, de costas para mim.

Enfiei a cabeça na geladeira e passei por nectarinas e garrafinhas de cooler até encontrar a alface americana. Meu pai acreditava que se podia dizer muito sobre uma pessoa vendo sua cozinha. Imaginei o que ele teria a dizer daquela.

Comecei a tirar as folhas do maço de alface para lavá-las na pia e percebi que minha mãe estava me observando.

— Você não tira o miolo? — perguntou.

— O quê?

— O miolo do maço. — Ela bateu o talo da alface contra o balcão e o arrancou num movimento de torção. A alface se abriu em uma série de pétalas. — Seu pai nunca lhe ensinou isso?

Enrijeci o corpo ao ouvir a crítica. *Não*, eu queria lhe dizer. *Ele estava ocupado demais fazendo outras coisas. Como garantir minha consciência moral, me mostrar como confiar nas pessoas e me instruir sobre as injustiças do mundo.*

— Não — eu disse baixinho.

Minha mãe deu de ombros e voltou para o fogão. Comecei a cortar a alface dentro de uma vasilha, rasgando-a furiosamente em pedaços minúsculos. Descasquei uma cenoura e fatiei um tomate. Então parei.

— Tem alguma coisa que você não gosta? — perguntei. Minha mãe olhou para mim. — Na salada?

— Cebola — ela respondeu e hesitou. — E você?

— Eu como de tudo — falei. Piquei um pepino, pensando em como era ridículo não saber o que minha própria mãe comia em uma salada mista. Também não sabia como preparar seu café, ou o número de seu sapato, ou em que lado da cama ela dormia. — Sabe, se a nossa vida tivesse sido um pouco diferente, eu não precisaria perguntar essas coisas.

Minha mãe não se virou, mas sua mão parou de mexer o molho por um segundo.

— Mas a nossa vida não foi um pouco diferente, não é?

Fiquei olhando para as costas dela até não aguentar mais. Então joguei as cenouras, tomates e pepinos dentro da vasilha, enquanto a raiva e a decepção se comprimiam, uma após a outra, e se assentavam, pesadas, em meu peito.

* * *

Comemos na varanda e depois ficamos vendo o sol se pôr. Bebemos cooler sabor pêssego, gelado, em taças de conhaque que ainda tinham a etiqueta de preço na base. Minha mãe apontou para as montanhas ao fundo, que se erguiam em ondas tão próximas que pareciam estar ao nosso alcance. Concentrei-me nos aspectos físicos: os ossos de nossos joelhos, a curva de nossas panturrilhas, o posicionamento das sardas, tudo tão similar.

— Quando me mudei para cá — minha mãe disse —, eu me perguntava se seria como a Irlanda. Seu pai sempre dizia que me levaria para lá, mas nunca aconteceu. — Ela fez uma pausa. — Sinto muita saudade dele.

Olhei para ela, amolecendo por dentro.

— Ele me contou que vocês se casaram três meses depois de se conhecer. — Tomei um gole grande da bebida e sorri, hesitante. — Foi amor à primeira vista, ele disse.

Minha mãe recostou a cabeça, deixando o pescoço reto, branco e vulnerável.

— Pode ter sido — ela falou. — Não lembro tão bem. Sei que eu mal podia esperar para sair de Wisconsin, então o Patrick apareceu magicamente, e sempre me senti um pouco mal por ele ter que sofrer quando descobri que não tinha sido por causa de Wisconsin, afinal.

Vi isso como minha deixa.

— Quando eu era pequena, costumava imaginar situações que teriam feito você ir embora. Imaginei uma vez que você estava ligada a uma gangue e havia saído dela, e por isso eles tinham ameaçado a segurança da sua família. Outra vez, achei que talvez você tivesse se apaixonado por outro homem e fugido com ele.

— Houve outro homem — minha mãe disse com sinceridade —, mas foi *depois* de eu ter ido embora, e eu nunca o amei. Não tiraria isso do Patrick também.

Pousei o copo a meu lado e contornei a borda com o dedo.

— Por que você foi embora, então? — perguntei.

Minha mãe se levantou e esfregou os braços.

— Que droga de mosquitos — disse ela. — Não saem daqui o ano inteiro. Vou dar uma olhada no estábulo. — Ela se virou para sair. — Pode ficar aqui, ou pode vir comigo.

Fiquei olhando para ela, atônita.

— Como você pode fazer isso?

— Fazer o quê?

— Mudar de assunto desse jeito? — Eu não tinha percorrido toda aquela distância para ser empurrada para mais longe. Desci os dois degraus da varanda, até estarmos paradas frente a frente. — Faz vinte anos, *mamãe*. Não é um pouco tarde demais para ficar evitando a pergunta?

— Faz vinte anos, *querida* — minha mãe revidou. — O que te faz pensar que eu me lembro da resposta? — Ela rompeu nosso contato visual, baixando os olhos em direção aos pés, depois suspirou. — Não foi uma gangue, não foi um amante. Não foi nada disso. Foi algo muito mais normal.

Levantei o queixo.

— Você ainda não me deu uma razão — eu disse —, e está longe de ser o que é considerado normal. Pessoas normais não desaparecem no meio da noite e nunca mais falam com a família. Pessoas normais não passam duas décadas usando o nome de uma mulher morta. Pessoas normais não encontram a filha pela primeira vez depois de vinte anos e agem como se fosse uma visita qualquer.

Minha mãe deu um passo para trás, irritação e orgulho traçando raios violeta em seus olhos.

— Se eu soubesse que você vinha — disse —, teria tirado a droga do tapete vermelho do armário. — Ela começou a se afastar em direção ao estábulo, então parou e me encarou. Quando tornou a falar, sua voz estava mais suave, como se tivesse percebido tarde demais o que acabara de dizer. — Não me pergunte por que *eu* fui embora, Paige, até poder dizer a si mesma por que *você* foi embora.

Suas palavras queimaram, inflamando-me o rosto e a garganta. Eu a observei subir a colina em direção ao estábulo.

Queria correr atrás dela e lhe dizer que era sua culpa eu ter ido embora; que eu sabia que precisava aproveitar aquela oportunidade para aprender todas as coisas que nunca havia aprendido com ela: como ficar bonita, como segurar um homem, como ser mãe. Queria lhe dizer que eu nunca teria deixado *meu* marido e *meu* filho em nenhuma outra circunstância e que, ao contrário dela, eu ia voltar. Mas tive a sensação de que ela teria rido de mim e dito: "Pois é, é assim que começa". E de que eu não estaria lhe dizendo a verdade completa.

Eu partira antes de ter qualquer noção de que queria encontrar minha mãe. Partira sem nenhum pensamento nela. O que quer que eu tivesse me convencido a acreditar agora, o fato era que nem sequer pensara em ir para Chicago até estar a centenas de quilômetros de casa. Eu precisava vê-la; queria vê-la. Eu entendia o que tinha me levado a contratar Eddie Savoy. Mas foi só *depois* de eu ter deixado Max e Nicholas que pensara em ir para lá. Não fora o contrário. A verdade era que, mesmo que minha mãe morasse do outro lado da rua, eu teria desejado ir embora.

Na hora, eu tinha posto a culpa no sangramento do nariz de Max. Mas essa fora apenas a fagulha que desencadeara o incêndio. A verdadeira razão era que minha confusão era profunda demais para que eu a resolvesse em casa. Eu *tinha* de sair de lá. Não havia outra escolha. Não fui embora porque estava brava, e não queria partir para sempre. Só por tempo suficiente. Tempo suficiente para sentir que eu não estava fazendo tudo errado. Tempo suficiente para sentir que *eu* importava, que eu era mais que uma extensão necessária da vida de Max ou de Nicholas.

Pensei em todos os artigos de revistas que tinha lido sobre mães que trabalhavam fora e se sentiam constantemente culpadas por deixar os filhos com outra pessoa. Havia me treinado para ler essas coisas e dizer silenciosamente a mim mesma: *Está vendo como você tem sorte?* Mas aquilo estivera me corroendo por dentro, aquela parte que não se encaixava bem na história, na qual nunca me permiti sequer *pensar*. Afinal, não era um tipo pior de culpa estar *com* seu filho e saber que queria estar em qualquer outro lugar, menos ali?

Vi uma luz brilhando no estábulo e, de repente, entendi por que minha mãe tinha ido embora.

Subi para o banheiro e me despi. Abri a torneira de água quente para encher a banheira com pés em formato de patas de animal, pensando como seria boa a sensação nos músculos tensos de minhas coxas. Cavalgar me havia feito tomar consciência de lugares em meu corpo que eu nem sabia que existiam. Escovei os dentes e entrei na banheira. Apoiei as costas na borda esmaltada, fechei os olhos e tentei parar de pensar em minha mãe.

Em vez disso, imaginei Max, que teria exatamente três meses e meio no dia seguinte. Tentei lembrar os marcos de desenvolvimento que ele estaria alcançando agora, de acordo com o livro *O primeiro ano do bebê*, que Nicholas comprara. Alimentos sólidos, isso era a única coisa de que conseguia me lembrar, e me perguntei o que ele acharia de bananas, molho de maçã ou purê de ervilhas. Tentei imaginar sua língua empurrando a colher, aquele objeto estranho. Passei uma das mãos sobre a outra, tentando me lembrar de seu toque de seda e talco.

Quando abri os olhos, minha mãe estava em pé ao lado da banheira, usando um roupão amarelo. Tentei fechar os braços sobre o peito e cruzar as pernas, mas a banheira era pequena demais. Um fluxo de constrangimento me percorreu da barriga até as faces.

— Não fique assim — minha mãe disse. — Você está muito bonita.

Levantei-me abruptamente e peguei uma toalha, esparramando água por todo o piso em minha pressa.

— Eu não acho — murmurei e abri a porta do banheiro. Corri para o quarto de menininha, deixando o vapor invadir o corredor para cobrir a imagem de minha mãe.

* * *

Quando acordei, antes de recuperar totalmente a consciência, achei que eles estavam naquilo de novo. Podia ouvir tão claramente, na imaginação, a voz de minha mãe e de meu pai se atacando, emaranhadas, e depois recuando.

Não eram brigas; nunca eram brigas de verdade. E eram desencadeadas pelas coisas mais simples: um suflê queimado, o sermão de um padre, um jantar a que meu pai chegara atrasado. Eram só semidiscussões, iniciadas por minha mãe e abafadas por meu pai. Ele nunca aceitava o desafio. Deixava-a gritar e acusar, e então, quando começavam os soluços, suas palavras doces a cobriam como um cobertor macio.

Aquilo não me assustava. Eu costumava ficar deitada na cama e escutar a cena, que já havia sido representada tantas vezes que eu sabia o diálogo de cor. "Bam": essa era minha mãe batendo a porta do quarto, que segundos depois se abria de novo, quando meu pai subia as escadas e entrava. Nos meses que se seguiram à partida dela, quando eu ficava lembrando, pensava nas discussões e acrescentava as imagens que nunca tinha visto, criando-as na forma de atores em um granuloso filme preto e branco. Via, por exemplo, meus pais de costas um para o outro, minha mãe passando uma escova pelos cabelos e meu pai desabotoando a camisa.

— Você não entende — minha mãe dizia, suas palavras altas e agudas, sempre as mesmas. — Não posso fazer tudo. Você espera que eu faça tudo.

— Shhh, May — meu pai murmurava. — Você dificulta tanto. — Eu o imaginava virando-se para ela e segurando-lhe os ombros, como Bogart em *Casablanca.* — Ninguém espera nada.

— Você espera, sim — minha mãe gritava, e a cama estalava quando ela se levantava. Podia ouvi-la andando pelo quarto, o som dos passos como o da chuva. — Não consigo fazer nada certo, Patrick. Estou cansada. Estou tão cansada. Meu Deus, eu só queria... eu quero...

— O que você quer, *á mhuírnán*?

— Não sei — minha mãe dizia. — Se eu soubesse, não estaria aqui.

Então ela começava a chorar, e eu ouvia os sons gentis que se filtravam através da parede: os beijos suaves e o deslizar das mãos de meu pai sobre a pele dela e o silêncio carregado, que mais tarde aprendi que era o som de fazer amor.

Às vezes havia variações, como quando minha mãe implorou que meu pai fosse embora com ela, só os dois, velejando em uma canoa para Fiji. Outra vez ela arranhou meu pai e o fez dormir no sofá. Uma vez ela disse que ainda acreditava que o mundo era plano e que ela estava pendurada na borda.

Meu pai tinha insônia e, depois desses episódios, levantava-se na calada da noite e ia silenciosamente para a oficina. Então, como se esperasse a deixa, eu saía de meu quarto na ponta dos pés e me enfiava sob as cobertas da grande cama de casal. Era assim em nossa família; alguém sempre estava cobrindo outro alguém. Eu pressionava o rosto contra as costas de minha mãe e a ouvia murmurar meu nome, e me aconchegava tão perto que meu próprio corpo tremia com o medo dela.

Ouvi os gritos outra vez naquela noite; foi o que me fez acordar tão de repente. Mas não havia a voz de meu pai. Por um momento, não consegui situar o papel de parede sufocante, o luar que se intrometia no quarto. Saí da cama e fui parar no banheiro, então me redirecionei e caminhei até estar diante da porta aberta do quarto de minha mãe.

Eu não havia sonhado. Ela estava encolhida sob as cobertas, com os punhos pressionados de encontro aos olhos. Chorava tanto que não conseguia recuperar o fôlego.

Fiquei hesitante na porta, mudando o peso de um pé para o outro e enrolando nervosamente a manga da camisola. Eu não podia fazer aquilo. Afinal, tanta coisa tinha acontecido. Eu não era mais uma criança de quatro anos, e ela não passava de uma estranha. Não era praticamente nada para mim.

Lembrei-me de como havia me retraído ao toque dela naquela tarde e como ficara irritada por ela ter recebido minha chegada tão tranquilamente quanto receberia uma xícara de chá. Lembrei-me de ver meu rosto refletido em seus olhos quando ela falava de meu pai. Pensei no quarto, aquele quarto horrível, que ela tinha mantido a minha espera.

Mesmo enquanto avançava pelo piso, continuava ouvindo as razões pelas quais não deveria fazer aquilo. *Você não a conhece. Ela não conhece você. Ela não deveria ser perdoada.* Entrei sob as cobertas. Com um suspiro que desemaranhou os anos, pus os braços em torno de minha mãe e, voluntariamente, deslizei de volta para onde havia começado.

28

Nicholas

Nicholas Prescott já estava não oficialmente noivo de Paige O'Toole quando eles saíram juntos pela quarta vez. Nicholas a pegara no apartamento da garçonete Doris, um pequeno prédio pulguento na Porter Square. Deixara uma mensagem enquanto ela estava no trabalho, avisando-a para usar algo na linha haute couture, porque ia levá-la ao que havia de melhor naquela noite. Não sabia que ela tinha passado uma hora perguntando a Doris, aos vizinhos e, por fim, à bibliotecária da Biblioteca Pública de Boston o que significava haute couture.

Ela estava usando um tubinho preto, simples e sem mangas. Os cabelos estavam presos no alto da cabeça em um nó frouxo; seus olhos eram expectantes e luminosos. Usava sapatos de salto alto, de imitação de couro de jacaré, o tipo que seus colegas da faculdade chamariam de sapatos "me coma", embora, com alguém como Paige usando-os, o termo nunca teria vindo à mente.

No fim de seus três encontros anteriores, Nicholas não fora além de lhe segurar gentilmente os seios e, a julgar pelo tremor silencioso dela, soube que era o bastante. Apesar de ter fugido de casa, de não ter uma educação universitária e de ser garçonete em um pequeno restaurante, para Nicholas, Paige O'Toole era tão casta quanto se poderia ser. Quando a imaginava, pensava na figura de Psique no rótulo do refrigerante White Rock, uma menina-mulher ajoelhada sobre uma pedra, olhando para o próprio reflexo como se estivesse surpresa por vê-lo na água abaixo. O modo como Paige era tímida para sorrir, seu hábito instintivo de cobrir o corpo quando Nicholas a tocava, tudo se somava. Nunca haviam falado sobre isso; Nicholas não era desse tipo. Mas ele acreditava na força da coincidência, e certamente havia uma razão para ele ter ido ao Mercy no dia em que ela começara a trabalhar ali: Paige não sabia, mas estivera esperando por ele sua vida toda.

— Você está linda — Nicholas disse, beijando-a sob a orelha esquerda. Eles estavam esperando o elevador.

Paige passou as mãos pelo vestido, puxando-o como se ele não estivesse perfeitamente ajustado ao corpo.

— É da Doris — ela admitiu. — Eu não tinha nenhuma couture, então fomos ver o guarda-roupa dela. Você acredita que este vestido é de 1959? Passamos a tarde inteira apertando as costuras.

— E os sapatos? — O elevador chegou, e Nicholas segurou o cotovelo de Paige, a fim de conduzi-la para dentro.

Paige o olhou de frente, desafiadora.

— Eu comprei. Achei que merecia algo novo.

Nicholas às vezes se surpreendia com a fúria contida que havia nela. Quando acreditava estar certa, ela lutava até o fim para defender seu lado, e continuava a fazer isso enfaticamente mesmo depois de ter tido provas de que estava errada.

Quando o elevador chegou ao térreo, Nicholas esperou que ela saísse primeiro, como lhe havia sido ensinado na oitava série. Mas, como ela não saiu, ele se virou para fitá-la e viu outra vez a expressão com que ela frequentemente o olhava . Era como se ele preenchesse todo o mundo dela, como se não houvesse nada que ele pudesse fazer errado.

— O que foi? — Nicholas perguntou, segurando-lhe a mão.

Paige sacudiu a cabeça.

— Nada. É você. — Ela deu dois passos e virou novamente para ele, sorrindo. — Se você morasse em Chicago, teria passado reto por mim na rua.

— Não, não teria — Nicholas disse.

Paige riu.

— Tem toda razão. Você não teria passado nem *morto* pela Taylor Street.

Nicholas não conseguia convencer Paige de que não se importava com o lugar de onde ela viera, onde trabalhava, se tinha ou não um diploma.

Só o que importava era para onde ela estava indo, e Nicholas pretendia garantir que fosse com ele. Essa fora uma das razões de ele ter lhe pedido para se vestir com capricho e de ter feito uma reserva no Empress, no Hyatt Regency, com vista para o rio. Depois iriam ao Spinnaker, o bar com balcão giratório, e então ele a levaria para casa, e eles se sentariam sob as lâmpadas de rua da Porter Square e se beijariam até seus lábios ficarem inchados e doloridos. Em seguida, Nicholas voltaria para seu apartamento em Cambridge e ficaria deitado, nu, sob o ventilador de teto do quarto, traçando preguiçosamente círculos no lençol e imaginando a pele sedosa de Paige sob seus dedos.

— Aonde vamos? — Paige perguntou quando entrou no carro.

Nicholas sorriu para ela.

— É surpresa.

Ela prendeu o cinto de segurança e ajeitou as dobras da saia preta esticada sobre as pernas.

— Provavelmente não é ao McDonald's — disse ela. — Eles afrouxaram as regras de vestuário.

O maître de casaca, no restaurante, cumprimentou Nicholas e os conduziu até uma pequena mesa de canto, junto a uma parede de vidro. A bacia do rio Charles estava banhada nos tons de fúcsia e laranja do pôr do sol. Salpicando a superfície como borboletas deslizantes, estavam os veleiros distantes do clube de iatismo. Paige respirou fundo e apoiou as mãos no vidro por um segundo, deixando as impressões nítidas de seus dedos quando as retirou.

— Ah, Nicholas — disse ela —, isso é lindo.

Ele pegou a carteira de fósforos preta no cinzeiro de cristal, gravada com as iniciais de Paige em letras douradas. Fora essa uma das razões de ele ter escolhido o Empress e não o Café Budapest ou o Ritz-Carlton; esse era um de seus diferenciais. Nicholas entregou os fósforos a Paige.

— Você talvez queira ficar com isso.

Paige sorriu.

— Você sabe que eu não fumo. E a Doris nem tem lareira. — Ela os jogou de volta no cinzeiro, e foi então que notou as letras PMO. Nicholas se recostou na cadeira, vendo os olhos de Paige escurecerem e se dilatarem. Depois, como uma criança, ela olhou em volta e se esgueirou até a mesa vazia ao lado. Levantou a carteira de fósforos do cinzeiro e pareceu decepcionada, mas só por um segundo. — É só este — murmurou, ofegante. — Mas como eles sabiam?

Ao longo da refeição, Nicholas começou a questionar seus motivos para aquele jantar elegante. Paige insistiu que ele fizesse o pedido, já que ela não conhecia nenhum daqueles pratos, e ele o fizera. A entrada, um ninho de frango e legumes, estava deliciosa, mas Paige mal encostara a boca em um cogumelo e seu lábio começou a inchar como um balão. Ela o pressionara com gelo dentro de um guardanapo, e o inchaço melhorou um pouco, mas devia ser alérgica. Depois, quando o garçom trouxe o sorbet para limpar o paladar entre os pratos da refeição, com fumaça de gelo seco que se espalhava pelo colo como a neblina de um pântano escocês, Paige discutira com o homem, dizendo-lhe que não pagariam por algo que não tinham pedido. Ela observara Nicholas durante toda a refeição, recusando-se a pegar um dos três garfos ou colheres até que ele o fizesse primeiro. Mais de uma vez, Nicholas a pegara desprevenida, olhando para o prato como se aquela fosse mais uma parede a escalar em uma corrida de obstáculos.

Quando a conta chegou, o garçom trouxe para Paige uma rosa de talo longo, e ela sorriu para Nicholas do outro lado da mesa. Parecia exausta. Ele não conseguia acreditar que não lhe ocorrera ver as coisas por este ângulo: para Paige, tudo aquilo tinha sido um trabalho, quase um tipo de teste. Assim que o cartão de crédito de Nicholas foi devolvido, Paige levantou da cadeira antes que ele pudesse puxá-la. Saiu rapidamente pelo caminho mais curto até a porta, de cabeça baixa, sem olhar para os outros clientes enquanto passava.

Ao se ver no corredor, esperando o elevador, ela se recostou na parede e fechou os olhos. Nicholas parou ao lado dela, com as mãos enfiadas nos bolsos da calça.

— Acho que um drinque no bar do hotel está fora de questão — murmurou.

Paige abriu os olhos, momentaneamente confusa, como se Nicholas fosse a última pessoa que esperasse encontrar a seu lado. Um sorriso se fixou em seu rosto.

— Estava delicioso, Nicholas — disse ela, e ele não pôde deixar de olhar para o contorno volumoso de seu lábio inferior, ainda inchado, que a fazia parecer uma diva do cinema da década de 30. Ela cobriu a boca com a mão.

Nicholas segurou-lhe os dedos e os puxou para baixo.

— Não faça isso — disse ele. — Nunca faça isso. — E pôs o paletó sobre os ombros dela.

— O quê?

Nicholas pausou por uma fração de segundo antes de retomar.

— Mentir para mim.

Ele esperava que ela negasse, mas Paige o encarou.

— Foi horrível — ela admitiu. — Sei que não foi sua intenção, Nicholas, mas isso não é mesmo a minha praia.

De fato, Nicholas não acreditava nem que fosse a praia *dele*, mas era algo que fazia havia tanto tempo que nem pensava a respeito. Desceu os catorze andares no elevador em silêncio, segurando a mão de Paige, pensando em como seria a Taylor Street em Chicago e se ele não teria *mesmo* passado nem morto por ela.

Não que tivesse dúvidas quanto a Paige; apesar da reação de seus pais, sabia que eles iam se casar. Mas se perguntava quanto dois mundos teriam de ser diferentes para manter as pessoas separadas. Seus pais tinham vindo de lados opostos do espectro social, mas isso não contou, pois eles quiseram ficar juntos mesmo assim. Na mente de Nicholas, isso meio que os igualava. Sua mãe tinha se casado com seu pai para dar uma banana para a sociedade, e seu pai se casara com sua mãe para ganhar entrada em um círculo de riqueza tão fechado que nem todo o dinheiro novo no mundo poderia comprar. Ele realmente não sabia como — ou *se* — o amor tinha entrado nisso, e essa era a maior diferença entre o relacionamento de seus pais e os sentimentos que tinha por Paige. Ele amava Paige porque ela era simples e doce, porque seus cabelos eram da cor do verão e porque ela sabia fazer uma imitação quase perfeita do Hortelino Troca-Letras. Ele a amava porque ela tinha conseguido chegar a Cambridge com menos de cem dólares, porque sabia dizer o pai-nosso de trás para frente sem parar, porque podia desenhar exatamente o que ele jamais conseguiria pôr em palavras. Com um fervor irresistível que até o surpreendia, Nicholas acreditava na capacidade de Paige de superar qualquer situação; na verdade, Paige era o mais próximo de uma religião que ele tivera em anos. Não dava a mínima se ela sabia ou não diferenciar a faca de peixe do garfo de salada, se ela conseguia distinguir uma valsa de uma polca. Não era disso que dependia um casamento.

Mas, por outro lado, Nicholas não podia deixar de lembrar que o casamento era algo feito pelo homem, uma instituição criada pela própria sociedade. Duas almas que tivessem nascido para ficar juntas — e Nicholas não estava dizendo que era esse o caso; ele era científico demais para ser tão romântico —, bem, duas pessoas assim poderiam simplesmente se unir pelo resto da vida sem necessidade de uma certidão de papel. Casamento não parecia ter a ver exatamente com amor; tinha a ver com a capacidade de *viver juntos* por um longo período de tempo, e isso era algo completamente diferente. Isso era algo sobre o que ele não tinha certeza em relação a ele e Paige.

Olhou para o perfil dela quando parou em um farol vermelho. Narizinho pequeno, olhos brilhantes, lábios clássicos. De repente, ela se virou para ele, sorrindo. Tinha de haver um meio-termo.

— Em que você está pensando? — ela perguntou.

— Estou pensando — disse Nicholas — que eu gostaria que você me mostrasse a Taylor Street.

29
Paige

Minha mãe tinha sete cavalos castrados e, com exceção de Donegal, todos tinham nome de homens que ela havia recusado.

— Eu não namoro — ela me disse. — Poucos homens acham que o final perfeito de uma noite de sedução é a checagem do estábulo às dez horas.

Eddy e Andy eram alazões puros-sangues. Tony era um pônei mestiço que ela havia salvado de morrer de fome. Burt era um quarto de milha mais velho que o mundo, e Jean-Claude e Elmo eram cavalos de três anos que tinham vindo das pistas de corrida e estavam em processo de adestramento.

Enquanto ela levava Jean-Claude e Elmo à arena, para o trabalho na guia, Josh e eu limpávamos os estábulos, espalhávamos palha fresca e lavávamos os baldes de água. Era um trabalho duro, que me causava dores nas costas e nos músculos das panturrilhas, mas descobri que, às vezes, conseguia passar o ancinho por um estábulo inteiro sem pensar em Nicholas ou em Max. Na verdade, quase tudo o que eu fazia em relação aos cavalos me tirava da mente a família que eu deixara para trás, e eu começava a enxergar por que eles fascinavam tanto minha mãe.

Eu estava enchendo os baldes pretos de alimentação na baia de Aurora, e, como sempre, ela tentava morder minhas costas cada vez que eu me virava. Esse era o oitavo animal de propriedade de minha mãe, uma égua branca de conto de fadas. Minha mãe me contou que a havia comprado por impulso, esperando que o Príncipe Encantado viesse junto, mas se arrependera da compra depois. Aurora era irritável e mal-humorada, e teimosa para treinar.

— Já pus a água da Aurora — gritei para Josh, que estava limpando o chão mais longe, no mesmo estábulo. Eu gostava dele. Era um pouco estranho, mas me fazia sorrir. Não comia carne porque, "em alguns lugares, as vacas são sagradas". Ele me contara, em meu segundo dia ali, que já estava na metade do caminho óctuplo para o nirvana.

Peguei o carrinho de mão que Josh tinha enchido de esterco e fui despejá-lo na pilha de compostagem, sob o sol quente da Carolina do Norte. Levantei o rosto e senti a sujeira úmida se acumulando atrás do pescoço, embora ainda fossem oito e meia da manhã.

— Paige! — Josh gritou. — Venha depressa! E traga um cabresto!

Larguei o carrinho de lado e voltei correndo, agarrando o cabresto pendurado ao lado da baia de Andy. No fundo do estábulo, ouvi Josh dizendo palavras tranquilizadoras.

— Venha até aqui — ele sussurrou para mim — e ande devagar.

Quando espiei pela porta da baia mais ao fundo, o vi segurando Aurora pela crina.

— A gente costuma fechar a baia quando termina — disse ele, sorrindo.

— Eu fechei! — protestei e movi com a mão o ganchinho, só para provar. Mas um dos elos da corrente presa à parede estava partido, e me dei conta de que, provavelmente, eu prendera o gancho bem nesse e a porta ficara aberta. — Desculpe — falei, enquanto pegava Aurora pelo cabresto. — Talvez você devesse ter deixado que ela fosse embora.

— Não sei — Josh respondeu. — Não devo nenhum favor a Lily este mês.

Fizemos um intervalo e fomos ver minha mãe adestrando Jean-Claude. Ela estava no centro da arena, com a corda de guia presa ao cavalo, deixando-o corcovear e galopar em círculos a sua volta. Dessa vez, ele estava com uma sela sobre o dorso, simplesmente para se acostumar com a sensação.

— Vejam só a estrutura física dele — minha mãe tinha dito. — É um saltador nato: belas espáduas inclinadas, dorso curto.

— E um traseiro que parece um caminhão — Josh completara.

Minha mãe lhe dera uma palmadinha no rosto com o mesmo carinho que demonstrava por seus cavalos.

— Desde que você não fale isso de mim — dissera.

Observamos os músculos do braço dela se tensionarem e enrijecerem, enquanto ela segurava a corda de que Jean-Claude tentava valentemente se soltar.

— Há quanto tempo ela está fazendo isso? — perguntei.

— Com Jean-Claude? — Josh disse. — Ele está aqui só há um mês. Mas, caramba, Donegal é o primeiro cavalo dela, é um campeão, e tem só sete anos. — Josh se abaixou, arrancou uma folha de grama e a segurou entre os dentes da frente. Então começou a me contar a história de minha mãe e da Fazenda Fly By Night.

Ela trabalhava como secretária particular de Harlan Cozackis, um milionário de Kentucky que fizera fortuna com papelão ondulado. Ele se interessava muito por corridas de cavalos e comprara dois animais que se saíram bem em competições importantes. Quando recebeu o diagnóstico de câncer pancreático, sua esposa o abandonou pelo sócio. Ele disse a Lily que ela podia ir embora também — para que se importar com o funcionamento da empresa se o coproprietário estava transando com sua própria esposa? Mas Lily ficou. Ela parou de cuidar dos livros contábeis e começou a alimentar Harlan com sopa de cevada na cama; mantinha o controle dos horários em que ele tomara os analgésicos. Ele tentou quimioterapia por um tempo, e Lily ficou junto dele nas noites posteriores às aplicações, segurando toalhas úmidas sobre seu peito enrugado e limpando seu vômito.

Quando ele começou a morrer, Lily ficava sentada por horas a seu lado, lendo para ele as cotações para as corridas de cavalos locais e fazendo apostas pelo telefone. Ela lhe contava histórias de seus dias como Calamity Jane no rodeio, e provavelmente foi isso que lhe deu a ideia. Quando ele morreu, não deixou nenhum dinheiro para ela, mas lhe deu o potro que havia nascido apenas alguns meses antes, filho de um garanhão de uma linhagem famosa.

Josh disse que minha mãe tinha rido muito disso: era dona de um cavalo valiosíssimo e não tinha um centavo sequer em seu nome. Foi para a Carolina do Norte e chegou até Farleyville, procurando um estábulo que pudesse alugar. Trouxe Donegal e, por um longo tempo, ele foi o único cavalo ali, mas ela não deixava de pagar o aluguel. Pouco a pouco, dando aulas para as pessoas em seus próprios cavalos e fazendas, ela poupou dinheiro suficiente para comprar Eddy, e também Tony, depois Aurora e Andy. Comprou um cavalo chamado Joseph diretamente das pistas de corrida, como Aurora, treinou-o por um ano, depois o vendeu por quarenta e cinco mil dólares, três vezes o preço de compra. Foi quando começou a se apresentar com Donegal e o dinheiro dos prêmios começou a pagar por seus cuidados de sangue azul: ferraduras plásticas de cento e cinquenta dólares, injeções a cada três meses, feno caro, com mais trevo do que erva do campo.

— Mas ainda tivemos um prejuízo de dez mil dólares no ano passado — disse Josh.

— Vocês tiveram um prejuízo de *dez mil dólares* — repeti. — Nem conseguem ter algum lucro? Por que ela continua fazendo isso?

Josh sorriu. A distância, minha mãe falava mansamente com Jean-Claude. Então montou na sela sobre o dorso do animal e segurou as rédeas com firmeza, até o cavalo parar de relinchar e se sacudir de um lado para o outro. Ela levantou o rosto para o céu e riu ao vento.

— É o carma dela — Josh respondeu. — Por que mais seria?

* * *

Ficava mais fácil a cada dia. Eu cavalgava por uma hora de manhã, depois de termos equipado os outros cavalos e limpado as baias. Montava Tony, o cavalo mais manso de minha mãe. Sob suas instruções cuidadosas, melhorei muito. Minhas pernas pararam de me dar a sensação de cordas hiperestendidas. Eu conseguia adivinhar o comportamento do cavalo, que tinha um hábito de escapar para a direita na hora de dar um salto. Até mesmo o meio galope, que a princípio parecera rápido e incontrolável, tinha se acomodado. Tony agora fazia a partida com tanta suavidade que eu conseguia fechar os olhos e fingir que estava correndo na voz do vento.

— O que quer fazer agora? — minha mãe perguntou do centro da arena.

Desacelerei Tony para um passo suave.

— Vamos saltar — respondi. — Quero tentar um vertical. — Agora eu sabia que as cercas eram chamadas cancelas, que uma barra atravessada era um vertical, e um x era chamado de oxer bêbado. Como Tony tinha só um metro e quarenta de altura, não podia pular muito alto, mas conseguia superar facilmente um vertical de sessenta centímetros, se estivesse de bom humor.

Eu adorava a sensação de um salto. Adorava a batida suave em direção ao obstáculo, minhas coxas e panturrilhas pressionando as ancas do cavalo, a notável potência com que ele se afastava do chão. Quando Tony começava a levantar, eu me erguia para a posição de assento livre, suspensa no ar até o dorso do cavalo subir ao meu encontro. "Não olhe para baixo, olhe para a frente do salto", minha mãe dissera várias vezes, e eu obedecia, vendo os opulentos arbustos cheios de frutinhas à margem do córrego. Era sempre com uma sensação de surpresa que, em questão de segundos, eu percebia que estávamos tocando novamente a terra de todos os dias.

Minha mãe montou um percurso de seis saltos para mim. Dei um tapinha no pescoço de Tony e segurei as rédeas para um meio galope. Ela gritou instruções, mas eu mal podia ouvi-la. Voávamos pelo perímetro da arena, tão levemente que nem tinha certeza se as pernas do cavalo estavam tocando o chão. Tony deu o primeiro salto longo, jogando-me para trás na sela. Aumentou a velocidade, e eu sabia que deveria levar meu peso para trás a fim de desacelerá-lo, mas, por algum motivo, meu corpo não estava fazendo o que eu queria que fizesse. Quando aterrissou depois do salto seguinte, o cavalo contornou em velocidade o canto da arena, inclinou-se estranhamente para um lado e eu caí.

Quando abri os olhos, Tony mastigava a grama na beira da arena e minha mãe estava em pé a meu lado.

— Acontece com todo mundo — ela disse, estendendo a mão para me ajudar a levantar. — O que você acha que fez errado?

Levantei-me e bati a terra da calça de montaria que ela havia me emprestado.

— Além de estar correndo a cem quilômetros por hora?

Minha mãe sorriu.

— Sim, estava um pouco mais rápido que um meio galope habitual — concordou.

Esfreguei a mão na nuca e reajustei o capacete de veludo preto.

— Ele estava desequilibrado — eu disse. — Eu sabia que ia cair antes mesmo de acontecer.

Minha mãe puxou Tony de volta pelas rédeas e segurou-o para que eu o montasse outra vez.

— Muito bem — disse. — Isso foi porque, quando vem em uma diagonal, você muda de direção. Quando está em meio galope, o cavalo precisa ter a mão de dentro, certo? — perguntou ela, e eu concordei. Lembrava bem dessa lição, porque eu tinha demorado uma eternidade para entender: quando um cavalo estava em meio galope, ou em galope, a perna do lado de dentro da arena devia ser a primeira a descer para o chão; isso o mantinha equilibrado. — Quando você muda de direção, o cavalo precisa mudar de mão. O Tony não vai fazer isso naturalmente; ele não tem essa inteligência. Vai simplesmente correr em círculo, desequilibrado, cansando até tropeçar ou te derrubar. Você precisa avisá-lo que quer que ele tente um truque novo em seu repertório. Precisa fazer com que ele reduza para um trote, depois retome o meio galope. Isso se chama mudança de mão simples

Sacudi a cabeça.

— Não vou conseguir lembrar de tudo isso — eu disse.

— Vai, sim — minha mãe insistiu. Estalou a língua para Tony começar a trotar. — Faça um oito — instruiu — e não pare. Ele não vai fazer o que você quer se você não o orientar. Continue com suas diagonais e faça as mudanças simples.

Quando terminamos a primeira diagonal, fiz Tony se mover suavemente para o meio do salto. Olhei para seus cascos, e ele estava na mesma mão de antes do salto, só que agora, por termos mudado de direção, essa era a perna externa. Puxei as rédeas até ele reduzir a andadura e então virei a cabeça dele na direção do bosque e pressionei os calcanhares para que ele partisse em um meio galope outra vez.

— Muito bom! — minha mãe gritou.

Levei Tony pela sequência de saltos seguinte. Repeti o mesmo procedimento várias vezes, até achar que já estava mais ofegante do que ele, então reduzi seu ritmo para um passo, sem esperar que minha mãe ordenasse.

Inclinei-me sobre o pescoço de Tony, suspirando em sua crina áspera. Eu sabia o que era correr muito rápido e ter consciência de que estava desequilibrada e não entender como se reequilibrar.

— Você não percebe como tem sorte — eu disse. Pensei em como seria fácil seguir por um trajeto desconhecido se eu tivesse alguém me orientando na direção certa; uma pressão gentil e segura que me deixasse diminuir o passo até estar pronta para correr outra vez.

* * *

— Quando vou poder montar o Donegal? — perguntei, enquanto o conduzíamos para o campo onde minha mãe gostava de montá-lo. Sua crina balançava da esquerda para a direita quando ele resistia à guia de couro presa ao cabresto.

— Você até poderia fazer isso agora — minha mãe respondeu. — Mas não ia conduzi-lo; ele é que ia conduzir você. — Ela me passou as rédeas enquanto ajustava a alça de seu capacete de montaria. — Ele é um cavalo fenomenal, salta qualquer obstáculo que você puser diante dele e muda de mão automaticamente, mas isso só lhe daria a sensação de ser boa. Enquanto está aprendendo a montar, você tem que fazer isso em um cavalo como Tony, um animal de trabalho com atitude.

Observei-a subir na sela e partir em trote; sentei-me na grama enquanto ela cavalgava. Abri o bloco de desenho que tinha trazido comigo e peguei um lápis carvão. Tentei desenhar o espírito que parecia fluir diretamente da coluna de minha mãe para os flancos e as pernas traseiras potentes de Donegal. Ela nem precisava tocar o cavalo; parecia que suas mudanças e transições eram comunicadas direto para a mente dele.

Desenhei a crina negra e crespa e o arco do pescoço do cavalo, o vapor que subia de suas laterais e o ritmo de sua respiração trabalhada. Tracei os músculos bem marcados das pernas de Donegal, da linha dos tornozelos e canela azuis até a força pura que pulsava, contida, sob o brilho das ancas. Minha mãe se inclinava sobre o pescoço dele, sussurrando palavras que eu não podia ouvir. A camisa voava atrás dela, e ela se movia mais rápido que a luz.

Quando a desenhei, ela pareceu sair diretamente do cavalo, e era impossível dizer de fato onde ele terminava e ela começava. Suas coxas estavam firmemente coladas aos flancos de Donegal, e as pernas dele pareciam se mover pelo papel. Desenhei-os várias vezes na mesma folha. Trabalhava tão concentradamente que não a vi desmontar de Donegal, amarrá-lo à cerca e vir sentar a meu lado.

Ela espiou por sobre meu ombro e olhou fixamente para a própria imagem. Eu a tinha desenhado repetidamente, mas o efeito final era de movimento: sua cabeça e a do cavalo estavam inclinadas em vários ângulos e posições diferentes, todas presas ao mesmo corpo em voo. Parecia mítico e sensual. Era como se minha mãe e Donegal tivessem partido várias vezes, mas não conseguissem se decidir para onde queriam ir.

— Você é incrível — ela disse, pousando a mão em meu ombro.

Fiz um gesto de indiferença.

— Sou boa — respondi —, mas poderia ser melhor.

Minha mãe tocou a borda do papel.

— Posso ficar com ele? — perguntou, e, antes de entregá-lo, perscrutei os fundos e as sombras do desenho, tentando ver o que mais poderia ter revelado. Mas, desta vez, apesar de todos os segredos que existiam entre nós, não havia absolutamente nada.

— Claro — respondi. — É seu.

Querido Max,

Estou mandando um desenho de um dos cavalos daqui. É uma égua chamada Aurora, que parece com a do seu livro colorido da Branca de Neve, aquele que você sempre tentava comer quando eu lia para você. Ah, acho que você não sabe: "aqui" é a casa da sua avó. É uma fazenda na Carolina do Norte, e é muito verde e muito linda. Quando você for mais velho, talvez um dia venha para cá e aprenda a montar.

Penso muito em você. Se já está se sentando e se tem os dentinhos de baixo. Se vai me reconhecer quando me vir. Queria poder explicar por que fui embora desse jeito, mas não sei se conseguiria expressar em palavras. Só continue acreditando em mim quando digo que vou voltar.

Ainda não sei quando.

Eu te amo.

Você me faria um favor? Diga ao papai que eu o amo.

Mamãe

No fim de agosto, fui com minha mãe a um torneio hípico classe A, da Sociedade Equestre Americana, em Culpeper, Virgínia. Colocamos Donegal no trailer e dirigimos por seis horas. Ajudei minha mãe a conduzi-lo para as baias improvisadas sob uma lona azul e branca. Naquela noite, pagamos para treinar os saltos de um metro e vinte, que Donegal superou com facilidade depois de ter ficado confinado por tanto tempo. Minha mãe o amarrou e lhe deu um banho quente.

— A gente se vê amanhã, Don — disse ela. — Estou planejando voltar para casa com um campeão.

No dia seguinte, fiquei assistindo, com olhos espantados, enquanto as provas aconteciam em três arenas ao mesmo tempo. Homens e mulheres competiam juntos: um dos poucos esportes em que eram iguais. A classe de minha mãe era a Working Hunter, de um metro e vinte, a mais alta de todas. Ela parecia conhecer todo mundo ali.

— Vou trocar de roupa — disse ela; quando voltou, estava usando calça de montaria bege-escura, botas de cano alto polidas, uma blusa branca de gola alta e um blazer azul de lã. Havia prendido os cabelos com quinze pequenas fivelas em toda a volta da cabeça, e me pediu para segurar um espelho enquanto colocava o capacete. — A gente perde pontos se tiver cabelo aparecendo — explicou.

Havia vinte e um cavalos na categoria dela, que era o último evento do dia. Ela seria a terceira a entrar. Enquanto Donegal se preparava na arena de aquecimento, eu assistia das arquibancadas, de olho no homem que saltava, montando o maior garanhão que eu já tinha visto, sobre cercas que eram quase da minha altura. O número de minha mãe era quarenta e seis, preso às costas em um quadrado de papel amarelo enrugado. Ela sorriu para o homem que terminava o percurso, quando passou por ele na entrada.

O juiz estava sentado em uma lateral. Tentei adivinhar o que estaria escrevendo, mas era impossível daquela distância. Em vez disso, concentrei-me em minha mãe. Foram apenas segundos. Vi Donegal se dirigindo para a última linha de obstáculos, contornando o perímetro da arena. Quando ele se ergueu do chão, suas pernas dianteiras estavam estendidas, os joelhos elevados. Não deu um salto longo nem o encurtou; manteve o passo certo. Vi minha mãe se inclinar para trás, contendo Donegal até o obstáculo seguinte surgir diante deles, então ela se ergueu na sela, queixo erguido, olhos fixos à frente. Foi só quando ela terminou o percurso que eu percebi que estava prendendo a respiração.

A mulher sentada a meu lado usava um vestido cor de cobre de bolinhas e um chapéu branco de aba larga, como se estivesse em uma corrida da realeza. Tinha um programa nas mãos e, no verso, estava escrevendo os números dos competidores que acreditava que iam ganhar.

— Não sei — murmurou para si mesma. — Acho que o primeiro homem foi muito melhor.

Virei-me para ela, zangada.

— A senhora deve estar brincando — eu disse. — O cavalo dele fez todos os saltos longos demais. — Observei a mulher respirar fundo e bater o lápis no queixo. — Eu lhe dou cinco dólares se o quarenta e seis não ganhar dele — propus, tirando uma nota do bolso traseiro.

A mulher olhou com espanto para mim, e por um momento eu me perguntei se aquilo seria ilegal, mas então um sorriso se abriu em seu rosto redondo e ela estendeu uma das mãos enluvadas.

— De acordo.

Ninguém mais na categoria foi tão bem quanto minha mãe montando Donegal. Vários dos cavalos refugaram nos saltos ou derrubaram os cavaleiros e foram desclassificados. Quando anunciaram os resultados, a fita azul foi para o número quarenta e seis. Levantei na arquibancada e comemorei, e minha mãe se virou para olhar para mim. Conduziu Donegal de volta à arena, para que se avaliasse se ele estava em boas condições, e então fixou a fita azul na cabeça do cavalo. A mulher a meu lado fungou ruidosamente e me deu uma nota novinha de cinco dólares.

— O cento e trinta e um era melhor — insistiu.

Peguei o dinheiro.

— Talvez — respondi —, mas o quarenta e seis é a minha mãe.

* * *

Por sugestão de minha mãe, comemoramos o fim do verão acampando no pátio. Eu não achava que fosse gostar. Imaginei que o chão seria cheio de calombos e que eu ficaria preocupada com formigas subindo por meu pescoço e entrando no ouvido. Mas minha mãe encontrou dois velhos sacos de dormir que os proprietários do Pégaso tinham usado no Alasca, e nós nos esticamos sobre eles, no campo onde ela montava Donegal. Ficamos procurando estrelas cadentes.

Agosto havia sido insuportavelmente quente, e eu já tinha me acostumado a ver bolhas no dorso das mãos e no pescoço, as partes que ficavam o tempo todo expostas ao sol.

— Você é uma garota do campo, Paige — minha mãe disse, dobrando os braços atrás da cabeça. — Não teria durado todo esse tempo se não fosse.

Havia coisas a ser ditas sobre a Carolina do Norte. Era bom ver o sol poente se refrescar atrás do dorso das montanhas, em vez dos domos de Harvard; não havia pavimentação para transpirar sob nossos pés. Mas às vezes eu me sentia tão isolada que parava para ouvir, para ter certeza de que era possível escutar minha pulsação acima do canto das moscas e do barulho dos cascos.

Minha mãe rolou de lado, olhando para mim, e se apoiou em um cotovelo.

— Me conte sobre o Patrick — pediu.

Afastei o olhar. Eu poderia lhe dizer como estava a aparência de meu pai, ou que ele não queria que eu a procurasse, mas ambos iam doer.

— Ele ainda está construindo sonhos de fumaça no porão — disse. — Alguns ele conseguiu vender. — Vi que minha mãe prendeu a respiração, esperando. — O cabelo dele está grisalho agora, mas continua volumoso.

— Ainda está lá, não é? Aquela expressão nos olhos dele?

Eu sabia o que ela queria dizer: era o brilho no rosto de meu pai quando ele via uma obra-prima, mesmo que estivesse olhando para uma mistura de cuspe com cola.

— Ainda está lá — respondi, e minha mãe sorriu.

— Acho que foi isso que me encantou nele — ela disse. — Isso e o jeito como ele prometia me mostrar a Irlanda. — Deitou-se de costas e fechou os olhos. — E o que ele acha do distinto dr. Prescott?

— Ele não o conhece — respondi sem pensar, repreendendo a mim mesma por ter cometido um erro tão idiota. Decidi lhe contar apenas parte da verdade. — Eu mantive pouco contato com o papai. Fugi de Chicago quando me formei no colégio.

Minha mãe franziu a testa.

— Estranho. Tudo o que o Patrick queria era que você fosse para a faculdade. Você ia ser a primeira presidente mulher, católica e irlandesa.

— Não teve a ver com a faculdade — falei. — Eu estava planejando ir para a Escola de Design de Rhode Island, mas outras coisas aconteceram. — Prendi a respiração, mas ela não fez nenhuma pergunta. — Mãe — eu disse, ansiosa para mudar de assunto —, e o cara do rodeio?

Ela riu.

— O cara do rodeio era Wolliston Waters, e nós fugimos juntos com o dinheiro que roubamos do show Wild West. Dormi com ele algumas vezes, mas só para lembrar como era sentir outra pessoa perto de mim. Não era amor, era sexo. Você provavelmente entende a diferença. — Quando desviei o olhar, minha mãe tocou meu ombro. — Ah, vai. Deve ter tido algum garoto do colégio que partiu seu coração.

— Não — respondi, evitando seus olhos. — Eu não namorava.

Minha mãe deu de ombros.

— Bom, a questão é que eu nunca esqueci seu pai. E nunca quis isso de fato. Wolliston e eu, bem... Acima de qualquer coisa, tínhamos negócios em comum. Até que, uma manhã, eu acordei e descobri que ele tinha levado todas as nossas economias, mais o forno elétrico e até o aparelho de som. Simplesmente desapareceu.

Deitei de costas e me lembrei de Eddie Savoy.

— As pessoas não desaparecem simplesmente — falei. — Você devia saber melhor do que ninguém.

No alto, as estrelas cintilavam e tremeluziam contra o céu escuro da noite. Abri bem os olhos e tentei ver as outras galáxias que se escondiam nas fronteiras da nossa.

— Teve mais alguém? — perguntei.

— Ninguém que mereça menção — minha mãe respondeu.

Olhei para ela.

— Você não sente falta?

Ela deu de ombros.

— Eu tenho o Donegal.

Sorri no escuro.

— Não é a mesma coisa.

Minha mãe franziu a testa, como se estivesse refletindo sobre o assunto.

— Tem razão; é mais gratificante. Veja, fui eu que o treinei, então sou eu que posso receber o crédito por qualquer coisa que o Donegal faça. Com um cavalo, eu fiz meu nome. Com um marido, eu não era ninguém. — Mal movendo um músculo, ela pousou a mão sobre a minha. — Me conte como é o Nicholas.

Suspirei e tentei descrever em palavras o que normalmente desenharia.

— Ele é muito alto e tem cabelos escuros como a crina do Donegal. Os olhos são da mesma cor dos meus e dos seus...

— Não, não, não — minha mãe interrompeu. — Me conte como o Nicholas *é*.

Fechei os olhos, mas nada me veio com clareza à mente. Eu parecia estar vendo minha vida com ele entre sombras e, mesmo depois de oito anos, mal podia ouvir o timbre de sua voz ou sentir o toque de suas mãos em mim. Tentei formar a imagem dessas mãos, dos dedos longos de cirurgião, mas não consegui imaginá-los nem segurando a base de um estetoscópio. Senti um espaço oco no peito, onde sabia que essas lembranças deveriam estar, mas era como se eu tivesse me casado com alguém muito tempo atrás e não tivesse mais tido contato com ele.

— Eu não sei de fato como o Nicholas é — respondi. Podia sentir os olhos de minha mãe em mim, então tentei explicar. — Ele é um homem diferente nos últimos tempos; trabalha demais, o que é importante, claro, mas por causa disso eu não o vejo muito. E muitas vezes, quando o vejo, não estou em meu melhor momento: estou na mesa de um jantar beneficente, e ele está sentado ao lado de uma garota do Radcliffe College, fazendo comparações. Ou passei metade da noite acordada com o Max e pareço uma selvagem do Bornéu.

— E foi por isso que você foi embora — minha mãe completou em meu lugar.

Sentei-me abruptamente.

— *Não foi* por isso que eu fui embora. Fui embora por causa de você.

Era um dilema do tipo o que veio primeiro, o ovo ou a galinha. Eu tinha ido embora porque precisava de tempo para recuperar o fôlego, me situar e poder começar de novo de modo menos confuso. Mas, obviamente, essa tendência era intrínseca em mim. Afinal, eu não soubera desde sempre que ia crescer e me tornar igual à minha mãe? Não ficara com medo exatamente disso, enquanto estava grávida de Max — e de meu outro bebê? Eu ainda acreditava que todos esses eventos estavam ligados. Poderia dizer, honestamente, que minha mãe era a razão de eu ter fugido, mas não tinha certeza se ela fora a causa ou a consequência de minhas ações.

Minha mãe se enfiou no saco de dormir.

— Mesmo que isso fosse verdade — disse ela —, você devia ter esperado até que o Max fosse mais velho.

Rolei para o outro lado. O cheiro dos pinheiros na serra, atrás de nós, era tão penetrante que de repente me deixou tonta.

— O roto falando do rasgado — murmurei.

A voz de minha mãe ressoou detrás.

— Quando você nasceu, estavam apenas começando a deixar homens entrarem na sala de parto, mas seu pai não queria saber de nada disso. Na verdade, ele queria que eu desse à luz em casa, como a mãe dele, mas eu não concordei. Então ele me levou para o hospital, e eu implorei para ele não me deixar. Disse a ele que eu não conseguiria enfrentar aquilo. Fiquei sozinha por doze horas, até que você decidiu dar o ar da graça. Foi mais uma hora até que o deixassem entrar para ver você e eu juntas. Demorou tudo isso para que as enfermeiras penteassem meu cabelo e me aplicassem maquiagem até parecer que eu não tinha feito nada aquele dia. — Minha mãe estava tão perto que eu podia sentir sua respiração na orelha. — Quando seu pai entrou e viu você, ele acariciou seu rosto e disse: "Viu, May, agora que ela chegou, onde está o sacrifício?" E sabe o que eu disse? Eu olhei para ele e disse: "Em mim".

Meu coração se apertou quando me lembrei de ter olhado para Max e me perguntado como ele podia ter saído de dentro de mim, e o que eu poderia fazer para que ele voltasse lá para dentro.

— Você não me queria — falei.

— Eu estava morrendo de medo de você — minha mãe disse. — Não sabia o que ia fazer se você não gostasse de mim.

Lembrei que, no ano em que fui matriculada na pré-escola da Bíblia, minha mãe tinha me comprado um casaco especial para a Páscoa, tão cor-de-rosa quanto a pétala de um lírio. Eu a importunei e implorei e supliquei para ir com ele à escola, depois da Páscoa.

— Só uma vez — eu chorara, e por fim ela deixou.

Mas choveu no caminho de volta da escola para casa, e eu tive medo de que ela ficasse brava se o casaco molhasse, então eu o tirei e o enrolei até que virasse uma bolinha. A filha do vizinho, que voltava comigo todos os dias porque tinha nove anos e era responsável, me ajudou a enfiar o casaco em minha mochila do Snoopy.

— Sua tonta — minha mãe disse, quando minha amiga me deixou em casa —, vai ficar com pneumonia.

Eu subira correndo para meu quarto e me jogara na cama, furiosa por tê-la decepcionado mais uma vez.

Por outro lado, essa foi a mulher que me deixou pegar um ônibus sozinha para o centro de Chicago, aos cinco anos de idade, porque achava que eu era confiável. Ela tingia gelatina incolor com corante alimentício azul, porque essa era minha cor favorita. Ensinou-me passos de dança e a me pendurar nas barras horizontais com a bainha da saia presa de uma determinada maneira, para evitar que a saia cobrisse a cabeça. Ela me deu meus primeiros lápis de cor e cadernos de colorir e me abraçou quando pintei errado, garantindo que as linhas eram para pessoas sem imaginação. Transformou-se quase em um ídolo, alguém cujos gestos eu imitava à noite, no banheiro; alguém que era como eu queria ser quando crescesse.

A noite se fechou a nossa volta como uma garganta apertada, sufocando os sons espasmódicos dos esquilos e o assobio da grama.

— Você não foi tão ruim como mãe — eu disse.

— Talvez — minha mãe sussurrou. — Talvez não.

30
Nicholas

Pela primeira vez em anos, as mãos enluvadas de Nicholas tremiam enquanto ele fazia a incisão no peito do paciente. Uma precisa linha vermelha de sangue escorreu dentro do espaço deixado pelo bisturi, e Nicholas engoliu a bile que lhe subiu à garganta. *Qualquer coisa menos isso*, pensou consigo mesmo. *Escalar o Everest, memorizar um dicionário, lutar uma guerra na linha de frente*. Qualquer coisa devia ser mais fácil do que fazer uma ponte de safena quádrupla no próprio Alistair Fogerty.

Ele não precisava olhar sob os lençóis esterilizados para saber como era o rosto conectado àquele corpo horrivelmente pintado de laranja. Todos os músculos e rugas estavam gravados em sua mente; afinal, havia passado oito anos absorvendo os insultos de Fogerty e dando tudo de si para estar à altura de suas ilimitadas expectativas. E agora tinha a vida do homem em suas mãos.

Nicholas pegou a serra e ligou o botão, dando-lhe vida. O instrumento vibrou em suas mãos quando ele o encostou no esterno, penetrando o osso. Afastou as costelas e checou a solução em que as veias da perna, já dissecadas, estavam flutuando. Imaginou Alistair Fogerty de pé, ao fundo da sala de cirurgia, a presença pairando junto de seu pescoço como a respiração fétida de um dragão. Nicholas levantou os olhos para a residente assistente.

— Acho que está tudo pronto — disse, vendo que suas palavras inflavam a máscara azul de papel como se tivessem significado ou substância.

* * *

Robert Prescott estava de quatro sobre um tapete Aubusson, esfregando um pano embebido em água Perrier em uma mancha amarela redonda, parte vômito e parte batata-doce. Agora que Max conseguia sentar sozinho, pelo menos por alguns minutos, tinha mais chance de regurgitar o que quer que tivesse comido ou bebido antes.

Robert tentara usar seu tempo como babá para examinar as fichas dos pacientes da manhã seguinte, mas Max tinha o hábito de puxá-las do sofá e amassá-las nas mãos. Havia mastigado tão bem um envelope pardo que ele desmanchara nas mãos de Robert.

— Ah — disse o avô, apoiando-se sobre os calcanhares para examinar seu trabalho. — Acho que não está diferente das rosetas. — Franziu a testa para o neto. — Você não aprontou mais nada, não é?

Max guinchou para ser levantado no colo; essa era sua última invenção, e também um som soprado com a língua entre os lábios que salpicava tudo que estivesse a um metro de distância. Robert achou que ele tivesse levantado os braços também, mas isso talvez fosse querer demais. De acordo com o dr. Spock, que ele vinha relendo no intervalo entre os pacientes, esse gesto só ocorria por volta do sexto mês.

— Vamos ver — disse, segurando Max como uma bola de futebol sob o braço. Olhou em volta na pequena sala, redecorada como um quarto de bebê/quarto de brinquedos provisório, e encontrou o que estava procurando: um velho estetoscópio. Max gostava de chupar os tubos de borracha e segurar a base fria de metal de encontro às gengivas, inchadas pelos novos dentes. Robert levantou e lhe entregou o brinquedo, mas o bebê o largou no chão e apertou os lábios, preparando-se para chorar. — Medidas drásticas — o homem decretou então, fazendo Max girar sobre a cabeça. Pôs para tocar a fita cassete de *Vila Sésamo* que havia comprado na livraria e começou a dançar um tango animado sobre o amontoado de brinquedos no chão. Max ria, um som maravilhoso aos ouvidos de Robert, toda vez que faziam uma virada brusca junto à parede.

Robert ouviu o barulho de chaves na porta e pulou o andador, a fim de desligar o botão do toca-fitas. Colocou o neto na cadeirinha presa à borda da mesinha baixa de nogueira e lhe deu uma peneira e uma colher de plástico. Max enfiou a colher na boca, depois a jogou no chão.

— Não diga nada que possa me entregar — Robert avisou, inclinando--se pertinho de Max, que agarrou o dedo do avô e o puxou para a boca.

Astrid entrou na sala e encontrou Robert folheando o arquivo de um paciente e Max sentado tranquilamente, com uma peneira sobre a cabeça.

— Tudo bem? — perguntou, largando a bolsa sobre a cadeira mais próxima.

— Ãrrã — Robert assentiu, notando que a ficha que deveria estar lendo estava de cabeça para baixo. — Ele não deu nenhum pio durante todo o tempo.

* * *

Quando correu a notícia, no hospital, de que Fogerty tinha desmaiado enquanto fazia uma substituição de válvula aórtica, Nicholas adiou suas visitas a pacientes da tarde e foi direto para a sala do chefe. Alistair estava sentado com os pés apoiados sobre o aquecedor, olhando, através da janela, para as chaminés e os tijolos do incinerador do hospital. Quebrava distraidamente as folhas da planta que mantinha na janela.

— Estive pensando — disse ele, sem se preocupar em se voltar. — Havaí. Ou talvez Nova Zelândia, se eu aguentar o voo. — Virou a larga cadeira de couro giratória. — Isso me faz lembrar os professores de gramática da oitava série. Definição de "ironia": se envolver em um acidente de carro enquanto está prendendo o cinto de segurança. Ou um cirurgião cardíaco descobrir que precisa de uma ponte de safena quádrupla.

Nicholas desabou na cadeira à frente da mesa.

— O quê?

Alistair sorriu para ele, e Nicholas de repente percebeu como ele parecia velho. Não sabia nada de Alistair fora daquele contexto. Não sabia se ele jogava golfe ou se tomava seu uísque puro; não sabia se ele havia chorado na formatura do filho ou no casamento da filha. Nicholas se perguntava se existiria alguém que conhecia Alistair tão bem assim; ou, melhor dizendo, se alguém sequer o *conhecia*.

— Dave Goldman fez os exames — Fogerty disse. — Quero que você faça a cirurgia.

Nicholas engoliu em seco.

— Eu...

Fogerty ergueu a mão.

— Antes que comece suas demonstrações de humildade, Nicholas, tenha em mente que eu preferiria fazer eu mesmo. Mas, já que não posso e já que você é o único outro cretino em quem confio em toda esta organização, gostaria de saber se poderia me encaixar em sua agenda lotada.

— Segunda-feira — Nicholas disse. — No primeiro horário.

Fogerty suspirou e apoiou a cabeça no encosto da cadeira.

— Isso aí. Já vi você à tarde; é desleixado nesse horário. — Passou os polegares nos braços da cadeira, gastos pelo hábito. — Pegue todos os meus pacientes que puder — disse ele. — Vou precisar de uma licença.

Nicholas se levantou.

— Não se preocupe, está feito.

Alistair Fogerty virou a cadeira para a janela outra vez, monitorando o sobe e desce da fumaça das chaminés. Seu eco foi simplesmente um sussurro.

— Feito — disse ele.

* * *

Astrid e Robert Prescott se sentaram no chão da sala de jantar, sob a magnífica mesa de cerejeira que, totalmente aberta, acomodava vinte pessoas. Max parecia gostar de ficar ali embaixo, como se fosse algum tipo de caverna natural que merecesse exploração. Espalhada diante de seus pés gordinhos, estavam algumas fotografias vinte por vinte e cinco, laminadas para que sua saliva não manchasse a superfície. Astrid apontou para a imagem sorridente do próprio Max.

— Max — ela disse, e o bebê se voltou na direção de sua voz.

— Auá — disse ele, babando.

— Quase isso. — Ela lhe deu uma batidinha no ombro e apontou a foto de Nicholas. — Papai. Papai.

Robert Prescott endireitou o corpo abruptamente e bateu a cabeça no lado de baixo da mesa.

— Merda — resmungou, e Astrid lhe deu uma cotovelada.

— Cuidado com a boca — ela o repreendeu. — Essa *não é* a primeira palavra que eu quero ouvir dele. — Pegou a foto de Paige que havia tirado a distância, aquela que Nicholas não quisera olhar no primeiro dia em que deixara Max ali. — Essa é a mamãe — disse, passando a ponta dos dedos sobre os traços delicados de Paige. — Mamãe.

— Mã — disse Max.

Astrid virou para Robert, de boca aberta.

— Ouviu isso? Ouviu? Mã.

Robert assentiu com a cabeça.

— Pode ter sido um arroto.

Astrid envolveu o bebê nos braços e lhe beijou as pregas do pescoço.

— Meu amor, você é um gênio. Não escute seu vovô velho e bobo.

— O Nicholas ia ter um ataque se soubesse que você está mostrando a foto da Paige — Robert disse. Ele se levantou e endireitou o corpo, massageando as costas. — Estou muito velho para isso. O Nicholas devia ter tido o Max dez anos atrás, quando eu ia poder realmente aproveitar. — Estendeu os braços para pegar Max e deixar Astrid levantar também. Ela juntou as fotos. — O Max não é todo seu, Astrid — ele comentou. — Você realmente devia primeiro saber se o Nicholas aprova.

Astrid tomou o bebê de volta em seu colo. Max pressionou a boca no pescoço dela e fez sons soprados com os lábios. Ela o colocou no cadeirão que ficava na cabeceira da mesa.

— Se sempre tivéssemos feito o que o Nicholas queria — disse ela —, ele teria sido um adolescente vegetariano com cabelo quase raspado, fazendo bungee jump em balões de ar quente.

Robert abriu dois potes de comida de bebê, um de pera com abacaxi e outro de ameixa, e cheirou-os para decidir qual teria melhor sabor.

— Tem razão — respondeu.

* * *

Com exceção da dissecção das veias, Nicholas havia planejado fazer a cirurgia inteira, do início ao fim, por deferência a Alistair. Sabia que, se as posições fossem invertidas, ia querer o mesmo. Mas, depois de ter suturado as costelas com fio de aço, sentiu-se instável. Tinha se concentrado demais por muito tempo. O posicionamento das veias tinha sido perfeito. As suturas que ele fizera no coração de Alistair eram microscopicamente diminutas. Não conseguia fazer mais nada.

— Pode fechar — disse ele para a residente que o estivera assistindo. — E é bom que faça o melhor trabalho da sua carreira cirúrgica.

Arrependeu-se dessas palavras assim que as disse, ao ver o ligeiro tremor nos dedos da moça. Inclinou-se sob os lençóis assépticos que ocultavam o rosto de Alistair. Havia muita coisa que tinha planejado dizer, mas vê-lo ali, com a vida momentaneamente em suspenso, fez Nicholas lembrar a própria mortalidade. Encostou o pulso no rosto de Alistair, com cuidado para não sujá-lo com seu próprio sangue. Sentiu o formigamento na pele de Alistair quando o coração desobstruído começou a fazer seu trabalho outra vez. Satisfeito, deixou a sala com toda a dignidade que Fogerty lhe dissera que um dia teria.

* * *

Robert não gostava quando Astrid levava Max para a câmara escura.

— Muitos fios, muitos produtos químicos tóxicos. Deus sabe o que pode entrar no organismo dele lá dentro.

Mas Astrid não era burra. Max ainda não sabia engatinhar, então não havia perigo de ele tocar no líquido interruptor ou no fixador. Ela não revelava fotos quando ele estava por perto; só examinava folhas de amostra para as fotos que faria mais tarde. Se o posicionasse direito, sobre uma grande toalha de praia listrada, ele ficava perfeitamente satisfeito brincando com suas peças de plástico e com a bola eletrônica que fazia barulhos de animais da fazenda.

— Era uma vez — Astrid disse, contando a história por sobre o ombro — uma menina chamada Cinderela, que não viveu a mais encantadora das vidas, mas teve a sorte de encontrar um homem que viveu. O tipo de homem, a propósito, que você vai ser quando crescer. — Ela se inclinou e pegou um triângulo de borracha que ele jogara por acidente. — Você vai abrir as portas para as garotas e pagar o jantar delas e fazer todas as coisas cavalheirescas que os homens costumavam fazer antes de relaxarem com a desculpa dos direitos iguais.

Astrid circulou um pequeno quadrado com o lápis dermográfico vermelho.

— Essa está boa — murmurou. — Então, Max, como eu dizia... ah, sim, Cinderela. Alguém provavelmente vai contar essa história para você mais tarde, então vou pular um pouco para frente. Sabe, um livro nem sempre termina na última página. — Ela se agachou até sentar diante de Max e segurou as mãos dele nas suas, beijando a ponta dos dedinhos rechonchudos e molhados. — A Cinderela gostou da ideia de morar em um castelo e era mesmo muito boa em ser princesa, até que um dia começou a pensar no que poderia estar fazendo se não tivesse se casado com o belo príncipe. Todas as suas antigas amigas estavam se divertindo em salões de festas e participando de competições culinárias e namorando dançarinos bonitões. Então ela pegou um dos cavalos reais e viajou para os confins da Terra, tirando fotografias com a câmera que havia comprado de um vendedor ambulante em troca de sua coroa.

O bebê soluçou, e Astrid o colocou em pé.

— Não, não foi um negócio tão ruim — continuou ela —, afinal era uma Nikon. Enquanto isso, o príncipe estava fazendo todo o possível para tirá-la da cabeça, porque ele era a piada da comunidade real, por não ter sido capaz de manter a esposa no cabresto. Ele saía para caçar três vezes por dia, organizou um torneio de críquete e até começou a aprender taxidermia, mas ficar em atividade o tempo todo ainda não era suficiente para ocupar seus pensamentos. Então...

Max bamboleou para frente, apoiado nas mãos dela, bem no momento em que Nicholas entreabriu a cortina da sala escura.

— Não gosto quando você o traz aqui — disse ele, pegando o filho. — E se você se descuidar?

— Eu não me descuido — respondeu Astrid. — Como foi a cirurgia?

Nicholas levantou Max no ombro e cheirou seu traseiro.

— Caramba, quanto tempo faz que a vovó não troca você?

Astrid levantou, franziu a testa para Nicholas e tirou Max do ombro dele.

— Ele não leva mais que um minuto para fazer isso — disse ela, passando por Nicholas da penumbra de sua câmara para a luz suave da Sala Azul.

— A cirurgia foi bem — falou Nicholas, servindo-se em uma bandeja de azeitonas e minicebolas que Imelda trouxera para Astrid horas antes. — Só vim aqui dar uma olhada, porque sei que vou chegar tarde hoje. Quero estar lá quando o Fogerty acordar. — Enfiou na boca três azeitonas recheadas com pimentão e cuspiu o recheio em um guardanapo. — Que bobagem você estava contando para o Max?

— Contos de fadas — Astrid disse, abrindo a roupa do bebê e soltando as tiras da fralda. — Você se lembra deles, imagino. — Limpou o bumbum de Max e deu a fralda suja enrolada para que Nicholas jogasse fora. — Todos têm final feliz.

* * *

Quando Alistair Fogerty acordou grogue na UTI cirúrgica, suas primeiras palavras foram:

— Tragam Prescott.

Nicholas foi chamado pelo pager. Como estava esperando essa chamada, chegou à cabeceira de Fogerty em minutos.

— Seu sacana — Alistair lhe disse, esforçando-se para se virar. — O que você fez comigo?

Nicholas sorriu.

— Uma revascularização quádrupla muito no capricho — respondeu ele. — Um dos meus melhores trabalhos.

— Então por que eu me sinto como se tivesse um caminhão no peito? — Fogerty se agitou de encontro aos travesseiros. — Tenho ouvido pacientes me dizerem isso há anos e nunca acreditei realmente neles. Talvez todos devêssemos passar por uma cirurgia de coração aberto, assim como os psiquiatras precisam fazer análise. É uma experiência que nos põe no devido lugar.

Seus olhos começaram a se fechar, e Nicholas se levantou. Joan Fogerty estava esperando à porta. Nicholas se aproximou para conversar e lhe contar que todos os sinais preliminares eram muito bons. Ela estivera chorando; Nicholas percebera pelas marcas escuras de rímel sob seus olhos. Joan se sentou ao lado do marido e falou, baixinho, palavras que Nicholas não pôde escutar.

— Nicholas — Fogerty murmurou, com uma voz que mal se ouvia acima dos bipes do monitor cardíaco. — Cuide dos meus pacientes e não faça bagunça na minha mesa.

Nicholas sorriu e saiu da sala. Deu vários passos pelo corredor antes de perceber o que Alistair estava lhe dizendo: que ele era agora o chefe interino de cirurgia cardiotorácica no Mass General. Sem se dar conta, pegou o elevador para o andar onde ficava a sala de Fogerty e abriu a porta destrancada. Nada havia mudado. Os arquivos ainda estavam em uma pilha alta, com os códigos reluzindo nas bordas como confetes O sol batia na intimidante cadeira giratória, e Nicholas quase podia ver a marca do corpo de Alistair no couro macio.

Caminhou até a cadeira e se sentou, colocando as mãos nos braços, como havia visto Fogerty fazer tantas vezes. Virou-se para a janela, mas fechou os olhos diante da luz. Nem ouviu quando Elliot Saget, chefe de cirurgia do Mass General, entrou.

— E a cadeira ainda nem esfriou — Saget disse, em tom de sarcasmo.

Nicholas virou e se levantou depressa, fazendo com que a cadeira batesse no aquecedor atrás.

— Desculpe — disse. — Acabei de ir ver o Alistair e...

Saget ergueu a mão.

— Só estou aqui para tornar oficial. O Fogerty está de licença por seis meses. Você é o diretor interino da cardiotorácica. Informaremos sobre reuniões e comitês com que vamos abarrotar suas noites, e vou providenciar seu nome para a porta. — Ele se virou para sair, mas parou na entrada do corredor e sorriu. — Conhecemos sua habilidade há muito tempo, Nicholas. E você tem uma reputação e tanto pelo pavio curto. Se foi por sua causa que o Alistair passou mal do coração, que Deus me ajude — disse ele e foi embora.

Nicholas sentou novamente na cadeira de braço e estofamento de couro de Alistair — *sua* cadeira de braço e estofamento de couro — e a fez girar como uma criança. Depois pôs os pés no chão e organizou sobriamente os papéis sobre a mesa, em pilhas ordenadas e simétricas, sem se importar em ler as páginas, ainda não. Pegou o telefone e discou para liberar uma linha externa, mas se deu conta de que não tinha para quem ligar. Sua mãe levara Max a uma fazendinha, seu pai ainda estava no trabalho, e Paige, bem, ele não tinha ideia de onde ela estava. Recostou-se e ficou olhando a fumaça ondulante que saía do Mass General em direção a Boston e perguntando-se por que, depois de anos querendo chegar ao topo, se sentia agora tão vazio.

31
Paige

Minha mãe disse que não havia relação, mas eu sabia que Donegal estava com cólicas porque ela havia quebrado o tornozelo.

Não tinha sido a comida ou a água; essas eram as mesmas de sempre. Não houve nenhuma mudança brusca de temperatura que pudesse ter causado aquilo. Mas Elmo derrubara minha mãe durante um salto, bem em cima do muro azul. Ela caíra de mau jeito e agora estava usando gesso. Eu achava que a cólica de Donegal era uma espécie de dor solidária.

Minha mãe, que fora instruída pelo médico que cuidara de seu tornozelo a não se mover, foi pulando da casa até o estábulo, apoiada nas muletas.

— Como ele está? — perguntou, caindo de joelhos na baia e passando as mãos pelo pescoço de Donegal.

Ele estava deitado, batendo as pernas e levantando constantemente a cabeça para olhar o flanco. Minha mãe levantou seu lábio e examinou as gengivas.

— Está um pouco pálido — reconheceu. — Chame o veterinário.

Josh foi para o telefone, e me sentei ao lado dela.

— Volte para a cama — eu lhe disse. — O Josh e eu podemos cuidar disso.

— Até parece — minha mãe respondeu. — E não me diga o que fazer. — Suspirou e esfregou o rosto na manga da camisa. — Na gaveta da mesa, tem uma seringa com analgésico. Pode ir pegar para mim?

Levantei, apertando os lábios. Só queria ajudá-la, e ela não estava colaborando em nada, saltitando em volta de um cavalo doente que não parava de se agitar e poderia acabar acertando um coice nela.

— Queira Deus que não seja uma torção do intestino — ela murmurou. — Não sei onde ia arrumar dinheiro para uma cirurgia.

Sentei-me do outro lado de Donegal enquanto minha mãe lhe aplicava a injeção. Ambas o afagamos até ele se aquietar. Depois de meia hora, Donegal subitamente relinchou, encolheu as pernas sob si e se levantou. Minha mãe engatinhou depressa para fora do caminho e aterrissou em uma pilha de feno ensopada de urina, mas não pareceu se importar.

— Isso, garoto — disse, fazendo um sinal a Josh para ajudá-la a se levantar.

O dr. Heineman, o veterinário, chegou em uma picape carregada com duas arcas do tesouro cheias de remédios e equipamentos.

— Ele parece bem, Lily — disse, checando a temperatura de Donegal. — Mas você parece péssima. O que fez nesse pé?

— Eu não fiz nada — minha mãe respondeu. — Foi o Elmo.

Josh e eu seguramos Donegal no corredor central do estábulo, enquanto o veterinário punha uma espécie de pregador de roupa de metal em seu focinho, e então, quando ele se distraiu com a dor, enfiou um grosso cateter de plástico por sua narina, até a garganta. O dr. Heineman balançou o nariz de um lado para outro, sobre a extremidade livre do tubo, e sorriu.

— Cheira a grama verde fresca — disse ele, e minha mãe suspirou, aliviada. — Acho que ele vai ficar bem, mas vou administrar um pouco de óleo, só por precaução. — Ele começou a bombear óleo mineral de um galão plástico para o tubo, soprando o que restara com a própria boca. Depois retirou o cateter, deixando o muco solto se derramar aos pés de Donegal. Deu uma palmadinha no pescoço do cavalo e disse a Josh para levá-lo de volta à baia. — Observem-no pelas próximas vinte e quatro horas — instruiu, antes de se voltar para mim. — E é bom você dar uma observada nela também.

Minha mãe fez um sinal para ele ir embora, mas o dr. Heineman estava rindo.

— Já testou esse gesso, Lily? — disse ele, saindo pelo corredor do estábulo. — Encaixa bem no estribo?

Minha mãe se apoiou em mim e ficou olhando o veterinário se afastar.

— E eu ainda pago para ele — disse.

Caminhei lentamente com minha mãe de volta para a casa e a fiz prometer que ficaria pelo menos no sofá na sala, se eu me sentasse no estábulo com Donegal. Enquanto Josh fazia as tarefas da tarde, eu corria entre o estábulo e a casa. Quando Donegal dormia, eu ajudava minha mãe a fazer palavras cruzadas. Ligamos a TV e assistimos às novelas da tarde, tentando adivinhar os enredos. Preparei o jantar e amarrei um saco plástico em torno de seu pé quando ela quis tomar banho, depois a acomodei na cama.

Acordei de repente, ofegante, à meia-noite, lembrando que justamente naquela noite eu havia me esquecido de fazer a checagem das dez horas. Como minha mãe se lembrava de todas essas coisas? Desci as escadas apressada e escancarei a porta. Corri até o estábulo com os pés descalços. Acendi a luz e, arfando, comecei a caminhar pelas baias enquanto recuperava o fôlego. Aurora e Andy, Eddy e Elmo, Jean-Claude e Tony e Burt. Todos os cavalos estavam sentados, com as pernas dobradas sob o corpo. Encontravam-se em estados variados de consciência, mas nenhum se assustou com meu aparecimento. A última baia do estábulo era a de Donegal. Respirei fundo, pensando que nunca me perdoaria se algo tivesse acontecido com ele. Jamais poderia me desculpar com minha mãe por uma coisa dessas. Apoiei as mãos na porta de arame. Encolhida contra a barriga do cavalo, que ressonava, estava minha mãe, dormindo profundamente, o gesso brilhando no losango de luar, os dedos se mexendo em meio a um sonho.

* * *

— Você precisa lembrar — minha mãe disse, equilibrando-se precariamente nas muletas, diante do portão que dava para o campo — que faz dois dias que ele não é encilhado. Vamos com calma; ele não pode se esgotar. Entendeu?

Assenti com a cabeça, olhando para ela de cima do que parecia uma altura imensa, quando, na verdade, só estava montada em Donegal. Eu estava aterrorizada. Não parava de lembrar o que minha mãe dissera dois meses antes: que até um cavaleiro inexperiente poderia montar Donegal e causar uma boa impressão. Mas ele estivera doente, e eu nunca havia galopado em campo aberto, e o único cavalo que eu já tinha montado era vinte anos mais velho que aquele e conhecia a rotina melhor do que eu.

Minha mãe estendeu o braço e apertou meu tornozelo. Ajustou o estribo, para que envolvesse meus pés com mais firmeza.

— Não se preocupe — disse ela. — Eu não lhe pediria para montá-lo se não achasse que você é capaz. — Ela fez um som com a boca e deu um tapinha na perna traseira de Donegal, e eu me endireitei na sela quando ele partiu em meio galope.

Eu não conseguia enxergar as pernas de Donegal por causa do capim alto, mas podia sentir sua força entre as coxas. Quanto mais soltava as rédeas, mais suave ficava o ritmo de sua corrida. Eu quase esperava que ele fosse decolar, que pisasse nas nuvens mais baixas e me levasse por sobre os altivos picos azuis das montanhas.

Inclinei-me em direção ao pescoço de Donegal, enquanto a voz de minha mãe, naquele primeiro dia, me vinha à mente: "Nunca se incline para frente, a não ser que esteja pretendendo galopar". Eu nunca havia galopado, não de verdade, a menos que se contassem os passos velozes de um pônei em meio galope. Mas Donegal passou a uma corrida mais rápida, tão suavemente que eu mal me ergui na sela.

Fiquei sentada, muito quieta, e fechei os olhos, deixando o cavalo me conduzir. Sintonizei-me com o som ritmado dos cascos de Donegal e a cadência combinada de meu próprio pulso. Abri os olhos bem a tempo de ver um córrego.

Eu não sabia que havia outro riacho, e naquele campo. Afinal, nunca montara por ali nem percorrera aquele espaço a pé. Quando Donegal se aproximou do córrego, tensionou os músculos das ancas. Deslizei as mãos mais para frente em seu pescoço e o incentivei com uma leve pressão das pernas para ajudá-lo a sair do chão. Ele voou sobre a água e, embora não pudesse ter durado mais de meio segundo, eu poderia jurar que vi cada pedra faiscante, cada planta e cada ondear da corrente.

Retesei as rédeas, e Donegal agitou a cabeça, ofegante. Ele parou junto à cerca, alguns metros além do córrego, e virou para o ponto onde tínhamos deixado minha mãe, como se soubesse que estivera fazendo uma exibição todo o tempo.

A princípio, não consegui ouvir por causa do barulho fluido da água e do canto dos tordos, mas então o som chegou até mim: lento, gradualmente mais alto, até que o próprio Donegal ficou perfeitamente quieto e levantou as orelhas. Dei um tapinha em seu pescoço e o elogiei, ouvindo, durante todo o tempo, o *clap-clap* orgulhoso dos aplausos de minha mãe.

* * *

Minha mãe entrou em meu quarto tarde naquela noite, quando as estrelas maiores haviam se derramado, como um colar de diamantes, sobre o batente de minha janela. Ela pôs a mão em minha testa, e eu me sentei e pensei, por um momento, que tinha cinco anos e que essa era a noite anterior a sua partida. *Espere*, tentei dizer a ela, mas nada saiu de minha garganta. *Não faça isso outra vez.* Em vez disso, me ouvi dizer:

— Conte por que você foi embora.

Minha mãe se deitou a meu lado na cama estreita.

— Eu sabia que este momento ia chegar — disse ela. Mais além, o rosto da boneca de porcelana reluzia como o gato de Alice. — Por seis anos, eu acreditei no seu pai. Acompanhei os sonhos dele e fui para Massachusetts por ele, e trabalhei naquele jornal fedorento para ajudar a pagar a casa. Fui a esposa que ele precisava que eu fosse e a mãe que deveria me tornar. Estava tão ocupada sendo tudo o que ele queria que sobrava muito pouco de Maisie Renault. Se eu não fosse embora, sei que ia me perder completamente. — Ela me abraçou pelos ombros e me apertou contra o peito. — Eu me odiava por me sentir assim. Não entendia por que eu não era como as donas de casa da televisão.

— Eu também não entendia isso — falei baixinho, e imaginei se ela achava que eu estava falando dela ou de mim.

Minha mãe se sentou e cruzou as pernas.

— Você está feliz aqui — disse ela. — E se encaixa neste lugar. Vi isso no modo como montou o Donegal. Se morasse aqui, você poderia ensinar algumas das crianças principiantes. Se quiser, poderia começar até mesmo a se apresentar em exibições. — Sua voz falhou, e ela olhou para a janela, depois virou novamente para mim. — Paige, o que acha de ficar aqui comigo?

Ficar aqui comigo. Quando ela disse isso, algo dentro de mim explodiu e fluiu, quente, por minhas veias, e me dei conta de que, durante todo o tempo, eu talvez sentisse um pouco de frio. Mas então essa onda parou e não restou nada. Era isso que eu queria, não era? Seu sinal de aprovação, sua necessidade de mim. Eu tinha esperado vinte anos. Mas algo estava faltando.

Ela disse que queria que eu ficasse, mas fora eu quem a encontrara. Se eu ficasse, nunca saberia a única coisa que realmente queria saber. *Será que um dia ela teria vindo me procurar?*

Era uma escolha, uma escolha simples. Se eu ficasse, não estaria com Nicholas e Max. Não estaria com eles quando Max fizesse seu primeiro arremesso no beisebol; não passaria os dedos sobre a placa na porta da sala de Nicholas. Se eu ficasse, seria para sempre; eu nunca voltaria para casa.

Foi então que entendi com clareza o significado das palavras que vinha repetindo desde que chegara. Eu realmente *tinha* de ir para casa, embora só agora começasse a acreditar de fato nisso.

— Tenho que voltar — eu disse. As palavras caíram pesadas, criando um muro entre minha mãe e mim.

Vi algo oscilar nos olhos dela, que sumiu com a mesma rapidez com que surgira.

— Não se pode desfazer o que está feito, Paige — disse ela, endireitando os ombros da mesma maneira que eu fazia quando brigava com Nicholas. — As pessoas perdoam, mas nunca esquecem. Eu cometi um erro, mas, se tivesse voltado para Chicago, nunca teria conseguido apagá-lo. Você sempre o jogaria na minha cara, como está fazendo agora. O que acha que o Nicholas vai fazer? E o Max, quando tiver idade para entender?

— Eu não fugi deles — falei, teimosamente. — Fugi para encontrar você.

— Você fugiu para lembrar a si mesma que ainda *tinha* existência própria — minha mãe disse, levantando-se da cama. — Seja honesta. Tinha a ver com *você*, não é?

Ela parou junto à janela, bloqueando a luz refletida, de modo que fiquei quase em total escuridão. Sim, eu estava na fazenda de cavalos de minha mãe, e estávamos recuperando o tempo perdido, e tudo isso era bom, mas não tinha sido essa a razão de eu sair de casa. Em minha cabeça, ambas as ações estavam interligadas, mas uma não havia causado a outra. Ainda assim, como quer que fosse, sair de casa não tinha a ver só comigo. Podia ter se iniciado dessa maneira, mas eu começava a ver quantas reações em cadeia meu ato tinha provocado e quantas pessoas tinham sido magoadas. Se meu simples desaparecimento conseguira desorganizar toda a minha família, eu provavelmente tinha mais poder, e era mais importante, do que jamais havia me dado conta.

Sair de casa tinha a ver *conosco.* Percebi que isso era algo que minha mãe nunca havia parado para aprender.

Levantei-me e me aproximei dela, tão depressa que ela se desequilibrou contra o vidro pálido da janela.

— O que te faz pensar que é tão simples? — perguntei. — Sim, a gente vai embora, mas deixa pessoas para trás. Consertamos nossa vida, mas à custa dos outros. Eu esperei por você — eu disse baixinho. — Eu precisava de você. — Cheguei mais perto. — Você pensou em algum momento no que perdeu? Todas as pequenas coisas, como me ensinar a usar rímel, ou aplaudir minhas peças de teatro na escola, ou ver eu me apaixonar?

Minha mãe se virou.

— Eu teria gostado de ver isso — disse docemente. — Sim.

— Acho que nem sempre se tem o que se quer — falei. — Sabia que, quando eu tinha sete ou oito anos, guardava uma mala pronta, escondida no guarda-roupa? Eu escrevia para você duas ou três vezes por ano, implorando que viesse me buscar, mas nunca soube para onde mandar as cartas.

— Eu não tiraria você do Patrick — minha mãe disse. — Não teria sido justo.

— Justo? Pelos critérios de quem? — Olhei furiosa para ela, sentindo-me tão mal como havia muito tempo não sentia. — E eu? *Por que você nunca me perguntou?*

Minha mãe suspirou.

— Eu não podia forçar você a fazer esse tipo de escolha, Paige. Era uma situação em que todos sairiam perdendo.

— É, eu sei bem sobre isso — respondi amargamente. De repente, estava tão cansada que toda a raiva deixou meu corpo. Eu queria dormir durante meses, talvez anos. — Tem certas coisas que não se pode contar ao pai — falei, desabando sobre a cama. Minha voz era firme e objetiva e, em um momento de coragem, levantei os olhos e vi, inesperadamente rápida, minha alma voando para fora do esconderijo. — Eu fiz um aborto aos dezoito anos — contei sem emoção. — Você não estava lá.

Minha mãe se aproximou, e vi seu rosto empalidecer.

— Ah, Paige, você devia ter me procurado.

— Você devia estar lá — murmurei. Mas, na verdade, que diferença faria? Minha mãe teria achado que era sua obrigação me apontar as alternativas. Talvez tivesse me falado do cheirinho de bebê, ou me lembrado da magia que tínhamos criado, mãe e filha, deitadas lado a lado em uma mesa de cozinha estreita, nos envolvendo em nosso futuro como se fosse um xale feito à mão. Minha mãe poderia ter me dito as coisas que eu não queria ouvir na época e não suportaria ouvir agora.

Pelo menos meu bebê nunca me conheceu, pensei. *Pelo menos eu o poupei dessa dor.*

Minha mãe levantou meu queixo.

— Olhe para mim, Paige. Você não pode voltar. *Nunca* se pode voltar. — Ela desceu as mãos e as pousou em meus ombros, como pinças apertadas. — Você é exatamente como eu.

Será que eu era mesmo? Tinha passado os últimos três meses tentando encontrar todas as comparações fáceis: nossos olhos, nossos cabelos, além dos traços menos evidentes, como a tendência a fugir e se esconder. Mas havia alguns traços que eu não queria admitir que compartilhava com ela. Eu tinha renunciado à bênção de um filho porque ficara apavorada com a ideia de que a irresponsabilidade de minha mãe me tivesse sido transmitida por hereditariedade. Abandonara minha família e colocara isso na conta do destino. Durante anos, eu me convencera de que, se conseguisse encontrar minha própria mãe, se pudesse apenas ver o que poderia ter sido, obteria todas as respostas.

— Eu não sou como você — respondi. Não foi uma acusação, mas uma constatação, com a voz um pouco elevada pela surpresa. Talvez eu tivesse esperado ser como ela, talvez até tivesse desejado secretamente ser como ela, mas agora não ia simplesmente me recostar e deixar as coisas acontecerem. Dessa vez, eu ia lutar. Dessa vez, eu ia escolher minha própria direção. — Não sou como você — repeti, e senti um nó se apertar na boca do estômago, porque agora, de repente, eu não tinha mais desculpas.

Levantei e caminhei pelo quarto de menininha, já sabendo o que ia fazer. Eu passara a vida me perguntando o que teria feito de errado para que a pessoa que eu amava mais que tudo tivesse me abandonado; não ia colar essa culpa, como uma marca indelével, em Nicholas ou em Max. Tirei minhas roupas íntimas de uma gaveta. Enfiei meu jeans, ainda sujo de feno e esterco, no fundo da pequena sacola com que havia chegado. Embalei cuidadosamente meus lápis carvão. Comecei a imaginar qual seria a rota mais rápida para casa, calculando mentalmente o tempo.

— Como você pode me pedir para ficar? — murmurei.

Os olhos de minha mãe brilharam como os de um gato selvagem. Ela tremia com o esforço de reter as lágrimas.

— Eles não vão te receber de volta — falou.

Eu a encarei com raiva, depois sorri lentamente.

— *Você* recebeu — eu disse.

32
Nicholas

Max ficou resfriado pela primeira vez. Era surpreendente que tivesse resistido tanto tempo. O pediatra disse que tinha algo a ver com amamentação e anticorpos. Nicholas quase não dormira nos últimos dois dias, que deveriam ter sido sua folga do hospital. Ficava sentado, impotente, vendo o nariz de Max borbulhar e escorrer, limpando o vaporizador de ar e desejando poder respirar pelo filho.

Astrid foi quem descobriu o resfriado. Ela havia levado Max ao pediatra, porque achava que ele tinha engolido uma flor de salgueiro — o que fora uma história totalmente diferente — e queria saber se era venenosa. Mas, quando o médico escutou seu peito e ouviu o chiado e o zumbido no trato respiratório superior, prescreveu um antigripal e repouso.

Nicholas se sentia péssimo. Era horrível ver Max engasgar e cuspir na mamadeira, incapaz de beber, porque não conseguia respirar pelo nariz. Tinha de acalentá-lo para fazê-lo dormir, mesmo este sendo um hábito ruim, porque Max não conseguia sugar a chupeta e, se chorasse até dormir, acabaria todo sujo de muco. Todos os dias, Nicholas telefonava para o médico, um colega do Mass General que estivera em sua classe na faculdade, em Harvard.

— Nick — o médico dizia repetidamente —, nenhum bebê nunca morreu de resfriado.

Nicholas carregou Max, que estava abençoadamente quieto, até o banheiro para checar seu peso. Colocou-o no chão e subiu na balança digital para ter uma leitura de referência, antes de subir nela novamente com o filho no colo.

— Você está com meio quilo a menos — disse, levantando Max para que ele pudesse se ver no espelho. O bebê sorriu, e o muco das narinas escorreu até a boca. — Isso é nojento — Nicholas murmurou para si próprio, pondo o filho sob o braço e levando-o para a sala. Fora um dia interminável, de carregar Max quando ele chorava, aconchegá-lo quando se irritava e batia no nariz, lavar os brinquedos para que ele não se reinfectasse.

Pôs Max na frente da TV, deixando-o ver o noticiário da noite.

— Me conte como vai ser o tempo este fim de semana — disse, subindo as escadas. Precisava levantar um dos lados do berço e ligar o vaporizador; assim, se, por graça de Deus, Max dormisse, poderia carregá-lo para o quarto escuro sem acordá-lo. Era bem provável que dormisse. Já era quase meia-noite, e Max nem havia cochilado desde aquela manhã.

Terminou de arrumar o quarto e desceu novamente as escadas. Inclinou-se sobre o filho, por trás dele.

— Nem me fale — disse. — Chuva?

Max estendeu os braços.

— Papa — balbuciou e tossiu.

Nicholas suspirou e o acomodou no braço.

— Vamos fazer um trato. Se você dormir em vinte minutos, eu digo à vovó que você não precisa comer damasco nos próximos cinco dias. — Tirou a tampa protetora da mamadeira, que estava vazando no sofá, e a esfregou nos lábios de Max até que sua boca se abriu como a de uma criança abandonada. O bebê conseguiu sugar forte três vezes, antes de precisar parar para respirar. — Sabe o que vai acontecer? — Nicholas disse. — Você vai melhorar e então *eu* vou ficar doente. E aí vou passar novamente para você, e vamos ficar com essa porcaria até o Natal.

Nicholas viu o apresentador do jornal falar sobre o índice de preços ao consumidor, o índice Dow Jones e as taxas mais recentes de desemprego. Quando o noticiário terminou, Max tinha dormido. Estava aninhado em seus braços como um anjinho, com os braços relaxados sobre a barriga do pai. Nicholas segurou a respiração e contorceu o corpo, primeiro apoiando os calcanhares no chão, depois firmando as panturrilhas, endireitando as costas e, por fim, erguendo-se do sofá. Subiu bem devagar as escadas, entrou no quarto do bebê, e a campainha da porta tocou.

Os olhos de Max se abriram no mesmo instante, e ele começou a gritar.

— Merda — Nicholas murmurou, apoiando o bebê no ombro e embalando-o para cima e para baixo, até o choro se amenizar. A campainha tocou outra vez. Nicholas desceu as escadas. — É melhor que seja uma emergência — disse baixinho. — Um acidente de carro no meu gramado ou um incêndio no vizinho.

Destrancou e abriu a pesada porta de carvalho e deu de cara com a esposa.

A princípio, Nicholas não acreditou. Não parecia Paige, pelo menos não como ela era quando fora embora. Estava bronzeada e sorridente, e com o corpo em forma.

— Oi — disse ela, e ele quase desmontou só de ouvir a melodia que envolvia sua voz.

Max parou de chorar, como se soubesse que ela estava ali, e esticou a mão. Nicholas deu um passo à frente e estendeu o braço, tentando verificar se não tocaria uma visão que se desmancharia em um punhado de fumaça. Seus dedos estavam a centímetros do ombro dela, e podia ver uma veia pulsando na base de seu pescoço, quando fechou o punho e se afastou. O espaço entre eles se tornara carregado e pesado. O que ele estava pensando? Se a tocasse, começaria tudo outra vez. Se a tocasse, não conseguiria dizer o que vinha se acumulando dentro dele havia três meses; não conseguiria lhe dar o que ela merecia.

— Nicholas — Paige disse —, me dê cinco minutos.

Nicholas apertou os dentes. Tudo estava voltando agora, a enxurrada de raiva que ele enterrara sob o trabalho e os cuidados com Max. Ela não podia chegar simplesmente, como se tivesse tirado um fim de semana de folga, e bancar a mãe amorosa. Para Nicholas, ela não tinha mais o direito de estar ali.

— Eu lhe dei três meses — disse ele. — Você não pode ficar entrando e saindo da nossa vida como bem entender, Paige. Passamos muito bem sem você.

Ela não estava escutando. Estendeu o braço e tocou com a mão as costas do bebê, roçando o polegar de Nicholas. Ele se virou, para que Max, que dormia novamente em seu ombro, ficasse fora de alcance.

— Não toque nele — disse, com os olhos faiscando. — Se acha que vou deixar você entrar e recomeçar de onde parou, está muito enganada.

Você não vai entrar nesta casa e não vai ficar a menos de cem passos deste bebê.

Se ele decidisse falar com Paige, *se* ele a deixasse ver Max, seria em seu próprio ritmo, do modo que achasse melhor. Era bom que ela sofresse um pouco. Que sentisse como era se ver impotente de uma hora para outra. Era bom que fosse dormir inquieta, sem ter absolutamente nenhuma ideia do que a aguardaria no dia seguinte.

Os olhos de Paige se encheram de lágrimas, e Nicholas se controlou para não mover nem um músculo.

— Você não pode fazer isso — ela disse, com a voz rouca.

Nicholas recuou o suficiente para segurar a beirada da porta.

— Então veja se não posso — disse e bateu a porta na cara da esposa.

PARTE III

PARTO

OUTONO DE 1993

33
Paige

A porta da frente de repente ficou maior. Mais grossa até. É o maior obstáculo que já vi. E sei o que estou dizendo. Por horas seguidas, foco toda a minha atenção nela, esperando por um milagre.

Seria quase engraçado, se não doesse tanto. Durante quatro anos, entrei e saí por aquela porta sem nem pensar nisso, e agora, na primeira vez em que *quero* passar por ela, na primeira vez em que *escolhi* isso, não posso. Fico pensando: *Abre-te, sésamo.* Fecho os olhos e imagino o pequeno hall de entrada, o suporte chinês de guarda-chuvas, o tapete persa. Até tentei rezar. Mas isso não muda nada; Nicholas e Max estão em um lado, e eu estou presa no outro.

Sorrio para os vizinhos quando posso, ao vê-los passar, mas estou muito ocupada. Essa concentração tira toda a minha energia. Repito o nome de Nicholas silenciosamente e o imagino tão vivamente que quase acredito que posso conjurá-lo — magia! — a centímetros de onde estou sentada. E, mesmo assim, nada acontece. Bem, vou esperar para sempre, se for necessário. Tomei minha decisão. Quero que meu marido volte para minha vida. Mas posso me contentar com encontrar uma fresta em sua armadura, para que eu consiga me introduzir novamente na vida *dele* e provar que é possível voltarmos ao normal.

Não acho estranho que agora eu me sinta capaz de dar qualquer coisa para estar *dentro* de casa, vendo Max crescer diante de meus olhos, fazendo as coisas que me deixavam tão louca três meses atrás. Eu só estava agindo mecanicamente na época, desempenhando um papel para o qual não me lembrava de ter sido escalada. Agora estou de volta por livre e espontânea vontade. Eu *quero* espalhar o molho nos sanduíches de peru de Nicholas. *Quero* colocar meias nos pés bronzeados de sol de Max. *Quero* encontrar todo o meu material de artes e rabiscar desenho atrás de desenho, com pastel e óleo, e pendurá-los nas paredes até que todos os cantos pálidos e desbotados daquela casa estejam pulsando de cor. Meu Deus, como é diferente viver uma vida que *esperam* que você viva e viver a vida que você *quer* viver. Eu apenas percebi isso um pouco tarde, só isso.

Certo, minha volta para casa não foi bem do jeito que eu tinha planejado. Imaginei Nicholas me recebendo com tapetes vermelhos, beijando-me até meus joelhos cederem sob o corpo, dizendo-me que, haja o que houver, ele nunca mais ia me deixar ir embora. A verdade é que eu estava tão entusiasmada para voltar à rotina, que agora me parecia tão confortável quanto um sapato velho, que jamais me ocorreu que as circunstâncias pudessem ter mudado. Eu já tinha aprendido a lição no verão passado, com Jake, mas nunca pensei em aplicá-la aqui. Claro, se *eu* estou diferente, não deveria ter imaginado que o tempo tivesse parado para Nicholas. Entendo que ele esteja magoado, mas, se eu pude perdoar a mim mesma, com certeza Nicholas poderá me perdoar também. E, se ele não puder, tenho de fazê-lo tentar.

Ontem, acidentalmente, deixei que ele escapasse. Nunca pensei em segui-lo; imaginei que ele houvesse encontrado alguém para ficar com Max em casa, enquanto ia trabalhar. Mas, às seis e meia da manhã, lá estava ele, carregando o bebê e a sacola de fraldas e colocando ambos no carro, com a tranquilidade que vem da prática constante. Eu fiquei muito impressionada. Nunca consegui carregar Max *e* a sacola de fraldas ao mesmo tempo. Na verdade, nem conseguia juntar coragem suficiente para tirar Max de casa. Nicholas... bem, Nicholas fazia aquilo parecer tão fácil.

Ele saíra pela porta da frente e fingira que eu não estava lá.

— Bom dia — eu disse, mas Nicholas nem moveu a cabeça. Entrou no carro e ficou parado por um minuto atrás do volante. Depois abriu a janela do lado do passageiro e se inclinou na direção dela.

— Você vai ter ido embora — disse ele — na hora em que eu voltar para casa.

Presumi que ele estivesse indo para o hospital, mas não pretendia aparecer lá do jeito como estava. Constranger Nicholas em seu próprio jardim era uma coisa; deixá-lo em má situação na frente de seus superiores era outra. Isso eu sabia que ele nunca perdoaria. E eu *sei* que estava horrível ontem. Tinha dirigido dezessete horas seguidas, dormido no jardim e pulado o banho por dois dias. Eu entraria em casa, tomaria um banho, trocaria de roupa e então iria até o Mass General. Queria ver Max sem Nicholas por perto, e que dificuldade eu poderia ter para encontrar a creche do hospital?

Depois que Nicholas foi embora, entrei no banco da frente de meu carro e procurei as chaves na bolsa. Tinha certeza de que ele havia esquecido que eu tinha as cópias. Abri a porta da frente e entrei em minha casa, pela primeira vez em três meses inteiros.

Ela recendia a Nicholas e Max, e de forma alguma a mim. Estava uma bagunça. Não entendi como Nicholas, que adorava ordem, conseguia viver daquele jeito, muito menos considerar aquilo saudável para Max. Havia pratos sujos empilhados em cada uma das superfícies imaculadas da cozinha, e os ladrilhos Quase Brancos do chão estavam manchados com pegadas lamacentas e rastros de geleia. No canto, havia uma planta morta e, fermentando na pia, meio melão aberto. O corredor estava escuro e cheio de meias e cuecas perdidas; a sala de estar, acinzentada de poeira. Os brinquedos de Max, a maioria dos quais eu nunca tinha visto, estavam cobertos de pequenas marcas meladas de dedos.

Meu primeiro instinto foi limpar tudo. Mas, se fizesse isso, Nicholas saberia que eu estivera dentro da casa, e eu não queria que ele gritasse comigo outra vez. Então, subi para o quarto e peguei uma calça de algodão e uma camiseta verde em meu guarda-roupa. Depois de um banho rápido, vestia-as e joguei minhas roupas sujas no cesto do banheiro.

Quando achei que tinha ouvido um barulho, saí correndo do banheiro e só parei no quarto de Max, para sentir um rápido cheirinho dele — de fraldas sujas, talco de bebê e pele clara e suave. Saí pela porta dos fundos por precaução, mas não vi ninguém. Com os cabelos ainda molhados, dirigi até o Mass General e perguntei sobre a creche para os filhos de funcionários, mas me disseram que não havia nenhuma no hospital.

— Meu Deus — eu disse para a recepcionista no balcão de informações —, então o Nicholas colocou o Max em uma creche particular.

Ri alto, pensando no ridículo da situação. Se Nicholas tivesse concordado com a ideia da creche antes de o bebê nascer, eu não teria de ficar em casa com ele todos os dias. Estaria estudando, talvez desenhando outra vez — estaria fazendo alguma coisa por *mim*. Se eu não tivesse ficado em casa com Max, talvez nunca precisasse ter ido embora.

Eu não ia procurar todas as creches de Boston no catálogo telefônico, portanto voltei para casa e me resignei com o fato de ter perdido um dia. Então Nicholas apareceu e me disse, outra vez, para cair fora de seu jardim. Mas, bem tarde da noite, ele saiu da casa. Não estava zangado, ou pelo menos não tanto quanto antes. Saiu à varanda e se sentou tão perto que eu poderia tê-lo tocado. Enquanto o observava, fingi que éramos diferentes, que tínhamos voltado anos atrás e estávamos comendo bagels com cream cheese e cebolinha e lendo os anúncios de imóveis no *Globe* de domingo. Por um momento, apenas um momento, algo passou por trás das sombras nos olhos dele. Eu não tinha certeza, mas achei que parecia compreensão.

Foi por isso que, hoje, acordei cheia de entusiasmo, pronta para seguir Nicholas até os confins da Terra. Ele está atrasado, já são mais de sete horas, e já estou no carro. Saí da frente da casa e estacionei mais adiante no quarteirão, porque quero que ele pense que desapareci. Quando ele sair, vou atrás como nos filmes, sempre mantendo um ou dois carros entre nós.

Ele sai pela porta da frente, com Max sob o braço como um pacote a ser entregue pelos correios, e eu ligo o motor. Abro a janela e olho com atenção, para o caso de Nicholas fazer alguma coisa que eu possa usar como pista. Prendo a respiração enquanto ele abre a porta, entra no carro e prende Max na cadeirinha. É uma cadeirinha diferente agora, virada para frente, em vez do bebê conforto voltado para trás. Na barra na frente da cadeirinha, há uma fileira de animais de plástico, cada um segurando um sininho diferente. Max ri quando Nicholas afivela o cinto de segurança, e agarra uma bola de borracha amarela dependurada no nariz de um elefante.

— Papa — ele diz. Juro que ouvi isso, e sorrio para a primeira palavra de meu bebê.

Nicholas olha em volta, por cima do carro, antes de ocupar seu assento, e sei que está tentando me encontrar. Tenho uma visão clara dele: os cabelos pretos brilhantes e os olhos da cor do céu. Fazia algum tempo que eu não o olhava de fato; estive compondo imagens com base em vários fragmentos de memórias. Nicholas é mesmo o homem mais bonito que já vi; o tempo e a distância não mudaram isso. Não se trata tanto dos traços, mas seu contraste; não é tanto o rosto, mas sua atitude e sua presença. Quando ele liga o carro e começa a avançar pelo quarteirão, eu conto pausadamente, sussurrando alto: "Um... dois..." Vou até cinco segundos e começo a segui-lo.

Como eu esperava, Nicholas não faz a curva que leva ao Mass General. Ele pega uma rota que me parece familiar, mas não consigo situar bem. É só quando escondo meu carro em uma entrada de carros a três casas da mansão dos pais de Nicholas que percebo o que aconteceu enquanto estive fora.

Vejo Astrid a distância. Sua camisa é um borrão azul contra a porta de madeira. Nicholas entrega o bebê para ela, e eu sinto meus braços latejarem. Ele diz algumas palavras, depois volta para o carro.

Tenho uma escolha a fazer: posso seguir Nicholas para onde quer que ele vá, ou posso esperar até que parta e contar com a vantagem do fator surpresa para tentar fazer Astrid Prescott me deixar segurar meu bebê, o que desejo mais que qualquer outra coisa no mundo. Vejo Nicholas ligar o carro. Astrid fecha a pesada porta da frente. Sem pensar no que estou fazendo, volto para a rua e sigo Nicholas.

Percebo então que teria voltado para Massachusetts de qualquer maneira. Tem a ver com mais do que Max, mais do que minha mãe, mais do que obrigação. Mesmo se não houvesse o bebê, eu teria voltado por causa de Nicholas. *Por causa de Nicholas. Estou apaixonada por Nicholas.* Apesar de ele não ser mais o homem com quem me casei; apesar de passar mais tempo com os pacientes do que comigo; apesar de eu não ser e nunca ter sido o tipo de esposa que ele deveria ter tido. Muito tempo atrás, ele me deslumbrou, me salvou. Entre todas as outras mulheres do mundo, Nicholas *me* escolheu. Podemos ter mudado ao longo dos anos, mas esses são sentimentos que duram. Eu *sei* que ainda existem nele, em algum lugar. Talvez a parte de seu coração que ele está usando agora para me odiar seja aquela que antes me amava.

De repente, estou impaciente. Quero encontrar Nicholas imediatamente, dizer a ele o que sei agora. Quero segurá-lo pelo colarinho e beijá-lo, a fim de inserir minha lembrança em seu fluxo sanguíneo. Quero lhe pedir desculpas. Quero ouvi-lo me libertar da culpa.

Ponho a mão para fora da janela enquanto dirijo, segurando a firme bola de ar que não enxergo. Rio alto de minha descoberta: fiquei insatisfeita por tanto tempo, como uma idiota. Fugi por quilômetros e quilômetros apenas para perceber que o que eu quero está exatamente aqui.

Nicholas estaciona na garagem do Mass General, o andar mais alto, e eu estaciono a quatro vagas dele. Penso nos seriados policiais que vi na TV quando me escondo atrás das colunas de concreto, mantendo distância, para o caso de ele resolver olhar para trás. Começo a suar, pensando em como vou fazer para evitar que ele me note em um elevador, mas Nicholas vai pela escada. Desce um nível até o prédio do hospital e caminha por um corredor que não parece nem remotamente com um andar cirúrgico. Há um carpete azul e uma fila de portas de madeira com nomes de médicos em placas de metal. Em um ponto, quando ele se vira para encaixar uma chave na fechadura, eu me escondo junto a uma porta.

— Pois não? — chama uma voz atrás da porta semiaberta, e eu sinto o sangue sumir do rosto, mesmo enquanto volto depressa para o corredor.

Nicholas fechou a porta atrás de si. Caminho até ela e leio a placa. DR. NICHOLAS PRESCOTT, CHEFE INTERINO DE CIRURGIA CARDIOTORÁCICA. Como aquilo aconteceu? Recosto-me ao batente da porta envernizada e passo os dedos pelas letras em relevo do nome de Nicholas. *Eu teria gostado de estar aqui para ver isso*, penso enquanto fantasio as circunstâncias. Imagino Alistair Fogerty, com as calças arriadas até os tornozelos, em uma posição comprometedora com uma enfermeira no armário de suprimentos. Ou talvez ele esteja doente, ou até morto. O que mais faria aquele velho arrogante ceder sua posição?

O movimento na maçaneta me assusta. Viro-me para o quadro de avisos e finjo estar concentrada em um artigo sobre endorfinas. Nicholas passa sem me notar. Ele tirou o paletó e está usando seu avental branco. Para junto a um balcão circular, perto do elevador, e folheia alguns papéis em uma prancheta.

Quando desaparece atrás das portas do elevador, entro em pânico. Este é um hospital grande, e as chances de encontrá-lo outra vez são próximas de zero. Mas devo tê-lo seguido até aqui por uma razão, qualquer que seja, e ainda não estou disposta a desistir. Pressiono as têmporas com os dedos, pensando em Sherlock Holmes e em Nancy Drew, em pistas. Como Nicholas passava seu dia? Onde um médico provavelmente iria? Tento resgatar mentalmente fragmentos de conversas em que ele tenha mencionado lugares no hospital, mesmo andares específicos. Nicholas poderia ter ido aos quartos do pacientes, ao laboratório, aos armários. Ou para onde um cirurgião cardíaco iria.

— Com licença — digo delicadamente para um faxineiro que esvazia uma lata de lixo.

— *No hablo inglés* — o homem responde, dando de ombros.

Tento de novo.

— Operação? Estou procurando onde fazem as operações.

— *Sí, operación.* — O homem traça uma linha denteada com os dedos sobre a barriga e inclina a cabeça, sorrindo.

Sacudo a cabeça e tento lembrar as aulinhas de espanhol que ouvia em *Vila Sésamo*, quando ligava a TV para Max.

— *Uno* — digo, pondo a mão perto do chão, e então a movo um pouquinho para cima. — *Dos.* — Movo-a outra vez. — *Tres, cuatro...* Operação?

O homem bate as mãos.

— *Sí, sí, operación.* — Ele levanta três dedos. — *Tres* — diz.

— *Gracias* — respondo, e aperto repetidamente o botão do elevador, como se isso pudesse trazê-lo mais rápido.

As salas cirúrgicas de fato estão no terceiro andar, e, quando as portas do elevador se abrem, vejo Nicholas de relance, passando apressado, já trajando a roupa azul de cirurgião. Tudo nele está coberto, exceto o rosto, mas eu seria capaz de identificá-lo de longe só pelo modo imponente de andar. Ele olha, por sobre minha cabeça, para um relógio na parede, depois desaparece atrás de portas duplas.

— Se você é parente — diz uma voz atrás de mim —, terá que ficar na sala de espera. — Viro-me e vejo uma enfermeira miúda e bonita em um uniforme branco imaculado. — Só pacientes podem entrar aqui.

— Ah... eu devo ter me perdido. — Dirijo-lhe um sorriso rápido e pergunto se o dr. Prescott já chegou.

Ela assente com a cabeça e segura meu cotovelo, como se soubesse que aquilo era um truque e me quisesse fora dali imediatamente.

— O dr. Prescott sempre chega dez minutos adiantado — diz. — Acertamos nossos relógios por ele. — Para comigo ao lado do elevador. — Eu o avisarei que você esteve aqui. Tenho certeza de que ele a procurará assim que a cirurgia tiver terminado.

— Não! — exclamo, um pouco alto demais. — Não precisa dizer nada a ele.

Pela última meia hora, estive no controle. Estou onde quero estar, e Nicholas não sabe. Eu *gosto* de estar anônima, espionando-o. Afinal, nunca o vi de fato trabalhar, e talvez isso seja parte do motivo que me fez segui-lo até o hospital. Mais uma ou duas horas e me revelarei. Mas não agora, ainda não. Ainda estou aprendendo.

Olho para a enfermeira, pensando em uma série de desculpas diferentes. Torço as mãos à minha frente.

— Eu... eu não quero incomodá-lo.

— Claro — diz ela, e me impele para dentro da boca aberta do elevador.

Quando Nicholas volta para sua sala, ainda está vestido com a roupa azul, mas ela está escurecida de suor e grudada nas costas e nas axilas. Ele entra e deixa a porta aberta, e eu me esgueiro de meu esconderijo, atrás de uma fileira de cadeiras de rodas estacionadas, para me sentar no chão ao lado da porta.

— Sra. Rosenstein — Nicholas está dizendo —, é o dr. Prescott.

A voz dele me dá um frio no estômago.

— Estou ligando para avisar que o procedimento correu bem. Fizemos quatro enxertos, como esperado, e ele saiu bem da máquina de bypass. Tudo está dentro do normal, e ele deve acordar em algumas horas.

Escuto a fluidez calma de suas palavras e me pergunto se ele usa esse tom para fazer Max dormir. Lembro-me de Nicholas me contando sobre como era fazer os telefonemas pós-cirúrgicos, quando ele ainda era um residente principiante.

— Eu nunca digo "como vai", porque sei muito bem como eles vão. Como você estaria se estivesse sentada ao lado do telefone há seis horas, esperando para saber se seu marido está vivo ou morto?

Perco Nicholas por algum tempo depois disso, porque ele se reúne com alguns residentes e colegas em uma pequena sala onde não há nenhum lugar para eu me esconder. Estou impressionada. Ele ainda não parou. Em todo lugar por onde passa, no hospital, as pessoas sabem seu nome, e as enfermeiras se atropelam para lhe entregar fichas e cronogramas antes mesmo que ele pense em pedir. Pergunto-me se isso é porque ele é um cirurgião, ou porque é Nicholas.

* * *

Quando o vejo outra vez, ele está com um homem mais jovem, provavelmente um residente, caminhando pelos corredores da UTI cirúrgica. Eu sabia que ele passaria por ali, mesmo que tivesse planejado ir a outros andares primeiro, porque teria de dar uma olhada no paciente da manhã. Seu nome é Oliver Rosenstein e ele está dormindo tranquilamente, respirando em sintonia com as batidas regulares no monitor cardíaco.

— Nós deixamos os pacientes mais doentes do que estavam quando nos procuraram — Nicholas diz ao residente. — Nós *escolhemos* deixá-los mais doentes, na esperança de que eles fiquem melhor no longo prazo. É em parte por isso que nos colocam em um pedestal. Se você confia seu carro a um mecânico, procura alguém que seja bom. Se confia sua vida a um cirurgião, procura alguém que seja Deus.

O residente ri e olha para Nicholas, e está claro que o vê como um ser mítico.

Bem quando estou me perguntando por que nunca vi Nicholas trabalhando durante os oito anos em que estamos casados, ele é chamado pelo alto-falante. Murmura algo para o residente e corre para a escada mais próxima. O residente sai do quarto de Oliver Rosenstein e segue em outra direção. Como não sei para onde ir, fico ali onde estou, diante da porta aberta do quarto.

— Uhh — ouço, e Oliver Rosenstein se agita.

Mordo o lábio inferior, sem saber o que fazer, quando uma enfermeira passa por mim e entra no quarto. Ela se reclina perto de Oliver e ajusta vários tubos, fios e cateteres.

— Você está indo bem — ela diz, tranquilizando-o, e dá um tapinha na mão dele, amarelada e cheia de veias salientes. — Vou chamar seu médico.

Ela sai tão rapidamente quanto entrou, por isso sou a única pessoa que ouve as primeira palavras pós-cirúrgicas de Oliver Rosenstein.

— Não é fácil — ele diz, tão baixinho que mal se ouve. — Não é fácil passar por isso... É muito, muito difícil. — Vira a cabeça de um lado para o outro, como se estivesse procurando algo, então me vê e sorri. — Ellie — diz, e a voz se assemelha a um estalido rouco. Evidentemente, pensa que sou outra pessoa. — Estou aqui, *kine ahora.* Para um anglo-saxão, esse Prescott é dos bons.

* * *

Mais uma hora se passa até eu encontrar Nicholas outra vez, e apenas por acidente. Estou andando à toa pelo andar de pós-operatório quando Nicholas surge de dentro do elevador. Ele está lendo uma ficha de paciente e comendo um bolinho recheado. Uma enfermeira ri quando ele passa pelo balcão central.

— Você vai ser o próximo cirurgião cardíaco por aqui com artérias bloqueadas — ela brinca, e Nicholas joga em sua direção um segundo bolinho, ainda na embalagem de plástico.

— Se não contar a ninguém — diz ele —, pode ficar com este.

Estou maravilhada com esse homem, que todos parecem conhecer e que parece tão controlado e tão calmo. Nicholas, que não sabia onde ficava a pasta de amendoim na própria cozinha, está completamente confortável neste hospital. Isso me acerta como um tapa inesperado: essa é a verdadeira casa de Nicholas. Essas pessoas são, de fato, sua família. Esse médico, de quem todos parecem precisar para uma assinatura, ou uma palavra reconfortante, ou uma resposta, não precisa de mais ninguém, muito menos de mim.

Nicholas coloca a ficha que estava lendo na caixa presa à parede, junto à porta do quarto 445. Entra e sorri para uma jovem residente de avental branco e mãos enfiadas nos bolsos.

— O dr. Adams me disse que está tudo pronto para amanhã — ele diz ao paciente, puxando uma cadeira para junto da cama. Eu me escondo do outro lado da porta, para poder espiar sem ser vista. O paciente é um homem mais ou menos da idade de meu pai, com o mesmo rosto redondo e o olhar distante. — Vou lhe explicar o que vamos fazer, porque você provavelmente não vai se lembrar de muita coisa — Nicholas acrescenta.

Não consigo escutar muito bem, mas pequenos fragmentos chegam até mim, palavras como "oxigenação", "artérias mamárias", "entubar". O paciente não parece estar ouvindo. Fita Nicholas com a boca ligeiramente aberta, como se ele fosse Jesus em pessoa.

Nicholas pergunta ao homem se ele tem alguma pergunta.

— Tenho — o paciente diz, hesitante. — Eu vou reconhecê-lo amanhã?

— Pode ser — Nicholas responde —, mas já vai estar meio sedado quando me vir. Virei vê-lo quando já estiver acordado, à tarde.

— Dr. Prescott — o paciente diz —, caso eu esteja dopado demais para lhe dizer, obrigado.

Não escuto Nicholas responder, então não tenho tempo de escapar antes de ele sair pela porta. Ele esbarra em mim, pede desculpas e só então percebe em quem acabou de colidir. Com o olhar apertado, segura meu braço e começa a me puxar pelo corredor.

— Julie — ele chama a residente que está dentro do quarto —, vejo você depois de suas visitas. — Então pragueja entre dentes e me arrasta para uma pequena sala, saindo do corredor, onde os pacientes podem pegar gelo e suco de laranja. — O que pensa que está fazendo aqui?

Minha respiração fica presa na garganta, e, por mais que queira, não consigo responder. Nicholas me aperta o braço com tanta força que sei que vai deixar um hematoma.

— Eu... eu...

— Você *o quê*? — ele pergunta, fumegando.

— Eu não queria perturbar você — digo. — Só queria conversar. — Começo a tremer e me pergunto o que vou dizer se Nicholas aceitar minha proposta.

— Se não sair daqui agora mesmo — ele diz —, vou mandar o segurança jogar você para fora. — Solta meu braço como se estivesse tocando um leproso. — Eu disse para você não voltar. O que mais tenho que fazer para lhe mostrar que falei sério?

Levanto o queixo e finjo não ter ouvido nada do que ele disse.

— Parabéns — digo — pela promoção.

Nicholas me olha, perplexo.

— Você está louca — fala e sai para o corredor sem olhar para trás. Eu fico observando-o até que o avental branco não seja mais que uma mancha contra uma parede distante. Pergunto-me por que ele não consegue ver a semelhança entre mim e seus pacientes, por que não impede que eu morra com o coração partido.

* * *

Diante da mansão dos Prescott, em Brookline, fico sentada por sete minutos dentro do carro. Deixo que minha respiração aqueça o interior e me pergunto se existe alguma regra de etiqueta para implorar misericórdia. Por fim, impulsionada por uma imagem de Max, forço-me a seguir o caminho de ardósia até a casa e bater na porta com a pesada aldrava de bronze em forma de leão. Estou esperando Imelda, a empregada baixa e roliça, mas é a própria Astrid — carregando meu filho — quem abre a porta.

O que me chama a atenção de imediato é o contraste entre Astrid e minha mãe. Há as coisas simples: a seda e as pérolas de Astrid em comparação com as camisas de flanela e as perneiras de couro de minha mãe; as antiguidades de Astrid e os estábulos de minha mãe. Astrid prospera com sua fama; minha mãe faz todo esforço possível para proteger sua identidade. Por outro lado, no entanto, Astrid e minha mãe são fortes; ambas são extremamente orgulhosas. Ambas lutaram contra o sistema que as limitava e recriaram a si mesmas. E, pelo jeito, Astrid, como minha mãe, está começando a admitir seus erros.

Ela não diz nada. Olha para mim — não, na verdade olha *dentro* de mim, como se estivesse me avaliando, em busca da melhor luz, direção e ângulo. Max está equilibrado em seu quadril. Ele me observa com olhos que devem ser de onde a cor azul tirou seu nome. Os cabelos estão úmidos de suor na lateral da cabeça, e há uma marca de dobra de lençol impressa em seu rosto.

Max mudou tanto em apenas três meses.

É a imagem de Nicholas.

Ele imagina que sou uma estranha e esconde o rosto na blusa de Astrid, esfregando o nariz de um lado para o outro nas nervuras.

Astrid não faz nenhum movimento para entregá-lo a mim, mas também não fecha a porta na minha cara. Para ter certeza disso, dou um minúsculo passo à frente.

— Astrid — digo e então sacudo a cabeça. — *Mãe.*

Como se a palavra tivesse desencadeado uma lembrança, o que eu sei que é impossível, Max levanta o rosto. Inclina a cabeça, como sua avó fez a princípio, e estica um punho fechado.

— Mama — ele diz, e os dedos se abrem um por um como uma flor, esticando-se para vir pousar em meu rosto.

Seu toque não é o que eu tinha esperado, o que eu tinha sonhado. É quente, seco e suave e tem uma carícia de amante. Minhas lágrimas descem entre seus dedos, e ele afasta a mão. Coloca-a então na boca, bebendo minha dor, meus arrependimentos.

Astrid Prescott entrega Max para mim, e os braços dele envolvem meu pescoço, e sua forma quente e sólida pressiona toda a extensão de meu peito.

— Paige — diz ela, de forma alguma surpresa por me ver. Afasta-se um pouco para que eu possa entrar em sua casa. — Por que demorou tanto?

34
Nicholas

Paige, sozinha, conseguiu arruinar o dia de Nicholas. Ele sabe que não tem mais nada para reclamar: a cirurgia correu bem, seus pacientes estão se recuperando. Mas encontrar Paige tropeçando em seus calcanhares o tirou do prumo. É um hospital público, e ela tem todo o direito de estar lá; sua ameaça de chamar o segurança não passava disso: uma ameaça. Vê-la do lado de fora do quarto de seu paciente o perturbara, e ele nunca se perturbava no hospital. Por vários minutos depois de ter se afastado dela, ainda sentia a pulsação irregular, como se tivesse levado um choque.

Pelo menos ela não encontraria Max. Paige não o havia seguido até o hospital; ele certamente teria percebido. Devia ter chegado lá mais tarde. O que significava que ela não sabia que Max estava na casa de seus pais e nunca, jamais adivinharia que Nicholas havia engolido o orgulho e estava começando a gostar de ter Robert e Astrid Prescott de volta em sua vida. Na remota eventualidade de que Paige chegasse a ir até lá, sua mãe certamente não a deixaria entrar, sabendo de toda a dor que ela causara a Nicholas, seu próprio filho.

Nicholas entra em sua sala para pegar o paletó antes de ir para casa. Apesar de ter seu nome na porta e a própria secretária, este ainda é, de fato, o lugar de Alistair. Os quadros nas paredes não são os que Nicholas teria escolhido; a parafernália náutica, como o sextante e o timão de metal, não faz seu estilo. Ele gostaria de uma sala verde como uma floresta, com imagens de raposas e cães, uma luminária de mesa verde, um sofá estofado em tecido adamascado. Qualquer coisa, menos o branco e bege pálidos que predominam em sua casa — que Paige, com sua predileção por cores, sempre detestou e que, de repente, Nicholas começa a ver que também não lhe agradam.

Nicholas pousa a mão no timão de metal. Quem sabe um dia. Está fazendo um bom trabalho como chefe de cirurgia cardíaca; ele sabe disso. Saget chegou a lhe dizer que, se Alistair decidir reduzir a carga horária ou se aposentar de vez, a posição será dele. Essa é uma honra duvidosa. Nicholas a desejou por tanto tempo que entrou nas novas funções com facilidade, participando dos comitês adequados no hospital e fazendo palestras para os residentes e cirurgiões visitantes. Mas todas as horas extras e a enorme pressão por sucesso o distanciam de Max e de Paige.

Nicholas sacode a cabeça. Ele *quer* ficar distante de Paige. Não precisa mais dela; quer que ela se sufoque provando do próprio remédio. Apertando os lábios, ele junta os históricos médicos que precisa examinar para o dia seguinte e tranca a porta atrás de si.

Às oito horas, não há muito trânsito na Storrow Drive, e Nicholas chega à casa dos pais em quinze minutos. Abre a porta e entra no saguão.

— Olá — chama, ouvindo o eco da própria voz na cúpula acima. — Onde está todo mundo?

Dirige-se à sala de estar, que é basicamente uma sala de brinquedos agora, mas não há ninguém lá. Dá uma olhada na biblioteca, onde seu pai costuma ficar à noite, mas a sala está escura e fria. Nicholas sobe as escadas, os pés seguindo a trilha gasta no tapete oriental.

— Olá — chama novamente e então ouve o riso de Max.

Quando Max ri, o som vem da barriga e toma conta dele tão completamente que, ao chegar, borbulhante, à garganta, os pequenos ombros já estão se sacudindo e seu sorriso é como o sol. Nicholas adora o som, tanto quanto detesta o choramingo agudo e ranzinza do filho. Segue o riso pelo corredor e entra em um dos quartos extras, o que Astrid redecorou para transformar em um quarto de bebê, enfeitado com tecidos de algodão xadrezinhos coloridos. Na porta, Nicholas fica de quatro no chão, pensando em surpreender Max ao entrar como um tigre.

— Max, Max, Maximilian — Nicholas rosna, passando pela porta entreaberta.

Astrid está sentada na única cadeira do quarto, uma grande cadeira de balanço branca. Max está no meio do chão acarpetado de azul-claro, puxando tufos de lã com uma das mãos. Sua mão livre é usada para lhe dar equilíbrio, e está apoiada confortavelmente no joelho de Paige.

Astrid levanta os olhos, mas Paige parece não notar quando Nicholas entra engatinhando no quarto. Ela segura os dedos dos pés de Max e puxa-os um por um, o menorzinho por último, depois sobe os dedos pela perna do bebê. Ele dá um gritinho e ri outra vez, inclinando a cabeça para trás, para vê-la invertida.

— Quer mais? — ela pergunta, e Max bate as mãos nas coxas dela.

No fundo da mente de Nicholas, por trás da névoa vermelha, alguma coisa estala. Ele olha fixamente para Paige, atônito por ela estar, de fato, no mesmo quarto em que se encontra o *seu filho*. Parece impossivelmente jovem, com os cabelos vermelhos descendo sobre os ombros e a camiseta solta sobre a calça nas costas; os pés, calçando tênis, estão a poucos centímetros do alcance de Max. Não deveria acontecer assim. Mas Max, que tem choramingado até quando o homem do serviço de entregas chega à porta, está à vontade com Paige, como se ela tivesse estado lá durante toda sua vida, e não apenas metade dela. E Paige faz parecer tão fácil. Nicholas se lembra das noites em que teve de andar de um lado para outro pelos corredores da casa, deixando Max chorar em seus braços porque não sabia outra maneira de fazê-lo dormir. Chegara a pegar livros na biblioteca para decorar historinhas infantis. Mas Paige chega do nada, senta-se, abre as pernas em um parquinho circular para Max, e lá está ele... feliz.

Inesperadamente, uma visão de Paige passa pela cabeça de Nicholas: ela com a mão no pote de maionese, raspando o fundo do conteúdo para o sanduíche dele. Eram quatro e meia da manhã, e ele estava de saída para uma cirurgia, mas ela, como sempre, levantara para preparar seu almoço.

— Bom — dissera ela, batendo a faca no vidro vazio —, este acabou. — E olhou em volta pela cozinha, à procura de um pano de pratos; não encontrando nenhum, enxugou as mãos no algodão branco macio da camisola de anjo, pensando, incorretamente, que Nicholas não estava olhando.

Paige nunca mais fez seu almoço desde que Max nasceu, e, embora ele não pretendesse de forma alguma pôr a culpa em um recém-nascido ou admitir ciúmes, de repente se deu conta de que Paige não foi mais *sua* desde que Max chegou. Ele aperta os punhos fechados sobre o tapete, como Max. Paige não voltou por causa dele; voltou por Max. Provavelmente seguiu Nicholas até o hospital só para se certificar de que ele não estaria por perto quando ela encontrasse o menino. E, embora não devesse incomodá-lo, porque ele varreu de sua vida todos os sentimentos por ela, isso ainda machuca.

Nicholas respira fundo, à espera de que a raiva reluzente substitua a dor. Mas ela vem chegando devagar, principalmente quando olha para Paige, para a imagem que ela forma, acompanhada do filho. Ele aperta os olhos e tenta lembrar o que lhe parece familiar nisso e, então, vê a conexão. O modo como Max olha para ela, como se ela fosse uma divindade, é exatamente como Paige costumava olhar para o próprio Nicholas.

Ele se levanta depressa e lança um olhar furioso em direção à mãe.

— Quem lhe disse para deixá-la entrar aqui? — esbraveja.

Astrid se levanta calmamente.

— Quem me disse para não deixar? — responde.

Nicholas passa a mão pelos cabelos.

— Pelo amor de Deus, mãe, eu nem precisava dizer isso. Eu lhe *contei* que ela estava de volta. Você *sabe* como eu me sinto. Você *sabe* o que ela fez. — Ele aponta para Paige, ainda enrolada em torno do bebê e lhe fazendo cócegas na lateral do corpo. — Como sabe que ela não vai roubar o bebê quando você virar as costas? Como sabe que ela não vai machucá-lo?

Astrid pousa a mão sobre o braço do filho.

— Nicholas, você acha mesmo que ela vai fazer isso?

Neste momento, Paige ergue os olhos. Ela se levanta e faz com que Max fique em pé.

— Eu só precisava vê-lo, Nicholas. Vou embora agora. Não é culpa da sua mãe. — Envolve Max em um abraço, e ele põe os braços gordinhos em volta do pescoço dela.

Nicholas avança um passo, tão perto que pode sentir o calor da respiração de Paige.

— Não quero mais ver seu carro em casa — diz ele, na voz calma e firme de cirurgião. — Vou conseguir uma ordem judicial.

Ele espera que Paige se vire e saia de cabeça baixa, intimidada, como todos com quem ele fala dessa maneira. Mas ela permanece no mesmo lugar e afaga as costas de Max.

— É minha casa também — diz, sem levantar a voz. — E é meu filho.

Nicholas explode. Agarra o bebê tão bruscamente que Max começa a chorar.

— O que você está achando que vai fazer? Levar o menino com você na próxima vez que decidir cair fora? Ou talvez já tenha planos de ir embora.

Paige torce as mãos diante do corpo.

— Eu *não* vou cair fora. Tudo o que quero é poder entrar na minha casa outra vez. Não vou fugir para lugar nenhum, a menos que seja forçada.

Nicholas ri, um som estranho que lhe sai pelo nariz.

— Certo — diz ele. — Exatamente como da última vez. Pobre Paige, levada a ir embora por um capricho do destino.

Neste momento, Nicholas percebe que venceu.

— Por que você tem que ver assim? — Paige murmura. — Por que não pode apenas ver que eu voltei para casa? — Ela recua, falando através de um sorriso triste. — Talvez você seja perfeito, Nicholas, e tudo o que você faz já saia certo da primeira vez. O resto de nós, humanos comuns, precisa tentar várias vezes e ter a esperança de continuar tendo uma segunda chance, até descobrir como fazer. — Ela se volta e sai depressa da sala, antes de uma lágrima cair, e Nicholas ouve a pesada porta de carvalho se fechar atrás dela.

Max se agita nos braços de Nicholas, e ele o coloca no tapete. O bebê olha para a porta aberta do quarto, como se estivesse esperando que Paige voltasse. Astrid, de quem Nicholas tinha até se esquecido, aproxima-se para tirar uma folha murcha de planta da mão de Max. Quando endireita o corpo, olha Nicholas diretamente nos olhos.

— Estou envergonhada de você — diz ela, e sai do quarto.

* * *

Paige está na casa quando Nicholas volta com Max. Está quietamente sentada diante da varanda, com seu bloco de desenho e os lápis carvão. Apesar da ameaça, Nicholas não chama a polícia. Nem sequer dá sinal de tê-la visto quando entra com Max, a sacola de fraldas e os arquivos do hospital. De tempos em tempos, naquela noite, enquanto brinca com o filho no chão da sala de estar, ele vê Paige espiando pela janela, mas não se preocupa em fechar as cortinas ou em levar Max para outro aposento.

O bebê demora a dormir, então Nicholas tenta a única coisa que sempre funciona. Puxa o aspirador de pó do armário, coloca-o na entrada do quarto do filho e liga o motor, de modo que o barulho abafe os gritos afogados de Max. Por fim, o bebê se aquieta e Nicholas leva o aspirador embora. Funciona porque o ruído de fundo distrai Max, mas Nicholas acha que isso pode ser genético. Lembra-se de chegar em casa depois de plantões de trinta e seis horas e adormecer ao som do aspirador, enquanto Paige limpava a casa.

Nicholas vai até o hall de entrada e apaga a luz. Então se aproxima da janela, sabendo que conseguirá ver Paige sem que ela o veja. O rosto dela está prateado ao luar, os cabelos têm um opulento brilho de bronze. Em toda a volta dela há dezenas de desenhos: Max sentado, Max dormindo, Max rolando. Nicholas não vê, entre eles, uma única imagem de si próprio.

O vento espalha alguns dos desenhos sobre os degraus da varanda. Antes de sequer pensar em se controlar, Nicholas abre a porta a tempo de deixá-los voar para o hall. Ele os pega — um de Max brincando com um chocalho, outro de Max segurando os próprios pés — e sai para a varanda.

— Acho que isso é seu — diz, parando ao lado dela.

Paige está de quatro, tentando segurar os outros desenhos. Prendeu uma pilha deles com uma grande pedra e tem os outros sob o cotovelo.

— Obrigada — ela diz, virando desajeitadamente de lado. Recolhe os desenhos e enfia-os dentro da capa de seu bloco de papel, como se estivesse constrangida. — Se quiser ficar aqui fora, posso sentar no carro.

Nicholas sacode a cabeça.

— Está frio — responde. — Vou entrar. — Ele vê Paige prender a respiração, esperando um convite, mas não fará isso. — Você foi muito bem com o Max. Ele está passando pela fase de ter medo de estranhos e não vai com qualquer pessoa.

Paige dá de ombros.

— Acho que eu me adaptei a ele. Agora já é mais o que eu imaginava quando pensava em um bebê: algo que senta e sorri e ri com você, não que apenas come, dorme e faz cocô e te ignora completamente. — Ela olha para Nicholas. — Acho que é *você* que é muito bom com o Max. Veja só como ele está agora. É uma criança totalmente diferente.

Nicholas pensa em muitas coisas que poderia dizer, mas, em vez disso, apenas assente com a cabeça.

— Obrigado. — Ele se senta, apoia as costas em um degrau e estica as pernas. — Você não pode ficar aqui para sempre.

— Espero que não seja preciso. — Paige inclina a cabeça para trás e deixa a noite lhe banhar o rosto. — Quando eu estava na Carolina do Norte, dormi ao ar livre com a minha mãe. — Endireita o corpo e ri. — Na verdade, eu gostei.

— Preciso levar você para acampar no Maine — Nicholas diz.

Paige olha, surpresa, para ele.

— Sim, precisa mesmo — diz ela.

Uma brisa gelada varre o jardim, formando gotas de orvalho e produzindo um arrepio na espinha de Nicholas.

— Você vai congelar aqui — ele diz, e levanta antes de poder dizer qualquer outra coisa. — Vou pegar um casaco.

Ele sobe os degraus como se estivesse entrando em um refúgio e pega o primeiro casaco que encontra no armário do hall de entrada. É um grande sobretudo de lã dele, e, quando o entrega a Paige, vê que cobrirá até seus tornozelos. Ela veste o casaco e levanta a gola, cobrindo o pescoço.

— Isso é bom — diz, tocando a mão de Nicholas.

Ele se afasta.

— Não quero que você fique doente.

— Não — Paige diz. — Eu me refiro a *isso*. — Aponta o espaço entre eles. — Sem gritos. — Nicholas não diz nada, e ela retoma o bloco de desenho e o lápis e, ao pensar nisso, lhe dirige um sorriso contido. — Dê um beijo no Max por mim.

Quando Nicholas volta para a segurança da casa e para no hall escuro, sente-se momentaneamente desorientado. Tem de se recostar ao batente da porta e deixar o aposento se assentar antes que sua memória retorne. Talvez tenha acreditado que, em algum momento, ia parar com o jogo e deixar Paige voltar, mas percebe que isso não vai acontecer. Ela voltou por Max, apenas por Max, e há algo nisso que o está deixando maluco. A sensação é a de um soco nas entranhas, e ele sabe exatamente por quê. Ele ainda a ama. Por mais idiota que possa parecer, por mais que a odeie pelo que ela fez, Nicholas não consegue acabar com isso.

Ele espia pela janela e vê Paige aconchegada com o sobretudo em um saco de dormir que pegou emprestado com algum vizinho. Parte dele a odeia por ter conseguido esse conforto, e parte odeia a si próprio por querer dar a ela ainda mais. Com Paige, nunca houve respostas fáceis, apenas impulsos, e Nicholas está começando a se perguntar se tudo terá sido um grande erro. Não pode continuar assim, por si mesmo e por Max. Será preciso haver uma reconciliação ou um rompimento definitivo.

A lua entra de mansinho sob a porta da frente, enchendo o hall de um brilho espectral. Sentindo-se subitamente exausto, ele sobe as escadas. É melhor dormir. Às vezes as coisas parecem diferentes de manhã. Deita na cama ainda de roupa e imagina Paige estirada, como uma oferenda de sacrifício, sob aquela lua sufocante. Seu último pensamento consciente é para os pacientes de revascularização do miocárdio, no momento durante a cirurgia em que interrompe os batimentos do coração deles. Pergunta-se se eles chegam a sentir.

35

Paige

Anna Maria Santana, que nunca conheci, nasceu e morreu em 30 de março de 1985. NOSSO ANJO DE QUATRO HORAS, diz a lápide, ainda relativamente nova, em meio às placas de túmulos do cemitério de Cambridge entre as quais eu caminhei pela última vez quando estava grávida. Não sei como não notei o túmulo de Anna Maria então. Ele é limpo e arrumado, com violetas crescendo nas bordas. Alguém vem aqui com frequência para ver sua garotinha.

Não passa despercebido para mim que Anna Maria Santana morreu mais ou menos na mesma ocasião em que concebi meu primeiro filho. De repente, queria ter alguma coisa para deixar ali, um chocalho prateado, ou um ursinho cor-de-rosa, e então percebo que tanto Anna Maria como meu próprio bebê teriam oito anos agora e já não estariam mais interessados em brinquedos de bebê, mas em Barbies e bicicletas. Ouço a voz de minha mãe: *Você estava meio que presa em minha mente aos cinco anos. Antes que eu me desse conta, você já estava crescida.*

Alguma coisa tem de se resolver logo. Nicholas e eu não podemos continuar nos confrontando, nos aproximando e depois nos afastando, como se estivéssemos seguindo alguma estranha dança tribal. Nem tentei ir ao Mass General hoje e não planejo ir aos Prescott ver Max. Não posso mais pressionar Nicholas, porque ele está no limite, e isso me deixa inquieta. Não vou simplesmente ficar sentada e deixá-lo decidir meu futuro, como costumava fazer. Mas não consigo obrigá-lo a ver o que quero que veja.

Estou no cemitério para organizar meus pensamentos. Funcionava para minha mãe, então espero que funcione para mim. Mas ver o túmulo de Anna Maria não ajuda muito. Eu disse a verdade a Nicholas quanto a não ir embora, mas ainda não lhe contei a verdade completa. E se, quando eu chegar em casa, ele estiver parado na varanda, de braços abertos, querendo recomeçar de onde paramos? Posso me permitir cometer todos os mesmos erros outra vez?

Li uma coluna de aconselhamento anos atrás, em que um homem escrevera sobre um caso amoroso com uma secretária. Já tinha acabado havia anos, mas ele não contara à esposa e, embora tivessem um casamento feliz, ele sentia que deveria revelar o que acontecera. Fiquei surpresa com a resposta da conselheira: "Você está mexendo em um vespeiro", ela escreveu. "O que ela não sabe não pode machucá-la."

Não sei quanto tempo posso esperar. Eu nunca pegaria meu filho e fugiria pela noite, como sei que Nicholas está pensando. Não poderia fazer isso com Max e, especialmente, não poderia fazer isso com Nicholas. Ficar com Max por três meses o suavizou muito. O Nicholas que deixei em julho nunca teria entrado de quatro pela fresta da porta, fingindo ser um urso, para divertir o filho. Mas, pensando logicamente, não posso continuar dormindo no jardim. Estamos no meio de outubro, e as folhas já caíram das árvores. Tivemos geada à noite. Logo teremos neve.

Caminho até o Mercy, esperando pegar um café com Lionel. O primeiro rosto conhecido é o de Doris. Ela entrega dois especiais do dia em uma mesa e corre para me abraçar.

— Paige! — Grita para a cozinha: — A Paige voltou!

Lionel corre na frente e faz todo um espalhafato para me acomodar em um banco de couro vermelho rachado, no balcão. O restaurante é menor do que eu lembrava, e as paredes são de um tom amarelo enjoativo. Se eu não conhecesse o lugar, não me sentiria muito confortável comendo ali.

— Onde está aquele bebê precioso? — pergunta Marvela, inclinando-se na minha frente de modo que seus brincos balançam de encontro a meus cabelos. — Você tem fotos, pelo menos?

Sacudo a cabeça e agradeço a xícara de café que Doris me traz. Lionel ignora a pequena fila que se formou na frente da caixa registradora e se senta a meu lado.

— Aquele seu médico veio aqui alguns meses atrás. Achou que você tinha fugido de casa e vindo procurar ajuda com a gente. — Lionel olha diretamente para mim, e a linha de sua cicatriz irregular escurece com a emoção. — Eu disse a ele que você não é esse tipo de pessoa. Eu sei dessas coisas.

Por um momento, parece que ele vai me abraçar, mas se refreia e levanta o corpo do banco vizinho.

— O que está olhando? — pergunta, zangado, a Marvela, que está torcendo as mãos a meu lado. — Temos um negócio para tocar aqui, querida — ele me diz e sai pisando duro em direção à caixa registradora.

Depois que as garçonetes e Lionel voltam à rotina, eu olho em volta. O cardápio não mudou, embora os preços sim. Foram reescritos em pequenos adesivos fluorescentes. O banheiro masculino ainda está quebrado, como no último dia em que trabalhei aqui. E, pregados sobre a caixa registradora, pendurados sobre o balcão, estão todos os desenhos que fiz dos clientes.

Não posso acreditar que Lionel não os tenha jogado fora. Certamente algumas daquelas pessoas até já morreram. Percorro os retratos com os olhos: Elma, a senhora da bolsa; Hank, o professor de química; Marvela e Doris e Marilyn Monroe; Nicholas. *Nicholas*. Levanto e me debruço no balcão, a fim de ver mais de perto. Inclino-me com as mãos pressionadas no retrato de Nicholas, sentindo os olhares dos clientes. Lionel, Marvela e Doris, amigos verdadeiros, fingem não perceber.

Lembro-me muito bem dele. No fundo, desenhei o rosto de um menino pequeno, sentado em uma árvore de galhos retorcidos e segurando o sol. A princípio, pensei que tinha desenhado minha lenda irlandesa favorita, a de Cúchulainn deixando o palácio do deus sol quando sua mãe voltou para casa e para o marido. Não entendi por que teria desenhado essa cena específica, algo de minha própria infância, no retrato de Nicholas, mas achei que tinha a ver com o fato de eu ter fugido. Tinha olhado para o desenho e imaginado meu pai me contando a história enquanto fumava um cachimbo de alecrim. Na época, podia facilmente ver as mãos de meu pai, sujas de cola e fiapos de barbante da oficina, acenando no ar enquanto imitava a passagem de Cúchulainn voltando à terra comum. Imaginei se Cúchulainn sentiria falta dessa outra vida.

Meses depois, quando Nicholas e eu estávamos sentados no restaurante e olhamos esse retrato, eu lhe contei a história de Deichtire e do deus sol. Ele riu. Quando fiz o desenho, ele viu algo completamente diferente. Disse que nunca tinha sequer *ouvido falar* de Cúchulainn, mas que, quando criança, acreditava que, se subisse bem alto, poderia de fato pegar o sol. "Acho que", disse, "de certa maneira, todos acreditamos."

* * *

Entro em casa e passo uma hora inteira recolhendo meias, macacões de bebê e pijaminhas felpudos sujos de lugares inimagináveis: o micro-ondas, a estante de vinhos, uma terrina de sopa. Quando junto uma pilha de roupa para lavar, ligo a máquina. Enquanto isso, tiro o pó da sala de estar e do quarto e esfrego os balcões brancos do banheiro. Limpo o vaso sanitário e passo aspirador nos tapetes cor de pele, e faço o melhor que posso para tirar as manchas de gelatina colorida das lajotas brancas da cozinha. Troco a roupa da cama e do berço de Max, esvazio sua cesta de fraldas usadas e borrifo perfume no tapete para disfarçar um pouco o cheiro. Durante todo esse tempo, a TV está ligada, sintonizada nas novelas que eu via quando minha mãe quebrou o tornozelo. Digo a Devon para largar o marido e choro quando o bebê de Alana nasce morto, e vejo, de olhos pregados na tela, uma cena de amor entre uma garota rica chamada Leda e um malandro chamado Spider. Estou pondo a mesa para dois quando o telefone toca e, por força do hábito, eu atendo.

— Paige — a voz diz —, nem posso lhe dizer como estou *contente* por encontrar você aí.

— Não, não é isso — digo, esquivando-me, enquanto tento imaginar quem está do outro lado da linha.

— Você não vem ver o Max? Ele está esperando o dia todo.

Astrid. Quem mais telefonaria? Não tenho nenhum amigo nesta cidade.

— Eu... eu não sei — respondo. — Estou limpando a casa.

— O Nicholas não me disse que você tinha voltado para casa — diz ela.

— Não voltei.

— Paige — diz Astrid, com a voz tão afiada quanto as extremidades de suas fotografias em preto e branco. — Precisamos ter uma conversinha.

Ela me espera na porta da frente com Max. Ele está vestido com um macacão e o menor tênis Nike que já vi.

— Imelda preparou o café para nós na sala de estar — diz ela, já me entregando Max. Volta-se e atravessa o saguão imponente, esperando que eu a siga.

A sala de estar, apenas um cômodo cheio de brinquedos agora, é muito menos intimidante do que na primeira vez em que estive ali com Nicholas. Se o cavalo de balanço e o berço dobrável estivessem lá oito anos atrás, talvez as coisas tivessem sido diferentes. Ponho Max no chão, e ele imediatamente se levanta sobre as mãos e os joelhos e balança o corpo.

— Olha! — digo, entusiasmada. — Ele vai engatinhar!

Astrid me entrega uma xícara de café e um pires.

— Não quero estragar sua alegria, mas ele já está fazendo isso há duas semanas. Ainda está atrapalhado com a coordenação.

Fico olhando os movimentos desajeitados de Max por um momento; aceito o creme e o açúcar.

— Tenho uma proposta para você — diz Astrid.

Levanto os olhos, com um pouco de medo.

— Não sei — digo.

Ela sorri.

— Você ainda nem sabe o que é. — Ela se move uma fração de centímetro para mais perto de mim. — Escute, está cada vez mais frio à noite, e sei que você não vai poder ficar por muito mais tempo no jardim da frente da casa. Só Deus sabe quanto tempo vai demorar até meu filho teimoso recobrar o juízo. Quero que você se mude para cá. O Robert e eu conversamos sobre isso; temos mais quartos do que um pequeno hotel. Mas, por consideração ao Nicholas, vou ter de pedir para você sair durante o dia, para que o Max ainda fique sob os meus cuidados. O Nicholas fica um pouco irritado com a ideia de você ficar perto do bebê, como já deve ter percebido. Mas não vejo por que, de vez em quando, eu, você e o Max não possamos nos cruzar.

Fico perplexa, com a boca aberta, diante de Astrid. Essa mulher está me oferecendo um presente.

— Não sei o que dizer — murmuro, desviando os olhos e deixando-os pousar em Max, no chão. Um milhão de coisas me passam, velozes, pela cabeça: *Tem que ter alguma pegadinha. Ela combinou alguma coisa com o Nicholas, algo para provar que sou uma mãe inadequada, algo para me manter ainda mais longe do Max. Ou então ela quer algo em troca. Mas o que eu posso dar a ela?*

— Sei o que você está pensando — Astrid diz. — O Robert e eu estamos em *dívida* com você. Eu estava errada ao pensar que você e o Nicholas não deveriam se casar. Você é exatamente o que o Nicholas precisa, ainda que ele seja tapado demais para perceber isso agora. Mas vai cair em si uma hora.

— Eu não sou o que o Nicholas precisa — digo, ainda olhando para Max.

Astrid se inclina para frente até seu rosto ficar a centímetros do meu, e sou forçada a olhar para ela.

— Escute, Paige. Você sabe qual foi minha primeira reação quando o Nicholas me contou que você tinha ido embora? Eu pensei: *Aleluia!* Não achava que você fosse capaz disso. Quando o Nicholas a trouxe aqui, antes de se casar, minha objeção não foi ao seu passado ou ao seu estilo de vida. Não posso falar pelo Robert, embora ele já tenha superado isso agora, totalmente. Eu queria alguém para o Nicholas que tivesse determinação e tenacidade, alguém com brio. Um estimula o outro, entende? Mas tudo que vi quando olhei para você, pela primeira vez, foi alguém que o idolatrava, alguém que andava atrás dele como um cachorrinho e estava disposta a pôr a vida em suas mãos. Não achei que você tivesse forças para enfrentar um pé de vento, quanto mais um casamento. E ele manteve você correndo de um lado para outro, à disposição dele, durante anos, até que por fim você lhe deu um motivo para fazer uma pausa. O que você fez não é uma tragédia. É só um contratempo. Vocês dois vão sobreviver, e haverá mais dois ou três pequenos Max e uma série de formaturas, casamentos e netos. Você é uma lutadora, tanto quanto o Nicholas. Eu diria, na verdade, que vocês são bem equivalentes. — Ela deixa na mesa sua xícara de café e pega a minha também. — Imelda está arrumando o quarto — diz. — Quer dar uma olhada?

Astrid se levanta, mas eu não. Cruzo as mãos no colo e me pergunto se é isso mesmo que quero fazer. Nicholas vai ficar furioso. O efeito pode se voltar contra mim.

Max está fazendo barulhos altos de mastigar e engolir com algo que parece um cartão-postal.

— Ei — digo, puxando-o da mão dele. — Acho que você não pode pegar isso. — Limpo a saliva e lhe entrego outro brinquedo. Então percebo o que estou segurando. É uma argola de metal com três fotografias laminadas de vinte por vinte e cinco centímetros. Sei que são trabalho de Astrid. A primeira é uma foto de Nicholas com seu meio-sorriso, a mente a quilômetros de distância. A segunda é uma foto de Max, tirada uns dois meses atrás. Olho para ela avidamente, querendo absorver as sutis mudanças que perdi. Então passo à terceira fotografia. É um retrato meu, bem recente, embora eu não entenda como Astrid pode tê-lo tirado. Estou sentada em um café ao ar livre em Faneuil Hall. Talvez até grávida. Tenho uma expressão distante nos olhos e sei que, mesmo então, já estava tramando minha fuga.

— Mama — diz Max, estendendo a mão para a foto que estou segurando. No verso, escrito em tinta permanente, na caligrafia de Astrid, está a palavra que ele acabou de falar.

Imelda está esticando a colcha quando Astrid me leva para dentro do que será meu quarto.

— *Señora* Paige — diz ela, sorrindo para mim e, então, para Max, quando ele agarra sua trança longa e escura. — Este pequeno tem um diabinho dentro dele — comenta.

— Eu sei — digo. — Vem da família do pai.

Astrid ri e abre um armário.

— Você pode guardar suas coisas aqui — diz ela, e eu concordo num gesto de cabeça e olho em volta. O quarto é simples para os padrões dos Prescott. É mobiliado com um sofá cor de pêssego e uma cama com dossel; os lençóis têm os tons de um pôr do sol chuvoso no Arizona. As cortinas até o chão são de renda Alençon, presas nas laterais por abacaxis de bronze. Há um antigo espelho de corpo inteiro, ajustável, que combina com o armário. — Está tudo certo? — Astrid pergunta.

Sento na cama, coloco Max a meu lado e esfrego sua barriga. Vou sentir falta das estrelas úmidas e das hortênsias, mas ficarei bem aqui. Concordo com a cabeça e então, timidamente, levanto e passo o bebê para ela.

— Acho que foram essas as condições — digo baixinho. — Volto mais tarde.

— Venha para jantar — responde Astrid. — Sei que o Robert vai querer vê-la.

Ela me segue até o andar de baixo e me acompanha até a porta. Max choraminga e estende os braços quando saio da casa, e ela o entrega a mim por um momento. Passo o dedo pela espiral de cabelos no alto da cabeça de meu filho e aperto seu braço rechonchudo.

— Por que você está do meu lado? — pergunto.

Astrid sorri. À luz do fim do dia, apenas naquele instante, ela me lembra minha mãe. Pega meu bebê de volta.

— Por que não estaria?

* * *

— Robert — Astrid Prescott diz quando entramos na sala de jantar —, você se lembra da Paige, não?

Robert Prescott dobra seu jornal e os óculos de leitura e se levanta. Estendo a mão, mas ele a ignora e, após um momento de hesitação, me dá um abraço.

— Obrigado — diz ele.

— Por quê? — murmuro, sem saber o que fiz agora.

— Pelo garotinho — ele me diz e sorri. Percebo que, durante todo o tempo em que estive cuidando de Max, essas foram palavras que Nicholas nunca disse.

Eu me sento, mas estou nervosa demais para tomar a sopa ou comer a salada que Imelda traz da cozinha. Robert senta a uma ponta da mesa enorme, Astrid à outra, e eu, em algum lugar entre eles. Há um lugar vazio arrumado na minha frente, e eu o olho com ansiedade.

— É só para dar equilíbrio — Astrid diz, quando vê minha expressão. — Não se preocupe.

Nicholas já veio pegar Max. Ele tem um plantão de vinte e quatro horas em seguida e queria deitar cedo, de acordo com Astrid. Geralmente, durante o jantar, Max se senta em um cadeirão ao lado de Robert, que lhe dá pedaços de seus pãezinhos.

— O Nicholas não nos contou muito sobre a sua viagem — diz Robert, falando como se eu tivesse partido em um cruzeiro de férias.

Engulo com dificuldade e me pergunto quanto poderia dizer sem me incriminar. Afinal, esses são os pais de *Nicholas*, por mais gentis que se mostrem.

— Não sei se o Nicholas chegou a contar para vocês — digo, hesitante — que eu cresci sem minha mãe. Ela nos deixou quando eu tinha cinco anos e, por algum motivo, quando eu não estava me saindo muito bem cuidando do Max, achei que, se conseguisse encontrá-la, saberia automaticamente qual era o jeito certo de fazer as coisas.

Astrid ri.

— Você fez um bom trabalho — diz ela. — Na verdade, fez o trabalho duro. Você o amamentou, não foi? Sim, eu sei que o Nicholas descobriu isso da maneira mais difícil, quando o Max teve de ser desmamado em um dia. Nós não nos importávamos, na época em que vocês eram crianças. Em nosso círculo, amamentar não era a atitude adequada.

Robert desvia o olhar dela e entra no fio da conversa.

— Ignore a Astrid — diz ele, sorrindo. — Ela às vezes passa semanas e meses vivendo em cabanas, sem nenhum outro ser humano por perto. Tem muita prática em conversar consigo mesma.

— E às vezes — diz Astrid agradavelmente, do outro lado da mesa —, eu viajo e não vejo diferença entre conversar comigo mesma e conversar no jantar com você. — Ela se levanta e caminha até Robert. Inclina-se sobre ele até fazê-lo se voltar para ela. — Já lhe disse hoje que te amo? — diz, beijando-o na testa.

— Não, na verdade ainda não — Robert responde.

— Ah — Astrid lhe dá um tapinha no rosto. — Então você *estava* escutando. — Olha para mim e sorri. — Vou ver o que aconteceu com a nossa carne.

Acabo descobrindo, durante nossa conversa, que Robert Prescott já ouviu falar de Donegal, o cavalo de minha mãe. Na verdade, não exatamente de Donegal, mas de seu pai, aquele que vem de uma linhagem famosa.

— Ela administra tudo sozinha? — pergunta ele.

— Ela aluga o espaço de uma fazenda maior, e tem um rapaz que a ajuda nos estábulos — digo. — É um lugar bonito. Muito verde, e há montanhas logo atrás. É um bom lugar para se viver.

— Mas você não ficou — comenta Robert.

— É, não fiquei.

Neste momento, quando a conversa está começando a parecer um pouco incômoda para mim, Astrid volta pela porta vaivém da cozinha.

— Mais cinco minutos — diz ela. — Você acredita que, depois de vinte anos morando conosco, a Imelda ainda não sabe que você gosta de seu bife torrado?

— Bem passado — Robert diz.

— Sim — diz Astrid, rindo. — Eu *sou* ótima, não sou?

Sinto o estômago apertar enquanto os observo. Nunca esperei que esse tipo de ternura existisse entre os pais de Nicholas, e isso me faz perceber o que perdi quando criança. Meu pai não se lembraria de como minha mãe prefere a carne; minha mãe não saberia dizer qual é a cor favorita ou o cereal matinal preferido de meu pai. Nunca vi minha mãe parar atrás de meu pai, na cozinha, para beijá-lo. Nunca vi o encaixe de suas mãos, como as de Robert e Astrid, que pareciam ter sido moldadas especificamente para se ajustarem.

Na noite em que Nicholas me pediu em casamento no Mercy, eu não o conhecia de fato. Sabia que queria sua atenção. Sabia que sua aparência impunha respeito, onde quer que ele entrasse. Sabia que ele tinha olhos que me tiravam o fôlego, da cor mutável do mar. Eu disse sim porque achei que ele poderia me ajudar a esquecer Jake, e o bebê, e minha mãe, e Chicago. E, mais tarde, eu o culpei por ter correspondido a todas as minhas expectativas, fazendo-me esquecer minha vida anterior tão completamente que entrei em pânico e fugi.

Eu disse sim para Nicholas, mas não sabia se queria de fato me casar com ele até a noite em que saímos da casa de seus pais depois da discussão sobre o casamento. Aquela foi a primeira vez em que notei que, além de eu precisar dele, Nicholas precisava de mim. De alguma forma, eu sempre o imaginara simplesmente como o herói, o acessório para meu plano. Mas, naquela noite, ele balançara diante das palavras de seu pai e voltara as costas para a família. De repente, o homem que tinha o mundo na palma da mão estava em território completamente desconhecido. E, para minha surpresa, essa acabou sendo uma estrada que *eu* já havia percorrido. Pela primeira vez na vida, alguém precisava da minha experiência. E isso me fez sentir como nunca havia me sentido antes.

Não era algo que pudesse desaparecer tão facilmente.

Enquanto observo Astrid e Robert, ao longo da refeição, penso em todas as coisas que sei sobre Nicholas. Sei que ele não come lula de jeito nenhum, ou mariscos, ou moluscos, ou geleia de damasco. Sei que dorme do lado direito da cama e que, por mais que eu o prenda, o lençol sempre solta do lado dele. Sei que não chega nem perto de um martíni. Sei que dobra suas cuecas ao meio, para caberem na gaveta. Sei que sente cheiro de chuva um dia antes de ela chegar, que percebe que vai nevar pela cor do céu. Sei que ninguém jamais o conhecerá como eu o conheço.

Sei também que há muitos fatos que Nicholas pode mencionar sobre mim, e mesmo assim as verdades mais importantes ficarão faltando.

* * *

Perdoe-me, Nicholas, porque pequei. As palavras me passam pela mente a cada passo que me leva para fora da casa dos Prescott. Dirijo pelas ruas de Brookline e faço o trajeto conhecido para minha própria casa. No último meio quilômetro, desligo os faróis e deixo a lua iluminar meu caminho, não querendo ser vista.

Não me confesso há oito anos e meio. Isso me faz sorrir. Quantos terços o padre Draher me mandaria rezar para me absolver de meus pecados, se fosse ele que eu estivesse procurando, e não Nicholas?

Minha primeira confissão foi no quarto ano. Fomos instruídas pelas freiras e esperamos em fila, dizendo nosso ato de contrição antes de entrar no confessionário. A câmara era pequena e marrom e me deu a sensação sufocante de que as paredes estavam se fechando em torno de mim. Eu ouvia a respiração do padre Draher vindo do outro lado da treliça de metal que nos separava. Naquela primeira vez, eu disse que tinha falado o nome do Senhor em vão e brigara com Mary Margaret Riordan, sobre quem ia ficar com a última caixinha de achocolatado da cantina. Mas, como o padre Draher não falou nada, comecei a inventar pecados: eu trapaceara em um jogo de soletração; tinha mentido para meu pai; tivera um pensamento impuro. Quanto ao último, o padre Draher tossiu, e eu não entendi por que na ocasião, pois não tinha a menor ideia do que fosse um pensamento impuro. Foi algo que ouvi em um filme na televisão.

— Como penitência — disse ele —, reze um pai-nosso e três ave-marias.

E foi isso; eu estava começando novamente do zero.

Quanto tempo fazia desde que eu tivera de inventar pecados? Quantos anos desde que percebi que mesmo um número infinito de terços não conseguiria remover minha culpa?

As luzes estão todas apagadas na casa, até no escritório de Nicholas. Então me lembro do que Astrid disse. Ele está tentando ter uma boa noite de sono. Sinto uma pontada na consciência: talvez eu devesse deixar isso para outra hora. Mas não quero adiar mais.

Dou uma topada no andador de Max, que está enfiado em um canto do hall de entrada. Subo as escadas em silêncio e passo na ponta dos pés pelo quarto do bebê, em direção à porta de nosso quarto. Ela está aberta; Nicholas poderá ouvir se Max chorar.

Está tudo planejado: vou me sentar na beirada da cama e cruzar as mãos sobre o colo, depois cutucar Nicholas até que ele acorde. Vou lhe contar tudo que ele deveria ter sabido desde o começo e dizer que não podia esperar mais tempo e que agora vou deixá-lo sozinho para pensar no assunto. E voltarei para casa, rezando por clemência o tempo todo.

Estou apostando tudo de uma só vez, sei disso. Mas não vejo outra saída. E é por isso que, quando entro no quarto e vejo Nicholas, seminu e enrolado em nosso edredom azul-claro, decido que não apenas me sentarei na beirada da cama. Não posso fazer isso. Se as coisas não derem certo, pelo menos saberei onde está o coração dele.

Ajoelho-me ao lado da cama e enfio os dedos no volume espesso dos cabelos de Nicholas. Pouso a outra mão em seu ombro, encantada com o calor de sua pele sob meu toque. Acaricio seu peito e sinto os pelos roçando a palma da mão. Nicholas solta um gemido e vira de lado. Seu braço cai sobre o meu.

Movendo-me muito devagar, toco, com a ponta dos dedos, suas sobrancelhas, as faces, a boca. Inclino-me até sentir sua respiração nas pálpebras. Então me aproximo um pouquinho mais, até meus lábios tocarem os dele. Beijo-o até que ele começa a me beijar de volta e, antes que eu possa recuar, ele me envolve com os braços e me puxa para si. Seus olhos se abrem, mas ele não parece surpreso por me encontrar ali.

— Você limpou minha casa — sussurra.

— *Nossa* casa — digo. As mãos dele são quentes em mim. Enrijeço o corpo e me afasto, sentando-me sobre os calcanhares.

— Não tem problema — Nicholas murmura, erguendo o corpo e apoiando-se no travesseiro. — Já somos casados. — Ele me olha de lado e dá um sorriso sonolento. — Eu poderia me acostumar com isso, você se esgueirando para a minha cama.

Fico de pé e vejo meu reflexo no espelho. Esfrego as mãos nas pernas do meu jeans e sento cautelosamente na borda da cama. Cruzo os braços e me aperto com força. Nicholas senta a meu lado e envolve minha cintura com o braço.

— O que foi? — murmura. — Parece que você viu um fantasma.

Eu afasto sua mão.

— Não me toque — digo. — Você não vai querer me tocar. — Viro-me e me sento de pernas cruzadas na frente dele. Por sobre seu ombro, avisto-me no espelho. — Nicholas — falo, vendo meus próprios lábios se moverem, dizendo as palavras que eu jamais quis ouvir. — Eu fiz um aborto.

Ele enrijece as costas, depois seu rosto se contrai e ele leva um tempo para conseguir respirar outra vez.

— Você o *quê*? — Ele se move para mais perto, e a raiva que escurece sua expressão me aterroriza. Imagino que vai me agarrar pelo pescoço. — Foi por *isso* que você ficou fora por três meses? Para se livrar do meu filho?

Balanço a cabeça.

— Não, aconteceu antes de eu conhecer você — digo. — Não era seu filho.

Vejo expressões se alternarem em seu rosto, enquanto ele se lembra. Por fim, sacode a cabeça.

— Você era virgem — diz ele. — Foi isso que você me disse.

— Eu nunca lhe disse nada — respondo baixinho. — Era o que você queria acreditar. — Prendo a respiração e digo a mim mesma que talvez isso não faça tanta diferença. Afinal, Nicholas estava morando com aquela outra namorada antes de decidir se casar comigo, e bem poucas mulheres chegam ao casamento intocadas atualmente. Só que, claro, as outras mulheres não são a esposa de Nicholas.

— Você é católica — diz ele, tentando encaixar as peças, e me vê assentir com a cabeça. — Então foi por isso que saiu de Chicago.

— E foi por isso — acrescento suavemente — que deixei o Max. No dia em que fui embora, quando ele caiu do sofá e teve aquele sangramento no nariz, achei que eu devia ser a pior mãe do universo. Eu tinha matado meu primeiro filho e tinha machucado o segundo. Imaginei que não ter mãe nenhuma seria melhor do que ter alguém como eu.

Nicholas se levanta, e vejo em seus olhos algo que nunca vi antes.

— Talvez você esteja certa quanto a isso — ele diz, falando tão alto que acho que o bebê vai acordar. Então me segura pelos ombros e me sacode violentamente, a ponto de torcer meu pescoço e eu não conseguir enxergar direito. — Saia da minha casa e não volte mais. O que você ainda tem para tirar do peito? É procurada por homicídio? Tem um amante escondido no armário? — Ele solta meus braços e, mesmo no escuro, posso ver os dez hematomas perfeitos deixados pela pressão de seus dedos, ainda latejando com a dor.

Ele desaba na beirada da cama como se seu peso tivesse se tornado, de repente, grande demais para suportar. Inclina a cabeça e apoia o rosto nas mãos. Quero tocá-lo, remover a dor. Ao olhar para ele, gostaria de nunca ter falado. Estico a mão, mas Nicholas recua antes que minha pele toque a sua. *Ego te absolvo.*

— Me perdoe — digo.

Ele recebe essas palavras como um golpe brutal. Quando levanta a cabeça, seus olhos estão vermelhos e ardendo de fúria. Nicholas me olha fixamente, vendo-me como realmente sou.

— Vá para o inferno — diz.

36
Nicholas

Quando Nicholas estava no segundo ano da faculdade, em Harvard, ele e seu colega de quarto, Oakie Peterborough, tinham ficado bêbados e jogado espuma de extintor de incêndio no supervisor do dormitório estudantil, que dormia no local. Ficaram sob supervisão comportamental por um ano, depois seguiram caminhos separados. Nicholas entrou na Escola de Medicina de Harvard, e Oakie foi fazer direito. Alguns anos antes de Nicholas ter sequer feito uma cirurgia, Oakie já era sócio em um escritório de advocacia de Boston.

Nicholas toma um gole de sua água com limão e tenta encontrar a mais leve semelhança entre o Oakie que conheceu no passado e o advogado de família sentado a sua frente na mesa do restaurante. Foi ele quem ligou e perguntou se poderiam se encontrar para um almoço, e Oakie, pelo telefone, disse: "Ora, claro!", e marcou para aquela tarde. Nicholas pensa em Harvard e em suas conexões. Enquanto põe o guardanapo no colo, observa a expressão autoconfiante de seu antigo colega de quarto, o ar de indiferença em seus olhos.

— É bom vê-lo, Nicholas — Oakie diz. — É incrível, não? Trabalhamos na mesma cidade e nunca temos a oportunidade de encontrar os velhos amigos.

Nicholas sorri e assente com a cabeça. Não considera Oakie Peterborough um velho amigo; não desde os dezenove anos, quando o pegou com a mão na calcinha de sua namorada.

— Espero que possa me dar algumas respostas — Nicholas diz. — Você atua em direito de família, não é?

Oakie suspira e se recosta na cadeira.

— Direito de família, que conversa fiada. O que eu faço não mantém as famílias unidas. É um tipo de contradição. — Encara Nicholas, e seus olhos se arregalam ao se dar conta do teor do encontro. — Por acaso é para você?

Nicholas assente com a cabeça, e um músculo se contrai em seu queixo.

— Quero informações sobre divórcio. — Nicholas perdeu muito sono pensando nisso e chegou a uma decisão com extrema clareza. Pouco lhe importa o custo, desde que consiga tirar Paige de sua vida e ficar com Max. Está furioso consigo mesmo por ter baixado a guarda quando Paige entrou em seu quarto na noite passada. O toque dela, o cheiro de lilás de sua pele... Por um momento, perdeu-se no passado, fingindo que ela nunca havia ido embora. Quase perdoou os últimos três meses. E então ela lhe contou a única coisa que ele jamais poderia esquecer.

Começa a tremer quando pensa nas mãos de outro homem no corpo dela, no filho de outro homem em seu útero, mas acredita que, com o tempo, o choque passará. Na verdade, não é o aborto que o perturba. Como médico, Nicholas dedica tanto tempo e esforço a salvar vidas que não pode, pessoalmente, apoiar a decisão de fazer um aborto, mas compreende os motivos de quem defende a liberdade de escolha. Não, o que o exaspera é o segredo. Mesmo que pudesse ouvir as razões de Paige para encerrar uma gravidez, não consegue entender que ela tenha escondido uma coisa dessas do próprio marido. Ele tinha o direito de saber. Podia ser o corpo *dela*, mas era o passado compartilhado *deles*. E, em oito anos, ela nunca teve consideração suficiente por ele para lhe contar a verdade.

Nicholas passou o início da manhã tentando tirar da mente a imagem de Paige pedindo perdão. Ela estivera refletida no espelho, de modo que havia duas pessoas ali, suas palavras e ações zombando dela como a silhueta de um palhaço. Parecera tão frágil que Nicholas não pôde deixar de pensar nas efêmeras flores de dente-de-leão, secas, vulneráveis a uma respiração. Uma palavra sua e sabia que ela ia desmoronar.

Mas Nicholas tinha raiva suficiente pulsando nas veias para bloquear qualquer sentimento residual. Ia vencê-la em seu próprio jogo, levando Max antes que ela pudesse usar a pobre criança para absolvê-la da culpa. Conseguiria o divórcio e ia afastá-la dele tanto quanto possível; talvez em cinco ou dez anos não visse mais o rosto dela toda vez que olhasse para o filho.

Oakie Peterborough limpa os lábios grossos com o guardanapo e respira fundo.

— Ouça — diz ele —, sou advogado, mas também sou seu amigo. Você precisa saber no que está entrando.

Nicholas o encara com irritação.

— Só me diga o que tenho que fazer.

Oakie solta o ar, um som enjoativo como o de uma chaleira superaquecida.

— Bem, Massachusetts é um estado que permite culpabilidade em casos de divórcio. Isso significa que você não precisa provar culpa para conseguir um, mas, se puder fazer isso, as propriedades e os bens serão divididos de acordo.

— Ela me abandonou — Nicholas interrompe. — E mentiu por oito anos.

Oakie esfrega as mãos.

— Ela ficou longe por mais de dois anos? — Nicholas nega com a cabeça. — Ela não era o principal arrimo da família, era? — Nicholas grunhe e joga o guardanapo sobre a mesa. Oakie aperta os lábios. — Bem, então não é abandono, pelo menos não legalmente. E mentir... Não sei o que poderia dizer quanto a mentir. Geralmente, causas justas para provar culpabilidade são bebida em excesso, agressão, adultério.

— Eu não me surpreenderia — Nicholas murmura.

Oakie não ouve.

— Culpabilidade *não* inclui mudança de religião, por exemplo, ou mudar de casa.

— Ela não se mudou — Nicholas esclarece. — Ela *foi embora*. — Olha firmemente para Oakie. — Quanto tempo leva?

— Não dá para saber ainda — diz ele. — Depende de conseguirmos encontrar embasamento. Se não, você obtém um acordo de separação que, daqui a um ano, pode ser finalizado em divórcio.

— Um ano! — Nicholas grita. — Não posso esperar um ano, Oakie. Ela vai fazer alguma maluquice. Três meses atrás, ela simplesmente foi embora, lembre-se. Ela vai pegar meu filho e fugir.

— Um filho — Oakie diz, lentamente. — Você não disse que havia um filho.

Quando Nicholas sai do restaurante, está fumegando. O que ficou sabendo é que, embora o tribunal não tome mais como certo que a guarda deva ser da mulher, Max irá para onde for mais conveniente para ele. Com Nicholas trabalhando tantas horas por dia, não há garantia de custódia. Soube que, como Paige o sustentou enquanto ele terminava a faculdade, ela tem direito a uma parcela de seus ganhos futuros. Soube que esse procedimento demorará muito mais do que ele jamais imaginou possível.

Oakie tentou dissuadi-lo, mas Nicholas tem certeza de que não há escolha. Não consegue nem pensar em Paige sem sentir a coluna enrijecer ou os dedos gelarem. Não suporta saber que foi feito de bobo.

Nicholas entra no Mass General e ignora todos que o cumprimentam. Quando chega a sua sala, fecha a porta atrás de si. Com um movimento do braço, derruba todas as fichas que estavam sobre a mesa. A que cai no topo da pilha no chão é a de Hugo Albert. A cirurgia daquela manhã. É também, como notou no histórico do paciente, suas bodas de ouro. Quando informou a Esther Albert que seu marido estava passando bem, ela chorou e agradeceu a Nicholas repetidamente, dizendo que ele sempre estaria em suas orações.

Ele pousa a cabeça na mesa e fecha os olhos. Queria ter um consultório particular, como seu pai, ou que as relações com pacientes cirúrgicos durassem tanto quanto em medicina interna. É muito difícil lidar com ligações tão intensas, por um período de tempo tão curto, e passar em seguida para outro paciente. Mas Nicholas está começando a ver que esse é seu destino na vida.

Com autocontrole férreo, abre a gaveta de cima e tira um bloco de papel do Mass General que agora tem seu nome impresso.

— Oakie quer uma lista — murmura. — Então vou lhe dar uma lista. — Começa a anotar todas as coisas que ele e Paige possuem. A casa. Os carros. As bicicletas e a canoa. A churrasqueira e os móveis do pátio e o sofá de couro branco e a cama king-size. É a mesma cama que tinham no antigo apartamento; havia muita história associada a ela, e não quiseram substituí-la. Nicholas e Paige haviam encomendado a cama feita à mão, esperando que fosse entregue até o final da semana. Mas a entrega atrasou, e eles acabaram tendo de dormir em um colchão no chão durante meses. A cama tinha queimado em um incêndio no depósito e precisou ser totalmente refeita.

— Você acha — comentou Paige uma noite, enrolada nele — que Deus está tentando nos dizer que isso tudo foi um erro?

Quando Nicholas termina de anotar todas as suas posses, pega uma folha em branco e escreve seu nome no alto da coluna à esquerda e o nome de Paige na coluna à direita, traçando a grade de uma tabela. DATA DE NASCIMENTO. LOCAL DE NASCIMENTO. INSTRUÇÃO. TEMPO DE CASAMENTO. Consegue preencher tudo com facilidade, mas fica surpreso com o espaço ocupado por seu nível de instrução e o pouco espaço necessário para o de Paige. Olha para o tempo de casamento e não escreve nada.

Se ela tivesse se casado com aquele cara, teria tido o filho?

Nicholas afasta os papéis, que de repente parecem pesados o bastante para ameaçar o equilíbrio da mesa. Recosta a cabeça na cadeira giratória e olha para as nuvens produzidas pelas chaminés do hospital, mas tudo o que vê são as linhas de sofrimento no rosto de Paige. Pisca, mas a imagem não desaparece. Quase espera que, se murmurar seu nome, ela responda. Pensa que talvez esteja ficando louco.

Imagina se ela amava aquele outro homem e se pergunta por que essa dúvida, ainda não pronunciada em voz alta, lhe dá vontade de vomitar.

* * *

Quando vira a cadeira, encontra sua mãe em pé diante da mesa.

— Nicholas — diz ela —, eu trouxe um presente. — Ela segura um grande quadrado achatado embrulhado em papel. Mesmo antes de ela puxar o barbante, Nicholas sabe que é uma fotografia emoldurada. — É para seu escritório — diz ela. — Estive trabalhando nisso por semanas.

— Esta sala não é realmente minha — Nicholas responde. — Não posso pendurar nada. — Mas, enquanto fala, examina a fotografia. É um salgueiro flexível à margem de um lago, dobrado em um U invertido por um vento forte. Tudo ao fundo tem algum tom de roxo; a árvore é de um vermelho fundido, como se estivesse queimando por dentro.

Astrid dá a volta na mesa e para ao lado dele.

— Impressionante, não é? — diz. — É tudo uma questão de luz. — Bate os olhos nos papéis sobre a mesa de Nicholas e finge não perceber do que se trata.

Nicholas passa o dedo sobre a assinatura da mãe, gravada na base da foto.

— Muito bonita. Obrigado.

Astrid se senta na borda da mesa.

— Eu não vim só para lhe dar a fotografia, Nicholas. Estou aqui para lhe contar algo de que você não vai gostar — diz ela. — A Paige está morando conosco.

Nicholas olha para a mãe como se ela tivesse acabado de dizer que seu pai é um cigano ou que seu diploma de medicina é falsificado.

— Você deve estar brincando. Não pode fazer isso comigo.

— Na verdade, Nicholas — diz Astrid, levantando-se e caminhando pela sala —, você não tem autoridade sobre o que seu pai e eu fazemos na nossa casa. A Paige é uma moça adorável, e acho que foi melhor perceber isso tarde do que nunca. E é uma hóspede encantadora. Imelda diz que ela até arruma a própria cama, imagine.

Nicholas sente os dedos formigando; tem uma vontade selvagem de socar ou estrangular.

— Se ela puser as mãos no Max...

— Já cuidei disso — Astrid responde. — Ela concordou em sair da casa durante o dia, enquanto o Max estiver lá. Só pode voltar para dormir, porque um carro ou um gramado não eram muito adequados.

Nicholas acha que provavelmente se lembrará daquele momento para sempre: o sorriso enrugado e vazio de sua mãe, a luz oscilante da iluminação de teto, o barulho de rodinhas enquanto algo é transportado diante de sua porta no corredor. *Este*, ele dirá a si mesmo nos próximos anos, *foi o momento em que minha vida desmoronou.*

— A Paige não é o que você pensa — diz ele, com amargura.

Astrid caminha até o lado oposto da sala, como se não o tivesse escutado. Ela remove um mapa náutico amarelado da parede e passa os dedos sobre o vidro, traçando os turbilhões de redemoinhos e correntes.

— Que tal aqui? — pergunta. — Você a verá todas as vezes que levantar os olhos. — Atravessa a sala, coloca o quadro antigo sobre a mesa e pega a fotografia do salgueiro. — Sabe — diz ela, casualmente, erguendo-se na ponta dos pés para afixar o quadro corretamente —, seu pai e eu quase nos divorciamos. Acho que você se lembra dela. Era hematologista. Eu sabia de tudo, e lutei com ele a cada passo do caminho, tentando ser muito difícil e derrubando drinques sobre ele para fazer uma cena, ameaçando uma ou duas vezes fugir de casa com você. Achei que ficar quieta sobre toda aquela situação era o maior erro que eu poderia cometer, porque ele pensaria que eu era fraca e que poderia passar por cima de mim. E então, um dia, me dei conta de que teria muito mais poder se decidisse ser a parte que cede. — Astrid ajeita a foto na parede e se afasta. — Pronto. O que acha?

Os olhos de Nicholas estão semicerrados, sombrios e zangados.

— Quero que você ponha a Paige para fora de casa, e, se ela chegar a menos de trezentos metros do Max, juro por Deus que vou à polícia dar queixa contra você. Quero que saia da minha sala e me telefone mais tarde, para se desculpar por ter se intrometido na minha vida. Quero que pendure de volta aquele maldito mapa do oceano e me deixe em paz.

— Realmente, Nicholas — diz Astrid calmamente, embora todos os músculos de seu corpo estejam trêmulos; nunca tinha visto Nicholas assim. — Pelo jeito como está agindo, eu não o reconheceria como filho. — Pega o mapa de navegação e pendura-o de novo na parede, mas não se vira.

— Você não sabe nem metade da história — Nicholas murmura.

* * *

Por uma falha de sincronia, Nicholas e Paige se encontram naquele fim de tarde na casa dos Prescott. Ele saiu do hospital mais tarde, por causa de uma complicação com um paciente. Está recolhendo os brinquedos de Max em uma sacola quando Paige entra tempestivamente na sala de estar.

— Você não pode fazer isso comigo! — ela grita.

Quando Nicholas levanta a cabeça, seu olhar está cuidadosamente livre de emoção.

— Ah — diz ele, pegando uma bola-chocalho do Garibaldo. — Minha mãe já foi a portadora das más notícias.

— Você precisa me dar uma chance — diz ela, colocando-se à frente dele para forçá-lo a encará-la. — Não está pensando com clareza.

Astrid aparece à porta, com Max no colo.

— Escute a Paige, Nicholas — diz ela, com a voz calma.

Ele lança um olhar para a mãe que faz Paige lembrar o basilisco da lenda irlandesa, o monstro que matava com um pousar de olhos.

— Acho que já ouvi o suficiente — diz ele. — Na verdade, ouvi coisas que preferia nunca ter ouvido. — Ele se levanta, pendura a sacola no ombro e tira Max rudemente do colo de Astrid. — Por que não sobe para o seu quarto de hóspedes? — Nicholas diz com sarcasmo. — Chore até arrebentar esse seu coraçãozinho partido, depois desça para tomar um conhaque com os *meus* pais.

— Nicholas — Paige chama ao vê-lo sair. Sua voz falha nas sílabas. Ela dá uma olhada rápida para Astrid e corre pelo saguão atrás dele, abrindo a porta e gritando seu nome outra vez na rua.

Ele para antes de abrir o carro.

— Você vai ficar com uma parte boa na divisão dos bens — diz. — Fez jus a isso.

Paige está chorando abertamente agora, agarrada ao batente da porta como se não pudesse se manter em pé por si mesma.

— Não é para ser assim — soluça. — Você acha mesmo que me importo com dinheiro? Ou com quem vai ficar morando naquela porcaria de casa velha?

Nicholas pensa nas histórias de horror que ouviu de outros cirurgiões, cujas esposas ávidas de garras afiadas lhes haviam arrancado metade dos ganhos e toda a cintilante reputação. Não consegue imaginar Paige em um tailleur feito sob medida, fuzilando-o com os olhos no banco de um tribunal enquanto repete um testemunho que garantirá seu sustento pelo resto da vida. Não consegue realmente vê-la se preocupando com quinhentos mil dólares por ano serem ou não suficientes para cobrir seu custo de vida. Ela provavelmente lhe entregaria as chaves da casa, se ele pedisse com educação. Na verdade, ela não é como as outras; nunca foi, e é disso que Nicholas sempre gostou.

Os cabelos dela estão caídos no rosto, e seu nariz está escorrendo; os ombros balançam com o esforço de conter o choro. Ela está péssima.

— Mama — diz Max, estendendo os braços para ela. Nicholas vira-o para outro lado e vê Paige enxugar os olhos com as costas da mão. Diz a si mesmo que não há outra saída, não com o que ele sabe agora; mas sente, literalmente, o peito queimar quando o tecido inchado, irreparavelmente ferido de seu coração começa a se partir.

Nicholas aperta os lábios e sacode a cabeça. Entra no carro, prende Max na cadeirinha e liga o motor. Tenta retraçar a sequência, mas não consegue identificar como chegaram a este ponto: um lugar de onde não há volta. Paige não se moveu um centímetro. Ele não pode ouvir sua voz sobre o ruído do motor, mas sabe que ela está dizendo que o ama, que ama Max.

— Não tenho como evitar — diz ele, e se afasta sem se permitir olhar para trás.

37
Paige

Quando desço de manhã para o café, estou carregando minha pequena mala.

— Quero agradecer a hospitalidade — digo, tensa —, mas acho que vou embora hoje.

Astrid e Robert se entreolham, e é Astrid quem fala primeiro.

— Para onde você vai?

A pergunta, que eu já estava esperando, ainda assim me tira o prumo.

— Não sei — respondo. — Acho que voltar para a casa da minha mãe.

— Paige — diz Astrid, gentilmente —, se o Nicholas quer o divórcio, ele a encontrará mesmo na Carolina do Norte.

Como não respondo nada, ela se levanta e me abraça. Mantém os braços em torno de mim, embora eu não a abrace de volta. Ela é mais magra do que eu esperava, até frágil.

— Não há como fazer você mudar de ideia? — pergunta.

— Não — murmuro. — Não há.

Ela se afasta, mantendo-me ao alcance do braço.

— Não vou deixar você sair sem comer — diz ela, e já se dirige à cozinha. — Imelda!

Fico sozinha com Robert, que, de todas as pessoas nesta casa, é quem me deixa menos à vontade. Não que tenha sido rude ou mesmo indelicado; ele ofereceu sua casa para mim, levanta-se para saudar minha chegada quando desço para o jantar, guarda para mim o caderno de entretenimento do *Globe* antes que Imelda recorte as receitas. Imagino que o problema seja eu, não ele. Imagino que algumas coisas, como perdão, levem algum tempo.

Robert dobra seu jornal matinal e faz sinal para que eu me sente a seu lado.

— Como era o nome daquele cavalo com cólica? — ele pergunta, do nada.

— Donegal. — Aliso o guardanapo sobre o colo. — Mas ele está bem agora. Ou estava, quando fui embora.

Robert assente com a cabeça.

— Sim, é incrível como eles se recuperam.

Arqueio as sobrancelhas, agora entendendo aonde aquela conversa quer chegar.

— Às vezes eles morrem — digo.

— Bem, sim, claro — Robert diz, passando cream cheese em um bolinho. — Mas não os bons. Nunca os bons.

— A gente *espera* que não — murmuro.

Robert arremete o bolinho em minha direção, enfatizando sua concordância.

— Exato. — De repente, ele estica o braço sobre a mesa e cobre meu pulso com a mão livre. Seu toque, inesperado, é frio e firme, como o de Nicholas. — Você está deixando que se torne muito fácil ele te esquecer, Paige. Eu pensaria melhor sobre isso.

Neste momento, Nicholas entra na sala de jantar, carregando Max.

— Onde todo mundo se meteu? — diz. — Estou atrasado.

Coloca Max no cadeirão ao lado de Robert e evita deliberadamente olhar para mim. Astrid entra com uma bandeja de torradas, frutas e pãezinhos.

— Nicholas! — diz ela, como se a noite passada não tivesse acontecido. — Vai ficar para o café da manhã?

Ele olha ferozmente para mim.

— Não, você já tem companhia.

Eu me levanto e vejo Max bater na borda do prato de Robert com uma colher de prata. Max tem o rosto aristocrático de Nicholas, mas, definitivamente, os meus olhos. É possível perceber isso em sua inquietação. Está sempre olhando para o único lugar que não pode ver. É visível que será um lutador.

Max me vê e sorri, e isso faz todo o seu corpo ganhar luz.

— Eu estava de saída — digo. Com um olhar rápido para Robert, saio pela porta, deixando a mala para trás.

* * *

A sala de voluntários do Mass General é pouco mais que um armário, enfiada atrás das salas de espera do ambulatório. Enquanto aguardo que Harriet Miles, a secretária, me entregue um formulário de inscrição, olho sobre o ombro dela para o corredor, na esperança de ver Nicholas.

Não quero fazer isso, mas não vejo escolha. Se pretendo convencer Nicholas a mudar de ideia sobre o divórcio, tenho de lhe mostrar o que ele estará perdendo. O que não será possível se o único modo de vê-lo for por acaso ou de passagem na casa de seus pais, portanto preciso ficar o tempo todo onde ele está: no hospital. Infelizmente, não sou qualificada para a maior parte das funções que me colocariam perto dele, então tento me convencer de que sempre quis me voluntariar no hospital e só não fiz isso antes por falta de tempo. Mas sei que não é verdade. Detesto ver sangue, não gosto do cheiro antisséptico de doença, que sempre impregna os corredores de hospitais. Não estaria ali se pudesse pensar em qualquer outra maneira de cruzar o caminho de Nicholas várias vezes por dia.

Harriet Miles tem menos de um metro e meio de altura e quase o mesmo de largura. Precisa subir em um banquinho em forma de morango para alcançar a gaveta mais alta da estante de arquivos.

— Não temos tantos voluntários adultos quanto gostaríamos — diz ela. — A maioria das garotas fica por aqui cerca de um ano, só para dar uma reforçada no currículo e se inscrever em uma faculdade. — Fecha os olhos, enfia a mão em uma pilha de papéis e sai com a ficha certa. — Ah, sucesso.

Ela torna a se sentar na cadeira, que eu poderia jurar que tem uma almofada de elevação de assento, mas fico com vergonha de me inclinar para verificar.

— Bom, Paige, você tem alguma formação médica ou já foi voluntária em outro hospital?

— Não — respondo, esperando que isso não a impeça de me aceitar.

— Isso não é problema — Harriet diz, tranquila. — Você frequentará algumas sessões de orientação e pode começar a trabalhar logo depois que...

— Não — gaguejo —, preciso começar *hoje*. — Quando ela olha para mim com ar nervoso, eu me sento e fecho os punhos com força ao lado do corpo. *Cuidado*, penso. *Diga o que ela quer ouvir*. — Quer dizer, eu realmente *quero* começar hoje. Posso fazer qualquer coisa. Não precisa envolver procedimentos médicos.

Harriet lambe a ponta do lápis e começa a preencher meu formulário de inscrição. Nem pisca quando lhe digo meu sobrenome, mas imagino que haja muitos Prescott em Boston. Dou o endereço de Astrid e Robert, em vez do meu e, só por precaução, invento uma data de nascimento, fazendo-me três anos mais velha. Digo-lhe que posso trabalhar seis dias por semana, e ela me olha como se eu fosse uma santa.

— Posso pôr você na admissão de pacientes — diz, franzindo a testa enquanto examina a escala de trabalho na parede. — Você não vai poder mexer com a papelada, mas pode transportar os pacientes para os quartos em cadeiras de rodas. — Tamborila com o lápis no caderno de registros. — Ou pode trabalhar com o carrinho-biblioteca, circulando pelos andares dos pacientes.

Nenhuma dessas atividades me colocará onde preciso estar.

— Tenho um pedido — digo. — Gostaria de ficar perto do dr. Prescott, o cirurgião cardíaco.

Harriet ri e dá uma palmadinha em minha mão.

— Sim, ele é um dos favoritos, não é? Aqueles olhos! Acho que ele é a razão de metade dos rabiscos na porta do banheiro das voluntárias. Todas querem estar perto do dr. Prescott.

— Você não está entendendo — digo. — Ele é meu marido.

Harriet examina a ficha e aponta para meu sobrenome.

— Ah, sei — diz.

Mordo os lábios e me inclino para frente. Faço uma rápida oração silenciosa para que, nessa guerra entre mim e Nicholas, ninguém mais seja prejudicado. Depois sorrio e minto como nunca antes na vida.

— Sabe, os horários dele são terríveis. Nunca temos a oportunidade de nos ver. — Pisco para Harriet com ar conspiratório. — Pensei em fazer isso como uma espécie de presente de aniversário de casamento, para ficar mais perto dele. Achei que, se conseguisse trabalhar a seu lado todos os dias, ser uma espécie de voluntária pessoal, ele ficaria mais feliz e então seria um cirurgião melhor, e todos ganhariam.

— Que ideia romântica — Harriet suspira. — Não seria maravilhoso se todas as outras esposas de médicos viessem ser voluntárias?

Eu lhe dirijo um olhar firme e sóbrio. Nunca fui de muita conversa com outras mulheres, mas, se essa for minha penitência, jurarei realizá-la, sob pena de morte. Hoje, eu prometeria a lua para Harriet.

— Vou fazer tudo o que puder — digo.

Harriet sorri para mim, e seus olhos estão derretendo.

— Ah, eu gostaria de estar loucamente apaixonada — diz ela, e pega o telefone para ligar para um número interno. — Vou ver o que posso fazer.

* * *

Astrid me encontra sentada no quintal, sob um pessegueiro, desenhando.

— O que é? — pergunta, e eu lhe digo que não sei.

Neste exato momento, é só uma coleção de linhas e curvas que acabarão formando algo que eu reconheça. Estou desenhando porque é terapêutico. Nicholas quase não me notou hoje, mesmo depois que eu o ajudei a empurrar a maca com seu paciente em recuperação da UTI cirúrgica para um quarto semiprivativo, acompanhei-o com o carrinho-biblioteca enquanto fazia as visitas nos quartos e fiquei atrás dele na fila do almoço, na cantina. Quando finalmente me reconheceu, enquanto eu repunha a água da jarra do quarto do paciente que ele vai operar amanhã, foi só porque se chocou comigo e derrubou o líquido em toda a frente de meu avental rosa-claro de voluntária.

— Desculpa — disse ele, vendo as manchas de água em meu colo e peito.

Então olhou para meu rosto. Aterrorizada, emudeci. E, embora esperasse que Nicholas fosse sair furioso do quarto e chamar o chefe dos funcionários, ele só arqueou as sobrancelhas e riu.

— Às vezes, eu simplesmente desenho — digo a Astrid, esperando que isso seja explicação suficiente.

— Às vezes, eu simplesmente disparo — diz ela, e eu a olho assustada. — A *câmera* — acrescenta. Ela se encosta ao tronco de uma árvore e levanta o rosto para o sol. Observo a linha firme do queixo, as ondas prateadas dos cabelos, a coragem que paira sobre ela como um perfume caro. Pergunto-me se há algo no mundo que Astrid Prescott não seria capaz de fazer, se estivesse realmente decidida. — Seria bom ter tido um artista na família antes — diz ela. — Sempre senti que era uma questão de honra transmitir meus talentos. — Ela ri. — Os fotográficos, pelo menos. — Abre os olhos e sorri para mim. — O Nicholas era um pesadelo com uma câmera. Nunca entendeu as aberturas do diafragma e quase sempre expunha demais o filme. Ele tinha habilidade para fotografar, mas nunca teve paciência.

— Minha mãe era artista — digo sem pensar, e então congelo, com a mão parada centímetros acima do bloco de desenho. Foi minha primeira revelação pessoal voluntária. Astrid se aproxima, sabendo que essa brecha inesperada em minha armadura é o primeiro passo para conseguir entrar. — Ela era boa em desenho e pintura — continuo, tentando ser o mais natural possível e pensando no mural de cavalos em Chicago, depois na Carolina do Norte. — Mas sonhava ser escritora.

Começo a mover o lápis, de forma inquieta, sobre uma nova folha de papel e, sem ousar enfrentar os olhos de Astrid, conto a ela a verdade. As palavras saem frescas como uma nova ferida e, uma vez mais, posso sentir claramente o cheiro das canetas mágicas nas mãos pequenas, os dedos de minha mãe segurando meus tornozelos, para me equilibrar sobre o banquinho. Posso sentir o corpo de minha mãe encostado ao meu, enquanto observamos nossos garanhões correndo livres; lembro a liberdade de ter certeza, de simplesmente *saber* que ela estaria lá no dia seguinte, e no seguinte.

— Gostaria que minha mãe tivesse estado presente para me ensinar a desenhar — digo e então fico em silêncio. Meu lápis parou de voar sobre a página e, enquanto olho fixamente para o papel, a mão de Astrid vem cobrir a minha. Ainda estou pensando no que me levou a lhe dizer tais coisas quando me escuto falar outra vez. — O Nicholas teve sorte.

Eu gostaria de ter tido alguém como você por perto, enquanto estava crescendo.

— O Nicholas teve sorte dupla, então. — Astrid chega mais perto de mim na grama e passa o braço sobre meus ombros. A sensação é estranha. Não é como o abraço de minha mãe, em que já me encaixava tão perfeitamente no fim do verão. Ainda assim, antes de conseguir me controlar, eu me recosto em Astrid. Ela suspira de encontro a meus cabelos. — Ela não teve escolha. — Fecho os olhos e dou de ombros, mas Astrid continua: — Não é diferente de mim — diz, depois hesita. — Ou de você.

Instintivamente eu me afasto, pensando na distância entre nós. Abro a boca para discordar, mas algo me detém. *Astrid, minha mãe, eu.* Imagino, como em uma colagem, as fileiras sorridentes de quadradinhos brancos nas folhas de amostras fotográficas de Astrid; as pegadas escuras de cascos nos campos de minha mãe; a fila de camisas masculinas que joguei pela janela do carro, no dia em que tive de ir embora. O que fizemos foi porque *tivemos* de fazer. O que fizemos foi porque tínhamos o *direito* de fazer. Ainda assim, cada uma de nós deixou sinalizadores de algum tipo: uma trilha pública que trouxe outros até nós ou que se tornou, um dia, a estrada pela qual retornamos.

Expiro lentamente. Sinto-me mais relaxada do que tenho estado há muitos dias. Para ganhar Nicholas, posso estar lutando com uma força maior do que eu, mas começo a ver que sou *parte* de uma força maior do que eu. Talvez eu tenha uma chance, afinal.

Sorrio para Astrid e pego o lápis outra vez, traçando rapidamente o nó desprovido de folhas, formado pelos galhos sobre a cabeça dela. Ela olha para o papel, depois para a árvore, e me envia um sinal de aprovação com a cabeça.

— Pode me desenhar? — pede, fazendo uma pose.

Destaco a página superior do bloco e começo a desenhar as inclinações do rosto de Astrid, os fios cinza entrelaçados aos fios dourados de seus cabelos. Com sua postura e expressão, ela deveria ter sido uma rainha.

As sombras do pessegueiro emprestam a seu rosto estranhos arabescos, que me fazem lembrar o interior dos confessionários na Igreja de

São Cristóvão. As folhas das árvores que começam a cair dançam sobre o bloco de papel. Quando termino, finjo que meu lápis ainda está se movendo, a fim de ver o que realmente desenhei antes que Astrid tenha a oportunidade de olhar.

Em cada sombra em formato de folhas em seu rosto, desenhei uma mulher diferente. Uma parece africana, com um turbante grosso enrolado na cabeça e argolas douradas nas orelhas. Outra tem os olhos rasos e os cabelos pretos presos em tranças de uma prostituta espanhola. Outra é uma menina em andrajos, de no máximo doze anos, com as mãos sobre a barriga de grávida. Outra é minha mãe; outra sou eu mesma.

— Extraordinário — diz Astrid, tocando levemente cada imagem. — Posso entender por que o Nicholas ficou impressionado. — Ela inclina a cabeça. — Você consegue desenhar de memória? — pergunta, e respondo que sim. — Então faça um de si mesma.

Já fiz autorretratos antes, mas nunca a pedido. Não sei se consigo fazer e lhe digo isso.

— Nunca se sabe antes de tentar — Astrid me repreende, e eu me volto obedientemente para a folha em branco.

Começo pela base de meu pescoço e vou subindo pelas linhas do queixo e da mandíbula. Paro por um segundo e vejo que está tudo errado. Rasgo a folha e vou para a página seguinte, começando pelos cabelos e descendo. Uma vez mais, tenho de começar de novo. Repito isso sete vezes, fazendo cada desenho um pouco mais completo que o anterior. Por fim, pouso o lápis e pressiono os olhos com os dedos

— Talvez alguma outra hora — digo.

Mas Astrid está olhando os desenhos descartados que arranquei do bloco.

— Você fez melhor do que pensa — diz, mostrando um deles para mim. — Olhe.

Passo os olhos pelas folhas de papel, chocada por não ter visto antes. Em todas elas, mesmo nas que são apenas contornos, em vez de mim mesma, desenhei Nicholas.

38

Paige

Nos últimos três dias, Nicholas foi o assunto do hospital, e tudo por minha causa. De manhã, quando ele chega, eu ajudo a preparar seu paciente para a cirurgia. Depois me sento no chão, na frente de sua sala, com meu avental rosa-claro, e desenho a pessoa que ele está operando. São traços simples, que levam apenas minutos. Cada um mostra o paciente longe de um hospital, no auge de sua existência. Desenhei a sra. Cornazzi como a dançarina de saloon que ela foi, na década de 40; desenhei o sr. Goldberg como um gângster elegante com terno risca de giz; desenhei o sr. Allen como Ben-Hur, robusto e aprumado em sua biga. Deixo-os pregados na porta da sala, geralmente com um segundo desenho, do próprio Nicholas.

A princípio, eu desenhava Nicholas como ele é no hospital, ao telefone, ou assinando um formulário de alta, ou conduzindo uma turma de residentes para o quarto de um paciente. Mas depois comecei a desenhá-lo do jeito como queria me lembrar dele: cantando "Sweet Baby James" sobre o berço de Max, ensinando-me a fazer um lançamento de beisebol, beijando-me no pedalinho de cisne, na frente de todo mundo. Todas as manhãs, mais ou menos às onze horas, Nicholas faz a mesma coisa. Volta para sua sala, diz um palavrão diante da porta e arranca os dois desenhos. Enfia o dele na lata de lixo ou em sua gaveta superior, mas geralmente fica com o que fiz do paciente e o leva durante as visitas pós-operatórias. Eu estava oferecendo revistas à sra. Cornazzi quando ele lhe deu seu retrato.

— Ah, que beleza — ela exclamou. — Olhe para mim. Olhe para *mim*! — E Nicholas, mesmo a contragosto, sorriu.

As novidades se espalham rápido pelo Mass General, e todos sabem quem eu sou e quando deixo os desenhos. Às dez e quarenta e cinco, antes de Nicholas chegar, uma multidão começa a se juntar. As enfermeiras sobem durante o intervalo do café, para ver se conseguem identificar o retrato e para fazer comentários sobre o dr. Prescott que costumo desenhar, aquele que elas nunca viram.

— Nossa — ouço uma perfusionista dizer —, eu nunca teria imaginado que ele sequer tivesse roupas comuns.

Escuto os passos de Nicholas vindo pelo corredor, rápidos e firmes. Ele ainda está com a roupa cirúrgica, o que talvez signifique que há algo errado. Levanto-me para sair de seu caminho, mas sou interrompida por uma voz desconhecida.

— Nicholas — o homem diz.

Nicholas para, com a mão na maçaneta.

— Elliot — diz ele, mais um suspiro que uma palavra. — Ouça, foi uma manhã muito ruim. Talvez possamos conversar mais tarde.

Elliot sacode a cabeça e ergue uma das mãos.

— Não vim falar com você. Vim ver o que é todo esse burburinho sobre os desenhos. Sua porta virou a galeria de arte do hospital. — Ele olha para mim e sorri. — Andam dizendo que a artista fantasma aqui é sua esposa.

Nicholas tira a touca azul da cabeça e se recosta à porta, fechando os olhos.

— Paige, Elliot Saget. Elliot, Paige. Minha esposa. — Ele solta o ar lentamente. — Por enquanto.

Se não me falha a memória, Elliot Saget é o chefe da cirurgia. Levanto-me rapidamente e lhe estendo a mão.

— É um prazer — digo, sorrindo.

Elliot empurra Nicholas, para tirá-lo da frente, e observa o desenho que fiz do sr. Olsen, o paciente da cirurgia da manhã de Nicholas. Ao lado dele, está a imagem de Nicholas cantando no karaokê de um boliche, o que, até onde sei, ele nunca fez, mas provavelmente lhe faria bem.

— Um talento e tanto — diz ele, olhando do retrato para Nicholas e vice-versa. — Ora, Nicholas, ela quase faz você parecer tão humano quanto o resto de nós.

Nicholas murmura algo baixinho e gira a chave na fechadura.

— Paige — Elliot Saget me diz —, a diretora de Comunicações do hospital queria muito falar com você sobre os desenhos. O nome dela é Nancy Bianna, e ela me pediu para lhe dizer que passasse por lá quando não estiver ocupada. — Ele sorri, e eu sei imediatamente que posso confiar nele, se precisar. — Nicholas — ele se despede diante da porta aberta, acenando com a cabeça, depois segue pelo corredor.

Nicholas se inclina para frente, tentando tocar os dedos dos pés com as mãos. Isso ajuda suas costas; já o vi fazer isso antes, depois de um dia longo em pé. Quando levanta os olhos e vê que ainda estou ali, faz uma careta. Vai até a porta e arranca os dois desenhos que fiz, amassa-os em uma bola e os joga no cesto de lixo.

— Você não precisa fazer isso — digo, zangada. Os desenhos, por mais simples que sejam, são meu trabalho. Detesto ver meu trabalho sendo destruído. — Se não quer o seu, tudo bem. Mas talvez o sr. Olsen gostasse de ver o dele.

Os olhos de Nicholas ficam sombrios, e ele aperta a maçaneta.

— Isso aqui não é uma festa, Paige. O sr. Olsen morreu vinte minutos atrás, na mesa de cirurgia. Talvez *agora* — ele diz em voz baixa — você possa me deixar em paz.

* * *

Levo quarenta minutos para voltar à casa dos Prescott e, quando chego lá, ainda estou tremendo. Tiro o casaco e desmorono de encontro a uma cômoda alta, que me espeta as costelas. Movo-me com uma careta e me vejo em um espelho antigo. Durante a última semana, onde quer que esteja, tenho me sentido incomodada. E, bem no fundo, sei que isso não tem nada a ver com as bordas duras do móvel ou com qualquer outra peça de decoração. É só que o hospital frio e a mansão elegante dos Prescott não são lugares em que eu me sinta em casa.

Nicholas está certo. Eu não entendo a vida dele. Não sei coisas que são automáticas para os outros, como identificar o humor de um médico depois de uma cirurgia ou para que lado me inclinar quando Imelda vem retirar os pratos. Fico me matando para ser parte de um mundo em que estou sempre dois passos atrás.

Uma porta se abre, e o som de música clássica invade o ambiente. Robert está com Max no colo, deixando-o mastigar a caixa do CD. Eu lhe dou meu melhor sorriso, mas ainda estou tremendo. Meu sogro avança em minha direção e aperta os olhos.

— O que aconteceu? — pergunta.

O dia inteiro, todo aquele mês passado, tudo se acumula em minha garganta e me sufoca. A última pessoa no mundo que eu queria que me visse desabar é Robert Prescott, mas mesmo assim começo a chorar.

— Nicholas — soluço.

Robert franze a testa.

— Ele nunca aprendeu a brigar com alguém de seu próprio tamanho — diz ele. Robert segura meu cotovelo e me conduz para o escritório, uma sala escura que me faz pensar em caças à raposa e lordes ingleses empertigados. — Sente-se e relaxe. — Acomoda-se em uma enorme poltrona de couro e coloca Max sobre a mesa, para brincar com os pesos de papel de bronze.

Eu me recosto no sofá bordô e, obediente, fecho os olhos, mas me sinto muito ostensivamente deslocada para conseguir relaxar. Há uma garrafa de licor de cristal em cima de uma mesa de mogno, sob o sorriso congelado de um cervo preso à parede. Duas pistolas de duelo, apenas decorativas, estão cruzadas sobre o arco da porta. Esta sala — meu Deus, esta casa inteira — é como algo saído diretamente de um romance.

Pessoas reais não vivem assim, cercadas de milhares de livros, e quadros antigos de mulheres pálidas, e pesadas canecas prateadas de equipes esportivas universitárias. Pessoas reais não levam o chá tão a sério quanto o sacramento da Comunhão. Pessoas reais não fazem doações de cinco dígitos para o Partido Republicano...

— Você gosta de Handel?

Ao som da voz de Robert, meus olhos se abrem, e todos os músculos de meu corpo ficam em alerta. Olho para ele com cautela, imaginando se isso é um teste, uma armadilha montada para que eu caia e mostre como entendo pouco.

— Não sei — digo, com frieza. — Eu *deveria*? — Espero para ver os olhos dele me fuzilarem, ou sua boca se apertar, e, quando isso não acontece, deixo de lado a postura defensiva. *Isso é problema seu, Paige*, penso. *Ele só está tentando ser gentil.* — Desculpa. Não tive um dia muito bom. Não pretendia ser grosseira. É só que, na minha infância, a única antiguidade que tínhamos era a Bíblia de família do meu pai, e todas as músicas que ouvíamos tinham letra. — Sorrio, hesitante. — Leva algum tempo para a gente se acostumar a esse tipo de vida, mas sei que você não pode entender como...

Paro de repente, lembrando o que Nicholas me contou anos atrás sobre seu pai, e que eu tinha esquecido quando tornei a ver Robert e todos os seus aparatos. Algo passa depressa pelos olhos dele — arrependimento, talvez alívio —, mas desaparece com igual rapidez. Fico olhando para ele, fascinada. Imagino como pode ter vindo de um ambiente semelhante ao meu e saber tão facilmente o modo certo de se mover e de agir em uma casa como esta.

— Então o Nicholas lhe contou — Robert diz, e não parece decepcionado ou bravo; é simplesmente uma afirmação.

De repente, lembrei o que havia me intrigado quando Nicholas me contou que seu pai tinha crescido pobre. Robert Prescott foi quem objetou a meu casamento com Nicholas. Não Astrid, que eu poderia entender, mas Robert. Foi *ele* quem expulsou Nicholas. Foi *ele* quem disse que Nicholas estaria arruinando a própria vida.

Digo a mim mesma que não estou mais brava, apenas curiosa. Mas pego Max mesmo assim, afastando-o de meu sogro.

— Como você *pôde*? — murmuro.

Robert se inclina para frente e apoia os cotovelos na mesa.

— Trabalhei tão duro para isso. Tudo isso. — Faz um gesto com as mãos em direção às quatro paredes. — Nunca suportaria a ideia de alguém jogando tudo fora. Nem Astrid e, principalmente, nem Nicholas.

Max se agita, e eu o coloco no chão.

— O Nicholas não precisava jogar tudo fora — observo. — Você poderia ter pagado a faculdade dele.

Robert sacode a cabeça.

— Não seria a mesma coisa. Você acabaria puxando-o para trás. Você jamais conseguiria se mover por esses círculos, Paige. Não ficaria à vontade vivendo assim.

Não é a verdade que dói; é ouvir Robert Prescott, uma vez mais, decidir o que é melhor para mim. Aperto as mãos fechadas.

— Como pode ter tanta certeza?

— Porque *eu* não fico — ele diz baixinho. Chocada, recosto-me no sofá. Olho para o blusão de cashmere de Robert, para os cabelos brancos bem cortados, a postura orgulhosa do queixo. Mas também noto que suas mãos estão apertadas uma na outra e que uma veia pulsa, acelerada, na base do pescoço. *Ele está amedrontado*, penso. *Tem tanto medo de mim quanto tive dele.*

Penso nisso por um momento, e sobre o motivo de ele me dizer algo que, obviamente, lhe é doloroso admitir. Lembro-me do que minha mãe me disse na Carolina do Norte quando lhe perguntei por que ela nunca havia voltado para casa. "A gente faz a própria cama e tem que se deitar nela."

Sorrio gentilmente e levanto Max do chão. Entrego-o ao avô.

— Vou trocar de roupa para jantar — digo e me viro para sair.

A voz de Robert me detém. Suas palavras soam sobre os violinos doces e as longas escalas das flautas de Handel.

— Vale a pena — diz ele, mansamente. — Eu faria tudo outra vez.

Não me volto para ele.

— Por quê?

— Por que *você* faria? — ele diz, e sua pergunta me segue enquanto subo as escadas e entro na quietude fresca de meu quarto. Ela requer uma resposta, e esta me tira o prumo.

Nicholas.

* * *

Às vezes eu canto para Max dormir. Não parece importar o que seja, música religiosa ou pop, Dire Straits ou Beatles. Geralmente pulo as canções de ninar, porque imagino que Max vai ouvi-las de todas as outras pessoas.

Sentamos na cadeira de balanço, no quarto dele, na casa dos Prescott. Astrid me deixa segurá-lo sempre que quero agora, desde que Nicholas não esteja por perto ou prestes a chegar. É o seu modo de me convencer a ficar, acho, embora eu não esteja mais pensando seriamente em partir.

Max acabou de tomar banho. O modo mais fácil de fazer isso, por ele ser tão escorregadio na banheira, é ficar nua com ele e colocá-lo entre as pernas. Ele tem uma vasilha de plástico e um patinho de borracha com os quais brinca na água. Não se importa quando deixo xampu de bebê escorrer em seus olhos. Depois, eu o enrolo na toalha comigo, fingindo que compartilhamos a mesma pele, e penso em cangurus e gambás, que sempre carregam seus filhotes neles.

Max está ficando muito sonolento, esfregando os olhos com os pequenos pulsos e bocejando com frequência.

— Espere só um segundo — digo, sentando-o no chão. Inclino-me e ponho uma chupeta em sua boca.

Ele me observa enquanto arrumo o berço, aliso o lençol e tiro o Come-Come e o chocalho de coelho do caminho. Quando dou uma virada rápida, ele sorri, como se fosse uma brincadeira, e perde a chupeta no processo.

— Você não pode sugar e rir ao mesmo tempo — digo-lhe. Viro para ligar na tomada a luzinha noturna e, quando olho para Max outra vez, ele ri e estende os braços para mim, pedindo colo.

De repente, me dou conta de que isso é o que eu estava esperando: um homem que dependa inteiramente de mim. Quando conheci Jake, passei anos tentando fazê-lo se apaixonar por mim. Quando me casei com Nicholas, perdi-o para a amante: a medicina. Sonhei por anos com um homem que não pudesse viver sem mim, um homem que imaginasse meu rosto quando fechasse os olhos, que me amasse quando eu estivesse toda desarrumada de manhã, e quando o jantar atrasasse, e mesmo quando eu sobrecarregasse a máquina de lavar roupa e queimasse o motor.

Max olha para mim como se eu não pudesse fazer nada de errado. Sempre quis que alguém me tratasse como ele; só não sabia que teria de fazê-lo nascer. Pego Max no colo, e ele imediatamente envolve meu pescoço com os braços e começa a escalar meu corpo. Esse é seu modo de abraçar; é algo que acabou de aprender. Sorrio de encontro às dobras de seu pescoço. *Tenha cuidado com o que deseja*, penso. *Porque pode se tornar realidade.*

* * *

Nancy Bianna está no longo corredor principal, com o dedo pressionado contra os lábios apertados.

— Alguma coisa — ela murmura. — Estou sentindo falta de alguma coisa. — Balança a cabeça, e seus cabelos de corte reto se movem como os de uma egípcia.

Nancy foi a principal razão de meus desenhos dos pacientes de Nicholas e outros, novos, de Elliot Saget e Nancy, e mesmo de Astrid e Max, estarem agora em exibição na entrada do hospital. Antes, havia uma fileira de gravuras sem criatividade, imitações de Matisse, nas paredes de concreto. Mas Nancy diz que isso será o começo de algo maior.

— Quem diria que o dr. Prescott tinha relações tão interessantes? — ela me disse. — Primeiro você, depois, talvez, uma exposição da mãe dele.

Nesse primeiro dia em que a encontrei, depois de ter deixado Nicholas em sua sala, ela apertou minha mão vigorosamente e ajeitou no nariz os óculos grossos de armação preta.

— O que os pacientes querem ver, quando entram em um hospital — explicou —, não é uma sequência de cores sem sentido. Eles querem ver *pessoas*. — Inclinou-se para frente e segurou meus ombros. — Querem ver *sobreviventes*. Eles querem ver *vida*.

Depois, levantou-se e caminhou em círculo a minha volta.

— Claro que entendemos que você precisará ter a palavra final sobre o posicionamento e sobre o que será incluído — acrescentou —, e vamos pagar por seu trabalho.

Dinheiro. Eles me dariam dinheiro pelos rabiscos bobos que eu fazia para forçar Nicholas a me notar. Meus desenhos iam ficar pendurados nas paredes do Mass General, e assim, mesmo quando eu não estivesse perto de Nicholas, ele não poderia deixar de se lembrar de mim.

Sorri para Nancy.

— Quando podemos começar?

Três dias mais tarde, a exposição está sendo montada. Nancy anda pelo corredor e troca um retrato do sr. Kasselbaum por um de Max.

— A justaposição de juventude e velhice — diz ela. — Outono e primavera. Eu adoro isso.

Na ponta da exposição, perto do balcão de admissão de pacientes, há um pequeno cartão branco com meu nome impresso. PAIGE PRESCOTT, diz ele. VOLUNTÁRIA. Não há biografia, nada sobre Nicholas ou Max, e isso até que é bom. Passa a sensação de que surgi do nada e entrei sob os holofotes, como se nunca houvesse tido uma história.

— Certo, certo... lugares — Nancy diz, segurando minha mão. Há apenas duas outras pessoas no corredor, faxineiros com escadas e alicates, e nenhum deles fala muito bem inglês. Eu não sei de fato com quem Nancy está falando. Ela me empurra para o lado e prende a respiração.

— Ta-ra! — exclama, entusiasmada, embora nada tenha mudado em relação a um momento antes.

— Está lindo — digo, porque sei que é o que ela está esperando.

Nancy olha para mim com um sorriso radiante.

— Passe em minha sala amanhã — diz. — Estamos pensando em mudar os timbres dos papéis do hospital, e se você for boa nisso... — Deixa a frase inacabada, como se fosse desnecessário concluí-la.

Quando ela desaparece em um elevador, levando os trabalhadores e as escadas consigo, fico no corredor e examino meu próprio trabalho. É a primeira vez que vejo minhas habilidades em uma exposição formal. Eu sou boa. Uma doce sensação de sucesso borbulha dentro de mim, e caminho pelo corredor tocando cada desenho. Tiro uma pitada de orgulho de cada um deles e deixo em seu lugar a marca promissora de meus dedos.

* * *

Uma noite em que a casa está escura como uma floresta, vou até a biblioteca ligar para minha mãe. Passo pelo quarto de Astrid e Robert no caminho e ouço os sons de fazer amor; por alguma razão, em vez de me constranger, isso me deixa com medo. Quando chego à biblioteca, acomodo-me na grande poltrona de que Robert mais gosta e seguro o telefone pesado como um troféu.

— Esqueci de te contar uma coisa — digo, quando minha mãe atende. — O nome do bebê foi dado por sua causa.

Escuto minha mãe suspirar

— Então você está falando comigo, afinal. — Faz uma pausa e pergunta onde estou.

— Estou ficando com os pais do Nicholas — respondo. — Você estava certa quanto a voltar.

— Gostaria de não estar — minha mãe diz.

Eu não queria de fato ligar para minha mãe, mas não pude evitar. Apesar de tudo, agora que a encontrei, eu precisava dela. Queria lhe contar sobre Nicholas. Queria chorar por causa do divórcio. Queria suas sugestões, sua opinião.

— Sinto muito por você ter ido embora assim — diz ela.

— Não precisa sentir. — Quero lhe dizer que ninguém tem culpa. Penso no modo como o ar puro da Carolina do Norte estimulava até o fundo de minha garganta, na primeira respiração matinal. — Foi muito bom.

— Por favor, Paige — diz ela —, esse é o tipo de coisa que se diria a uma colega do grupo beneficente depois de um almoço.

Esfrego os olhos.

— Está bem — digo —, *não* foi muito bom. — Mas estou mentindo, e ela sabe muito bem disso. Imagino nós duas apoiando Donegal quando ele mal podia ficar em pé. Imagino meus braços em volta dos ombros de minha mãe quando ela chorou à noite. — Sinto sua falta — falo e, em vez de me sentir meio vazia depois de pronunciar essas palavras, começo a sorrir. Imagine só eu dizendo isso para minha própria mãe depois de todos esses anos, e dizendo seriamente, e, apesar de minhas expectativas, o mundo não desmoronar a meus pés.

— Não culpo você por ter ido embora — diz minha mãe. — Sei que vai voltar.

— Como sabe? — pergunto, incomodada e um pouco irritada por ela conseguir me decifrar tão facilmente.

— Porque é isso que está me fazendo seguir em frente.

Aperto os dedos no braço da poltrona de Robert.

— Talvez eu esteja perdendo tempo — digo. — Talvez devesse voltar de uma vez.

Seria tão fácil estar em um lugar em que sou desejada, qualquer lugar que não seja aqui. Faço uma pausa, esperando que ela concorde com minha proposta. Mas, em vez disso, minha mãe ri docemente.

— Sabia que sua primeira palavra — diz ela —, antes mesmo de "mama" e "papa", foi "tchau"?

Ela tem razão. Não vai me fazer bem nenhum simplesmente continuar fugindo. Recosto-me na poltrona e fecho os olhos, tentando imaginar o riacho curvo que saltei com Donegal, as fitas de nuvens enfeitando o céu.

— Me conte o que estou perdendo aí — peço. Escuto minha mãe falar de Aurora e Jean-Claude, da pintura descorada pelo sol na parede descascada do estábulo, da rápida mudança sazonal, que avança um pouco mais pela varanda a cada noite. Depois de um tempo, não me preocupo mais em me concentrar em suas palavras. Deixo o som de sua voz me penetrar, fazendo-se familiar.

Então a escuto dizer:

— Telefonei para seu pai, você sabe.

Mas eu não falei com meu pai desde que voltei, então, claro, não poderia saber. Tenho certeza de que a ouvi mal.

— Você *o quê*?

— Telefonei para seu pai. Tivemos uma boa conversa. Eu nunca teria ligado, mas você meio que me encorajou. Ao ir embora. — Há um silêncio por um momento. — Quem sabe... — ela murmura. — Talvez um dia eu até vá vê-lo.

Olho em volta, para as sombras modificadas e entrincheiradas das cadeiras e mesinhas de canto na biblioteca escura. Esfrego as mãos nos ombros. Estou começando a sentir esperança. Talvez, depois de vinte anos, isso seja o que eu e minha mãe podemos fazer uma pela outra. Não é do jeito como outras mães e filhas fazem; não vamos falar sobre garotos da sétima série, ou sobre como trançar meus cabelos em um domingo chuvoso; minha mãe não terá a oportunidade de curar meus cortes e hematomas com um beijo. Não podemos voltar, mas podemos ficar nos surpreendendo, e suponho que isso seja melhor do que nada.

De repente, eu realmente acredito que, se ficar por perto o suficiente, Nicholas vai entender. É só uma questão de tempo, e isso é algo que tenho de sobra.

— Estou trabalhando como voluntária no hospital — conto para minha mãe, com orgulho. — Trabalho onde quer que o Nicholas trabalhe. Estou mais perto do que a sombra dele.

Minha mãe faz uma pausa, como se estivesse refletindo sobre isso.

— Nada é impossível — diz ela.

* * *

Max acorda gritando, com as pernas dobradas junto ao peito. Quando acaricio sua barriga, isso só o faz gritar mais. Penso que talvez precise arrotar, mas esse não parece ser o problema. Por fim, começo a andar com ele encostado no ombro, pressionando a barriga fortemente contra mim.

— O que foi? — Astrid pergunta, aparecendo à porta do quarto.

— Não sei — respondo, e, para minha surpresa, pronunciar essas palavras não me faz entrar em pânico. De alguma maneira, sei que vou lidar com a situação. — Talvez sejam gases.

Max faz uma careta e fica vermelho, do mesmo jeito de quando está tentando aliviar o intestino.

— Ah — digo. — Está me deixando um presente? — Espero até ele parecer ter terminado, então tiro sua calça para trocar a fralda. Não há nada dentro, nada mesmo. — Você me enganou — falo, e ele sorri.

Torno a fechar a fralda e sento-o no chão com um cubo de atividades, girando e virando os botões até chamar sua atenção e ele começar a acompanhar. De tempos em tempos, ele faz uma careta outra vez. Parece estar com o intestino preso.

— Quem sabe ameixas no café da manhã — digo. — Devem fazer você se sentir melhor.

Max brinca em silêncio comigo por alguns minutos, e então noto que ele não está realmente prestando atenção. Olha para o espaço, e a curiosidade que acende o azul de seus olhos parece ter se embaçado. Oscila um pouco, como se fosse cair. Franzo a testa, faço cócegas nele e espero sua reação. Leva um segundo ou dois a mais que o habitual, mas por fim ele responde.

Max não está sendo ele mesmo, penso, embora não saiba identificar qual é realmente o problema. Decido observá-lo com atenção. Acaricio com ternura seus braços gordinhos, e isso traz uma sensação gostosa a meu peito. *Conheço meu próprio filho*, penso com orgulho. *Conheço-o suficientemente bem para perceber as mudanças mais sutis.*

* * *

— Desculpe por não ter ligado — digo a meu pai. — As coisas andaram um pouco malucas.

Ele ri.

— Eu tive treze anos sozinho com você, garota. Acho que sua mãe merece três meses.

Enviei cartões-postais para ele da Carolina do Norte, assim como escrevi para Max. Contei a ele sobre Donegal, sobre o centeio ondulando nas colinas. Contei tudo o que podia em um cartão de nove por quinze centímetros, sem mencionar minha mãe.

— Dizem os boatos — meu pai comenta — que você anda dormindo com o inimigo.

Dou um pulo, achando que ele está falando de Nicholas, mas então entendo que se refere ao fato de eu estar morando com os Prescott.

Olho para o ovo Fabergé na prateleira sobre a lareira, para o fuzil da Guerra Civil Americana pendurado na parede.

— A necessidade leva a alianças estranhas — respondo. Enrolo o fio do telefone nos tornozelos, tentando encontrar uma rota segura para a conversa. Mas há pouco que *tenho* a dizer e tanto que *quero* dizer. Respiro fundo. — Falando em boatos, soube que a mamãe ligou.

— É.

Meu queixo cai.

— *É?* Só isso? Vinte e um anos se passaram, e isso é tudo o que você tem a dizer?

— Eu já estava esperando — meu pai diz. — Imaginei que, se você tivesse a sorte de encontrá-la, mais cedo ou mais tarde ela retornaria o favor.

— O *favor*? — Sacudo a cabeça. — Achei que você não quisesse nem saber dela. Achei que você tinha dito que era tarde demais.

Por um momento, meu pai fica em silêncio.

— Paige — diz ele por fim —, o que você achou dela?

Fecho os olhos e me recosto no sofá de couro. Quero escolher as palavras com muito cuidado. Imagino minha mãe do jeito que ela gostaria: montada em Donegal, galopando com ele pelo campo, mais veloz do que uma mentira pode se espalhar.

— Ela não era o que eu esperava — digo com orgulho.

Ele ri.

— May nunca foi.

— Ela acha que vai ver você algum dia — acrescento.

— É mesmo? — meu pai responde, mas seus pensamentos parecem muito distantes. Imagino se ele a vê da mesma maneira que na primeira vez, quando a conheceu, vestindo a blusinha regata e carregando sua malinha de viagem. Imagino se ele ainda se lembra do tremor em sua voz quando a pediu em casamento, ou do brilho nos olhos dela quando respondeu que sim, ou mesmo da dor em sua garganta quando soube que ela se fora de sua vida.

Pode ser minha imaginação, mas, por um breve momento, tudo na sala parece ficar nitidamente em foco. As cores contrastantes do tapete oriental tornam-se mais marcadas, as altas janelas refletem um brilho forte. E eu me pergunto se seria possível que, durante todo esse tempo, eu não estivesse realmente enxergando com clareza.

— Pai — murmuro —, eu quero voltar.

— Ah, Paige, que Deus me ajude — diz ele. — Como eu sei disso.

* * *

Elliot Saget está satisfeito com minha exposição no Mass General. Está tão convencido de que ela vai ganhar algum prêmio humanitário de Boston que me promete as estrelas em uma bandeja de prata.

— Bom, na verdade — digo —, prefiro ver o Nicholas durante uma cirurgia.

De fato, nunca lhe assisti fazendo seu trabalho. Sim, eu o vi com seus pacientes, afastando-os de seus medos e sendo mais compreensivo com eles do que com a própria família. Mas quero ver o resultado de tanto estudo e preparação; o que suas mãos têm a habilidade de fazer. Elliot franze a testa quando lhe peço isso.

— Você talvez não goste — diz ele. — Muito sangue e cicatrizes de luta.

Mas permaneço firme.

— Sou bem mais forte do que pareço — garanto.

E assim, nesta manhã, não haverá um desenho do paciente de Nicholas preso à porta. Em vez disso, estou sentada, sozinha, na galeria acima do centro cirúrgico, esperando Nicholas entrar. Já há outras sete pessoas: anestesistas, enfermeiras, residentes, alguém sentado ao lado de uma máquina complicada, com fios e tubos. O paciente, deitado nu sobre a mesa, está pintado com um estranho tom cor de laranja.

Nicholas entra, ainda esticando as luvas nas mãos, e todas as cabeças na sala se voltam para ele. Eu me levanto. Há um monitor de áudio na galeria, então posso ouvir a voz baixa de Nicholas, soprada atrás da máscara de papel, cumprimentando a todos. Ele verifica sob os lençóis esterilizados e observa enquanto um tubo é colocado na garganta do paciente. Diz alguma coisa para um médico a seu lado, de aparência jovem e cabelos presos em um comportado rabo de cavalo. O jovem médico assente com a cabeça e começa a fazer uma incisão na perna do paciente.

Todos os médicos usam óculos esquisitos na cabeça, os quais baixam para cobrir os olhos quando se inclinam sobre o paciente. Isso me faz sorrir: a toda hora imagino que estão com fantasias engraçadas, de olhos redondos que se projetam na ponta de uma mola. Nicholas está em pé em um lado, enquanto dois médicos trabalham na perna do paciente. Não consigo enxergar muito bem o que fazem, mas pegam diferentes instrumentos de uma bandeja coberta com um tecido, coisas que parecem tesouras de unhas e pinças de sobrancelhas.

Eles puxam um longo fio roxo, roliço, da perna do paciente, e, quando percebo que é uma veia, sinto a bile subir à garganta. Tenho de me sentar. A veia é colocada em um jarro cheio de um líquido claro, e os médicos que trabalham na perna começam a costurar com agulhas tão pequenas que parecem invisíveis. Um deles pega dois pedaços de metal de uma máquina e toca a perna, e eu posso jurar que sinto cheiro de carne humana queimada.

Então Nicholas se move até o centro do corpo do paciente. Estende a mão para pegar uma faca — não, um bisturi — e traça uma linha fina pela área laranja do peito do paciente. Quase imediatamente, a pele é manchada por sangue escuro. Então ele faz algo inacreditável: pega uma serra em algum lugar, uma serra de verdade, como uma Black & Decker, e começa a cortar o esterno. Tenho a impressão de poder ver fragmentos de osso voando, embora não acredite que Nicholas deixaria isso acontecer. Quando penso que certamente vou desmaiar, Nicholas entrega a serra a outro médico e abre o peito, segurando-o na posição com um instrumento de metal.

Não sei o que eu estava esperando; talvez um coração vermelho como nos cartões do Dia dos Namorados. Mas o que está no centro da cavidade, depois que o sangue é sugado, parece uma parede amarela. Nicholas pega uma tesoura em uma bandeja, inclina-se muito sobre o peito e trabalha com as mãos. Segura dois tubos que saem daquela máquina complicada e prende-os em lugares que não consigo enxergar. Depois, pega uma tesoura diferente, olha para a parede amarela e começa a fazer cortes. Afasta a camada superficial e revela um músculo contorcendo-se, meio rosa e meio cinza, que eu sei que é o coração. O órgão se agita a cada batida e, quando se contrai, fica tão pequeno que parece ter sido temporariamente perdido. Nicholas diz para o homem sentado ao lado da máquina:

— Vamos colocar no bypass. — E, com um zumbido suave, o sangue vermelho começa a correr pelos tubos. Por baixo da máscara, acho que posso ver Nicholas sorrir.

Ele pede a uma enfermeira o líquido de cardioplegia, e ela lhe entrega um frasco cheio de uma solução transparente. Nicholas a despeja sobre o coração e, no mesmo instante, o músculo fica imóvel. *Meu Deus*, me pego pensando, *ele matou o homem.* Mas Nicholas não para, nem sequer por um momento. Pega outra tesoura e volta para perto do paciente.

De repente, um jato de sangue cobre a face de Nicholas e a frente da roupa de outro médico. As mãos de Nicholas se movem mais rápido do que posso acompanhar, quando ele trabalha no peito aberto para estancar o fluxo. Dou um passo para trás, ofegante, e me pergunto como ele consegue fazer aquilo todos os dias.

O segundo médico pega o jarro de que eu já tinha me esquecido e tira a veia da perna de dentro dele. E então Nicholas, com o suor irrompendo na testa, passa uma minúscula agulha repetidamente pelo coração e pela veia, usando pinças para enfiá-la e puxá-la. O outro cirurgião recua, e Nicholas toca no coração imobilizado com um instrumento de metal. Imediatamente, ele começa a bater. O músculo para, e Nicholas pede um desfibri-alguma-coisa interno. Ele o encosta no coração e dá um choque, para fazê-lo se mover novamente. O segundo médico tira os tubos das partes superior e inferior do coração, e o sangue para de correr pela máquina. Em vez disso, o coração, ainda à vista, começa a fazer o que fazia antes: se contrair e expandir em um ritmo simples.

Nicholas deixa o segundo cirurgião fazer a maior parte do trabalho a partir deste momento: mais suturas, incluindo um fio de aço para as costelas e pontos grossos na pele cor de laranja, que me fazem pensar em um Frankenstein. Pressiono as mãos contra a parede de vidro inclinada da galeria. Meu rosto está tão perto que a respiração embaça a janela. Nicholas levanta os olhos e me vê. Sorrio, hesitante, imaginando o poder que ele deve sentir ao passar todas as manhãs dando vida.

39
Nicholas

Nicholas se lembra de ter ouvido, certa vez, que a pessoa que começou um relacionamento tem mais facilidade em encerrá-lo. *Obviamente*, pensa ele, *essa pessoa não conhecia Paige*.

Ele não consegue se livrar dela. Esse crédito ela merece; ele nunca imaginou que ela levaria isso tão longe. Mas é perturbador. Para onde quer que ele se volte, lá está ela. Arrumando flores para seus pacientes, transportando-os para fora da UTI cirúrgica, almoçando do outro lado da cantina. Chegou a ponto de sentir falta quando não a vê por perto.

Os desenhos saíram do controle. A princípio ele os ignorava, pregados toscamente na porta de sua sala, como pinturas de jardim de infância em uma geladeira. Mas, quando as pessoas começaram a notar o talento de Paige, não pôde deixar de olhá-los. Leva os desenhos dos pacientes para o quarto deles, uma vez que isso parece animá-los um pouco. Alguns de seus novos pacientes até já ouviram falar dos retratos e os pedem durante o exame pré-operatório. Nicholas finge jogar fora os que ela faz dele, mas na verdade vem guardando-os na gaveta inferior, trancada, de sua mesa. Quando tem um minuto, pega-os para dar uma olhada. Como conhece Paige, sabe o que procurar. E, dito e feito, em cada retrato dele, mesmo naquele ridículo em que está cantando em um boliche, há mais alguma coisa. Alguém, na verdade. No fundo de cada desenho há um vago, quase imperceptível, retrato da própria Paige. Nicholas encontra o mesmo rosto repetidamente, e todas as vezes ela está chorando.

E agora os desenhos dela estão por todo o saguão de entrada do Mass General. Todos os funcionários a tratam como uma espécie de Picasso. Os fãs se aglomeram na porta de sua sala para ver os mais recentes, e ele de fato tem de abrir caminho para entrar. O chefe dos funcionários — o maldito chefe dos funcionários! — encontrou Nicholas no corredor e o cumprimentou pelo talento de Paige.

Não sabe como ela conseguiu atrair tantas pessoas para o seu lado em questão de dias. Na verdade, *este* é verdadeiro talento de Paige: diplomacia. Toda vez que ele se volta, alguém está mencionando o nome dela ou, pior, ela mesma está ali. Faz lembrar a estratégia de agências de publicidade em que o mesmo comercial é veiculado no mesmo exato momento em todos os canais das três grandes redes, para que você veja o produto ainda que troque de canal. Ele não consegue tirá-la da cabeça.

Nicholas gosta de olhar os retratos na gaveta logo antes de descer para a cirurgia, que, graças a Deus, é o único lugar onde Paige ainda não pôde entrar. Os desenhos limpam sua mente, e ele gosta de ter esse tipo de foco direcionado antes de fazer uma operação. Pega o desenho mais recente: suas mãos levantadas no ar como se fossem lançar um feitiço. Todas as linhas são fortemente traçadas; as unhas são rombudas e bem marcadas. Na sombra do polegar, está o rosto de Paige. O desenho o faz lembrar a foto que sua mãe revelou, anos antes, para salvar seu casamento, aquela das mãos dela dobradas sob as de seu pai. Paige não poderia saber disso, e a sensação é meio arrepiante.

Ele deixa o retrato sobre a mesa, sobre as folhas com anotações de seus bens, que deveria estar preparando para Oakie Peterborough. Não acrescentou mais nada desde o dia em que se encontrou com o advogado durante o almoço, uma semana atrás. Pensa sempre que deveria ligar para marcar um horário, mas se esquece de pedir à secretária, e ele mesmo está muito ocupado para se encarregar disso pessoalmente.

A cirurgia desta manhã é uma ponte de safena rotineira, que Nicholas acha que poderia fazer até de olhos fechados. Caminha energicamente até a sala dos armários, embora não esteja com pressa, e troca sua roupa pelo traje cirúrgico azul, macio após a lavagem. Coloca os sapatos e a touca de papel e enfia uma máscara no pescoço. Depois respira fundo e vai se higienizar, pensando no trabalho de consertar corações.

É estranho ser o chefe de cirurgia cardíaca. Quando ele entra no centro cirúrgico, o paciente já está preparado, e a conversa informal entre os residentes, enfermeiras e anestesista se interrompe de repente. "Bom dia, dr. Prescott", alguém diz por fim, e Nicholas nem sabe dizer quem foi, por causa das máscaras. Queria saber o que fazer para deixá-los à vontade, mas ainda não teve experiência suficiente nisso. Como cirurgião assistente, passava tanto tempo se esforçando para alcançar o topo que nunca parou para pensar em cima de quem estava subindo para chegar lá. Pacientes são uma coisa — Nicholas acredita que, se alguém vai lhe confiar a própria vida e paga trinta e um mil dólares por cinco horas de trabalho, esse alguém merece sua atenção, conversas e risadas. Já chegou até a sentar ao pé da cama e segurar a mão de pacientes enquanto eles rezavam. Mas médicos são diferentes. Estão tão ocupados olhando para trás, com medo de um Brutus sorrateiro, que todos se tornam uma ameaça potencial. Especialmente os que estão em posição superior, como Nicholas: com uma avaliação crítica por escrito, ele tem o poder de acabar com uma carreira. Nicholas gostaria de poder olhar sobre a borda azul de uma máscara só uma vez e ver um par de olhos sorridentes. Gostaria que Marie, a enfermeira robusta e séria do centro cirúrgico, pusesse uma almofada de pum embaixo do paciente, ou colocasse vômito de borracha na bandeja de instrumentos, ou fizesse alguma outra brincadeira. Imagina o que aconteceria se ele entrasse na sala e dissesse: "Já ouviram aquela do rabino, do padre e da garota de programa?"

Nicholas fala baixo enquanto o paciente é entubado, e então pede que um residente, um homem da mesma idade dele, colha a veia da perna. Suas mãos se movem por si mesmas, fazendo a incisão e abrindo as costelas, dissecando a aorta e a veia cava para ligá-las à máquina de bypass, costurando e cauterizando vasos sanguíneos rompidos acidentalmente.

Quando o coração para, uma ação que nunca perde seu efeito para Nicholas, que prende a respiração como se seu próprio corpo tivesse sido afetado, ele olha através dos óculos com lentes de aumento e começa a remover as artérias coronárias doentes. Costura a veia safena, virada ao contrário, para contornar as obstruções. Em um momento, quando um vaso sanguíneo começa a cuspir sangue em cima dele e de seu primeiro assistente, Nicholas diz um palavrão. O anestesista levanta os olhos, porque nunca viu o dr. Prescott, o famoso dr. Prescott, perder a postura controlada. Mas, ao mesmo tempo, as mãos de Nicholas já estão voando rapidamente, pinçando a veia enquanto o outro médico a sutura.

Quando tudo termina e Nicholas recua para deixar que o assistente feche o peito do paciente, ele não sente que cinco horas se passaram. Nunca parece que tanto tempo se passou. Ele não é um homem religioso, mas recosta-se à parede azulejada e, sob a máscara azul, murmura uma oração de agradecimento a Deus. Apesar de ter confiança na própria habilidade, na perícia adquirida em anos de treinamento e prática, Nicholas não pode deixar de acreditar que há um pouquinho de sorte envolvida, que há alguém olhando por ele.

É então que ele vê o anjo. Na galeria de observação está uma mulher, com as mãos pressionadas na janela, o rosto quase encostado no vidro. Veste uma roupa larga que desce até a batata da perna e refulge na luz fluorescente do centro cirúrgico. Nicholas não consegue evitar; dá um passo à frente e levanta a mão uma fração de centímetro, como se pudesse tocá-la. Não consegue ver os olhos dela, mas de alguma forma sabe que é apenas uma aparição. O anjo desliza para trás e desaparece no fundo escuro da galeria. Nicholas sabe, embora nunca a tenha visto antes, que ela sempre esteve com ele, zelando por suas cirurgias. Deseja, mais que qualquer coisa que já desejou na vida, que pudesse ter visto seu rosto.

* * *

Depois de uma manhã tão espiritual, é um banho de água fria para Nicholas encontrar Paige em todos os quartos de seus pacientes enquanto faz as visitas da tarde. Hoje, ela afastou os cabelos do rosto em uma trança que desce até os ombros e se move como um grosso chicote quando ela se inclina para encher um jarro de água ou para ajeitar os travesseiros. Não está usando maquiagem, raramente usa, e parece ter a mesma idade das meninas voluntárias.

Nicholas abre a capa de metal do prontuário da sra. McCrory. A paciente é uma mulher de quase sessenta anos que fez uma substituição de válvula cardíaca há três dias e está quase pronta para ir para casa. Ele passa os dedos pelos números dos sinais vitais registrados por um dos estagiários.

— Acho que está quase na hora de pôr a senhora para fora daqui — diz ele, sorrindo para a paciente.

A sra. McCrory sorri e segura a mão de Paige, que é a mais próxima. Paige se assusta e quase derruba um vaso de peônias.

— Vá com calma — diz Nicholas, secamente. — Não tenho espaço na minha agenda para um ataque cardíaco não programado.

Diante dessa atenção inesperada, Paige se vira. A sra. McCrory a observa criticamente.

— Ele não morde, querida — diz ela.

— Eu sei — Paige murmura. — É meu marido.

A sra. McCrory aperta as mãos, entusiasmada com a notícia. Nicholas sussurra algo ininteligível, impressionado com a facilidade com que Paige consegue arruinar seu bom humor.

— Você não tem algum outro lugar para ir? — pergunta ele.

— Não — diz Paige. — Tenho de ir aonde você for. É o meu trabalho.

Nicholas joga o prontuário sobre a cama da sra. McCrory.

— Isso *não* é um trabalho voluntário normal. Já estou aqui tempo suficiente para conhecer o padrão dos rodízios, Paige. Ambulatório, transporte de pacientes, admissão. Voluntários nunca são designados para auxiliar médicos.

Ela dá de ombros, mas o gesto parece mais um tremor.

— Eles abriram uma exceção.

Então Nicholas se lembra da sra. McCrory.

— Desculpe-nos — diz, segurando o braço de Paige e puxando-a para fora do quarto.

— Ah, não, fiquem! — a paciente exclama atrás deles. — Vocês são melhores que os casais das comédias da TV.

No corredor, Nicholas encosta na parede e solta Paige. Tem vontade de gritar e reclamar, mas de repente não lembra mais o que ia dizer. Pergunta-se se todo o hospital está rindo dele.

— Ainda bem que eles não deixam você entrar na cirurgia — diz.

— Eles deixaram. Eu vi você hoje. — Paige toca a manga dele gentilmente. — O dr. Saget arrumou para mim, eu estava na sala de observação. Ah, Nicholas, é incrível ser capaz de fazer aquilo.

Nicholas não sabe o que o deixa mais furioso: Saget ter deixado Paige vê-lo fazer a cirurgia sem seu consentimento ou o fato de seu anjo imaginário ser, na verdade, apenas sua esposa.

— É o meu trabalho — ele responde com brusquidão. — Faço isso todo dia. — Olha para Paige, e aquela expressão está de volta aos olhos dela, aquela que provavelmente fez com que ele se apaixonasse. Como seus pacientes, Paige o está olhando como alguém infalível. Mas tem a sensação de que, diferentemente dos pacientes, ela teria ficado igualmente impressionada se o tivesse visto lavar os corredores do hospital com um esfregão.

O pensamento lhe faz subir um calor ao pescoço. Nicholas puxa o colarinho e pensa em voltar direto para sua sala, telefonar para Oakie Peterborough e acabar logo com aquilo.

— Bem — Paige diz com suavidade —, gostaria que *eu* fosse tão boa para consertar as coisas.

Nicholas vira e segue pelo corredor para ver outro paciente, que recebeu um transplante na semana anterior. Quando já está dentro do quarto, dá uma olhada para trás e vê Paige na porta.

— Deixe que *eu* troco a porcaria da água — diz ele. — Cai fora daqui.

As mãos dela estão apoiadas nos dois lados da porta, e seus cabelos começam a se soltar da trança. O uniforme de voluntária, dois tamanhos maior, se enruga em volta da cintura e desce quase até os tornozelos.

— Eu queria lhe dizer — ela fala — que acho que o Max está ficando doente.

Nicholas ri, mas sai como um grunhido.

— Claro, você é a especialista.

Paige baixa a voz e dá uma olhada no corredor para ver se não há ninguém por perto.

— Ele está com o intestino preso — explica — e vomitou duas vezes hoje.

Nicholas faz uma careta.

— Você deu creme de espinafre para ele? — pergunta, e Paige confirma num gesto de cabeça. — Ele é alérgico.

— Mas não tem nenhuma mancha na pele — diz Paige. — E, de qualquer forma, é mais do que isso. Ele está mal-humorado... Enfim, Nicholas, ele está diferente do habitual.

Nicholas sacode a cabeça e dá um passo para dentro do quarto. Por mais que não queira admitir, quando vê Paige ali na porta, com os braços abertos como se estivesse sendo crucificada, ela se assemelha muito a um anjo.

— *Ele está diferente do habitual* — Nicholas repete. — Como você poderia saber?

40
Paige

Quando Astrid entrega Max a Nicholas, naquela noite, algo ainda está errado. Ele esteve choramingando o dia inteiro.

— Eu não me preocuparia — Astrid me diz. — Ele sempre teve muita cólica.

Mas não é o choro que me incomoda. É o jeito como o entusiasmo sumiu de seus olhos.

Fico olhando da escada enquanto Nicholas leva Max. Ele segura a sacola de fraldas e alguns brinquedos no braço livre e me ignora até chegar à porta, prestes a sair.

— Seria bom você arrumar um bom advogado — diz. — Vou me encontrar com o meu amanhã.

Os joelhos cedem sob meu corpo, e eu cambaleio de encontro ao corrimão. Sinto-me como se tivesse recebido um soco repentino. Não são suas palavras que machucam tanto; é saber que cheguei tarde demais. Posso correr em círculos até cair, mas não posso mudar o curso de minha vida.

Astrid me chama enquanto me arrasto escada acima para o quarto, mas não ouço. Penso em telefonar para meu pai, mas ele só me fará um discurso sobre a vontade de Deus, e isso não me trará nenhum consolo. E se eu por acaso não gostar da vontade de Deus? E se quiser resistir à chegada do fim?

Faço o que sempre faço quando estou sofrendo; desenho. Pego o bloco e traço imagem após imagem na mesma página, até não passar de um nódulo preto sinistro. Viro a página e repito tudo outra vez, e continuo fazendo isso até que, pouco a pouco, parte da raiva deixa meu corpo, vazando pelos dedos sobre o papel. Quando não sinto mais que estou sendo comida viva por dentro, pouso o lápis carvão e decido começar de novo.

Desta vez, desenho em pastel. Raramente uso esse tipo de lápis, porque sou canhota, e eles grudam na lateral de minha mão e me fazem parecer estranhamente contundida. Mas, neste momento, quero cor, e essa é a única maneira que conheço de obtê-la. Descubro que estou desenhando a mãe de Cúchulainn, Deichtire, o que parece natural depois de pensar em meu pai e nos caprichos dos deuses. Suas longas túnicas cor de safira se enevoam em torno dos pés, calçados em sandálias, e os cabelos voam atrás dela em um arco lustroso. Eu a desenho suspensa no ar, em algum lugar entre o céu e a terra. Um dos braços se estende para baixo, na direção de um homem desenhado em silhueta contra o chão; o outro se ergue para Lugh, o deus poderoso que carrega o sol.

Faço seus dedos roçarem o do marido abaixo e sinto um solavanco físico. Depois estendo seu outro braço, vendo o torso se torcer e estender na página, enquanto ela tenta alcançar o céu. Preciso de todo o esforço de meus dedos para fazer a mão de Deichtire tocar a do deus sol e, quando isso acontece, começo a traçar furiosamente, obliterando a face de porcelana de Deichtire e o corpo sólido de seu marido e o braço brônzeo de Lugh. Desenho chamas que cobrem todos os personagens, irrompendo em faíscas ardentes e explodindo pelo céu e pela terra. Desenho um fogo que se alimenta de si mesmo, que brilha e arde e suga todo o ar. Enquanto eu mesma não consigo mais respirar, vejo que a imagem se transformou em um holocausto, um inferno. Lanço os pastéis abrasadores para o outro lado do quarto — vermelho, amarelo, laranja e ocre. Olho com tristeza para a imagem arruinada de Deichtire, surpresa por nunca antes ter visto o óbvio: quem brinca com fogo, muito provavelmente se queima.

Tenho um sono agitado esta noite e, quando acordo, ouço granizos crepitando contra a janela. Sento-me na cama e tento lembrar o que me acordou, com uma sensação ruim de frio no estômago. Sei o que está vindo. É como a sensação que costumava ter com Jake, quando éramos tão ligados que eu podia sentir quando ele chegava em casa à noite, quando ele pensava em mim, quando precisava me ver.

Pulo da cama e visto a calça e a camisa que usei ontem. Nem sequer penso em encontrar meias, amarrando os tênis sobre os pés nus. Junto os cabelos em um rabo de cavalo emaranhado e prendo-o com o elástico de um saquinho de balas de goma. Então, visto o casaco que estava pendurado na maçaneta da porta e corro escada abaixo.

Quando abro a porta, Nicholas está em pé diante de mim, fustigado pelo gelo e pela chuva. Logo além dele, à luz amarelada do interior do carro, vejo Max, estranhamente silencioso, com a boca aberta em um horrível círculo vermelho de dor. Nicholas já está fechando a porta atrás de mim e me puxando para a tempestade.

— Ele está doente — diz. — Vamos.

41
Nicholas

Nicholas vê mãos de pessoas que ele não conhece apertarem e cutucarem o corpo do filho. John Dorset, o pediatra de plantão na noite anterior, está diante de Max agora. Cada vez que seus dedos roçam o abdômen do bebê, ele grita de dor e se enrodilha todo. Nicholas pensa nas anêmonas-do-mar com que brincava em praias do Caribe, quando criança, as que se enrolavam em volta do dedo ao mais leve toque.

Max não tinha dormido com facilidade na noite passada, embora isso, em si, não fosse motivo de alarme. Era o jeito como ele acordava a cada meia hora, gritando como se estivesse sendo torturado, com grossas lágrimas rolando dos olhos. Nada ajudava. Então Nicholas foi trocar a fralda e quase desmaiou ao ver tanto sangue gelatinoso.

Paige treme ao lado dele. Segurou sua mão no minuto em que Max foi levado para o pronto-socorro e não largou mais desde então. Nicholas sente a pressão das unhas dela cortando sua pele e agradece por isso. Precisa da dor para lembrar que aquilo não é um pesadelo, afinal.

O pediatra habitual de Max, Jack Rourke, dá a Nicholas um sorriso caloroso e entra na sala de exames. Nicholas observa a cabeça de ambos os médicos, uma próxima da outra, enquanto eles discutem o caso, sobre os pés agitados de seu filho. Aperta os punhos, impotente. Quer estar lá dentro. Deveria estar lá dentro.

Por fim, Jack volta à sala de espera pediátrica. Já é manhã, e as enfermeiras do turno estão começando a chegar, tirando caixas de curativos do

Garibaldo e adesivos de carinhas sorridentes para os pacientes do dia. Nicholas conheceu Jack quando eles estudaram medicina em Harvard, mas não mantiveram muito contato depois; de repente, isso o deixa furioso consigo mesmo. Devia ter almoçado com ele pelo menos uma vez por semana; devia ter conversado com ele sobre a saúde de Max, antes que qualquer coisa desse tipo acontecesse; devia ele mesmo ter percebido o que estava ocorrendo.

Devia ter percebido. Isso é o que incomoda Nicholas, mais que tudo. Como pode se considerar médico e não notar algo tão óbvio quanto uma massa abdominal? Como pôde não ter reparado nos sintomas?

— Nicholas — diz Jack, observando seu colega pegar Max e o fazer sentar ereto. — Tenho uma boa ideia do que pode ser.

Paige se inclina para frente e segura a manga do avental branco de Jack; seu toque é leve e insubstancial, como o de um espírito.

— O Max está bem? — pergunta ela, engolindo as lágrimas. — Ele vai ficar bem?

Jack ignora suas perguntas, o que irrita Nicholas. Paige é a mãe do bebê, caramba, e está louca de preocupação, e isso não é modo de tratá-la. Está prestes a abrir a boca quando John Dorset passa por eles carregando Max. Ao ver Paige, o bebê estende os braços e começa a chorar.

Um som sai da garganta de Paige, uma mistura de lamento e gemido, mas ela não pega o filho.

— Vamos fazer uma ultrassonografia — Jack diz para Nicholas, apenas para Nicholas. — E, se eu conseguir confirmar a massa, que acredito ser em forma de salsicha no intestino delgado, faremos um enema de bário. Isso pode reduzir a intussuscepção, mas vai depender da gravidade da lesão.

Paige desgruda os olhos da porta por onde Max e o médico desapareceram e agarra a lapela do avental de Jack Rourke.

— Diga para *mim* — ela grita. — Em palavras normais.

Nicholas põe o braço em volta dos ombros de Paige e a deixa enterrar o rosto em seu peito. Murmurando em seu ouvido, ele lhe conta o que ela quer saber.

— Eles acham que o problema é no intestino delgado — diz ele. — É como se uma parte do órgão entrasse dentro de si mesmo. Se não tratarem, pode se romper.

— E o Max morre — Paige sussurra.

— Só se eles não conseguirem consertar — diz Nicholas. — Mas eles conseguem. Sempre conseguem.

Paige olha para ele, confiando em suas palavras.

— Sempre? — ela repete.

Nicholas não é adepto de dar falsas esperanças, mas põe no rosto seu melhor sorriso.

— Sempre — responde.

Ele se senta diante dela na sala de espera pediátrica, observando as pequenas crianças saudáveis e oscilantes brigarem umas com as outras pelos brinquedos e treparem na escada e no escorregador de plástico azul. Paige sobe para perguntar sobre Max, mas nenhuma das enfermeiras recebeu ainda alguma informação; duas delas nem sequer sabem o nome dele. Quando Jack Rourke volta, horas depois, Nicholas se levanta de um pulo e tem de se conter para não empurrar o colega contra a parede.

— Onde está meu filho? — diz ele, espumando a cada palavra.

Jack olha de Nicholas para Paige e novamente para Nicholas.

— Nós o estamos preparando — responde. — Cirurgia de emergência.

* * *

Nicholas nunca se sentou na sala de espera cirúrgica do Mass General. Ela é desagradável e cinzenta, com cubos de assentos vermelhos manchados de café e lágrimas. Ele preferiria estar em qualquer outro lugar.

Paige está mastigando a borda do copinho de café. Nicholas não a viu tomar nem um gole ainda, embora o esteja segurando há meia hora. O olhar dela está fixo nas portas que levam ao centro cirúrgico, como se esperasse uma resposta, um quadro de avisos luminoso mágico.

Nicholas queria estar na sala de cirurgia, mas isso vai contra a ética médica. Ele está próximo demais da situação e, sinceramente, não sabe como iria reagir. Renunciaria a seu salário e a seu título só para conseguir ter a atitude distanciada em relação à cirurgia que tinha ainda ontem. O que Paige lhe dissera depois da operação da véspera? Que ele era *incrível*. Bom para *consertar* as coisas. No entanto, não pudera fazer absolutamente nada para ajudar Max.

Quando Nicholas está diante de um paciente de revascularização coronária que ele mal conhece, é muito fácil pôr vida e morte em termos objetivos. Quando um paciente morre na mesa, ele se aborrece, mas não toma isso como algo pessoal. Não pode. Médicos aprendem cedo que a morte é apenas uma parte da vida. Mas pais não deveriam ter de aprender isso.

Quais são as chances de um bebê de seis meses sobreviver a uma cirurgia intestinal? Nicholas força a memória, mas não consegue encontrar uma estatística. Nem sabe quem é o médico que está operando lá dentro. Nunca ouviu falar do sujeito. Ocorre-lhe, de repente, que ele e todos os outros cirurgiões vivem uma mentira: o cirurgião não é Deus, não é onipotente. Ele não pode criar vida, só pode mantê-la. E mesmo isso é precário.

Nicholas olha para Paige. *Ela fez o que eu nunca poderei fazer*, pensa. *Deu à luz.*

Paige larga o copinho de café e levanta de repente.

— Vou buscar mais café — anuncia. — Precisa de alguma coisa?

— Você nem tocou no último.

Paige cruza os braços e esfrega as unhas na pele, deixando linhas vermelhas que nem percebe.

— Está frio — diz ela —, muito frio.

Um grupo de enfermeiras passa. Estão vestidas com uniformes brancos simples, mas usam tiaras com orelhas de pelúcia e têm o rosto maquiado com bigodes e pelos. Elas param para falar com o diabo. Ele é um médico com uma capa vermelha sobre a roupa azul de cirurgião. Tem uma cauda bifurcada, um cavanhaque reluzente e uma pimenta vermelha presa ao estetoscópio. Paige olha para Nicholas e, por um segundo, ele fica confuso. Então lembra que é Halloween.

— Algumas pessoas se vestem para a data — explica. — Isso alegra as crianças na pediatria. — *Como Max*, pensa, mas não diz em voz alta.

Paige tenta sorrir, mas só metade de sua boca se levanta.

— Bem — diz —, café. — Mas não se move. Então, como na demolição de um prédio, ela começa a desmoronar de cima para baixo. A cabeça se abaixa, depois os ombros se curvam e o rosto pousa nas mãos. Quando os joelhos cedem sob seu peso, Nicholas já está em pé, pronto para ampará-la antes que ela caia. Ele a faz sentar em um dos duros bancos de lona. — É tudo minha culpa — diz ela.

— Não é sua culpa — discorda Nicholas. — Isso poderia ter acontecido com qualquer criança.

Paige não parece tê-lo ouvido.

— Foi a melhor maneira de me castigar — ela sussurra. — Mas ele poderia ter *me* machucado em vez disso.

— Quem? — pergunta Nicholas, irritado. Talvez *haja* alguém responsável. Talvez *haja* alguém que ele possa culpar. — De quem está falando?

Paige o olha como se ele estivesse louco.

— Deus.

Quando ele trocou a fralda de Max e viu o sangue, nem parou para pensar. Enrolou o bebê em um cobertor e saiu correndo sem a sacola de fraldas, sem sua carteira. Mas não fora direto para o hospital; passara na casa dos pais. Instintivamente, fora buscar Paige. Naquele momento, não importava por que Paige o havia deixado, não importava por que voltara. Não importava que, por oito anos, ela tivesse guardado um segredo que ele sentia que tinha todo o direito de conhecer. O que importava era que ela era a mãe de Max. Essa era a verdade, e esse era o ponto de partida para eles se conectarem novamente. Essa conexão, no mínimo, existia. Eles *sempre* teriam essa conexão.

Se Max ficasse bem.

Nicholas olha para Paige, que chora baixinho, com o rosto apoiado nas mãos, e sabe que há muitas coisas que dependem do sucesso dessa cirurgia.

— Ei — diz ele. — Ei, Paige. Querida, eu vou buscar o café para você.

Ele caminha pelo corredor, passando por gnomos e andarilhos e bonecas de pano, e assobia para afastar o som retumbante do silêncio.

* * *

Já deveriam ter aparecido para dar alguma notícia. Faz tanto tempo que o sol se pôs. Nicholas nem percebe isso até sair um pouco para esticar as pernas. Na rua, ouve as crianças pedindo gostosuras ou travessuras e pisa em um doce colorido amassado. Hospitais são como um mundo artificial. É só entrar que se perde toda a noção de tempo, toda a sensação de realidade.

Paige aparece à porta. Ela acena freneticamente, como se estivesse se afogando.

— Venha — ele a vê dizer do outro lado do vidro.

Ela segura o braço de Nicholas assim que ele passa pela porta.

— O dr. Cahill disse que foi tudo bem — diz ela, olhando ansiosa para o rosto de Nicholas, à procura de respostas. — Isso é bom, não é? Ele não esconderia nada de mim, certo?

Nicholas aperta os olhos, imaginando para onde Cahill poderia ter ido tão depressa, e então o vê escrevendo anotações no posto de enfermagem, virando a esquina. Apressa-se pelo corredor e toma o cirurgião pelo ombro, fazendo-o encará-lo. Nicholas não diz uma só palavra.

— Acho que o Max vai ficar bem — Cahill informa. — Tentamos manipular manualmente os intestinos, mas acabamos tendo de fazer uma resseção cirúrgica. As próximas vinte e quatro horas serão cruciais, como é esperado para uma criança tão pequena. Mas eu diria que o prognóstico é excelente.

Nicholas assente com a cabeça.

— Ele está na recuperação?

— Por enquanto. Vou observá-lo na UTI, e, se tudo estiver bem, ele será transferido para a ala pediátrica. — Cahill levanta os ombros, como se fosse apenas mais um caso, idêntico a qualquer outro. — Tente dormir um pouco, dr. Prescott. O bebê está sedado, vai dormir por algum tempo. Mas você está péssimo.

Nicholas passa a mão pelos cabelos e esfrega a palma da mão no queixo com a barba por fazer. Imagina quem teria se ocupado de cancelar sua cirurgia daquela manhã; ele esquecera completamente. Está tão cansado que o tempo parece transcorrer em estranhos fragmentos. Cahill desaparece, e de repente Paige está parada a seu lado.

— Podemos ir? — ela pergunta. — Eu quero ver o Max.

Isso é o que traz Nicholas de volta à clareza de raciocínio.

— É melhor você não ir — diz ele. Já tinha visto bebês na sala de recuperação, com pontos serpenteando por metade do corpinho inchado, as pálpebras azuis e transparentes. De alguma maneira, eles sempre parecem vítimas. — Espere um pouco. Iremos assim que ele for transferido para a pediatria.

Paige se solta da mão de Nicholas e se posta, decidida, na frente dele, com os olhos faiscando.

— Escute aqui — diz ela, com a voz baixa e firme. — Esperei o dia inteiro para descobrir se meu filho ia viver ou morrer. Não me importo se ele ainda estiver cheio de sangue pelo corpo. Você tem que me levar até ele, Nicholas. Ele precisa saber que estou aqui.

Nicholas abre a boca para dizer que Max, inconsciente, não saberá se ela está na sala de recuperação ou na Cochinchina. Mas se contém. Ele mesmo nunca esteve inconsciente, então como pode saber?

— Venha comigo — responde. — Geralmente não deixam a gente entrar, mas acho que posso dar um jeito.

Enquanto caminham para a sala de recuperação, uma fila de crianças de pijama desfila pelo corredor, usando máscaras de papel machê de raposas, gueixas e Batman. São conduzidas por uma enfermeira que Nicholas já viu antes; acha que ela ficou cuidando de Max uma vez, mas parece que já faz anos. Estão cantando enquanto marcham e, ao verem Nicholas e Paige, desmancham a fila e se aglomeram em volta deles.

— Gostosuras ou travessuras! — gritam. — Gostosuras ou travessuras! Queremos alguma coisa gostosa para comer.

Paige olha para Nicholas, que sacode a cabeça. Ela enfia as mãos nos bolsos do jeans e os vira do avesso, revelando uma amêndoa sem casca, três moedas e um chumaço de algodão. Pega cada objeto como se fosse revestido de ouro e coloca os tesouros um por um na palma das mãos expectantes das crianças. Elas franzem a testa, decepcionadas.

— Vamos — diz Nicholas, puxando-a em meio às crianças fantasiadas. Ele segue pela rota dos fundos, pegando o elevador de serviço, e caminha direto para o posto de enfermagem. Está vazio, mas Nicholas entra atrás do balcão como se fosse seu direito e examina uma ficha. Vira-se para dizer a Paige onde Max está, mas ela já se afastou.

Ele a encontra em pé na sala de recuperação, parcialmente obscurecida pelas finas cortinas brancas. Está absolutamente rígida, enquanto olha para o berço hospitalar oval que abriga Max.

Nada poderia ter preparado Nicholas para isso. Sob a cúpula plástica asséptica, o filho está deitado de costas, totalmente imóvel, com os braços levantados sobre a cabeça. Há uma agulha de aplicação intravenosa espetada nele. Uma atadura branca grossa cobre a barriga e o tórax, parando no pênis, que está envolto em gaze, mas sem a proteção da fralda. Uma sonda nasogástrica entra por baixo da máscara que lhe cobre a boca e o nariz. Seu peito sobe e desce quase imperceptivelmente. Os cabelos parecem obscenamente negros contra o alabastro da pele.

Se Nicholas não soubesse, pensaria que Max estava morto.

Tinha esquecido que Paige estava lá também, mas então ouve um som sufocado a seu lado. Lágrimas lhe escorrem pelo rosto quando ela se aproxima para tocar a grade lateral do berço. A luz refletida banha seu rosto em prata, e, com os olhos abatidos e encovados, ela parece um fantasma quando se volta para Nicholas.

— Mentiroso — ela sussurra. — Este não é meu filho.

E corre para fora do quarto, sumindo no corredor.

42
Paige

Eles o mataram. Está tão parado, pálido e pequeno que tenho certeza disso. Uma vez mais houve um bebê e ele não viveu, e é tudo por minha causa.

Saio correndo da sala onde puseram Max, sigo pelo corredor, pela escada e pela porta mais próxima que consigo encontrar. Estou sufocando e, quando a porta automática desliza e abre, respiro, ofegante, o ar da noite de Boston. Nunca parece ser suficiente. Corro pela Cambridge Street, passando por adolescentes vestidos com andrajos de neon brilhante e por amantes entrelaçados: Rhett e Scarlett, Cyrano e Roxanne, Romeu e Julieta. Uma mulher velha, de pele enrugada cor de ameixa, me detém, pousando a mão murcha em meu braço. Ela segura uma maçã.

— Espelho, espelho meu — diz. — Pegue isso, querida.

O mundo inteiro mudou enquanto estive lá dentro. Ou talvez eu não esteja onde acho que estou. Talvez este seja o purgatório.

A noite desce do céu para me envolver os pés. Quando rio porque meus pulmões estão explodindo, nas ruas escuras ecoam meus sons agudos. *Sem dúvida*, penso, *estou indo para o inferno*.

Em algum ponto no fundo da mente, tenho consciência do lugar para onde vim. É o distrito empresarial de Boston, cheio de executivos de terno risca de giz e suarentos carrinhos de cachorro-quente durante o dia; mas, à noite, o Government Center não é mais que uma cinzenta e desolada terra de ninguém, um palco para a dança louca do vento. Sou a única pessoa aqui. Ao fundo, ouço o bater de asas de pombas, como se fossem um coração.

Vim aqui com um propósito em mente. Estou pensando em Lázaro e no próprio Cristo. Não é certo Max morrer por meus pecados. Ninguém nunca me perguntou. Esta noite, em troca de um milagre, estou disposta a vender minha alma.

— Onde você está? — murmuro, sufocando com as palavras. Fecho os olhos contra as rajadas de vento que sopram pela praça. — Por que não posso te ver?

Giro de um lado para o outro, freneticamente.

— Eu cresci com você — grito. — Acreditei em você. Até confiei em você. Mas você não é um Deus misericordioso. — Como em resposta, o vento assobia sobre as janelas iluminadas de um prédio de escritórios. — Quando precisei da sua força, você nunca estava lá. Quando rezei por sua ajuda, você me deu as costas. Tudo o que eu sempre quis foi entender você. Tudo que sempre quis foram respostas!

Caio de joelhos e sinto o cimento implacável, molhado e frio. Levanto o rosto para perscrutar o céu.

— Que tipo de Deus é você? — digo, abaixando mais sobre o pavimento. — Você levou minha mãe. Me fez desistir do meu primeiro bebê. Roubou meu segundo. — Pressiono o rosto contra a superfície áspera de concreto e sinto o momento em que a pele se arranha e sangra. — Não pude conhecer nenhum deles — sussurro. — Quanto será que uma pessoa é capaz de suportar?

Posso senti-lo antes mesmo de levantar a cabeça. Ele está em pé, centímetros atrás de mim. Quando o vejo, com o halo de minha pura fé branca, tudo de repente faz sentido. Ele chama meu nome, e eu caio diretamente nos braços do homem que, eu sei, sempre foi meu salvador.

43
Nicholas

— Paige — diz Nicholas, e ela se vira lentamente. Sua sombra, que se estende por três delgados metros à frente, aproxima-se dele primeiro. Então ela vem e se atira sobre ele.

Por um momento, Nicholas não sabe o que fazer. Seus braços, agindo por conta própria, a envolvem. Ele enfia o rosto nos cabelos dela. São perfumados, quentes e levantam nas pontas, como se fossem faíscas vivas. Parece surpreendente que, depois de todo esse tempo, ela se encaixe tão bem ali.

A única maneira de conseguir fazê-la andar é apoiando-a pela lateral do corpo, com um braço sobre os ombros dela. Ele está, de fato, arrastando-a. Os olhos de Paige estão abertos, e ela parece olhar para Nicholas, mas sem vê-lo. Seus lábios se movem, e, quando Nicholas se inclina mais para perto, ouve o sussurro quente de sua respiração. Parece que ela está rezando.

As ruas de Boston estão pontilhadas de grupos de pessoas fantasiadas: Elvira, o Cavaleiro Solitário, terroristas da OLP e Maria Antonieta. Um homem alto vestido de espantalho prende o braço no braço livre de Paige e começa a saltitar, puxando Paige e Nicholas para a esquerda.

— Siga a estrada de tijolos amarelos — ele canta a plenos pulmões, até Nicholas empurrá-lo.

Lâmpadas crepitantes lançam sombras que se espalham pelas ruelas transversais, no dorso das folhas mortas de outubro. Nicholas sente cheiro de inverno.

Quando chega à garagem do Mass General, ele pega Paige nos braços e a carrega para o carro. Mantendo-a em pé, desliza a cadeirinha de Max para o lado, empurrando junto um pequeno chocalho de palhaço, de tecido atoalhado, e uma chupeta melada. Depois ajuda Paige a entrar no banco traseiro, deitando-a de lado e cobrindo-a com seu casaco. Enquanto ele levanta o colarinho para cobrir-lhe o pescoço, ela agarra sua mão e a segura com a força de um torno. Paige está olhando por sobre o ombro dele, e é então que começa a gritar.

Nicholas se vira e dá de cara com a Morte. Em pé ao lado da porta, está uma pessoa impossivelmente alta, vestida com a túnica preta esvoaçante do Ceifador Sinistro. Os olhos dela estão escondidos nas dobras do capuz, e a ponta da foice de papel-alumínio roça o ombro de Nicholas.

— Sai daqui — Nicholas diz, e repete as palavras gritando. Ele o empurra pelo manto, que parece tão insubstancial quanto tinta.

Paige para de gritar e se senta, fazendo um movimento para sair dali. Nicholas fecha a porta ao lado dela e entra no carro. Liga o motor e deixa para trás a face boquiaberta da máscara, avançando pelas ruas emaranhadas de Boston, em direção ao santuário de sua casa.

— Paige — Nicholas diz. Ela não responde. Ele dá uma espiada pelo espelho retrovisor e vê que os olhos dela estão muito abertos. — Paige — repete mais alto. — O Max vai ficar bem. Ele vai ficar *bem*.

Nicholas observa os olhos dela enquanto diz isso e acha que consegue detectar um lampejo de reconhecimento, mas pode ser apenas a luz obscura dentro do carro. Pensa em quais farmácias poderão estar abertas em Cambridge, no que poderia prescrever para tirá-la desse estado de torpor. Normalmente sugeriria Valium, mas Paige está calma agora. Calma demais, na verdade. Ele quer vê-la resistindo e gritando outra vez. Quer ver um sinal de vida.

Quando ele estaciona, Paige se senta. Nicholas a ajuda a sair do carro e começa a subir os degraus da varanda, esperando que ela o siga. Mas, quando põe a chave na fechadura da porta da frente, percebe que ela não está a seu lado. Ele a vê atravessar o gramado até as hortênsias azuis, o lugar onde ela dormia quando estava acampada diante da casa. Ela se deita na grama, derretendo a geada com o calor de sua pele.

— Não — Nicholas diz, aproximando-se dela. — Venha para dentro, Paige. — Ele estende a mão. — Venha comigo.

A princípio, ela não se move. Então Nicholas nota seus dedos se mexendo sobre a grama, ao longo do corpo. Percebe que esse é um caso em que terá de agir mais efetivamente. Nicholas se ajoelha no chão frio e puxa Paige para uma posição sentada, depois a ajuda a se levantar. Enquanto a conduz para casa, olha para trás, para as hortênsias azuis. O lugar em que Paige estava deitada na grama aparece nitidamente definido, como um contorno de giz depois de um assassinato. Sua silhueta é intensamente verde, em contraste com a geada em volta, como se ela tivesse deixado atrás de si uma primavera artificial.

Nicholas a leva para dentro de casa, sujando o tapete claro de lama. Enquanto tira o casaco de Paige e enxuga seus cabelos com um pano de prato limpo, olha para as pegadas barrentas e decide que gosta delas; elas o fazem sentir como se soubesse onde esteve. Joga o casaco de Paige no chão, depois sua camisa úmida e seu jeans. Vê cada peça de roupa cair como uma joia brilhante sobre a paleta pálida do tapete.

Está tão fascinado pelas poças de cor que florescem pelo chão da sala que se esquece de Paige por um instante. Ela treme na frente dele, vestida apenas com a roupa de baixo. Quando Nicholas se volta para ela, surpreende-se com os contrastes de cor: a linha bronzeada do pescoço contra a pele alva do peito, a marca destacada de um sinal de nascença contra a brancura da barriga. Se Paige percebe esse exame atento, não diz nada. Seus olhos permanecem baixos, as mãos sobem e descem pelos braços cruzados.

— Diga alguma coisa — pede Nicholas. — Qualquer coisa.

Se ela estiver realmente em choque, a última coisa que deveria fazer é ficar seminua no meio de uma sala fria. Nicholas pensa em enrolá-la na velha colcha de estampas circulares, guardada em algum lugar daquela casa, mas nem imagina em qual armário pode estar. Ele a envolve nos braços, e o frio da pele dela causa um arrepio em sua própria espinha.

Nicholas a conduz escada acima até o banheiro. Fecha a porta e abre a torneira de água quente da banheira, deixando o vapor embaçar os espelhos. Quando a água chega à metade, ele solta o sutiã de Paige e puxa para baixo sua calcinha. Ajuda-a a entrar na banheira e a vê bater os dentes, na névoa que se ergue à sua volta. Olha, sob as ondulações da água, para as marcas de estrias em seus quadris, agora de um prateado tênue, como se o parto não passasse de uma lembrança distante.

Automaticamente, Nicholas pega a esponja em forma de dinossauro e começa a ensaboar Paige, como faz com Max. Inicia pelos pés, inclinando-se sobre a banheira para limpar entre os dedos e massagear a sola. Move-se, subindo pelas pernas, deslizando a esponja atrás dos joelhos e pelas coxas. Esfrega os braços e a barriga e o alto das costas. Usa a flutuação da água para levantá-la, passando a esponja por suas nádegas e entre as pernas. Lava os seios e vê os mamilos se enrijecerem. Pega o recipiente de plástico que costuma ficar na borda da banheira e despeja água limpa sobre os cabelos de Paige, inclinando a cabeça dela para trás e vendo as mechas vermelhas escuras ficarem alongadas e pretas.

Nicholas torce a esponja e a pendura para secar. A água ainda está correndo na banheira, o nível subindo. Quando Paige começa a se mover, a água respinga em sua camisa e no colo. Ela estende a mão e emite um som baixo e rouco, ao pegar o patinho de borracha de Max. Seus dedos se fecham sobre a cabeça amarela, o bico laranja.

— Ah, meu Deus — ela diz, virando-se para Nicholas. — Meu Deus.

Acontece muito depressa. Paige se levanta da banheira, e Nicholas se ergue, indo a seu encontro. Ela envolve os braços em torno do pescoço dele e puxa sua camisa até arrancá-la por cima da cabeça. Durante todo o tempo, Nicholas está beijando a testa dela, o rosto, o pescoço. Seus dedos se movem em círculos sobre os seios de Paige, enquanto as mãos dela trabalham para abrir cinto e zíper. Quando estão ambos nus, Nicholas se inclina sobre Paige, nos ladrilhos brancos, e roça gentilmente seus lábios. Para sua surpresa, ela prende os dedos em seus cabelos e beija-o avidamente, recusando-se a soltá-lo.

Fazia tanto tempo que ele não sentia a esposa junto de si, segurando-o, cercando-o. Reconhece cada cheiro e cada textura do corpo dela; sabe os pontos em que a pele de ambos se encontrará e ficará escorregadia. No passado, ele sempre pensara principalmente no próprio corpo, na pressão aumentando entre as pernas e no momento de se abandonar; no coração indo parar na garganta na hora do orgasmo. Mas, agora, só quer fazer Paige feliz. Esse pensamento lhe passa repetidamente pela cabeça; é o mínimo que ele pode fazer, depois de tanto tempo.

Nicholas consegue medir pela respiração de Paige o que ela sente. Faz uma pausa e sussurra contra o pescoço dela:

— Isso vai doer?

Ela o encara, e Nicholas tenta ler sua expressão, mas tudo que pode ver é a ausência de medo, de arrependimento.

— Sim — diz ela. — Mais do que você imagina.

Eles se unem com a fúria de uma tempestade, agarrando-se e arranhando e soluçando. Apertam-se tanto que mal podem se mover, apenas balançando para frente e para trás. Nicholas sente as lágrimas de Paige no ombro. Ele a abraça enquanto ela treme e se pressiona docemente em torno dele; ele chama por Paige quando perde o controle. Faz amor com uma violência nascida da paixão, como se o ato que cria a vida pudesse também ser usado para afastar a morte.

* * *

Eles caem em um sono profundo na cama, sobre o edredom. Nicholas enrola o corpo em torno de Paige, como se isso pudesse protegê-la do amanhã. Mesmo em seu sono, procura por ela, enchendo a mão com a curva de seu seio, passando o braço sobre seu abdômen. No meio da noite, ele acorda e encontra Paige olhando-o fixamente. Deseja que houvesse palavras para expressar o que ele quer dizer.

Em vez disso, ele a puxa para si e começa a tocá-la outra vez, muito mais lentamente. No fundo de sua mente, pensa que não deveria estar fazendo isso, mas não consegue se conter. Se puder tirá-la dali por um momento, se ela puder *o* tirar dali por um momento, qual é o mal? Em sua profissão, ele nunca para de lutar contra probabilidades impossíveis, mas aprendeu há muito tempo que nem todos os resultados podem ser controlados. Diz a si mesmo que essa é a razão de estar, agora, tentando com tanto empenho não se envolver, não se permitir amar. Ele é capaz de lutar até cair, mas, em algum lugar no fundo de sua mente, compreende os limites desse poder.

Nicholas fecha os olhos quando Paige passa a língua pela linha de sua garganta e estende as mãos pequenas sobre seu peito. Por um breve instante, permite-se acreditar que ela lhe pertence, tanto quanto ele pertence a ela. Paige beija o canto de sua boca. Não tem a ver com posse e limites. Tem a ver com dar tudo até que não reste mais nada para dar, depois procurar e raspar o fundo até encontrar um pouquinho mais.

Nicholas rola, de modo que ele e Paige estão deitados de lado, olhando um para o outro. Fitam-se por um longo tempo, passando as mãos pela pele conhecida e sussurrando coisas que não importam. Unem-se mais duas vezes naquela noite, e Nicholas registra seus atos de amor em silêncio. A primeira vez é para perdoar. A segunda é para esquecer. E a terceira vez é para começar tudo de novo.

44
Paige

Acordo em minha própria cama, nos braços de Nicholas, e não tenho a menor ideia de como cheguei aqui. *Talvez*, penso comigo mesma, *tudo tenha sido um sonho ruim.* Por um momento, estou quase convencida de que, se andar pelo corredor, encontrarei Max aconchegado no berço, mas então me lembro do hospital e da noite passada, e cubro a cabeça com o travesseiro, na esperança de bloquear a luz do dia.

Nicholas se mexe a meu lado. Os lençóis brancos contrastam com seus cabelos pretos, fazendo-o parecer imortal. Quando ele abre os olhos, tenho uma lembrança fugaz da noite anterior, das mãos de Nicholas se movendo por meu corpo como um rastro de fogo. Assusto-me e puxo o lençol para me cobrir. Nicholas rola de costas e fecha os olhos.

— Isso provavelmente não devia ter acontecido — murmuro.

— Provavelmente não — Nicholas diz, de maneira tensa. Esfrega a mão no queixo. — Telefonei para o hospital às cinco horas. O Max ainda estava dormindo profundamente, e seus sinais vitais eram bons. O prognóstico é excelente. Ele vai ficar bem.

Ele vai ficar bem. Quero confiar em Nicholas mais que qualquer coisa, mas não acreditarei nele até ver Max e ele levantar os braços para me chamar.

— Podemos vê-lo hoje? — pergunto.

Nicholas confirma num gesto de cabeça.

— Às dez horas — diz, então sai da cama e veste a cueca de algodão. — Quer usar esse banheiro? — pergunta e, sem esperar a resposta, sai para o corredor em direção ao banheiro menor.

Olho para mim mesma no espelho. Fico chocada com as olheiras no alto de minhas faces e o vermelho de meus olhos. Procuro minha escova de dentes, mas, claro, ela não está lá; Nicholas deve tê-la jogado fora meses atrás. Pego a dele emprestada, mas mal consigo escovar os dentes, porque minhas mãos estão trêmulas. A escova cai dentro da pia e deixa uma brutal marca azul de pasta de dente. Eu me pergunto como me tornei tão incompetente.

Então me lembro daquela lista idiota de realizações que fiz no dia em que fugi de casa. O que escrevi? Naquela época, eu sabia trocar fralda, sabia medir o leite da mamadeira, sabia cantar para meu filho dormir. E agora, o que sei fazer? Remexo as gavetas sob a pia e encontro minha velha bolsinha de maquiagem, enfiada em um canto, atrás do barbeador não usado de Nicholas. Pego um lápis delineador azul e jogo a tampa na privada. "1.", escrevo no espelho, "Sei andar em meio galope, saltar e galopar em um cavalo." Bato o lápis no queixo. "2. Sei dizer a mim mesma que não sou minha mãe." Não tenho mais espaço no espelho, então continuo nos balcões brancos. "Sei desenhar para descarregar minha dor. Sei seduzir meu próprio marido. Sei..." Paro aqui e penso que essa não é a lista que eu deveria estar fazendo. Pego um lápis verde de olhos e continuo de onde parei, listando furiosamente as coisas que não posso fazer: "Não posso esquecer. Não posso cometer o mesmo erro duas vezes. Não posso viver assim. Não posso assumir a culpa por tudo. Não posso desistir".

Com minhas palavras cobrindo o banheiro sóbrio em arabescos florais em verde e azul, fico inspirada. Pego o xampu verde-claro na banheira e o espalho pelas paredes azulejadas; desenho corações de batom cor-de-rosa e volutas feitas com um creme alaranjado na base do vaso sanitário. Nicholas entra em algum momento, depois de eu ter terminado uma linha de ondas de pasta de dentes azul e golfinhos de babosa mergulhando. Estremeço, esperando que comece a gritar, mas ele apenas sorri.

— Acho que você acabou com o xampu — diz ele.

Nicholas não perde tempo tomando café da manhã, o que está bom para mim, apesar de ainda serem apenas oito horas da manhã. Podemos não conseguir ver Max de imediato, mas eu me sentirei melhor sabendo que estou mais perto de meu filho. Entramos no carro, noto a cadeirinha de Max empurrada de lado e me pergunto como ela terá ficado daquele jeito. Espero que Nicholas dê ré para sair à rua, mas ele permanece imóvel, com o pé no freio e a mão no câmbio. Está olhando para o volante como se fosse algo fascinante, nunca visto.

— Paige — diz ele. — Desculpe pela noite passada.

Estremeço involuntariamente. O que esperava que ele dissesse?

— Eu não tinha intenção de... de fazer aquilo — prossegue. — Mas você estava tão mal, e eu achei... Droga, eu não sei o que achei. — Ele olha para mim, decidido. — Não vai se repetir.

— Não — digo baixinho. — Acho que não.

Olho para um lado e o outro da rua em que certa vez imaginei que viveria boa parte de minha vida. Não vejo os objetos de fato, como árvores, carros e cachorros. Em vez disso, vejo turbilhões de cor, uma pintura impressionista. Verde, limão, malva e pêssego: as bordas do mundo que conheço se confundem e misturam.

— Eu estava errado a seu respeito — Nicholas está dizendo. — O que quer que aconteça, o Max precisa estar com você.

O que quer que aconteça.

— E você? — pergunto.

Nicholas olha para mim.

— Não sei — diz. — Sinceramente, não sei.

Concordo num gesto de cabeça, como se essa fosse uma resposta aceitável, e me viro para a janela enquanto Nicholas dá ré e sai para a rua. Será um dia frio e claro de outono, mas as lembranças da noite anterior estão por toda parte: cascas de ovo espalhadas pelas ruas, creme de barbear em janelas residenciais, papel higiênico pendurado nas árvores. Imagino quanto tempo levará para limpar tudo.

No hospital, Nicholas pergunta por Max e é informado de que ele foi transferido para a pediatria.

— É um bom começo — ele murmura, embora não esteja realmente falando comigo. Caminha até um saguão de elevadores amarelo, e eu o sigo. As portas se abrem, cheirando a antisséptico e roupas de cama limpas, e nós entramos.

Uma imagem me vem rapidamente: estou naquele cemitério de Cambridge com Max, que tem uns três anos. Ele corre entre os túmulos e espia atrás dos monumentos. É meu dia de folga das aulas; por fim, estou fazendo meu bacharelado. Simmons College, não Harvard, e isso não importa. Estou sentada enquanto Max passa os dedos sobre as velhas lápides dos túmulos, fascinado com as lascas e depressões da pedra envelhecida. "Max", eu chamo, e ele vem, e desce deslizando sobre os joelhos ao se aproximar de mim, tingindo de grama o macacão. Mostro o bloco de papel em que estava desenhando, e nós o colocamos sobre a lápide plana de um soldado revolucionário. "Você escolhe", digo. Ofereço-lhe um conjunto de crayons. Ele pega o cor de melão, o verde-floresta e o violeta; eu escolho um laranja-amarelado e outro cor de amora. Ele ajeita o crayon verde na mão e começa a colorir a imagem de um pônei que desenhei para ele, um Shetland que ele vai montar no próximo verão, na casa de minha mãe. Cubro sua mãozinha rechonchuda com a minha e guio seus dedos, suavemente, pelas linhas que desenhei para ele. Sinto meu próprio sangue correndo sob sua pele corada.

As portas do elevador se abrem com um silvo, e Nicholas fica congelado. Espero que ele tome a iniciativa, mas nada acontece. Viro-me para fitá-lo; ele nunca é assim. Nicholas, o médico de cabeça fria e imperturbável, está morrendo de medo de enfrentar o que está por vir. Duas enfermeiras passam. Elas espiam o elevador e cochicham. Posso imaginar o que estão dizendo sobre mim e sobre Nicholas, e isso não me afeta nem um pouco. Outro item para minha lista de realizações: Consigo me manter em pé em um mundo que está desmoronando. Consigo tão bem, percebo, que posso até apoiar outra pessoa.

— Nicholas? — sussurro, e posso dizer, pelo lampejo em seus olhos, que ele esqueceu que estou aqui, mas fica aliviado em me ver, mesmo assim. — Vai ficar tudo bem — eu lhe digo, e sorrio pelo que parece a primeira vez em meses.

As mandíbulas do elevador começam a se fechar outra vez, mas eu as detenho com minha força.

— Agora tudo vai ficar mais fácil — digo com segurança e transponho a distância para apertar a mão de Nicholas. Ele aperta a minha em resposta, na mesma hora. Saímos juntos do elevador e damos aqueles primeiros passos pelo corredor. Na entrada do quarto de Max, paramos e o vemos rosado, quieto, respirando. Nicholas e eu permanecemos calmamente à porta. Temos todo o tempo do mundo para esperar que nosso filho acorde.

AGRADECIMENTOS

Agradeço a todos os profissionais que, de boa vontade, compartilharam seu tempo e sua experiência: dr. James Umlas, dr. Richard Stone, Andrea Greene, Frank Perla, Eddie LaPlume, Troy Dunn, Jack Gaylord e Eliza Saunders. Pela ajuda com a checagem de fatos, baby-sitting e brainstorming, agradeço também a Christopher van Leer, Rebecca Piland, Kathleen Desmond, Jane Picoult, Jonathan Picoult e Timothy van Leer. Agradecimentos especiais a Mary Morris e Laura Gross, e aplausos de pé para Caroline White, maravilhosa como editora e amiga.

Impresso no Brasil pelo Sistema Cameron da Divisão Gráfica da
DISTRIBUIDORA RECORD DE SERVIÇOS DE IMPRENSA S.A.